EXPLOSÃO
ROMANCE DA ETNOLOGIA
HUBERT FICHTE

copyright © S. Fischer Verlag GmbH, Frankfurt am Main. 1993
edição brasileira© Hedra 2017
tradução© Marcelo Backes
título original Publicada originalmente no volume "Geschichte der Empfindlichkeit" como: "Explosion", Roman der Ethnologie
edição consultada Kay, Ronald. Frankfurt: Fischer Verlag, 2006
primeira edição 1993
agradecimentos O tradutor agradece a todos que participaram do processo de revisão e deciframento do livro, nomeadamente Wieke Kannegiesser, Ayrson Heráclito, Tenille Bezerra, Diedrich Diederichsen e Nina Galdina, e especial e encarecidaemente a Carlos Henrique Ribeiro do Valle por ter propiciado algumas semanas de um agradável trabalho nos momentos finais da tradução do livro de Hubert Fichte no paraíso da Fazenda Cachoeira, em Guaxupé.
A editora Hedra agradece ao professor Helmut Galle pela prestimosa leitura e apontamentos tradutórios.

edição Jorge Sallum
coedição Luiza Brandino
assistência editorial Felipe Musetti
revisão Luiza Brandino, Felipe Musetti
preparação José Eduardo S. Góes
marketing Ana Clara Cornelio, Bruna Cecília Bueno
capa Renan Costa Lima
imagem da capa Hubert Fichte in der Dürerstraße, Hamburg 1979, © bpk/S. Fischer Stiftung/Leonore Mau

ISBN 978-85-7715-552-1
corpo editorial Adriano Scatolin,
Antônio Valverde,
Caio Gagliardi,
Jorge Sallum,
Oliver Tolle,
Renato Ambrosio,
Ricardo Musse,
Ricardo Valle,
Tales Ab'Saber,
Tâmis Parron

Grafia atualizada segundo o Acordo Ortográfico da Língua Portuguesa de 1990, em vigor no Brasil desde 2009.

Direitos reservados em língua portuguesa somente para o Brasil

sobre o apoio Esta obra é parte do Projeto "Hubert Fichte: Amor e Etnologia", uma cooperação entre o Goethe-Institut e a Haus der Kulturen der Welt, apoiado pela Fundação S. Fischer e pela Fundação Forberg-Schneider. Direção artística: Diedrich Diederichsen e Anselm Franke. A tradução desta obra recebeu o apoio do Goethe-Institut, que é financiado pelo Ministério de Relações Exteriores da Alemanha. *Originally published in the volume "Geschichte der Empfindlichkeit" as: "Explosion" - © S. Fischer Verlag GmbH, Frankfurt am Main, 1993. This project has been supported by the S. Fischer Foundation.*

EDITORA HEDRA LTDA.
R. Fradique Coutinho, 1139 (subsolo)
05416-011 São Paulo SP Brasil
Telefone/Fax +55 11 3097 8304

editora@hedra.com.br
www.hedra.com.br

Foi feito o depósito legal.

EXPLOSÃO
Romance da etnologia

Hubert Fichte

Marcelo Backes (*tradução*)

1ª edição

hedra

São Paulo_2017

Sumário

Nota de apresentação, *por Diedrich Diederichsen e Anselm Franke*   7

I. AS BONECAS E OS ENXUTOS   9

II. LA DOUBLE MÉPRISE   121

III. O RIO E A COSTA   407

Nota editorial   826

Glossário de peculiaridades, *por M. Backes e D. Diederichsen*   830

Nota de apresentação

Diedrich Diederichsen e Anselm Franke

A *História da Sensibilidade* de Hubert Fichte é, devido a morte precoce do autor em 1986, um projeto literário inacabado, mas ainda assim peculiar e completamente novo. O projeto de Fichte abarca uma viagem ao redor do mundo que jamais foi concluída, principalmente ao longo das marcações geográficas que desde Paul Gilroy definimos como Atlântico Negro. O referido projeto une uma prosa autobiográfica experimental praticada ao longo da vida inteira à tentativa de repensar a antropologia de indivíduos marcados pelas impressões do holocausto, da bomba atômica, do colonialismo e da fome global. Ainda que com lacunas, o ciclo romanesco abrange 18 volumes, entre eles alguns textos ensaísticos, críticas literárias, entrevistas políticas e tratados etnográficos, por exemplo acerca das religiões sincréticas da América do Sul e da psiquiatria na África Ocidental.

Fichte é um autor de interesses bem variados, que giram sobretudo em torno de sua própria situação e de suas obsessões – tendo crescido como meio-judeu, homem *gay* na Alemanha pós-fascista, ele ama as culturas africanas e afrodiaspóricas e vê ainda assim a impossibilidade de superar as limitações da colonialidade, das formas de conhecimento estabelecidas da antropologia e da etnologia e da política supostamente antirracista. Fichte se interessa pela resistência sem violência, pela luta política e pelo turismo, especialmente o turismo sexual – descreve suas possibilidades e suas catástrofes. Fichte jamais encontrou o método claro, a perspectiva confiável que procurou desde o princípio. Em alguns de seus romances, volumes ensaísticos e peças radiofônicas que fazem parte do projeto, ele se desespera ante sua própria posição intermediária entre o escritor altamente subjetivo e poético e o cientista paciente, o jornalista político e o observador inclemente de si mesmo: sua percepção, sua sexualidade, sua curiosidade.

Sua linguagem é concisa, objetiva, inexorável, mas também transbordante, musical, gritantemente cômica e estranha. A luta com e contra as aporias das formas de conhecimento e comunicação e seu próprio envolvimento é por ele levada adiante de modo bem fichteano, ora sarcástico, ora amargo, agressivo e sempre pronto a não esconder os seus próprios limites.

"Hubert Fichte: Amor e Etnologia" descreve e persegue parte da viagem literária de Fichte, enquanto tenta enfrentar as aporias externas e inclusive as mais facilmente endereçáveis. O fundamento do projeto de vários anos é a tradução de alguns dos romances de Fichte às línguas dos lugares dos quais eles tratam: o português, o português brasileiro, o espanhol chileno, o francês, o uolofe, o inglês americano. Sobre a base das referidas traduções foi iniciado um intercâmbio com artistas dos mencionados espaços linguísticos, através de curadoras e curadores convidados, que redundarão em exposições em Lisboa, Salvador, Rio de Janeiro, Santiago, Nova York, Dacar e Berlim, que por sua vez acompanharão a publicação das traduções. O projeto "Hubert Fichte: Amor e Etnologia" está sendo levado a cabo pela Casa das Culturas do Mundo (HKW – Haus der Kulturen der Welt em Berlim) em colaboração com o Goethe-Institut e com o apoio da Fundação S. Fischer.

Explosão é o volume VII de *A história da sensibilidade*. Ele apresenta diversas viagens do alter ego de Fichte, o escritor Jäcki, e sua companheira, a fotógrafa Irma (ou seja, Leonore Mau), sobretudo ao Brasil, mas também à Argentina, ao Chile e à Ilha de Páscoa. O espaço narrado se estende da primeira viagem ao Rio de Janeiro, em 1969, à descrição de uma longa estada nos anos 1971 e 1972 em Salvador, na Bahia, até a volta ao Brasil nos anos de 1980, em São Luís do Maranhão e outros lugares no Norte do país. Em uma inserção narrativa, Fichte ainda conta como, já no leito de morte, tenta integrar ao romance a história de sua viagem ou da viagem de Jäcki ao Chile, que culmina em uma entrevista com Salvador Allende, feita não apenas pelo Jäcki ficcional, mas também e de fato pelo Fichte real. Fichte autorizou que o texto fosse manuscrito em uma anotação de 22 de janeiro de 1986. O manuscrito foi decifrado e ditado em seguida por Leonore Mau. Mais detalhes a respeito podem ser encontrados na Nota Editorial de Ronald Kay, que concluiu a edição do presente volume de *A História da Sensibilidade* em março de 1993, e nas minuciosas explicações de Marcelo Backes nas notas de rodapé à obra.

Para o projeto Explosão: Max Jorge Hinderer Cruz e Amilcar Packer

I. AS BONECAS E OS ENXUTOS

1.

Um véu de espuma do mar.
Dez metros de altura.
Pareceu a Jäcki. O sol o atravessava.
Os arranha-céus soçobravam.
Os carros deram pulos.
A onda se abateu, indo abaixo.
A seguinte borrifou alto, entre os prédios.
Essa era Copacabana – uma rua principal entupida, cheia de fumaça de escapamento, que tinha o nome da virgem Maria, africanos nus e molhados, índios nus e brilhosos, portugueses nus e cobertos de pérolas de suor,
microssungas e fios-dentais estufados, pranchas de surfe na neblina azul, negra. Entre os ônibus uivava a canção de um epígono de Aznavour, cantando a sinceridade e a floresta virgem
E, ao final de cada garganta de rua, as torres iluminadas de espuma do mar que duravam um segundo.

2.

Para Jäcki aquela viagem começara com toda a cara de uma mancada e tanto.
Junto de Irma ele parecia a si mesmo como o japonês no filme em que o papa deverá ser assassinado.
Eles participavam de uma viagem organizada.
A Ah, o país distante, a Orplid[1], a Baudelaire[2]
Água condensada na parte externa dos potinhos de sorvete.
Jäcki com certeza não escreveria um romance sobre isso.
Ele também não queria descobrir o que quer que fosse, como em Portugal, desmascarar, ele não queria levar a língua até si mesmo no Brasil.
Jäcki tinha algum dinheiro sobrando. Pela primeira vez na vida.
Ele escrevera um *best-seller*.
Sobre um boteco, no qual os *beatniks* alemães se encontravam há dez anos.
Os vagabundos que burlavam a norma.[3]
O boteco já fechara há tempo.
Nostalgia, como se disse hoje em dia
E Jäcki tentara escrever um romance volumoso a partir de visitas, palavras, biografias, metáforas, fantasias

---

1. Todas as principais expressões, os principais nomes e as referências tipicamente alemãs e particulares ao universo de Hubert Fichte deverão ser buscados no Glossário, ao final da obra. (N. do T.)
2. A pontuação de Hubert Fichte é assaz peculiar, assim como suas quebras de parágrafo, seu uso das maiúsculas no início da frase e a organização voluntariamente fragmentária de seu texto. A presente tradução segue a configuração do original à risca, a não ser quando é perceptível de modo nítido um erro de grafia ou de construção. Parte do livro foi ditada por Hubert Fichte ao final da vida e posteriormente transcrita, o que também certamente explica alguns dos lapsos desta obra genial, perturbadora e tantas vezes impertinente, inclusive no melhor dos sentidos. Mais indicações a respeito do processo de estabelecimento do texto poderão ser encontradas na Nota Editorial, ao final do romance, e ao longo do próprio romance, em que Fichte também explica seu método aqui e ali. (N. do T.)
3. Fichte usa *Gammler*, no original (ver mais no Glossário). (N. do T.)

Algo esforçado, solitário, experimental.
Ele teria ficado contente se tivesse conseguido abater ainda uma parte honrosa de seu adiantamento pago pela Rowohlt com a venda de exemplares – quer dizer, 7 mil exemplares, digamos a 2,50 o exemplar, portanto exatamente 20 mil marcos alemães; ele ganhara 12 x 800 x 3.
Mas ainda lhe sobrava alguma coisa.
Esteve meio ano na lista de *best-sellers* da revista Spiegel.
Inclusive um crítico como Marcel Reich-Ranicki se atreveu a um elogio meio forçado do romance de Jäcki, ao tentar fazê-lo sangrar com milhares de setas, como de praxe, dizendo que ele não respeitava a ortografia, que a gramática era defeituosa, para ao fim, ainda assim, chegar a um bramido positivo bem típico na intelectualidade alemã.
Raddatz telefonou a Jens para saber quando seria publicada sua defesa do livro, e Jens escreveu uma réplica a Reich-Ranicki na qual louvava o romance de Jäcki, o romance daquele que ainda há alguns anos ele quisera assassinar como Manfred Hausmann, como romance de um novo tempo, no tempo, como nova ciência do homem, louvando de quebra o filólogo antigo, os conhecimentos de Ésquilo de Jäcki – mas isso já foi de Dulu
Raddatz mentiu ou falou a verdade quando telefonou a Jäcki dizendo que o professor Jens alguns dias depois, e só por causa daquilo que acontecera, havia feito uma ligação e reivindicado uma cátedra para Reich-Ranicki junto a Rowohlt[4].
O romance de Jäcki foi publicado em maio de 1968.
E ele por certo era revolucionário, a seu modo.
Anarco.
Gay.
Um hino ao material.
Embora também não refutasse incondicionalmente as convenções revolucionárias tradicionais.
O livro de Jäcki não chegou a desencadear a revolução anárquica
Seu impulso revolucionário por certo foi ignorado, graças a Deus, em favor do *best-seller*.
O livro complicado, muitas vezes quase ilegível, soçobrou ao sabor da onda.

---

4. Provavelmente Fichte se refira a Rowohlt (Harry Rowohlt, ver mais no Glossário), o dono da editora de mesmo nome, ainda um jovem editor à época, mas pode também se referir à editora como um todo. (N. do T.)

Todo *best-seller*, seja a Bíblia, Ilíada, ou Joyce teve algo de original e ancestral, algo Helga Feddersen e Inge Meysel.

E isso faltava à *Palette*[5].

Ela não ia ao encontro de ninguém.

Mas o incompreensível poderia ser mal compreendido no âmbito de alguma modas literárias e sociológicas
conforme aliás acontece com a maior parte das obras vanguardistas
E na verdade nem sequer se tratava de um *best-seller* de verdade –
a partir de 400 mil exemplares Heinrich Böll ou Günter Grass ou Siegfried Lenz ou Heinz Konsalik, tiragem mundial de 2 milhões Thomas Mann, Jimmy Baldwin, avião alugado, suíte no Ritz, St. Paul de Vence, apenas um *best-seller outsider*, nunca mais do que o segundo lugar na lista da Spiegel, ao final das contas 23 mil exemplares vendidos, e, com os direitos internacionais, cerca de 20 mil marcos sobrando.

O que se faz com 20 mil marcos pouco depois da revolução de Maio de 68 e da invasão dos russos na Tchecoslováquia?

– Pagar a entrada de um apartamento?

– Enfim. Um apartamento próprio.

– Uma gravura de Picasso?

– Gastar em bobagens? Roupas? Utensílios de cozinha? Histórias da arte? Ostras?

– Será que seria desgovernado?

– Presentes para amigos, tia Hilde, mamãe?

– Isso com certeza.

– Uma viagem!

– Uma viagem, que nunca mais vamos poder fazer de novo!

– Para onde?

– Ao Brasil!

– Três meses no Brasil.

– Uma eternidade de Brasil.

– Com a Touropa!

O Brasil era, para Jäcki, o país cujos marinheiros não se mostravam dispostos a abrir mão de sexo na viagem ao Velho Mundo.

---

5. Título do romance, inspirado no nome de um conhecido bar de Hamburgo. *Palette* significa "palete" (de transporte) ou "grande variedade", "grande miscelânea" de coisas. Ver mais no Glossário. (N. do T.)

Na Palette. no Sahara se cochichava acerca de orgias nas entrepontes brasileiras.
Era uma época na qual Jäcki visitava os navios marroquinos no porto congelado.
Isso lhe parecia a utopia de um Novo Mundo.
Afro-américa.
Rápida e rasteiramente, os membros de putas brasileiras, índios, africanos, portugueses, todos misturados, enfileirados como lesmas do mar na geada severa das gruas e estivadores hamburgueses.
Jäcki se preparou de jeito para a viagem organizada da Touropa com um mapa dobrável do Rio.
Guide Bleu e assim por diante.
Affonso Grisolli havia sido convidado pela Internationes e delirava com o teatro brasileiro.
Brecht e Strindberg
Teorias. Futurismo. Estranhamento. Crueldade.
Um deputado escreveu um livro sobre a tortura.
Os generais quiseram levá-lo ao tribunal.
Não deu certo por causa da imunidade parlamentar.
Os generais que quiseram suspender a imunidade parlamentar do deputado que escreveu um livro sobre a tortura dos generais fracassaram.
Ou quem fracassou foi a libertação e os generais enfraqueceram a imunidade parlamentar?
Entre mapas dobráveis e guias de viagem, uma frase breve cambaleou ao encontro de Jäcki.
Algo como:
Religião dos escravos.
ou:
Ritos de sangue da raça afro-ameríndia
e talvez:
Transe.
Os corpos dos mestiços café-com-leite, mulatos, se contorcendo inconscientes.
O mestiço fogoso
Cadinho do amálgama
E também se falava de um fotógrafo europeu.

Que havia escrito, e ilustrado com suas fotografias, obras referenciais acerca das religiões sincréticas.

Isso incomodava Jäcki.

Um francês que havia sido rico no passado.

Que desistiu de sua família e de sua posição para percorrer, fotografando, a América do Sul, há quarenta anos – ou então há vinte.

E que havia trazido de volta à África as pedras da deusa Iemanjá da Baía de Todos os Santos, a Roma Negra com tantas igrejas quantos dias tem o ano.

Como?

Quinta-feira, 2.1.69

A última imagem da mãe através de duas vidraças.

Ela não consegue mais descobrir onde está Jäcki.

Reverberações do caminho.

Ela olha para a direção errada e acha que outro homem é o filho.

É para ele que ela acena.

Em Zurique, o aeroporto está coberto de neve.

Aviões a jato e a senhora Holle.

Os Clipper geados são puxados por um trator para a pista de decolagem como patos de brinquedo.

Como se fossem aparelhos agrícolas, são puxados por tratores para adubar com esterco por exemplo campos nevados no pântano.

Então Jäcki reconhece Marrakesh.

Agadir.

O Saara

O Saara durante horas.

O aeroporto de Dakar.

O cheiro é de Jardim Botânico, praça de Santo Estêvão.

O pântano quente de Dithmarschen.

Cimento como em uma encenação feita por Wieland Wagner.

O presidente poeta Senghor o inaugurou – segundo a placa de bronze – em 1966.

Jäcki fez uma leitura pública da *Palette* no Star-Club.

O garçom passava a perna na conta, devagar e com toda a exatidão.

Irma e Jäcki deixam as ceroulas de inverno de Hamburgo no banheiro de cimento do aeroporto de Dakar.

A ceroula de Jäcki está português-africanamente imaculada.
Mesmo assim, ele sente algo como vergonha por causa da peça de roupa usada que se enrola como após um delito sexual ao lado da pia.
Jäcki dá um marco ao guarda do banheiro.
O guarda do banheiro diz:
Muito obrigado.
E não estou traduzindo.
Em alemão.
Os viajantes vão, tresnoitados e estressados pelas pistas dos holofotes, em direção à aeronave que cintila em meio à noite.
Um metálico ganso selvagem entre os continentes.
Soltura sinistra.
Voar ao Novo Mundo, pensa Jäcki –
Será que todos sentem aquilo como um nascimento?
No nascimento se pode despencar.
É o medo que muda o andar de Irma?
Ele não observava o andar dela há tempo.
Mas agora, à luz dos holofotes, diante do gigantesco pássaro metálico, ele não mais lhe parece passarinhar como antigamente, há quase dez anos, quando ele se fora junto com ela
Passarinhar, hesitante, como se estivesse confusa.
O grou, *la grue*, e algo metálico, a grua.
Um ir para cima cada vez mais embotado com a segunda sacola de fotografia, a mais pesada é Jäcki quem carrega.
Quase se esquecendo de si mesma ao ter de seguir adiante
Depois de levantar voo em meio ao pântano e ao deserto, as pantomimas das aeromoças com os coletes salva-vidas.
– Estamos sobrevoando o oceano.
O medo que não cessa.
Irma dorme.
Com as pantufas do voo ultramarino e uma máscara para dormir de inspiração veneziana.
Comprimidos de valeriana.
Só água
Como se em terra a colisão fosse mais suave.
Até o sonho adentro: quedas.

Mas ainda nadar.
E o tubarão
A dois.
À esquerda, a aurora.
Nuvens de nhoque em torvelinho.
Isso é o estrangeiro.
Embaixo, floresta nativa.
Pães de açúcar.

O Rio de Janeiro, novo para a Alemanha, estava no prospecto da Touropa.

Com o gesto de cardeais abençoando, dois funcionários do aeroporto desinfetam, ar condicionado desligado, os bagageiros acima da cabeça durante quinze minutos e o piso debaixo dos pés, as anáguas, as meias.

Isso para que todo e qualquer mosquito malvado vindo da costa africana e dos pântanos de Dakar não consiga escapar do avião e chegar ali, à costa americana, aos pântanos do Rio.

38 graus Celsius penetram, vindos de fora, ultrapassando o metal e chegando à roupa de inverno.

E DDT

A Touropa Scharnow não consegue se tornar senhora da situação em meio à confusão das bagagens.

Clientes da Neckermann somem num instante em direção ao hotel.

O parceiro nacional da companhia de viagens empurra Irma e Jäcki, por 54 marcos cada, no ônibus do *citytour*, com a bagagem de mão e o sobretudo de inverno, porque o Copacabana Palace ainda não foi limpo da leva anterior de turistas.

– Provavelmente o táxi custasse, individualmente, apenas um terço disso.

– Mas a Touropa tem de fazer alguma coisa.

– No voo mal pode haver alguma gordura.

O Pão de Açúcar parece exatamente igual ao Pão de Açúcar
Megacidade abaixo.

Skyline. Encostas tropicais.

Coroadas pelas vísceras das favelas.

Quatro autoestradas de quatro faixas.

Gaviões, lagartixas gigantes, floresta-virgem litorânea.

Inscrições:
- A luta armada é a solução.
- Viva o vietcongue.
- Ditadura de Cuba.
- Fora Estados Unidos

Para dentro do ônibus.
Os parques das embaixadas.
Por cima deles, como jardins suspensos
- Essas são as assim chamadas favelas
- Cinquenta mil pobres vivem nesses lugares miseráveis do Rio.
- Isso é péssimo.
- Mas muitos não querem outra coisa, porque lá não precisam pagar aluguel.
- O senhor pode muito bem descer e bater algumas fotos.
- Esta é a mundialmente famosa praia de Copacabana

Um homem uniformizado ensina a uma brigada de garotos vestidos de verde como se deve marchar.
- Este é o Copacabana Palace.
- Não é um hotel. É uma lenda.

3.

Irma e Jäcki podem ler jornal.

Irma não consegue viver sem o jornal do lugar em que está, todos os dias.

Em Hamburgo, ela não fica sem o Abendblatt, por mais vergonhoso que isso possa ser desde Maio de 1968.

Em Oporto[1] não fica sem o jornal do Porto, e no Rio não fica sem o Globo e o Jornal do Brasil.

Irma e Jäcki conseguem ler jornais brasileiros.

E Jäcki, que abre mão com tranquilidade do Abendblatt, mas não consegue viver sem o Le Monde, está sentado sobre a cama do nobre hotel e lê que os Rolling Stones também estão hospedados no Copacabana Palace, junto com ele, porque querem participar dos sacrifícios a Iemanjá nas praias do Rio.

– Quem é Iemanjá e que sacrifícios são esses?

Jäcki lê que Henry Ford II é esperado para o carnaval

Jäcki lê que Perez Jimenez, o antigo ditador, que sumiu com o caixa nacional da Venezuela, é esperado no Copacabana Palace, onde alugou um apartamento por 10 mil marcos alemães ao dia.

Jäcki o vê, uma pequena caixa de aço na mão, passar pelas portas giratórias do Hotel Copacabana Palace.

Jäcki vai pegar a tesoura no banheiro.

Jäcki começa a recortar o jornal, como no passado recortou as fotos de Irma

Rolling Stones, Perez Jimenez, Henry Ford II.

Mas não para voltar a juntar as imagens em assim chamadas colagens surrealistas

Fotos que tornam o interior visível exteriormente

Ilustrações para palavras,

---

1. Nome pelo qual a cidade do Porto também é conhecida, como em língua inglesa, por exemplo. (N. do T.)

Mas sim palavras, artigos, que ele pretende colecionar, a fim de que Peter Ladiges as possa transformar em ondas radiofônicas que mapeiam o mundo exterior.
Newsreel, era o nome que Dos Passos dava a isso
Uma foto, de mil fiapos contraditórios
Para seus programas de rádio.
A verdade.
Jäcki lê a respeito dos bairros miseráveis, as favelas
Ele já havia pesquisado a respeito em Hamburgo, durante os preparativos para a viagem, no Arquivo da Economia Mundial, no Arquivo da Spiegel
Favela.
Vem de um morro no Rio de Janeiro.
Morro da Favela, onde há quarenta, cinquenta anos, os sem-teto se estabeleceram
As primeiras favelas foram descritas por um certo Aluísio Azevedo.
O Cortiço, foi esse o título que Aluísio Azevedo deu a seu romance.
Uma favela no Rio, assim que a república deflagrou.
Mas Jäcki logo esquecerá o nome de Aluísio Azevedo.
Na cama do Copacabana Palace, Jäcki recorta um artigo do Globo sobre o Morro da Providência.
– *Hügel* é morro em português.
– Mas morro também pode ser pedreira, *Steinbruch*.
– E *Vorsehung* quer dizer Providência.
– No dia 29 de dezembro de 1968 um deslizamento de terra levou 100 casas da Favela do Morro da Providência, deixando apenas uma pedreira para trás.
45 pessoas foram mortas.
Sobretudo crianças –

Na cama do Copacabana Palace, Jäcki recorta um artigo do Globo:
Duplo assassinato de homossexuais.
Alarme na Praça Tiradentes.
Uma residência comunitária decadente na rua Gonçalves Lêdo[2] 11, junto à Praça Tiradentes, foi cenário de um latrocínio bárbaro no ama-

---

2. Hubert Fichte grafa "Gonçalvez Ledo", no original. Os pequenos erros de ortografia não serão mais mencionados, a não ser em casos específicos. (N. do T.)

nhecer do dia de ontem. Os homossexuais Arnaldo Benedito de Oliveira, 42, chamado "Marilu", e João Pereira da Cruz, 34, proprietário de hotel, chamado "Marta", foram mortos enquanto dormiam por golpes de faca no baixo-ventre. O suspeito é um soldado, conhecido pelo nome de Cavalcanti ou "O pálido", que assassinou os dois homossexuais para se apropriar de cerca de cem cruzeiros e das joias de suas vítimas.

4.

Anoiteceu.
Surfistas cintilantes, ainda há pouco iluminados pelo sol, na praia.
Um vento mais fresco, e agora já é noite.
O cheiro de bolor africano misturado aos gases dos engarrafamentos do Novo Mundo
Na praia, velas são acesas.
As crianças ou os comerciantes abriram valas na areia e botaram velas dentro, e elas cintilam até as fachadas dos arranha-céus de Copacabana
Como se acenassem.
As chamas na escuridão.
Nada atrai tanto
São sinais, invocações
Sombras de negros se ajoelham diante delas
Uma negra de vestido branco – Jäcki pensa o mais complicado:
– uma afro-americana de vestido branco.
apresenta uma dança diante de uma cruz de velas acesas
perdida na areia que tremeluz em violeta escuro.
Ao fundo, o negror da praia se confunde com o mar ainda mais negro.
Céu. Nenhuma nuvem pode ser vista.
Ali, mais uma luz de vela, adiante mais uma, ameaçada pela costa que parece infinita a Jäcki
Jäcki deixa Irma sozinha.
As chamas das velas o sugam.
Diante do hotel, a Touropa inteira cai de seu corpo.
Sala de leitura, Pão de Açúcar, tapetes de banho
O calor gruda em sua pele.
Jäcki não consegue explicar, mas lhe parece que o calor aumenta depois que o sol se põe, como se os prédios e os morros, em razão de uma lei desconhecida para ele, agora devolvessem o calor que absorveram durante o dia

O Novo Mundo se acotovela junto dele.
Isso tem algo de abraço.
E Jäcki agora gostaria de mergulhar nos corpos negros, conforme ouviu sobre os marinheiros da marinha mercante brasileira, na gosma leitosa e no cheiro de cacau.
Ele anda em direção a um buraco tomado por velas.
Um grupo de pessoas vestidas dominicalmente reza um Pai Nosso. Ali, sobre a areia, uma toalha de mesa abandonada. Uma garrafa de cachaça, copos de cerveja sobre ela. Uma melancia aberta – dinheiro, uma galinha morta. E um buquê de flores, cujas cores são tingidas pela noite.
Ele vai até a cruz de velas, até uma vala, na qual as várias velas acesas aceleram mutuamente o derretimento como em uma tempestade de fogo.
Também ali as cantoras empetecadas de salmos se movimentam entre pratos e buquês como por trás do vidro de uma cabine telefônica ou de um aquário.
Jäcki, apesar do calor suarento, corre de volta até a avenida Atlântica.
Ele reconhece o quarto iluminado de Irma.
No muro junto à praia, os casais estão sentados coladinhos uns aos outros.
Usando vestidos curtos, calções apertados que parecem prestes a rebentar.
Eles trocam carinhos
Estão sentados de costas para a calçada e tão juntos
que por trás não se pode ver o que fazem na frente.
Milhares
Jäcki percorre a avenida Atlântica inteira.
Na extremidade norte, onde há mais um Pão de Açúcar e um quartel militar, um soldado aponta a metralhadora para um homem que, apoiado a um carro, mantém as mãos levantadas.
O homem não desiste diante da metralhadora.
Ele argumenta com o soldado.
Outros carros se aproximam
Eles cercam o soldado, cuja metralhadora treme nas mãos.
Os carros andam em círculos.
O soldado baixa a metralhadora.

E pega dinheiro do homem junto ao carro.
Jäcki percorre a avenida Atlântica inteira, voltando.
Ele calcula os quilômetros.
– Com certeza são pelo menos dez quilômetros.
Um casal de namorados ao lado do outro. Costas junto a costas.
Nem um único olho homossexual.
Nem mesmo uma bichinha com um *poodle*.
Ou um garoto de programa de olhar desdenhoso.
Só aquele mar de assim chamados casais normais junto à avenida Atlântica.
Que papo furado das bichinhas!
E dos jornais.
E de Affonso.
Na extremidade sul, mais um quartel
Mas, das gargantas das ruas que dão para o morro, um matraquear.
De madrugada, às duas, as bancas de jornal da avenida Nossa Senhora de Copacabana continuam abertas.

5.

Ao mar!

Fora com as roupas, roupas de marca, meias, câmeras, canetas-tinteiro.

Para o outro lado, atravessando o trânsito de oito faixas, os gazes de oito faixas

Para o outro lado, onde está o homem do abacaxi e as pandorgas de gaze

O homem do abacaxi é bem preto

Em um cesto redondo, ele carrega cerca de cem abacaxis sobre a cabeça.

De tempos em tempos, bota o cesto sobre a areia e espera que os banhistas se aproximem e comprem um abacaxi por um cruzeiro.

Ele brande o facão.

Decapita a coroa do abacaxi

Descasca-o aos poucos, girando-o, fende-o e estende ao cliente a fruta gotejante junto com o caroço.

Quando aparece um conhecido, ele dá um abacaxi de brinde.

Também concede crédito quando alguém não encontra mais dinheiro na bermuda molhada.

Quando o homem do abacaxi volta a usar seu chapéu pesado e quer seguir adiante e mais um cliente chega, este mesmo é obrigado a pegar sua fruta. O homem do abacaxi fica de cócoras.

O calção de linho azul se entumece na parte da frente.

As mulheres olham todas para o lugar, e os homens também.

Se uma mulher lhe agrada, o homem do abacaxi lança a mão no calção e mexe sua banana.

Quando o homem do abacaxi vendeu todos seus abacaxis, ele vai dar um mergulho, nada em estilo borboleta

Desaparece em uma onda, alta, peixe, âmbar.

O homem do abacaxi se deita na areia e os pingos descem por seu corpo como os regatos de uma montanha negra.

Em pé, as crianças saltam diante da parede de espuma e, mergulhando de cabeça, suas pernas são arremessadas ao alto, as solas brancas dos pés refulgem, os dedos rosados, e, girando uma vez, caem de costas na onda que desce, negra.

Um pai consola seu filho, que chora na água.

Ele o acaricia

Dá apoio a ele

O pai não sabe o que fazer diante das lágrimas minúsculas em meio a toda aquela gritaria e aquela espuma

— São ondas altas como prédios, diz Jäcki a Irma.

— Isso sempre se lê, mas ver eu nunca vi

Um rapaz une as pontas dos dedos e faz o sinal da cruz antes de mergulhar e desaparecer.

E agora?

Jäcki se lembra das recomendações aos banhistas de Sylt

Os desenhos.

Crista da onda, mergulhar, côncavo da onda, emergir, crista da onda, mergulhar.

Cinco, seis vezes.

Tinta esmalte com figuras gráficas em negro indicando o procedimento, linhas amarelas, setas vermelhas.

— Precisamos aprender, diz Jäcki

E vê como as ondas botam o homem do abacaxi de ponta-cabeça.

Lá se foi o calção curto de linho azul

Tudo vira um redemoinho em meio à espuma, dedos rosados, solas brancas

Bagos negros.

— Nunca vou conseguir aprender, diz Irma.

— Precisamos nos segurar, diz Jäcki.

— Não. Você não pode me obrigar.

— Posso sim.

— Não.

— Posso.

— Eu não consigo.

— Então vou aprender sozinho

— Mas tenha cuidado.

– Temos de perder o medo das ondas.
– Sim.
Irma dá a mão a Jäcki.
– Quando a próxima onda vier, vamos ficar de cócoras e deixar que ela passe voando por nós.
Irma e Jäcki se abaixam.
Quando voltam a emergir, se transformaram em foca e gaivota.
– Mais uma vez.
– Agora eu quero ir só.
Eles treinam.
Mergulhar, direto à parede de espuma do mar.
Imitando o homem do abacaxi.
A onda os levanta como um avião ao Pão de Açúcar
As pernas batem, os braços são retorcidos para baixo virando medusas, trangalhadanças, ostraciontídeos.
Pedrinhas sibilam em torno de seus ouvidos. Eles são sacudidos como um *milk-shake*
Ao fundo do mar, onde os cabos ultramarinos ancoram.
O gosto é de hospital e casa de repouso.
Irma e Jäcki abrem os olhos
Em uma floresta de águas-marinhas, cardumes de tubarões vermelhos minúsculos.
Ali moram ondinas, Tétis, o rei dos sapos, espíritos marinhos.
Eles são jogados para fora com as juntas doloridas.
Irma fica presa num turbilhão.
Um homem lhe oferece o braço e a salva, antes que ela entenda que estava se afogando a cinco metros de distância do homem do abacaxi.
Assim, aquela viagem trouxe a Jäcki e Irma não apenas um novo continente, mas também um novo elemento.
Eles haviam aprendido, apesar de Irma estar convencida do contrário, a mergulhar.

6.

Mas o Rio não parecia a Jäcki apenas abacaxi e Campari, Rolling Stones, ametistas contrabandeadas e as saladas estragadas do Copacabana Palace
Ele pegou um táxi e desceu a 150 por hora as autoestradas cheias de curvas da cidade
À esquerda, o Cristo de cimento iluminado abençoava, à direita, refulgia uma advertência fatídica entre os rochedos.
– Serviço militar para defender a pátria.
– Beba Coca-Cola.
– Praça Tiradentes
Foi o que Jäcki disse ao motorista do táxi, e se alegrou por sibilar o "t" como os brasileiros
O som era mais bonitinho do que o português de matraca dos portugueses.
Tiradentes de dentista, dali é que vinha o nome
Até que Jäcki entendeu que ele se referia a um homem, um revolucionário, que o império havia esfolado, esquartejado, botado na roda, arrancando-lhe a pele quando ainda estava vivo.
A praça é confortável.
Provinciana.
A segunda praça de um antigo império com mictórios e bancas de loteria.
Cinemas.
Nos pontos de ônibus, os trocadores fazem suas anotações a lápis.
O burburinho humano diante de um teatro de variedades.
Duas travestis negras – sobrancelhas afinadas de Marlene Dietrich – andam pela praça cambaleando sobre os saltos altos
– Rua Gonçalves Lêdo 11, Jäcki gravara o endereço.
– Arnaldo Benedito de Oliveira, "Marilu".
– João Pereira da Cruz, "Marta".

Na esquina sombreada, vários sem-teto
Eles dormem na calçada.
– Ao amanhecer do dia anterior, policiais em diferentes uniformes.
O policial de trânsito, fungando, faz de conta que anota a placa de alguém.
Jäcki olha para o braço dele rapidamente.
O policial faz a caneta deslizar sobre o bloquinho, sem o tocar
Ele faz movimentos giratórios com a caneta.
O policial nem sabe escrever.
Cinemas
Marrocos: "A Bíblia"
São João: "Helga"
"A caça do marginal"
estava escrito no artigo.
Marginais.
Marginálias.
Grupos à margem
"À caça do marginal, a polícia semeou pânico"
A polícia semeadora de pânico entre os homossexuais da Praça Tiradentes.
Numerosos homossexuais que tiveram ligações com Cavalcanti, aliás "o Pálido", foram presos.
– Ele tentou se aproximar de mim de modo indecoroso
– Fiquei com tanto nojo.
– Mas o que o senhor mais gosta
– Eu como de tudo.
– Um gosta de café, o outro de manteiga.
Peixe ou carne, era como se dizia em Portugal.
Peixe ou carne.
Na rua Gonçalves Lêdo não há postes de iluminação acesos.
Jäcki procura o número onze.
Arnaldo Benedito de Oliveira, 42, "Marilu", e João Pereira da Cruz, 34, "Marta" foram brutalmente assassinados enquanto dormiam.
Onze.
Uma placa:
Gravuras em uma hora.

Facas. Anéis. Medalhas.
Da janela do segundo andar, um homem gordo olha para a rua.
Facas na barriga e depois giradas.
Sapato sangrento.
Um homem vem ao encontro de Jäcki.
Ele também olha para o alto do número onze.

7.

Para Irma e Jäcki, para o rádio e a revista Stern o turismo é trabalho. Na manhã seguinte, eles deixaram sua pensão nobre, os Stones estoneados, o ditador em fuga com seu cofre-porquinho, a salada cara Copacabana, na qual uma barata bebê boiava e pegaram o táxi para o Morro da Providência.
Irma fez questão de carregar ela mesma sua bolsa de aparelhos e materiais fotográficos.
Jäcki saiu sem nada.
Enfiara apenas o artigo do Globo no bolso traseiro.
No dia 29 de dezembro de 1968, um deslizamento de terra levou cerca de cem casas da favela do Morro da Providência abaixo. 45 pessoas foram mortas. Sobretudo crianças.
Centenas de sem-teto
Os cadáveres não puderam ser todos resgatados
O Instituto de Geotécnica cessou as medições
E a polícia proibiu mais 1.100 pessoas de continuar morando na favela, por risco de desabamento.
O Morro da Providência fica a dois minutos da Central do Brasil, da Estação Ferroviária Central.

Jäcki pretendia fazer Irma fotografar um esgrafito no centro da cidade.
Mas ela corre em direção a uma torta coberta de sangue.
– Um esgrafito. Isso não dá foto que presta. Apenas uma reprodução.
– Depende do corte.
Jäcki vê Irma pirar no vento da imprensa promovido pela revista Stern e só com suas fotografias
Com uma leve ânsia de vômito, ele volta a pensar nas fotos que fizeram com que ele a conhecesse, e que ele recortou para ilustrar sua peça de teatro *gay*.
Freiras em geometrias venezianas.

Muros, chaminés em inclinações extremamente frágeis, como apenas Irma era capaz de voltar a equilibrar.
Será que agora tudo iria para o brejo no Novo Mundo?
Na época ainda era a velha Leica e a Rolleiflex mestre-escola. Agora ela já ganhara tanto a ponto de poder adquirir duas novas Leicas e duas Mamiyas.
Esgrafito
– *Demian was here.*
– Che.
Esgrafito à moda do tachismo.
– Eu poderia imaginar uma história desta parte da crosta terrestre apenas a partir do esgrafito, muros, camadas de pintura, depósitos de vegetação, letreiros.
– Mas eu não sou alguém que aprendeu reprodução artística.
O prédio dos bombeiros naturalmente era outra coisa.
Uma arquitetura de tromba e chantili neomanuelina como se poderia encontrar em Lisboa, mas inimaginavelmente coberta de sangue
A fim de que também todo mundo compreendesse que ali os carros rápidos ocupavam seu lugar em casa, os pretos de capacetes cintilantes com suas mangueiras grandes e grossas.
E que se tratava de sinistros e incêndios e sirenes.
– Espero que os filmes coloridos não tenham sofrido uma insolação nesse calor.
– E o vermelho se destaca.
– O vermelho entre as velhas árvores cobertas de pó e as cores surrealistas dos vestidos de verão.

Atrás da arquitetura da ditadura dos anos trinta, atrás da Presidente Vargas, um rapaz se aproxima de Jäcki e Irma, segue sempre um pouco atrás de Irma, do lado em que fica a bolsa com o material fotográfico.
Jäcki começa a falar com ele.
E muda para o lado em que fica a bolsa com o material fotográfico
O rapaz faz alertas contra ladrões, batedores de carteira, assaltantes.
– Aqui.
– Em torno da estação.
– As favelas ali não ficam longe.
Em uma rua estreita, cheia de plátanos, há uma cama de ferro em frente a uma vitrine de persianas baixadas.

Ao lado, um armário com espelho oval. Utensílios de cozinha
Uma velha negra senta-se na cama arrumada com todo o cuidado
Ela olha das rugas de seu rosto diretamente para os dois olhos de vidro da Mamiyaflex quando Irma bate a foto.

Ao lado da estação central, sobe-se para o Morro da Providência.
A escada que sobe para o Morro da Providência é de cimento.
Floresta virgem nas encostas.
Em cima, a coroa de escombros dos casebres.
Jäcki chega ao topo como se estivesse em um passeio pelas montanhas
Em cima, o cume
Atrás, o abismo.
O totalmente outro.
Mas não uma abertura amável que dá para arquipélagos e castelos de rouxinóis
E mais a garganta cheia de esqueletos de ovelha na qual se precipita rebanho após rebanho.
– Como um arranha-céu, pensa Jäcki.
– Boceta ancestral de granito.
– De quando em quando, saltam alguns fragmentos abaixo, insinuando qual é.
Em cima, ao longo do abismo, os apoios para os barracos trêmulos –
Alguns esticam suas vigas como tinteiros no ar
Os que estão à beira do precipício não são mais habitados.
Jäcki se vira para o outro lado.
Ele agora vê o Rio com seu Pão de Açúcar da perspectiva dos moradores da favela.
A linha do horizonte daquela que é a cidade mais bonita do mundo.
Irma bate uma foto.
Construções sobre pilastras no primeiro plano lá embaixo, na névoa, as casinhas coloniais coloridas com suas decorações de torta da virada do século, o ministério branco com a cúpula de Michelangelo
Irma bate uma foto, a loja de quinquilharias no primeiro plano,
Atrás, a estação Central do Brasil
O bar do Morro da Providência não desabou para dentro da garganta.
O bar no primeiro plano, atrás, na névoa, as montanhas de tábuas secas como mastros de cimento de uma catedral de Niemeyer

Um homem velho é carregado em uma cadeira por três homens escada de cimento acima, ao longo do cume.
Ele tem uma atadura nova.
– Ele vem do hospital, diz um dos carregadores.
O carregador tem uma cruz de corações em chamas tatuada no peito cor de cacau.
Uma mulher acena a Jäcki e Irma para que se aproximem do barraco.
A mulher desce uma pequena escada de madeira até a beira do precipício.
Fica em pé ao lado das escoras de sua casinha sobre escoras.
Ela abraça a pedra debaixo de um dos apoios e a embala de um lado a outro.
Seu barraco começa a balançar. A escadinha. As flores nos regadores de lata enferrujados. O comigo-ninguém-pode balança, a cala, o manjericão.
Sua casa inteira. Os banheiros, a cozinha, a despensa, o porão, o quartinho do despejo, o piso, o saguão, o quarto, o estúdio, o quarto das crianças, a sala de estar, o estúdio, a sala de fumar, a piscina no terraço.
Tudo balança junto, porque a mulher abraça uma pedra debaixo de uma das escoras de sua casa.
Os pais torcem o cabelo enrolado da menininha até formar algo que lembra duas tranças
E prendem laços rosados a elas.
Um garoto usa sobre o corpo impoluto uma camiseta de Mickey Mouse que acabou de ser passada a ferro e tem cem buracos.
Um homem convida Jäcki para uma cachaça na casa de madeira.
O garoto passa água nos copinhos de aguardente mais uma vez.
E os sacode lá fora, sobre o abismo de granito, até que sequem.
Um garoto. Um cão pastor.
– Também aqui começou a moda dos pastores alemães.
A casa tem apenas um ambiente.
Não tem banheiro.
Não tem água corrente
O chão está varrido.
– O senhor pode comprar ela, diz o garoto.
– Mas eu não quero comprá-la, diz Jäcki:
– Quanto custa uma casa dessas.

– É barata. 700, 800 cruzeiros.
– O cruzeiro tem mais ou menos o mesmo valor do marco.
Jäcki e Irma conseguem ir embora.
Eles se despedem e agradecem cerimoniosamente pela cachaça.
Jäcki e Irma vão até as casas vazias, acima do precipício.
– Foi ali que elas deslizaram abaixo, diz um homem, e estende o braço.
Ali.
Irma bate uma foto da garganta de granito.
A foto com o braço esticado e o indicador apontado.
Ali.
Ali jaz um sapato de criança.
É claro que isso é insuportavelmente sentimental, pensa Jäcki, dizer em um produto feito para Christian Gneuss, numa frase que se pretende objetiva, que ali jaz um sapato de criança.

8.

Jäcki, quando preparava a viagem, havia providenciado o novo guia turístico.
Não eram mais folhinhas mimeografadas do cassino municipal, que um espião da polícia dos costumes tirava do bolso.
O guia havia inchado e virara um livro de bolso.
Agora se chamava *Eos Guide*
Encadernado em plástico
– Para que não sobrem rastros de sêmen, urina, quando ele cai num vaso sanitário. Fezes. Sangue.
– Lavável.
O Rio era um mundo de bares, sanitários e banhos turcos.
Jäcki não tinha vontade nenhuma de ir a bares.
Na Praça Dom Pedro II – a primeira tampa fechada, a segunda bolorenta, vazia.
Na Praça Mauá nada, a não ser a Polícia Militar e as prostitutas
Os cinemas *gays* de Copacabana eram distintos e vigiados pela polícia.
Ele não conseguiu encontrar o Banho Turco.
Jäcki voltou para a Praça Tiradentes.
Ela havia se tornado familiar para ele devido ao assassinato de "Marilu" e "Marta" pelo "Pálido".
Também no monumento ao esfolado ele não conseguiu encontrar nada.
Os cinemas lhe pareceram reacionários.
As pessoas vinham do Largo da Carioca pela Praça Tiradentes, seguindo à esquerda em direção a uma rua estreita
Jäcki se deixou levar pela turba.
Adiante,
Até um parque cercado, que agora estava fechado
O prédio dos bombeiros cintilava, sanguinolento, através das árvores.
Depois arquitetura *bauhaus*.
Ditaduras.

E outra vez a estação, o Morro da Providência atrás dela com seu buraco negro
À beira do precipício, lá em cima, o punhado de caramanchões.
Jäcki estava com sede.
Ele atravessou tropeçando as calçadas de uma estação de ônibus improvisada.
Subindo as escadarias da construção provinciana dos anos trinta.
Central do Brasil.
Um quiosque.
Havia *milk-shakes*.
Jäcki pediu o verde.
Abacate, doce
Mais um.
O suor corria por Jäcki abaixo.
Ele começou a sentir o gosto.
A espuma gelada e doce do abacate.
Olhou em volta.
Um homem baixo, gordo, preto com um calção branco voltava a descer sempre, cinco vezes, sem suar, a escadaria ao lado de Jäcki
Atrás de Jäcki
Uma passagem subterrânea na qual os trabalhadores se acotovelavam saindo dos ônibus para as estações locais.
Uma porta lateral.
Muitos dobravam.
Também Jäcki entrou por ali
Era o mictório da estação da Central do Brasil
Duas salas para mijar no centro da Grande Rio
18 milhões de habitantes ou algo assim.
Uma parede com cabines.
A maior parte delas aberta.
Eles cagam de porta aberta, gemendo de cócoras.
Outros acenavam de dentro das cabines abertas.
Olhavam, de pé, acenavam.
Limpadores de banheiro carregavam grandes baldes com pedaços de papel salpicados.
O papel higiênico não pode ser jogado no vaso.

A canalização debaixo da Central do Brasil é estreita e curta demais
Os que acenam nas cabines jogam o papel higiênico na caixa, ao lado do buraco, depois de usá-lo.
Centenas de homens estão em pé junto às paredes borrifadas e mijam.
Alguns hesitam.
Outros, novos, se derramam para dentro.
Centenas de brancos magros gordos altos pretos marrons maquiados de cabelos encaracolados, com madeixas portuguesas, Jäcki é o único louro, tensos, exuberantes, sacodem seus membros pendendo pesadamente abaixo, seguram, eles, todos eles, como um copo que se esvazia aos poucos, no rosto a expressão de bebês que acabaram de acordar.
A maior parte deles o segura ereto
Galhos negros de uma floresta virgem feita de veias.
Mais centenas
Revelam as toras até os bagos negros.
Rebrilhando azulados como pontas de vergas cunhadas.
Os garotos de programa batem punheta cautelosamente.
Os índios negros mandam ver.
Esguichos novos, sempre novos, de leite, nas quedas d'água sibilantes da descarga.
Ali atrás há mais um vaso sanitário.
Jäcki voltou a adentrar a noite pelo outro lado da Central.
E, assim como os olhos se acostumam à escuridão aos poucos, Jäcki se acostumou ao burburinho de policiais, trabalhadores, militares, prostitutas menores de idade, homens gordos baixos pretos de calções, aos cabelos alisados quimicamente, aos incontáveis *milk-shakes* com mamão, maracujá, abacate, abacaxi, goiaba.
Ele aprendeu a identificar que um caçava, esfolava, devorava, chantageava, atraía, ridicularizava, desprezava, admirava o outro
Jäcki aprendeu a identificar os diferentes níveis, o pódio arredondado na parte da frente, a escadaria principal, a passagem subterrânea, as peculiaridades de um dos alçapões, e do outro também.
Jäcki perseguia a perseguição das bichas pela Polícia Militar
Se a Polícia Militar se esgueirava, entrando pelos fundos, as bichas, os veados, as cadelas escapavam pela parte da frente.

Jäcki aprendeu a identificar os que buscavam serviços sexuais, os assassinos, os garotos de programa e os que eram tudo isso ao mesmo tempo.
Central do Brasil – Estação Central.
No segundo alçapão, um homem se posta ao lado de Jäcki
Ele tem uma cicatriz de corte no rosto.
A expressão do espancado pelo pai na miséria.
Ele mostra seu membro negro a Jäcki.
É como um braço que se estende em sua direção.
O piscar maldoso. Um gesto de cabeça na direção da porta.
Jäcki segue, hesitante, entre as centenas de novos necessitados que se precipitam em direção ao sulco.
Dobrando uma esquina.
Ali não há mais ninguém.
O homem espera.
– Você quer, ele pergunta.
– Quero. E é de graça
Mas como se diz isso?
"Da graça"
– ou.
Como?
Aqui se pode cortar com palavras.
– Interessado?
– Estou doido. E você pode me dar uns trocados.
– Quanto.
– Quanto você quiser.
– Isso é perigoso, pensa Jäcki
Mas ele não está nem aí.
– Pã me protege, aqui na Central do Brasil?
– Ele não é meu assassino, pensa Jäcki.
O homem o conduz por meandros complicados através da noite.
Para acabar num lugar vinte metros ao lado da estação central.
Sobem à primeira hospedaria.
– Quanto custa isso
– Dois cruzeiros
– Portanto, dois marcos

O chefe da recepção está sentado, tronco nu, numa gaiola de tela de coelho.
Pátios traseiros.
Portas para o corredor
Dois andares como em uma prisão
Lotada.
Subindo pela segunda hospedaria.
Outra vez a tela de gaiola de coelhos.
– Aqui custa cinco cruzeiros.
Em cubículos de madeira compensada, as camas
Nenhum inseto daninho.
Uma toalha limpa
No corredor, a ducha
Buracos nas paredes e no teto de papelão.
De cada fresta vem um ronco.
Ventilador.
Jäcki está uma gosma de tanto suor.
No lençol, as manchas úmidas do casal anterior.
E então o suor e o sêmen de Jäcki se juntam a elas, enquanto o homem da cicatriz mete bronca nele.
Jäcki observa, voltado para trás, a mão calejada em seu quadril.
O homem enfia o dele em Jäcki chegando a algo que jamais foi tocado.
O homem sorri, quando ele o sente
Ele quer de novo.
– Isso está incluído no preço, porque você é muito bom, diz o homem com o corte no rosto.
– Chupa o meu pau, ele diz.
Jäcki entende pão.
Chupa meu pão
E pensa em Jesus Cristo.
Mas provavelmente seja pau, madeira
Floresta virgem, Dafne, colunas egípcias com folhas
Para Jäcki não foi o suficiente.
Amado, o chileno, havia traduzido seus pensamentos espanhóis ao alemão em Hamburgo:
– Eu engoli muito queijo

– Mas isso não faz mal, quando se tem pão suficiente para acompanhar.
Para Jäcki não foi o suficiente.
De volta à Praça Tiradentes.
No ponto do ônibus, há um policial que olha para Jäcki de modo ameaçador.
Com belos olhos arregalados
E o quepe de policial chamativamente inclinado sobre a cabeça de Benim.
– Agora eu logo serei preso, pensa Jäcki.
Na esquina seguinte, ele volta os olhos mais uma vez.
O policial continua olhando.
Ameaçador.
Jäcki dobra mais uma esquina
E volta os olhos mais uma vez.
O quepe torto não pode deixar de ser reconhecido.
O policial continua ameaçando.
E agora segue Jäcki de perto.
– Agora ele vai me prender de verdade, pensa Jäcki
– E então eles vão me enfiar uma garrafa de cerveja quebrada no traseiro.
– Eu me chamo Aristóteles, diz o policial.
– Arichtotcheles.
Debaixo de suas ameaças, todas as orquídeas do Amazonas se abrem.
Eles seguem em silêncio através do parque cercado e da torta coberta de sangue dos bombeiros.
Na rua há uma cama, sacolas de mercado, caixas de papelões ao lado, uma espátula de grelha e garrafa térmica de chá.
Na cama de ferro adornada com tule, dorme um casal de sem-teto.

O Rio está escuro.
Apenas na Presidente Vargas, a avenida da ditadura com seus cem metros de largura, há iluminação regular.
Veredas de arranha-céus.
Ruelas de província.
Pouco movimento.
A polícia anda de carro aberto através da noite.
Vinte policiais com equipamento de guerra completo

Aristóteles bota seu quepe debaixo do braço.
Patrulhas.
Rondas.
Barreiras.
Táxis passam, desviando do controle
Os policiais militares riem.
À meia-noite e meia, não acontece mais nada.
De repente, estalos e trompetes sobre a praça na noite de 30 graus.
Milhares de correntes se arrastam.
Em cima, no segundo andar, as janelas estão escancaradas.
Na construção colonial que imita o estilo manuelino, moças finas, empoadas de branco se apoiam e ofegam buscando o ar da noite de 30 graus.
O teto falso treme como o tímpano.
No passo do samba.
No passo do samba.
Os mendigos, os garotos de programa, os aleijados que se acomodaram na escadaria suntuosa da ópera não conseguem dormir.

Aristóteles pede frango.
Jäcki come frango com Aristóteles numa biboca
Ele se embebeda na cerveja rala que rola aos montes
– Eu estive no canal de Suez em 1965.
– Exército.
– Agora sou motorista de ônibus.
– E escola da polícia.
– De 10 a 14 cruzeiros por dia.
– 12 horas de trabalho
– E a escola à noite.
– Às vezes, é muito bom.
Ele conduz Jäcki adiante, andando em círculo.
Casinhas burguesas velhas, coloridas, afrocoloridas
Uma negra só de anáguas se lava na rua.
As casas de torta refulgem em meio à noite, quando um carro passa pelas alamedas sem iluminação
As folhas das árvores desconhecidas formam como que gavinhas e folhagens que emolduram um palco.

As casas coloridas parecem tremer
Rio, 1900.
Jäcki vê Euclides da Cunha voltando para casa, vindo dos Sertões, no alforje os diários patéticos da campanha contra os hippies antirrepublicanos de Antônio Conselheiro, dos quais esboçara seu épico árduo.
João do Rio vai de táxi a orgias satânicas.
Morais Filho satiriza uma execução
E Aluísio escreve a continuação de seu romance sobre um cortiço, sobre as primeiras favelas e sobre lésbicas.
O rei de Benim vive como beberrão agudo em corredores de prédios.

Como um *tableau* intermediário:
O prostíbulo
Atrás, pranchas
Bastidores iluminados em cores vivas
Ocre e azul celeste, verde e violeta.
Todas as portas, todas as janelas escancaradas.
Sinais de luz
As moças acenam do primeiro andar.
Cachos de homens
Carroças de doces
Carro de polícia
Atrás, proteções de madeira para construções de cimento.
Um estádio de futebol
Talvez uma catedral.
De Oscar Niemeyer.
Aristóteles e eu voltamos à mesma hospedaria.
Em outro quarto.
Aqui, nenhuma mancha úmida no lençol.
Aristóteles começa a falar da revolução.
Ele admira os estudantes de Berlim
Rudi!
Rudi, o vermelho!
– O que você vai pagar, diz Aristóteles.
– Os outros pedem dez ou vinte.
– Mas eu sou policial, diz Aristóteles.

– Mas eu pensei que era, ora, o quê?, diz Jäcki
– Então dez, diz Aristóteles e:
– Às vezes, a polícia faz batidas.
– Mas bem raramente.
– Por causa do assassinato de Marilu e Marta.
– Mas isso já passou.
– Existem homossexuais ativos e homossexuais passivos
– Eu sou ativo
– Não toco um pau nem por todo o dinheiro do mundo.
– Mas também sou homossexual quando sou ativo.
– Você é muito bom, diz Aristóteles.
– Vamos nos ver de novo algum dia?
Aristóteles dedica um romance policial de bolso a Jäcki.
No Hotel de Bertram. Agatha Christie em português brasileiro.
Símbolo, ele escreve nele.
Amizade.
Admiração.

9.

Jäcki sentiu o peso do luxo todo do Copacabana Palace
como algo protetor na manhã seguinte
O café da manhã na prataria do hotel.
O café infecto
— Em qualquer dos mictórios da putaria na Praça Mauá há um café melhor do que o do desjejum do Copacabana Palace para os ditadores e os Stones.
O mamão.
— Que tem gosto de meias usadas.
— Você já deve ter comido um bocado, realmente.
— Isso minha avó também dizia, sempre que meu avô dizia:
Isso tem gosto de ratos pelados.
O saguão
Onde o rapaz do elevador não deixou os americanos de sunga saírem.
A edição de toalha lá embaixo, com a consciência de praia para o banho, pandorgas, homem do abacaxi e a beleza multiplicada por mil do creme Nívea.

Praia do banho.
Andar térreo.
Andar intermediário.
Restaurante.
1º andar.
2º andar.
3º andar.
No quarto andar o elevador para.
5º andar.
No sexto andar o elevador para.
7º andar.
8º andar.

Olhar para o pegador.
Olhar para a porta.
Olhar para o espelho.
Combinar a senha.
– Dizer sim, claro.
Combinar a outra senha.
– Dizer bom dia.
– Dizer no nono andar demorou muito.
– Eu trabalho seis horas por dia.
– A gente fica mal só de andar assim, para cima e para baixo.
– Todo dia, durante a semana inteira
– Mas pelo menos só seis horas por dia
10º andar.
11º andar.
– Coimbra fica em Portugal e é uma cidade bonita
– Não tenho filhos.
– Eu ando uma hora de ônibus até em casa
– Duas horas de ônibus todos os dias.
– Eu ganho duzentos cruzeiros por mês.
– Não vou nunca ao carnaval.
Décimo segundo andar.
Último andar.
– Da próxima vez, o rapaz do elevador vai me punir pelo excesso de perguntas, pensa Jäcki:
– Como existem *gays* que desprezam justamente aquele que se aproxima deles sem desprezo.

Lá em cima, Jäcki encontra o diretor da viagem e Irma.
Ele a acompanhara até o último andar para a foto panorâmica:
– Eu naturalmente devo refletir sobre o que posso e o que não posso dizer.
– Nossas viagens para a América do Sul estão 100% esgotadas.
– Tivemos de recusar alguns voos porque não conseguimos novas permissões para pousar.
– Na verdade, fazemos os cálculos para uma ocupação de 95%, por causa dos clientes que compram semanas de acréscimo.

– Isso aliás também explica o preço incomumente alto de uma semana de acréscimo.
– Eu já havia me admirado com isso, disse Irma.
O diretor da companhia de viagem fez de conta que não ouviu a frase da fotógrafa.
– E Irma naturalmente é distinta demais para insistir, pensa Jäcki:
– E por que nós temos de pagar o pato se prorrogamos por três meses, disse Jäcki.
– Eu sou o garoto do porão aqui. Estou pagando essa viagem. Posso ser vulgar, Jäcki se desculpou consigo mesmo, no cinema de sua cabeça, por causa de algumas palavras trocadas no diálogo interno.
– Sim, haveremos de encontrar uma solução adequada a todos, disse o diretor da agência de viagens.
– O preço normal do voo da Alemanha ao Rio de Janeiro estava entre 2.800 e 4.200 marcos em 1968.
– O preço do voo que a Touropa Scharnow precisa cobrar por pessoa eu não posso dizer ao senhor.
– Bem mais do que 1.000 marcos alemães.
– A Touropa já há anos, bem antes dos novos hotéis serem construídos, investigava os custos.
– Os preços do Copacabana Palace giram em torno de cento e poucos marcos alemães.
– Um apartamento custa, eu acho, 400 marcos ou mais.
– O ex-ditador Jimenez, que fugiu com as caixas estatais, gasta 10 mil marcos alemães por dia para morar aqui.
– Mas disso tudo o senhor com certeza já sabe, na condição de jornalista da revista Stern.
– O que a companhia de viagens paga por pessoa eu não posso revelar ao senhor.
– As sem-vergonhices que o hóspede é obrigado a suportar no Copacabana Palace são por conta da fama da casa.
– Dr. Tigges, Bertelsmann e Viagens Hummel já trabalham há dois anos com a Touropa Scharnow.
No momento, já se está em negociações com a Quelle e a Neckermann.
– E agora peço desculpas aos senhores.
– Hoje haverá troca.
– O novo grupo já está sentado lá embaixo, em cima de suas malas.

– Graças a Deus, disse Irma quando ele foi embora.
– Eu já estava temendo que ele quisesse me dar conselhos para a foto panorâmica.

A avenida Atlântica foi suavizada em ambas as extremidades, onde ficavam os dois quartéis militares, por nuvens de sal.

No meio, prédios, de quando em quando um barranco, no qual havia uma mansão milionária antiga repleta de arabescos, com buganvílias e Morning Glory

Na praia, na espuma, nas torres de babugem marinha, toda a beleza multiplicada por mil que os caros elevadores dos arranha-céus haviam cuspido e amassado perspectivamente em queijo forte e negro.

Jäcki admitiu que Irma tinha de usar a teleobjetiva da Mamiyaflex caso quisesse registrar isso.

– Mas é como a foto do Japão, disse Jäcki.

– Se é como o Japão.

– Mas vai parecer um plágio.

– Em breve, todas as fotos de praias vão parecer um plágio.

– A revista Stern pediu que eu batesse uma foto da praia de Copacabana.

Isso não é arte.

Mas isso pouco me importa.

Irma tinha razão.

Henry Nannen elogiou a foto na conferência

Copacabana, o novo mundo de modo asiático, foi impressa diretamente do negativo em duas páginas da revista Stern.

O negativo, aliás, desapareceu.

10.

"Iris"
Jäcki achava assaz correto que um cinema se chamasse Iris.
No cinema de sua cabeça, em seu filme interior, se formavam listras de gosma, poças irisadas em torno de espadanas, lustres sobre vasos de Lötz Witwe. Filmes sobre objetos sobre objetos
No meio da rua sombreada Largo da Carioca um velho cinema do Rio.
Jäcki ficou parado, porque aquilo parecia com um filme do velho oeste selvagem.
Um pavilhãozinho para os bilhetes de entrada, nos fundos o vestíbulo, e todos subindo aos pares a escadaria externa.
Arquitetura pão de mel, dura como aço, no qual passava um filme do velho oeste.
A entrada custava apenas 40 centavos.
Sim, 40 centavos.
O que chamava a atenção de Jäcki era o número de moças maquiadas paradas, passeando, estacando nas escadarias
Um passear ininterrupto de moças maquiadas nas escadarias de ferro do cinema pão de mel.
Jäcki chegou ao térreo do cinema Iris pela entrada da esquerda.
A tela chegava até o segundo andar.
Debaixo de fóruns romanos de papelão colorido.
Os olhos de Jäcki logo se adaptaram.
Ele reconheceu no cintilar poeirento as vigas de pão de mel, os camarotes, o corredor por trás da última fileira
E, em cada nível, a porta iluminada e a penca de pessoas esperando junto à parede.
Jäcki andou ao longo daquela parede. Onde anciões estavam parados, também havia travestis, índios, gaúchos, negros gigantescos e outra vez o homem negro baixo rusguento de calção branco – que pareciam fixar, todos, seus olhos em Sophia Loren, que tentava em vão se parecer

com uma messalina diante de um homem usando uma armadura de papelão.
Jäcki se lembrou de uma outra fileira com homens na parede traseira de uma sala de cinema.
Em Marselha, na Cannebière
58.
Na época, ainda não havia movimento *gay*
De Gaulle mantivera as leis dos nacional-socialistas de Pétain
E tudo era mantido em ordem.
Havia *gays* e travestis e árabes
E cinemas proibidos.
Jäcki estava vindo como pastor de Luberon.
Já há muito ouvira dos cinemas proibidos de Marselha.
O filme exibido era de Raimu
Fanny. Pagnol.
Era como no Teatro Thalia, Praça Gerhart Hauptmann
E, de repente, um homem que estava parado com o outro na parede traseira tirou seu pau grande, grosso e duro das calças e o balançou em direção a Fanny Marius e Bouillabaisse e nostalgia de marinheiro.
E esperava que Jäcki o chupasse.
Jäcki entrou no primeiro nível
Ali estavam as proteções de madeira dos camarotes, atrás das quais se amontoavam os negros.
No banheiro, em meio aos azulejos verdes e à luz neon, um estudante de artes era fodido ao lado da pia de porcelana branca, que parecia uma gigantesca banheira oval.
No terceiro nível, não havia parede traseira nem alçapão.
Ali ficava a cabine de exibição e, sobre um pódio, se encontrava a polícia.
No abismo ao longo da esquerda e da direita, balaustradas, nas quais brasileiros sentados de pernas abertas esperavam que alguém lhes desse uma chupada.
Na frente, na tela, onde os rostos coloridos pareciam gravuras modernas, uma travesti examinava uma cédula à luz do filme e era fodido por um motorista de caminhão ao lado do olho de Sophia Loren
Protegido dos policiais por um grupo de espectadores.
Jäcki foi para trás, descendo a escadaria de ferro exterior do pão de mel.

No ar úmido e quente lá de fora, as travestis tentavam corrigir a maquiagem.

Eles ajeitavam as perucas louras.

Os assaltantes, os gigolôs, que pareciam vir para o lugar não para roubar e arranjar clientes, mas porque gostavam de travestis e porque ouviram falar do "Iris" no Amazonas, na Baía de Todos os Santos, nas favelas, no Morro da Providência, corriam do primeiro para o terceiro nível, da sacada para o térreo, do *poulailler* ao segundo nível pela escadaria de ferro ribombante do cinema do velho oeste.

Na tela, agora, milhares de bichas maquiadas e garotos de programa americanos em togas de *nylon* tentavam tomar o Capitólio, cavalos de verdade tombavam realmente.

O *ketchup* espirrava.

Os garotos de programa e as bichas da última fileira tinham seus salsichões de fora.

Jäcki volta para a Praça Tiradentes.

Ele descobre o policial Aristóteles na entrada do Cinema Marrocos.

Aristóteles faz sinais a ele.

Será que o Marrocos também é um ponto de encontro?

– Você está sem tempo, pergunta Aristóteles.

– Estou, quero ir ao Marrocos.

– Ah, mas o que você quer no Marrocos.

– No fundo, você só se interessa por dinheiro.

– Isso não é verdade. Eu quero você.

– Você quer me foder.

– Isso mesmo.

– Eu também.

– Mas não de verdade.

– De verdade, sim.

– Mas de verdade não dá.

No Iris eram legiões romanas as que se esfalfavam por Sophia Loren, no Marrocos é um Dr. Wu quem opera.

Dr. Wu e seus chimpanzés se misturaram à sala do cinema, que se mostra lotada até o último lugar.

Sobretudo homens, uma massa que tremia aos berros das vítimas no filme, a mancha colorida, o halo de luz trêmulo cheio de pó que se movimentava de um lado a outro, se levantava, saía, entrava, se amontoava nos fundos no cantinho escuro, na parede esquerda eles se acotovelavam até junto da tela.

Jäcki procurou por um lugar, seguindo as fileiras.

Também ali os homens, as travestis, agarravam suas calças, na parte da frente ou de trás.

Metiam membros duros contra seu corpo.

Jäcki se sentou.

Enquanto Dr. Wu trocava um cérebro, seu vizinho desenrolou, bastante desinibido, seu membro negro, e tentou enfiá-lo na boca de Jäcki.

Jäcki estava com medo do policial.

Ou talvez houvesse agentes da ordem e dos bons costumes em trajes civis.

Jäcki olhou em volta.

Ele viu que nas fileiras à sua frente e atrás dele o segundo lugar muitas vezes era ocupado apenas por costas arredondas.

Jäcki, entre os membros, mais uma vez para os fundos.

Passando pelo policial, que estava parado atrás da última fileira, no corredor, iluminado pela luz de emergência e brincando com seu cassetete de madeira.

Ao banheiro.

Nos oceanos de urina boiavam pedaços de papel higiênico

e, imóveis, havia um punhado de homens baixos gordos negros

em calções brancos apertados demais que olhavam ofendidos para os azulejos.

Eles não liberavam nenhum lugar

Jäcki voltou a sair.

Passando por trás do policial.

Ele ficou parado no cantinho escuro.

Ao lado do policial branco com seu cassetete de borracha de madeira à sombra, debaixo da escadaria coberta de correntes que levava ao piso, cinquenta negros ressoavam.

Eles estavam presos uns aos outros, mas pareciam não fazer nada uns com os outros.

Um gigolô com barba de Adolphe Menjou, o típico macho inacessível, se enfiou no canto, e um velho negro de dois metros de altura e barba prateada se enfiou atrás dele.

E enquanto o gigolô parecia estar mascando algo com o barba de Menjou e segurava no cinto de sua calça, o gigante negro ergueu a calça do gigolô acima da voltinha dura na parte de trás do corpo e revelou – sob os olhos de Dr. Wu e suas enfermeiras, que pegavam aranhas gigantescas com seus redenhos – nádegas monstruosamente nuas e pressionou a coisa preta, enfiando-a por trás, sem que o policial com seu cassetete de madeira, que estava na frente, pudesse perceber algo suspeito.

O gigolô continuava mascando

O gigante metia como louco.

O gigolô se esforçava em ficar parado ereto, em parecer imóvel e não se mexer, não desabar.

Então o negro gigantesco deu um suspiro, gemendo, e meteu tão rápido que parecia o espasmo de um moribundo, enquanto na tela Dr. Wu caía de cabeça de cima do arranha-céu para o abismo.

A luz se acendeu.

O policial com o cassetete de madeira se virou para o cantinho sombreado debaixo da escadaria.

As travestis e os homens baixos de calções brancos se juntaram em torno do casal, fechando um círculo.

Quando Jäcki sai do cinema, Aristóteles continua parado ali.

– De verdade?

– De verdade.

– Vamos lá.

Eles vão à mesma hospedaria da última vez.

O policial Aristóteles apertou a cabeça de Jäcki, baixando-a até seu cassetete.

– Um policial tão amável e um cassetete tão gigantesco.

Quando Aristóteles está chegando lá, brinca com as orelhas de Jäcki.

Depois que Aristóteles se lavou, deita-se de barriga.

Puxa o cobertor de lã cheio de esguichos sobre sua bunda.

Jäcki beija seu pescoço, lambe os pequenos anéis luso-americanos de seus cabelos no sulco em meio a sua nuca.

Jäcki morde um pouco em seus ombros.

Morde, lambe a espinha dorsal, descendo até os cabelinhos da lombar.

Ele acaricia a bunda debaixo do cobertor

Jäcki lambe os pés épicos de Aristóteles com suas solas brancas africanas, as feridas, as escarvas de uma vida de homem no Rio de Janeiro.

Jäcki acaricia as barrigas bobas das pernas.
As coxas de aço.
Subindo, ele chega por baixo da coberta até os dois hemisférios
as bolas negras, empurra o cobertor para longe, lambe,
sente a abertura suave.
– Por frente pode fazer, diz Aristóteles.
E gira debaixo do cobertor, ficando de costas.
Ele já está de pau duro de novo.
– Por frente todos fazem.
– Se você deixa fazer por frente, também pode deixar fazer por trás
– Quer dizer que é menos: eu não me deixo foder; do que: por trás sou eu que pego.
– Mas é que de frente eu posso ver você.
– Você quer me ver quando eu o meto lá dentro?
– Sim.
– Mas o teu cu, o teu cu.
Aristóteles se vira de barriga.
Ele joga o cobertor cheio de esguichos para longe
nenhum cabelo em sua bunda, que se embala ao vento do ventilador.
Aristóteles se deita, fazendo uma das nádegas aparecer redonda, a outra angular.
Ao lado, a mossa no músculo.
– Cubismo analítico, pensa Jäcki.
Jäcki ajeita a bunda para Aristóteles.
– Ali deve haver uma glândula que expele um líquido.
– Ele tem cheiro de amoras silvestres e amêndoas.
O cheiro fica grudado nos pelos de sua barba, se mistura ao suor, se dispersa, fica doce ao contato do ar, igual a lírio-do-vale ou jasmim
Jäcki deixa um pouco de saliva entre as pernas de Aristóteles e pressiona sua viga, que é branca e bem mais fina do que a do policial, ali dentro. Mas ainda não dá.
Aristóteles também pressiona, empurra, vira sua bunda até ficar na posição correta.
Mas ainda não dá.
Só quando Aristóteles cede, se entrega, é que o pau de Jäcki salta para dentro do policial.

Aristóteles não quer parar.
Mais uma vez, diz o policial.
Eles estão molhados, ambos, como se estivessem debaixo de uma cascata.
Aristóteles se ergue um pouco
Ele começa a tremer.
Goza sem nada fazer debaixo das metidas de Jäcki.
O policial pega uma toalha e seca Jäcki.
Eles acariciam suas bundas mutuamente.
Aristóteles diz:
– Foi a primeira vez.
– Se você me ver na rua, não me cumprimente.
– Não me reconheça.
– Não quero ver você nunca mais.

11.

O arquiteto alemão gritou, ao ouvir sobre as intenções de Irma de fotografar no Vigário Geral para a revista Stern:
– Você não deve jamais entrar em uma favela.
– E além disso com câmeras
– No Vigário moram cerca de 70 a 80 mil pessoas.
– Você sabe o que isso significa
– Você vai ser roubada até o último fio de cabelo.
– Há pessoas que ficaram sem camisa
– E foram espancadas até morrer.
O taxista não sabia onde ficava o Vigário Geral.
– Mas é um bairro do Rio de Janeiro e está marcado no mapa
O taxista parou em uma ponte sobre os trilhos de trem.
– Isso são urubus?
– Sim. São urubus. Nesse caso a favela não pode estar longe.
– Eles comem todo tipo de sujeira.
– Não podem ser mortos, é crime ambiental.
– Quando acontece um assassinato, a polícia se limita a olhar para o céu.
– Onde os urubus voam, pode contar que ali está o cadáver.

O lugar se chama Vigário.
Jäcki e Irma tiveram de parar cinco pessoas antes que uma delas lhes mostrasse o caminho para a favela.
Sobre trilhos de trem.
Mulheres carregam tábuas na cabeça, andando nos trilhos.
Crianças carregam latas de água, andando nos trilhos.
Barracos de madeira, casas de tijolo, zinco, barracos de argila, as paredes reforçadas com ripas de madeira.
As casas se apoiam a escoras, entre elas, caminhos demarcados por colunas

O responsável, chefão como Jäcki no Abbé Pierre, responsável pelo Camp de la Pomponette, o responsável da favela de Vigário Geral reside em uma casa de tijolos:
– 13 mil habitantes.
– 2.500 casas.
– Isso dá em média 5 pessoas por família.
– A maior parte dos pais de família ganha o salário mínimo.
– 129 cruzeiros.
– Doença mais comum:
– Bronquite.
– Malária quase não há.
– 50% das casas têm luz elétrica.
– Algumas casas dispõem de água corrente, banheiros e canalização.
– A favela existe desde 1949.
– Uma casa por aqui custa entre 100 e 1.500 cruzeiros.
– Todos são fiéis por aqui.
– Quase todos são católicos.
– Existem igrejas de diferentes seitas aqui.
– E pelo menos cem terreiros de macumba.
– Macumba?
– Sim.
– A criminalidade quase não existe.
– Nós também organizamos um desfile de carnaval.

Irma se comporta pessimamente quando o responsável os conduz pelos caminhos de colunas.
A água da inundação ainda não escoou.
Água verde, densa, entre as casas da favela de Vigário Geral.
Porcos correm debaixo das casas, entre as escoras.
E crianças.
– Hoje está fazendo quarenta graus à sombra, diz o responsável.
– Isso significa uns sessenta graus ao sol.
– Tome cuidado para não pegar uma insolação.
A água está coberta de bolhas.
– Quarenta graus à sombra, no Rio de Janeiro se diz que as águas do esgoto de Vigário Geral produzem bolhas, pensa Jäcki.

12.

O criador mundialmente famoso de Utopópolis, o ideólogo dos prédios no deserto de Neguev, o comunista, conforme se murmura por aí, mora em uma mansão em forma de rim no subúrbio da cidade, no meio da floresta virgem.
Jäcki e Irma vieram para entrevistar o mestre de Utopópolis.
A mansão foi fácil de encontrar.
Ela ficava acima da praia de São Conrado, e a algumas centenas de metros da maior entre todas as favelas, a Rocinha.
200 mil pessoas vivem por lá.
Mas ela em pouco deveria ser removida.
Atrás da mansão em forma de rim, no meio da floresta virgem, já se erguia a nova torre do hotel com 120 andares ou algo assim
uma nova obra do mestre de Utopópolis.
Muito vidro em sua casa.
Uma rocha na varanda, inserida na composição, meio dentro, meio fora.
Uma humilde casa de família.
Com um telhado que precisa de nove pilares de apoio.
Livros.
Dostoiévski, Machado de Assis, Dom Quixote.
Tudo úmido.
Fungos.
A porta do jardim emperra.
Os fios de eletricidade pendem das tomadas
Poltronas puídas.
O forro se embola nos móveis
O mestre de Utopópolis está sendo vencido pela floresta virgem.
Um quadro de Che Guevara na parede.
Como na sala de Peter Michel Ladiges, no canal Südwestfunk.

O arquiteto tímido, suave, baixinho e um tanto amarelado é seguro ao ordenar as cadeiras
Jäcki não leva entrevistas muito a sério.
Uma entrevista está na última página da Newsweek
E o que isso ainda importa, sendo assim.
Já se sabe de antemão tudo que se vai perguntar a alguém.
E na maior parte das vezes também já se sabe as respostas.
E quais as respostas que nunca vai se conseguir.
De preferência, Jäcki perguntaria a todos o que fazem na cama.
Mas isso naturalmente não se pode fazer.
Le Corbusier, Che Guevara, Michel Ladiges.
Todo o resto é sempre a mesma coisa e nada interessante
As perguntas são pensadas entre o chá e o mamão.
Para uma entrevista, se precisa sempre de meia hora.
As perguntas também podem ser deixadas de lado.

– No passado, era apenas em Portugal que, para se poder falar livremente, se era obrigado a ir a um outro andar.
– Agora é a mesma coisa no Brasil.
– Mas eu digo o que eu penso.
– Também quando falo ao telefone.
– O presidente Costa e Silva parecia mais liberal do que o seu antecessor, no princípio.
– Ele se tornou uma marionete dos militares.
– O primeiro golpe dos militares, em 1964, foi organizado pelos americanos.
– O povo é ignorante.
– Ele é contra alguma coisa.
– Mas não sabe contra o que, nem por que.
– Pode até ser que existam cerca de 50 % de analfabetos no Brasil.
– A vida é fácil.
– Dar um mergulho.
– Está quente.
– Uma revolução do povo?
– Quando há uma partida de futebol, ninguém mais se interessa pela revolução.

– A campanha anticorrupção, as queixas contra Kubitschek são uma vingança pessoal.
– Existem favelas bem diferentes umas das outras.
– No Rio, existem pelo menos dois milhões de pessoas que vivem em favelas.
– Mal existem estatísticas a respeito.
– Com certeza metade do povo brasileiro vive em favelas ou abrigos que se parecem com os barracos das favelas.
– No máximo 20% da população possui uma casa ou um apartamento.
– Uma casa ou um apartamento e além disso uma segunda moradia nas montanhas ou na praia são no máximo 5% que possuem, não, isso já é demais, no máximo 1%.
– É o um por cento que é dono de metade do Brasil.
– 50% dos trabalhadores ganham entre 36 e 129 cruzeiros por mês.
– A discriminação entre nós não é de cunho racista.
– Ela não precisa sê-lo.
– Ela é econômica.
– Pensei em construir uma casa para as pessoas que vivem nas favelas.
– Mas uma casa pré-fabricada só valeria a pena se fossem encomendadas pelo menos 5 mil peças.
– E nisso não se pode nem pensar nas circunstâncias políticas que estamos vivendo no momento.
– Naturalmente seria muito mais sensato se as belas casas antigas do Rio não fossem derrubadas.
– As pessoas vivem barato por lá e comparativamente bem, e além disso não longe demais do lugar em que trabalham.
– Os prédios comerciais deveriam ser erguidos em um bairro completamente novo.
– Mas o planejamento municipal depende apenas do capital.
– Só se pode resistir quando se tem armas.
– O que quer dizer de esquerda.
– No Brasil é simples.
– Ou se é a favor dos Estados Unidos ou se é contra os Estados Unidos.
– Aqui não existe um grande depósito de armas da oposição, e o país não está na iminência de uma revolução armada.
– Não acredito que a luta armada fizesse sentido por aqui.
– Um general americano disse:

– O Vietnã não é muito importante para nós.
– Ali nós apenas testamos o que depois poderemos fazer melhor na América do Sul.
– O Partido Comunista segue uma política muito clara:
– Esperar.
– Não acredito que os estudantes de Paris tenham tido razão.
– Mas também não posso me posicionar contra eles.
– Existem pessoas que não querem mais esperar.
– Os trabalhadores foram torturados desde sempre.
– Isso não ficou pior, nem melhor.
– A marinha não tortura mais.
– No passado, com certeza.
– Ainda há pouco uma revista de arquitetura vanguardista foi proibida por supostas tendências comunistas.

O criador de Utopópolis em sua casa no meio da floresta virgem, Jäcki parece tê-lo ganho.
O homem famoso fala com grande capacidade de convencimento.
Jäcki acredita em cada palavra que ele diz.

Um escritor bem-sucedido sibila em volta.
Quer ter certeza.
Observa com cuidado.
Utopópolis.
De cima, ela seria parecida com um pássaro.
Jäcki vê as favelas que se juntam em torno de Utopópolis.
O embaixador alemão elogia a fantasia e a sensibilidade
Até mesmo Scharoun teria louvado a fantasia e a sensibilidade de Utopópolis.
Mas também são casas, pensa Jäcki.
Superquadras, e todas podem ser acessadas apenas de carro
Blocos perdidos no planalto,
nos quais estenotipistas pobres são submetidos ao sol sem marquises por razões formais
Lagos governamentais como plantações de mosquitos.
Jäcki começa a duvidar.

Se essa é a realidade que o criador de Utopópolis, o homem suave, tímido, baixinho e um tanto amarelado defende.

O presidente Kubitschek teria sobrevoado aquela região com seu avião particular há trinta anos e lançado uma mensagem, um papel enrolado em uma pedra.

Eu compro.

Um milhão de hectares – algumas a mais ou a menos.

O fazendeiro, ao qual o cerrado pertencia, assentiu lá de baixo ao presidente em seu avião privado

E o presidente começou a jogar os sacos de dinheiro.

A terra pertencia a ele.

Na antiga cidade imperial do Rio de Janeiro, o presidente pressionou e convenceu a todo mundo que Utopópolis deveria ser construída, a nova capital, lá onde o presidente determinou que fosse construída.

E assim, como aliás sempre foi feito, com uma régua, um lápis e uma borracha, na África, na América, na Ásia.

Utopópolis no coração do Brasil.

E o Estado brasileiro comprou do presidente do Brasil a terra para construir Brasília.

Foi o que se murmurou

Se algo assim é registrado em ata, eu duvido muito.

Os preços da terra entrementes haviam aumentado.

Rico, o presidente foi até o mestre arquiteto, que comia seu massapão com chantili, e encomendou, por muito dinheiro, do marxista que condenava a ideologia dos prédios no deserto do Neguev, o plano de Utopópolis.

Ele esboçou um pássaro, algo na forma de um avião, um jato supersônico de massapão.

Se um ministério lhe parecia alto demais, ele dava uma pancada com a colher de mexer em sua cabeça e lhe arrancava algo raspando com a colher de raspar,

As formas arredondadas, ele as fazia com o limão, com suas mãos pequenas e ágeis ele deu forma ao saguão do congresso no massapão

Então a garrafa de cachaça virou e fez uma mossa no massapão

O mestre de Utopópolis viu nisso toda uma nova estética e alisou um pouco com a espátula de peixe e borrifou tanto do tubo de chantili por cima até que coubesse no módulo e a criação estava feita.

Eis que agora estudantes de arquitetura, trabalhadores e empregados poderiam transferir tudo ao papel machê, gesso e compensado.
A proporção áurea foi multiplicada por 10 mil, pois o Brasil não é apenas um país. O Brasil é um subcontinente, o Brasil é um modelo para o mundo
Máquinas de misturar cimento foram chamadas às dezenas de milhares
Fábricas de arame foram fundadas
Favelas arrancadas. Favelas construídas
Muito DDT foi borrifado
E logo Utopópolis estava prontinha da silva.

Jäcki entrevista um estenotipista de Utopópolis
– Sou estenotipista no parlamento desde os oito anos de idade.
– Eu estava presente quando B. C. Alves fez o famoso discurso que desencadeou a crise e acabou levando os generais ao poder.
– Nem sequer dei ouvidos.
– Não gosto de Alves.
– O pai dele é muito rico.
– Os deputados são políticos, porque assim conseguem faturar o máximo de dinheiro.
– Há uma semana ele fugiu do Brasil.
– Sua postura levou milhares à miséria.
– Não gosto de falar de política.
– Eu amo o Brasil.
– Mas, se tivesse dinheiro, eu deixaria o país agora mesmo.
– A tortura não existe.
– Mas os inimigos políticos do regime são arrastados a ilhas abandonadas.
– A capital do governo tem quatro autoestradas para sair.
– Alguns policiais bastam para isolar a cidade do mundo exterior.
– As ligações telefônicas com o Rio de Janeiro muitas vezes são cortadas.
– Então sempre há dois soldados de metralhadora parados no correio.

Utopópolis, o superpássaro, serve à ditadura.
Uma arquitetura que pode ser controlada por duas metralhadoras.

Jäcki conseguiu que o representante oficial da República Federativa da Alemanha colocasse o Mercedes da embaixada à sua disposição, e assim ele anda todo embandeirado até as favelas.

As crianças riem dos dois brancos:
- Ali em cima fica o Urubu.
- O pássaro comedor de carniça?
- Ali o senhor não pode entrar.
- É a favela dos criminosos.

À noite, Jäcki pega o guia e tenta chegar aos lugares de encontros *gays* pelas autoestradas.

Na estação rodoviária, há um mictório de bichas.

Alguns garotos de programa provincianos.

Soldados.

Utopópolis, a nova capital do Brasil não é a Central do Brasil.

Atrás da igreja de uma superquadra, os rastros de macumba.

Cinza sangue estearina.

As lojas de móveis nas asas do pássaro da Utopópolis cheias de hotéis rococó, barroco de Gelsenkirchen de escopo manuelino.

A pequena-burguesia portuguesa passa por cima do criador de Utopópolis e começa a carcomer suas asas.

A estrada para a Baía de Todos os Santos, mil quilômetros através da floresta virgem, passando por índios, crocodilos, orquídeas, a estrada que deve ligar Utopópolis ao nordeste termina alguns quilômetros atrás da última loja de móveis diante de uma parede de árvores.

13.

Raios vermelhos em meio à noite.
O céu por trás do Pão de Açúcar se ilumina, violeta.
No Jardim Botânico, palmeiras bem altas.
Os caminhos estão encobertos por flores da inundação depois da tempestade
Jäcki deixa Irma sozinha.
Ela quer fotografar os lótus.
Para as capas de disco da Harmonia Mundi
Jäcki sobe a escadaria por atrás do pavilhãozinho.
Em troncos cobertos de musgo verde, um jardim de borboletas assustadoramente azuis.
Jäcki atrai um guarda para a moita.
Ali, ao lado, a favela.
Mas eles não conseguem ver nada.
– E daí se conseguissem.
– Existe algo mais digno de ser visto do que a bunda castanha jogada sobre a Acácia álbida?
Silenciosa, a pistola do policial privado bate contra a casca da árvore.
– Ah, o *feeling* do assassino, pensa Jäcki
– Eu não tenho a menor vontade de "Querelle de Brest" na cama.
– Mas que é um tesão, isso é.
– O canudo dele na mão.
– E o canudo de metal no cinto largo.
– Ninguém olha com tanto carinho como o policial privado quando está chegando lá
– Só porque eu sou estrangeiro, ele permite ser fodido.
– Se fosse o seu vizinho, ele arrancaria um membro atrás do outro com um tiro.
O policial se limpa com uma folha de Erythroxylon.
Ergue as calças passadas com severidade a ferro.

Ajeita o cinturão com a pistola balançando
E, com seus lábios formidáveis, dá um beijo grande como fruta-pão na boca europeia de Jäcki.
Jäcki acha que ele olha para isso com olhos de tamanduá.
E depois se afasta de lado, atravessando os bambus até a Acácia álbida.
Jäcki fica sozinho.
O Jardim Botânico se encolhe sobre ele, juntando-se
As formigas ferroam seus pés
Agora as borboletas azuis já parecem familiares.
Irma terminou com os lótus.
Será que ela vê em mim o que eu fiz, pensa Jäcki
Será que ela sente o cheiro?
Será que o cheiro do policial privado ainda está grudado em mim como um segundo corpo?
Jäcki não tem a sensação de ter traído Irma.
Ele sabe que poderia contar tudo a ela.
Ele sabe que isso doeria nela, mas ela não se queixaria e se mostraria interessada.
Mas ele fica em silêncio
Ele sabe, pelo minúsculo deslocamento no gesto da sobrancelha dela, que ela há tempo já sabe de tudo.
– E os lótus, pergunta Jäcki.
– Sim, os lótus, diz Irma.
Os jardineiros arrastam montões de folhas de palmeiras que a chuva derrubou na noite anterior
A tempestade é levada embora a enxadadas.

14.

O responsável da favela de Vigário Geral havia conduzido Jäcki e Irma por cima da água verde cheia de bolhas até um terreiro de macumba.
Um barraco sobre estacas como os outros.
– Isso é um templo, disse o responsável.
– E essa é a mãe.
– Mãe de santo.
– *Mutter des Heiligen*, traduz Jäcki consigo mesmo ao alemão
– Uma mãe que dá à luz um pequeno santo espinhento.
– Esquisito.
Uma mulher alta, negra e um tanto rusguenta os conduziu para dentro do templo.
Três por três metros.
– Na República Federativa da Alemanha os deuses são mais exigentes e moram melhor.
Na parte da frente, um pequeno altar com santos, Marias, Cristos, e além disso homens de cartola, um diabo de chifres vermelhos com um garfo prateado, Lorelei, produtos artísticos do Amazonas, índios que parecem com o papagaio de porcelana de Dulu
– O senhor venha quarta-feira à noite para a macumba, diz a mãe, a mãe de todos aqueles muitos santos.
– Vai ter batuque
– Será que poderei fotografar, diz Irma
Jäcki se mostra surpreso com seu tom um tanto vívido demais.
– Sim, a senhora pode fotografar, diz a mãe de santo.
Para se despedir, ela gira uma vez sobre si mesma e faz sua saia colorida voar em círculo.
A saia é feita de mil remendos coloridos, que a envolvem como um arco-íris no movimento que ela faz.

Já é quarta-feira, e às oito, no escuro, Jäcki e Irma tropeçam nos trilhos de trem e nos porquinhos.

Irma pendurou a Rolleiflex e uma das Leicas ao pescoço.
Jäcki carrega os *flashes*.
Na escuridão, tudo parece bem diferente.
– O senhor conhece uma mãe de santo que tem uma saia de remendos coloridos?
– Sim, me acompanhe
Favela de Vigário Geral.
À noite, ela volta a afundar na lama.
Na floresta virgem africana.
Saara.
Goulimine.
À espera do mercado de camelos.
Marrakesh.
Candelabros de carboneto.
Tan-Tan na guerra.
Música de rádios de transistor
Os moradores falam de janela a janela.
Um filme do velho oeste na televisão.
O responsável trancou seu posto policial.
Culto num barraco de zinco
Uma diversão com dança.
Uma festa.
– Não.
– Não é esse o terreiro de macumba.
– Mas como era o nome dele, então.
– Disso eu não me lembro mais.
Todo mundo conhece um
– É um terreiro bem pequeno.
– Nas proximidades do posto policial.
– Eu sei.
– Uma mãe de santo bem alta.
– Sim.
Um casal conduz Jäcki e Irma.
– Este também não é.
E é assim durante quatro horas.
Agora é meia-noite.

Então o batuque começa.
Jäcki ouve aquilo pela primeira vez.
Tambores na noite.
É como se o céus se transformassem nas peles de seu cérebro.
Agora o batuque pode ser ouvido por toda parte
Correria, tropeços, câmeras batendo em soleiras, pilastras, escoras, crianças, porcos, latas de conserva
Onde é.
Atrás de cada um dos barracos.
Ali em frente.
Atrás deles.
Um jardim labiríntico feito de tímpanos vibrantes.
E além disso o sino de vaca, o ruído de pastoreio, o bimbalhar de Natal, o som do orfanato.
– O senhor está ouvindo o atabaque?
– O que é isso? Atabaque?
– O tempo.
– Ele diz que estou ouvindo o tempo, conforme traduzo, palavras portuguesas sussurradas à brasileira, e a palavra africana para tempo
– Por que o senhor não vem até mim, diz a mulher.
– Meu terreiro de macumba é pequeno.
– Mas ele é bonito, como qualquer outro.
Será que os sons e as veredas de estacas deslocaram a consciência
de Jäcki ou será que uma recordação fabular dispara nas várias horas de espera
um pó infantil antroposófico, algo do passado e biblioteca da Babilônia?
Quando a mulher abre o terreiro de macumba, Jäcki acha que reconhece aquela que já procura há cinco horas.
– Nós chegamos, diz Jäcki a Irma, e eles se deixam cair – apoiando as câmeras à direita e à esquerda – em duas poltronas de honra.

Velas.
Debaixo do zinco ali em cima, milhares de fiapos de papel colorido cortados com tesoura. Presos a fios bem próximos e a intervalos regulares.
– São João em Lisboa, pensa Jäcki.
– As cartas dos xamãs aos deuses, li isso em Mircea Eliade.

A metade do pequeno ambiente é separada por um biombo
À luz das velas, gestos isolados bruxuleiam.
Um rapaz batuca.
O rosto de um escriba extasiado do Império Médio.
Ele volta a cabeça
Sorri para os dois visitantes sobrecarregados.
O sorriso fica imóvel, não volta a se desfazer.
Nem sequer é um sorriso.
Jäcki descobre que são os batuques que se traduzem nas feições do rapaz.
Homens velhos em calças de linho brancas e bem passadas, como podem ser vistos em fotografias de congressos de bacteriologistas da virada do século.
Um índio.
Seboso.
Não efeminado, mas no limiar.
– Ele poderia ser uma lésbica que deu certo, pensa Jäcki.
Cinco mães de santo de saias verdes.
Incenso.
De latas de conserva.
Não os tabernáculos de prata distintos da igreja matriz da Baviera.
Lamparina.
De Hamburgo.
Lamparina. Lamparina. O mundo inteiro é de uma escuridão ferina.
As mães de santo fazem o gesto de lavar as mãos na fumaça
Canções incompreensíveis.
Dialeto.
Africano.
Um dos homens sebosos chama:
Adoração
Entrega
As mães, moças, os índios, pais, filhas desdobram panos engomados, cuidadosamente passados.
Um cheiro de cacau, castanhas assadas e calcinhas de tia usadas se espalha pelo barraco
Os panos são deitados sobre a terra.

A palavra.
Agora todos se jogam sobre os panos
Hora da ginástica
De barriga, de costas
Posições complicadas.
Cantorias
Adoração
É o que gritam sempre de novo.
Sono.
Uh!
Ou será que é a morte.
Uah!
Será que se pode morrer nisso.
Uah! Uah!
Cavalos acossam.
O cavalo de Peer Gynt
Peer Gynt acossou sua mãe para a morte com o cavalo.
Cruzes de pó são desenhadas no chão
Cartas são queimadas.
Água
Primeiro, pequenas explosões.
A mãe de santo que empurrou Jäcki e Irma às poltronas de honra, agora canta sem parar de Maria Pedrinha, depois fica muito brava, treme, se debate em espasmos, lança a cabeça de um lado a outro fazendo seu penteado saltar do lenço, os belos cabelos que acabou de alisar com produtos químicos
Ela balança os joelhos.
Grita:
Uah! Uah!
Ânsias de vômito.
Ontem a vergonha.
O corpo dos que estão ajoelhados sacudido para cima.
E como se ali, diante de todas as pessoas, desavergonhada, pavorosa, divina, conforme diria Wolli Köhler em seu dialeto saxão, ela estivesse levando um ferro e tanto.
Charutos grossos são fumados de puro nervosismo.

As mães jovens jogam seus bebês aos possuídos que cacarejam.
Eles voam em silêncio pelo ar
Como morcegos
A mãe de santo dá baforadas de prazer neles.
Então a mãe de santo passa a se ocupar de Jäcki.
Jäcki olha nos olhos dela.
Mas seus olhos estão arregalados demais, ela não percebe o olhar dele.
Através dos olhos dela o que olha é algo que cacareja e sacode, cospe cerveja, conduz os mortos e balança a jeba gigantesca.
A comunidade se sacode aos espasmos.
Algo como silêncio.
Mas bem mais sugador.
A mãe de santo como se fosse uma almôndega pergunta por Jäcki em seu dialeto gaguejante
– Esse é um alemão
os outros dizem, diligentes.
– Mas ele é todo branco.
– Sim.
– Ele é todo branco.
– Ele vem da Europa.
– Europa?
– Mas onde fica isso?
– Em cima. Ou à direita.
Jäcki, diante do bolo de terra, se lembra da piada de Alex sobre os judeus que têm de emigrar a Madagascar quando Hitler chega ao poder.
– Madagascar.
– Mas isso é tão longe.
– De onde?
– De onde, fala a mãe de santo de Vigário Geral
de Atakpamé?
– Eu me lembro, diz a mãe de santo.
– Dizem que lá também existem alguns brancos.
Ela abençoa Irma.
O diabo não quebra os olhos de vidro da Mamiyaflex de Irma
Uma briga começa entre os batucadores.
Eles batem nos tambores, com mãos que parecem galhos, como vigas.

Os batucadores. Homens do abacaxi.
Pedras, sobre as quais escorre a água.
Um homem jovem e rijo, com vincos agudos na roupa domingueira, é arremessado dois metros à frente do meio do público
Espasmos, transe, danças.
Agora ele transforma o ataque em samba.
Agora é Irma que tem seu ataque
Começa a matraquear com suas objetivas
Lança o medidor de luz para o alto
Calcula, de pálpebras esvoaçantes
Grita com Jäcki.
Jäcki ergue os dois braços com os dois *flashes* para cima, eretos.
Adoração
Desencadeamento
Maria Pedrinha quebra uma garrafa.
Um homem seboso imita uma cobra
As mães bebem cachaça.
Os diabos dão gargalhadas guturais.
Maria Pedrinha se deita para dormir sobre os cacos de vidro.
Uma das mães segura a chama de uma vela junto de sua laringe diante da câmera.
– Aperta enfim o botãozinho, grita Jäcki fora de si
– Não consigo mais ajustar o foco.
– Acoplei a objetiva errada, berra Irma de volta.
Na revelação, bebês passam voando um fio de cabelo distantes da câmera.
Piadas.
Os homens sebosos de branco sentam-se diante do altar
e passam a ser consultados pelos visitantes.
Um deles tem uma vela entre os dedos dos pés.
As pessoas da favela chegam com presentes.
Cerveja.
Velas.
Pó.
Cédulas de dinheiro são jogadas ao chão
E então chega a vez de Jäcki.

Ele faz o papel do turista branco que, no entusiasmo idiota com a macumba, abre todas as comportas na favela de Vigário Geral, e arranca uma cédula de cada um dos bolsos.

Exatamente demais.

Pois do contrário seria ridículo e ofensivamente desprovido de tato.

E então tudo volta à intimidade de antes.

As pessoas se levantam de seus assentos.

Os batuques silenciam.

As mães de santo espiam para fora, a comunidade olha pelas janelas

Todos os olhares se dirigem à minúscula abertura

Lá Exu cavalga pela noite afora, para longe.

O diabo, o bolo de terra, o guarda das cancelas e das cruzadas, foi o que Jäcki leu em algum lugar.

a pica, o pau de madeira egípcio

Exu cavalga para fora da favela de Vigário Geral de volta à África.

As filhas de santo estendem sanduíches.

– Os deuses da favela pelo menos oferecem alguma coisa para a gente, pensa Jäcki

– Das catedrais góticas se sai com a mesma fome que se entrou.

Ainda não terminou.

Quando Jäcki e Irma juntam os *flashes* e o medidor de luz às quatro, a coisa ainda continua.

– É a primeira vez que participo de um culto afro-americano, pensa Jäcki.

– Eu jamais poderia imaginar que fosse possível sair dali.

– E se a gente se aprofundasse ainda mais, diz Jäcki.

– Por que não.

– Eu quero dizer, bem profundamente.

– A ponto de se saber: o que está acontecendo ali.

– Você investiria um ano nisso?

– Eu me interesso mais pelas condições de luz, quando posso fotografar.

O diabo mandou o homem de roupa domingueira que voou dois metros no ar junto com Jäcki e Irma.

– Como foi que o senhor fez isso.

– Eu não fiz nada.

– Foi uma outra sensação.

– Você quis fazer isso?
– Isso não se pode querer!
– Você perguntou alguma coisa ao diabo?
– Exu não é o diabo. O padre disse que é o diabo. Exu é Exu.
– O que foi que ele respondeu.
– Não ficou bem claro pra mim.
– Minha vida não vai ser muito feliz.
– Mas que vida pode ser feliz em Vigário Geral.
– Você trabalha?
– De vez em quando.
– Faço contabilidade.
– Eles querem que eu vire um pai de santo da macumba.
– Por que entro em transe com facilidade e, quando isso acontece, dou saltos tão grandes.
– Mas isso é muita responsabilidade.
– Eu gosto de macumba.
– Mas também gosto de dançar.
– E também vou à igreja católica.
– E aos espiritistas.
– E aos crentes também vou.
– Você tem namorada?
– Tenho.
– Todo mundo tem.
– Eu me interesso por tudo.
– Seus pais sabem disso?
– Não. Minha vida não importa a eles.
Ele espera até que um táxi pare na autoestrada, para levar Jäcki e Irma.

15.

Irma e Jäcki não deixam por menos.
Os esgotos de Copacabana se fixam no labirinto do ouvido.
Jäcki pega uma infecção no ouvido médio.
Irma vai até a farmácia e compra Otalgan.
– E que idade tem isso?
– Não é velho. Um ano.
– Não é velho? Um ano? Nesse calor? Isso é bem velho.
– Não é velho não. Se tivesse cinco anos seria velho.
Sozinhos, nenhum dos dois conseguiria alguma coisa.
As favelas.
Os cinemas.
O carnaval.
Os jornais.
A diferença de idade faz com que Jäcki banque a criança do jardim de infância e Irma a educadora.
Jäcki a arrasta consigo.
Quando Jäcki tem seu minuto de fraqueza, Irma seria capaz de arrancar árvores.
Se Irma desmaia no asfalto amolecido pela dança dos pés, Jäcki quer dar um mergulho.
E recortes de jornal.
Newsreel, era assim que Dos Passos chamava a isso.
Le Monde:
A Alemanha quer construir reatores atômicos no Brasil.
Informações de fundo:
Profundas informações de fundo:
Keller (Instituto Goethe):
O projeto foi abandonando.
Willy Brandt obriga seus embaixadores ao silêncio no que diz respeito à não proliferação

O Brasil explica que poderá construir a bomba atômica.
Todo mundo sabe que Israel tem a bomba.
O Brasil não assina o acordo de não proliferação
E assim por diante.
Dom Hélder Câmara, arcebispo de Recife:
– Metade dos brasileiros vive com menos de 36 cruzeiros por mês.
Um cruzeiro vale um marco.
Dom Hélder Câmara:
– 22 % dos brasileiros trabalham.
Dom Hélder Câmara:
– 70 % não recebem nem sequer o salário mínimo.
Dom Hélder Câmara:
– 1 % dos brasileiros é dono de metade do país.

Márcio Moreira Alves, deputado do Estado da Guanabara.
Tortura e torturados
1967
Proibido.
Os militares querem processar Alves por ofensa às armas nacionais.
A imunidade de Alves serviu de desculpa para o golpe de Estado dos generais em novembro de 1968.
A ditadura tem uma fraqueza de imunidade
Jäcki procura o livro de Alves.
Os livreiros não entendem o nome.
Existe uma livraria que tem todos os livros proibidos.

Uma vez que Jäcki não suporta supermercados, Irma anota o preço dos víveres para ele.
Economize nos supermercados nacionais.
Ovos de granja, 88 centavos a dúzia.
Arroz, o quilo, 59 centavos
Bacalhau norueguês
Jäcki não sabe que é bacalhau português que o antigo império do Brasil está habituado a importar da antiga pátria-mãe, da metrópole, daquele Portugal salazarista.
Os pescadores portugueses navegam até a Noruega e pescam o bacalhau.

Eles próprios secam o bacalhau lá mesmo.
Bacalhau norueguês, 2,90
Coca-Cola, garrafa grande, 57 centavos.
Açúcar, pacote de cinco quilos, 2,39
Sabão de coco, quilo, 1,19
Azeite de oliva, lata, 2,29
Quem frita com azeite de oliva aqui?
Margarina, pacote de 400 g., 1,10
Maizena, pacote de 200 g., 32 centavos.
Blue Jeans 60, 70 cruzeiros
Uma caixa grande de creme Nívea, 10 cruzeiros, ou seja, 10 marcos
Salário médio, 36 marcos

Jäcki traduz as torturas do livro de Márcio Moreira Alves:
Corcovado:
O preso é levado ao Corcovado,
Botado sobre um muro debaixo de Cristo abençoando.
Às costas, ele tem o abismo.
À sua frente, baionetas, metralhadoras.
Pau-de-arara:
Na França, na Guerra da Argélia, *passer à la broche.*
As mãos e pés do preso são atados um ao outro. Um pau é enfiado por baixo das juntas, levantado em seguida e apoiado a duas cadeiras ou mesas.
Banho chinês:
A cabeça da vítima é mergulhada em uma bacia de água suja ou em uma bacia de óleo até quase sufocar.
Telefone:
Bater, com as duas palmas das mãos abauladas, nos ouvidos da vítima ao mesmo tempo.
Gildo Rio, de Pernambuco, rompeu os tímpanos
Choques elétricos são aplicados quando o prisioneiro está pendurado ao pau-de-arara.
Espeto de churrasco:
Um pouco de álcool é queimado debaixo do preso
Um jornal é enfiado no ânus e aceso em seguida.
Geladeira:

A vítima é trancada de dois a três minutos num congelador a 20 ou 30 graus negativos.

Eles fazem isso, pensa Jäcki:
E ficam ofendidos quando se diz que fazem.

Eles assumem os gestos de indignação contra suas ações e os dirigem contra os indignados
A medida das emoções acaba condicionando todo mundo mutuamente.

Fotógrafo de carnaval:
Os integrantes da escola de samba Mangueira vêm todos das favelas.
Os homens ganham entre 130 e 300 cruzeiros por mês.
As mulheres trabalham como lavadoras e ganham 90 cruzeiros por mês.
As mulheres não tem seguro nenhum
No Rio há 7 médicos para cada 10 mil habitantes, uma taxa de 0,7 por mil.
A maior parte das famílias aqui têm 5 filhos.
Ou seja, algo como 300 cruzeiros divididos por 7 dá em torno de 40 marcos por mês por pessoa, é o que Jäcki calcula de cabeça
Mais do que 10 filhos, ninguém tem.
70 % dos casais nas favelas se casaram na igreja
30 % vivem juntos assim mesmo.
Eles são todos muito religiosos
Infidelidade pode levar à morte e assassinato.
Não há prostituição na favela.

Revistas ilustradas
Leitura de viagem
Me deixem viver, uivava o "Roncador", um bandido do Rio de Janeiro.
Até agora, 500 mortos.
Na maior parte das vezes, os assassinados foram enfeitados com uma placa, sobre a qual havia uma caveira e as letras E. M.
Esquadrão da Morte.
Os assassinados pelo Esquadrão da Morte não são sempre caras da pesada – também ladrões de carro e de loja foram encontrados desse jeito em valas de estrada.
Esses gatunos não mereceram outra coisa a não ser a morte,

dizem os cidadãos.

Jornal do Brasil, 10 de janeiro de 1969:
Esquadrão da morte mata o bandido "Índio"
"Sapango" morreu de olhos arregalados.
A vítima mostrava marcas de estrangulamento no pescoço e cortes de faca nas coxas.

Os esgotos das favelas da Ilha das Dragas e do Catumbi teriam matado os peixes da Lagoa
Milhares de peixes mortos boiam, os ventres brancos para cima, na Lagoa.

Jäcki descobre anúncios de página inteira nos jornais do Rio – assim como Gilberto Freire, há meio século, descobriu os anúncios do século XIX nos jornais do Recife:
Escravos fugidos...
Prédio pronto para morar na praia mais mágica do mundo.
Apartamentos de luxo para o gosto mais exigente.
Gramática.
Pensa Jäcki
Sociologia é antes de mais nada gramática.
Cerca de 160 metros quadrados de moradia
Preços a partir de 122 mil cruzeiros.
Nem tão caro assim.
Caso se quisesse isso.
Jäcki começa a calcular
Os juros.
E se Irma e eu quiséssemos isso?
Nós quase poderíamos nos dar ao luxo.
Escritor de *best-seller*.
Será que gostaríamos de morar num apartamento de luxo, aqui?
Living, 22 metros quadrados
Sala de jantar, 18 metros quadrados
Banheiro, 7 metros quadrados
Quarto de empregada, 5 metros quadrados

– Em Portugal as pessoas de cor não são discriminadas.

– No Brasil as pessoas de cor não são discriminadas.
Designações:
Escuro para o negro com traços de rosto europeus
Cabra, pele clara não brilhante
Mulato, pele amarelada, cabelos encaracolados.
Cabo verde, preto de cabelos lisos.
Moreno, pele escura, cabelos ondulados.
Chulo, pele cor de tabaco, cabelos encaracolados.
Crioulo, pele cor de tabaco, cabelos ondulados.
Sarará, pele escura, cabelos ruivos encaracolados.

Gramática, pensa Jäcki.
E dicionários.
Jäcki faz uma nota para o programa, para Christian Gneuss, para o canal NDR:
Segundo as estatísticas, há 2% de índios no Brasil, 10% de negros e 30% de mestiços.
Exatamente 40% de habitantes de cor.
50% dos brasileiros viveriam em favelas.
50% dos brasileiros devem ser analfabetos.
Não, no Brasil pessoas de cor não são discriminadas.
Num romance, Jäcki não escreveria isso.
Não na "Palette".
Não nas "Imitações de Detlev – Grünspan".
"Por certo" Jäcki não escrevia em nenhum romance.
Não, no Brasil as pessoas de cor não são discriminadas.
No romance não há espaço para o *tremolo*, para a ironia.
Ironia é Thomas Mann
Ironia não é nada.
Ironia é um meio de dominação.
Palavras não são nada fora de si mesmas.
Nenhuma citação.
Ironia jamais
Ironia é a gravata-borboleta, o St. Regis, a herdeira do banqueiro com quem se casou.
Palavras são palavras.
Mas para o programa dá.

Não, no Brasil as pessoas de cor não são discriminadas.
E esse programa na verdade ninguém ouve, acredita Jäcki.
Vou testar todas as palavras proibidas no programa.
Pois nada é mais perigoso para um escritor de romances do que a eterna virtude.

O redator-chefe, Affonso:
– Eu sou o redator-chefe e sou obrigado a exercer três profissões para sobreviver como intelectual no Rio.
Repórter, diretor e redator-chefe.
– Minha mulher também ganha salário.
– Muitas vezes durmo apenas quatro horas.
– No mar? Mergulho no máximo uma vez por semana.
– No Brasil sempre se torturou.
– Os militares se dividem em democratas anticomunistas e pró-americanos, antiliberais anticomunistas e pró-americanos, radicais de direita anticomunistas e pró-americanos, radicais de direita nacionalistas anticomunistas e antiamericanos.
– A embaixada americana reagiu de modo azedo ao golpe de Estado dos generais.
– Disso se deduz que tenha sido os puristas nacionais que organizaram o golpe.
– O general Albuquerque Lima[1] foi o cabeça da conspiração de 13 de dezembro de 1968.
– Ele colocou seu cargo de Ministro do Interior à disposição.
– O medo está tomando conta dos jornais.
– A autocensura tem consequências piores do que a censura por parte do Estado.
– São Paulo, a potência econômica, o um por cento que detém o poder no Brasil ainda não se uniu à revolução dos militares.
– Márcio Moreira Alves é um deputado sem importância, que escreveu um livro sobre a tortura por razões jornalísticas.

---

1. Hubert Fichte (ou seu editor Ronald Kay, responsável por passar o manuscrito do escritor a limpo, e revisar aquilo que havia sido manuscrito a partir do que havia sido ditado por Fichte – ver Nota Editorial, ao final do romance) escreve "Albuquerque Luiza"; conforme já se disse, há várias imprecisões de grafia menos graves ao longo do romance, corrigidas na presente tradução e nem todas sinalizadas nas notas de rodapé, até para que seu número não seja excessivo. (N. do T.)

– Ele jamais foi muito religioso.
– E de repente se converte ao catolicismo.
– Sexualmente, o Brasil é um paraíso.
– As meninas vão para a escola com a pílula na mochila.
– No segundo grau.
– Até mesmo as prostitutas são mais simpáticas por aqui.
– Elas naturalmente tiram toda a roupa – não é como vi em Hamburgo.
– Preservativo não se conhece nem de longe por aqui.
– Entre 4 e 100 cruzeiros.

O diplomata alemão:
– O governo agora também proibiu o baile mais bonito de carnaval.
– O baile das bonecas e dos enxutos.

Dr. Orlando Orlandi:
– No dia 31 de janeiro, 447 pessoas com desidratação deram entrada nos hospitais do Rio de Janeiro.

As fábricas de refrigerante esgotaram suas reservas.
Elas fazem hora extra para estocar bebidas para o carnaval.
Um diplomata alemão:
– Albuquerque Lima é o ideal de um bando de jovens militares.
– Ele foi o cabeça da conspiração de dezembro de 1968
– Ele não é corrupto.
– Antiamericano.
– Ele quer devolver a Amazônia ao Brasil.
– Pediu demissão para mostrar que não quer ter nada a ver com a revolução como ela se mostra agora.
– A campanha anticorrupção é apenas uma manobra para jogar areia nos olhos do povo.
– Kubitschek perdeu suas contas brasileiras
– E daí?
– A oposição não existe.
– A não ser a igreja.
– Nem mesmo o Partido Comunista é suficientemente organizado.
– Parece que mandaram a igreja recuar.
– Dom Hélder Câmara assinou, junto com os outros, uma mensagem bem moderada ao presidente Costa e Silva.

– Dizem que Costa e Silva chora a cada sanção a um deputado.
– Os estudantes não têm poder político.

A escola de samba Mangueira desfilará com 8.000 integrantes.
Um milhão em gastos.
O traje de um dançarino solo custa doze mil cruzeiros.

Um negro cintilante em verde e rosa com peruca de *nylon* branca e tricórnio salta diante da câmara de Irma de um lado a outro na favela da Estação Primeira de Mangueira.
Uma lira às costas de seu casaco de paetês.
Ele está bêbado.
Corre pela favela e quer ser admirado.
O arquiteto de interiores:
– Eu gosto de viajar.
– Conheço a Europa inteira, incluindo os países do bloco oriental, e também o Japão e Cuba.
– Admiro Che.
– É absurdo desenhar uma casa pré-fabricada para as favelas.
– Os militares jamais permitiriam a produção em série.
– Quem se ocupa das favelas é um comunista. E ponto.
– Os assaltos a banco são planejados.
– Por militares de esquerda e estudantes.
– Em dois ou três anos haverá uma revolução sangrenta.
– A oposição é castrista, não maoísta.
– Costa e Silva não quis assinar a dissolução do parlamento.
– Ele já estava deposto do cargo de presidente há cinco horas pelos militares.
– Foi por certo sua mulher que conseguiu convencê-lo.
– As prostitutas estão longe de ter, todas elas, sífilis
– Elas são tão sensuais que mesmo com o centésimo cliente ainda se mostram carinhosas como se fosse a primeira vez.
– Elas são muito limpas.
– Vivem se lavando.
– Também nas favelas todo mundo lava seus cabelos e ensaboa o corpo inteiro várias vezes ao dia.
– Como eles conseguiriam sobreviver se não fosse assim.

– Pense, por favor, em Luís XIV e Frederico, o Grande.
– As crianças da favela arrastam água sobre a cabeça da manhã à noite.

As sete prescrições para o carnaval podem ser encontradas em todos os escritórios de viagem:

1. Turistas não podem se livrar de suas roupas durante os bailes.
2. Roupas que afrontarem a moral, a família e os bons costumes são proibidas.
3. Sungas não podem ser usadas.
4. É proibido borrifar pessoas.
5. Bailes que promovem a humilhação do ser humano pelo vício e pela doença, como o Baile das Bonecas e dos Enxutos, são proibidos.
6. Animais não podem ser maltratados.
7. Lança-perfume e borrifadores de éter são proibidos.

"Monstro".
"Animal selvagem".
Justo Gomes da Silva estuprou e matou a pequena Andrea.
Justo confessou o crime a sangue frio.
O pai da pequena Andrea:
– A polícia fabricou o assassino.
– Justo foi tratado a socos, pontapés e coronhadas pelo DOPS.
– Quando se negou a assinar a confissão, ele foi torturado.
– Na entrevista à televisão, um policial encostava um revólver em suas costas.

No Teatro Municipal, foram contemplados com o primeiro prêmio Simão Carneiro pelo traje "Aleluia, Aleluia – Portugal, Esplendor de uma Época" e Marlene Paiera pelo traje "Poder e Glória de Elisabete, a Grande".
O Esplendor de uma Época pesava 100 quilos.
Dez metros de cauda.

Três ajudantes.
Poder e Glória pesavam 45 quilos.

Jäcki anota em seu diário:
Eu e Irma fodemos.
Ele faz isso todas as noites e não o anota todas as manhãs em seu diário.
Também não faz rosquinhas, ganchinhos e círculos como Wolli Köhler.
Para bater punheta, chupar, pular a cerca e o que quer mais que Wolli faça.
Jäcki escreve:
Chegar até si mesmo através de um ser humano que se conhece.
Com homens se é completamente supérfluo depois de tudo.
Também não chega a ser algo pronto para ser impresso.
Ele evitaria o uso da palavra supérfluo num romance.
No programa para o canal NDR ele corta a passagem.

Ruth Gassmann começa o novo filme sobre "Helga" e se alegra quando é chamada de Brigitte Bardot alemã.
Ela acha Brigitte genial.
Ontem começaram, na favela do Cantagalo[2], as filmagens para um novo filme sobre "Helga".
O papel de Helga tornou Ruth Gassmann conhecida na Europa e nos Estados Unidos
No primeiro dia de filmagens, Ruth fez vários amigos entre os moradores da favela.
Ruth Gassmann faz o papel de uma jornalista que vem da Europa para estudar problemas de educação no Brasil e os efeitos da Encíclica Humanae Vitae.

– À noite Irma e eu festejamos meu aniversário.
– Eu ganho um grande buquê de rosas. Uma latinha de pedra-sabão
– Um homenzinho índio homossexual de Bananal.
– Um livro com provérbios brasileiros.
– Ninguém presenteia com tanto espírito quanto Irma.

Para o diário.

---

2. Aqui, por exemplo, Hubert Fichte escreve "Favela von Canto Galo" no original. (N. do T.)

Não para o NDR.
Mudança de alojamento
Jäcki e Irma voam pelas autoestradas até a Praia de São Cristóvão[3], com a torre do hotel semipronta, depois para a Floresta da Tijuca do criador de Utopópolis e acima, até a favela da Rocinha.
Ali está a Mercedes preta do serviço social.
Uma mulher desce o morro, o vaso sanitário sobre a cabeça.
Tábua podre por tábua podre tudo é carregado cuidadosamente
A bananeira foi atingida.
A quarta parede é derrubada.
Tudo jaz desnudo ao sol.
Nova pátria.
Jacarepaguá é o ponto mais quente do Rio de Janeiro.
Construções minúsculas de telhado pontudo. 15 metros quadrados de moradia
O bairro parece uma exibição demonstrativa de casinhas de transformador elétrico.

O sapateiro:
– A casa custa 30 cruzeiros por mês.
– 3.500 ao todo.
– Em dez anos vamos ter pago tudo.
– 23 mil famílias.
– Transferidas das favelas.
– Dois médicos.
– Nenhuma ambulância.
– Os gravemente doentes andam de ônibus durante uma hora até a cidade; ali eles chegam a esperar às vezes um dia inteiro por um leito livre.
– 40% das pessoas aqui vivem de esmolas e da coleta de lixo.
– 70% dos homens ganham o salário mínimo, 129 cruzeiros.
– 30 cruzeiros por mês só para o ônibus.
– Poucos criminosos.
– Talvez 1.500 mulheres que completem a renda com prostituição.
– A escola pública não custa nada.
– Numa sala de aula há 40 crianças

---

3. Aqui Hubert Fichte certamente quis dizer São Conrado. (N. do T.)

– O ginásio custa 30 cruzeiros por mês.
– Para meus filhos o Estado paga a metade.
– Eu ganho mais do que os outros como sapateiro.
Cândida de Sousa Barbosa, que foi levada ao hospital com hidrofobia, admitiu que apenas simulou o ataque de hidrofobia para poder voltar ao hospital.
Luiz Carlos dos Santos ficou cego de tanta fome.
A mãe não sabe que o filho ficou cego de fome.
Ela vive com seis filhos em Saracurema. O mais novo dorme na caixa em que foi entregue a televisão.

Baile no Copacabana Palace.
Veruschka e Henry Ford II.
Henry Ford II pega um helicóptero para visitar o presidente da república.
– Sim, a Volkswagen é o grande fator no Brasil.
– Mas nós vamos tirar um pouco do mercado deles.
– No próximo ano pelo menos dez por cento.
Há pouco chegaram vinte membros da Associação dos Proprietários Católicos para tratar de investimentos.

O Correio da Manhã foi para o brejo.
Os jornais telefonaram a cada um dos clientes anunciantes.

Uma proprietária de mansão mata um assaltante com um tiro.
Ela acordou ao ouvir um barulho e viu que um desconhecido se curvava sobre seu marido com um facão.
Ela atira no assaltante, que foge e acaba desabando ainda dentro da mansão.
Ela fala com ele pela porta.
– Se você se mexer, vou chamar a polícia.
– Você pode chamar a polícia sem problemas. Eu estou morrendo.
Horas depois, ele morre.
Ele estava vestido com uma calça de bolsa de estopa.
Era da favela da Rocinha.

Irma fotografa a mansão senhoril no jardim de Castro Maya.
No primeiro andar, o quarto do falecido proprietário.

Ele não era casado.
Uma cama brasileira entalhada em madeira
Ao lado dela, sobre o pedestal, o busto da mãe
Livros franceses.
Uma *chaise longue* cheia de volutas.
Picasso.
Léger.
Uma litogravura de Braque
Um crucifixo rococó:
Prata e tartaruga
Dois anões de porcelana.
Um São Sebastiãozinho barroco primitivo.
Perfurado por centenas de flechas
Atrás, um desenho.
São Sebastião.
Duas vieiras folheadas a ouro.
Ali ele recebia gaúchos de esporas, com botas de couro
O que resta do homem
O jardim.
Este quarto
Encanto que ainda perdura quando ele próprio já desapareceu.

Se uma pequena estátua da Virgem Maria realizou um desejo, ela é pintada, em agradecimento.
Se algo deu errado, enfia-se a Virgem Maria de cabeça na areia.
Suas mãos são cortadas, os cotos pintados de vermelho.
Cortar o nariz. –

No Rio Grande do Sul existem 19.000 terreiros de macumba
No Rio de Janeiro, 32.000
Nossa Senhora de Copacabana
Gazes de escapamento
E, depois da chegada da escuridão, bichinhas tímidas.
Um negro conhece um andar seguro em um prédio e leva Jäcki para cima, onde as roupas de baixo balançam
E se deixa
Se deixa de modo maravilhoso

Em seguida, ele segura a calça de Jäcki e quer dinheiro.
Jäcki diz:
- Isso você deveria ter dito antes.
- Você não tem nada.
- Tenho algum, mas não quero dar nenhum a você.
- Você por acaso nunca dá nada.
- Dou sim, e até com gosto, mas você deveria ter dito isso antes.
O negro tira das calças algo que deveria ser uma faca, mas é uma espécie de lima, ou um estuque, e o encosta à jugular de Jäcki
Ele tenta mostrar, forçando, uma raiva animal.
Jäcki não entra na dele:
- Você não precisa nem se irritar.
- Não vou dar nada a você.
- Me diz só qual vai ser a impressão que vou ficar tendo dos *gays* brasileiros.
Ele diz:
- Você pode gritar, sem problemas.
Jäcki:
- Eu não vou gritar.
- Aqui ninguém vai me ouvir mesmo.
- Não tenho medo.
Depois de meia hora, o negro tira a faca da jugular de Jäcki.
Lá embaixo, em meio ao trânsito, os dois se beijam mais uma vez para se despedir.
- A saliva do negro tem gosto de metal.
- Essa é uma história que não posso botar no programa.
- Christian Gneuss não vai entendê-la.
- Peter Faecke também não.
- Será que Raddatz a entende.
- Eu não posso contá-la a ninguém.
- A Irma eu posso contá-la.
- Peter Michel Ladiges talvez a entenda, mas não de verdade.
- Em todo caso, ele não fará nenhuma observação desnecessária a respeito dela.
- Wolli com certeza.
- Wolli, como cafetão, é mulher o suficiente.

As séries de fotos de Irma:
Favelas.
Carnaval nas favelas.
Macumba nas favelas.
O homem voador.
Retratos
A casa bonitinha do criador de Utopópolis.
Jardim Botânico.
Praça Onze.
Harmonia Mundi
O Rio em geral
Brasília
Bahia.
Casa Hansen Bahia.
Casa Carlos Bastos
Pintores ingênuos
Museu São Paulo
Instituto Butantã
Cataratas do Iguaçu.
Porto Alegre.

Numa sala de laboratório, caixas com uma "coral" e uma "coral falsa".
Uma pequena boiceira verde é deixada para uma coral não muito maior, para que ela a coma.
A coral negra salpicada de cores corais salta sobre a verde e morde.
A verde tenta fugir, estremece.
O corpo incha.
Fica mais fino de novo.
Ela caga.
Em sua merda, vermes se mexem.
Até mesmo as cobras estão cheias de vermes nesse país, pensa Jäcki.
O guarda bate na cabeça dela para que ela morra mais rápido
As cobras se enrolam uma na outra.
A verde arreganha a boca.
A coral morde o corpo da verde de comprido, avançando até a cabeça.
A verde não se mexe mais.

A coral começa a engolir a outra, que tem quase o mesmo tamanho, pela cabeça.
Quando ela engoliu a verde inteira, espirais perpassam seu corpo de cima a baixo.

Sexta-feira, dia 31 de janeiro de 1969
Uma revista "Spiegel" no Copacabana Palace.
O editor Klaus W. diz:
Os cidadãos devem ter romances em suas estantes.
E Kafka?
Com o qual ele se fez como pessoa
E "O tambor", que ele corrigiu como editor?
Como ele parecia desesperado quando Johannes Bobrowski morreu.
– E ele tinha esboçado um romance inteiro e não conseguiu mais redigi-lo.
Não foi um simpósio sobre Kafka que desencadeou a resistência em Praga, pensa Jäcki.

16.

Jäcki comprou um sabão marrom de forma esférica.
Ele estava numa caixa branca, uma vendedora de abacaxis baiana à moda antiga impressa sobre ela, a firma Kanitz e o nome:
Sabão da Costa.
E isso queria dizer que era da costa africana.
Pelo menos fora o que Jäcki já aprendera até agora.
Jäcki levou a bolota marrom, que matraqueou dentro da caixa de papelão, na viagem de táxi pela praia de Copacabana até o banheiro do Copacabana Palace, e, entre os azulejos fulgurantemente brancos, onde Irma descobrira, pálida, uma barata, o sabão da costa africana começou, entre o revelador e o problema intestinal e a urina, a exalar seu cheiro suave de cacau e manga e bombons de violeta proustianos, de Exu e de Central do Brasil, de sal, alcatrão, de pântanos de Dakar e da água verde de Vigário Geral.
É o cheiro de dois continentes, pensou Jäcki.
Jäcki ficou muito orgulhoso de sua ideia.
Esqueceu de registrá-la em seu diário para Christian Gneuss.
Talvez, porque se recordasse, nas profundezas de seu inconsciente freudiano, que um dia já havia lido algo semelhante.
Foi em Gilberto Freire?
Casa-grande e senzala?
E foi Gilberto Freire que o inventou?
Ou também isso era um desses ancestrais thomas-mannianos, do qual no entanto por certo já existia um ancestral do ancestral
Como aquele
Civilização e Sifilização, que nem sequer vem de Recife, mas de Viena, conforme Jäcki sabia.
Sincretismo, pensou Jäcki mais uma vez.
Bicontentalidade
Bissexualidade

E ele logo se sentiu num clima cheio de solenidade,
bancando o escritor.

E tudo isso por causa de uma bolinha marrom – um pouco de madeleine de Proust, um pouco de grampo de cabelo de Strindberg – no cheiro do Sabão da Costa.

17.

Jäcki lê:
Uma vez que o Baile das Bonecas e dos Enxutos foi proibido, será promovido o Baile dos Escorraçados.
O Serviço de Segurança do Estado espalhou um comunicado:
Vocês se enganam se acreditam que escaparão sem ser punidos mudando simplesmente seus nomes.
Não é o nome que é a coisa mais decisiva, mas sim a falta de vergonha
Jäcki e Irma foram até Bangu
Uma hora e meia de viagem de ônibus.
Ao longo da avenida Brasil, a única saída em direção ao norte.
Passando por Vigário Geral, urubus em construções sobre estacas.
Passando pelo antigo castelo histórico, por quartéis, aviões a jato, construções oblongas da moda, compridas como ruas, soltando a tinta.
Depois a floresta virgem de novo.
Jardins com arbustos da floresta virgem.
Quartéis, festas de subúrbio, máscaras de trapos.
Em Bangu é que tudo começa de verdade.
Este é o dia atlântico, pensa Jäcki, e começa a ensinar a Irma sobre as festas entre Atlas e Antiatlas.
Das caixas de correio de seu cérebro:
– O dia que nada vale.
– No qual tudo desmorona
– Onde a mãe faz com o filho
– E o pai com o avô.
– E no dia seguinte está tudo esquecido.
– Os egípcios movimentavam membros de madeira gigantescas por fios.
– Como os barcos em Amarante.
– Sim.
– O Minho minoico.

– Amarante não fica no Minho.
– Isso pouco importa: Minho minoico soa melhor e no fundo também é mais adequado:
A invasão fálica da Lusitânia pelos cretenses.
– Depois Orfeu.
– As saturnais.
– Heliogábalo.
– Não. Isso é George. Eu quis dizer antes Nero, que fez o papel de Édipo e foi seu próprio Nero
– Villon.
– Bangu.
– Eu faria bom uso de uma teleobjetiva ainda maior.
– Mas aí precisaria arrastar comigo também mais um tripé especial, pois na mão ela acaba tremendo.

Os Sujos começam a posar para Irma.

Lambuzados de ruge, vermelhos de ferrugem, assustadoramente amarelos e completamente verdes. Os cabelos pretos encaracolados cuidadosamente empoados de branco.

Eles jogam pó de arroz na multidão, e Omo, e evitam com todo o cuidado o olho de vidro da Leica de Irma.

A "União da Galinha" carrega uma galinha preta em cima de um galho Batendo chaleiras e rascando metais, apitos, regadores, tábuas de lavar, oboés e pentes.

Os homens sujos lançam os braços ao ar como bacantes. Tremem.

Os peitos gordos balançam.

Para cá fugiram os "Estendidos" entre os 16 milhões da Grande Rio.

Quem os contou.

Os Bichos, os Hommes Sensibles, os Cualiras, os Bichas, os Viados, as Tias, os Andróginos, os Borrifados, os Transexuais, os Gatos Cortados, Henrique III, Ricardo Coração de Leão e Fernando Rosso, os Costurados e os Ofendidos.

Aqui o pai de dezesseis filhos pode andar ao lado da mulher do prefeito e a vendedora de bugigangas pode mostrar sua coxa coberta de pelos vestida em uma meia arrastão.

Aqui a bolsa esvoaça

E o carteiro não está seguro diante dos beijos de uma Madame Pompadour falsificada.

Jäcki lê no Jornal do Brasil do dia 5 de fevereiro:
Em São Paulo, não foi permitida a entrada de travestis no Baile de Gala do Teatro Municipal.

Jäcki lê no Jornal do Brasil do dia 7 de fevereiro:
Depois de o Baile das Bonecas e dos Enxutos ter sido proibido pela polícia, já tentaram organizá-lo de modo sorrateiro por duas vezes em vão

Uma vez em São Paulo, onde o Serviço de Segurança Interna havia proibido um Baile das Bonecas e dos Enxutos.

Em seguida eles vieram em grande número aos Bailes da Onda, que aconteceram em um iate ancorado junto à Praça Quinze.

A polícia do Rio adivinhou a intenção e não permitiu a entrada de ninguém que estivesse vestido de mulher

Jäcki vai aos bailes no iate.

Apenas homens,

Todas as mulheres vestidas de homem.

Os homens que querem organizar o Baile das Bonecas e dos Enxutos se vestem de homem para conseguir chegar ao iate

Jäcki lê:

O Serviço de Segurança Interna fará de tudo para evitar, quer dizer proibir, toda e qualquer tentativa sorrateira de organizar o Baile das Bonecas e dos Enxutos.

Jäcki lê, no dia 8 de fevereiro:

O Clube dos Democratas denuncia o Baile dos Escorraçados.

Jäcki telefona:

– Nada é mais complicado do que telefonar em língua estrangeira.

– Numa língua estrangeira pronunciada erradamente.

– Português do Brasil.

– A língua de uma província atlântica, que se tornou a língua de um império transcontinental.

– O Clube dos Democratas é lá.

– Aqui é o Clube dos Democratas.

– Eu sou jornalista alemão e gostaria de saber se o Baile dos Escorraçados acontecerá por aí.

– Mas o senhor não tem voz de alemão

– Para dizer a verdade ao senhor: eu tenho uma voz polonesa.

– Mas de onde o senhor está ligando.

– Do Copacabana Palace.
– Há quanto tempo já está no Rio.
– Uma semana.
– O senhor veio de avião ou de navio.
– De bicicleta, Jäcki gostaria de responder, mas ele não quer incomodar o Escorraçado e mente:
– De navio.
– Por Nova York.
– Não, por Cuxhaven.
– O senhor é casado.
– Não, não ariano.
– No Brasil é muito perigoso.
– O Baile dos Escorraçados irá acontecer?
– Neste sábado não.
– Quando, então?
– Talvez no próximo sábado.

Jäcki vê no jornal um anúncio do Baile dos Escorraçados no sábado, X.X.1969, no Clube dos Democratas.
Jäcki lê:
O Baile das Bonecas e dos Enxutos no Cinema São José na Praça Tiradentes foi motivo de várias pancadarias no ano passado.
Vários policiais tiveram de ser mandados ao lugar. –

Baile dos Escorraçados.
14 horas.
Entrada, 30 cruzeiros.
– Não é nada para uma bicha trabalhadora.

Os policiais de capacetes de ataque azuis estão em pé, fazendo um corredor que leva até o alto da escadaria.
Nas construções em forma de torta do primeiro andar, os chocalhos se fazem ouvir e o tataratá e os passos do samba e o cheiro é de cacau e farinha de peixe e Tosca.
Litros de suor
Litros de cerveja.
Bandeirolas como na macumba, que faziam Jäcki lembrar do carnaval.
Um posto inteiro dos correios cheio de cartas aos deuses

Um senhor de nariz proeminente em saiote egípcio azul desprovido de gênero que não ofendia a ditadura militar sobe tremendo, entre os policiais.
Ele pode entrar.
Um mais corpulento avança sem calças ao império romano lá de dentro
Mas é mandado embora.
E grita sua desilusão esganiçadamente ao descer a escada.
Em seguida vem a Mulher Maravilha, a doce bocetinha encantada
a suave mestiça de raça com uma genuína peruca de cachos longos,
faces deformadas pelo *pancake*
uma embalsamada viva, a boneca em si
Os policiais fungam seguindo o cheiro da Fleur de Rocaille, amoras silvestres, mexilhões e não reconhecem o caixa da associação de jornalistas
Esse passou.
Então chega a própria Enxuta, a tamareira, a passa, a ameixa-seca, Asta Nielsen por sua vez não é nada perto dela
Gandhi é, por sua vez, Raquel Welsh
Usando um vestido de lamê bem ajustado
Nem sequer a tentativa de seios
Cabelões negros nas pernas
E cabelos *a la garçon*. Boa.
Rouge e *rouge à Lèvres* sobre a velha boca de macaco
o risquinho ressequido dos enxutos insaciáveis e escorraçados.
Sapatos de salto.
Nada a fazer
Fora daqui.
Fora, fora, fora.
Os policiais não acreditam que ela tenha sessenta anos, é mãe de 13 filhos, todos com saúde, e lésbica.
Ela apresenta a carteira de identidade.
Mas o chefe da guarda não sabe ler.
Fora.
Fora daqui.
Lá dentro, em cima, uma eterna "Rã das Moitas", um "Túsculo" explodindo, "Exquisito", "Com Rudi" vezes cem

Milhares de bonecas que se vestiram de Romys
Milhares de enxutos como paxás e cavaleiros-das-rosas.

18.

Que livro é esse de Medeiros
Escrito contra o cineasta francês.
Contra Clouzot, que há 10 anos fez um filme sobre o sangue.
Os brasileiros queriam, eles mesmos, produzir algo sobre o banho de sangue.
O Cruzeiro contratou um fotógrafo.
Não Verger.
O papa.
O francês.
Que incomoda Jäcki sem que ele o conheça, sem que conheça algo dele.
Um decadente dessa laia, que não aguenta mais ficar em Paris, de saco cheio do existencialismo, do estruturalismo, de Marx, Hegel, Lukácz, Bloch e Foucault, junto com Brecht, Yves St. Laurent, Dubuffet, Marguerite Duras.
Um fotógrafo assim, de mochila e cadeira dobrável, que vai fazer uma excursão ao desconhecido, um falso mago.
Jäcki o viu diante dele sem o conhecer.
Professor de ginástica e astrólogo.
Mas Jäcki não queria pensar sobre Verger.
Jäcki procurou o livro de Medeiros sobre o banho de sangue no candomblé
Que O Cruzeiro havia contratado, para opor algo brasileiro a todos aqueles franceses, o Lévi-Strauss, o Camus, o Clouzot, o Verger, que navegaram até nossas terras em suas caravelas como conquistadores do folclore
Algo que fosse adequado às estantes de livros de Ledig-Rowohlt e de Hans Werner Henze – ao lado de arte tântrica e Mishima
Murdered by Roses
Seppuku com espada de madeira
Banho de sangue.

Jäcki passou por todas as livrarias que conhecia, em Copacabana, onde os 26 graus do ar condicionado pareciam um congelador.
Por todas as livrarias da oposição, onde havia muito Hermann Hesse exposto
Ele não encontrou o banho de sangue.
Numa pequena agência de notícias, o vendedor conhecia o livro.
Ele tinha um exemplar.
– Vou trazê-lo para o senhor.
– O senhor pode ficar com ele.
– Eu já o vi.
– Ora, eu o conheço.
– Também um posicionamento diante dos livros.
Não: um livro?
– Mas ele já tem um, como na Alemanha.
– E sim:
– Um livro:
– O senhor pode ficar com ele.
– Eu já o conheço.
– Ele vai esquecê-lo.
– Samba.
– Ai, ai, ai Maria.
O vendedor da pequena agência de notícias não se esqueceu.
Jäcki segurava uma brochura fina nas mãos, que o *designer* havia decorado artificialmente com elementos primitivos.
Jäcki folheou a brochura ainda diante do vendedor.
Eram fotos que à primeira vista se destacavam pelo fato de os pingos terem sido fotografados em 1/500 avos de segundo ou então em um milésimo de segundo e pareciam se cravar à pele como os dentes de uma serra
José Medeiros, o fotógrafo d'O Cruzeiro, conseguira participar e tivera permissão para fotografar os ritos mais secretos da iniciação.
Flashes.
Irma logo viu.
Quando Jäcki folheava o volume pela segunda vez junto com ela no Copacabana Palace.
Eram as fotografias de um repórter

– Nada de arte, por assim dizer.
– No nervosismo, muitas vezes desequilibradas, iluminadas demais
– Mas sangue por toda parte.
Tanto sangue que as páginas pareciam colar umas às outras.
Animais sacrificados aos montes sobre as cabeças dos noviços
Sangue nos olhos
Corpos sangrentos.
Como torturados.
Esfolados.
Irma quase não conseguiu continuar olhando por mais tempo.
Mas então voltava a olhar para as fotos junto com Jäcki.
José Medeiros conseguira, com *flash* e a abertura de um milésimo de segundo, botar a transfiguração na caixa, a doçura infantil das crianças de cabeça raspada, o encantamento dos lábios.
Irma ficou em silêncio absoluto.
– Eram fotos em preto e branco.
– Eu sempre disse. Fotos são fotos em preto e branco.
A Jäcki elas pareciam mais vermelhas do que o vermelho.

19.

Na sossegada rua *fin-de-siècle*, acácias sombreadas pela noite, a seção especial Roubos e Furtos.
Da construção chegam gritos.
– Alguém está sendo interrogado ali, diz Aristóteles, que acompanha Jäcki rindo.
– Um ladrão de galinhas da favela, pensa Jäcki.
– É assim que um ser humano grita.
– É como também grita um animal.
– Não.
– Não é um grito expelido por um ser vivo, como resposta a alguma coisa, dirigido com uma intenção a outro.
– Esse grito não vem de ninguém que esteja consciente.
– Ele não tem mais relação nenhuma com a experiência.
– Um pedaço fino de lata, colocado para vibrar de certo modo, poderia chegar a emitir sons como esses.
– Um uivar bem alto e parecido com o de uma sirene.
Jäcki não sabia que um torturado era capaz de gritar desse jeito.
– Os trabalhadores foram torturados desde sempre, o criador de Utopópolis dissera.
Jäcki pensava em todos os distintos gritos de Sartre.
Mortos sem enterro.
Os gritos dos lutadores da resistência torturados.
Amnesty International.
Que se recusam a assumir os *gays* perseguidos em seu ficheiro.
– Todo garoto de programa que rouba uma corrente de ouro é torturado.
– E nenhum galo canta em protesto.
O que Jäcki poderia fazer.
Ele queria fazer tudo.
Correr até lá.

Quebrar as vidraças.
Jogar bombas.
Fazer reféns.
– Um crime! Um crime! O crime de Orestes! Moscas!
Agir.
Também com metralhadoras.
– Também com navalhas?
– Violência.
– O grande e inesperado novo?
– Estuprar torturadores.
– Ser estuprado por torturadores.
– Torturar como Villon, humilhado por torturadores?
– Por isso não posso impedir que um garoto de programa de uma favela, que roubou uma galinha, grite desse jeito.
– Ele vai gritar sempre, por toda parte, até o final do mundo
– A boca escancarada por uma lâmpada de ferro.
– Enchido com vinte litros de água suja até que fique estirado, soltando água por todas as aberturas sobre a mesa do interrogatório como um polvo
– Parar?
– Não está mais com vontade?
– Só impotência ou sangue?
– Não vai mais continuar?
– Pouco importa?
É por isso que o homem não para de gritar.
– Seguir adiante!
– Contar!
– Ficar em pé!
– Ir até lá com Aristóteles, para onde você queria ir com Aristóteles.
Jäcki não consegue ficar de pau duro na escadaria.
Isso é bem embaraçoso.
Aristóteles, que jamais quer voltar a ver Jäcki, falara com ele na estação
Ele queria mais uma vez.
Jäcki não conseguiu.
Aristóteles ficou ofendido.
E quis outra vez não mais voltar a ver Jäcki.

A rua na Seção Especial de Roubos e Furtos mal chega a ser percorrida depois da meia-noite.
As acácias afundam de volta à floresta virgem.
– Os guaranis pregavam o intestino do condenado a um tronco de árvore e obrigavam o criminoso a correr em torno do tronco até que o intestino estivesse todo enrolado nele.
Estava tudo em silêncio.
Será que o ladrão de galinhas estava dormindo.
Será que Villon morrera à míngua por causa de seus ferimentos.
Um policial olha pelo olho mágico.

20.

O cesto de papéis do Copacabana Palace se enchia de jornais rasgados e caixinhas de filme.
Jäcki recorta notícias sobre o carnaval.
Irma marcava negativos de filmes.
O grupo de carnaval Chave de Ouro existe há pelo menos vinte anos; Há 11 anos ele desfilava na quarta-feira de cinzas, e há cinco anos esse desfile foi proibido pelo Serviço de Segurança Interna.
Às 9 horas, a polícia apareceu para impedir o desfile.
As primeiras bombas de gás lacrimogênio foram jogadas quando cerca de 15 pessoas começaram a dançar.
Um garoto de doze anos foi preso e espancado ainda no jipe da polícia.
A polícia mal havia partido quando a canção de carnaval do grupo Chave de Ouro já pôde ser ouvida de novo:
Com a pancadaria, não se alcança nada.
Nós somos bem teimosos, hein, rapaziada.
Vamos desfilar mesmo assim, não vai ficar nisso.
Mas a polícia não quer saber disso.
A polícia não quer saber disso, ô, ô!

Com três horas de atraso a apresentação na Presidente Vargas começa.
– O que quer dizer "ranchos?"
– Eu também não sei.
– Na Venezuela, ranchos são favelas.
– É, ranch.
70.000 espectadores nas tribunas.
Sete canais de televisão.
Um japonês
Como estorninhos, milhares estão pousados sobre árvores, tabuletas de propaganda, placas de trânsito.
Ambulâncias.

Brigas por Coca-Cola.
Frases intermináveis ditas pelos alto-falantes.
Uma menina de pernas grossas passa mal.
Um rapaz é levado embora pelo Serviço de Segurança Interna.
Carros da polícia uivam pela pista, acima e abaixo.
Policiais motociclistas aos bandos.
Então o primeiro cortejo de carnaval se aproxima
Cantagalo.[1]
Depois de meia hora, eles passam por Irma e Jäcki.
Irma está sem vontade de fotografar.
Uma floresta virgem de plumas e paetês.
Mouros da Sarotti de oito anos de idade feitos de borracha, que rodam como moinhos de vento.
Cantagalo passou pelo júri.
Cantagalo com suas rainhas, princesas, mouros da Sarotti e "Ai, ai, ai Marias" se encolhe e desaparece.
Lá atrás, onde não há mais tribunas, onde os parentes dos que desfilam estão parados às dezenas de milhares, depois de descerem correndo da Rocinha e do Morro da Providência, enquanto os seres fabulares passam se arrastando como pneus murchos.
Os moradores das favelas berram, ameaçam, assoviam.
Cantagalo dá mais um passo de samba, num espasmo.
Agora é a Mangueira que desfila.
Mangueira, a estrela entre as estrelas das escolas de samba da favela.
A polícia bate nas pernas dos garotos.
7.000 integrantes.
Eles desfilam por três horas.
Orfeus de lantejoula.
Eurídices de *nylon*.
Índios *pop*
Piratas de papel machê
Um sem pernas, vestimenta rococó, faz cabriolas em sua cadeira de rodas.
O frevo é uma dança marota do nordeste.

---

1. No original, grafado "Cantagallo". (N. do T.)

Ao longo de três quilômetros, seis garotos negros dançam um misto de cracoviana e *rock'n'roll* descendo a avenida do ditador Getúlio Vargas.

Escolas de samba:
Imperatriz Leopoldinense
Em Cima da Hora.[2]
Mangueira.
Portela.
Unidos de Lucas.
Unidos de São Carlos.
Império Serrano.[3]
Acadêmicos do Salgueiro.
Unidos de Vila Isabel.
Mocidade Independente de Padre Miguel.
Ranchos.
Frevo.
Bloco.
Samba:
Samba de Terreiro.
Samba de Partido Alto.
Samba de Angola.
Samba de Breque.
Samba de Enredo.
– Ai, ai, ai Maria, pensa Jäcki:
– Maria da Bahia.
Esfera negra.
Comer feijão.
Show hippie.
AA BB
Simpósio.
Fluminenses.
Horror.

---

2. Hubert Fichte apresenta os nomes das Escolas de Samba em alemão. Esta, um pouco menos conhecida hoje no Brasil, aparece com o misterioso nome de "Auf der Gipfel der Stunde". (N. do T.)

3. Outro nome engraçadíssimo em alemão, e que demandou algum matutar da parte do tradutor: "Das Kaiserreich der Gebirge". (N. do T.)

Sopro do Leopardo.
Noite de Barbarella.
Maria Atlético Clube.
Lenhadores.
Cordão.
Mamãe, eu vou sair às compras.
Agogô.
Atabaque.
Berimbau.
Cuíca.
Rumpi.
Jäcki ouve os gritos do ladrão de galinhas.

– O carnaval é um espetáculo dos negros das favelas para os brancos, começa Jäcki em seu programa para Christian Gneuss, no NDR.
– Os negros se encontram há cinquenta anos na Praça Onze, apresentam suas danças africanas, coroam seus reis e mostram seus animais totêmicos.
Jäcki pensa animais totêmicos.
– Hoje as escolas de samba menos chiques, as miseráveis desfilam na Praça Onze.
– Também aqui há barreiras por toda parte.
– No meio da praça, o júri.
– A escola de samba se aproxima.
– O cantor vai até o microfone e canta o samba-enredo da escola, várias vezes e sempre de novo, até ela terminar o desfile.
– Agora o diretor da escola de samba fala para o júri e elogia a própria bandeira bordada.
– Ele assovia para que os dançarinos se aproximem e eles tremem diante do júri, localizado mais acima, fazem reverências, olham para o alto enquanto fazem a reverência, levantam a barra de seus vestidos – trabalho diligente! Vestido branco, lantejoulas brancas e algumas lantejoulas tingidas suavemente.
– E depois um assovio os manda para longe outra vez.
– Carroças com macacos de papel machê, um tigre amarelo de papel machê, a cobra em torno do planeta também de papel machê.
– Um aleijado dirige a bateria.

– Ele é levado em sua cadeira de rodas até o júri para ser louvado.

Jornais:
A polícia militar dispersou centenas de sambistas que haviam se juntado aos magotes diante do prédio do IPEG à espera dos resultados.
Três pessoas foram feridas a tiro.
24 tiveram de ser hospitalizadas com ferimentos e sinais de envenenamento devido ao gás lacrimogênio.
Os sambistas estavam armados de pistolas.
1.000 prisões no primeiro dia de carnaval.
60 graus ao sol.
O carnaval mais quente da história do Brasil
16 assassinatos
89 mortos
17.732 hospitalizados.
131 acidentes de trânsito.
37 batidas de trânsito.
306 assaltos.
31 tiroteios.
30 facadas.
Uma tentativa de suicídio.
4 queimaduras
37 intoxicações com éter
576 quedas.
3.445 ataques de insolação.
24 mordidas.
O Instituto Médico Legal registrou cento e um cadáveres de sábado à terça-feira.

Jornais:
Em Belfort Roxo, a polícia encontrou o cadáver de um crioulo com nove ferimentos a bala calibre 45.
Sinais de tortura e espancamento.
Mais uma vítima do Esquadrão da Morte.

Jäcki tem a ideia de recortar e fazer uma colagem com o samba da Em Cima da Hora e da Mangueira.

Para Peter Ladiges
Ele o distribuirá a dois cantores.
- O ouro dos escravos
- O ideal dos primeiros conquistadores
- Na época do Brasil Colônia
- Era tão alto
- Brilha nos anais da história
- Porta-bandeira de um orgulhoso –
- Que nós apresentamos nesse carnaval.
- E progresso bem pensado
- Livre no campo, na montanha ou à beira do mar
- No tamanho gigantesco de nossas florestas, cataratas, cascatas
- O índio bronzeado não podia ser escravizado
- Fontes de uma riqueza natural
- Enquanto o negro suportava seu martírio.
- Tesouros foram desenterrados, onde imperava o ouro.
- E sem parar trabalhava nas minas de ouro.
- Os comerciantes exibiam seus brasões nos salões elegantes.
- Ele sobreviveu a toda a crueldade.
- Honra
- Oh, como o negro sofreu!
- Esse bravo conquistador
- Ô, ô, ô, lará, lará, lará, rá, rá, rá!
- Que lutavam por um ideal
- Só o negro trabalhava com seus braços
- E os que conseguiram
- E mais tarde foram libertos pela Lei Áurea.
- Pilhar as riquezas coloniais do Brasil.
- Peter Michel Ladiges entende com exatidão o que quero dizer.
- Isso eles simplesmente transformam em poesia:
- O ouro dos escravos.
- Livre no campo, na montanha ou à beira-mar.
- Com isso ninguém seria aprovado no colóquio literário.
- Pilhar as riquezas coloniais do Brasil
- Impossível.
- Mas aqui.

– Peter chama isso de: A Dialética do Fato.

Na Central do Brasil, chegam trens lotados de rococó de *nylon*.
Uma Versalhes de plástico impera no saguão da estação
Jäcki e Irma sentem sede em meio aos cheiros de abacate doce, éter, pelo de gato, Je reviens, urina e estramônio
Eles bebem suco de maracujá na banca de frutas.
E outra vez o homem gordo e marrom, de calção branco, que pela quinta vez desce a escadaria até a passagem subterrânea ao lado de Jäcki e Irma.
Jäcki ouve os gritos do ladrão de galinhas.

Um homem apresenta um monstro.
Uma cabeça gigantesca feita de lençóis com asas no pescoço.
Um garoto mora dentro da cabeça
Da boca do monstro, sai uma mão com um maço de Marlboro.
E logo em seguida já vem a polícia.
O apresentador mostra todo seu fervor.
Ele diz frases amistosas.
A polícia nem sequer precisa intervir logo de cara.
O homem se vai por si mesmo levando o monstro e desaparece em direção ao Morro da Providência.
Morro da Providência.
Dois homens viram estrelas um diante do outro
Fazem pontes, uma sobre a outra
Saltam alto
Sobre as mãos.
De pés erguidos, eles ficam em pé um diante do outro.
Dois repuxam as cordas de instrumentos musicais do Nilo.
Arcos esguios com cabaças de ressonância, cascas de coco.
Como os que Jäcki viu nos túmulos de Tebas.
O instrumento musical se chama berimbau
A dança, capoeira.
No império, ela era dançada com navalhas entre os dedos dos pés.
Os tocadores de escravos não tinham a menor chance com os que caminhavam sobre as mãos.
Eles cortavam os rostos deles com os pés.

Jäcki ouve os gritos do ladrão de galinhas.

Índios se amontoam sobre as escadarias.

– Onde termina o Mato Grosso, onde começam as *Mothers of Invention*.

Penas de aves de um metro de comprimento.

Garotas de revista

Pássaros humanos

– Penas de pavão bem no traseiro e esporas bem nos cotovelos, dizia vovô.

– Lampião e seus companheiros tiveram as cabeças cortadas e preservadas em latões com lysol

– O exército os exibia por dinheiro nas praças centrais.

Tridentes no cabelo, colados com pedaços de tijolo e espelhos

Garças e lagartixas gigantes pendem como espólio de caça sobre as costas, couraças de tatus

Os africanos carregam escudos de crocodilo.

Boa constrictor, grossa como um braço em torno dos braços.

Viva.

Que tentam se enrolar e sufocar.

Os índios levam lagartos pela coleira como se fossem cães-salsicha.

– Caribes negros do Amazonas ou será que se pode alugá-los no Teatro Municipal

– Eu estou precisado, diz Jäcki

Lá embaixo está o negro rococó de cabelos empoados de branco e com a lira sobre as costas.

Um imperador de lantejoulas acena ao lado da caixa para o papel higiênico da casinha

O bandoleiro Lampião, com o rosto sonhador, deixa um raio dourado vazar de seu trambolho

O Obá de Benim tem de esperar.

Centenas de feições da história brasileira de falso brilhante seguram seus troncos brancos, marrons, vermelhos, cor de cacau nas quedas d'água de Villeroy & Boch.

Jäcki ouve os gritos do ladrão de galinhas.

Diante da estação, ao primeiro raio do sol, os homens se levantam assustados do colo de seus sonhos.

Um fantasiado de bispo se ajeita na quina da calçada, que lhe serviu de travesseiro.

Irma e Jäcki seguem a pé pelo asfalto amolecido pela dança, de volta ao Hotel Copacabana Palace.

Tomam banho de mar às seis horas da manhã.

Mergulham.

Corpos de peixe na última voluta estreita da onda, antes que se quebre.

21.

Jäcki se lembrará para sempre de duas cenas.
Talvez elas sejam casuais.
Talvez um comportamento assim – Jäcki o chamaria de gracioso – também seja típico, e talvez ele pudesse ter dado de cara com ele logo três ou até cinco vezes ao final de sua primeira visita ao Brasil.
Jäcki e Irma comem feijoada, entre os prédios em meio ao gás de escapamento de Copacabana.
Chegam dois garotos famintos, belos, bem nutridos, com pratos de papelão, e pedem um pouco de feijoada.
Irma e Jäcki querem dar a eles todo o resto.
Com o gesto de uma mãe habituada à miséria, o mais velho dos dois pega sua parte.
Ele deixa a metade dos pedaços de carne para Irma e Jäcki.
Jäcki pensa no bufê de Raddatz.
Como os três filósofos da esquerda se precipitaram sobre a lagosta e o caviar, jogando as cascas vermelhas atrás de si, contra a parede.
Jäcki diz às crianças que peguem tudo.
Todo o resto.
Que foto que isso daria, pensa Jäcki.
Apesar de seu fascínio por fotos, ele pede a Irma, que tem sua Leica consigo, que não registre o momento.

22.

Tempestade.
O rádio anuncia ventos cuja velocidade chega a 50 quilômetros por hora.
Falta luz.
Os bueiros entopem.
O trânsito para.
A praça da Central do Brasil é um lago.
Nenhum ser humano, gato, cachorro ou rato pode ser visto.
Bares inundados.
A água sobe à entrada dos prédios.
Quem ousa sair, escapa do esgoto para a ducha.
Carros afogam.
Cadáveres de rato passam nadando.
– Meus filhos não estavam parados aqui.
– O senhor precisa cavar mais abaixo.
Demora horas.
Os que estão à espera sobem um degrau após o outro.
Um casal de amantes passa abraçado sapateando em meio à lama – até os joelhos no meio da inundação.
– Eu me chamo Válter Nascimento.
– Minha mulher e meu filho foram enterrados pela lama e arrastados embora.
– Tudo que sobrou do meu barraco é uma máquina de costura elétrica, um rádio de transistor e os óculos da minha mulher.
– O que vou fazer com isso agora.

23.

De volta, sobrevoando o Saara.
Aos primeiros raios da aurora, como um delta rosa infinito
Rios amarelos.
Lamas acinzentadas.
O sol se levanta.
Tudo para.
Mar de areia.

II. LA DOUBLE MÉPRISE[1]

---

[1]. Provável referência indireta ao romance *O duplo engano* de Prosper Mérimée. Sutilmente, Hubert Fichte oferece uma chave interpretativa para o seu comportamento, já que o romance do autor francês trata da traição conjugal de uma mulher inatacável, que mais tarde fundamentaria a história das aindas mais conhecidas *Madame Bovary* de Flaubert, *Anna Kariênina* de Tolstói e *Effi Briest* de Fontane. (N. do T.)

1.

Jäcki sacudiu o portão do jardim.
Algumas ripas pregadas de través como em um jardim improvisado, preso com uma corrente a um tronco de árvore.
Esta era a entrada que levava ao papa da Baía de Todos os Santos, a Roma negra, onde havia uma igreja para cada um dos dias do ano.
Trepadeiras, varas encobrem a casa.
Sacudir de nada adiantaria.
Se Jäcki quisesse fazer barulho suficiente ao sacudir, a fim de se fazer perceber lá atrás, ele teria de arrancar o portão inteiro dos gonzos
Jäcki teria de chamar em voz alta, coisa que ele odiava.
Ele considerava chamar em voz alta em uma propriedade desconhecida um verdadeiro ataque.
Tocar a campainha, bater, ainda se podia evitar.
Chamar em voz alta era para ele algo como o chamado dos pais no bairro de Lokstedt, em Hamburgo
A obrigação era obedecer.
Jäcki chamou em voz até bem baixa.
Ele aliás estava ali a contragosto.
Esperava que o papa não o ouvisse.
Que o papa ficasse nas cucuias onde estava
Como a avó de Jäcki diria.
E então ele veio.
Improvável que ele tenha ouvido as sacudidas de Jäcki no portão e seu chamado em voz baixa.
Será que o papa ficava espiando a chegada de visitantes através das gavinhas?
Um homem grisalho alto e nu
Vestido apenas com um pano de batique de impressão industrial dos quadris aos pés

O papa se curvou prontamente à corrente e ao cadeado, prontamente demais para um proprietário que garante a segurança de seu terreno em uma favela, e aquilo ali na Liberdade não era algo muito diferente de uma favela, apenas com um cadeado.

O portão se abriu e Jäcki gaguejou algo sobre escritor, Institut Français, revista Spiegel, cultura, cultura afro-americana ante o rosto lívido do papa.

Com uma cortesia que apenas libertou Jäcki de sua confusão, o papa, V., que, segundo se dizia, às vezes também era chamado de Baba, o conduziu para sua casa, para seu escritório de trabalho.

Poeira.

Poeira avermelhada sobre o chão, sobre o congelador, sobre a coroa de louros e sobre a vassoura pendurados à parede, sobre o colchão, sobre a mesa.

As folhas do único ficheiro que se encontrava numa caixa de sapatos em cima da mesa estava coberta de poeira avermelhada.

Os ovos, seis, sete ovos sobre a terceira cadeira, todos cobertos de poeira

Apenas o couro da cadeira diante da mesa, que se encontrava diante do ficheiro, estava polido e brilhante

O papa apontou uma cadeira a Jäcki e sentou-se ele mesmo diante do ficheiro.

Ele não tem o rosto de um fotógrafo conhecido mundialmente.

Fotógrafos têm rostos mais esculhambados, pensou Jäcki.

Ele também não tem o rosto de um pesquisador. Louis Trenker. Ou Darwin.

E muito menos o rosto de um crente, de um louco.

Abbé Pierre. Mater Caecilia. Hans Henny Jahnn. Antonin Artaud.

Ele tem o rosto de um comerciante, do gerente da firma de seu pai.

Esta parte de sua biografia ele expressava.

Um homem rico, que mantém plantações de café sob o encargo de um parente rico, pastagens de gado.

Ou uma tipografia de tecidos em Lyon.

Jäcki contemplou o papa:

O crânio alongado com os cabelos ralos,

poderia ser um hamburguês, um sueco, havia algo de Eric Jacobsen nisso.

Os olhos esverdeados.
Olhos que não foram despertos.
Até poderia ser um antropólogo, que mede a dimensão de crânios.
Mas o representante secreto de três culturas?
O representante da África na Afro-América, que levara de volta, num voo, as pedras da deusa Iemanjá, Oyá[1], Nanã ou que pedras que fossem, como Baba, até o Abó de Abomei?
Civilização e sifilização?
Bicontinentalidade e bissexualidade.
Jäcki contemplava o tronco desnudo do velho homem.
O bronzeado não lhe dava mais a aparência de um *playboy*.
Os braços magros de alguém que só ergue mais as fichas de um ficheiro.
Os pelos grisalhos e desgrenhados de suas axilas
Os mamilos de um violeta apagado
E rugas de Buda.
Que no entanto só parecem sábias em corpos gordos.
Em homens magros, elas pareciam a Jäcki expressar algo de feminilidade villoniana.
Os olhos, a boca ausente,
a pele do rosto barbeada impecavelmente.
Claro.
O papa lembrava Mater Caecilia a Jäcki, Mater Caecilia que se masculinizou no trabalho escravo na jeira do diretório do orfanato.
E Jäcki se perguntou se não havia encontrado seu tema ali:
O velho etnólogo, o francês da melhor sociedade, e o jovem, o garoto do porão, que se disfarçam devotamente, como no desenho de Klee.
Jäcki que avalia o papa de modo inclemente, com irritação, quase com ódio.
As duas gerações de tias na Roma negra, que giram uma em torno da outra para se aniquilar.
Três continentes e as diferentes formas de conquista não se deixam representar em partículas.
– 900 partículas são partículas demais e não são mais do que 3 horas de programa para Christian Gneuss.
3 horas de programa são 90 páginas.

---

1. Fichte escreve Oya. (N. do T.)

– A velha travesti e o jovem, disfarçados de etnólogos que fogem para os pretos

Jäcki pensou pretos, porque se podia pensar mais rapidamente do que africanos, afro-americanos.

Nisso, três continentes podem ser projetados em imagens individuais, que passam tão rápido a ponto de resultarem em movimento, como filmes sobre a tela

– Isso é um tema?
– Isso é o romance?
– Adeus vida?
– Bom dia, linda marmelada?

2.

Tudo começara há dois anos nos saveiros da Baía de Todos os Santos.
Os gigantes negros empoados de branco com farinha, que carregavam sacos de cereais debaixo de velas cinzentas por causa da idade e da intempérie.
Eles vinham da Ilha de Itaparica até ali com arroz e trigo e canjica.
Lá, os deuses dos mortos ainda são adorados. Apenas lá os Egunguns da África, que se movimentam em suas roupas assassinas através da comunidade.
Os crentes se dispersaram, indo embora.
Quem é tocado pelas franjas da morte morre de tantas ulcerações na pele.
Nas quadras de pedra do porto da Baía de Todos os Santos, os moradores da Ilha da Morte estendem a farinha para o alto.
E também frutas, vagens, nozes, vagens de pimenta e grãos de pimenta preta.
Eles juntam as mercadorias em montinhos, os montinhos em mosaicos
Peixes amontoados de barbatanas coloridas, peixes que em Hamburgo apenas nadam em caras lojas de aquários
Irma fotografou de pé com a Mamiyaflex.
– Se ela não calcular bem a paralaxe, seus pés também aparecem na foto.
– Seria preciso fazer tudo com mais cuidado, disse Jäcki.
– Como assim, com mais cuidado?
Eu não sei fazer com mais cuidado do que tentar, a cada foto, bater a minha melhor foto.
– Voltar depois de um ano de um país distante com oito fotografias.
– O que quer dizer isso.
– Isso você expressou certa vez como sendo objetivo de um fotógrafo artístico.
– Quando?

– Quando nós nos conhecemos.
– Não me lembro mais disso.
– Está vendo. Nós nos tornamos tão banais que não nos lembramos mais de nossas posições de partida, disse Jäcki e riu.
Irma não riu.
– Com mais cuidado, eu quero dizer, recomeçou Jäcki.
– Durante um ano. Viver primavera, verão, outono e inverno na Baía de Todos os Santos, com apartamento, máquina de café e escrivaninha, e conhecer cada uma das 365 igrejas ao longo do ano, construir a cidade em um livro estruturalista de fotografias, da poeira branca sobre a pele cor de cacau até as franjas mortais dos espanadores de pó ambulantes.
– Os Egunguns
– O que são os Egunguns
– Os deuses dos mortos.
– De onde você sabe disso?
– Do livro de Pierre Verger.
– Ali eles aparecem fotografados.

Como uma fotógrafa e um jornalista conseguiram arranjar,
em 1969, o dinheiro para viver um ano na Bahia.
Jäcki calculou que seriam necessários 60.000 marcos. Destes, dez mil para dois meses no Chile, pois ele também queria conhecer o Chile.
Allende ganhara as eleições.
Rowohlt continuava pagando 1.500 marcos por mês.
Um pouco do dinheiro da "Palette" ainda restara.
Isso já dava 20.
Peter Faecke do canal WDR arranjou mais 20.
Já dava 40.
O NDR deu cinco, o SWF deu cinco e o Zeit deu cinco.
Isso dava 55.
Com aluguel e material fotográfico, eles precisavam de 75.
Continuavam faltando 20.
E a viagem.
Irma também esperava ganhar 10 em honorários.
E a revista Stern lhe pagou 5 de adiantamento.
Mas nesse caso Jäcki deveria providenciar o texto
Continuavam faltando dez.

Além disso, Jäcki não queria escrever para a Stern.
Para o jornal Zeit ainda dava, em último caso.
Ele já recusara a revista Spiegel.
Mas para a Stern?
Jäcki podia muito bem imaginar o texto que eles estavam esperando.
E esse texto ele não queria escrever.
Quer dizer, voltavam a faltar quinze.
Jäcki ligou para a revista Spiegel.
Não era com o diretor, com Augstein, que ele conhecia de festas na casa de Rowohlt e de Raddatz, que ele brigava por causa da política da revista Spiegel em relação aos homossexuais, Augstein, que lhe disse coisas bonitas sobre seus textos acerca do Grupo 47 ante o caviar servido por Raddatz.
Jäcki também não ligou para Gauss, o novo redator-chefe, que havia sido seu redator-chefe no canal Südwest, Jäcki afinal de contas não pretendia escrever uma coluna na Spiegel como escritor, por um salário de escritor, ou seja 2.
Jäcki queria trabalhar por 5, como repórter, se fosse o caso, e contar tudo sobre o Brasil inteiro, quem sabe até por 10, quem poderia saber.
Jäcki ligou para o chefe dos correspondentes no exterior, o pálido Dr. Wild, e este logo disse sim, e também concordou com os 10
E um ensaio ilustrado
E fotografias de Irma
E Jäcki poderia dizer não à Stern, que queria engoli-lo, comprar mais barato às dúzias, e bem embaladinho ainda por cima.
Mas para Irma, como fotógrafa, a Stern naturalmente era melhor.
Dez páginas duplas de fotografias ou algo assim.
Irma mencionada como fotógrafa.
Uma fotógrafa que a Stern pagava.
Desde que a Life morrera, a Stern era considerada a melhor revista ilustrada do mundo.
Se Irma tinha lutado com a Stern pelos direitos de soberania de Jäcki, agora Jäcki lutava pelos de Irma com a Spiegel.
E começou uma sucessão infinda de telefonemas, chamadas, respostas, entre a direção e o editor, e por fim o conselheiro jurídico disse que a Spiegel inteira admirava Jäcki, porque ele era assim tão *tough*, o conselheiro jurídico disse realmente *tough*

Jäcki disse, meio judeu, não sou *tough*, quero que Irma seja mencionada como fotógrafa.
Mas é óbvio que sim
Na Spiegel não.
Wild ligou ainda uma vez e comunicou o quanto o editor, e esticou o "e", se alegrava com o fato de tudo enfim estar em pratos limpos.
Jäcki se sentiu um publicista político
E continuavam faltando cinco.
Dulu deu três
E Jäcki se esqueceu de um honorário repetido.
Eles podiam viajar, pois
E festejaram a despedida com Peter, comendo ostras no Cölln.
Mas Peter fizera confusão, porque sua namorada estava no hospital para uma terapia de desintoxicação de Veronal.
E Peter chegou completamente nervoso.
As ostras estavam quentes.
No táxi, Jäcki calculou tudo mais uma vez e esqueceu os cinco do Zeit, e sentiu algo como um pano quente na nuca e já queria dar meia volta, mas então calculou mais uma vez e se acalmou.
De modo tão desordenado, Irma e Jäcki jamais haviam partido.
Em Frankfurt, revista completa pelo corpo inteiro devido aos sequestros de avião
Marlon Brando dissera no aeroporto de Miami
Este é o avião para Havana, quando subira no avião para Nova York.
Hans Magnus Enzensberger dera uma bofetada num funcionário de segurança do FBI.
Reinhard Lettau queimou um jornal Bild.
Jäcki vê Tanger lá embaixo, Rabat, Agadir
O cheiro de pântano em Dakar eles já conheciam.
Contra o medo, Jäcki toma Baldriparan, um comprimido à base de valeriana, lúpulo e melissa.
Irma toma Valium.
Jäcki acha isso exagerado.
Jäcki inclusive dorme.
Pela manhã, outra vez as nuvens em forma de torreão, o Pão de Açúcar de novo, as construções sobre estacas vistas de cima, manchas de óleo na Baía de Guanabara

O cheiro de esgoto e gasolina diferente do Rio.
Jesus Cristo do epígono de Aznavour, que agora resmungava menos e tinha um nome, Roberto Carlos.
Jesus Cristo, sim, ter fé estava virando moda.
Outra vez o matinho de bambu.

Outra vez Hansen Bahia.
Uma casa chique na floresta de cocos, junto à praia
Com pessoas chiques na noite de Ano Novo.
Tudo funcionárias lésbicas do consulado, que ficavam se agarrando a Irma.
O homem da Magirus.
Um industrial holandês.
Um diplomata americano.
Num círculo desses a gente entra, pensa Jäcki, quando se abre caminho, depois de 45, nos anos da fome, como cortador de lenha, entalhador de madeira, visivelmente na esteira de Grieshaber, ao Novo Mundo, e passa a se chamar segundo a cidade da Baía de Todos os Santos
Simplesmente Hansen Bahia.
Tudo arranjado com o maior bom gosto
Tapetes grandes e redondos de pelo de macaco de Haile Selassie.
Quadros de pergaminho da Etiópia – e dos bons, do passado.
Estátuas de santos do Brasil.
Dádivas votivas umbandísticas[1] do Amazonas.
O piso do banheiro feito de azulejos quebrados
E o quarto um milagre em tule.
É a casa de maior bom gosto que Irma e Jäcki poderiam descobrir em viagens para as revistas Domus e Schöner Wohnen.
Requintes de três continentes.
Embaixo, a sala de impressão.
Mordomo e criados e motorista, gambás, macacos e uma jaula
Se isso tudo se encontra nas grandes gravuras do mestre, que vendem bem no Brasil e em Brasília e agora também em Hamburgo, nas galerias Commeter e Von der Höh, é só porque vêm de Hansen Bahia, da Bahia.

---

1. No original, "umbistisch", palavra que não existe em alemão; provavelmente "umbandistisch". (N. do T.)

Jäcki não consegue dizer nada que seja assim mais simpático a respeito do assunto.

Ele é assaltado por todo o horror dos anos ruins que salta das gravuras impressas em papel caríssimo.

Todos aqueles Grimm e aqueles Hofer e os Pechstein e os Grieshaber e os Rottluff, Jäcki ficou completamente melancólico por causa deles, não pôde mais ser ajudado nem mesmo pelos tapetes de macaco de Haile Selassie.

O céu sufocante de Hamburgo grudava também na tinta negra impressa de Hansen Bahia, na Bahia.

E ele havia sido um inimigo.

Rosa, como ele próprio se chamava.

Acabara saindo.

Circulava no prostíbulo.

Falava francês.

Mas os corpos sem vida sobre seus entalhes em madeira não ganharam asas por causa disso.

A estilização dos rostos, das mãos, coxas, escrotos pareceu cínica a Jäcki.

Era arte da assembleia do partido imperial feita nas catacumbas, como Nolde, como Schmidt-Rottluff, pensou Jäcki

A resistência do igual contra o igual.

Apenas os nacional-socialistas não sabiam disso quando queimaram os quadros, e os pintores também não sabiam de nada, pensou Jäcki

Injusto, injustificadamente simplificador,

Jäcki – ele admirava, exceto nas gravuras,

o bom gosto do gravurista – e não conseguia

suportar Hansen Bahia.

Hansen Bahia obrigava todo mundo a uma visita ao prostíbulo na Bahia.

O diretor do Instituto Goethe, Rolf Italiaander, Philip Mountbatten, ele teria arrastado até mesmo Goethe ao prostíbulo

– A consulesa austríaca por certo gostaria muito de ir comigo ao prostíbulo, disse ele.

– Mas eu não quero.

Assim se fala, quando se vem da guerra, em 1945, emigrando apenas com uma mochila de Hamburgo e se decidindo pela Baía de Todos os Santos.
– Eu sou Rosa.
– Na Bahia se tortura.
– O que eu posso fazer.
– Os instrumentos de tortura são levados de um quartel militar a outro
E o industrial holandês na noite de Ano Novo:
– Acho certo que os ladrões sejam torturados.
– Com assassinos a coisa é diferente,
– Mas assassinos na verdade não são torturados.
– Se vejo um ladrão em minha propriedade, tenho o direito de matá-lo com um tiro.
– Eu não matei o assaltante que invadiu minha casa, mas o entreguei à polícia.
– Ele não recebeu nada de comer durante dois dias e foi tão espancado que não tinha mais costas.
– Ele vai assaltar de novo.
Hansen Bahia continua dando notícias de suas amigas, as prostitutas:
– Preservativos nem sequer existem por aqui.
– Todas elas já têm sífilis mesmo.
– Os irmãos de São Francisco alugam os quartos para elas.
O diplomata:
– A nós, os americanos, fazem as acusações mais ridículas por aqui
– Quando fazemos uma campanha de vacinação, espalham que estamos querendo esterilizar os homens brasileiros
– Nossa política externa é tão ruim porque ninguém entre nós se interessa por países desconhecidos.
– O senhor acha que alguém entre nós saberia, há alguns anos, onde fica o Vietnã?
– Rockefeller como enviado do Presidente dos Estados Unidos à América do Sul.
– O senhor sabia que Rockefeller possui um terço da Union Minière, e com isso teve participação decisiva no conflito do Congo?
– Rockefeller é dono de uma fazenda na Venezuela que é maior do que a Kings Farm, e ainda há pouco adquiriu uma fazenda ainda maior no Amazonas.

– Eu não sabia que no Brasil se torturava.
– Não existe resistência armada no Brasil
– Nós poderíamos tomar o país.
– Mas conforme o senhor vê, nós não o fazemos.
Hansen Bahia:
– Eu disse à rainha da Inglaterra...
– Eu disse à senhora Pferdmenges que esse papagaio também sabe dizer Cuzão...
Eu disse ao embaixador von Holleben...
E aos poucos, por volta da meia-noite, ela vai aparecendo, nas conversas, no uísque, nos tapetes de macaco, nas impressões gráficas, e se mostra cada vez mais
A família baiana.

O poeta, o cantor, o gráfico, o alemão, o político, aqueles que se entusiasmavam com uma nova cultura no novo mundo, e Pierri, o misterioso Pierri,[2] o rico, o fotógrafo Pierri, que levou Hansen Bahia junto consigo para a Ilha de Itaparica à procura dos deuses dos mortos, os Eguns, o espanador de pó falante com suas franjas envenenadas.

Pierri, do qual ninguém consegue se aproximar.
Pierri, o qual ninguém sabe onde mora.
– Nem mesmo o senhor, diz Hansen Bahia a Jäcki, protagonizando mais uma vez a vingança antecipada do alemão diante do alemão no estrangeiro
– Também o senhor não vai descobrir onde ele mora.
– E mesmo que descobrisse.
– Ele não vai nem sequer receber o senhor.
Por toda a parte onde Jäcki chegava, sempre Pierri.
Jäcki alugou uma casa semi-pronta não muito distante da praia.
Pierri
O senhor conhecer Pierri.
Com o príncipe comunista dos poetas com entrada de serviço:
– O senhor já esteve com Pierri.
– Com o cego Dom Clemente no Museu de Arte Sacra:

---

2. Logo se verá que Hubert Fichte se refere a Pierre, Pierre Verger. Provavelmente, Fichte queira ironizar, com a grafia, a pronúncia brasileira do nome francês – que transforma o "e" final em um "i", porque na pronúncia alemã a tônica, apesar do final em "i", permanece na primeira sílaba: piérri. Leia-se, pois, "piérri". (N. do T.)

– O senhor deveria ir até Pierri.
No restaurante folclórico em que Sartre está pendurado à parede:
Pierri
No Novo Continental
Onde Sartre não chegou.
Onde os sacerdotes do candomblé festejam seu patronímico comendo siri mole, vatapá, efó, com azeite africano
Azeite de dendê[3]
Pierri
No Instituto Goethe.
Djalma, o caboclo de esquerda:
– O que o senhor conhece sobre a religião dos pretos.
– Isso o senhor não pode avaliar.
– Avaliar eu realmente não posso, diz Jäcki.
– Mas posso ver, ouvir, cheirar
– Eu posso tocá-los.
– E eu consigo ver a energia, a beleza, a alegria, a *pop art* dos pobres, isso um dia veio de *popular art*, por certo consigo perceber sua revolução
A superfície me basta. A ordem dos materiais no porto.
Não quero conteúdos.
– O senhor não reconhecerá nada. Caso o senhor não estiver dentro do sistema deles.
– Eu posso foder com eles
Mas isso acaba assustando o diretor progressista do Instituto Goethe.
– O senhor nem sequer tem ideia quando fode com um.
– Eu quero participar do banho de sangue.
– Isso eu sei, quando não temos o banho de sangue não temos coisa nenhuma.
– O senhor não vai conseguir o banho de sangue.
– E mesmo que conseguisse.
– Se o senhor não fizer a iniciação não vai ficar sabendo de nada.
– Se eles não incrustarem algo no cérebro do senhor, não vai ficar sabendo de nada.

---

3. Hubert Fichte grafa "dendé", "siri molé" etc. (N. do T.)

– Ainda que eu seja obrigado a apagar minha memória para recordar alguma coisa.
– Eu não vou fazem iniciação nenhuma.
– Não quero apagar os pontos de vista. Nada de puxar o saco.
– Eu observo.
– Eu escrevo.
– Se o senhor não participar, não vai poder saber de nada.
– Se eu participar, perco minha memória, conforme o senhor diz, e não poderei mais escrever.
– O senhor não tem a menor ideia.
– Vá até Pierri.

Rosenberg, o fotógrafo, supostamente pagara 1.000 dólares pelo banho de sangue.
– O senhor nunca vai conseguir, é melhor ir até Pierri.
Jäcki visita a igreja de São Francisco.
A irmandade é dona das escadarias do Pelourinho.
Aquele que pregava aos pássaros.
Em vez das flores do campo, miosótis, violetas, íris, bocas-de-leão, uma parede de ouro. Uma nave de igreja dourada.
O ambiente inteiro cintila debaixo das tripas barrocas.
Vísceras que ficaram paralisadas em ouro.
Pierri
Também o atendente da igreja fala de Pierri
Pierri Pierri
Sempre Pierri
Pierri pareceu a ele como o papa.
O papa negro.
O branco como papa na Roma negra.

Então Jäcki acha que já é demais e, para se livrar do eterno Pierri, decide procurá-lo.
Ele vai ao escritório de informações turísticas.
O homem treme um pouco antes de lhe entregar o endereço.
Jäcki pega um táxi.
Sobe o morro da favela.
Primeira à direita.
Ele está diante do portão do jardim

Chama duas vezes.
Não foi nem um pouco difícil.

3.

Verger não era nem um pouco reservado.
– Um desses eruditos ou escritores que por falta de tempo ou suscetibilidade se retiram para o meio de um labirinto e ficam sozinhos, cada vez mais sozinhos por lá, e esperam, recusando a visita de todos, ávidos, até que enfim alguém chega
E então se mostram prestativos, sim, quase tagarelas.
– O senhor quer, pois, estudar as religiões afro-americanas durante um ano na Bahia
E Jäcki sentiu como foi encolhendo diante do papa.
Ele se apresentou, como muitos que chegaram se apresentaram durante os anos em que Verger estudou as religiões afro-americanas.
Estamos na Bahia para ficar 14 dias e queremos estudar as religiões afro-americanas.
– Eu cheguei à Bahia há 28 anos.
– Como fotógrafo.
– 1943.
– Sim.
– Uma data engraçada.
Jäcki nos bombardeios de Hamburgo.
– Paris ocupada.
– Marcel Jouhandeau encontra Ernst Jünger.
– Jünger banca o Nero.
– Jean Desbordes é torturado até a morte pela SA em um banheiro.
Jäcki imagina Verger, um homem em torno dos trinta, de câmera de placas e potes de revelador, que desce de um paquete à terra na Bahia.
– Minha mulher é fotógrafa.
– É. Ela também veio para cá?
– Sim.
– Ela também quer fotografar o candomblé.
– Sim.

– Oh.
– Eu não fotografo mais.
– Quanto mais fundo se vai, tanto menos se fotografa, isso o senhor vai perceber.
– Sim, diz Jäcki, com certeza seria possível desenvolver uma etnologia para estudar os etnólogos.
– Pergunta-se cada vez menos
– No fim das contas, nem se pergunta mais.
– Na minha última passagem pela África eu me limitei a controlar alturas de tom.
– Como?
– O iorubá é uma linguagem de tons.
– A sílaba tônica muda o sentido das palavras.
– Três meses só para botar os acentos.
– É disso que tudo depende quando se quer de fato aprender alguma coisa.
– É o que por certo também se teria de fazer caso se quisesse compreender algo de Homero e Hecateu!
– Como? Claro que sim.
– O senhor veja, os iorubás sabem com exatidão o que fazem.
– No decorrer de quase 30 anos eu registrei todas as plantas que são usadas pelos iorubás em seus ritos, aqui e lá.
Isso aqui.
– É esse ficheiro.
– Não uso mais caixas de papelão, mas corto folhas A4.
Isso economiza espaço e dinheiro.
As plantas de dois continentes nas folhas amassadas do papel brasileiro, esgarçadas nas extremidades pelo abridor de cartas ao serem cortadas.
Folhas sobre folhas
– Se o senhor quiser ter algo a ver com plantas, a primeira coisa a fazer é montar um herbário.
– Pelo amor de Deus.
– Amassar folhas no livro escolar entre Storm e Caesar Flaischlen
Schmeil-Fitschen
– A melhor coisa é papel jornal.
– Mas preste atenção para conseguir trazer junto as raízes e as flores, e na medida do possível também as frutas.

– Isso termina então nessas múmias de museu horrorosas que acabam se decompondo em algum armazém.

Só se faz tossir e não se pode mais reconhecer planta nenhuma a partir disso, apenas os insetos que fazem seus ninhos dentro delas.

– O senhor fará experiências interessantes com as plantas.

Basta dizer o nome a um informante e ele trará três diferentes variedades.

Ou na Bahia uma planta tem um nome diferente do nome que tem no Rio ou em Recife ou até mesmo em São Luís do Maranhão ou no Amazonas.

Ou o mesmo nome designa diferentes plantas em diferentes lugares.

O senhor se vê diante das plantas.

Vai viver coisas engraçadas.

Pode, por exemplo, conseguir a receita para deixar alguém louco

E as plantas nem sequer foram cadastradas ainda.

Dois terços de todas as plantas brasileiras nem sequer foram cadastrados ainda. Na África, não existem nem mesmo herbários.

Aqui!

Verger sacode a caixa de sapatos com seu ficheiro

Ele bate a poeira vermelha das folhas sobre as quais as folhas foram decalcadas em tinta.

– Para cada planta existe uma ou mais fórmulas mágicas.

Sílabas mágicas que estão embutidas no nome da planta.

Uma sílaba modifica o efeito da planta

Se a sílaba necessária não está presente no nome da planta, o nome é mudado.

Ou se pega uma outra planta.

– O nome muda o efeito químico.

Verger ergueu os olhos, um tanto incomodado.

– Por assim dizer, ele não pôde deixar de dizer.

E em que apresentações são usadas as sílabas e as plantas.

– Eu já disse ao senhor que para deixar alguém louco.

– Ou na iniciação para um determinado deus.

– Elas curam a melancolia.

– Mas para isso é preciso conhecer as entonações.

– E como o senhor financia tudo isso, pergunta Jäcki sociologicamente, ainda que ele saiba como é asqueroso falar de dinheiro nos altos círculos franceses.
– Minha Orixá e meu Vodun logo me transformaram em Maître de Recherches no CNRS.
– E assim eu ganho algum dinheiro de vez em quando.
– Eu vivo de modo muito simples.
– O senhor está vendo, aliás.
– Existem 16 fórmulas básicas
– Elas são variadas 16 vezes 16 vezes
– São as fórmulas da geomancia, segundo as quais na Europa já se fazia as previsões na Europa ainda no século 16.
– Aqui e na África são os búzios.
– A raiz comum provavelmente esteja na Índia.
– Talvez exista uma ligação com o I Ching.
– E tudo isso o senhor tem em seu caixote de bilhetes.
– Sim.
– O sonho do bilhete premiado.[1]
– Os africanos sabem com exatidão o que eles fazem.
– No Brasil a *Sinea calymia* é usada em certas afecções do coração.
– Na Índia é a *Rauwolfia*
– Na África ambas.
– Eu acho que a diferença está apenas entre a *Rauwolfia vomitoria* e a *Rauwolfia serpentina.*
– Da qual pode se extrair a reserpina, diz Jäcki em voz um tanto alta.
– E o que é isso.
– Denicker e Delay desenvolveram no início dos anos cinquenta em Paris, diz Jäcki, de um preparado de *Rauwolfia*, a reserpina, que é usada na quimioterapia dos doentes mentais.
– É mesmo?
– É por assim dizer uma revolução
– Ah.
– Na África os búzios são jogados, diz Verger.
– O senhor consegue isso.

---

1. Hubert Fichte faz um trocadilho com *Zettelkasten* (caixote de bilhetes) e *Zettels Traum* (nome do complexo e joyceano romance de Arno Schmidt). (N. do T.)

– Eu sou babalaô.
– O que é isso?
– Sacerdote-adivinho.
– Iniciado por Martiniano do Bonfim[2]
– E na corte real de Abomei.
– Maravilha, disse Jäcki:
– E o senhor acredita nisso.
– Não,
– A resposta veio um pouco rápida demais, pensou Jäcki.
– Mas caso se acreditasse nisso... acrescentou Verger, e não terminou a frase.
Verger havia levantado de um salto e segurado o pano que levava na cintura
Um breve movimento de serpente percorreu seu corpo, e por um instante suas pálpebras se esbateram
como Marlene Dietrich girou as pupilas em direção ao céu
como Hans Henny Jahnn.
– O que o senhor quer dizer com isso, perguntou Jäcki.
– Nada, ora.
– O universo dos africanos e dos afro-americanos, Jäcki tentava resumir etnologicamente, está, portanto, ordenado em fórmulas 16 X 16, essas fórmulas correspondem a fórmulas de invocação, sentenças, palavras, sílabas nas quais as florestas, as plantas são subsumidas.
A consciência é, pois, uma árvore.
– Quando se quer dizer, na Bahia, que alguém é inteligente, se diz: Ele conhece uma folha.[3]
– Mas o tema precisaria de um Proust.
Verger silencia.
– Eu não tenho Proust pronto à mão.
– O senhor sabe que quando se fica sentado junto a seu ficheiro de 12 a 17 horas por dia, não se tem mais tempo para ler.
– Será que ele sabe o que faz?, perguntou-se Jäcki.

---

2. Aqui, para se ter uma ideia da dificuldade da tradução/pesquisa, Hubert Fichte escreve "Martiano de Bomfin". (N. do T.)
3. No original, "Er weiss ein Blatt". A origem da suposta expressão e seu equivalente em português não puderam ser destrinçados; eventualmente, Fichte queira chamar a atenção para o mérito de se conhecer os nomes das folhas empregadas em rituais nas religiões afrobrasileiras. (N. do T.)

Ele poderia representar a consciência de duas partes da crosta terrestre como desenvolvimento do mundo das plantas.
O cérebro do africano como receita de jardim de ervas, como casca de noz
Ele poderia saber o que há nisso.
Ali, dentro
Os feijões do Dom Quixote de Dali[4]
Um outro conhecimento.
A consciência dos africanos
Computador como *Ars combinatoria* negra
O totalmente outro, exatamente, completamente.
Mas a etnologia pareceu a Jäcki ser sobretudo o confronto entre *serpentina* e *vomitoria*.
A transformação do papiro em papel.

---

4. Provável referência ao quadro *Premonición de la Guerra Civil, Construcción blanda con judías hervidas* ("Premonição da Guerra Civil, Construção branda com feijões cozidos"), que no entanto não faz parte do célebre círculo de ilustrações do pintor ao *Dom Quixote* de Cervantes; já que feijões não puderam ser localizados em nenhum dos referidos quadros. (N. do T.)

4.

Um tanto em pânico, Jäcki arrasta Irma consigo
– Mas o que está acontecendo.
– Vem.
– Procurar candomblés
– Onde.
– Vamos pegar um táxi, ir até a Capelinha e procurar terreiros de candomblé
– Como?
– Simplesmente assim. A etnologia é como a pederastia: é preciso caminhar muito.
– Por quê?
– Tenho medo de me transformar também em uma folha em um herbário.
– Disso eu não tenho medo nenhum, responde Irma:
– E por que a Capelinha.
– Porque o nome é tão bonito.

Jäcki e Irma deixaram a casa semi-pronta que haviam alugado, foram para a rua, esperaram pelo ônibus, mas ele não veio, seus propósitos de economizar foram para o saco, eles resolveram pegar um dos táxis sacolejantes, Fuscas da Volkswagen, dos quais o assento do carona era arrancado para que o cliente pudesse embarcar com mais facilidade, um barbante para trancar a porta.
Não eram os bólidos elegantes na neblina mortal das oito autoestradas do Rio
Os Fuscas saltavam sobre o asfalto corroído de Piatã
Em busca da Bahia profunda, eixos estalando, pneus cantando
E, na maior parte das vezes, Irma e Jäcki viam um morto.
Um afogado, um desastrado, um assassinado.
Parecia a Jäcki que na Bahia se morria com mais frequência ou mais publicamente

Havia padarias que vendiam caixões de papel.
Capelinha de São Caetano era a paisagem de Jäcki.
Lokstedt, em Hamburgo.
A zona, conforme Apollinaire a teria chamado.
Onde a pequena-burguesia se desfia.
Aparecimento de Alex.
Sol – garganta cortada.
E motoristas de caminhão.
As lonjuras à beira da cidade, onde o vento vem de pântanos do Elba e da mata baixa de Niendorf.
Aqui as casinhas *fin-de-siècle* pintadas em cores berrantes
Mamoeiros ao lado de gaiolas de tábua no pátio dos fundos.
A fruta que tem gosto de meias usadas.
Esquisita, como se tivesse sido esboçada por um arquiteto manuelino.
Ali estava o morro, uma meia bola de futebol e, direto para ela, acima, a estrada principal.
Um riacho lodoso-esverdeado no meio.
– Ah sim, e todos são negros, claro.
– E eu sou branco.
Irma e Jäcki haviam se esquecido disso
Eles percebem tão pouco a cor da pele que muitas vezes falam durante horas sobre Djalma e, apenas devido às peculiaridades de seu comportamento, adquirem consciência do que se trata:
Eu sou preto.
Ou marrom.
Ou cafuzo, crioulo, caboclo,
ou o que quer que seja,
a coisa se revela, clara, veja:
Ah sim, mas Djalma é.
Sim, mas o que ele faz nas conversas de Irma e Jäcki?
Jäcki se acostumou a dizer, a pensar:
Afro-americano.
E a palavra lhe parece exatamente tão horrível, ao fim e ao cabo,
como quando entre os protestantes se fala de finados
para se referir aos mortos.
Jäcki tentou falar com uma criança em Capelinha de São Caetano

Mas isso não foi tão simples assim
A primeira saiu correndo.
A segunda começou a chorar.
A terceira ficou se encostando estupidamente a um moirão de cerca e nada disse.
A jovem mãe não conseguiu afastar as arcadas dentárias uma da outra:
– Onde há um candomblé aqui
Ela disse:
– É
Ela está bancando a escrava, pensou Jäcki
– A abobada
– A preguiçosa
– Suja
– Limitada
Ela não entendia o que ele dizia:
– Ela provavelmente espera por frases em inglês, e tanto que nem sequer ouve que estou falando português.
Então ela apontou, com um gesto asqueroso, para cima, para o monte.
Irma e Jäcki seguiram adiante.
– Ah sim, disse Jäcki.
– Nós somos brancos.
Havia moças de minissaias balouçantes, que haviam acabado de ser passadas a ferro e cores gritantes que apenas riam
E homens amistosos, cujos sacos escrotais formidáveis se desenhavam debaixo de frisos de calças bem afiados.
Jäcki juntou tudo que pôde reunir em termos de sensibilidade de professor de ginástica
E por fim acabou, mesmo assim, por estar de novo diante de um portão de ripas acorrentado e chamou outra vez e uma mulher em rechonchudas pantufas de *nylon*, camisola, rolos de cabelo no cabelo alisado abriu e disse que era a viúva. Que estava doente.
7 filhos.
Apontou para algumas moringas de argila sujas cheias de penas, ganchos enferrujados, uma bandeira em farrapos.
Ela não fez mais nada.
Seu candomblé estaria fechado.
Ela precisava fazer alguma coisa contra a pressão alta.

Será que Jäcki e Irma não podiam arranjar alguma coisa para ela, da Alemanha.
Aqui. Vou ficar com isso
– Era um preparado de *Rauwolfia* feito por Ciba
– Outra vez *vomitoria* ou *serpentina*.
Não era um princípio animador para os estudos independentes da cultura afro-americana que Jäcki pretendia fazer.
As folhas de Verger haviam passado por cima dele.
A doente lhes indicou uma pintora, que moraria alguns passos adiante Celina Costa Rocha.
Uma senhora
Ela poderia ter sido governanta nos últimos anos do império
Aqui, agora, junto ao riacho verde.
Ela tem cinzentos olhos céticos.
Apenas pintava o que lhe pediam.
Havia 50 anos.
Todas as mães de santo encomendavam seus retratos com ela
Retratos de Deus, que em seguida desapareciam nas casinhas sagradas.
Ela conheceria todos. Todos os cavalos. E todos os deuses. Também um Ogum dos mares, que ficava sentado lá embaixo, em sua caverna.
E o terrível índio para o qual, durante a iniciação, cada centímetro da pele é aberto com uma incisão na qual é enfiada uma pena.
– Cada centímetro.
– Cada.
– Eles transformam o pobre cavalo em galinha.
E Jäcki fareja a chance
Ali está a retratista da corte
Ela conhece mais do que o papa.
Será que ela, Celina Costa Rocha, não estaria disposta a apresentar Irma e Jäcki.
Mas a discreta teme, como todos os discretos, por sua boa fama, e diz que ela jamais daria uma entrevista.
Ela seria apenas a retratista dos deuses
Nem mesmo um retrato de si mesma ela gostaria de ver
E, com toda a amabilidade, manda os dois saírem de novo

Irma e Jäcki estão outra vez entre casinhas bonitinhas e coloridas, junto ao riacho verde.

No pátio dos fundos, um mamoeiro
– Andando, diz Jäcki.
– É preciso andar, assim se chega a algum lugar.

Ele toma a bolsa com as Leicas do ombro de Irma.

Agora ela não protesta mais.

E ela pisca ao sol que se encontra diagonalmente a frente deles e dá um suspiro.

Eles passaram por cima da fenda de água do morro.

Em uma construção barroca, em forma de barraca, há uma placa:

Centro de Desenvolvimento Espiritual.

Professor Manuel Roosevelt Ribeiro

Divindades africanas

Número de aprovação tal e tal.

Algo assim, Jäcki jamais havia visto.

Um sacerdote submisso, que não expressa nada a não ser rejeição.

Não, ele não faria absolutamente nada.

Não, fotografar menos ainda.

O banho de sangue, pelo amor de Deus.

Alguns garotos de cabeça raspada, robustos, menores de idade, o envolvem dando risadinhas

Eles estão preparando algo terrível

Vassouras de ervas jazem sobre a mesa.

Tesouras e facas são buscadas.

Bacias cheias de uma gosma fedida.

Não, não.

Talvez a Professora Norma, do outro lado

Onde?

Na rua paralela

Para cima, à direita, depois de novo à direita, e então a casa à esquerda.

Impossível de errar

Vocês ouvirão os tambores

Adeus

Sempre às ordens.

E então, como se um peso na consciência tomasse conta do brasileiro por causa de sua falta de hospitalidade ante os desconhecidos que vieram de tão longe, ele os leva até um altar ao ar livre. Debaixo de uma redoma de vidro, uma imagem da Virgem Maria coberta de bolor, em cinzento e azul.
Em torno dela, decoração de ouriços-do-mar e corais brancos.
Eu te saúdo, estrela do mar...
– Número de aprovação!
– A clareza das pessoas que tem algo minusculamente ruim a esconder por trás de tanta abertura.

Foi como Roosevelt Ribeiro disse,
a rua paralela provinciana com seu riacho verde e reto,
as fachadas de torta coloridas, os mamoeiros
acabou no soçobrar dos tambores.
Jäcki ainda o percebeu como algo que nem sequer o tocava
Ele tentou se recordar dos ritmos, reconhecer os contrapontos dos diferentes tambores.
Com o pulsar de seu próprio coração, aquilo não tinha nada a ver
Ele o comparou com Safo, o hendecassílabo sáfico com o enóplio, com o coriambo, o espondeu e o *ionicus minore vel maiore*.
– Isso eu não vou estudar, disse Jäcki a Irma.
– Por que não.
– Não é o mais interessante?
– Não sou musicólogo.
– Se começarmos com os ritmos do tambor, com os tambores dialogando, estaremos perdidos e precisaremos do resto de nossa vida, e você não vai chegar nunca mais a seu banho de sangue
– Pelo menos é o que eu acredito.

Diante da torta, da qual vinha o som dos tambores, os vizinhos se amontoavam.
Senhores selvagens corriam de um lado a outro.
Moças de camisola.
Jäcki ainda não conhecia a cerimônia africana do chocalho para entrar no templo
Ele tentou se ajudar com o ato da crisma de Lokstedt.
O códex da avó bastou, ao que parecia.

A mãe lhe comunicara algo de *upper class* antroposófica.
Deu certo.
A assaz clara Professora Norma recebeu Jäcki e Irma como se esperasse ambos para fotos posadas
conduziu-os através do *living afro*, poltronas artísticas, televisão cega, rococó do horror, flores de cera na área de serviço
Ali estava tudo lotado como em um boteco de mineradores
As mães de santo como condessas cuidadas de uma apresentação beneficente
Os gângsteres semicegos e o arcanjo negro Gabriel – ah, voar com ele através do paraíso – batem como alucinados nos tambores. A porta ao lado da máquina de lavar roupa – ali há uma pequena estátua de Lázaro com dois cãezinhos em cima –, a porta dupla saburrenta e enfeitada de folhas de palmeira se abre
E dela saem duas meninas pretas cobertas de pontos brancos
Elas tremem de leve
E Irma pode fotografar
Jäcki ergue os braços automaticamente e os *flashes* funcionam
E ninguém prende os dois.
O calcário também não cai das faces das encantadas
Elas não explodem sob o *flash* e se dissolvem em pó como um cogumelo, um peido limoeiro.
Jäcki nem está presente enquanto ela fotografa, e provavelmente faça tudo errado com o *flash*.
Elas são mais bonitas do que o arcebispo em Scheyern.
Agarram Jäcki mais do que "estrela do mar, eu te saúdo" e "uma rosa brotou".
Mais terríveis do que o rosado dos tapetes de bombas
Elas são as damas da corte no "Copo D'água".
Elas são os cadáveres magros nas fotos dos jornais do governo militar
Elas são o totalmente outro.
Aquelas meninas, tremendo em outro mundo debaixo da maquiagem
Surdas e despertas.
Mudas e falando em línguas.
Visionárias cegas.
Elas nadam como insetos no cristal.
O Velho Mundo desmorona para Jäcki

O Novo Mundo vai ao encontro de Jäcki
Na área de serviço da professora Norma, Lázaro.
Proust, adeus.
Teatro, adeus,
Até mesmo Alex, adeus
Pozzi, adeus.
Grupo 47, adeus.
Isso.
E a ideia de Jäcki de registrar tudo.
Com mais exatidão.
Sim.
Ciência.

5.

O papa se mostrou amistoso com Jäcki.
Fez longas conferências a Jäcki acerca dos três templos mais importantes do iorubá. Casa Branca, Menininha do Gantois, Senhora.
Nomes.
Esses nomes surrealistas
De canções sentimentais e tangos e pomadas maravilhosas...
Eles são pronunciados fluentemente.
Pois todo mundo se relaciona na maior intimidade com o estranho.
Estes são os mais antigos, os únicos que valem a pena estudar, aqueles que, conforme todo mundo saberia, naturalmente não têm trezentos anos de idade, mas apenas 130, pois os iorubás chegam só depois de 1830 à Bahia.
O preço na época era algo como 10 mil dólares, 20 mil hoje.
Depois da proibição do comércio de escravos.
Como mercadoria de contrabando.
Como os deuses.
Quase um dedinho de imaginação, pensa Jäcki
– Na Bahia há quase um milhão de pretos, disse Verger.
– E 600 ou mais candomblés
– Cerca de três quartos da população vão ao candomblé
– Oficialmente eles são católicos
– Mesmo aqueles que fazem de conta que não acreditam, fazem trabalhos com pais e mães de santo através de recadeiros

Verger parabenizou Jäcki por ter brigado com Hansen Bahia.
Verger não conseguia suportar o entalhador alemão.
Que havia viajado até ali
E se intrometido na cultura baiana
E a abatia e trinchava em seu próprio trabalho.
Naqueles entalhes de madeira grosseiros e terríveis.

Tudo o que os europeus acabam fazendo dessas culturas é mais grosso, mais grosseiro.

Assim como a música americana.

Ela é lamentável.

A Bahia é alegre.

Hansen Bahia era encantador, há 30 anos, quando chegou à Bahia sem um centavo no bolso.

Como eu, na época.

Agora ele já faz parte do jogo.

E o governador aluga sua casa quando a rainha da Inglaterra é recebida.

Jäcki comparou, em pensamentos, a casa de Verger com a casa de Hansen Bahia.

O asceta com um pano de batique, suas fichas de papel na caixa de sapatos, e os ovos cobertos de poeira vermelha

O papa Pierri não tinha nenhum tapete de macaco do imperador Haile Selassie.

Verger estava tão encantado com a antipatia de Jäcki, que lhe mencionou como que de passagem três plantas.

Uma trepadeira na praia.

Ipomoea, como a batata inglesa.

Pes caprae

Pé de cabra.

Mimosa pudica.

A terceira Jäcki esquecera, ainda que fosse claro para ele que se tratasse de plantas importantes, chaves para os ritos, pois do contrário o papa não as teria pronunciado de modo tão aparentemente casual, de lábios cerrados.

E o papa não teria sabido seus nomes de cor.

Pierri se mostrou afável com Irma, a namorada do rapaz alemão um tanto magro demais.

O papa saiu para comer com Jäcki e Irma.

No Novo Continental.

Ao final, prometeu levá-los a uma princesa genuína.

A Mãe Olga de Alaketu.

Ele também levara Sartre e Simone de Beauvoir até ela, e Olga dançara para os dois existencialistas.

Jäcki não conseguia dimensionar o que significava ser levado a passear por aí por Pierri, se ainda fosse Dulu, que jamais apresentava amigos a amigos, jamais mencionava um nome; mas na França isso parecia natural a Jäcki.

Quando se conhecia Sartre na França, ou então Braque ou Picasso, e se achava o rapaz da Alemanha interessante, ele era apresentado, a ligação era estabelecida.

Jäcki também tentara isso com Dulu, mas apenas colhera uma recusa violenta.

Dulu fingia hábitos ingleses

Ou hábitos que se entendiam como hábitos ingleses na condição de alemão do Sul em Hamburgo.

O inacessível:
– Sartre se mostrou completamente insensível ante o candomblé, disse Verger.
– Ele apenas perguntava sem parar:
– Quanto o senhor ganha.
– Como se isso tivesse o mais mínimo significado para o transe.
– O transe permite justamente que uma pobre lavadeira, que descende de um rei africano, se torne uma heroína, uma deusa no candomblé
– Sartre só se interessa por pessoas quando elas são miseráveis.
– Eu acho que ele faria de tudo para procurar pessoas na miséria, apenas para poder se curvar até eles.
– Eu acho Sartre um bobo.

Jäcki não tinha a menor vontade de pensar outra vez sobre Sartre ante a boa comida do Novo Continental, aqueles caranguejos engraçados, que se comia com a casca mole, siri mole.

Mas isso da lavadeira e da filha do rei e da deusa ocupou sua mente.

Será que as lavadeiras no Brasil eram realmente todas princesas, filhas de reis, assim como os refugiados da Prússia Oriental nos maus tempos possuíam todos uma propriedade cavalheiresca?

Jäcki tinha noções assaz dicotômicas e contraditórias acerca dos reis na África, gigantes gordos, altos, pretos, que tinham de saltar atrás das viúvas ao túmulo, que mandavam seus filhos à corte real portuguesa para que aprendessem o comércio de escravos e que hoje em dia ocupavam, todos, posições de chefia na Unesco.

Reis africanos haviam trocado seus escravos com os portugueses por uma espingarda cada cabeça

Jäcki, que considerava o imperador Guilherme, Umberto da Itália e a rainha da Inglaterra não mais do que caricaturas – por que ele agora desmaiaria de admiração diante de Haile Selassie e Olga de Alaketu!

O magro papa Pierri, fazendo barulho com a boca de tanta devoção, quando falava do filho de Olga como se fosse um príncipe negro.

E esses fantoches que imperavam e dominavam o modo de imperar, não erigiram eles mesmos um reino das sombras como escravizados entre os escravos?

Sim, Olga tinha algo de eleito, uma máscara, como as que eram admiradas por Apollinaire e Picasso e Ernst Ludwig Kirchner, de ébano, como se escrevia então em algum relato de viagem.

Ela nem sequer respondeu à saudação de Irma; apenas para o papa Pierre ela sussurrou e murmurou sua tralha sagrada.

E o magro se ufanou todo como se tivesse visto um passarinho verde, porque a escrava, que era filha de um rei, se aproximou dele toda dadivosa, executou algumas mesuras e saracoteios complicados, aliás na condição de mulher diante do homem, pensou Jäcki – sem contar que se trata de uma mulher negra diante um homem branco.

E o papa se curvou sobre a nuca da mãe de santo e de sua parte também saracoteou algo com dedos velhos e brancos.

– O tolo, pensou Jäcki.

– Ele se apresenta, ereto e francês, com os privilégios da ciência, e imagina que a filha do rei se ajoelha diante dele, só porque ele detém algum posto obscuro na hierarquia negra junto à Senhora, Casa Branca, Menininha, em alguma festa de palhoça lhe é permitido cortar um rabinho e algo africano Com uma raiz de madeira, cantarolando raiz, raiz, raiz enquanto isso; e isso embora a filha de reis africanos apenas esteja querendo se aproximar de seu Sartre, de seu Foucault, de seu Leiris, do Musée de l'Homme e do CNRS, quer dizer do Ministério das Finanças francês, e este fica no Louvre, e justamente agora está sendo limpado com jatos de areia por Malraux, a fim de que esteja branco e imaculado como à época do Rei Sol, quando se andava de carruagem por aí sem poluir o ambiente.

A pedra está sendo carcomida pela lepra e precisa receber injeções de cimento.

Mas isso é fugir do que interessa, confundir pensamentos.

O etnólogo Pierre havia levado as pedras da deusa Oyá da Bahia de volta à Nigéria.

– Sim, isso pode coroar uma vida de pesquisador, quando não apenas se casa duas posturas uma com a outra, a mímica da sujeição da imagem de mundo científica e a rigidez cataléptica do mágico, mas também se volta a fazer com que dois continentes se desposem, África e América do Sul.

– Como se o seco Pierri empurrasse as duas massas de terra em forma de pinto sobre o planeta, fazendo com que voltassem a se encaixar Nesse caso São Luís, Bahia e Rio ficariam exatamente no canto de Togo, Daomé e Benim.

– Você consegue explicar por que Verger se mostrou tão terrivelmente devoto diante de Olga.

– Também ele se mostrou devoto diante dela?

Eu tinha a imagem inversa em minha recordação.

– Apenas observei a devoção dela diante dele.

De modo assim tão diferente duas pessoas vivenciam a mesma cena.

E ainda assim dizem que existe algo como a etnologia.

O papa mencionou três plantas a Jäcki, a *Mimosa pudica* e uma trepadeira da praia, *Ipomoea pes caprae* e uma terceira que Jäcki logo voltou a esquecer.

Irma e Jäcki haviam ficado tão eufóricos com seus sucessos etnológicos iniciais – as meninas cobertas de pontos brancos com Professora Norma, a reverência rala de Pierri, tanto que Irma e Jäcki pretendiam encorajar o papa a uma foto em pé na casa vermelha coberta de poeira da Liberdade.

O fotógrafo francês se desviou diante da fotógrafa alemã ocidental como uma mãe do deus serpente Oxumaré na dança de iniciação.

Ele estava atrás da mesa vazia, na qual se encontrava apenas a caixa de sapatos coberta de poeira vermelha com as anotações em bilhetes, e levantara de um salto dizendo, hesitante, pois com certeza compreendia todo o teatro absurdo da cena, fotógrafo europeu se nega ante fotógrafa europeia por suas obrigações de culto em religiões sincréticas, e acabou encontrando uma fórmula artesanal, típica de guilda, para se recusar a atender seu pedido.

Ele escrevera um ensaio sobre a fotografia no candomblé para uma revista suíça

uma fábula mentirosa, acerca da abertura do artesão europeu e da sensatez das mães e filhas negras, algo para avançados diretores suíços de museus, ele explicara a Jäcki como se transformara num animal selvagem no início de suas pesquisas e, na corrida alucinada de sua profissão, jogava para o ar garotinhos e garotinhas que se encontravam no lugar errado ou olhavam de modo errado para ele
– Eu não gostava de mim como fotógrafo, disse o papa:
– Quanto mais se sabe, quanto mais se conhece, quanto mais se penetra nas religiões afro-americanas, tanto menos se fotografa, dissera Verger a Jäcki
E com isso expressava exatamente a sufocação da consciência, o fechar de olhos, os haustos que turvavam os corpos de vidro, que por certo havia acontecido com ele, o filho de uma rica família de comerciantes de Lyon, Bordeaux ou Metz, École Normale Supérieure, CNRS
Agora, diante de Irma, ele se recordava de um ditado dos parisienses e disse, a fim de não tornar a recusa demasiado chamativa e exótica
Eu estou sempre deste lado, e não daquele.
– Isso é bonitinho, achou Jäcki.
– O jornalista, que tem consciência de sua classe, o fotógrafo, que jamais aparece de terno preto no jantar do presidente de um país.
Ele não se deixa fotografar.
Irma achou isso ridículo.
– Talvez ele sinta ciúmes, disse Jäcki, da sua Mamiyaflex e da sua Leica
– Ele sente ciúmes de mim, porque eu, quando tudo termina, vou junto com você para casa.
– Você acha?

Verger os levou junto a um candomblé, a Vicente
Diante de seu templo, um adolescente formidável fazia piruetas com uma bicicleta tinindo de nova.
Este é um príncipe africano, disse Verger, e através de seus olhos azuis, craquelê do mais fino, cascas de ovo quebradas, no verniz estremeceu um raio frio.
– Um jovem gigolô, foi o que Jäcki viu de cara.
Sexy.
E já tem uma barriga...
De Vicente, se murmurava que havia participado de sacrifícios humanos.

Ele pertencia a toda uma estirpe de sacerdotes de Ogum.
Castrações
E esfolamento de bebês
Verger desmentia isso.
Lá embaixo, na Baixa do Tubo
na baixada do grande canal de esgoto que era puxado entre a floresta virgem e os morros de argila avermelhada, era ali que Ogum havia ordenado que o bebê fosse sacrificado e jazesse na encruzilhada, salpicado de folhas, e os sacerdotes de Ogum haviam se juntado, e a polícia, o Serviço de Segurança Interna e o exército teriam sido chamados, em vão, porque pontualmente, à hora aprazada, o bebê dessangrado jazia na encruzilhada com salsinha na boca e não apenas uma vez, na sexta-feira seguinte outra e no ano seguinte, agora, novamente.

Eles se reúnem no barraco de tábuas e papelão, no quartinho terrível estaria deitado o adolescente ao qual torcem o saco escrotal enquanto ainda vivo, fazendo cortes em seu lombo até que ele morra debaixo de folhas, coroas, laços.

– Vicente diz que faz um culto jeje, um culto da corte de Abomei, mas isso naturalmente é bobagem.

Existe apenas um culto jeje na Bahia inteira.

E é o de Emiliano do Bonfim.

Mais um desses nomes.

Cultos dos reis de Abomei não existem na Bahia.

No máximo na Amazônia, mas isso está em outra folha

– Por que ele vai até ele, se o ridiculariza, pensou Jäcki.

– O que sai por trás das sagas oficiais de etnólogos, quando se arranha um pouco a superfície delas

– Por trás das informações aos visitantes de Sartre e embaixador e delegação do Instituto Cultural Francês.

O pequeno barraco de tábuas estava entupido de gente na festa.

Não apenas os enjambrados moradores da Baixa do Tubo, em seus mininivestidos gritantes, cujas costuras se abaulavam um pouco, e os notáveis brancos, pessoas da universidade, de institutos que se caracterizavam pelo amontoado de letras de suas siglas, alguns com a assustadora brancura produzida pelo pano de fundo africano.

Também empregados bem pretos, que haviam se maquiado com *pancake* e pareciam atacados por uma terrível doença de sangue

Eles pareciam se conhecer, todos eles, se beijavam generosamente em muitos cantos ou se davam de ombros de modo repentino
ciciavam uns sobre os outros, se evitavam, alguns claros flácidos se desvelavam em torno do papa
Um baixote carregado de infortúnio com a cabeça grande de uma travesti abriu caminho aos cotovelos até a primeira fila
– Este é o padrinho do príncipe de Ketou, sussurrou o papa.
Os batuqueiros discutiam.
Um já havia dado o fora e foi trazido de volta
E então tudo começou
Uma negra, que Jäcki chamou consigo mesmo de afro-americana, ainda que soubesse que essa palavra jamais poderia ser usada de modo rítmico em um texto poético.
– Mas a ideologia.
– Ora, mas aí se vê, pensou Jäcki.
– Devido a considerações rítmicas, invoca-se inclusive uma palavra do colonialismo, como negro ou preto
– E os críticos revolucionários do Grupo 47 logo classificam a gente de reacionário.
– Embora no fundo tudo seja apenas uma questão de *beat*.
– Será que revolução é uma questão de ritmo.
– Isso seria realmente bonito.
– Isso é que seria uma revolução.
– E preta!
Lancem os membros da idade da pedra para o alto
Transformem-nos em uma escultura de deus cinética, alucinada e de múltiplos braços.
Pobre Fonteyn
Pobre Nureiev
Pobre Mary Wigman
As juntas de Jäcki começaram a coçar
Irma fazia o disparador à distância tremer
O *flash* açulava os possessos
As feições de Irma se transformaram em uma máscara
Jäcki via tudo e teria preferido se abrir ao meio
Ele via a indignação de Vicente, a vítima das fúrias

O embaraço do papa.
A provocação alucinada das dançarinas
A concentração de Irma que pulsava debaixo de sua pele fina, nas proximidades dos olhos.
O pouquinho de maquiagem que ela usava à noite era levada abaixo pelo suor.
Jäcki viu a gorda, de braços formidáveis, que se contorcia diante dos que haviam vindo de longe e estragava algumas das mais belas fotos de Irma.
E ele sentiu que todos esperavam dele que interviesse
Jäcki se sentiu responsável pelos ritos, pelas fotos, pela ciência e pelo romance.
Não dava para aguentar.
Um dos antropólogos moles, claros e *gays* tocou na bateria do *flash* e disse
– Isso é adarrum[1]
– O quê.
– A dança. Ela se chama adarrum
– Ah, sim.
– E aqui o senhor conhece logo a expressão científica.
– Obrigado.
Uma gorda caiu em torno do pescoço de Irma e nos olhos de vidro da Mamiyaflex e melou a foto.
E quando Irma conseguiu ser mais ou menos arrancada de seu transe pelas mulheres sagradas e também a menina tomada pelo adarrum desabou, Verger disse:
– O filho de Olga do Alaketu[2], o príncipe africano, o senhor sabia que ele também é fotógrafo
– Ah é.
– Mas não muito a sério
– É mais um sanguessuga, se o senhor quiser saber.
– Na condição de sacerdotes e familiares de uma das melhores famílias, eles até que tem uma vida bem boa.
Eles não precisam trabalhar.
Para os trabalhos e a iniciação são pagas somas bem polpudas.

---

1. Aqui Hubert Fichte escreve "Adarun". (N. do T.)
2. No original, "Olga de Alaketu". (N. do T.)

Vicente tem um carro americano dos grandes diante da porta.
Ah, e como!
Eles se aproveitam um bocado dos crentes
Seu poder vai tão longe que quando uma filha não paga pontualmente, eles caem em transe e o deus diz: meu cavalo enganou o senhor
E ele tem o dinheiro no bolso.
– O cavalo tem o dinheiro no bolso.
– O deus cavalga o possesso como se fosse seu cavalo.
– Ou como se fosse sua filha
– Também homens são filhas do deus.
– Na África, os homens usam cabelos de mulher para a iniciação.
– A iniciação como homossexualização total do cosmos, pensa Jäcki, mas não diz, para não deixar o papa confuso e afastá-lo de suas explicações.
– Essa dança aí, esse adarrum, conforme o colega lhe disse.
– O senhor sabe que quanto mais selvagem um transe, tanto mais superficial ele é
– Na África muitas vezes é apenas um rasgo, um salto minúsculo
– Às vezes o senhor fala com alguém e nem sequer percebe que ele já caiu em transe há tempo
– E ele é profundo, profundo.
– Quanto mais se sabe, disse Verger, tanto menos se pergunta.
– Eu nem fotografo mais, disse Verger.
– Ele com certeza acha que eu também devo parar agora, perguntou Irma
– Talvez indiretamente sim. Como os de Dithmarschen.
– No candomblé é como em Dithmarschen diante do chefe superior de ataque do Leibstandarte Adolf Hitler.
– Mas por que eu deveria permitir que ele me prescrevesse alguma coisa
– Ele nos trouxe até aqui.
– Na verdade nós não podemos nos apresentar no candomblé seguindo as leis da hospitalidade europeia.
Verger começou a piscar os olhos.
Ele ajeitou seu pano de batique com alguns nós
E o procurador branco, alto e seco começou a bambolear,
o Maître des Etudes do CNRS começou a dançar uma dança terrível.

Jäcki não conseguiu nem olhar.

Jäcki viu em si a própria dança que havia executado, seguindo os passos da juventude hitlerista, tapetes de bombas, cadáver encolhendo no porão e foto de campo de concentração na capa nas peças de câmara, meu coração foi às alturas açulado pelo senhor Wiemann, o diretor, pela *souffleuse* incipiente, assistentes de direção e iluminadores, um bambolear, saltitar, algo fino que se elevava, gutural

Eles não queriam mais olhar para ele, nenhum deles

Tão embaraçoso ele era.

– Os etnólogos são os santos, pensa Jäcki

A idade da descrição de pesquisadores principiou.

– O senhor viu o cachorro, perguntou Verger ao ir embora.

– Que cachorro.

– O salsicha sobre o altar de Ogum.

Jäcki se incomodou por ter negligenciado a observação de um detalhe devido ao encanto das reflexões de caráter mais geral

E que detalhe

Um cão-salsicha[3] sacrificado debaixo de penas, velas, folhas, moscas.

---

3. O cão-salsicha (*Dackel*) talvez seja um dos símbolos mais profundamente alemães, na tradição cultural e inclusive literária. (N. do T.)

6.

E então ao banho de sangue.
Jäcki sabia que, se eles tivessem uma chance de ganhar sua aposta, então seria com a Dona Norma.
Com as distintas e idosas tias do iorubá, jamais.
Com Roosevelt Ribeiro?
Com o tratador de cachorros Vicente?
Jäcki fez tudo que pôde
Ele não chegou exatamente a bancar o rufião, oferecendo Irma à sacerdotisa Professora Norma ou então oferecendo o deus Lázaro, Omolú, Obaluaê, Sakpata, o deus da peste, lepra, varíola, sífilis a Irma
Jäcki tinha coragem
Jäcki não se vendia tentando comprar os deuses, os familiares dos possessos, os batuqueiros, as condessas influentes
Mas uma caixa de cervejas ele pagava sem problemas.
E sentia vergonha.
Mas o medo de perder a chance.
Aquilo, há alguns dias, foi a primeira saída
botar o pé fora depois de três semanas de solidão de iniciado
Seguiu-se a segunda saída
A terceira.
Sábado à tarde, a quarta.
Quatro?
Sim, quatro!
E então, na manhã antes do nome
O banho de sangue.

O medo de Jäcki de perder algo.
De não observar com clareza suficiente.
De não ter visto o mais importante.
Esquecer o decisivo em suas anotações.

Ciência.
Nova ciência
Tudo.
Sobretudo saber.
Saber, o que acontece ali.
Não publicar alguns volumes quaisquer e dar palestras por aí
Mas saber
E isso como algo bem pequeno, preciso
O que se passa na cabeça.
Os feijões de Dali.[1]
O cinema da cabeça
O discurso de Villon com seu coração
Para as coisas minúsculas, e tudo, realmente tudo!
Jäcki chegou inclusive a ajudar Professora Norma a regatear os animais para o sacrifício no lodo da Feira de Água de Meninos
E pediu que Irma o fotografasse enquanto isso
Dieter E. Zimmer exigiu uma foto dele para o jornal Zeit, para a resenha de seu último livro.
"Imitações de Detlev – Grünspan"
E Irma enviou aquela: Jäcki, o imitador, o pastor compra com Professora Norma as cabras do sacrifício, as galinhas d'angola para o banho de sangue.

Na noite anterior um melindre bicontinental se espraiou, labirintos afro-brasileiros, mentiras entre os três continentes
O tempo.
Quando?
O banho de sangue.
Eles disseram às sete.
Jäcki se preparou para as seis
Pois ele sabia que jamais conseguiria ler o despertador na cabeça dos crentes negros
Pois às vezes ele andava adiantado, às vezes atrasado, às vezes no ponto
Mas que a Professora Norma faria de tudo para que Irma e Jäcki chegassem atrasados estava mais do que claro

---

1. Aqui Fichte abre mão da menção ao *Dom Quixote* e fica apenas com Dali. (N. do T.)

Então naturalmente não conseguiram encontrar nenhum dos táxis sacolejantes, que de resto costumam acabar com os nervos da gente.
Pontualmente às seis, eles dobraram lá em cima, na rua provinciana ainda dormindo.
Baixinho, murmúrios de batuque.
Mas Jäcki sabia.
Eles haviam chegado tarde demais.

Os gângsteres, o arcanjo Gabriel, as condessas reunidas não queriam nem ver Jäcki.
Professora Norma havia desaparecido
Mas a porta dupla caquética, enfeitada de folhas de palmeira ao lado da máquina de lavar roupa tremia
Ela tremia
e estava tão próxima que podia ser tocada.
Será que eles o teriam detido se ele invadisse o recinto, junto com Irma, a de seis olhos e sua Mamiya sacolejando atrás dele, derrubando a porta que dava para o lugar mais sagrado, o quarto santo com o altar sagrado[2], enquanto eles batiam fotos, disparando o *flash*, do banho de sangue?
A porta dupla tremia.
Por trás dela, acontecia o completamente inaudito, o jamais visto, o que nunca mais poderia ser trazido de volta
Ali era partida a cabeça.
Os corpos dilacerados
Ali as meninas eram mortas e em algumas eram enfiadas nozes-de-cola
O estranho.
O único.
O extremo.
Jäcki se sentiu mal.
Ele sabia que havia perdido a aposta.

A porta dupla abriu de supetão.
Pés de pato quebrados voaram para fora
A porta dupla se escancara

---

2. Provável referência ao "Pejí" que é o altar sagrado, ou "Quarto de Santo". Espaço sagrado onde ficam os assentamentos dos deuses e seus filhos. (N. do T. com a contribuição de Ayrson Heráclito).

Professora Norma com pantufas cobertas de crostas de sangue olhou para Jäcki e Irma.

Será que ela pediria aos dois que ainda entrassem.

Não.

Tudo havia chegado ao fim.

Professora Norma olhava para eles, mas no fundo nem sequer se dava conta da presença deles.

Um mil-pés branco, todas as meninas da nave envolvidas debaixo de um grande lençol passaram voando pelas Mamiyas em direção ao banheiro.

Professora Norma pediu com toda a naturalidade que Jäcki entrasse no lugar mais sagrado.

Ali estavam os restos do horror

Cabritos decapitados, patos, a refeição dos deuses, bílis despejadas, globos oculares arrancados em um lago feito de sangue.

Jäcki intrigou um pouco, conseguiu com Professora Norma que Irma pudesse fotografar o monte de animais mortos, o mil-pés branco, quando ele voltou do banheiro no jardim.

Isso ainda não existia como foto.

Talvez.

Mas pouco lhe interessava.

Apenas o cheiro se incrustou, assim como os batuques nos tímpanos, nas mucosas de Jäcki.

Cheiro de cerefólio.

De comida do deus dos cães.

De chocolate Sarotti

E de cerveja.

7.

Foi lisonjeador para Jäcki ter acesso livre ao papa.
Hansen Bahia, o corpo diplomático, os professores do instituto cultural alemão, os antropólogos de diferentes institutos, que Jäcki de quando em vez interrogava, algumas mães e pais de santo não queriam acreditar.
Eles consideravam Jäcki um gabarola, um impostor, quando contava de suas visitas a Pierri, que o papa havia mencionado o nome de duas folhas para ele e em seguida mais três, que ele estivera com o antropófago Vicente e vira um cão-salsicha sacrificado.
Jäcki ultrapassava os obstáculos e as barreiras da comunidade do candomblé simplesmente por não vê-los
A confiança de Pierri era lisonjeira para ele, mas não significava muito para Jäcki
Ele considerava o homem magro com seus bilhetes de papel A4 um escritor cujos livros ele mal se mostrava disposto a ler
Eles eram secos
Mas pelo menos abriam mão de toda aquela bobajada balofa que Jäcki acreditava descobrir na etnologia francesa restante.
As referências do papa também pareciam estar corretas.
Ao contrário de outros compêndios de vários volumes, onde todas as datas estavam erradas, todos os rituais erradamente interpretados e todas as plantas eram uma mentira.

As caracterizações do papa eram cadavéricas
Ele não apenas se apresentava no Musée de l'Homme como bruxo e no Opó Afonjá como professor do CNRS, provido em todos os círculos com uma pilha dupla de privilégios, ele também era limitado e aleijado em cada um de seus mundos, com Vicente ele tinha de contar as feridas do esfolamento, determinar as frutas ao lado do cão-salsicha sacrificado com o Schmeil-Fitschen a tiracolo, e no Musée de l'Homme ele por certo não podia registrar em gravação os segredos de iniciação de Menininha do Gantois.

Esse duplamente podado nem sequer permitia que uma fascinação pelo papa e seu trabalho sobreviesse.
Pierri deixava suas câmeras afundar no pó.
Isso Jäcki sentia como uma traição do francês a si mesmo.

O homem franzino e seus bilhetes de folhas estava cercado sempre por um mulato esguio
– Um cavalo de gente
– O mais bonito que eu vi na Bahia.
Mas Jäcki se mantinha completamente reservado com seus olhares e seus quadris
Ele não queria abusar da hospitalidade do papa, cortejando seu pedreiro preto.
Ele se chamava Antônio
E no decorrer das semanas se aproximou cada vez mais de Jäcki.
Ele vinha como que por acaso, depois da visita ao bairro da Liberdade, em direção a Jäcki.
Ele levava Irma para fotografar.
Jäcki ficou sabendo de suas condições de vida
E Jäcki as anotou, para o artigo da revista Spiegel, em um caderno de escola baiano
O pai era pintor de paredes
Duas irmãs.
Um irmão
Antônio se virava com trabalhos ocasionais.
Também para Pierri.
Antônio disse de si mesmo que era o único na família que não prestava para nada
Ele agora estava fazendo a carteira de motorista.
Depois, queria trabalhar como motorista de caminhão.
Com isso ele poderia ganhar 300 cruzeiros por mês.
Sua namorada se mudara.
Agora ela precisava de uma nova.
Homem ou mulher, para ele pouco importava.
Para muitos ali.
Na cidade, ele encontrava homens.
Dinheiro, naturalmente, o que mais.

Por algum tempo, ele vivera com um francês
Ah, sim, que idade ele tinha.
20.

Antônio visita Jäcki e Irma na casa sem reboco, semi-pronta, os fios das tomadas saindo da parede.
Antônio não quer comer nada.
Ele já comeu em casa
Feijão.
Sempre feijão.
Mas outra coisa ele também não quer.
Eles vão os três à praia
Antônio mergulha.
Ele executa movimentos lentos debaixo da água, para tentar esconder de Jäcki e Irma, que ele nem sequer sabe nadar.

Quando Jäcki visita Pierri na próxima vez, Antônio fica parado atrás do papa e faz um gesto como se quisesse estacionar um caminhão no corredor.
Jäcki faz de conta que não percebeu.
Jäcki percebeu que nem sequer pensara acerca da vida sexual do papa e Directeur d'Etudes.
E Jäcki se interessava, nas pessoas com as quais privava, sobretudo acerca daquilo que faziam na cama.
Mas apenas em relação àquelas que ele mesmo queria levar para a cama.

Ele não conseguia imaginar sem sexo o seu romance sobre o velho etnólogo e o jovem que se aproxima dele e apronta a maior confusão.
Jäcki teria de inventar como o jovem etnólogo, aliás alemão, começa a desejar como um louco um dos batuqueiros da Professora Norma.
Também ele se chamava Antônio e era um pai de família de idade mediana, ao qual faltavam alguns dentes.
Jäcki adivinhou, no corpo cansado, uma bunda maravilhosa e sobretudo um pau transcendental, lábios de um preto raro, o continente como berinjela
Mas aquilo existia ali aos montes.
Antônio, o batuqueiro, no entanto, se transformava quando batia os ritmos complicados e contrapontísticos de seu tambor...

isso fazia cócegas em Jäcki de colocar as medidas eólicas de Safo, os hexâmetros refinados e arcaicos de Homero em relação com os diferentes ritmos dos três batuqueiros da Professor Norma ao lado da máquina de lavar roupa e além disso unir a contrapontística estreita de Josquin des Prés e de Okeghem da época da Guerra dos Cem Anos com a contrapontística africana da época da fome no Estado da Bahia.
Agora.
Mas Jäcki não era musicólogo.
Antônio se transformava em um condutor de carro da antiguidade
Não seria um ateniense que o teria esculpido em pedra, mas sim um dos escultores pré-históricos de Benim.
Jäcki viu o sangue escorrer sobre Antônio
Viu as cicatrizes de pedra da iniciação
E viu os olhos grandes, luxuriosos, estúpidos do condutor de carro de Delfi.
Jäcki só ousava olhar de quando em vez para o batuqueiro.
Ele jamais tentaria botar a mão no globo saliente de sua bunda
Ou metê-la entre suas coxas de pedra
E erguer com a mão a berinjela de pedra, levando-a até a boca
Jäcki sonhava com o condutor de carro se precipitando sobre ele com seu rosto riscado de cicatrizes,
abrindo suas pernas com força, como um arbusto,
que se atravessa e sacudia Jäcki,
carimbava-o, rasgava-o
Quando o raio perpassava as cicatrizes como um zigue-zague
a ferida da boca se acalmava, os olhos se fechavam
Jäcki perceberia que Antônio, o batuqueiro, perdia a consciência
Dentro dele.
Jamais.

Verger começou, através dos gestos do motorista de caminhão Antônio, a interessar sexualmente a Jäcki.
Não que ele quisesse ser cantado pelo papa magro de olhos azuis-claros e saltados ou lhe arrancar o pano de batique dos quadris de cabra e enfiar o nariz do sábio na caixa de sapatos.
– O que ele faz, pensava Jäcki
– Também um ancião tem uma vida sexual.

– Também isso é objeto da descrição etnológica da etnologia
– E de um romance.

Jäcki fez as coisas de modo tão jeitoso como se quisesse ganhar o papa para que este permitisse que Irma fotografasse o banho de sangue.

O procurador franzino de Lille ou Nantes passou a se tornar, durante semanas, o objeto de uma coqueteria etnológica para Jäcki.

Jäcki fazia de conta que queria descobrir algo sobre as mães e pais de santo.

Eles eram de fato, todos, sapatões e bichas?

E o papa caiu prontamente na armadilha de Jäcki.

– O senhor veja o príncipe africano com a barriguinha.

É o favorito do sacerdote de Ogum Vicente, e não vive nem um pouco mal.

Na Bahia, é tido como másculo praticar o coito com várias mulheres.

Mas mais másculo ainda é meter com homens

E a coisa mais máscula imaginável é fazer com um pai de santo.

O príncipe africano não precisa trabalhar e tem uma bicicleta na Favela do Canal.

Todos os pais de santo são tias.

E toda as mães de santo são personalidades fortes, como se diz por aqui.

Daí, Jäcki conduz o velho pesquisador à África.

Como é por lá.

– Lá não há nada disso.

– Ou se há, apenas de modo bem oculto.

– De qualquer modo, pelo menos há uma expressão para as lésbicas na África.

Moala.

Friccionar.

– Como entre os gregos.

– Tríbades.

– Isso.

– Não me lembro mais.

– O senhor precisa saber que nem sequer fiz as provas de conclusão do ensino pré-universitário, disse o papa.

– Eu também não, disse Jäcki.

– Meu livro sobre Orixás e Voduns... acabou sendo aceito como tese pela Sorbonne.

Será que o homem magro em seu pano de batique era vaidoso?

E então o papa disse, bem sóbrio:
– Sim, eu sou fixado exclusivamente em negros.
– Antônio, naturalmente.
– Bem dotado
– e pernas elegantes.
– Mas bem tedioso na cama.
– Com gosto.
– Mas eu só posso desaconselhar ao senhor, nós todos já o tivemos.
– Todos os franceses aqui, Pithex e o Abbé.
– O senhor encontrará na cidade coisa bem melhor com seu dinheiro
– Mas isso não chega a representar um problema
– Faço isso bem rápido.
– Não tenho mais disposição para investir tempo nisso.
– É claro que exclusivamente por dinheiro.
– Como branco e na minha idade.

No Rio eu durmo sempre nos hotéis mais baratos.

São bibocas

Ali, de qualquer modo, posso levar os garotos comigo.

Isso eu lamentavelmente não posso fazer, disse Jäcki
– Por causa das câmeras da minha mulher. Elas significam a vida para ela.
– Minhas não mais.
– Uma mulher muda um bocado a vida de um *gay*.

Jäcki poderia ter sacudido o papa.

Por que viver uma vida inteira e os continentes
se é só isso que resta.

A nota de compras do supermercado Pão de Açúcar.

– Foi só por causa do preto Antônio, ele começou tudo aquilo das pedras, das ervas, dos continentes, do crs+, do adarrum outra vez
– Por que ele não sabe nada sobre a homossexualidade na África, acerca da qual só se escreve bobagem, até mesmo no Spartacus Guide, pensou Jäcki.

– Não é a primeira entre as tarefas de um ser humano reconhecer a si mesmo e observar seu comportamento no mundo.
– Por que ele finge estar satisfeito.
– Uma pequena dancinha de embalo diante do cão-salsicha sacrificado por Vicente.
– Ovos cobertos de poeira vermelha.
– Uma caixa de sapatos coberta de poeira vermelha com bilhetes de folhas.
– E um motorista de caminhão que mudava sua marcha por alguns trocados.
– Foi o que restou do sonho da juventude com o preto.
– Dos soluços pela floresta virgem, do mundo selvagem, dos leões, do ouro que sacrificou tantas vidas humanas
– De toda essa conquista.

8.

Jäcki evita olhar para Antônio, o batuqueiro, na casa da Professora Norma.
– Já estou começando a sublimar.
– Como Freud.
– Ou o papa
– E por que eu faço tudo isso? Os programas, os artigos políticos, as ervas, o conteúdo do cérebro, a ciência, o conhecimento?
Por que agora ele desejava apenas negros.
Como o papa.
Desde Charles, o gordo coelho da Páscoa.
Desde que Eddie dançara o crocodilo no Saara.
– Será que estou querendo começar a recalcar por causa da ciência.
– Por que o sexo malvado perturba a religião e a revolução?
– A fina concepção da *littérature engagée* cientificamente fundamentada.
Que literatura seria essa?
– Gide!
– *La Double Méprise.*

Assim como no Rio, o Spartacus Guide ajudou Jäcki na Baía de Todos os Santos.
No ano de 1970, ele já se transformara em um compêndio grosso e alongado.
A Terra inteira em sua redondeza começou a se esboçar dentro dele como uma bunda grossa.
Ele indicava lugares na Bahia, cinemas, poucos banheiros, uma sauna, onde nada acontecia, a Torre do Farol, e um hotel que nem sequer existia.

Era tranquilizador o fato de Jäcki poder fingir consigo mesmo que sua avidez insaciável não passava de trabalho, de estudo das fontes e trabalho de campo para o ensaio estruturalista acerca das religiões afro-brasileiras, e como informações de fundo para o artigo da revista Spiegel.
Jäcki começou com os cinemas.
Guarani e Excelsior
Caixotes modernos nos quais ninguém suspeitava as antigas visões no banheiro e ao lado da cabine de exibição.
Quando ele sobe do corredor à plateia, não consegue identificar nada no público.
E para a tela ele mal chega a olhar
Para Alec Guinness no Sequestro do Trem Pagador
Jäcki creditou tudo ao sol tropical.
À claridade inclemente, como que mediterrânea, lá de fora.
Aos poucos, os véus diante do público se erguem.
Entre casais de namorados normais e apaixonados, um cigano é chupado.
De quando em vez, o lanterninha passa com sua lâmpada de bolso
No corredor, no alto, eles estão parados em fila um atrás do outro até o banheiro, enquanto olham para o Expresso do Oriente.[1]

Jäcki conhece o ponto de ônibus e o Terreiro de Jesus, a bela vista ao lado do elevador da Cidade Baixa, os palácios decadentes do Pelourinho, nos quais as bibocas de encontros haviam se instalado com papelão e madeira de demolição.

Os cantores e dançarinos do nordeste, que por um preço mais alto, digamos cem marcos, para poder abrir uma banca de doces, estavam dispostos a empinar suas bundas nas igrejas da cidade sagrada.

Jäcki visitou a Fonte do Amor, onde um rapaz de botas pretas fazia três vezes seguidas por amor e depois não conseguia mais, e o *voyeur*, o taverneiro, o sacerdote louco da Fonte do Amor vinha debaixo dos quartos de uma cripta com estalactites de cimento sagradas e perguntava:
Vocês o pagaram, despachado, como os deuses
E quando Jäcki confirma: sim, a Fonte do Amor não seca jamais

---

[1]. Não consta que Alec Guinness, grafado Guiness por Hubert Fichte, tenha feito qualquer dos dois filmes insinuados. (N. do T.)

Jäcki jurou que um dia escreveria um de seus mais belos capítulos sobre o quarto em uma biboca de encontros da Baía de Todos os Santos.
Jäcki foi até a estação, onde realmente acontecia alguma coisa, e perambulou pelo bairro das lojas para seduzir os guardas noturnos
Ele conheceu as ruas das travestis e as ruas das putas.
As mulheres decentes protestavam quando um taxista queria cortar caminho passando pelo Pelourinho.
Os moradores da cidade mediana e negra deviam achar que o branco alto de barba chamativa era um louco, um tolo, um *obsédé*, uma espécie de marciano,
que diariamente ouvia os cantores do Terreiro de Jesus
corria pelos cinemas e desaparecia entre os arruinados palácios renascentistas.

Certo dia Jäcki descobriu o Cine Pax, na Baixa dos Sapateiros
Ele teve de passar pelas igrejas, cujos ornamentos pareciam ter desabado sob o peso do ouro.
Os aleijados se amontoavam diante dos tabernáculos.
Irma fotografava por lá
Um homem gordo de terno impecável, cuja mulher belamente vestida havia jogado uma sacola cheia de crostas de pão diante dos mendigos
Gritou:
É uma falta de vergonha fotografar a miséria.
Jäcki achou que ele tinha razão.
Irma gritou de volta.
Não é a foto que é uma vergonha, mas sim a miséria.
Jäcki ficou estupefato.
Era preciso descer uma rua bem íngreme
Da qual Jäcki começou a sonhar.
Ela se tornava cada vez mais íngreme e mais lisa
Jäcki corria cada vez mais e mais rápido
Até que acordou.
Também os baianos se seguravam à meia altura, à meia profundidade em um poste de telégrafo.
Lá embaixo, a Baixa dos Sapateiros à direita – não muito longe do pequeno mercado, onde as mães e pais de santo compravam suas ervas para as bebidas da iniciação, o Cine Pax.

Jäcki entrou dentro dele como na barriga de uma baleia.
Um salão largo
Só movimentos rápidos, troca de lugares, tocar ao lado, ficar parado na última fila, na balaustrada Ao Anjo do Inferno, Jeff com Delon, Jerry Lewis,
Um policial que interrompia os beijos dos casais normais.
Na semana da Páscoa
Em cima, Cristo no Horto das Oliveiras
Embaixo, vaselina
O cheiro da urina atraía os homens gordos de calções curtos demais, militares, policiais
As três cabines estavam sempre ocupadas
Alguns ficavam parados sobre a pia, para ainda ver algo da Paixão enquanto o índio chupava seus paus.
Na vez seguinte, um filme sobre cangaceiros
O peito de um policial é cortado com uma tesoura.
O salão largo uiva de tanto rir.
A baleia gargareja.

Então a cidade se esvazia
O Terreiro de Jesus, o elevador, as ruas principais
as praças são tomadas pelas travestis.
Em alguns cruzamentos, ainda estão sentadas as baianas.
Mães formidáveis de vestidos brancos engomados, as correntes coloridas dos deuses nos pescoços castanhos.
Elas peneiram bolinhos de feijão na banha
O trânsito diminuiu.
Ouve-se os gritos de pássaro das travestis que brigam por causa de um bandoleiro.
A tristeza dos *gays* quando as lojas fecham, portas encostadas
e também os caixas dos cinemas não vendem mais entradas.
Então só resta a esperança do taxista
Sim, esta seria uma nova etnologia
Seduzir todos os taxistas durante um ano inteiro.
Um relato de vida
Seus hábitos sexuais, seus desejos.
Todo taxista na Baía de Todos os Santos se deixava seduzir.

E, uma vez que eles pareciam normais a si mesmos, também se deixavam foder.
Apenas por dinheiro.
Dinheiro significava: eu me deixo foder.

Então Jäcki perambulava, à noite, ainda uma vez por meia Baía de Todos os Santos em busca de um lugar tranquilo.
Uma baía onde já não estivessem reunidos 100 Fuscas da Volkswagen balançando de leve na noite.
Os taxistas se mostravam todos, quase todos, prontos a participar,
Mas ninguém poderia ver
– Quando dois homens são surpreendidos pela polícia fodendo na praia, eles acabam aparecendo no jornal.
Jäcki recortou um desses artigos:
A luxúria levou à sala do tribunal
Um rapaz um tanto leitoso de rastafári
No peito uma placa com os números 027
Diário de Notícias, 3 de março de 1971, escrevera Jäcki com a caneta-tinteiro à margem.
O homossexual Antonio Cosme se apaixonava por todos os homens que encontrava.
Ao final das contas, começou a roubar para poder comprar amantes.

Quando Jäcki voltava à casa semi-pronta, escrevia em seu diário.
Depois cozinhava com Irma
Mexilhões, por exemplo.
Aqui eles são chamados de lambretas[2]
Ele as preparava, como havia aprendido com os Fiori, em Montjustin, com cebolas e vinho branco.
Irma comprara champanhe brasileira para acompanhar.
Ficar deitado durante horas em cima de Irma e filosofar acerca do dia acabou se tornando um hábito agradável.
Irma não parecia desgostar disso.
– Isso seria maravilhoso, disse Jäcki.
– Vou fazer uma pesquisa de campo sobre sexo entre homens

---

2. Hubert Fichte grafa "Lamprettas". (N. do T.)

– E se você fizesse o mesmo – poderíamos comparar os comportamentos dos homens.
– Então eu saberia enfim se os taxistas fazem diferente com mulheres.
– Melhor?, perguntou Irma.
– Se são menos tediosos.
– Sim.
– Mas você não vai querer
– Não, eu não vou querer.
– Que livro que isso daria!
– Mas isso seria uma pesquisa para a Anthropos.
– Pois ao final das contas o que importa é apenas o livro.
– O livro sobre a Bahia.
– Não, o livro da beleza dos homens.
– Eu esqueci do Nina, pensou Jäcki
– Isso tem de entrar, mesmo que Enzensberger diga mil vezes sobre o material:
L'embarras du choix.
A funerária com os caixões de papel.
Os cadáveres que são levados de ponta-cabeça por cinco quilômetros até o cemitério.
As dissecações.
As prostitutas e os garotos de programa que dão uma passadinha rápida no Nina nos domingos à tarde.
Para observar mortos.
Os anjos, que contemplam como o vovô é aberto com um bisturi.
Pithex, que enfia seu charuto entre os dentes dos cadáveres.
O livro da beleza do homem.
Jäcki hesitou por muito tempo antes de ir até o escritor de *best-sellers*, o comunista da casa maravilhosa lá em cima, na colina fresca, cuja carreira Sartre havia apoiado nos *Temps Modernes*, que agora esgotava a Bahia, vendendo-a na Feira do Livro.
Putinhas submissas em calçolas de linho, levemente queixosas, rapazes da pesada e com corações de ouro, exatamente isso que Hansen Bahia em seguida arrancava do tronco de madeira
Coleção folclórica
Entrada de serviço, era o que estava impresso nos azulejos da porta ao lado.

Dois dogues pequenos.
O escritor de *best-sellers* havia escrito um livro na juventude
Capitães da areia.
Garotos pobres nos entrepostos do porto.
Também andou um bocado pelo cosmos afora
As maravilhas das mães africanas
Sobre o candomblé, como ele sacudiria Jäcki
então era melhor fazer a coisa com a secura de osso dos ensaios do papa.
Etnologia como prosa úmida
Mas nos Capitães da Areia Jäcki sentia mais do que um mero engajamento político-partidário
Ali alguém havia sido jovem um dia
E sentira fome
E estivera sem dinheiro diante de um carrossel.

O escritor de *best-sellers*, o romancista dos bordéis,
mais parecia uma mulherzinha machista.
Ele recebeu Jäcki amistosamente
Mostrou o jardim e a coleção de folclore
E disse
Eu gostaria de dormir com todas as mulheres do mundo.
Jäcki sentiu vontade até de abraçá-lo por causa disso.
Ah, se ele pelo menos escrevesse assim.
Mas o escritor de *best-sellers* por certo nem teria ficado feliz com um abraço desses.
Sim, era o que Jäcki queria
Se ele tivesse de mencionar um engajamento, uma utopia, um paraíso:
Jäcki queria dormir com todos os homens do mundo.
E Jäcki achou que isso seria a solução de todos os problemas.

Jäcki voltou a perambular pela noite depois da visita.
Passando junto ao monumento futurista, lá embaixo, de um membro da família baiana, que supostamente por 20 milhões de cruzeiros o trouxera para ser visto, colocando-o ali e emporcalhando completamente o porto com velas de barco da cor de farinha que vinham até ali da ilha dos mortos.

Jäcki foi ao estádio da Fonte Nova.
Futebol.
Ele custaria 40 milhões.

O frentista do posto de gasolina tirou uma mangueira grande e grossa das calças em meio à escuridão e disse:
Uma santa linda.
Jäcki ficou fascinado com a ideia de que o homem másculo desabava ao feminino devido ao peso de seu sexo.
A Baía de Todos os Santos de Jäcki era feita de membros negros
Ele palmilhou o mapa da cidade como se acaricia um corpo.
E ele traduziu tudo ao hamburguês
Escreveu em seu romance sobre a puberdade.
Uma Baía de Todos os Santos
Baía de Todos os Santos.
Baía de Todas as Santas.

9.

Jäcki ouviu falar de um templo na floresta virgem
Pedro de Batefolha
E o nome lhe agradou
Pedro de Batefolha – Peter von der Blätterhaue em alemão
Peter der Blätterschüttler
Jäcki pegou o ônibus para Amaralina[1].
O caminho abaixo da Liberdade ele seguiu a pé
Passando pela Casa Branca, à meia altura nas montanhas, na direção de algumas casinhas e barracos.
Quando se olhava apressadamente para elas, como um poeta em viagem, até se podia acreditar que se tratava de uma favela.
Diante da Casa Branca, no meio das árvores-do-céu, havia uma nau sagrada de cimento.
Jäcki passou pela entradinha que levava ao papa, subindo a estrada que ia pela direita
Então tudo passou a ser colonial
Ou imperial.
Tons de tinta que lembravam Richard Oelze a Jäcki
Ali, já a floresta
E uma capela branca trancada
Algo de Genoveva e o Dragão.
E então a burguesia e seu chão.
Casas de um andar, mais largas.
Ali se teria de ter um carro para chegar ao supermercado.
Ananás, em cujas pontas de folhas havia cascas de ovos vazios espetados como se fossem grandes frutos.
Depois Senhora.
O templo africano.

---

1. Hubert Fichte escreve "Amarelina". (N. do T.)

De fora, não dava para reconhecer nada.
Construções em forma de silo, que estavam ordenadas em torno de pátios grandes.
Ali eram todos sócios.
Como os doze apóstolos, doze – como era mesmo que se dizia – obás
A família baiana inteira.
O governador, o escritor de *best-sellers*, o papa, professores.
Jäcki imaginou como eles faziam reverências diante dos escravos e saltitavam e exibiam, enciumados, cada pequeno favor da mãe negra diante dos outros.
Eu sou bom com o povo.
Eu sou bom com Xangô.
Na República Federativa da Alemanha se mantinha um boxer
Seguiam-se trechos em que a cidade ainda não havia sapateado a floresta virgem para longe da Baía de Todos os Santos.
Grandes moitas violetas de rícino sobre gargantas de argila cor de fogo
Debaixo das mangueiras gigantescas moravam os mil deuses e procuravam entre as ervas as ervas que haviam deixado para trás, na África.
Devia ter chovido muito.
O caminho enlameado era recruzado por valas profundas.
Uma casa de argila junto à rua havia sido simplesmente levada pela corrente.
As paredes escorriam por baixo das traves de madeira
Depois de tudo, apenas o esqueleto.
Troncos prateados, galhos, ramos, que percorriam a construção na forma de veias e mantinham firme a argila das paredes na época da seca.
Era o modo africano de construir.
O esqueleto da casa era um esqueleto africano.
Em meio ao ermo, uma árvore.
Queimada a oco pela tempestade.
Mas ela sobrevivera
No oco negro e escamoso havia garrafas, pequenos pratos de porcelana e, entre as folhas, havia lenços pendurados
Esses ingredientes um tanto femininos e caseiros mostraram a Jäcki que eles haviam transformado a árvore em um deus.
– Eles vão dizer que deus tomou posse da árvore.

– Iroko.
– Loko.
– Ou a árvore é deus.
Em seguida, vinham povoados da pequena burguesia, favelas
Nos postes de telégrafo havia alto-falantes, mas que durante o dia inteiro borrifavam samba sobre todas as casas
Crianças de barrigas grossas
O riacho verde
E outra vez mangas
Montes de galhos, folhas, dentro dos quais as frutas grandes estavam penduradas como a fios.
No meio de um muro branco, um portão aberto.
Até ali os alto-falantes não chegavam mais.
Devia ser o templo.
Ali morava Pedro de Batefolha, que Jäcki estava procurando.
Árvores altas
Diversas grandes construções
Algumas viradas pela chuva.
Em uma delas, eram executados trabalhos de reforma nas paredes
Algo como uma casa de moradia.
A varanda.
Jäcki bateu palmas com cautela.
O ruído de peça de câmara, quando o aplauso termina
Uma mulher preta e mal humorada resmungou na varanda
Ela ainda se mostrava cortês
O pai estaria trabalhando.
Jäcki devia esperar.
Jäcki esperou.
Ele espiou uma família, mais ao fundo do terreno,
que se encontrava em pé diante de uma árvore cercada.
Na árvore, havia um pano branco pendurado
Atrás da cerca tudo se mexia, um farfalhar, o vento soprava as folhas
Jäcki não conseguiu reconhecer ao certo o que se passava ali.
Ele não queria se levantar de novo da cadeira de balanço,

sabia que isso seria entendido como indiscreto por parte da mulher preta e mal humorada, que com certeza se encontrava por trás de uma veneziana, de olho no estrangeiro.

Jäcki mexeu a cabeça para a direita e para a esquerda.

Também atrás da cancela da árvore sagrada havia ocorrido um deslocamento.

Jäcki viu um homem que estava parado ali, como uma tábua de pijama, as mãos nos botões da camisa como se estivesse no exército e um homem baixo e preto

meneava duas vassouras de sauna grandes e frescas acima e abaixo no homem paralisado.

Os dois deixaram a cancela

O rígido se soltou, puxou, como em Wilhelm Busch, o pijama por cima da cabeça e, já na condição de empregado de médio escalão, entrou na varanda em um terno de domingo amarelo com gravata violeta

Por último, chegou o homem baixo e amável em um terno cinzento discreto.

Ele sacudira as vassouras de folhas.

Ele não deu atenção a Jäcki.

Entrou na casa.

A família se despediu da mulher mal humorada.

As cigarras voltaram a cortar o silêncio com suas serras.

Os insetos cintilavam em torno de Jäcki, zumbindo.

Ele contemplou as plantas da varanda.

Quase uma sacada de flores típica do Lácio.

Vasos, potes, dentro deles gerânios, fúcsias, manjericão,

como Jäcki os admirara também em Montjustin.

Se ele poderia expressar um desejo:

Queria ter uma casa mediterrânea de pedra calcária,

que apenas se destacasse saindo das montanhas em torno

de pisos irregulares e um jardim daqueles

com manjericão, alecrim e oleandro.

Aquilo ali não era um jardim mediterrâneo.

Também não havia manjericão ali.

Jäcki não conhecia as plantas.

Chamava a atenção uma que subia para o alto, trepadeira, como a frisa decorativa do
Pescador e sua mulher, de Runge,
Algo de Pompeia.
Antes Second Empire.
Uma flor, artificial ou venenosa
Como se tivesse sido esboçada, e não meramente crescido.
O homem baixo e amável estava em pé atrás de Jäcki.
Havia mudado de roupa.
Vinha de linho branco.
Devia ser Pedro de Batefolha
Ele não se apresentou.
Deu a mão a Jäcki.
Diante da seriedade tímida e preta própria do homem, Jäcki nem sequer sabia o que deveria dizer.
Ele não tinha dor nenhuma.
Mal conhecia os ritos de Pedro.
Sabia apenas que Pedro era Kongo.
E ele não poderia vir assim no mais com o banho de sangue
na varanda, diante dos potes de flores
Que ele dissesse a verdade:
Eu acho seu nome tão bonito.
Jäcki disfarçou um pouco
Ele disse:
– Ouvi tanto sobre seu templo.
Isso era verdade.
E:
– Acho as árvores tão bonitas.
Pedro sorriu, acanhado.
Jäcki e o batedor de folhas ainda trocaram algumas saudações baianas.
As crianças.
E a Alemanha é muito longe.
Minha família mora na cidade.
Nós moramos em Piatã.
Ah, na praia.
Meus filhos estão todos na universidade.

Ah, sim.
Eu sou funcionário do município.
Em seguida, silêncio de novo.
Jäcki sentia um rasgar dentro de si.
Só queria ir embora o mais rápido possível.
Jäcki era tímido
Tão tímido que não deixou a chácara em Ostrohe durante seis semanas antes de ir para a cidade, em Heide. Se não houvesse aquela conversa estúpida com os *gays* e os nacional-socialistas na Alemanha, ele teria vivido junto com Trygve, e apenas com ele, ou nem sequer teria se tornado aquilo que se chama *gay*
E viveria com Irma.
Jäcki precisava de apenas poucas pessoas, mas destas, muito.
Também bem entediante,
Irma por certo também faria gato e sapato dele, o domesticado.
Irma apenas era tão boa, disso Jäcki estava convicto, porque ele era tão complicado.
– Eu sou tímido, pensou Jäcki.
– O que será que foi que me levou a essa falta de tato profissional.
– Ir com homens até quartinhos de papelão com a virgem Maria na parede e fazer porcarias com eles por dinheiro.
– E arrancar segredos de senhores velhos acerca de elixires de ervas.
– Perambular por mil templos.
– Apenas para fotografar o banho de sangue.
– Um programa monstruoso, sanguinário, que os homens fazem porque não sabem mais o que fazer.
Jäcki quis se despedir às pressas.
Mas Pedro fez um sinal com sua admirável mão preta, que por dentro era completamente pálida e mostrava linhas pretas.
O batedor de folhas buscou uma chave no interior de casa e foi com Jäcki para uma construção alongada do outro lado.
Ele bateu três vezes na porta de madeira, abriu, eles entraram na sala comunitária do tempo, a área de serviço de Professora Norma, apenas maior e sem máquina de lavar roupas, também poderia ser um templo shaker ou o salão comunitário da igreja evangélica luterana do Pastor Roager em Hamburgo-Lokstedt.

Pedro se virou para a direita, tirou os sapatos e bateu em uma porta de madeira próxima, três vezes, e falou em voz baixa antes de abri-la.
Jäcki não ouviu resposta.
O batedor de folhas abriu a porta, entrou.
Também Jäcki tirou os sapatos, levantou os olhos e viu machados de pedra gigantescos, gotejantes, brilhantes, negros.
Um espaço cheio de rochas ancestrais
Embaixo, do tamanho de crianças, cada vez menores e empilhados uns sobre os outros
Alimentados com gordura ou de sangue
Pessoas, cães-salsicha, embriões
Era a câmera terrível
Os machados de pedra brilhantes, negros, que os africanos haviam desviado dos índios, fixavam pré-historicamente os olhos em Jäcki.
Que foto seria essa, pensou Jäcki, e engoliu em seco.
Na segunda sala, havia brinquedos, coisinhas inúteis, pratarias, peças da Märklin, bonecas, importações japonesas de Hong Kong.
A terceira sala era tomada por um silêncio místico.
Potes nos quais moravam os mortos
De argila esbranquiçada
A luz verde da floresta era filtrada por véus de noiva brancos
Os sons do mundo exterior iam para longe.
Por dentro de si, Jäcki ouviu os gritos de São João da Cruz, a fleuma de Kuhlmann, via o pescoço coberto de branco de irmã Silissa
Cartacalo/la dançava dentro dele em tule longo sobre o telhado da casinha de seu jardim improvisado em Lokstedt.
Exu, um Hermes de branco, passou cavalgando.
O pé aleijado chamava, Hölderlin chamava Io, hiai, hiai
Exu Exu.
Io novem noturna minha.
Todo branco.
Ainda não havia terminado.
Pedro trancou também a terceira sala de novo, voltou a calçar seus sapatos e foi, quando também Jäcki havia calçado os seus, cambaleando, até a varanda com ele.
Ali eles ficaram sentados e em silêncio.

Na floresta virgem se ouviam batidas e estalos.
A mulher mal humorada lavava uma criança.
Jäcki disse:
Mas que flores bonitas, essas aqui
E apontou para as estranhas, fora de moda, históricas.
O senhor gostaria de um raminho?
Disse Pedro, e fez um movimento para quebrá-lo quando Jäcki confirmou.
Provavelmente eu tivesse de recusar o presente.
O batedor de folhas começou a resmungar consigo mesmo
acerca de folhas.
Que as folhas eram muito úteis.
Que nunca se conseguiria saber o suficiente sobre as folhas
As belas folhas.
Sim, as folhas
E as folhas.
Sobretudo folhas.
Agora Pedro permitiu que Jäcki se despedisse.
Ele cortou um ramo de flores para Jäcki, não maior do que uma mão, da flor que agora parecia a Jäcki um trabalho de ourivesaria do Renascimento ou um cetro de rei, da corte de Abomei

Jäcki o carregou como um ministrante através da favela.
E Jäcki pensava se Pedro de Batefolha, ao modo indireto de Dithmarschen típico dos negros, não queria convidá-lo para uma pesquisa.
Não se pode jamais saber o suficiente, ele dissera das plantas da sacada.
Será que Jäcki poderia saber algo das plantas?
Será que ele talvez seria capaz de descrever, segundo os padrões rigorosos e científicos da Sorbonne e do CNRS como o papa, em um âmbito minúsculo nos três continentes da cultura afro-americana, as ervas sagradas de Pedro, a bebida do transe?
A sagrada floresta virgem do batedor de folhas?

Anoiteceu.
Quando Jäcki saiu da floresta virgem e deu de cara com a rua principal do povoado da pequena burguesia, descobriu luz de velas em uma moita.
Sobre um prato de porcelana, havia uma melancia partida ao meio

uma galinha preta sem cabeça.
A cabeça, com as pálpebras verdes, um trechinho mais adiante
uma garrafa de cachaça
E velas em torno de tudo.
O inseto que lançava estalos se aproximava cada vez mais.
Ele agora voava em torno de Jäcki.
Ele apenas o ouvia, não o via
Ele se afastou, e em seguida voltou com camaradas que também faziam estalos
Voou em círculos na escuridão.

Jäcki agora sabia que aquelas refeições no cruzamento de dois caminhos, e que eram preparadas com tanto esmero, não representavam presentes amáveis aos espíritos da floresta, ao índio de uma só perna, a uma cadela errante Hécate, ao mensageiro morto, a um Hermes negro, o deus dos rufiões e ladrões.

Os pratos arranjados com cuidado eram dádivas a Exu para trazer desgraça, desgraça, doença e morte

Quem se movimentava em suas proximidades, atraía o fado.

Só que naquela noite Jäcki não sentiu nenhum medo das velas malvadas.

Ele acabara de se decidir a trabalhar com seriedade, cientificamente, *a la* Descartes e Husserl, descobrir com que plantas, com que receitas as mães e pais de santo permitiam as lavagens cerebrais e os transes.

E agora ali, diante da melancia, ele pensou:

Eu não acredito nisso.

Eu quero analisar a crença.

Eu não acredito que eles conseguem invocar, com melancias, a desgraça, a doença e a morte.

Eu realmente não acredito.

Pois se eu acreditasse

Ele voltou a assumir a formulação do papa, mas o papa não continuara falando.

Então tudo muda, aquilo que sabemos e o mundo inteiro.

Jäcki fez o sinal da cruz, que havia aprendido no orfanato.

Ele fez o sinal da cruz com o ramo de flores

que o batedor de folhas lhe havia dado de presente.

E eu acredito menos ainda em Jesus Cristo.

Talvez tenha sido aquela noite completamente afogada na magia, o caminho minucioso através da Baía de Todos os Santos, a casa africana que havia se derretido, levada embora pela água, a sala de machados, a câmara mística e o batedor de folhas cauteloso e preto, que tenha trazido de volta os gestos de criança de Jäcki de sua época de orfanato.

– Mal com certeza não vai fazer.

– E, se o diabo de fato estiver sentado no prato de porcelana, vai ajudar.

10.

Jäcki e Irma estavam à procura do banho de sangue.

Para Irma se tratava, antes de mais nada, de uma questão de iluminação, foco e velocidade, para Jäcki de uma questão de construção frasal.

Jäcki imaginou como, se ele enfim o encontrasse, o descreveria.

Em seus programas para o NDR, o WDR, o SWF ele havia retalhado, simplificado, exagerado, arredondado e estilizado o Brasil estenograficamente.

Ele quase temia que, transferidos às artes plásticas, seus programas poderiam se parecer um pouco com os entalhes em madeira de Hansen Bahia.

Agora ele havia decidido se tornar etnólogo.

Isso era tudo.

Agora ele precisava representar tudo.

Não emocionalmente, não de forma atraente e fazendo uso do suspense, nem de modo inovador, expressionista ou impressionisticamente, mas sim com exatidão e de maneira completa, conforme ele disse consigo mesmo

E ele não era capaz de imaginar uma representação exata e completa do mundo afro-americano.

A tarefa de Irma era mais fácil, nesse sentido, e se sua foto fosse decifrável, ela não necessariamente seria tida como arte, mas dentro das possibilidades de seu metiê ela seria exata e completa.

Como seus textos deveriam ser.

Ele às vezes esperava conseguir alcançar algo como a representação de flores.

A pequena varinha de condão de Pedro de Batefolha medida e estendida com finos instrumentos sobre uma pedra litográfica

linhas divisórias levemente sinuosas, cor de sépia e cores suaves e florescentes, ramo de flores, cápsulas de sementes

as folhas meio grossas da galinha-gorda,

tigradas, e nas bordas das folhas pendiam, em torno,
minúsculos depósitos, uma continuação, que não se dava
por pistilo e estigma, mas sim por
origem do igual no igual

Do papa Pierri, Jäcki e Irma por certo não deveriam esperar ajuda para o banho de sangue, se ele não deixava fotografar nem a si mesmo, com certeza não colocaria em risco suas relações com os três templos distintos e clássicos de iorubá apenas para permitir a Irma e Jäcki penetrar no rito mais secreto e perigoso da cidade.

E além disso ainda havia outra coisa

Jäcki inclusive pensou se, de um ponto de vista por assim dizer metafísico, não poderia ser mortal participar de algo que significava a morte, com sangue de verdade, e com um nervosismo relativamente grande, blecautes, transes, lavagens cerebrais e assim por diante, mas não para ressuscitar em um rito seguinte com novo nome, mas apenas para publicar, mergulhar no revelador e depois no fixador.

Se o ato de adentrar, de nomear não poderiam ser mortais,

Não pronuncie o nome.

Sem ser chamado, boa sorte e todas as figas do mundo, conforme ele gritara quando ator mirim nas peças de câmara.

A Baía de Todos os Santos era uma cidade, isso Hansen Bahia havia lhe soprado, na qual diariamente um carro do exército com instrumentos de tortura andava de um quartel a outro para torturar revolucionários, camponeses, trabalhadores por temporada, estudantes, alunos.

E nada incomodava tanto a generais que torturavam quanto as notícias de que eles torturam.

Registrar, pois, o banho de sangue, pensou Jäcki, que acontecia diariamente em diversos dos 600 ou 800 templos da cidade, não significava apenas resumir em um clichê o que acontecia sob os deuses, o que se passava nas psiques – Irma o faria inclusive com aquilo que nem sequer se podia representar, aquilo que nem mesmo a Anistia Internacional mencionava em seu relatório anual.

Esse rosto coberto por uma torrente de sangue do crente de olhos cerrados parecia a Jäcki o rosto da Baía de Todos os Santos naquele ano, da Baía de Todas as Santas

E, com certeza, os generais e seus espiões não conseguiam imaginar que passarinhos bateriam suas asinhas da câmera escura de Irma para as páginas da revista Spiegel, mas que os dois tentavam expressar o

que acontecia em um procedimento que nem para eles mesmos ainda era nítido, isso os generais e espiões com certeza haveriam de farejar, cheiro de sangue no nariz,
Quando Jäcki acordava à noite, era atacado pela ideia de que poderia, de que teria de pagar o banho de sangue caso o encontrasse, isso pouco lhe importaria, conforme ele continuava pensando levianamente ao romper da aurora, mas Irma, se apenas o rosto dela
coberto por uma torrente de sangue, afundasse entre as folhas,
e o sangue secasse nos olhos de vidro de sua objetiva.

Será que Vicente ajudaria Irma e Jäcki com sua equipe na Baixa do Tubo[1], eles que se encontravam juntos nos barracos das favelas para sangrar e matar homens ainda jovens.
Eles tinham coisas demais a esconder
Ou Professor Araújo
O pederasta
Com suas terríveis tesouras e potes de barbear

Jäcki não visitava mais Professora Norma.
Antônio, o batuqueiro, se mostrou constrangido ao encontrar Jäcki no Pelourinho.
– Nós estamos todos muito tristes porque o senhor não vem mais.
Jäcki não queria deixar de tentar todas as alternativas
As criaturas miraculosas cobertas de pontos consagradas aos deuses haviam se transformado em duas meninas de carecas terríveis, e uma mulher na menopausa, que precisavam ganhar os honorários para a iniciação lavando e limpando na cozinha de Professora Norma.
O batuqueiro disse:
– Norma deveria ter dado tudo ao senhor.
– Depois do jeito que o senhor se apresentou por aqui.
– E como o senhor fez parte de tudo
– Nós achamos que Norma deveria ter dado tudo ao senhor
E Norma consolou, ela mesma, Irma, com as feições do rosto um tanto renitentes, na vez seguinte em que se encontraram.
E Jäcki leu nela que Professora Norma os enganaria novamente em uma próxima vez.

---

1. No original, para se ter uma ideia da complicação, da dificuldade de se chegar à provável Baixa do Tubo: "Niederung des Abflussrohres". (N. do T.)

Ou lhes passaria a perna, amavelmente
E isso era o pior.

O desprovido de método Jäcki não chegou a desenvolver exatamente um método, mas de qualquer modo algo como uma práxis
Experiência nos templos, com as mães e pais de santo,
seus resmungos e declarações
Ele aprendeu, conforme se começou a expressá-lo na Alemanha Ocidental, a lidar com tudo, lidar com as manias imperiosas e as maneiras submissas.

Ele, que não sentia em si quaisquer inclinações masoquistas, se submeteu às antigas mães escravas e pais escravos em sua loucura etnológica.

Pedro de Batefolha promoveu um banho de sangue?

Ele não disse nada sobre o culto, quando Jäcki, que já parecia a si mesmo um imbecil, visitou o templo na floresta virgem no dia de sábado, e Pedro o conduziu à câmera terrível ou à árvore vestida Tempo, Loko, Iroko, onde as doenças habitavam e a morte, onde Pedro batia folhas em pequenos funcionários municipais vestindo roupas suburbanas, que chegavam em enferrujados carros americanos, usando sua vassoura de sauna, expulsando alergias, fungos e mau olhado.

Pedro o conduziu pelas instalações com suas salas de recepção sombrias e cobertas de poeira.

As janelas estavam fechadas e o sol da floresta virgem iluminava justamente um adorno de ébano nas cadeiras suntuosas.

Ali estava pendurado o ancestral, o batefolhas primevo, o fundador do templo, debaixo de um vidro tomado pelos fungos.

Bernardinho de Batefolha, em uma foto dos anos trinta brasileiros, que parecia uma foto da avó de Jäcki da virada do século em Lokstedt ou Glogau.

Um homem atarracado, tendendo ao preto, como um maçom, ele poderia pertencer também a uma seita de assassinos, ter tomado sopas horríveis de colher e caçado recompensas.

Uma foto como Jäcki apenas as conhecia de autos de institutos médicos legais ou do espólio de armadores.

Em nosso templo jamais foi fotografado, disse o suave Pedro, inabalável.

Jäcki compreendeu que as mães e os pais, vestidos em roupas domingueiras de ombreiras estufadas, queriam eles mesmos ir ao reconhecido fotógrafo da cidade, para lá, humilhados à condição de animistas, de sociedade anormal, ser enxertados como pessoas de cor em uma poltrona de Paris, e, ofendidos, ter a si me mesmos nas mãos, decorados com as insígnias estranhas e douradas do fotógrafo na feição de uma caricatura.

Pedro não permitira que Irma entrasse nem mesmo na câmara de Barba Azul com os machados horrendos e pingando, quanto mais fotografar o banho de sangue – se é que ele realmente o promovia.

Nem mesmo isso podia ser descoberto.

Jäcki conheceu todos que calavam.

As listas,

As armadilhas

Os ritos secundários que se desenvolviam entre os etnólogos junto aos ritos dos deuses como favelas em torno das mansões suntuosas da antiga capital

Ele conheceu as ausências de tato

A economia da pergunta

A determinação

A perspicácia, desarmamento, o corte no rosto e na consciência

o ataque de surpresa

Jäcki fez de conta que era tolerado

Quando o ataque e o estardalhaço de uma colonização espiritual que Jäcki muitas vezes considerava interessante o suficiente, porque ele afinal de contas reproduzia quatrocentos anos de colonialismo em quatro meses, conforme pensava, fazendo com que hesitasse, não sabendo se não deveria transformar isso, as febres e produções dos brancos, o calor, o suor dos etnólogos, em objeto de suas pesquisas, de preferência ao material original, o banho de sangue, a sopa de estrume, o cão-salsicha esfolado

Mas isso não podia ser visto isoladamente.

Os reis de Abomei na verdade também queriam ter os trabucos

Um trabuco para cada prisioneiro de guerra, um escravo.

Jäcki não se interessava pela pureza.

Ele se interessava pelas culturas mistas, pelos micro-organismos de cogumelos rituais e antibióticos que se desenvolviam entre o eterno Luís XIV, um Sartre, uma Simone de Beauvoir, um Verger e os egípcios

e Professora Norma e seus escravos, ou, por exemplo, entre Mãe Bebê[2] das Enfermeiras que, no cálculo de uma atividade científica imaginara que na condição de mãe dos deuses poderia faturar mais com bençãos do que no hospital com injeções.
Mas a Jäcki isso pouco importava.
Essa era a realidade das religiões que se misturavam na Baía de Todos os Santos.
600 ou 800 templozinhos impuros que diariamente produziam novos pais e mães de santo, se fossem apenas três por ano em dez anos resultariam disso milhares de templos.
E se Mãe Bebê lhes possibilitasse o banho de sangue?
Nos negativos não estaria escrito se o banho de sangue aconteceu na altamente sagrada Casa Branca, no purista Opó Afonjá[3] ou na solene Menininha de Gantois
Ou se seria de uma trêmula e íntima Teresa de Ávila debaixo do raio torturador de Mãe Bebê
Só o nome já era algo
Mãe Bebê.
Algo assim não ocorreria a Peter Bichsel.
Oriunda de uma família de vários filhos entre os milhares de desempregados famintos que existiam na Baía de Todos os Santos, ela conseguira chegar à formação escolar, como sempre havia jogado um charme no diretor de uma clínica num jantarzinho à luz de velas e subido à condição de enfermeira-chefe; agora seu propósito era transformar uma pequena biboca de tábuas, com algumas bichas e travestis que a divertiam, em uma imponente casa de Deus depois da benção, na qual anualmente dez, trinta, cem cavalos trêmulos dos deuses produziriam, pela catalepsia, pelo transe e pelo banho de sangue, uma renda bem animadora para Mãe Bebê.
Jäcki reconhecia isso com nitidez
Mas isso não lhe interessava.
Ele queria o banho de sangue para os negativos de Irma.
Mãe Bebê queria dinheiro.
Ela era hábil, dialética, ela deveria conhecer as camadas intermediárias, na condição de mística negra entre os sistemas de três continentes exa-

---

2. Hubert Fichte escreve "Mãe Bébé" no original. (N. do T.)
3. No original de Fichte, "Apo Afonja". (N. do T.)

tamente tanto quanto o ator infantil e romancista Jäcki ou o papa do Musée de l'Homme.
Ela convidava Jäcki e Irma para festas.
Se mostrava generosa.
Suas declarações caíam como moedas cunhadas previamente de uma máquina automática
Também Professora Norma tinha fórmulas semelhantes:
– Eu sou pobre
– Nunca tenho sorte.
– Tenho de pagar a iniciação para cada uma de minhas filhas.
– Elas passam fome na cela de iniciação
– Tenho de sustentar 20 pessoas todos os dias
– Eu mesma estou grávida
– Meu marido consegue apenas o mínimo necessário para sobreviver no Ministério da Educação.
Irma disse a Jäcki:
Ela tem uma geladeira.
Eu vi muito bem
A geladeira estava cheia até a boca.
Mãe Bebê alimentava esperanças.
Ela mostrava a cela de iniciação.
Abria as janelas que tornariam possível, pela luz favorável, uma foto do banho de sangue feita de fora.
E ela não pensava nem de longe em permitir o fracasso de sua primeira grande iniciação por causa dos *flashes* de Irma e Jäcki, que a levariam às páginas de fofoca da Baía de Todos os Santos, isso era Jäcki quem via.

Ele a encontrou ainda uma vez...
os presentes perdidos, o curso no Instituto Goethe para o filho etc.
pouco importavam a Jäcki, eles lhe pareciam melindrosos demais,
sobre coisas assim não se fala
A hábil enfermeira-chefe havia se transformado em uma cortadora de vítimas de Benim
Sobre o chão havia uma Life ou uma Match amassada
Fotos de merda, achava Jäcki.
Uma ofensa para Irma, colocá-la em ligação com algo assim.

Elas são falsificadas, disse Mãe Bebê.
Eu conheço as pessoas que venderam o banho de sangue por 1.000 dólares aos americanos.
Eles ganharam muito dinheiro por isso.
Levaram os jornalistas para o mato e fizeram de conta que um garoto era uma menina, esfolaram algumas cabras e berraram por aí, um pouco bêbados.
Porque tinham medo da vingança dos deuses.
Isso não vale nada.
O banho de sangue vale mais.
A associação dos cultos afro-americanos. Quer dizer então que já havia uma associação?
Agora quer botá-la para fora por ofensa ao segredo da iniciação.
O diretor da associação foi até a polícia e conseguiu que o candomblé fosse fechado.
O sacerdote recebeu telefonemas anônimos.
Foi ameaçado de morte.
Um dos que haviam participado da coisa no mato se mudou logo para o Rio.
Um hoje mendiga no Terreiro de Jesus.
– Pois bem, disse ela sem tomar fôlego:
Por alguns milhões eu preparo um para o senhor, no mato
Por alguns milhões queria dizer, na verdade, por alguns mil
Mil réis – quer dizer, alguns milhares de marcos.
Por alguns milhões eu quero o original, disse Jäcki agora, de modo igualmente tão grandioso – ele aprendera com Held a lidar com a respiração.
Podia fazer assim quando queria, bastava um comando a si mesmo.
Venha amanhã cedo, às seis horas, até mim.
Jäcki havia entendido o que significavam as perífrases e elipses.
Ele calculara certo.
E queria aumentar a aposta:
– Com as câmeras e *flashes*.
– Com tudo. Eu vou abrir as janelas para o senhor e o senhor faz o que quiser e em paz, e com o verdadeiro.
Jäcki queria tornar as coisas fáceis para ela.
Tirava as frases mais melindrosas de seus finos lábios contraídos.

– E quanto é que vale o verdadeiro.
– Dez milhões, disse a estátua de Benim.
Feito!
– Será que estou com Wolli e a Toupeira e o Principezinho do Renascimento de Reimar, pensou Jäcki:
E Wolli ademais se deixaria foder de graça até sangrar.
– Sou cliente e busco o meu prazer na estação central
Mas, antes de irromper em um berreiro de lamentação acerca do caráter comprável também daquela cultura popular, ele pensou que eram os papas, não Pierri, o papa, mas sim os outros papas que havia transformado o mundo com Colombo e os reis portugueses em um centro de contatos universal.
E se a Mater Aegyptia Bebê de Heródoto pudesse ser mais barata?
Dois mil dólares, repetiu Jäcki de modo tão ávido quanto pôde, e esperou que seus olhos brilhassem enquanto o dizia
Em meio à tensão, Mãe Bebê acabou tendo, ainda assim, um pequeno estremecimento
Ela embalou de leve o quadril esquerdo
– Quase como se quisesse largar um traque sem fazer barulho e esperasse que ele não fedesse de modo inacreditavelmente forte.
Jäcki se levantou
Ele pegou a mão negra não mais muito bonita de Mãe Bebê – ela era gorda demais – e a beijou devagar, de verdade, não como Raddatz o fazia na Feira do Livro, a uma distância de três centímetros, lançando um estalido no ar.
Jäcki voltou a se erguer, e olhou nos olhos de Mãe Bebê, e se alegrou ao ver que suas pupilas nadavam para cima, em direção às cavidades da testa.
Jäcki disse com toda a elegância de uma bicha ferida, com a expressão da maior falsidade possível, que por sua vez acertava absolutamente em cheio:
Mãe Bebê, uma amizade é mais valiosa do que dez milhões.
Eu sei que a senhora não venderia sua crença por dez milhões. Quer apenas me colocar à prova.
E então ele ficou furioso, sua respiração arrebentou as palavras, ele atropelou a si mesmo:

E eu, mesmo que os tivesse, não compraria o banho de sangue da senhora por dez milhões.
Eu me parecia vil demais em meu trabalho, além disso.
E foi.
Com Mãe Bebê, ele não tentou mais uma vez.
Irma e Jäcki viajaram a Manaus.
Bandos de papagaios sobre o rio Negro.
Uma nuvem de pássaros, que se pintava de verde ao virar.
À noite no barco furado à procura da grande vitória-régia.
Troncos na água
Jäcki pensava que estava pisando em um crocodilo.
– Não, os olhos dos crocodilos brilham à noite, vermelhos.
Em torno da catedral, índios *gays*.
Irma e Jäcki reencontraram o rei Sebastião, no templo do Amazonas
Sebastião chegou sobre o mar, para procurar sua mãe.
São Sebastião seria Xapanã[4], Omolú, Ogum, Oxóssi.
– É assim que a alucinada saga do salvador, o jovem rei que sucumbiu na areia do deserto aos 18 anos, soprava no meio da floresta virgem.
O banho de sangue eles também não encontraram com Mãe Papagaio, nem com Mãe Zulmira e nem mesmo com Mãe Lobo.

Recife.
O professor de piano e sacerdote Alcides da Praia Rocha e seu marujo bonito se apaixonaram, ambos, por Jäcki, mas Jäcki, que teria se vendido por um banho de sangue, não teve nenhuma chance
Professor Alcides e seu marujo bonito achavam o banho de sangue horrível. Que nojo, não, os deuses sim, os caboclos dos índios, a virgem Maria, Xangô, Xapanã[5] e o Doutor Eousorio, mas um banho de sangue?
– Isso é pouco higiênico e contra a lei ao mesmo tempo.
Jäcki conheceu o Cine Glória, do outro lado do Mercado, orgias no banheiro, na sombra elétrica, sentado no degrau, um negro grande de cabelos prateados e encaracolados, com um membro preto do tamanho de uma terceira perna sobre o colo, no qual, enquanto Nureiev e Fon-

---

4. Aqui, no original está escrito Yapaná. (N. do T.)
5. Aqui, por sua vez, o autor escreve Xapanna. (N. do T.)

teyn levantavam a perna na tela, se sentavam todas as bichinhas da cidade, saltitando à música de Prokofieff, gorgolejando enquanto subiam e desciam.

Quando Nureiev e Fonteyn terminavam
o negro continuava apontando o membro para o alto
como uma vela negra em meio à tempestade
E quando a luz era acesa, ele o escondia debaixo do chapéu como no passado Bruno Quasnijak quando a tia Hilde entrava no quarto.

Depois a Aracaju.
Lá havia um restaurante de cobras.
Jäcki obrigou Irma a ir com ele até o restaurante.
Ela teria preferido comer cordeiro ou filé ou peixe-espada
Jäcki queria rãs, galinholas, *python* e crocodilo.
Não era gulodice
E a ideia das *endangered species* ainda não era moderna
Jäcki encenou uma foto com o cozinheiro gordo envolvido por seus ingredientes que deixavam Irma tão horrorizada, com as iguanas já sem vísceras que com as garras ainda seguravam um sapo-boi pela perna, martirizando-o, enquanto este tentava fugir desesperadamente
Jäcki sempre cuidava para que junto com os animais míticos aparecesse sempre o pacote de Omo, o sabão em pó dos brasileiros
Irma ficava enojada
Quando a pele do sapo-boi era arrancada, Jäcki pensava que como repórter não podia perder o que estava acontecendo, e, uma vez que Irma já estava bem mal diante de seu prato com costeletas de jacaré, ele tirava a Leica de seu ombro e tentava botar o cozinheiro gordo e o sapo gordo em uma moldura adequada.

– Você tem de apontar direto, gritava Irma, e lhe arrancava a câmera, apontando-a para o amontoado sangrento de mãos, peles e cabeça decepada.

– Será que eu faço isso por cobiça?
– Não.
– Talvez em mim a capacidade de documentar mitos, histórias, camadas e correntes apenas estejam desenvolvidas de um modo antinatural.
Mas ele gostou do gosto da cobra.
– Eu não conseguiria engolir uma cobra, disse Irma.

– Houve uma época em que você me amava, disse Jäcki:
– E, por amor a mim, você comia lesmas e ostras.
– Ostras eu como ainda hoje. Mas cobras?
– Talvez também seja vingança por causa da Bíblia.

Jäcki descobriu nas cadeiras de plástico do restaurante de cobras, na caixa de Omo, nas vísceras sangrentas da iguana, a cozinha dos coletores e caçadores
Ele viu no cozinheiro gordo e seus sapos-bois não apenas dois continentes se encontrando, o negro e o índio
mas camadas de desenvolvimento, ondas de vegetação
A costa, as costas infindas e a floresta.

Ele viu – enquanto Irma continuava engolindo aos espasmos as costeletas de jacaré – o corredor da floresta que passa às pressas diante dos arranha-céus de relva e o mergulhador negro em montanhas de cristal.
O cozinheiro agradeceu a ele.
Jäcki começara a murmurar sobre a crença, sobre cerimônias, sobre ritos
E o cozinheiro simplesmente balançara a cabeça resmungando a isso.
Do banho de sangue.
– Banho de sangue, disse o cozinheiro sorrindo.
– Eu tenho uma amiga aí, disse ele.
– Nanã!
– Nanã?
– Sim, Nanã.
– Que estranho.
– Por quê?
– Estou escrevendo um livro, disse Jäcki:
– E há uma Nanã nele.
– Ela é uma dessas deusas.
– Eu sei.
– Suas vítimas são mortas apenas com uma faca de madeira.
– Mas o senhor sabe um bocado, disse o cozinheiro.
– Ela faz a criação de novo.
– Sim.
– Com rãs.
– Sim.

– De lama.
– Sua amiga faz isso?
– Ela tem noventa e cinco anos.
– O senhor pode perguntar a ela.
– O senhor sabe o que eu procuro?
– Não.
– O banho de sangue.

O cozinheiro arrancou um pedacinho de papel de um caderno
Ele escreveu sobre o papel de alguns milímetros uma carta de recomendação a Nanã.

Nanã tinha noventa e dois anos e exatamente tão alta e magra quanto velha.
Parecia um general do exército revolucionário de Lampião.
Ela se apaixonou por Irma.
Nanã prometeu todas as estrelas do céu.
Durante sua vida inteira, e ela tinha quase um século, ela havia economizado para um templo.
E este ela agora abençoaria no outono.
Com a presença do arcebispo, do governador e assim por diante.
Jäcki nada sabia do outro banho de sangue, que havia acontecido em Aracaju.
– Sim, com banho de sangue, sim.
– Cem banhos de sangue.
– É claro, o senhor pode fotografar.
– Em três meses, então.

– Agora nós chegamos lá, disse Irma, quando eles voltaram em um ônibus com banheiro e ar condicionado à Bahia.
A porta do banheiro sempre se abria nas curvas, quando se estava sentado dentro dele.
E o ônibus inteiro fedia.
– Você acredita em uma só palavra do que Nanã diz.
– Sim.
– Eu não.
– Claro.
– Isso você diz apenas porque depende sexualmente dela.
– Cuidado, para o banho de sangue você vai ter de encarar Nanã.

Jäcki, com a promessa do banho de sangue com Mãe Nanã, ficou mais tranquilo
Ele conseguiu aguentar, inclusive, ser convidado para uma festa dos mortos com Pedro de Batefolha, levando Irma junto sem vê-la fotografar.
– É um rito muito distinto, disse Jäcki.
– Na verdade, eu deveria gravar as canções em segredo.
– E por que você não faz isso?
– Isso é contra as leis da hospitalidade.
– E também não é contra as leis da hospitalidade flertar com uma sacerdotisa lésbica de noventa anos até que ela deixe você fotografar o banho de sangue.
– Sim.
– E então?!
– Eu não sou amiga de Nanã.
– Eu também não.
– Mas Pedro também não é um amigo de verdade.
– Mas essa floresta.
– Se eu um dia pretendesse me iniciar
– Quero dizer, eu jamais pretendo me iniciar.
– Então seria com Pedro, como Ogã da Folha.
– O que é isso.
– O sacerdote, ou o dignitário que tem de cuidar das folhas.
– Eu não sou amigo de Pedro de Batefolha.
– E daí?
– Nesse caso eu posso gravar as canções.
– E como você pretende fazer isso.
– Vou botar o gravador de fitas em uma das divisórias da bolsa dupla da Selbach.
E vou esconder o microfone entre as duas divisórias.
E no microfone fica o botão da pausa.
Eu vou apertá-lo assim que a coisa começar.
– Eu estou traindo a religião, diz Jäcki:
– O que foi que Genet escreveu no "Diário de um ladrão"?
– Os alemães são ladrões.
– Você é alemão?

– Não, meio judeu.
– E crente?
– Não.
Os mortos jaziam entre as árvores
A comunidade toda de branca.
Eles falavam aos sussurros.
Os deuses não vieram.
Jäcki tentou registrar as danças complicadas que eram executadas com as moedas dos mortos.
Cabaças cobertas de redes soavam como crânios nos quais se tocava tambor
Mas dois deuses vieram.
Iansã, a deusa do fogo, não teme os mortos
E Ogum, o deus do ferro.
Iansã se precipitou com um grito na floresta, onde foram enterradas ou afundadas em um rio as peças de recordação do morto, sua cadeira, seu chapéu, suas correntes, seu relógio.
Quando os escavadores voltaram, era proibido olhar para eles.
Cacunda de Yayá,[6] a velha sacerdotisa, virou Irma para a parede.
Quando tudo passou, Irma e Jäcki foram proibidos de deixar a floresta sagrada ainda por muito tempo.
Irma havia trocado a fita no banheiro
E Jäcki queimava de curiosidade de saber se o aparelho havia funcionado.
– Os mortos ficam à espreita entre os galhos até o romper da aurora.
Na varanda, a comunidade dos mortos se escarrapachava por aí.
Houve café.
Os pássaros cantavam nas árvores
Pedro conduziu Irma para a sala comunitária, era quase como se ele quisesse encorajá-la a bater uma foto dos tambores dos mortos, dos cotos de vela, da farinha espalhada e das pequenas moedas.
Irma escondeu sua má consciência atrás de um silêncio orgulhoso.
Quando o sol se levantou, Irma e Jäcki foram com os enlutados de volta a Salvador[7] na carroçaria de um caminhão.

---

6. No original, "Cocunda de Yaya"; Iansã é grafada "Iansa". (N. do T.)
7. Hubert Fichte escreve apenas Bahia aqui; aliás o uso de Baía de Todos os Santos é um tanto confuso, geograficamente, ao longo de todo o trecho. (N. do T.)

A cidade jazia aos primeiros raios vermelhos de luz.
Jäcki conseguiu um convite para a festa anual de Eduardo de Ijexá,[8] ele era de Ijexá e falava fluentemente ijexá – e tinha cem anos de idade.

Ah, existia um número tão terrivelmente grande de temas.
Jäcki quase se dilacerava por causa disso.
Sem contar suas obrigações de jornalista político com um adiantamento da revista Spiegel.
Como assistente de câmera de Irma
Sincretismo, por exemplo.
Eles acreditam na virgem Maria ou em Iemanjá.
O ritmo e as melodias dos tambores.
A arte da fuga dos tambores.
Será que tambores falam
E o que significa isso?
Será que eles falam a linguagem morse ou os batuqueiros imitam a expressão da voz humana?
A lavagem cerebral.
Cotidiano!
As pessoas na Baía de Todos os Santos no fundo não eram constituídas apenas de êxtases, paus, doenças, tortura e ervas.
Como eles educavam seus filhos.
O que cozinhavam
Higiene.
Candomblé e revolução, é claro
Candomblé como uma espécie de surrealismo ingênuo.
A revolução surrealista de Professora Norma.
Altares e assembleias.
Pop Art
Minimalismo.
Psicanálise
Isso tudo não era estupidez.
Todas essas lavações de igreja, a festa de Iemanjá, o batismo das bonecas
Ele jamais conseguiria registrar tudo isso

---

8. No original, "Eduardo Ixexa". (N. do T.)

Para a revista Spiegel, para seu livro.
Muito menos para seu romance
E o banho de sangue.
Romantismo, exotismo. Será que isso não era o pior Hans Henny Jahnn?
Os relatórios anuais da Anistia Internacional eram cada vez mais terríveis.
Relacionar o conjunto dos gestos de uma religião
Colocar a si mesmo sob a lupa, como uma planta
um diário infinito sobre o Milagre de São Joaquim
Gestos etnológicos como formas biológicas.
Listas
Ladainhas.
Será que ele não devia se concentrar em si mesmo, em seu país, na filosofia alemã, por exemplo, e na desgraça que ela já desde o princípio pareceu desencadear a Jäcki, continuando assim até suas últimas florescências?
Em vez de tratar da ideologia de generais brasileiros na revista Spiegel
E registrar as placas de Ordem e Respeito no candomblé, horrorosamente ao lado dos acossados pelo transe.
Montanhas de diários, ritos, como que juntados e pressionados em um herbário.
Será que ele não devia se resumir ao velho homem, que havia fugido para correr atrás dos corpos negros e nobres, deixando Paris, Pétain, Mauriac, e que agora, magro, envolvido em um pano de batique, ficava sentado diante de bilhetes de folhas cobertos de poeira vermelha em uma caixa de sapatos, e que dava ao rabugento Antônio por
uma vez, sem beijos, dez cruzeiros
E isso Antônio achava principesco.
Mas sem por isso dar beijos.
Nisso não estava registrado tudo.
Esse não era o tema da libertação da Europa desde Hecateu, até chegar a Rimbaud e seus domésticos esfaimados, a Hans Henny Jahnn e suas estranhas visões da África do Sul, a Lévi-Strauss e sua consciência da Idade da Pedra e ao próprio Jäcki.
E o que será que era de Irma?

Será que ela também era romântica, exótica, histórica, im- e expressionista?
A Jäcki ela parecia uma exuberante Vênus da Idade da Pedra,
tão pesada que ele mal conseguia levantá-la usando ambas as mãos
Ela ficava – era o que parecia a Jäcki – pesadona, recolhida consigo mesma, como por certo se diria em um romance, onde quer que estivesse...
As formas do corpo um tanto exageradas
Onde estivesse
Onde quer que estivesse.
Mudança de câmera.

11.

Mesmo que Jäcki tivesse se decidido a deixar a Baía de Todos os Santos, a Baía de Todas as Santas, pendurar as chuteiras da nova profissão de etnólogo, de jornalista engajado da Spiegel, e continuar escrevendo seus romances como o escritor alemão de romances que era em uma estação de trem da Alemanha Ocidental, romances que tratassem de Hölderlin, do Muro de Berlim, dos índios em Bonn e das lavagens cerebrais em Mainz – na prática teria sido bem difícil se livrar de tudo aquilo
Jäcki exagerara nos encargos assumidos.
Havia crescido e se entrelaçado em uma rede de ações como uma placa de grama arrancada no campo em meio ao gramado.
Ele escrevera por exemplo ao zoológico de Hagenbeck
por causa do dente-de-leão e do dente de lobo que Mãe Bebê
precisava para um de seus trabalhos.
E Hagenbeck respondera.

Junto com o cabeçalho rígido da carta, com o comércio de animais Carl Hagenbeck Tierpark Hamburg-Stellingen jaziam de repente, sobre a mesa colonial escura de Jäcki, na casa apenas quase pronta de Piatã, os dinossauros, os animais de cimento, os gritos dos macacos, o rugir dos leões na noite anterior ao ataque terrorista
Quando Hamburgo pegou fogo, os búfalos corriam pela Kaiser Friedrich Strasse.
Cobras comiam as maçãs nos jardins improvisados do subúrbio.
Mais tarde ele se esgueirou com Alfred Wöbke pelos buracos da cerca.
Com este ele não podia brincar, pois Alfred Wöbke comia corvos e rãs cruas.
Eles perambularam pelo zoológico degradado.
O tempo ancestral dormia.
A selva estava à espreita.
Eles brincaram de índio e caubói.

Jäcki descrevera tudo.
O fogo do zoológico de Hagenbeck.
As brincadeiras de criança.
A libertação pelos aliados.
O novo teatro, vindo do mundo inteiro e que depois dos doze anos de ditatura literária por parte de Goebbels respingava nas peças de câmara
Eurídice, Minha sobrinha Susanne, Nós escapamos mais uma vez
Jäcki descrevera tudo isso no romance que agora era publicado na Alemanha.
Os cadáveres encolhidos pelas bombas incendiárias no porão.
O filhote de mamute nas peças de câmara
A fome
E a reforma monetária.
Jäcki começava a sentir febre quando pensava nisso.
Será que ele escrevera tudo certo?
O clima, a melancolia, a nostalgia.
As ruínas que se fragmentavam, a ferrugem, que corroía os cargos e os bunkers do horror.
As peças da época anterior à puberdade.
As lesmas.
Didi Hagenbeck havia sido um garoto amistoso, que acompanhava Jäcki e Jürgen Kühl no caminho da escola.
Não que ele apenas fosse mais velho e cheirasse diferente e um primeiro bigode sombreasse seu lábio superior, que Jäcki visse algo terrível e admirável crescer entre as pernas bonitas de Didi, sim, isso Jäcki haveria de descrever em seu romance sobre a puberdade, esses sentimentos, que nem sequer sabiam o que deveriam ser e fazer
Didi era envolvido sobretudo pelo bafejo de algo que tinha a ver com leões, cobras, dinossauros e pontes vermelhas japonesas.

E agora era uma carta, papel transparente do correio aéreo,
datilografado por uma secretária, e uma assinatura, tinta azul,
Montblanc,
Provavelmente uma caneta-tinteiro de ouro, pensou Jäcki
A assinatura de Carl Hagenbeck em cima, no meio,

Um medalhão com o retrato desenhado, o comerciante de animais, que mamãe ainda visitara em barracas e barracos no Novo Mercado de Cavalos. Exotismo puro.

Proprietário:
Carl-Heinrich Hagenbeck
e Dietrich Hagenbek
Telefone.
Telegramas
Carl Hagenbeck
Outra vez
Zoológico Hamburg-Stellingen Comércio de Animais
O nome de Jäcki
c/o Instituto Alemão
Avenida 7 de Setembro 210
Bahia – Salvador – Brasil
Hamburgo, 29.3.71
DH/A
Caro Jakob!
Lamento de coração, mas sou obrigado a dizer que não poderei providenciar para ti nem um dente de lobo nem um dente-de-leão.

Para ser sincero, também, não consigo imaginar como poderia providenciar os referidos dentes.

Quebra de parágrafo.

Telefonei, entrementes, ao Museu Zoológico, que naturalmente possui dentaduras inteiras de ambos os animais, mas não se dispõe a arrancar um dente das mesmas, uma vez que naturalmente – duas vezes naturalmente – precisam delas intactas para sua coleção.

Quebra de parágrafo.

Lamento não poder ajudar a você.

E em seguida, alinhado à direita:
Cordiais saudações
Seu
e agora a Montblanc
Dietrich
Conta bancária e assim por diante
Estação Central: Hamburgo-Altona. Vasilhame: Hamburgo-Stellingen.

Jurisdição e local de execução: Hamburgo
E era isso.
Conforme diriam em Hamburgo.
Era o que sobrava de leões, filhotes de mamute e ataque terrorista,
Cadáveres encolhidos por bombas incendiárias no porão, puberdade, ventos tempestuosos.
Prático.
Sintático.
Era esse o jargão que esperava pelas pesquisas de Jäcki na pátria.
Pátria tuas estrelas.
Elas brilhavam para mim como um diamante.
Esse era o clima que os romances de Jäcki objetivavam.

12.

Jäcki recortou um artigo do Estado de S. Paulo
Um jornal, conforme ele não seria capaz de imaginá-lo na Europa ou na África
Pesado como três listas telefônicas
Um jornal que mais parecia um mar
Quando ele comparava aquilo aos romances jornalísticos da Rowohlt depois da guerra
Um exemplar do Estado de S. Paulo
Dez romances de rotação em um
Cannery Row de Steinbeck
Zehrer e *O homem neste mundo*
Luz em Agosto de Faulkner
Stalingrado de Plivier
Tudo isso cabia tranquilamente em um número do Estado de S. Paulo, que Jäcki comprou junto ao palácio do governador, do outro lado do elevador.
Índios negros já foram localizados
A expedição da Funai, que saiu para procurar índios nômades, que vivem em suas canoas, e que sempre assustam os fazendeiros de Goiás, na fronteira com a Bahia, com seus ataques permanentes, já conseguiu localizar cinco assentamentos dos assim chamados índios negros.
Jäcki começa a sonhar.
Ele vê a floresta virgem
Os rios feitos com o ouro dos incas
E as caravelas dos assassinos, dos rufiões europeus, das prostitutas, dos garotos de programa e confessores,
um punhado de Wolli Köhlers, Pierre Vergers, Principezinhos do Renascimento de Reimar, irmãs de Silissa, pastor Roagers

Ele vê o Bar Sahara inteiro com todas as tribos da África escravizadas com cintos de castidade, máscaras de ferro, apresentados ao público como touros procriadores

e os fugitivos que se escafedem de Reich-Ranicki em botes de bambu, se juntando em cabanas cobertas de folhas cor de cacau e vermelhas, conforme são chamados, índios negros.

Os índios negros misturam as folhas da costa, da costa além, e as folhas dos rios, que descem à deriva vindos dos Andes, vindas da direção da outra costa.

Misturam.

À deriva.

Índios negros

Algo como rigidez tolerante.

13.

Na Alemanha Ocidental as coisas nem sequer andavam tão bem com a carreira literária de Jäcki
Em janeiro ele ainda se correspondia, na condição de escritor bestseller, com D.E.Z.
E D.E.Z. respondeu todo amistoso
Sua carta, que aliás agradeço encarecidamente, chega na hora certa. É que eu estava bolando um plano para animar um pouco o deserto da crítica literária (sim, tudo bem, animar um pouco o deserto da crítica literária...) no âmbito da nossa literatura várias vezes ao ano com aquilo que nos jornais literários da França já é procedimento de praxe há muito tempo: os livros principais não são apenas discutidos, mas também comentados com *entretiens avec l'auteur*, muitas vezes na forma bem informal de *propos cueillis*. Não tenho a menor ideia se isso é possível na Alemanha, somos tão rígidos e sentimos sempre o temor de perguntar e responder algo que não seja suficientemente profundo; ao passo que eu consideraria o referido propósito como sensato apenas no caso de se desenvolver para tanto um estilo suficientemente coloquial. De qualquer modo, eu gostaria de tentar pelo menos uma vez, e eu mesmo, porque os outros colaboradores certamente sentiriam vergonha de fazer perguntas realmente tolas e ingênuas, que são as únicas para as quais consigo imaginar respostas interessantes – e estas provavelmente buscariam informações acerca das influências dominantes no processo criativo do autor em questão, contra o que aliás não há nada a objetar, mas eu preferiria perguntar como é que você imaginou essa capa e o que anda fazendo no Brasil e qual a relação existente entre Detlev e Jäcki e qual a relação entre ambos e Hubert Fichte e assim por diante. Para resumir, eu gostaria de fazer essa tentativa para a publicação de seu romance, caso concorde com a ideia. A desvantagem reside no fato de você estar tão longe, sabendo que o melhor seria uma entrevista pessoal; mas é claro que também seria possível tentar por escrito – e eu mandaria uma série de perguntas, que você em seguida responderia, sendo que eu eventualmente ainda lhe faria

algumas perguntas com base em suas respostas. A questão principal seria não nos tratarmos com demasiada distinção e não ficarmos nos esgueirando cautelosamente um em torno do outro. Se você estiver de acordo, peço que me informe o mais rápido possível, a fim de que eu possa lhe enviar uma seleção de perguntas.

Na imprensa de Hamburgo já houve algumas erupções, mas seria necessário ser um sismógrafo dos mais doutrinadores para conseguir registrá-las inclusive no Brasil. Por isso vou poupá-lo dos detalhes e lhe desejo tudo de bom, e também que revele a todos o motivo que o levou a essa expedição.

Cordiais saudações, também a sua esposa.

A isso Jäcki disse.

Alegro-me muito com sua resposta afirmativa. Uma vez que as ligações postais não são as mais rápidas e a "entrevista" teria de ser publicada mais tardar junto com a crítica, ou de qualquer modo logo após a publicação do romance, a fim de que então também os outros críticos e resenhistas possam copiar bem bonitinho o que eu disse (eles naturalmente se distanciariam da ideia de modo categórico, mas eu sei muito bem com que avidez eles na realidade se jogam sobre declarações pessoais), eu me sentei logo hoje à noite mesmo e anotei uma série de perguntas; na verdade tudo me pareceu um pouco rápido demais, algumas coisas eu gostaria de ter feito com mais cuidado e muitas eu certamente deixei de perguntar de todo. Perguntas que não lhe agradarem de jeito nenhum, você pode simplesmente ignorar; e uma vez que tudo isso ao fim e ao cabo não passa de coisa armada, você também pode alterar a ordem das questões ou inventar outras perguntas ou contra-perguntas a partir das minhas, já que provavelmente não teremos tempo de permitir que isso aconteça de modo natural, ou seja, em uma troca de correspondências de ida e volta – seria bom, no entanto, se isso mesmo assim fosse possível. Minhas perguntas não devem de modo algum seduzir você a um detalhamento ensaístico – e você também poderá dar cabo de mim de modo duro e direto aqui e ali.

Estou bem curioso e enquanto isso saúdo-o cordialmente.

1. Como se deve compreender o título de seu novo romance? "Grünspan" – é um boteco *beat* na Grosse Freiheit, em Hamburgo; mas e "Imitações de Detlev"? Quem Detlev imita? Por quem Detlev é imitado? O que quer dizer, aliás, imitação nesse caso?

2. Você certamente agora passará a ouvir: ora, mas já tivemos tudo isso. Detlev em sua família, na guerra, depois da guerra – conhecemos ele do "Orfanato"; e também sobre um boteco de Hamburgo com seus tipos estranhos você já escreveu um romance, "Palette". Portanto: você se repete. Você se repete realmente?

3. Você não escreve, no fundo, um único grande romance, um *roman fleuve*, do qual até agora existem apenas fragmentos?

4. Como esse romance deveria se chamar?

5. Esse confronto abrupto entre as passagens sobre Detlev e as passagens sobre Jäcki, pequena burguesia de Lokstedt e St. Pauli, infância e presente, essa ruptura planejada agora em vez da continuidade do "Orfanato" e o correr estilhaçado, mas direto de "Palette" – qual é a intenção por trás disso?

6. Qual é a relação entre Detlev e Jäcki, como os dois se relacionam com Hubert Fichte?

7. Você fez matemática durante os anos em que escreveu esse romance. Em que medida isso acabou influenciando o livro?

8. Como foi que você chegou à capa dos dois últimos romances, primeiro a folha de ouro, agora o padrão árabe, que com certeza também fará escola? Quero dizer: em que relação se encontram aqui aparência exterior e conteúdo?

9. Você disse que pretendia escrever uma espécie de história natural da sensibilidade. O que você quer dizer com sensibilidade?

10. E qual poderia ser a utilidade disso para o leitor?

11. Como você chega a falar dos homossexuais no capítulo terrível em que aborda os ataques aéreos a Hamburgo? Eu me sinto completamente absorvido por isso...

12. Seria completamente falso ver a violência e a brutalidade como os pontos de referência essenciais, secretos ou públicos, de seus livros?

13. O fato de você se ocupar com os tipos estranhos de St. Pauli, de rufiões e de assassinos, suas longas viagens a Portugal e Marrocos têm alguma ligação com isso?

14. Você também elaborou alguma coisa sobre a violência, que possa ser resumida também fora do âmbito de seus romances, por exemplo aqui?

15. Qual é sua posição agora, como autor, diante dos personagens de "Palette" e de St. Pauli? Eles se consideram traídos, lisonjeados, pegos de surpresa, deformados?

16. As longas passagens sobre as imitações de Detlev no teatro – elas são tema biográfico que por acaso se encontrava à mão ou esse mundo do teatro tem uma importância que vai além?

17. A fragmentação, o estilhaçamento de seus dois últimos romances em cenas breves e desvinculadas, você fala em "*takes*", surgiram de modo pragmático ou são oriundas de uma determinada teoria estética ou então aperceptiva?

18. Uma vez que essa atividade entrementes perdeu sua inocência e sua naturalidade: por que você escreve romances? Para mover o mundo? Por que percebe e sabe algo no que acredita que os outros também devem prestar atenção? Para se entender consigo mesmo? Como compensação por alguma coisa? Ou?

Respostas

1. Detlev imita Mozart, Kleist, a "Paz", o "Filhote de mamute", o "Menino Jesus" e a "Marquesa de O.". Eu imito Detlev. O livro é um confronto entre duas figuras: Detlev e Jäcki; entre duas camadas linguísticas.

2. "As imitações de Detlev" começam lá onde determina o "Orfanato". "O orfanato" se passa no início do verão de 1943. As imitações de Detlev abrangem de 1943 a 1949. "Palette" foi uma tentativa acerca de um grupo de vagabundos de Hamburgo. "Grünspan" é uma tentativa acerca do teatro, da encenação, da dança em St. Pauli.

3. Sim. *Roman fleuve*? "Rio sem margens"? Talvez "Romance delta".

4. "O desenvolvimento turístico na segunda metade do século vinte."

5. Para explicar isso eu precisaria exatamente das 255 páginas do meu novo romance.

6. Nomes são complicados. Quando escrevi o "Orfanato", procurei por um nome que uma mãe dá a um meio-judeu no ano de 1935. Não exatamente Siegfried, mas também não Ephraïm. Detlev me pareceu "ariano" de um modo discreto. Quando escrevi "Palette", pensei menos em Jacqueline Kennedy do que em um colega de escola. E então eu estava sentado aí com Jäcki e Detlev. Há pessoas que são chamadas por nomes diferentes por diferentes pessoas. Ou de modo diferente nas aulas de crisma e na universidade. Minha relação com Jäcki e Detlev? Quando se está cercado de fetichistas, fala-se de fetichistas. Os africanos na Bahia usam bonecas de celuloide louras, batizam-nas ou as perfuram com agulhas, cortam suas mãos ou as sacrificam em oferendas votivas. Quando se tenta enjambrar pessoas a partir de oferendas votivas, na maior parte das vezes falta a parte superior dos braços e as coxas, bocas e olhos existem duplicados, também o estômago, uma vez por dentro e outra vez por fora, os órgão genitais acabam ficando grandes demais.

7. Eu esperava poder aplicar a linguagem da matemática à literatura. "Curvas de nível são curvas (na maior parte das vezes cotadas) de mesma curvatura na projeção paralela." Até agora não consegui.

8. Em absolutamente nenhum. Um livro tem de ser bonito.

9. *Empfindsamkeit.*[1]

10. A isso eu poderia responder: qual é a utilidade dos diários de Paul Léautaud? Ou: a utilidade não me interessa. Ou: autoconhecimento. Ou: papel de embrulho. Contra-pergunta: E o que você responde?... "Utilidade" não é critério para uma tentativa, um ensaio.

---

[1]. É a palavra alemã para a latina *Sensibilität*, mencionada anteriormente. (N. do T.)

11. Eu não gostaria que você fosse absorvido por isso. Não é um *hobby* ser homossexual, e em 1943 em muitos dos casos isso significava simplesmente campo de concentração. Contrapergunta: Você me entendeu mal. Isso parece a mim como se fosse um tique, uma mania, como se você não pudesse se livrar disso... Com certeza. Por outro lado existem poucas pesquisas sobre a homossexualidade no Terceiro Reich. E eu queria fornecer um pouco de material diretamente da fonte.

12. Não.

13. Apenas em segunda linha. Os tipos estranhos de St. Pauli para mim não são tipos, nem estranhos, mas meus amigos. Eu entrevistei assassinos e rufiões porque queria saber como se transformaram em assassinos e rufiões. Só agora que, cada vez mais ocupado, fica também cada vez menos claro a partir de que impulsos agem determinados esquadrões, é que me ocorre que em minhas anotações os violentos interpretam a si mesmos e talvez sejam típicos.

14. Riscar, por favor, a pergunta 14.

15. Não traí ninguém, nem adulei ou lisonjeei ninguém. Ninguém se queixou comigo por ter sido deformado pela versão literária. De quando em vez sou atacado por pessoas de fora pelo fato de viver de modo mais burguês do que os personagens de meus livros. Talvez: eu tenho um vaso egípcio. Não tenho máquina de lavar roupas, não tenho carro. Vivo em um apartamento alugado, sem caderneta de poupança, sem seguro de vida, sem plano de saúde, sem poupança para construir minha casa, sem filhos, em um casamento selvagem e cheio de dívidas.

16. As passagens teatrais dos anos 40 adquirem significado a partir das vivências cênicas de Jäcki nos anos 60. No livro elas representam a primeira metade de uma época que termina no "Grünspan".

17. Até agora não me foi possível compor um trabalho maior de outro modo a não ser a partir de estilhaços.

18. Porque eu jamais quis outra coisa, porque que eu não sei fazer outra coisa. Porque eu acredito que no momento não existe literatura alemã demais, mas sim de menos, e nós corremos o risco de recuar a um semi-alfabetismo. Porque talvez existam pessoas que se interessam por aquilo ao que eu gostaria de chamar sua atenção e para me entender comigo mesmo.

Dieter E. Zimmer respondeu:
– Estou voltando justamente agora da França e encontro não apenas suas respostas, mas também a resenha sobre seu livro...
Os ouvidos de Jäcki pulsaram em Piatã
Por acaso isso não era ridículo.
Ali, envolvido por magos de três continentes, pelos cadáveres do Nina Rodrigues, pela miséria do nordeste brasileiro, lavagens cerebrais e cosmos de folhas, por Pedro de Batefolha
Seus ouvidos pulsaram ante uma crítica de Marcel Reich-Ranicki.
Dieter E. Zimmer escrevia:
– Para simplificar...
E nesse instante Jäcki já sabia de tudo.
E ele começou a suar
Como debaixo de tambores ou como com os garotos de programa nos quartos de papelão das bibocas nos palácios renascentistas do Pelourinho.

Dieter E. Z. escrevia:
Estou voltando justamente agora da França e encontro não apenas suas respostas, mas também a resenha sobre seu livro. Para simplificar e dizer tudo sem rodeios: ele acaba com o livro sem a menor piedade e com uma acuidade bastante considerável. Em uma carta infinda deixei claro a M. R.-R., que no momento se encontra na Suécia e por isso não pode ser chamado ao telefone, em que medida considerava seus argumentos tortos, superficiais e nada convincentes; mas tenho certeza que minhas objeções não vão mudar uma vírgula em seu artigo, pelo contrário, provavelmente ele apenas se assegure ainda mais de sua opinião. Escrevo isso a você não para me desculpar, por assim dizer, isso seria mesquinho, mas porque, sendo essas as circunstâncias, me alegro de modo especial por ter ainda a entrevista, e porque eu inclusive gostaria de melhorá-la em alguns trechos – e não sem contemplar, de

modo até um pouco injusto, com uma olhadela de lado, a crítica de R.-R. Mando-lhe, portanto, duas coisas: suas respostas datilografadas, com o pedido de que as revise para ver se estão corretas, sobretudo os nomes próprios e tudo que se refere ao português, que ninguém domina por aqui; assim como algumas perguntas a mais; se você conseguir, peço que as responda de modo não esotérico, pois no nosso meio qualquer coisa mais complicada e original poderia ser interpretada como arrogância – embora eu sequer levasse a mal se você não seguisse esse conselho; mesmo assim o dou.

Portanto.

À minha pergunta 4 (como seu romance deveria se chamar), você responde: "O desenvolvimento turístico na segunda metade do século vinte". A isso eu gostaria de perguntar: "Como, não entendi?"

À minha pergunta 5 (na comparação entre o mundo de Detlev e o de Jäcki), você responde que para a apresentação de seus motivos você precisaria exatamente das 255 páginas de seu romance. Aqui eu gostaria de perguntar: "Muito bem. Mas isso também quer dizer que você simplesmente teria de aguentar a objeção de que ambos os mundos se encontram um diante do outro de modo completamente aleatório e desvinculado?" (E aqui eu consideraria pertinente que você respondesse algo mais do que simplesmente um "não" ou talvez inclusive um "sim".)

À minha pergunta 7 você responde com uma citação de um livro de matemática. Permita-me, por favor, a contra-pergunta: "Você poderia explicar isso melhor?" Ou então: "Eu não entendo uma palavra do que foi dito."

Não incondicionalmente necessário, mas talvez ainda assim ajudasse um bocado, que tal uma frase para explicar sua resposta de uma palavra, "*Empfindsamkeit*", já vislumbrando aqueles leitores que pensarem em um determinado estilo, bem antiquado e inclusive histórico quando ouvem "*Empfindsamkeit*".

Mas mais importante do que tudo isso seria a inclusão das seguintes três perguntas, em substituição às quais talvez outras tivessem de ser deixadas de lado:

A. Já em "Palette" sua ortografia não era a oficial. No novo livro acontece o mesmo; e também alguns nomes, algumas coisas em língua estrangeira não são escritas conforme as regras exigem. Por indiferença? Ou intencionalmente?

B. A perspectiva infantil de Detlev impediu você de expressar pontos de vista adultos sobre as experiências de Detlev e seus motivos? E, em caso positivo: essa dispensa lhe pareceu agradável, ou foi uma obrigação incômoda? (Um comentário acerca tanto disso quanto da comparação entre o mundo de Detlev e o de Jäcki seria a coisa mais importante na condição de ajuda ao leitor!)
C. Você vê nas experiências bem especiais de Detlev e de Jäcki um sentido representativo, um sentido simbólico?
Isso é urgente, acredite em mim. Também a literatura, ao final das contas, não é uma brincadeira, e a pergunta sobre se essas perguntas feitas agora serem "justas" ou não, na verdade não chega a ser uma pergunta – são perguntas sobre as quais ter uma resposta talvez pudesse significar algo a um punhado de leitores, e por isso elas ainda precisam ser feitas. E, ainda isso, e apressadamente: eu precisaria das respostas com a máxima urgência, não posso segurar a coisa por muito tempo; também precisarei logo da permissão para encurtar as respostas em alguns pontos, porque talvez com as perguntas de acréscimo a entrevista fique longa demais.
Um tanto nervoso e assaz cordialmente, seu...

Jäcki quase foi catapultado da poltrona colonial em que estava.
Pouco lhe adiantava saber que era sua própria culpa.
Por que ele creditava tanta importância ao palhaço em sua obra?

As críticas negativas aumentaram.
Rolf Becker escreveu na revista Spiegel.
O quê?
Jäcki quase gritou no *foyer* do Instituto Alemão.
E, assim como os dirigentes do Instituto Cultural Alemão haviam chegado a um acordo com uma admiração irônica diante do escritor *bestseller*, agora também se animavam uns aos outros a uma bagatelização desdenhosa depois das críticas negativas no Frankfurter Allgemeine Zeitung e no Zeit.
– É claro, uma crítica negativa, disse o senhor Föhr.
E Jäcki sentiu como seu cérebro bamboleava de um lado a outro.

Carl Hagenbeck.
Didi.
Os dinossauros.

O filhote de mamute.
Meu coração está nas alturas.
A marquesa de O.
Os processos complicados justamente antes de a puberdade começar
A zona.
Schnelsen, Eidelstedt, a mata baixa de Niendorf
Os cadáveres encolhidos pelas bombas incendiárias no porão.
E todos os negros dançando, o amado Wolli, o Principezinho do Renascimento de Raimar com seu pau lindo e maravilhoso e o "Grünspan".
Não deu certo.
Não conseguiram cativar.
Talvez ele não tivesse apresentado tudo de modo assim tão simples, assim tão ruim como afirmaram o senhor Vormweg, o senhor Baier
Mas de qualquer forma Jäcki não soubera apresentá-lo de modo a fazer com que cativasse e desse certo.
E se isso fosse uma vantagem?
A carreira de Jäcki fora para o brejo
Pois quem defenderia Jäcki?
Peter Rühmkorf.
O cara de Oevelgönne?
XXX
A carreira de Jäcki fora para o brejo.
Era isso que os bilhetinhos escritos às pressas haviam alcançado.
E, quem sabe, talvez fosse isso mesmo que eles devessem alcançar.
As trilogias do garoto de oito anos nas moitas do jardim do avô.
As poesias.
Os camundongos
O ensaio sobre o surrealismo.
As caracterizações de Ramsés, da bebida, das rãs mortas.
As várias peças de teatro ao pastorear ovelhas
O recomeço.
Começar outra vez com textos bem breves
Só aos poucos ir aos mais longos.
Um romancezinho sobre o orfanato
Depois 300 páginas de Palette.
Best-seller

E agora sua obra-prima
A mais complicada!
Grünspan.
Um simples livro! Tudo em vão. Já era. Deu.
Nada se paga tão caro como um *best-seller*, pensou Jäcki.
Não, com certeza não.
Fritz J. Raddatz?
Heissenbüttel?
Hans Mayer?
Sua frágil plantinha de livro pré-púbere.
Tão complicada, que eles foram capazes de cadastrá-la como simples.
Jürgen Manthey até achou uma frase bonitinha:
Eles não sabem onde meter o bedelho
E ali a gaveta emperra.
Outra vez o retrato de Dali e seu Dom Quixote de feijões.
XXX
O assassino defendeu-o.
Hans Peter Reichelt
E James Water escreveu com escrita delicada em papel delicado
Ele preparava um Magister of Arts na Austrália
sobre o Grünspan de Jäcki.
E o etnólogo, ele mesmo, se tornara tão leviano que isso o impulsionava a produzir.
A ponto de ter se decidido permanecer em seus erros.
E continuar fazendo exatamente isso que Reich-Ranicki, Lothar Baier e Heinrich Vormweg liam com tanto desgosto
Ele começou seu romance
Ensaio sobre a puberdade.
Pensara muito a respeito do assunto
Começou o Hino ao pau de Trygve e à bunda de Gerd Walter, a descrição das paixões místicas em Hamburgo com uma imagem sombria da Baía de Todos os Santos.
E ele sabia que aquele primeiro capítulo lhe custaria um número ainda maior de leitores e direitos de tradução do que a crítica negativa muito bem feita de Marcel Reich-Ranicki, mas não podia ser de outro jeito.
Puberdade

E essa foi a primeira imagem que veio.
O esquartejamento do homem violeta pelo Pithex francês no Nina Rodrigues.

14.

Jäcki esperava, depois de sua execução na Alemanha Ocidental, que o diretor do instituto etnológico junto ao Pelourinho também não fosse um daqueles baixotes, atarracados e arrogantes com cabeça gigantesca de travesti, bafejando ares de importância, de olhos ardentes, ofendidos e bócios, arregalados à moda de congressos de escritores.
Os piores temores de Jäcki não foram decepcionados.
Um Wiesengrund inteiro de agente literário, participante de simpósio, membro de academia se encontrava sentado diante dele.
Mas não em sua fraca feição europeia meridional, mas sim sincrética, índia, japonesa,
africana
De mãos formidáveis, ombros como os de um lutador,
Gay como a Túscia inteira, mais agressivo do que Reich-Ranicki.
Aquele era um intelectual que dava socos na cara, não um assassino de escrivaninha, ele não pretendia organizar a carreira de uma lírica e sim sanar o Pelourinho.
Jäcki resumiu tudo.
Se pelo menos Jäcki jamais tivesse adentrado aquele escritório.
Se tivesse evitado aquele intelectual como evitou todos os outros professores, catedráticos, membros da boa família baiana e do corpo diplomático.
Em comparação com aquele dali o *poltergeist* Hansen Bahia era um Hamlet.
Jäcki compreendeu de repente porque Pierri, o papa, se encapsulava daquele jeito e tentava não ter nada a ver com o quer que fosse.
Mas o vício de Jäcki pelo banho de sangue que, depois de ter sido chacinado no jornal Zeit por m.r.-r., apenas havia aumentado, não permitia que ele se detivesse nem mesmo diante de institutos etno-sociológicos
E ali, pois, estava sentado ele, diante do professor baiano.
Ele sentiu medo.

Corello da Cunha Murango[1] falava com carinho.

Ele estava sentado em um andar de escritórios bastante amplo, recém-reformado, no Pelourinho, e tinha em torno de si estatísticas sobre marginalidade e sifilização, anotações sobre travestis, programas de inserção, listas de todos os centros de culto.

800 templos, se é que Jäcki se lembrava bem.

Nas molduras ainda não havia portas

E de escritório a escritório deslizavam garotos gigantescos, um mais *sexy* do que o outro, meio índios, mas com dois metros de altura, lutadores negros, silfos magros que esvoaçavam com pastas debaixo dos braços

Eles se esticavam sobre caixas empilhadas, afundavam sobre as pastas fazendo seus calções brancos estalarem, faziam cócegas debaixo do queixo de Corello da Cunha Murango, cujos olhos negros e grandes refulgiam e que lançava arrulhos com as batidinhas no ombro que lhe dava seu harém.

Corello se mostrou entusiasmado com a visita de Jäcki.

Lançou os braços musculosos ao ar como os sambistas no carnaval e balançou a cabeça de um lado a outro com os olhos cerrados.

Sim, sim, sim.

A Bahia, sempre a Bahia.

Ninguém segura mais esta Paris[2]

Ai, ai, ai Maria, Maria da Bahia.

Eu sou Maria da Bahia

Ordem e respeito

Gritou Corello.

---

1. Corello da Cunha Murango não pôde ser encontrado, nem nas variações de Corelo ou de Morango, imaginando-se que Fichte mais uma vez poderia ter grafado o nome erradamente. As alongadas pesquisas, que contaram com a ajuda de Tenille Bezerra, que foi a primeira – a partir das informações dadas sobre o ficcional Corello – a destrinçar a questão, permitiram chegar à conclusão de que se trata de Vivaldo da Costa Lima, antropólogo respeitado e reconhecido por sua produção acadêmica voltada para o candomblé, num arco amplo que vai dos ritos à culinária. Vivaldo era ligado a Verger, e Fichte, que sempre deu nome aos bois, aqui pareceu querer disfarçar a referência. Vivaldi era um compositor italiano, Corelli também, e assim Vivaldo acabou virando Corello, por associação, da Costa virou da Cunha e a Lima teria de virar Morango, mas acabou virando Murango. São esses os meandros da pesquisa. (N. do T. com a contribuição fundamental de Tenille Bezerra)

2. No original de Hubert Fichte se escreve, em português trôpego: "Ninguem segura mais este Paris". (N. do T.)

Vou ajudá-lo em suas pesquisas acerca das alterações da consciência
Vou lhe dar todas as ervas que conheço da iniciação.
Ah, ora, Pierri.
Pierri nem sabe tanta coisa assim.
Seus enfoques estão errados.
Volte amanhã.
Vou lhe dar todas as minhas folhas
Com o nome. Eu mandei cadastrá-las
E as fórmulas africanas.
Corello visitou, com todo seu harém, Jäcki e Irma na casa semipronta de Piatã.
O pesado homem afundou no banco colonial frágil e ascético, segurou as pranchas de suas mãos diante do rosto como se fosse chorar e disse:
Oh, Deus, estou falando de gosto.
Quando vejo isso daqui.
Essa economia na mobília e apenas o estritamente necessário.
Essa disciplina
E, vapt-vupt, ele fora embora outra vez.
Irma o achou uma gracinha.
– Ela não é *gay*, pensou Jäcki,
– Ela pode se dar ao luxo.
Os reclusos do harém de Corello representaram Jäcki diante do Instituto de Medicina Legal
Eles disseram:
– É claro que Corello é *gay*.
– A cidade inteira sabe disso.
– Mas ninguém se atreve a fazer alguma coisa contra ele.
– Ele entra nos bares de rufiões e procura briga.
– Gosta de trocar socos.
Corello convidou Jäcki e Irma a feijoadas gordurosas.
Corello disse que Simone de Beauvoir o descreveu como um jogador de futebol.
Corello disse que era Oyá.
Oyá?, disse Jäcki.
Eu pensei que fosse Logun Edé.
Ou Omolú ou Exu.

O diabo
Oyá, Oyá, Oyá, lançado e confirmado pelos búzios.
Eles continuaram a fofoca.
Corello disse conhecer o culto às rãs para Nanã Buluku.
Que abatia usando apenas uma faca de madeira.
Ele vira como era
Apenas de sete em sete anos
Era caro demais.
A criação do universo a partir da lama.
– Um touro é abatido.
– Eu permito que você veja minhas anotações
Um touro?
Isso pareceu suspeito a Jäcki.
Carne de boi e coxas de rãs, isso não combinava.

Mas foi assim que Corello se esgueirou e ganhou a confiança de Jäcki, a ponto de este lhe confessar que havia participado e registrado o rito dos mortos com Pedro de Batefolha e, sem hesitar, Corello lançou os braços ao ar
– Mas é claro.
– Claro
– Sempre participar e registrar
E que Jäcki tinha a intenção de fazer o mesmo com o centenário Eduardo Ijexá de Ijexá.[3]
– Claro
– Sempre participar e ajudar a cortar e registrar.
– Pois do contrário tudo vai acabar degringolando mesmo.
E, para selar sua confiança sinistra, o homem do crânio gigantesco e dos braços musculosos, deu suas ervas a Jäcki
Com as fórmulas africanas para cada uma das plantas.

Jäcki achou que isso representava uma traição ao papa Pierri, permitir que o apressado Corello lhe impingisse algumas folhas.
Ele não sabia por quê.

---

3. No original, Eduardo Ixexa aus Ixexa. (N. do T.)

Corello era professor, Pierri era Directeur des Etudes, Jäcki um escritor da Alemanha Ocidental, que se esforçava em descobrir algo sobre as alterações da consciência.

Jäcki não fazia nada secreto, nada proibido

Mas por dentro, no cinema escuro de sua cabeça, ele sentiu as batidas, como se

alguém passasse a mão sobre o microfone.

Jäcki não deveria ter se metido com Corello

O que aquela poliandria tinha a ver com a pesquisa.

Pierri havia se aberto para ele.

Pierri confiara duas plantas a Jäcki

A *Rauwolfia serpentina* e a *Raufolfia vomitoria*, com as quais, há vinte anos, quando Jäcki silabava Montaigne, Charles d'Orléans, Proust e Daudet no Institut Français, Deniker e Delay desenvolviam uma nova psiquiatria.

Não mais Édipo, Medeia e Orestes,

Mas sim Ciba, Schlumberger, Carlo Erva.

A alma?

H_2O_2

Três folhas o papa havia dado a Jäcki.

Ipomoea pes-caprae

Mimosa pudica

E mais uma

Dessa Jäcki inclusive já se esquecera.

Pedro de Batefolha havia presenteado Jäcki com um objeto de culto em ferro forjado, com guizos e bolas de florescências e folhas

E agora vinha Corello da Cunha Murango e lhe impingia, gorgolejando, todo um punhado de coisas.

15.

Jäcki estava outra vez diante das ripas acorrentadas na Liberdade e chamava por Pierri, o papa.
Este se fez esperar naquele dia.
Mas acabou se apresentando
Seminu como sempre.
O pano de batique em torno dos quadris.
Suas pálpebras tremiam de amizade, os olhos giravam
Ele logo mandou Antônio embora, buscar Coca-Cola.
Jäcki nada disse.
Pierri bancava o ocupado.
Jäcki degustou mais uma vez o ambiente vazio, os caixotes de ferro empoeirados, o objeto etnológico, africano, na parede, os ovos cobertos de pó vermelho e, sobre a mesa vazia, a caixa de sapatos com as milhares de fichas esfrangalhadas detalhando as folhas.
Os troncos
Iorubá.
A obsessão de Pierri, do papa, pelo iorubá
Coisas da Conquista.
Das caravelas cheias de Villons, Josquins des Prés,
Juans de la Cruz, Jean Genets, Ernst Weiss'
Da revolução contra todos os Filipes II, Luíses XIV,
Imperadores Guilhermes
Do espumante, selvagem, do esquartejar dos ritos e etiquetas:
Essa rotina podre e nada entusiástica.
E de quando em quando um saltinho.
Jäcki pareceu mais rápido a si mesmo.
Em quarenta anos, apenas cinco folhas que alteravam a consciência
Ora, isso era pouco demais, ao fim das contas
Se o papa sabia mais, porque ele não dizia mais.

Por que ele não escrevia a Grande Obra acerca das alterações da consciência a partir das ervas
O grande diálogo entre Villon e seu coração como diálogo entre o manjericão e a *Ipomoea pes-caprae*?
Vomitoria e *Serpentina* pisavam no véu uma da outra?
Jäcki fez com que a lista cheia de nomes de folhas para a iniciação farfalhasse, saindo do bolso de sua calça.
Ele começou a declamá-la como se fosse a balada
da gorda Margot.
Primeiro o papa praguejou.
Depois deu risadinhas.
Em seguida um pequeno raio perpassou seus olhos verdes de porcelana.
Pierri pegou a caixa de sapatos da mesa e a depôs atrás de sua cadeira.
O papa apoiou seus braços, olhou Jäcki diretamente nos olhos em sua ladainha.
Então os olhos do papa se fecharam.
Quando Jäcki havia terminado de falar, ele não disse mais nada
Disse ainda:
Intéressant.
Excellent.
Félicitation.
Jäcki em pouco teve a sensação de que agora tinha de ir embora.

16.

Será que Jäcki deveria, por amor à noção ficcional de um romance acerca de dois etnólogos *gays*, um mais jovem e outro mais velho, ignorar a miséria, botar seu ensaio para a revista Spiegel em perigo.
O papa não iria com ele às regiões da fome.
A fome não interessava a ele.
Apenas as tribos, os iorubás, e sua caixa de sapatos.
Bem no início, ele dissera certa vez
Lepra.
É claro que existe lepra na Baía de Todos os Santos.
A lepra sempre existiu.
Por que não haveria de existir lepra, afinal.
Jäcki não conseguia descobrir nada esclarecedor nessas declarações.
O papa Pierri não estava convencido de que os pobres deveriam ter uma situação melhor.
Ele não acreditava no progresso
Ele não estava convencido de que os homens viviam melhor quando viviam no supérfluo.
O papa ficava horrorizado com o desperdício na Europa.
Na África, qualquer caixote era um objeto precioso.
Em Paris, as caixas mais bonitas eram jogadas no lixo.

Newsreel

Sexta-feira, dia 19 de março:
Jornal do Brasil:
Tribunal baiano impõe a primeira pena de morte no Brasil desde a proclamação da república.
Teodomiro Romeiro dos Santos, dezenove anos, foi condenado à morte no dia 18 de março de 1971, às 17 horas, por um tribunal militar especial, e Paulo Pontes da Silva, 26 anos, à prisão perpétua.

Teodomiro e Paulo foram presos e algemados como terroristas no dia 27 de outubro.
Teodomiro conseguiu sacar um revólver do bolso e matar um policial. Paulo estava sentado, algemado, ao lado dele. O promotor, Antonio Brandão de Andrade, que antes de seu discurso de acusação de uma hora e meia fez o sinal da cruz, disse:
– Modéstia à parte, meu discurso de acusação foi maravilhoso. Talvez o melhor da minha vida.
Teodomiro, de dezenove anos, pediu para não estar presente durante o anúncio da sentença.
Paulo Pontes da Silva comunicou aos jornalistas em uma pausa do processo que durante a prisão preventiva foi submetido a abusos.
No Quartel do Barbalho ele teria sido torturado repetidas vezes.
Os acusados poderão recorrer contra a sentença.
Mas não existe advogado na Bahia que ousaria defender Teodomiro e impedir que Paulo, que apenas contemplou o crime, algemado, tenha de ir para a cadeia, inocente, para o resto de sua vida.

Viagem a Irecê,[1] na região da seca no estado da Bahia:
Antes de Feira de Santana, barracos miseráveis em torno de um engenho de cana de açúcar.
Antes de Jacobina, uma poça, onde as mulheres vão buscar água.
Na estrada, uma cabeça de gado ressecada. Cachorros e urubus arrancavam seus pedaços.
Em Jacobina, um caixão aberto com o cadáver de uma criança é carregado ao cemitério.
De Jacobina a Irecê um jipe circula fazendo as vezes de táxi comunitário.
Caminhões atulhados andam ao nosso encontro – as famílias de trabalhadores são transportadas de volta ao norte.
Em uma parada, uma família com quatro filhos.
A mulher segura um bebê. Mosquitos se aferram, sugando, às bordas de suas pálpebras.
O homem viera do norte para buscar trabalho em Irecê. Vegetou por aí durante uma semana e agora se põe a caminho de volta, pois está se espalhando o boato de que no norte choveu. Chuva significa trabalho.

---

1. Hubert Fichte escreve "Irece", depois "Feira Sant'Ana". (N. do T.)

Ele não tem mais dinheiro. A família segue a pé. Eles têm mil quilômetros pela frente. Ele meneia o facão gigantesco de cortar cana de açúcar e sorri. Por quanto tempo ainda ele terá forças para meneá-lo de um lado a outro?

Em Irecê há um caminhão estacionado, em cuja carroceria há bancos montados. Tão próximos que cerca de 90 pessoas podem ser amontoados sobre eles. A viagem de volta a Pernambuco custa 20 cruzeiros, menos de 14 marcos. A prefeitura dá dois cruzeiros, uma associação de caridade mais dois; o resto os desempregados tem de providenciar cortando de suas próprias costelas.

Um garoto de doze anos perdeu sua família. Ela foi transportada de volta em algum outro caminhão.

Ele corre chorando por aí e mendiga com os miseráveis.

Faltam-lhe dez marcos.

Um comerciante de Irecê diz:

– O município tem de 70 a 80 mil habitantes.

– Cerca de 200 mil pessoas são afetadas pela seca aqui na região. Algumas centenas de famílias possuem entre mil e dois mil hectares de terra. Isso não é considerado um latifúndio no Brasil.

– A maior parte dos agricultores tem propriedades entre 20 e 50 hectares aqui na região. Não apenas lavouras. Também há pastagens.

– A maior parte das famílias que vêm do norte quer se estabelecer por aqui.

– Há cinco anos faltavam trabalhadores na região. Os proprietários pagavam até 6 cruzeiros por oito horas de trabalho ao dia, 4 marcos, mais ou menos.

– O tempo das chuvas vai de março a outubro.

– Este ano o milho secou. A primeira semeadura do feijão também. Quem plantou feijão pela segunda vez, talvez possa colher alguma coisa.

– Os pobres naturalmente são os mais atingidos. Mas também os que têm alguma posse enfrentam dificuldades junto aos bancos.

– Até hoje foram transportados compulsoriamente de volta ao norte 3 mil trabalhadores sazonais. Como foi que tantos chegaram até aqui eu não posso dizer. Muitos morreram à beira da estrada e foram enterrados nos campos sem certidão de óbito.

– A maior parte dos nascimentos não é registrada.

– Doenças infantis, desidratação, falta de vitaminas, verminose são as mazelas mais frequentes por aqui. A peste é transmitida pela pulga do rato. Os ratos são muito frequentes na região devido ao milho. Matar ratos fede. As pessoas não gostam disso. Em alguns povoados, trinta por cento das pessoas têm doenças pulmonares. A varíola é combatida por vacinações em massa.
– A lepra também existe. Os doentes são escondidos em pequenas cabanas de palha no meio dos campos.
– O comércio de escravos ainda não terminou. No ano passado, um motorista de caminhão chegou de Pernambuco com pessoas que queriam trabalhar em Irecê. Eles não tinham dinheiro suficiente para pagar a viagem. O motorista falou com alguns fazendeiros, que lhe pagaram o dinheiro da viagem para os passageiros e um prêmio por cabeça. Ele entregou as pessoas. Elas estavam completamente submetidas aos fazendeiros em virtude das dívidas.
– Aqui não é comum pagar um salário fixo aos trabalhadores do campo. Quando eles precisam de roupas ou medicamentos, voltam-se para o fazendeiro e ele lhes dá o que é mais absolutamente necessário. E desse modo o dono das terras mantém os trabalhadores em completa dependência e ainda economiza.
– A água dos poços é calcária em Irecê e destrói o equilíbrio do solo. Ele está tomado por amebas e vermes.
A água da chuva das poças é ainda mais perigosa. Os adultos, aliás, vivem bastante bem com amebas. Quem, sendo criança, não sucumbe por causa delas, não precisa mais temê-las.
– Há aqui um atendimento médico gratuito. Os padres têm participação nisso. Por isso as pessoas também chegam sem desconfiança.
– Os cerca de 70 mil habitantes do município de Irecê dispõem de quatro médicos. Mas quem é capaz de pagar um médico.
– Uma parteira registrou, em 150 nascimentos, 75 mortes. Na cidade existem cerca de 250 prostitutas.
– No Brasil não é possível se divorciar. Muitas vezes os homens se casam uma vez na igreja e uma segunda vez com uma segunda mulher no civil.
– A mulher é tratada como uma escrava. O homem pode tudo, a mulher nada. Ela deve trabalhar e ter filhos.
Algumas mulheres têm vinte filhos em sua vida. A metade dessas crianças não chega a crescer.

As famílias têm pelo menos seis filhos.
- Não há seguridade social.
- A mortalidade materna é alta.
- A expectativa de vida está em mais ou menos 47 anos por aqui.
- A homossexualidade não existe.
- Apenas 50 por cento das crianças com obrigatoriedade escolar consegue encontrar uma vaga na escola, pressupondo-se o fato de que os pais mandem as crianças à escola. As professoras são meninas quaisquer, que mal chegaram a ter alguma instrução prévia. As aulas acontecem uma vez por semana.

Há cinco ginásios no município de Irecê. Eles custam de 10 a 30 cruzeiros por mês. Na cidade de Irecê 300 alunos frequentam o ginásio, 50 alunos frequentam cursos noturnos; isso representa, ao todo, 5 por cento dos alunos dotados.

- A comida dos trabalhadores consiste em arroz, milho e feijão. De quando em quando, carne seca. A falta de vitaminas é geral.
- Dos moradores locais são poucos os que morrem de fome.
- Os trabalhadores sazonais vivem sobretudo do fruto do cacto.
- Os trabalhadores não leem. No passado, nem mesmo o jornal chegava até Irecê.
- A maior parte é católica. Superficialmente. Também há protestantes, espiritistas e naturalmente o candomblé.
- Para ocupar os trabalhadores locais também em períodos de necessidade, foram criadas as frentes de trabalho. Quando não havia trabalho na agricultura, eles eram ocupados na construção. Nesse caso, recebiam dois cruzeiros por dia – algo em torno de um marco e quarenta. Agora, na época da seca, tudo o que pôde ser economizado é gasto, e ninguém começa a construir o que quer que seja.
- Nas fazendas não existe mais o castigo físico.
- O alcoolismo é frequente.
- Menos crimes do que de resto entre a população do campo.
- O idiotismo é frequente. Hereditário. Casamento consanguíneo. Sífilis. Álcool.
- Na cidade de Irecê há cinco policiais. Todo trabalhador que é levado ao comissariado de polícia começa recebendo pancadas. Com um cassetete. Muitas das pessoas são espancadas até sangrarem.

Respostas de um médico de Irecê:

– A cidade de Irecê tem 15 mil habitantes, o município 60 mil. Para esses 60 mil habitantes há seis médicos, e não quatro.
– No primeiro ano de vida 70 por cento dos bebês morrem por aqui. 50 por cento das crianças chegam à idade adulta.[2] A mortalidade materna fica em torno de 20 por cento.
– O tifo e a peste são epidêmicos. A peste também é endêmica.
– 90 por cento das crianças têm amebas. A lepra ocorre mais nas regiões fronteiriças ao município, mas também aqui.
– O Tetrex das farmácias tem de curar tudo.
– A varíola é trazida pelos trabalhadores que vêm de Pernambuco. A leishmaniose visceral é especialmente frequente. Os parasitas fazem o corpo inchar. O baço, o fígado e a medula óssea são atacados. Sem tratamento, a doença acaba em morte depois de alguns meses. A doença de Chagas está espalhada por toda parte. Ela é transmitida pelo barbeiro e causa mudanças no funcionamento do coração, do fígado e do baço. Ainda não foi encontrado um tratamento efetivo.
– Raquitismo causado por subnutrição.
– Todos os ricos usam métodos contraceptivos por aqui, 50 por cento da classe média, mas apenas 10 por cento da população pobre.
– Um quinto da população pode ser caracterizado como pertencente à classe média.
– Quatro quintos não ganham nem mesmo o salário mínimo garantido por lei, mas muitas vezes menos do que três cruzeiros por dia, dois marcos.
– O custo de vida em Irecê é mais alto do que na metrópole baiana.
– Os pobres, ao adoecer, se dirigem primeiro ao curandeiro. Quando este não consegue ajudar, eles vão até a farmácia, que na maior parte das vezes lhes recomendam Tetrex – os doentes naturalmente não sabem caracterizar seu estado com precisão. Só nos casos mais extremos é que eles procuram um médico.
– A eletricidade existe apenas nas casas da classe média.

Segunda-feira, dia 1º de fevereiro:
Jornal do Brasil:

---

2. Os números parecem inverossímeis, porque um percentual maior de crianças chega à idade adulta do que o percentual de crianças que morrem ainda no primeiro ano de vida; mas é assim que está no original; talvez Hubert Fichte se refira, com os 50%, aos 30% que passam do primeiro ano de vida. (N. do T.)

João Alves Torres Filho, chamado de Joãozinho da Gomeia, o "Rei do Candomblé", vai a São Paulo para conduzir uma cerimônia de iniciação.

Sexta-feira, dia 5 de fevereiro:
Diário de Notícias[3]:
O sol queima tudo em Irecê. A colheita do feijão foi completamente destruída, o milho está secando.
Jornal do Brasil:
Joãozinho da Gomeia sofre um ataque cardíaco e é levado inconsciente ao Hospital das Clínicas de São Paulo. Sua mãe, Maria Vitoriana Torres, de 82 anos, o acompanha, além de numerosos sacerdotes do candomblé.

Sábado, dia 6 de fevereiro:
Diário de Notícias:
200 mil pessoas em 500 quilômetros quadrados são afetadas pela seca.
O gado morre de sede.
Trabalhadores famintos do nordeste são vendidos por 60 cruzeiros a fazendeiros do sul. Duas vezes por mês, três caminhões deixam o Estado de Sergipe...
A Tarde:
Os trabalhadores são vendidos no Paraná, no Mato Grosso e em São Paulo.

Sexta-feira, dia 12 de fevereiro:
A Tarde:
1.000 famintos tomam Arapiraca.
600 famintos tomam Craíbas.[4]

Terça-feira, dia 16 de fevereiro:
A Tarde:
Joãozinho da Gomeia se encontra em situação desesperadora. Ele paira entre a vida e a morte. Jaz de olhos abertos e fala com os presentes. Não reconhece ninguém.

Segunda-feira, dia 1º de março:

---

3. Grafado "Diario de Noticias", sem quaisquer acentos. (N. do T.)
4. Hubert Fichte escreve "Craibas". (N. do T.)

Jornal do Brasil
900 famintos tomam quatro mercados em Pesqueira, Pernambuco. Eles roubam 100 sacas de alimentos.

Terça-feira, dia 16 de março:
Jornal do Brasil:
Joãozinho da Gomeia é operado de um tumor cerebral. O tumor revelou ser maligno.

Quinta-feira, dia 18 de março:
Jornal do Brasil:
200 famintos tomam Parambu e tentam saquear os alimentos de um quartel. A polícia consegue impedir e prende onze dos manifestantes.

Sexta-feira, dia 19 de março:
Por volta de 9 horas e 30 termina a luta mortal de Joãozinho da Gomeia. Ele morre aos 56 anos, no Hospital das Clínicas de São Paulo[5], de câncer no cérebro.

Sábado, dia 20 de março:
Jornal do Brasil:
"Ele morreu como rei do candomblé.
E é como rei que deve ser enterrado!"
Joãozinho da Gomeia é embalsamado na Faculdade de Medicina de São Paulo e conduzido em uma kombi da prefeitura até Caxias.
O corpo chega às 16 horas e 5 minutos a seu templo em Duque de Caxias. Quando o corpo é levado à casa principal, Gongá, os tambores começam a rufar. A cerimônia Sirum principia. O corpo está vestido nos trajes de festa do candomblé, o Abadá.
A mãe anciã concorda que Joãozinho da Gomeia seja enterrado em Caxias e não na Bahia.

---

5. Já anteriormente, Hubert Fichte – ou seu editor – grafou "Las Clinícas", o que não deixa de ser interessante uma vez que se trata supostamente de uma notícia de jornal. (N. do T.)

O esquife é posto sobre uma mesa. Valentim, o Ogã Alabê, o mais ancião entre os dignitários do templo, que conhece as canções a Iansã e Oxóssi, principia o rito. Alguns dos mais velhos ialorixás[6] do Brasil se encontram presentes.

Ebame Gifai

Tião de Irajá,

Djalma de Lau,

Mãe Natalina,

Paulo de Oxóssi.

Agora o morto precisa ser afastado e o Oxú.

O espírito do morto precisa ser livrado do corpo.

Ao fundo, há uma cadeira coberta por um pano branco. Nela está sentado o Egum de Joãozinho da Gomeia e participa da cerimônia.

Três carneiros são sacrificados. Tião de Irajá se aproxima do cadáver no esquife e borrifa um pouco de sangue sobre a cabeça do morto, lava-o em seguida com o Abó, uma mistura de ervas que é usada nos ritos de iniciação.

Ele abre uma fenda na cabeça do morto e afasta o Oxú, o espírito dos deuses, que havia sido mergulhado na cabeça de Joãozinho há 41 anos pelo sacerdote Jubiabá, na Bahia.

Com isso está encerrado o vínculo do corpo com os deuses.

É uma cerimônia de iniciação às avessas.

Tião de Irajá é o único que pode executar esse rito. Ninguém que foi iniciado por Joãozinho teria o direito de tocar a cabeça do sacerdote morto.

Domingo, dia 21 de março

O enterro deve acontecer às 16 horas.

Antes disso, chegam os bispos Dom José Antonio da Silva e Dom Hugo da Silveira:

Nós nos encontramos aqui como sacerdotes católicos e queremos demonstrar nossa honra a um templo do candomblé.

A igreja católica brasileira gostaria de expressar sua dor com a morte de um sacerdote do candomblé, que era um homem bom e puro. Gos-

---

6. O original escreve "Iaorixas", assim como antes escreveu "Oga Alabe" e "Iansa und Oxossi". (N. do T.)

taríamos também de expressar nossas condolências à família cada vez maior de seus seguidores. Ele serviu aos pobres e cumpriu os mandamentos de sua religião africana.

O esquife foi levado ao cemitério ao som de canções do candomblé. Junto ao portão, aconteceu o Sirum Silé. O cadáver é entregue ao Ikú, o cemitério, a terra do Egum.

Ocorre um estranho vai e vem, os crentes pedem aos deuses o agô, para que lhes transmitam a permissão para entrar no cemitério.

Quando o esquife é baixado à cova, relampeia e logo começa a chover.

Os enlutados erguem os braços e batem palmas, erguendo flores ao encontro do céu.

Eles gritam:

Saravá! Iansã! Saravá!

Quando morre um filho da deusa Iansã, amado por ela de modo especial, ela manda uma tempestade.

Agora principia o Axexê, mas, uma vez que Joãozinho da Gomeia era Tata de Inkissu, o sacerdote há mais tempo no cargo do Brasil inteiro, o Axexê não durará sete dias, como de costume, mas sim um ano inteiro.

Sexta-feira, dia 2 de abril:
A Tarde:
O presidente Médici funda uma Escola da Informação.
A escola foi criada para formar civis e militares na difusão de notícias e contra-informações.
A escola será dirigida por um general de brigada.

Terça-feira, dia 23 de março:
Jornal do Brasil
1.000 famintos tomam Cupira e permanecem por tanto tempo até que as reservas de alimentos do padre Gomes estejam esgotadas.

Quarta-feira, dia 24 de março:
Jornal da Bahia:
Moradores da cidade de São João, enlouquecidos pela fome, lutaram com os urubus pela carniça de uma cabeça de gado.

Quarta-feira, dia 31 de março:
A Tarde:

10.000 cabeças de gado morreram de sede em Sergipe.
Agricultor enlouquece e mata sua mulher e o gado.
Em alguns municípios as estradas estão atulhadas de cadáveres de gado.
6.000 famintos deixam Sergipe.

Sexta-feira, dia 2 de abril:
Jornal do Brasil:
700 famintos ameaçam a cidade de Altinha.

Sexta-feira, dia 9 de abril:
Jornal da Bahia:
Centenas de famintos tomam a cidade de Serra Talhada. Em Biritinga, 50.000 cabeças de gado morrerão de sede se não começar a chover.

Quarta-feira, dia 14 de abril:
Jornal do Brasil:
3.000 famintos tomam Água Preta. Um homem de 28 anos morre antes de receber algo para comer.

Sexta-feira, dia 16 de abril:
A Tarde:
O presidente Médici viaja ao nordeste. No Recife, ele será condecorado com a Medalha da Honra de Pernambuco. Na segunda-feira, o presidente visitará o parque histórico dos Guararapes[7] e em seguida voltará a Brasília.
O coveiro de Deodoro enlouqueceu, ele não conseguia mais alimentar seus seis filhos. A prefeitura lhe devia nove meses de salário.

Quinta-feira, dia 22 de abril:
Jornal do Brasil:
1.000 famintos tomam Palmares pela segunda vez e pilham lojas.

Terça-feira, dia 2 de maio:
Jornal do Brasil: 32 por cento das crianças sem obrigação escolar sofrem de subnutrição de 2º e 5º grau no Ceará. Apenas 29,8 por cento têm peso normal.

---

7. No original, "Guanarapes". (N. do T.)

Terça-feira, dia 4 de maio:
Jornal do Brasil:
6.000 trabalhadores nos engenhos de cana de açúcar de Pernambuco não recebem salário há três meses.

Jäcki e Irma voltam de ônibus.
O ônibus precisa de 24 horas para percorrer 200 quilômetros.
Entupido de famílias que querem ir a São Paulo com seu último dinheirinho.
Crianças vomitam.
Uma família trabalhou de graça por seis meses em Irecê durante a época da seca.
Um ancião, seu filho, e a mulher grávida desta, um homem jovem, um garoto. A mulher grávida carrega um bebê. O proprietário das terras providenciava as sementes e os instrumentos. A renda deveria ser dividida. A família trabalhava do nascer do sol até escurecer – pelo menos doze horas por ia. Pela manhã, um pouco de café. Ao meio-dia, feijão. À noite, feijão.
A colheita foi feita. Rendeu 2.000 cruzeiros – ou seja, 1.000 cruzeiros para cinco trabalhadores em seis meses, e em até doze horas de trabalho por dia – pouco mais do que 20 marcos ao mês para cada um.
A segunda colheita se perdeu devido à seca. Eles trabalharam em vão.
O ancião não sabe ler nem escrever. O homem jovem aprendeu a escrever seu nome em um curso de alfabetização de dois meses, quando tinha seis anos de idade.
Eles se encontram diante dos bares dos viajantes de longas distâncias, quando os pneus do ônibus são trocados, e contemplam os que comem.
Querem encontrar trabalho em São Paulo.
Em uma parada da estrada, a despedida de um trabalhador, que também quer ir a São Paulo:
Sua mulher se dobra de tanto chorar. Seu filho chora. O homem abraça seu irmão longamente. Ele dá a mão à mãe para se despedir. Olha brevemente para o garoto. Para a mulher ele não olha, e embarca no ônibus.

Assis era bandido.
Um esquife nu. Tinta a óleo grudenta: Francisco de Assis – como o santo.

No cemitério Dom Bosco, alguns curiosos acompanham o enterro de Francisco de Assis L. Salles, que mal conhecia sua mãe e odiava seu pai.

Ao lado, a foto usual:

O morto e seus perseguidores. Eles apontam para os buracos de tiro no cadáver e olham orgulhosos e sorridentes para a câmera. Por muito tempo, Assis instalou o medo e o terror em São Paulo. Agora, um número incontável de assaltos e assassinatos podem ser considerados definitivamente solucionados.

Ele tinha um metro e setenta de altura, raquítico. Morreu em uma tentativa de fuga.

45 balas no corpo.

E, mesmo que os cães devorassem seu cadáver à soleira da minha porta, eu não o enterraria como meu filho.

Assis culpava o pai. Você matou minha mãe! Assis nasceu no Estado do Rio Grande do Norte.

Ficou por lá até os catorze anos de idade.

Quando Francisco tinha três anos, sua mãe morreu no nascimento de uma irmã.

O pai se mudou com os filhos para São Paulo.

Assis conseguiu trabalho como feirante, vendendo frutas, e ganhava 60 cruzeiros, 40 marcos, por mês.

Com 18 anos, ele roubou dinheiro do pai para pagar o aluguel e fugiu.

O pai o denunciou à polícia.

Ele foi preso em Campinas.

E trazido de volta para casa. Já tinha oito mulheres. Espancou seus irmãos e chegou em casa apenas ao amanhecer.

Fugiu pela segunda vez e levou consigo a amante do pai, Genésia da Silva.

Itaquera.

Vila Joaniza.

Jardim Miriam.

Santa Clara.

Cidade Ademar.

Cidade Dutra.

Parque São Lucas.

Rio Bonito.

Vila Missionária.

Pedreira.
A lenda de Francisco de Assis e seu bando de ladrões.
Uma sacola vermelha.
Dois revólveres, um calibre 38 e outro calibre 45.
Maria das Dores, uma de suas amantes, deu uma dica à polícia. Mas ele conseguiu escapar. Ela se jogou do terceiro andar de uma casa, em São Paulo. Temia a vingança dele. Morreu sozinha.
Claudia fez de tudo para voltar a vê-lo:
– Ele não fez isso tudo!
Centenas de assaltos. Dez assassinatos.
Quando ele atravessava a avenida Santa Catarina, foi descoberto por um policial militar.
Francisco de Assis dormia quando foi cercado.
No dia 3 de março de 1971, às 10 horas e 50 minutos, Francisco de Assis foi enterrado.
Como sempre, alguns desconhecidos acenderam um par de velas.
Gisèle Binon-Crossard, uma antropóloga francesa, se iniciou nos ritos do "Candomblé Angola" com Joãozinho da Gomeia.
Joãozinho da Gomeia contou sua vida a ela:
– Eu nasci em Inhambupe, no Estado da Bahia.
– Meu pai e minha mãe eram católicos. Eu ia muito à igreja. Os sobrinhos do padre eram meus colegas de escola.
– Eu fui coroinha na missa e usei uma batina vermelha, como um garoto do coro. Pois bem, eu sempre tive uma tendência religiosa. Não gostava do candomblé e não entendia muito a respeito dele. Me posicionava de modo contrário aos espiritistas.
– Minha avó pelo lado paterno era africana. Ela ainda é viva. Está com 109 anos de idade. Nasceu na costa nigeriana, em Lagos, e veio ao Brasil quando tinha 18, 19 anos de idade.
– Certa noite, quando eu dormia na rede, senti como a rede começou a balançar. Acordei. Quando abri os olhos, estava claro no quarto, e à minha frente vi uma silhueta, uma pessoa, um índio.
– Ele estava cheio de penas e tinham uma lança na mão, e flechas. Não me recordo muito muito bem, pois na época senti muito horror, e por isso não me recordo muito bem de tudo. Eu tinha 12 ou 13 anos de idade quando isso aconteceu.

– Ele estendeu um braço bem comprido até mim e disse: amanhã, quando você sair, vai ver algo brilhando. Pegue-o! Isso vai trazer sorte a você.

– Eu dei um grito e assustei a família inteira. Pude dormir o resto da noite com meus pais. Perdi toda a coragem. Nunca mais dormi em uma rede.

– Na manhã seguinte, pois, eu me levantei e fui até a loja de produtos coloniais. Eu trabalhava em uma loja de produtos coloniais. E eu de fato vi uma pedra brilhante... mas não a juntei e não olhei para ela, pois eu sentia medo.

– Desde esse dia eu tinha medo de dormir na casa da minha mãe. Eu dormia na casa da minha tia. Minha tia dormia no primeiro quarto, eu no segundo.

Certa noite eu me levantei, pois precisava urinar. Depois voltei a me deitar. Então ouvi passos e um ruído como se um carrinho de mão de criança estivesse sendo empurrado. Pensei que fosse o meu tio, que sempre se levantava cedo para ordenhar as vacas. A porta se abriu, tudo ficou claro. Não havia nenhuma lâmpada acesa. A fonte da claridade eu não conseguia ver. Um pequeno carrinho entrou pela porta. Ele parecia um caixote quadrado e estava coberto por um pano vermelho. Ele não tinha nenhuma roda. Eu não consegui descobrir roda nenhuma. Ouvi um ruído que vinha dele, do lugar em que deveriam estar as rodas, mas não vi roda nenhuma. O pequeno caixote se aproximou da cama. Eu estava muito aterrorizado. Estava realmente acordado, pois alguns minutos antes havia saído para urinar. Acabara de me deitar de novo. Sobre o caixote, havia dois copos de borco. Debaixo de cada um dos copos havia uma boneca. Essas bonecas falavam, mas eu não entendia o que elas diziam. Elas mexiam a cabeça, mexiam os braços, mexiam suas pequenas pernas... e faziam todo o tipo de coisas. E eu fiquei mudo. Não conseguia gritar. Não conseguia me levantar. Eu tinha de ficar ali e contemplar aquele teatro maluco. Quando por fim consegui dar um grito, minha tia veio. Eu contei a ela o que havia acontecido e ela me levou com ela a seu quarto.

Eu não queria mais continuar dormindo na casa da minha tia e fui até minha avó pelo lado materno, que morava na mesma rua. Lá eu nunca mais vi o que quer que fosse. E tive a ideia de que tinha de fugir de casa...

E fugi às cinco horas da manhã...

Meu pai e meu tio me botaram em cima de um cavalo e me trouxeram de volta para casa...
– Eu meti na cabeça que precisava fugir de novo. Mas todos estavam de olho.

Eu brigava com todo mundo e dizia a minha mãe que se ela não me deixasse ir eu diria ao juiz da roça que ela estava me maltratando. Eu me comportava de modo infernal.

Certo dia ela cedeu e eu deixei Inhambupe.

Cheguei à Bahia[8]. Um parente conseguiu um trabalho para mim em uma loja de produtos coloniais. Eu ganhava 25 cruzeiros. Trabalhava o dia inteiro. Dormia em cima de três caixas com sacos, nos quais antes havia carne seca. Eu me virei. Aprendi modos urbanos, a falar direito, entabular conversações. Encontrei um emprego onde passei a ganhar 30 cruzeiros.

– Comecei a ter dores de cabeça. Dores de cabeça tão fortes que me falta a coragem para falar delas. Não sei se elas vinham do meu orixá ou se eram uma doença de verdade. Fui até minha parente, a todos os médicos, quanto mais remédios eu tomava tanto pior me sentia. Aconselharam meu parente a me levar a um daqueles templos que eu não conhecia.

– Minha parente me levou ao saudoso Severiano, que era conhecido pelo nome de Jubiabá.

– Ele disse que eu tinha de voltar, que eu precisava ser iniciado. Que aquilo que eu tinha, vinha do meu orixá. Minha parente precisaria fazer ainda outras coisas. Ela fez o que ele disse a ela e eu fiquei melhor.

– Depois de um mês as dores de cabeça voltaram. Eu voltei a ele. Dessa vez, ele não me deixou voltar mais para casa. E fez tudo que era necessário para a minha iniciação.

– Eu frequentei o candomblé de Jubiabá até sua morte. Também ia a seu Axexê[9]. Não bem até o fim, pois na terceira noite houve uma revolta contra mim.

– Alguns chegaram ao ponto de afirmar que eu era o culpado pela morte de pai Jubiabá.

---

8. Talvez Fichte queira dizer Baía de Todos os Santos, talvez Salvador; Inhampube, conforme ele próprio diz anteriormente, já fica no Estado da Bahia. (N. do T.)
9. No original, Axexé. (N. do T.)

Eu acabara de completar 19 anos e já havia iniciado, eu mesmo, seis meninas. Meu primeiro candomblé foi na rua que leva para a Liberdade, número 561.

– Certo dia, o "Pedra Preta" se apossou de mim.

Agora eu acredito que foi ele que me apareceu quando eu tinha 12 ou 13 anos de idade. Assim que ele entrou, todas as pessoas ficaram surpresas. Agora eu estava iniciado, mas ele jamais aparecera para mim.

Durante o pouco tempo em que ele ficou, falou com as pessoas, ouviu o que um e outro diziam e depois disse, ele mesmo, que na quarta-feira seguinte voltaria.

Quando ele foi embora, me disseram que um índio havia chegado, um índio que se chamava "Pedra Preta", e que ele havia se preocupado com todas as pessoas e se ocupado delas.

– Na quarta-feira seguinte o número de pessoas que vieram dobrou. Quando voltei a conseguir respirar, a casa estava cheia de pessoas e eu não sabia o que fazer com elas. E então me mudei para Gomeia.

– Em fevereiro de 1946, fiz uma viagem ao Rio. Quando cheguei, a novidade se espalhou: Joãozinho da Gomeia está no Rio! – Um me visitou, outro me disse bom dia. Um veio se consultar comigo, outro me pediu trabalho. Antes que eu conseguisse pensar em respirar, nove meses haviam se passado. Eu fui embora. Quando voltei, aluguei uma casa em Caxias.

Joãozinho da Gomeia sabia dançar, dançar como ninguém.

Será que ele conseguia adentrar dançando as coisas mais sagradas de Jubiabá, tanto como o bem-querer do povo baiano, dos cidadãos de Salvador e do Rio?

Grandes carros americanos estacionavam diante de seu templo.

Ele não gostava de futebol.

No cinema, esteve em 1940 pela última vez.

Em 1945 se casou, mas o casamento, sem filhos, logo acabou.

Joãozinho dava conselhos religiosos por carta e relativos a todos os aspectos da vida.

Ele tinha uma coluna em um jornal da imprensa marrom.

Acabou se tornando o protótipo do sacerdote efeminado do candomblé.

Ele teria perseguido os rapazes fortes pelos quais se engraçava em plena rua, e escreveu cartas de amor muito citadas a vários homens negros.

Em 1956, Joãozinho foi para as manchetes dos jornais:
3.800 sacerdotes da umbanda queriam excluí-lo da associação porque ele se apresentara no carnaval como travesti e com o nome de Arlete.
Mas os búzios que foram lançados para tomar a decisão decidiram por sua inocência. Ele foi advertido, e no carnaval seguinte desfilou outra vez como travesti.
Ele pertencia à escola de samba Império Serrano.
O ditador, inimigo do candomblé, Getúlio Vargas, foi seu amigo.
O presidente Kubitschek, fundador de Brasília, mandava chamar Joãozinho da Gomeia ao palácio presidencial para lhe tomar conselhos em segredo.
Joãozinho, o descendente de escravos africanos, o vagabundo do nordeste, a bicha desprezada e invejada, aproveitou e desfrutou do momento. Com sua corte barroca, sob plumas e leques, andrógino, negroide, ele se apresentava para os randevus com o poder oficial.
Reis africanos se correspondiam com ele.
Uma estudante branca da Sorbonne se fez iniciar por ele.
Em 41 anos de sacerdócio, ele santificou 4.777 noviços.
O taxista diz:
– Joãozinho morreu.
Ele morreu do mesmo tumor devido ao qual havia chegado ao candomblé, há 41 anos.
Quando andava pelas ruas da Bahia, as pessoas se cutucavam umas às outras e diziam: ali vai Joãozinho da Gomeia.

Bispo de Paris pragueja quando Jäcki lhe pergunta se Joãozinho foi de fato o Rei do Candomblé.
O tato do africano e o temor ante a alma se decompondo do morto proíbe dizer abertamente coisas ruins sobre o morto. Uma lavadeira se queixa com Bispo de Paris de suas experiências malogradas com o pai de santo.
Ela sofre de perturbações nervosas e queria ser iniciada. Um sacerdote exige dela 1.800 cruzeiros – 1.200 marcos.
– Sou lavadeira e ganho 80 cruzeiros por mês, como eu poderia pagar isso?
Outro pai de santo garante a ela que ela tem fogo no ventre e lhe vende, por 40 cruzeiros, um remédio que em nada lhe ajuda.

Um terceiro diz que ela está possuída por um morto, e lhe dá um bolinho amargo devido ao qual ela quase morre.
Por fim, ela vai ao hospital, onde é tratada com injeções e pílulas.
Ela agora consegue trabalhar de novo e não tem mais ataques de raiva.
Mas continua procurando um pai de santo que a inicie, a fim de que seja enfim livrada de seu sofrimento.
Na sexta-feira, Bispo de Paris quer continuar negociando com ela a respeito disso.
Ele diz:
– Existem pessoas que pagam bem mais de 1.200 cruzeiros para ser iniciadas. Joãozinho da Gomeis cobrava 5.000 cruzeiros por uma iniciação. Eu peço apenas as despesas para os sacrifícios e para a alimentação. Mas tenho azar. Até mim vêm apenas os pobres, e eu sou obrigado a lhes pagar inclusive os animais sacrificados. Por isso não consegui nem sequer terminar de construir a casa em que moro.

Lázaro, o fotógrafo:
– Há quatro anos um homem foi autopsiado; todos os mortos são autopsiados na Bahia. Encontraram uma massa negra em seu estômago e suspeitaram que um pai de santo o envenenou. Mas o sacerdote era amigo do comissário da polícia e a questão foi simplesmente deixada de lado.
Conhecer a seita dos Eguns, dos sacerdotes dos mortos na ilha de Itaparica, é bem difícil. Também é perigoso. Nas festas eles vestem roupas embebidas em preparados de ervas. Quem toca essas roupas logo fica com furúnculos semelhantes à lepra, que só voltam a sarar com muita dificuldade.
Na parte interior, é colocada uma forração de borracha para proteger os dançarinos.
Lázaro considera impossível fotografar um banho de sangue genuíno na cidade da Baía de Todos os Santos.

Na sexta-feira, dia 7 de abril, Antonio Monteiro, um sacerdote baiano, escreve no jornal "A Tarde":
Ninguém se torna sacerdote, pai de santo, babalorixá, sem ter percorrido antes os diferentes graus de iniciação iawô, ebamê, voudunce, filho de santo. E isso pode demorar 21 anos ou mais.

Qualquer um no mundo afro-baiano sabe que Joãozinho jamais foi santificado. Ele não teve a cabeça raspada nem foi pintado. Jamais recebeu o "deca", jamais recebeu a cabaça de Ifa para poder ler o futuro. Ele não podia se chamar de Olwo, que quer dizer "vidente".
Nas casas de Ketou e de Ewe ele não era bem visto, uma vez que tinha uma influência imoral sobre os crentes. Suas primeiras tentativas no Rio também foram mal vistas pelos adeptos da umbanda. A polícia o prendeu diversas vezes, porque ele botava "Ebós", fetiches mágicos do mal, nas esquinas e beiras de estradas.
Quando foi botado um Ebó na soleira da porta do Ministério da Agricultura, a polícia voltou a prender Joãozinho.
Ele seguia seu destino.
Ganhava uma fortuna e logo a gastava com travestis e jovens iniciados.

Quarta-feira, dia 14 de abril:
Jornal do Brasil:
O Ministro das Relações Exteriores Scheel confirmará, em sua viagem ao Brasil, o acordo de cooperação nuclear entre o Brasil e a República Federativa da Alemanha.

Domingo, dia 18 de abril:
Jornal do Brasil:
O Ministro das Relações Exteriores Scheel abre a Embaixada da Alemanha Ocidental em Brasília. Ela custou 15 milhões de cruzeiros.

Murmúrios da indústria:
– A Magirus Deutz tem de abrir mão do mercado sul-americano ou então fazer um investimento incrivelmente alto nele.
– A Magirus deixou os ônibus da Mercedes para trás no Brasil.
– A Magirus eventualmente se especializará exclusivamente na Rússia. Mas talvez o boato seja apenas um truque da empresa alemã para receber mais incentivos do governo brasileiro.
– A Volkswagen, a partir de São Paulo, fornecerá veículos ao continente inteiro.

Quarta-feira, dia 21 de abril:
Axexê para Joãozinho da Gomeia.

Foram organizados dois Axexês para Joãozinho, um que durou uma semana em seu templo em Caxias, e um segundo, agora, aqui, em seu antigo templo, na Gomeia.

Ele deve começar às oito horas da noite.

Em algumas árvores do santuário queimam velas.

Carros chegam. Muitos vêm a pé. Alguns vestindo ternos caros.

O cabeleireiro, que também esteve presente na missa dos mortos, vem de Soie Sauvage.

O branco é de *rigeur*. O branco é a cor do luto.

A gigantesca sala de reuniões ainda está vazia. No meio, cobertos por um lençol branco como se fossem um cadáver, objetos de culto. A comunidade conversa nos outros ambientes do santuário e bebe café.

Sobre todas as portas e janelas foram colocadas folhas de palmeiras franzidas.

Mãe Samba adentra a sala de reuniões. Ela empurra à sua frente a nova soberana pelo candomblé do falecido. Os deuses escolheram para tanto uma menina de oito anos de idade – provavelmente para amenizar o desgosto de décadas entre as sacerdotisas e sacerdotes mais velhos.

A menina é empurrada de um lado a outro pelos fiéis rudes como se fosse uma rainha ainda menor de idade e incapaz de exercer o poder.

Cerca de 300 convidados enlutados se apresentam. Cada um recebe um filamento estreito de folha de palmeira que é atado em torno do pulso. Com o pó branco Pemba é desenhada uma pequena cruz na testa e no peito.

Mãe Samba também bota o Pemba com um toque de dedo sobre as pálpebras e na nuca.

A luz elétrica é desligada, três velas são acesas.

Mãe Samba começa a cantar as canções angolanas do rito fúnebre.

Todos batem palmas três vezes com as mãos formando ocos, e sapateiam de um lado para o outro.

O grande pano branco é erguido e revela os objetos de culto.

Nove pratos sacrificiais.

Dois vasos com quatro bandeirolas cada um – vermelho, rosa, branco, preto.

No chão, um montinho de areia.

Três bacias nas quais jazem cabaças pela metade.

Três moringas de argila.

Em cada uma das cabaças é batido com dois pauzinhos, os vasos de argila são batidos com as mãos ou com pequenas esteiras de folha de palmeira.

Também Antonio agora vai se sentar e começa a tamborilar o ritmo, o encantador e proletário Antonio, como músico de enterro para o rico e respeitado Joãozinho.

Talvez ele estivesse em relação delicada – ou talvez não tão delicada – com o morto, e esteja sentado ali hoje não apenas devido a suas qualidades rítmicas.

Tambores não podem ser tocados no Axexê.

Ruídos de ossos.

Será que no passado se batucavam crânios com ossos de fêmur?

Costelas sobre esqueletos de elefante?

Na fábula alemã, o garoto bate tambor no calcanhar de seu irmão.

Agora o sacrifício a Exu, cujos favores devem ser cortejados também na celebração dos mortos. Duas meninas carregam farinha amarela e branca nas costas e a levam para fora.

À porta, há duas meninas com leques de palmeiras para impedir a entrada dos mortos.

Canções de deuses, formam-se duas fileiras de filhas do morto cantando e dançando.

Mãe Samba invoca os deuses de modo enérgico e cada vez mais enérgico, com gestos questionadores e imperiosos.

Mulheres isoladas dançam fora da fila diante das bacias e moringas.

Mulheres e homens juntam moedas, dançam, passam as moedas a outros. As moedas são depostas, um pouco de areia é espalhada, um pouco de farinha.

A dança da moeda dura horas.

Serão os centavos de Caronte?

Mãe Samba deixa a sala. Ela é acompanhada por dignitários e pelas duas meninas com os leques de palmeira. Fica parada no escuro, junto a algumas árvores, fala com o morto:

Ela chama:

– Joãozinho!

Choro.

Gritos.

Soluços.

– Meu pequeno!
– Amanhã tudo estará melhor.
Jäcki não deve ficar no espaço entre as duas meninas com os leques de palmeira. Lá estariam os espíritos dos mortos.
Mãe Samba diz que ele deve entrar de novo; que ele não pode ver aquilo que estão fazendo.
Ela o diz de modo suave, assaz amável e triste.
Algumas filhas são possuídas pelos deuses, se precipitam para fora da sala de reuniões. Homens com varas as seguem e trazem de volta os "cavalos" cavalgados pelos deuses.
Mãe Samba se preocupa com todos individualmente, empresta seu próprio lenço a eles para lhes secar o suor.
Os convidados mundanos vão embora.
As danças continuam.
Por fim, continuam restando apenas 100 filhas, para fazer companhia dançando a seu pai espiritual falecido.
Um homem em pranto fala com Mãe Samba.
Gente dormindo junto às paredes da sala de reuniões.
Nos outros ambientes, o café é servido junto com o prato africano chamado caruru, diversos legumes, que são cozidos com camarões secos e presunto.
Por volta das quatro horas da madrugada, Antonio, que continua tamborilando em sua cabaça, diz:
– Acabou!
Mas Pai Valentino entoa uma nova canção. Depois de meia hora, Pai Valentino diz:
– Acabou!
Os filamentos de palmeira são desatados e removidos dos pulsos.
Os objetos de culto voltam a ser cobertos.
A luz elétrica é acesa.
Todos vão para casa de táxi ou em carros privados.
A Baía de Todos os Santos parece sem vida àquela hora.
Pobres dormem à soleira das portas.

Jäcki anota em seu diário:
Perturbações psicossomáticas depois de ouvir os batuques:
Levantamos à noite e vomitamos.

Diarreias.
Reações alérgicas.
Nossa capacidade de pensar muda.
Embotamento.
Nós ficamos inativos, acríticos, sem recordações.

Do outro lado da estação rodoviária, uma família vive ao ar livre debaixo de uma grande placa de propaganda.
"Calcigenol para o crescimento saudável!"
A família juntou algumas latas, papelão, trapos.
Ela mora por lá há catorze dias.
Todos podem vê-los.
Os trabalhadores. Os viajantes. Os padres. Os policiais. Os taxistas e seus clientes.
Algumas pedras servem de lugar para o fogo.
A mulher cozinha uma sopa de farinha.
O homem fica deitado por aí, bêbado.
As crianças jazem deitadas sobre os pedaços de papelão, com os cabelos coloridos de vermelho de tanta fome.
Há uma semana, a família havia deixado Pernambuco em busca de uma vida melhor.
Sem dinheiro.
O homem queria encontrar trabalho no Estado da Bahia.
Quando a seca começou, eles tentaram a sorte na metrópole de Salvador.
Quatro filhos morrem no caminho por esgotamento.
Os dois últimos jazem ali, moribundos.
Ninguém lhes ajuda.
Ninguém lhes diz, ao menos, que as igrejas principais da cidade, com uma pequena parcela do dinheiro que ganham em bordéis e muquifos de encontro, distribuem sopa para os pobres.
O homem mendiga o suficiente para poder se embebedar.
Ele está prestes a perder o juízo.

17.

Quiuí. Quiuí.
Jäcki se ergueu, assustado.
Quiuí.
Ainda não havia clareado lá fora.
As portas finas da casa semipronta tremiam.
Quiuí.
O pássaro
Como uma rã e como um chicote.
Há alguns dias, ele começara a estridular ao amanhecer.
Devia ser um pássaro muito conhecido, pois no mercado havia pequenos apitos de argila para comprar que produziam um som semelhante.
Quiuí.
Jäcki ficou todo arrepiado.
Irma estava deitada como uma criança, de mãos cerradas, e nada ouvia.
Jäcki se ergueu do meio dos escombros do sono matinal.
Vó. Tortura. Um coelho. Algo com a Feira do Livro.
Ele rolou para fora da cama para não acordar Irma
foi até o espaço contíguo e não mobiliado e abriu
as finas abas da janela.
Chovia outra vez em leves rajadas de vento.
Os raios da chuva caíam regulares e diagonalmente.
Por trás, as palmeiras moviam seus leques à luz pálida do dia antes de o sol nascer.
Ninguém
Quiuí.
Também o pássaro ele não viu.
O único sinal de pessoas era na rua.
Vazia.
Molhada.

E a cruz.
Capitel votivo para um acidente de trânsito.
Ou será que havia sido um assassinato?
A cruz de cimento mal podia ser reconhecida por trás das listras cinzentas da chuva.
Onde estava pousado o pássaro.
Será que ele se escondera?
Se assustara porque uma tropa se aproximava, os crentes de um templo, que esfolavam um garoto acorrentado antes de afundá-lo no mar como sacrifício a Iemanjá, a Virgem Maria, a sereia.
Lampião se lançava, faminto, sobre a Baía de Todos os Santos.
Será que os espiões vinham com seu carro cheio de instrumentos de tortura.
Será que o bando de adolescentes estava à espreita por trás do muro de tijolos e apenas esperava que Jäcki voltasse a fechar a janela para invadir a casa semipronta.
Bastava um pontapé em uma das muitas portas finas da casa e Irma e Jäcki e as câmeras se encontrariam abertos diante deles.
Jäcki foi olhar o baú.
Ele não estava arrombado.
Os santos continuavam, imóveis, sobre o tampo, e pareciam estar vigiando os dois com seus rostos mutilados.
Quiuiiií.
Os dentes de Jäcki batiam quando ele pensava nas torturas.
Nos cangaceiros no Cine Pax.
O que eles haviam contado de Lampião.
Serras, furadeiras, arames, água.
O que era o mais terrível
Já com Villon havia sido assim.
Quebrar a garrafa de Coca-Cola da geladeira
já bastaria.
Irma.
Jäcki quis gritar Irma!
Ele sufocou o grito dentro de si.
Era o que bastava.
A hora pálida e úmida da manhã em que havia acontecido o banho de sangue.

Não se via
Apenas a porta balançava de leve de um lado a outro
O pássaro gritou quiuiiií.

18.

Newsreel:

O professor apresenta Jäcki e Irma ao famoso C. O referido C. não é ninguém mais se não o dono de um motel *gay*, que custa cinco vezes mais do que os outros.

C. acha que conhece Jäcki de algum lugar, e o professor tenta sempre de novo convencer C. de que está enganado. C. também explica que Jäcki é a imagem da castidade, de são José, e Irma uma das muitas virgens Marias, Oxum, uma das deusas do mar.

Eles passam pelos quartos usados por uma hora e ainda intactos pela manhã. No meio deles, uma gruta com as feridas de são Lázaro. Formações antropomórficas de cimento e pedra. Pequenas estátuas do mercado central de são Roque e Lázaro, dos deuses Omolú e Obaluaê.

No porão, cimento barroco – um altar para são Jorge.

Agora Jäcki entende porque C. cobra tarifas tão horrendas de seus clientes. Ele quer continuar construindo seus altares de cimento.

Um quarto para a deusa do mar Iemanjá. Eles são obrigados a se deitar no chão para reconhecer sua figura na formação complicada de cimento salpicado – virgem Maria e sereia.

Um alçapão leva até o quarto de Exu, o demônio. Para afastar todos os perigos deles, C. é o primeiro a descer e conduz Jäcki e Irma até o deus das cruzadas e portões.

C. fala sem parar. É a fala do xamã, da travesti. Essa torrente de palavras com figuras específicas, retóricas é igual em todos: em Testanière na Provença, em Cartacalo/la na colônia de jardineiros por hobby de Lokstedt, em Quirinus Kuhlmann e em Maomé – todos juntos naquele êxtase de palavras divinas que não se interrompem mais. Certamente também era bem difícil conseguir sair da casa de são Jerônimo, depois de ser recebido por ele.

Os vinte marcos para as velas C. aceita com gosto.

Chuva:

Jäcki nada vê.
A luz vai embora.
Jäcki mal consegue sentir o cheiro de algo na escuridão.
Não pensa em gosto, também não em toques.
Devido a seu ouvido expandido ultradimensionalmente, o mundo consiste apenas em pingos e rãs.
Rãs como asnos.
Rãs como pássaros.
Rãs como Michael.
Rãs como formão e martelo.
Rãs como "Socorro!"
Rãs como marteletes.
Rãs como serras circulares.
Rãs como cantores de coro vienenses.
Rãs como carros.
Rãs como rãs.
Relas, relas.
Rãs e sapos-boi.
Rãs e relas?
Rãs relas relam.
Relas rãs rãseiam.
Rãsrãs rãseiam rãs.

O que acontece quando chove durante 24 horas em uma favela:
As casas de argila amolecem e desabam.
Tudo molhado:
Os cobertores, a roupa, os cabelos, a farinha, o feijão, os pavios, os palitos de fósforo, o carvão.
As latas de leite em pó começam a enferrujar.
Amebas e pulmonatas são levadas para dentro dos poços pela água.

Algumas centenas de metros do candomblé de Joãozinho da Gomeia, onde durante as noites se batuca pelos mortos no seco, algumas casas deslizaram barranco abaixo.
Os cadáveres de uma família jazem no asfalto.
Eles acabam de ser cobertos para ser levados embora.

Quando os trabalhadores veem que Irma tem uma máquina fotográfica, descobrem os cadáveres ainda uma vez, colocam-nos mais próximos uns dos outros e erguem um pouco as crianças, para que elas também apareçam na foto.

Terça-feira, dia 27 de abril:
Jornal da Bahia: Dilúvio na cidade!
Tribuna da Bahia: 53 feridos. 18 mortos. 30 casas desabadas.
A Tarde: Leve aumento nos números da paralisia infantil.
Jornal da Bahia: O instituto meteorológico explica que as fortes chuvas se devem a uma frente fria vinda do sul.
Até às 21 horas de ontem choveu 216,8 milímetros; a chuva mais forte dos últimos quatro anos.
Tribuna da Bahia: Senhor prefeito, um dia de chuva e a cidade inteira fica debaixo da água!
– Hoje foram medidas em Salvador as maiores chuvas em 14 anos.
– O senhor acredita que com isso se pode explicar a situação em que a cidade se encontra?
– Eu não sou responsável por isso. Essa situação já dura 400 anos.
A Tarde: O embaixador norte-americano desembarcou na Bahia e quer constatar o progresso na cidade.
No Palácio da Aclamação[1], o palácio do governador, é distribuída comida aos sem-teto. Os embrulhos enchem o jardim; parece até que o prédio suntuoso vomitou.

Quarta-feira, dia 30 de abril:
Jornal da Bahia: 100 mortos.
Tribuna da Bahia: É proclamado estado de emergência por trinta dias.
Jornal da Bahia: Os prejuízos chegam a milhões.
Tribuna da Bahia: Deslizamento de terra.
A Tarde: A maior tragédia da história da cidade.
Tribuna da Bahia: Falta água na cidade inteira. É necessário ferver a água de todo e qualquer poço antes de bebê-la.
Jornal da Bahia: Poliomielite sob controle.
Tribuna da Bahia: 140 mortos. 2.000 feridos. 3.000 desabrigados.

---

1. Fichte percebe a ironia do nome e o reproduz, assim como em outros casos, em alemão, dizendo que seu nome indica algo como "Palácio dos Aplausos". (N. do T.)

Tribuna da Bahia: *Playtime*...
– Uma das tardes mais úmidas e mais chuvosas...
– Tanto mais calorosa e hospitaleira...
– A hospitalidade alegre e espontânea, ainda que irrepreensível, da parte de Judy Watson...
– A simpatia da honorável embaixatriz Suzanne Rountree...
– A argila das rosas encobria a casa...
– Xícaras de porcelana e duas bandejas de prata...
– Chá ou chocolate...
– Garçons...
– Diversas mesas cercadas por cadeiras austríacas...
– Encantadora e elegante, de feições bondosas e marcantes...
– Seda amarelo-canário...
– Chanel...
– De pretinho básico...
– Chanel...
– Shantung...
– Midi...
– Tons pastéis impressos...
– Bandejas com milhares de guloseimas...
– Mais rosas em tons multicores...
– Refrescos servidos...
– Confetes para os não fumantes...
– Garçons...

A recepção na residência do cônsul americano para a esposa do embaixador dos Estados Unidos.

Tribuna da Bahia: Os americanos admitem: Nós torturamos civis no Vietnã.

Evacuados na Baixa dos Sapateiros:
– Sempre choveu dentro de nossas casas. A mobília inteira foi perdida. Nós passamos a noite com amigos, com 30 ou 40 que também estão desabrigados.

Outros acampam na rua em alguma esquina protegida.
– O Estado não vai poder nos ajudar mesmo.
– Existem 5.000 desabrigados. O Estado nem sequer tem tanto dinheiro a ponto de poder cuidar deles.

Uma mulher de 65 anos apenas continua possuindo aquilo que carrega no corpo.
– Não tenho filhos, não tenho marido, não tenho parentes.
Uma mulher de 70 anos está sentada, muda, em uma ilha no meio da água, e tenta secar jornais prescritos.

O presidente Médici, em seu discurso aos trabalhadores do dia 1º de maio, aumenta os salários mínimos para 151,20 e 225,60 cruzeiros, conforme a região.
O salário mínimo é pago para trabalhadores adultos por 30 dias de trabalho e 240 horas de trabalho ao mês.
No ano passado o custo de vida subiu 20 por cento.
O salário mínimo de maio de 1971 teria significado um progresso menor em maio de 1970. Agora, o aumento já fica atrás do aumento dos produtos alimentícios básicos.
Ou seja, para cerca de 80 por cento da população, a miséria apenas ficará maior até o próximo aumento.
Que empregador se mostra disposto a pagar o salário mínimo?
Quem respeita as oito horas de trabalho ao dia?
O que recebem as crianças?

Terça-feira, dia 4 de maio:
A Tarde:
Antonio Monteiro noticia sobre o último dia do Axexê para Joãozinho da Gomeia.
O Axexê começa na noite do dia 21 de abril e termina no dia 28. Com uma missa solene, "Eça", na igreja do Pelourinho, que foi construída por negros. Os participantes do Axexê vão até Mãe Samba, Sambadiamungo, e são marcados por seus dedos cheios de um pó de gesso branco, a Pemba. Eles fecham os olhos e Mãe Samba desenha uma pequena cruz na testa, em cada uma das pálpebras, sobre o peito.
Agora o visitante está purificado e não precisa mais temer os mortos. Então quatro Ogãs levantam um lençol que encobre os objetos sagrados e as baquetas.
Seis Alabás, batuqueiros, sentam-se na parte dos fundos, sobre um banco bem baixo.

Ao caboclo da rua, Exu, o mensageiro dos deuses são oferecidos: dois pratos de farinha de milho, uma moringa com água e uma vela acesa em sua benção.

Uma filha da deusa Iansã leva tudo para fora, ao terreno sagrado.

Quando ela está de volta, um Ogã borrifa óleo de palma, mel e vinho sobre as baquetas – sobre três cabaças viradas de borco e três moringas de argila. Todos esses objetos são novos.

As cabaças são golpeadas com pequenas baquetas de madeira, Akidavi, as moringas com a mão e um pequeno leque trançado.

Os batuqueiros se revezam. São 18 ao todo. Seis de cada vez.

As canções são da nação Angola.

À direita está postada Mãe Samba, à esquerda Sandra, as duas começam as danças fúnebres e as filhas as seguem.

Os objetos de culto estão ordenados em forma de triângulo. Eles estão envolvidos por dois grandes mariôs[2], folhas de palmeiras trançadas.

Folhas de palmeira afastam os mortos.

Nove pratos com dádivas para os Eguns se encontram prontos – a refeição dos mortos.

Das onze à meia-noite o morto é chamado.

Da meia-noite à uma da madrugada canta-se aos deuses; começa-se com Iansã. Ela é a única a ter poder sobre os mortos. A oração Angorossi, a oração do perdão, é cantada pelo babalorixá Valentim.

Gritos:
– Rirrô! Uô!

O fetiche da deusa Iansã, o irukerê,[3] e uma espada de metal são brandidos ao dançar. O irukerê é o feixe do rabo de uma animal sacrificado.

Na porta de entrada há uma grande moringa com a bebida da iniciação, abó. Os crentes enredam seus dedos com ela para ser protegidos dos mortos.

Por volta de três horas da madrugada começa a parte mais importante do axexê.

---

2. No original, "Marios", quase como se fosse um nome próprio, ainda que se saiba que todos os substantivos comecem com maiúscula em alemão. Curiosamente, Fichte dá aos substantivos da umbanda e do candomblé a maiúscula dos substantivos alemães, mas não dá a mesma maiúscula aos substantivos latinos, ingleses e franceses que cita, por exemplo. (N. do T.)

3. No original, "Alukare", fetiche que de modo algum se conseguiu localizar nos compêndios. Fichte pode querer se referir ao "eruexim". (N. do T.)

Agora todos cantam na nação ketu:
- Axexê lonã.
E gritam:
- Rirrô! Rio! Uô!
Enquanto isso é preparado o carrego dos eguns, a carga dos mortos.
Todos os objetos do templo que foram usados durante o axexê, assim como as roupas dos mortos, são depostos em um lugar designado pelos deuses na floresta ou na praia.

Quarta-feira, dia 29 de abril:
A Tarde: 104 mortos. 1.400 casas destruídas por deslizamentos de terra ou pela chuva. 7.000 desabrigados.
Tribuna da Bahia: 534 milímetros de chuva, a maior quantidade desde 1903.
A Tarde: Perigo de tifo.

Os desabrigados que foram alojados primeiramente no Mercado do Curtume são transportados às barracas da Esso.
Debaixo de guarda policial.
Três policiais estão postados à entrada do terreno.
Cinco policiais à entrada da barraca em forma de ginásio.
Piso de cimento. Lama. Na lama, tábuas, sobre as quais as pessoas dormem.
Nada de cobertores. Nada de colchões.
Mosquitos.
Há donativos para comprar comida. Eles não são suficientes para dar comida a todo mundo.
As famílias têm em média sete filhos.
As mães lavam a roupa nas poças de água da chuva na frente do barracão.

Os rios estão contaminados pelo tifo por causa dos cadáveres de gado trazidos do interior.
Com o transbordamento dos rios, bacilos acabam entrando nos reservatórios de água potável.
A instituição pública admite não conseguir mais filtrar suficientemente a água potável.

O professor Valmor de Almeida Barreto da Faculdade Geológica da Bahia previu deslizamentos de terra há cinco anos.
Ele comunicou os resultados de uma comissão de investigação ao então arcebispo Dom Eugênio Sales.

Sexta-feira, dia 30 de abril:
Dom Eugênio Sales envia um telegrama ao governador no qual comunica estar rezando pelo povo da Bahia.

No Palácio da Aclamação, a residência do governador, as damas da sociedade juntam os modelos da última estação e os restos de sua farmácia caseira para as vítimas.
Os criados oferecem, com suas luvas brancas, sanduíches e refrescos:
– Estamos todos ajudando! Todos!

No Mercado Popular, cerca de cem famílias foram alojadas. Elas moram nos antigos estandes de venda.
A água chega a oito centímetros no lugar.
Não há colchões. Alguns dormem sobre bancos de argila.
A maior parte das crianças corre nua por aí, arrastando a sua frente barrigas gigantescas e inchadas.
Um único banheiro para todos.
Sempre a mesma história:
– Há uma semana, veio a chuva forte. Aí nossa casa desabou. Agora não temos mais nada.
E, ao dizer isso, todos tocam, demonstrativamente, as poucas roupas que vestem.
Estão sentados por aí, olhares ausentes.
A máquina de Irma causa alegria:
– Uma foto! Uma foto!

Maria, a estudante de psicologia, informa que no Instituto Médico Legal "Nina Rodrigues" jazem pilhas de crianças afogadas. As mães procuram as suas entre elas.

Domingo, dia 2 de maio:
Jornal do Brasil: O papa reza pelas vítimas da Bahia.

Segunda-feira, dia 3 de maio:

A Tarde: Paralisia infantil e hepatite.

Terça-feira, dia 4 de maio:
Tribuna da Bahia: Dois casos de tifo.
Três casos de varíola.

Quarta-feira, dia 5 de maio:
Jornal da Bahia: Igreja refuta acusações de negligência.
Falta comida para os desabrigados.

No barracão da Esso as famílias individuais agora são divididas por cercados de cordas. Cada família tem cerca de quatro metros quadrados à disposição.

Sábado, dia 8 de maio:
Tribuna da Bahia: Leite em pó contaminado no porto. Não teria faltado muito e 2.223 sacos de leite em pó contaminado teriam sido consumidos pela população. O leite em pó, uma doação da Conferência dos Bispos do Brasil, seria distribuído gratuitamente. Ele foi misturado à soda cáustica e está armazenado no galpão três.
A permissão para fotografar o leite em pó não foi concedida.
– 35 casos de paralisia infantil

Em Arembepe, um povoado de pescadores, todo ele de aparência africana, nas proximidades de Salvador, os moradores protegem suas casas de argila da chuva com esteiras de ráfia, que eles dispõem junto às paredes.
Em Arembepe as casas permaneceram intactas; de qualquer modo, também não houve deslizamentos de terra como na cidade.
Também em Arembepe há crianças com barrigas que são mais grossas do que a altura das próprias crianças – aqui, junto ao mar, assim como no barracão da Esso, na cidade.

Quarta-feira, dia 12 de maio:
Jornal da Bahia:
Atenção, uma nova enfermidade! Leptospirose!
Ela é transmitida por ratos e ataca os rins e o fígado. Não há remédio contra ela. 12 casos no hospital Couto Maia.
– Promiscuidade no barracão da Esso.

Muitas mães se queixam de que alguns casais têm relações sexuais inclusive de dia, sem nem mesmo considerar a presença de crianças que brincam nas proximidades.
Os policiais estupram as meninas.

C. fala sem parar dos deuses e de quando em vez se interrompe apenas para indicar *gays* bem dotados a alguns homens.
Hoje é sábado, e, nos motéis do bairro palaciano decadente do Pelourinho, os casais fazem fila.
C. conduz Jäcki mais uma vez pelo alçapão abaixo.
Ele arranjou um quarto para os mortos.
O quarto é caiado de branco, no meio há uma cruz negra envolta por uma longa faixa branca.
– Os mortos da catástrofe das chuvas me procuram. Eu sofro o sofrimento deles e preciso organizar festas para eles a fim de acalmá-los.

19.

Quando Jäcki voltou a sacudir o portão do jardim da Liberdade
ele estava atado não apenas com a corrente
O cadeado também estava trancado.
Jäcki chamou por Verger em vão.
Por fim, o artista pop alemão que morava ao lado chegou e disse que Verger havia viajado à África.
Jäcki conhecia esse plano do velho etnólogo.
Ainda assim:
Jäcki ficou furioso.
Isso era uma sem-vergonhice.
O personagem principal simplesmente viaja para longe do romance, a uma realidade, Ibadan, Abomei, que o autor não consegue imitar nem sequer fantasiando.
O material se torna infiel à ficção
E isso jamais aconteceu.
Isso é permitido apenas no sentido inverso.
Assim são os etnólogos
No sentido inverso.
Assim são os *gays*.
Aqui, um pouco de fichas e papel de apagar
Ali, um pouco de transe
E um pequena quarto, comprado, de ejaculação.
E lá se vão eles.
Jäcki foi dominado pelo asco.
Ele queria dar o fora.
Jäcki estava tão horrorizado com a realidade, com a traição do material que ficou contente em poder fugir da Bahia e sua leptospirose para o socialismo.
Para Allende.
Para o Chile.

O quê?
O poeta deixa seu material na mão?
O poeta trai seu romance?
O romance, talvez.
Mas a chama ele voltara a encontrar, o rádio, a revista Spiegel, o jornal Zeit.
O programa politicamente engajado.
O romancista, que pretendia sorrateiramente se tornar etnólogo, volta à condição de jornalista
Uma entrevista para o jornal Zeit.
Jäcki escrevera um belo programa para Christian
Apenas a partir de entrevistas com ministros.

20.

Poderia muito bem ser que alguma vez tudo corresse bem rápido.
Que o tempo e o mundo não explodissem –
implodissem – como Peter M. corrigiu com exatidão –
E sim Jäcki.
Ele estaria deitado em um quartinho um pouco pequeno demais
Doente de uma enfermidade de cacatua solene e famigerada
para a qual não existia cura
5 feridas de operação.
Mangueiras
Jäcki como cartaz espetacular da Galeria Brockstedt
E aquele romance sobre a etnologia. Rio Bahia Amazonas
Brasil 1969 Brasil 1971 Brasil 1981 estaria pronto
contado a esmo em uma primeira versão selvagem para representar
o continente e os dois etnólogos antes, que tentavam
botá-lo sobre os ombros, intrigando.
Só faltava mais um longo capítulo.
O movimento contrário à fascinação de Jäcki com os ritos
o movimento contrário à obsessão de Jäcki de ferir ritos
Socialismo.
Mais exatamente:
Social-democracia.
Allende chegara ao governo através de eleições no Chile, e indicava
que se submeteria ao sistema democrático com um governo socialista
Isso interessava a Jäcki.
Era para lá que ele queria ir.
Isso que ele queria ver.
Isso lhe pareceu a solução para o esquadrão da morte leptospirose, para
a tortura e a fome, fome, fome, morros cheios de favelas, brutalidade
da era do gelo e só missas, ainda

Esse era um escrito que ainda ocupava Jäcki, longe da análise do comportamento, dos ritos, da linguagem.
Da libertação da sexualidade, que parecia a coisa mais importante a Jäcki.
Pois de que adiantaria conseguir um litro de leite por dia para as crianças pequenas, para depois lhes impingir o mesmo ódio, a mesma hostilidade aos sentidos, o mesmo desprezo do amor e do corpo que imperavam há 2 mil anos, pensou Jäcki
Que causaram mais destruições do que a fome e a exploração.
Contra fome e exploração, e Jäcki pensou fome e exploração, era possível se rebelar
Contra os sentidos era possível apenas atentar.
De uma doença mental, bem-aventurado seja o dr. Freud, pensou Jäcki, se pode apenas ser curado.
Será que essa viagem ao Chile socialista era algo como o trabalho de Jäcki com o Abbé Pierre Groùes.
Um caminho enganoso, pelo qual ele teria de pagar caro.
Não existe literatura engajada, pensou Jäcki
O critério fundamental da literatura é que ela não se amarre a nada.
A única que não pode ser amarrada.

Jäcki entrevistou Allende e todo seu governo
Para Jäcki, começaram dez novos anos.
(Jäcki começou a lidar de modo pouco cauteloso com palavras.
Ele pensou esperança.
E, sobretudo, mas isso ele ainda percebeu a tempo, usou em seu programa sobre o comércio de cobre, a palavra burguês.
E nisso ele não pôde ser acalmado nem pelo fato de que o velho Fontane, o assaz velho Fontane, quando começou a olhar um pouco de lado para Gerhart Hauptmann, usara a palavra burguês exatamente no mesmo sentido.
O fato terrível permaneceu: Jäcki havia assumido um tópico
o oportunismo – tópico e oportunismo,
aliás.
O abissal senhor Rübenach olhou para Jäcki de baixo e disse:
Pois bem, eis que agora também o senhor está fascinado com o poder...
Isso não era bem assim.
Ainda assim, Jäcki jamais esqueceria aquela frase de Rübenach.)

Mas para todas essas coisas agora seria tarde demais.
Na noite anterior à cirurgia, Jäcki corrigia o romance sobre o Brasil sem um capítulo sobre o Chile, e, antes da anestesia, confiou-o a Irma.
Ele não foi às vias de fato.
Talvez no fundo tudo aquilo fosse, era o que se dizia, sem esperanças.
Mas ele começou a pensar entre o bimbalhar dos sinos, as injeções contra a dor e as mangueiras.
Estava fraco demais para escrever
Cada letra lhe doía no intestino
Ele não queria ditar a Irma.[1]
Se ele pelo menos ainda conseguisse escrever mais um pouquinho durante algum tempo.
Se ele conseguisse terminar o longo capítulo sobre o Chile de modo bem rápido e resumido.
O que seria então que ele corrigiria?

– Senhor presidente, até o dia 24 de junho deste ano foram desapropriados um milhão e cem mil hectares de terra no Chile. O que foi que mudou, com a reforma agrária, para os trabalhadores pobres e famintos do campo?
Dr. Salvador Allende Gossens:
– A vida dos trabalhadores do campo mudou completamente, pois nós fundamos o Conselho Nacional dos Agricultores, os conselhos estaduais e os conselhos municipais dos agricultores. Organizados desse modo no país inteiro, os agricultores participam junto com os funcionários do Estado da elaboração dos planos que determinam as desapropriações e o desenvolvimento agrário. E assim os agricultores também opinam sobre a situação do campo e contribuem no sentido de estabelecer as condições de trabalho, bem como as condições de vida das pessoas que trabalham no campo. E desse modo eles inclusive adquirem importância pela primeira vez na história do país. Além disso, os trabalhadores das terras desapropriadas formam uma comunidade organizada, quer dizer, eles assumem a tarefa de trabalhar a terra por tanto tempo até que seja encontrada a forma definitiva de lidar com ela. A lei exige que a terra possa ser dividida e que o direito à propriedade possa ser transferido aos trabalhadores do campo: e a lei também assegura,

---

1. Aqui Hubert Fichte dá várias dicas sobre o processo de estabelecimento do texto de *Explosion*, mencionando a gravidade de seu estado médico inclusive. (N. do T.)

e nós concordamos com esse ponto de vista, que devem ser construídas cooperativas. No passado, essas comunidades eram organizadas de modo diferente. O agricultor era um empregado, pois a responsabilidade pela organização estava nas mãos do funcionário estatal. Hoje todo mundo na comunidade determina as normas para o trabalho: o técnico agrícola ajuda nisso. Foi aberta uma conta bancária para cada uma das comunidades, de modo que os trabalhadores, eles mesmos, determinam seus ganhos diários. Eles têm a sua própria contabilidade, e com isso os trabalhadores do campo são obrigados a avaliar seu próprio trabalho e o de seus camaradas. Algo que antes não existia. No passado, alguns trabalhavam bem nessas comunidades, outros mal...

O senhor compreende, portanto, que o trabalhador do campo hoje em dia mudou completamente seu modo de viver e sua vida como um todo.

– O problema do desenvolvimento agrário...

– Quero lhe mostrar uma foto...

Na Europa, não, em alguns países da América Latina se publicou essa foto e se afirmou que eu estava no aeroporto e estaria recebendo os assim chamados soldados soviéticos, e que isso seria a cruz, a estrela de Stálin. E na verdade se trata do comandante supremo do exército chileno, e esse daqui é meu auxiliar e estes são dois soldados chilenos em Magallanes. Este é o uniforme que os soldados chilenos usam e, uma vez que na época estava muito frio, eles me emprestaram um sobretudo para as manobras e um quepe, a fim de que meu sombreiro não molhasse. E esta é a insígnia do presidente chileno. E imagine só que isso foi publicado em alguns jornais para dizer que o presidente recebeu uma delegação de oficiais soviéticos.

– O problema do desenvolvimento agrário é a formação profissional do trabalhador do campo. O que foi feito nesse sentido?

– É verdade. Há um projeto abrangente do Instituto de Formação Técnica, ICIRA (Instituto de Capacitação e Investigação em Reforma Agrária), do Instituto da Agricultura e da Pecuária, INDAP (Instituto de Desenvolvimento Agropecuário), e da Cooperação para a Reforma Agrária, CORA, e outras instituições agrárias, no sentido de criar um plano de formação conjunta. O senhor haverá de compreender que é bem complicado começar a formação na agricultura e, ao mesmo tempo, digamos, elevar o nível cultural. O governo do senhor Frei formou 35 mil trabalhadores do campo. Só na região de Cautin, embora apenas de forma bem elementar, aumentamos o conhecimento profissional de 40 mil trabalhadores do campo nos três primeiros meses do ano. Nós agora enfrentamos a dificuldade de não ter funcionários suficientes à disposição para fazer tudo. Temos cerca de 2 mil funcionários para esse trabalho. Estamos em contato com o Instituto para a Formação Agrícola, que é conduzido pela igreja, em acordo com o Ministério da Educação, e sem qualquer dificuldade. Isso contribuirá também e do mesmo modo para uma formação profissional maciça no interior das fronteiras que demarcam o universo do trabalhador rural. Temos de usar os meios modernos, filmes, retroprojetores de *slides*, televisão na escola, ônibus de formação.

– Existe agora a possibilidade de que um trabalhador do campo capacitado vá à universidade?

– De fato, o percentual de trabalhadores do campo capacitados para a formação universitária é bem pequeno.

– Mas existem trabalhadores de campo frequentando a universidade?

– Sim, mas muito poucos. E estes sobretudo através do Instituto de Formação Agrícola. Existe uma formação intermediária para o trabalhador do campo. Lá também se escolhem pessoas para continuar na universidade. Há cursos noturnos e cursos vespertinos.

– Alguns camponeses afirmam que acontecem injustiças nos processos de desapropriação; atos de violência teriam sido cometidos e propriedades de menos de 80 hectares, que não deveriam ser incluídas na reforma agrária se estivessem bem cultivadas, simplesmente teriam sido desapropriadas e sem quaisquer tipo de consideração: especialistas em pecuária e sementes teriam sido expulsos de modo desnecessário. Qual é a verdade em relação a isso?

– A verdade é que em cada processo de desenvolvimento são cometidas injustiças, mas essas injustiças não são tão grandes a ponto de prejudicar o andamento da reforma agrária.

É verdade que tivemos dificuldades, mas também é verdade que 400 propriedades foram entregues sem dificuldades. As propriedades de chácaras não constituíam nem sequer um por cento das propriedades agrárias chilenas. Além disso, a lei prevê tribunais de apelação, de modo que o proprietário que considerar que teve um direito feiro poderá recorrer.

Pois bem, houve casos em que os trabalhadores do campo se comportaram de modo bem rude. Mas isso aconteceu muito raramente.

Houve um grande proprietário que morreu de enfarte do miocárdio quando chegou a notícia da desapropriação de sua fazenda.

– 80 hectares, se tomadas em consideração as melhores terras do Chile, podem, se cultivadas intensivamente, transformar seu proprietário em um homem rico. Não existe o perigo de os pequenos proprietários de terra, cuja terra não é desapropriada, constituírem uma nova classe de privilegiados, sobretudo em comparação com a pobre população indígena do sul, que trabalha em cooperativas? O senhor pensa em possibilitar um entrelaçamento de ambos os grupos, para que colaborem entre si, ou todo o trabalhador do campo no futuro será um proprietário de terras no Chile?

– Nós acreditamos realmente que nem todo o trabalhador do campo chileno poderá se tornar um proprietário de terras, porque isso complicaria muito o plano de desenvolvimento. Acreditamos que o trabalho ideal é fundar cooperativas e, nas regiões onde isso se mostrar justificado, instalar propriedades públicas, a fim de desenvolver industrialmente um complexo agrícola, como por exemplo em Magallanes. Isso se mostra adequado sobretudo no sentido de fazer uma tentativa em direção a uma agricultura industrial e uma pecuária industrial de alguma importância.

Logicamente acreditamos que os pequenos proprietários, ao ver o desenvolvimento do trabalho nas cooperativas e os incentivos estatais para tanto, se apresentarão de moto próprio e se unirão às cooperativas. Temos, por exemplo, os juros dos bancos que eram de 25%, não, inclusive de 32%, e de 25% para a agricultura, e que foram reduzidos a 12% para as cooperativas e a 11% para as comunidades agrícolas. Isso representa uma redução dos juros bancários à metade do que foi praticado até agora. A próxima coisa que fizemos foi facilitar os créditos a curto e a médio prazo. Além disso criamos maneiras para facilitar o pagamento do fertilizante. No ano passado, o Chile produziu 600 mil e poucas toneladas de salitre, nitrato. Este ano vamos produzir 900 mil. Queremos, se possível, fornecer o fertilizante a preço de custo para os agricultores. Além disso vamos introduzir uma quantidade maior de fosfatos. Ao baixar o preço do fertilizante nacional, alcançaremos, em média, com o preço do fertilizante usado, um melhor abastecimento para os agricultores. É preciso levar em consideração no cálculo que o nosso salitre é subvencionado, que o Estado é obrigado a pagar três milhões de dólares por mês para que o trabalho nas minas de salitre continue. Pois bem, se produzirmos mais de 30% a mais, estaremos em condições de financiar as minas em quase 80% do custo total. Além disso, elevamos o preço internacional do salitre, o que não acontecia

há trinta anos. E o mercado internacional teve de aceitar que nós definíssemos esses preços. Ademais, produzimos iodo em uma quantidade considerável. Estamos trabalhando no sentido de produzir de 3 a 4 milhões de toneladas de iodo e elevamos o preço por quilograma de iodo em 1,50 dólares. Pois bem, aumento no preço e aumento na produção de salitre e iodo nos permite solucionar um problema grave, que custava três milhões de dólares por mês ao governo para manter as minas de salitre, que agora demandam 5 milhões a mais.
– Em que fase se encontra o processo de nacionalização do cobre e de estatização dos bancos?
– A nacionalização do cobre deverá ser declarada no congresso dia 11 ou 12 deste mês. Amanhã ou depois de amanhã decidiremos se faremos, ou talvez não façamos, objeção a algumas das medidas. Os bancos estão praticamente 80% estatizados.
– Existem, assim como na agricultura...
– No que diz respeito aos bancos estatizados, nós pretendemos especializá-los. Vamos criar, por exemplo, um banco para a pequena indústria, um banco para o comércio, um banco agrícola, um banco para a pesca.
– Existe, para a estatização da indústria, um limite mínimo assim como para a agricultura?
– Sim. Discutimos algo assim, estatizar a partir da base os monopólios e as grandes empresas. Na realidade, eles controlam o mercado de produtos bem determinados. Foi assim que agimos no caso da indústria têxtil. Achamos que mais ou menos 100 empresas teriam de ser incluídas na realidade econômica do Estado e em uma realidade na qual o Chile apresenta 35 mil empresas. 110 ou 120 empresas serão atingidas pela medida. Conforme o senhor pode ver, o percentual é bem pequeno. 10% seriam 3.500 empresas, 1% seriam 350 empresas.
E o que mais? O senhor pode continuar perguntando.
– No Chile existem cerca de 1.500 trabalhadores da indústria que desde o início do governo do senhor frequentam cursos universitários. Cursos técnicos. O senhor pensa em um programa que dê aos trabalhadores, que continuam vivendo em condições duras, que trabalham duramente, a partir da possibilidade de frequentar uma universidade, não apenas a chance de se tornar mais úteis, mas sim de desenvolver suas ideias e ter um ganho de prazer intelectual?

– Com certeza. Não se trata apenas de lhes dar a oportunidade profissional, mas sim de ampliar seus pontos de vista culturais. Nisso o senhor tem razão, e é essa a nossa intenção.
– Na República Federativa da Alemanha nós também estamos vivenciando, depois de 20 anos de um governo cristão-democrático, uma mudança política. Que relações o governo socialista chileno pretende manter com o governo de um chanceler alemão social-democrata?
– Nós almejamos as melhores relações possíveis. E chegamos a expressar isso. Dissemos que o fato de começarmos relações diplomáticas com a República Democrática Alemã de modo algum significa que não pretendemos relações melhores com a República Federativa da Alemanha.
– A situação de um governante como Willy Brandt com certeza não é muito fácil. Existe uma oposição, que talvez esteja interessada em que sejam cometidos erros. A oposição dos cristãos-democratas buscou informações junto ao governo da Alemanha Ocidental sobre o que se faria em relação às propriedades alemãs no Chile. O governo do senhor pretende se poupar de um dilema com o governo da Alemanha Ocidental no que diz respeito a isso?
– Em alguns casos sim, em outros não. Por exemplo: nós precisamos aplicar a lei da reforma agrária também em investimentos que alemães, que vivem na Alemanha, fizeram por aqui. Eles são donos de propriedades agrícolas com um administrador chileno, que cuida da terra. Isso não é possível. Se nós aplicamos a lei aos chilenos, com certeza temos de aplicá-la com tanto maior necessidade a estrangeiros que sequer moram no Chile. Por outro lado, desapropriamos por exemplo uma empresa que estava falida. Ela havia comprado máquinas alemãs e não as havia pago, trata-se da "Bellavista-Tomé". Estamos examinando, justamente nesse momento, de que modo podemos pagar as máquinas à Alemanha, ainda que tenhamos estatizado a empresa. De outro modo, a empresa teria falido e as máquinas seriam executadas judicialmente. Aliás, ainda precisa ser considerado também que o proprietário dessa empresa simplesmente deu o fora sem avisar a ninguém.
– O senhor pensa por exemplo em estatizar as empresas Bayer e Merck, as quais têm grandes participações alemãs?
– Não. Ainda não consideramos essa possibilidade. O que desejamos é, antes de tudo, apoiados pelo Instituto Bacteriológico do Chile, pelo Laboratório Chile e pelo centro de compras da Previdência Pública, fundar um órgão estatal. Este poderia atuar de modo regulador sobre

os preços. Existem marcas de grande prestígio, e nós temos interesse que elas continuem produzindo por aqui. O problema é que elas precisam produzir de modo a que os medicamentos possam ser adquiridos pela população. Por esse motivo foi impresso um formulário estatal que organiza as massas difusas dos vários medicamentos. Existem 6 mil produtos farmacêuticos. Isso explica os extraordinários gastos com propaganda.

Em Buenos Aires, o jornal Zeit chegava pontualmente.

E como poderia ser diferente.

Em Buenos Aires impera a lei da eternidade

E em Buenos Aires o jornal Zeit é impresso.

Uma vez que Jäcki deveria entrevistar Salvador Allende, Irma e Jäcki se trancaram durante dez dias em um hotel Art Deco e leram jornais espanhóis da manhã à noite.

À noite, eles saíam e bebiam champanhe argentina.

Jäcki tentou investigar e descobrir o submundo.

Mas sob as botas de generais não existe submundo.

Nos cinemas, durante os finais de semana, milhares de *gays* se acotovelavam uns em torno dos outros, mas não conseguiam manter distância suficiente da cobiça e do medo para fazer alguma coisa com ares de razoável.

Certa manhã, Jäcki passou diante da Biblioteca nacional.

Ele pensou que *A História da Eternidade* é precisa e perguntou ao porteiro:

El señor Borges ya llegó?

Como no.

Segundo piso, la tercera puerta a la derecha.

Jäcki subiu.

Bateu, e em seguida estava diante de Borges e sua secretária.

Jäcki se apresentou.

Borges disse:

Dans cinq minutes s'il vous plaît.

Jäcki esperou no corredor, sentado em um banco de madeira fresco.

– Em cinco minutos vou falar com Borges, pensou Jäcki.

Ele considerava Borges, junto com Genet e Burroughs[2] os grandes poetas da época
Mas ninguém, nem Genet nem Burroughs haviam formulado uma sentença tão maravilhosamente incômoda quanto o diretor da Biblioteca Nacional em Buenos Aires.
Se existe a eternidade tempo,
e Jäcki citou Borges consigo mesmo
E Jäcki não duvidou que nem sequer pudesse existir um fim do tempo.
Então aquilo ali, Jäcki esperando por Borges, já sucedeu infinitas vezes.
Jäcki jamais pensara em incomodar o homem velho e cego.
Ele sempre acreditara que seria inacreditavelmente difícil, com mil secretárias de Victoria O'Campo e Gallimard, cartas de recomendação que terminavam em antessalas escuras, a New Yorker e muitos telefonemas.
Jäcki perguntara ao porteiro apenas por piada.
Era a reflexão:
Será que o gênio da eternidade e da infâmia ainda tem uma existência oficiosa
El señor Borges lo está esperando.
A entrada na Biblioteca de Babel.
O rosto de Borges de Uruk.
Peço desculpas ao senhor, mas desaprendi todo meu alemão.
Para a França se foram dois granadeiros
Que na Rússia estavam presos
E quando ele chegaram ao quartel alemão.
Suas cabeças rolaram ao chão.
Eu faço islandês.
Em que língua vamos conversar.
Eles decidem que será em francês.
O senhor é de Hamburgo
Como se diz eu – Ich – em missingsch[3]?
– Ick,
Leipzig, Perthes, disse Borges a Irma quando ela pôde fotografá-lo.
Como se diz eu em saxão?

---

2. "Borroughs" no original, em ambas as citações. (N. do T.)
3. Língua mista, fusão surgida da tentativa de faladores do baixo-alemão de pronunciar o alemão padrão. (N. do T.)

Jäcki estava tão encantado que não fez uma pergunta sensata sequer, e não pediu para fazer uma entrevista
E quem ele teria gostado mais de entrevistar que a Borges.
Eram quinze minutos com a memória do mundo na forma do mais puro ouro em pó.
Borges, que citou Heine e quis saber como se dizia eu nos diferentes dialetos alemães.
E naturalmente Montevidéu.
O castelo do Conde de Lautréamont.
Uma casa como um cogumelo,
Um cogumelo, mas grande como a Torre Eiffel.
Um labirinto alto de moradias.
Como se Dubout tivesse executado a Cité Radieuse de Le Corbusier.
Ali haviam surgido os *Chants de Maldoror*.
Ali Isidore Ducasse havia esboçado as fantasias sobre o cerco de Montevidéu
E ali era o palco de todas as anedotas porcas de Plattscheck.
El Elefantizo.
A história da puta casada que por vergonha servia em vestido de freira e sentava seus clientes em uma Chaise percée.
Até enviuvar e, enfim mais liberal, deixar o vestido de lado e morrer de fome.
Montevidéu inteira estava tomada pelos tupamaros.
Os combatentes da resistência contra os generais, que haviam adotado um nome indígena.
Eles teriam conseguido, durante a resistência, construir um hospital próprio.
Jäcki já via o cogumelo-moradia desabando.
Ou os tupamaros espiando por todas as frestas, e bandeiras vermelhas hasteadas no castelo do conde de Lautréamont.
A ponto de parecer que o cogumelo se espancara a ponto de sangrar.
De *gays* nem um resquício sequer.
Jäcki procurou como louco.
Nada a encontrar.
A capital era pequena demais?
Havia generais demais.
Tupamaros demais.

Discreto demais?
No Chile Jäcki queria saber, antes de mais nada, se o regime socialista de Allende, que dava às crianças famintas um litro de leite por dia, oferecia também aos *gays* famintos seu um oitavo de creme ou então pelo menos um dezesseis avos.
Pois Jäcki, que em dois meses se decidiu pelo socialismo, com certeza um socialismo muito peculiar, uma vez que o ortodoxo e filosófico diariamente era refutado por explosão populacional e tecnocracia – inclusive tecnocracia marxista.
Como se poderia, frente à montanha de gelo, acreditar no progresso contínuo da humanidade?
Jäcki não estava pronto a trair uma das revoluções, a revolução contra o cristianismo e o idealismo, por outra, contra, como se diz, o imperialismo.
Não, Jäcki, na condição de *gay*, não cedia ante o socialismo.
Depois de cada entrevista com um membro do governo Allende, ele ia a uma das saunas no meio dos membros do povo de Santiago do Chile Na Catedral. Na Las Delicias, onde na parte de baixo se tomava banho entre trabalhadores índios e em cima se encontrava com Partouzitas[4] *Décadents* com picas de jegue e além disso sempre um jovem índio com uma divina bunda andina, que se deixava, todo queixoso, comer por todos.
Era um daqueles estabelecimentos que através dos altos cúmplices sobreviveria em toda parte, em qualquer tempo e a qualquer revolução.
Pois os *gays*, essa era a convicção de Jäcki, representam a mais antiga revolução, a revolução permanente, que jamais será vencida
Certo dia uma espécie de jornal Bild chileno mostrou a manchete: As bichas presas são. E a capa inteira estava cheia de nomes, com endereços e profissões.
Jäcki botou o jornal sobre a mesa do Ministro da Justiça.
É esta a nova política sexual do governo Allende.
Pelo amor de Deus, não, é apenas um jornal popular da imprensa marrom que enlouqueceu.
Jäcki botou o jornal na mesa do Ministro da Agricultura Chonchol, que encaminhava a reforma agrária sob uma bela, cinzenta e desolada imagem citadina de Bernard Buffet.

---

4. Eventualmente Fichte queira dizer "patoruzitas"; a palavra indicada no original é profundamente enigmática e indestrinçável... (N. do T.)

E esta a nova política sexual do governo Allende?
Pelo amor de Deus, não, disse Chonchol.
Um jornal popular ortodoxamente comunista.
O senhor sabe que Allende não foi o candidato a presidente dos comunistas.
Este era Pablo Neruda.
E Jäcki levou o jornal consigo também para a entrevista com Allende.
E se Allende não precisasse ter ido embora...
Sua filha entrou e lhe sussurrou uma catástrofe socialista ao ouvido.
Será que foi a filha que cometeu suicídio em Havana?
Onde foi que a irmã de Allende cometeu suicídio?
Jäcki teria feito a pergunta acerca da nova política sexual mesmo diante da lareira presidencial.
Jäcki confiava em Allende.
Ele permitiria que ele tratasse uma hepatite sua.
Jäcki não sabia onde, no homem inquieto e acomodado, que queria se mostrar simpático com Jäcki e Irma, terminavam as máscaras e começava a carne que sente.
De qualquer modo, a mímica havia sido bem treinada
E Jäcki sabia: Allende não foi derrubado por falta de esperteza.
Antes por excesso de malícia.
Jäcki lembrou da primeira conferência de imprensa
Todos os leões da opinião do mundo estavam sentados ali.
Os correspondentes do Le Monde, do New York Times, do Pravda.
Iluminado pela televisão nacional e socialista por técnicos *sexys* e jovens, que usavam todos barba cheia.
Jäcki terminou por perder os sentidos em um mar de competência.
Então chegou Allende, com uma faixa presidencial que era um pouco larga demais.
Silêncio
O chefe de governo da magriça extremidade da América do Sul, que incomodava de modo assim tão terrível a todos, aos Estados Unidos, à União Soviética, inclusive à China e à Alemanha Ocidental, como se fosse um calo no sapato, estava sentado ali e os tubarões da imprensa mundial fixavam os olhos nele.

O chefe da imprensa, Jorquera, ficou bem nervoso e começou a sacudir ambos os braços, para provocar uma tempestade de curiosidade, que estava faltando
Jäcki se apresentou depois de mais três minutos de vazio e perguntou
Sobre a liberdade de imprensa.
Um floreado cheio de dignidade e que nada dizia.
Jorquera continuou sacudindo os braços
E ainda o vazio
Jäcki perguntou pela tolerância à literatura de oposição – no que dizia respeito a Cuba
Allende, um tanto incomodado, permanece genérico.
Mais braços sacudidos
Nada.
Agora Jäcki, o que ele realmente pensa.
E Borges
Allende, furioso:
O Chile já era há vários séculos uma nação literária
E agora ele não queria falar mais a respeito disso.
Ora, mas então tudo bem, pensou Jäcki
Eu quis apenas salvar sua conferência de imprensa.
Jorquera sacudia os braços, abanava, abanava e abanava.
Mas Jäcki acabou sentando de modo a parecer que mergulhava em suas anotações e não conseguia mais perceber os abanos de Jorquera.
A conferência de imprensa foi interrompida por falta de perguntas.
E, antes que Jäcki pudesse levantar os olhos de suas anotações sobre saunas, parques, hotéis, pratos indígenas para os touros procriadores mortos na reforma agrária, Allende já estava com seu almirante ao seu lado e se desculpava.
– *Off the record.*
– É assim que se faz, então.
– Para os serviços secretos se trata o *décadent* aos berros.
– Privadamente, ele é convidado para horas de diversão.
– Uma entrevista para o jornal Zeit?!
– *Como no!*
Duas vezes o chefe de Estado não conseguia.
E Jäcki voltou a perder duas tardes.

Ele foi, sem grandes sentimentos de triunfo, à Catedral e ao Las Delicias.

Os cinemas outrora florescentes de Santiago pareciam ter sido intimidados, ao fim e ao cabo, pela capa do jornal Bild chileno.

Apenas em alguns cantos, à sombra, 50 homens se apertavam confusamente.

Como em Buenos Aires.

Nem sequer para fazer algo, mas apenas para se sentir com mais violência em meio a um bolo de gente:

– Ainda há eu!

– Ainda estamos aqui!

Talvez também tenha sido Jorquera, que inventara aquelas armadilhas de espera depois de seis semanas.

Carlos Jorquera, um macho socialista, um jornalista mundial por sua língua

Santiago, Buenos Aires, Cuba, México, Madri. As Filipinas!

Um jornalista que causava sensação, e que conseguira se tornar porta-voz do governo e agora podia sacanear os colegas – e inclusive aqueles que vinham da Alemanha Ocidental!

Jäcki esperou pela terceira vez e ainda fez um teste com o gravador.

Este ficou parado.

Carlos deixou a sala enojado.

De cada um dos poros de Jäcki um olho fixava as pontas dos dedos de Jäcki.

Ele suspirou profundamente.

E desmontou o gravador inteiro.

Mais um teste.

Ele funcionou.

Jäcki e Irma foram chamados até o presidente.

Carlos Jorquera havia desaparecido.

Mas Jäcki ainda o veria de novo.

Em alguns anos

No aeroporto.

Venezuela.

Carlos Jorquera ficara durante meses no campo de concentração.

Sua família,

Sua mãe.

Ele havia sido trocado, escreveram os jornais.
Estava parado sozinho no aeroporto
Jäcki e ele se abraçaram.
Carlos o abraçou calorosamente.
Eles choraram longamente abraçados um ao outro.
Então Jäcki disse:
Eu não tenho nada – a não ser meu cartão de crédito.
E ele deu seu cartão da American Express a Carlos.
Isso Carlos recusou.
Ele voltara a ser um jornalista acossado, que caçava.
O porta-voz do governo, o chefe do serviço de informação, isso ficara para trás, completamente.
E certa noite Carlos Jorquera deu uma entrevista a Jäcki no Parque Central.
Em seguida, eles ainda ficaram por um instante no estacionamento
Depois se separaram.

– Carlos, a mídia diz que não há mais presos políticos no Chile, que a junta militar libertou o último prisioneiro político. Isso é verdade? O que significa essa notícia?
– Não, não é o caso. Os primeiros presos políticos foram feitos ainda no dia do golpe militar. Desde o primeiro momento, eles foram classificados de diferentes maneiras. Eu mesmo fui considerado prisioneiro político, prisioneiro de guerra, criminoso comum, preso do Estado de exceção, de tal modo que eu jamais sabia o que eu era de fato, pois se tivesse sido prisioneiro de guerra, eu poderia invocar a Convenção de Genebra. Eu posso garantir a você que sempre fui aquilo que mais me prejudicava. Essa minha experiência é a experiência de milhares de camaradas. Eu sou um dos bem poucos sobreviventes da Moneda. Passaram-se quatro anos do golpe militar, e ainda não foi dada uma explicação a respeito dos demais colaboradores próximos do presidente Allende, que estavam com ele no Palácio de la Moneda e que estavam comigo. Ninguém disse uma palavra, no que diz respeito a médicos – como Enrique Paris, Eduardo Paredes, Rodolfo Pincheira, advogados como Arsenio Poupin, economistas tão respeitados como Jaime Barrios etc. etc., e eles também não disseram onde seus corpos foram enterrados, se é que eles de fato os enterraram – e isso desde 2 de setembro de 1973. Ante a capacidade infinita para a mentira que caracteriza

a Junta Militar, não é de surpreender que afirmem que não existem mais presos políticos. E Erich Schnacke, o senador socialista, que estava conosco na Isla Dawson? E o advogado Carlos Lazo? Eu poderia dar milhares de nomes a você, de camaradas, dos quais não sabemos onde estão. Diaz Yturrieta do Partido Comunista, Mario Zamorano, o professor Fernando Ortiz, Ponce, Lorca, Lagos, do Partido Socialista. Onde estão eles? Nós, os chilenos exilados, entregamos longas listas de desaparecidos às Nações Unidas. Onde estão nossos camaradas? Os 119 que a Junta Militar fez desaparecer na Argentina? Onde eles estão? Bernardo Araya, um combatente sindical, de mais de 70 anos. Onde está Bernardo Araya? Onde está a mulher de Bernardo Araya? Onde estão os filhos de Bernardo Araya? Os netos de Bernardo Araya?

Uma Junta que é capaz de assassinar, fazer os cadáveres desaparecer, por certo é capaz de formular uma mentira tão grande e afirmar que não existem mais presos políticos no Chile. Meu país inteiro é uma prisão. Todos que não são partidários da Junta vivem como prisioneiros políticos.

– É possível para você dar notícias de suas vivências nos campos de concentração da Junta?

– Eu fui acusado de numerosos crimes: tráfico de armas, tráfico de drogas, espionagem para Fidel Castro, espionagem para a União Soviética, não sei se eles não me acusaram também de espionagem para a Venezuela – em publicações oficiais, e no Chile todas as publicações são oficiais, pois não existe liberdade de imprensa – com fotos, retalhos de cartas, que deveriam demonstrar minha participação em conspirações antidemocráticas. Eles me acusaram de ser proprietário de casas, de mansões. Eu cheguei a este país, à Venezuela, em 1975, com três dólares; esses três dólares representavam todas as minhas posses depois de 30 anos de jornalismo – eles não conseguiram provar nada contra mim, pois não havia nada para ser provado. Eles afirmaram o mesmo dos camaradas, acusaram-nos de roubo, de assalto; não conseguiram provar nada contra eles, pois nada disso era verdade. Nosso padrão de vida como funcionários do governo havia piorado muito em comparação com nosso padrão de vida anterior – nesse sentido, qualquer um de nós poderia ser comparado com qualquer dos membros da Junta. Senhores que são donos de quatro, cinco mansões! Quantos membros da Junta compraram fazendas no Paraguai! Quanto dinheiro eles levaram para fora do país, depositando-o em bancos suíços! Eles são donos dos carros mais modernos. Essa é a vida dos senhores que se declaram os papas da virtude e da pureza. O povo pôde aprender durante esses anos todos quem nós éramos e quem são eles.

E do presidente Allende eles descontaram três pacotinhos de canela.

– Quais as torturas que foram praticadas nos campos da Junta?

– Eu tive a "sorte" de ser caracterizado como um dos hierarcas do marxismo. Pobre Marx! A tortura mais importante contra nós consistia em nos mostrar diante dos 200, 300 ou 400 camaradas mais simples em situações humilhantes, obrigar um ex-ministro, um vice-presidente da República, um secretário-geral de um partido, o reitor de uma universidade a uma palhaçada lamentável e dizer: estes eram os líderes de vocês!

Eu não gostaria de falar das torturas convencionais, dos choques elétricos nos genitais, disso todo mundo sabe, qualquer um passou por isso. Eu falo de um outro tipo de tortura. Durante três meses não ouvimos nada de nossas famílias. Eles simulavam fuzilamentos, batalhas a qualquer hora da noite e da madrugada. Tratava-se de um plano para nos degradar moralmente, pois eles sabiam que a tortura vulgar nos tornaria ainda mais firmes em vez de nos consumir de verdade.

Depois da Isla Dawson eles me mantiveram em um cativeiro. Não posso dizer por quanto tempo. Eu não falava com ninguém. Tinha dois metros para me mexer. Não sabia se era dia ou se era noite. Não sabia onde estava. Eu era mantido em medo constante. Eles queriam me transformar em um trapo para poder me culpar à revelia. Eu não tinha nem sequer a possibilidade de chamar um advogado para me aconselhar.

Eles nos submeteram a uma tortura bolada cientificamente. A alimentação – conforme foi constatado por um médico preso conosco, Dr. Edgardo Enriques Froedden – se destinava a enfraquecer nossa vontade. Foram feitas experiências práticas em outros campos de concentração, sobretudo na Alemanha – parece se tratar de falta de potássio. A gente é tomado pela vontade de urinar, dia e noite.

Também éramos obrigados a arrastar sacos com pedras o dia inteiro, sem pausa para descansar, e sempre correndo. A maior parte de nós resistiu, eu fiquei entre os que menos resistiram. Muitas vezes caía. Fisicamente eu não dava conta daquilo. Moralmente sim.

– Como se suporta isso? O que se sente enquanto isso?

– Não existe receita. Tudo depende muito do estado de espírito. Eu aguentei o que pude aguentar. Talvez eu não tivesse aguentado de outro jeito. Eles não estupraram minha filha na minha presença... Não posso dizer se eu teria aguentado se fosse assim, e eles depois poderiam me botar diante do povo como denunciante e traidor.

Nós conhecemos muitos psicopatas na Isla Dawson. Oficiais que ficavam parados diante de nossos pratos com granadas nas mãos. Nós apenas pensávamos: se morrermos, estaremos mortos. Agora precisamos comer. Oficiais que enfiavam a metralhadora em nossas bocas usando uma colher: oficiais, não soldados. Havia também mórmons entre os oficiais, que queriam nos instruir durante a noite e que liam salmos conosco e nos abençoavam e nos diziam: ao menor movimento, matamos vocês com um tiro. Mas eu tenho certeza, exatamente como me lembro desses psicopatas, jamais vamos esquecer alguns gestos humanos e civilizados de outros, que também usavam uniforme. Sempre existem pessoas que são diferentes.

– A tortura existiu entre os que governaram antes da Junta, Allessandri, Frei e Allende?

– A tortura era praticamente desconhecida no Chile. Inclusive me lembro que quando La Gangrène de Henri Alleg foi publicado, um livro que trata da tortura durante a guerra na Argélia, se dizia no Chile: que horror! Que terrível. Que sorte que entre nós jamais vai existir algo assim.

É claro que havia maus tratos, brutalidades usuais com criminosos comuns e vigaristas nas delegacias de polícia. Os colaboradores mais próximos de Allende fizeram, desde o princípio do governo da Unidade Popular, os maiores esforços para que nenhuma tortura fosse aplicada nem mesmo ao pior entre os criminosos. Nós precisávamos formar um novo homem, com novas palavras e, logicamente, nenhum revolucionário pode ser um servo da tortura. Um torturador está no último degrau da indignidade humana, e ninguém pode ser nosso camarada sendo torturador. Jamais. A tortura como coisa pensada que causa prazer àquele que a executa, é o que há de mais malfadado em tudo que a espécie humana produziu. Nosso governo fez esforços no sentido de eliminar tais práticas policiais, e, como meio político, a tortura não existia. No governo Allende não existiram presos políticos, jamais, do contrário a maior parte do parlamento, que era contra nós, estaria presa e a maior parte dos jornalistas também.

– Como você explica que de repente, de um povo tão humano e cultivado como o chileno, pode surgir toda uma maquinaria de tortura, todo um exército de torturadores e assassinos?

– Esta é uma das grandes perguntas que nós, os chilenos, nos fazemos, e para a qual não encontramos uma resposta. Até agora não encontrei ninguém que teria uma resposta para isso. Quando se contempla a tortura no Chile, até se teria vontade de negar seu pertencimento ao povo chileno. Felizmente, existe um grande número de chilenos que se revoltam contra isso, que lutam contra isso. Nós fizemos muitas, realmente muitas experiências dolorosas e desejaríamos explicar a outros povos que nenhum povo está imune ao fascismo. Essa experiência, nós a fazemos debaixo de muitas dores. O Chile jamais voltará a se recuperar desses horrores. Jamais ouvi ou li uma explicação a esse respeito. E também não pode haver explicação para isso.

– No momento se fala muito dos direitos humanos. Você é político. Você conhece os mecanismos do poder. Que possibilidades práticas você vê de levar os governos a não torturar, não matar, não manter campos de concentração?

– A mim parece que explicações meramente retóricas não levam a nada. Pinochet não irá parar de torturar e de matar por causa disso, o presidente Carlos Andres Perez da Venezuela sugeriu, há algum tempo, uma fórmula que me parece adequada. Deveria ser criado um organismo supranacional que controlasse os direitos humanos nos países isoladamente e aplicasse punições aos países que violassem os direitos humanos, não apenas no que diz respeito à ordem moral, mas também no âmbito das relações econômicas. Eu acho que um meio eficaz de botar um fim na tortura no Chile e de botar um fim no desaparecimento de pessoas, o que representa um problema ainda maior do que as torturas, seria bloquear a Junta economicamente... A Junta no Chile se mantém apenas devido à ajuda estrangeira. A produção no país, é o que avaliam os especialistas conservadores, recuou a um nível igual ao de 30 ou 40 anos atrás.

O golpe de Pinochet foi a consequência de uma intervenção estrangeira. Nós exigimos que as intervenções estrangeiras no Chile acabem. Pinochet recebe mais dinheiro dos Estados Unidos do que Allessandri, Frei e Allende receberam juntos. Isso representa uma intervenção desavergonhada, aberta, passível de ser provada. Nós provamos que foram os Estados Unidos os autores do golpe militar. Nós fazemos uma diferenciação entre a administração Nixon-Kissinger e a administração Carter-Vance. Sabemos que existe uma diferença. E nós dizemos a Carter: não continue com a intervenção! Se o senhor quiser permanecer coerente em suas declarações acerca dos direitos humanos, não continue com a intervenção! Deixe suas mãos longe de nosso país! E nós, os chilenos, vamos resolver nós mesmos os problemas do nosso país.

Os Estados Unidos financiam a política da Junta, e Carter não pode ignorar isso, pois nós provamos tudo com fatos concretos e oficiais diante do governo, ante a casa Branca, ante o State Department. Os Estados Unidos sabem o que Pinochet lhes custa por dia. Eles criticam Fidel Castro, porque recebe diariamente um milhão de dólares da União Soviética – eu não preciso defender Fidel Castro, Fidel Castro se defende a si mesmo –, mas gostaria de dizer aos norte-americanos: Pinochet custa três vezes mais; ele custa três milhões de dólares ao dia aos Estados Unidos.

– Existem diferentes tentativas de autocrítica por parte dos membros da Unidade Popular. Quais foram, na sua opinião, os maiores erros da Unidade Popular e do governo de Allende?

– Primeiro sou obrigado a dizer que não sou um militante da Unidade Popular. Eu não luto por nenhum partido. Eu fui um colaborador próximo do presidente Allende depois de uma amizade de mais de 20 anos. É claro que cometemos erros. Todos os governos cometem erros. Certamente nossos erros foram especialmente grandes. Temos consciência de que os últimos meses do governo do presidente Allende foram muito tensos, muito duros. E as pessoas ficaram obnubiladas por esse últimos meses. Mas o que se esquece é que pelo menos os primeiros dois anos do governo do presidente Allende foram os melhores anos que o povo viveu na história toda do Chile. O povo se sentia mais digno, estava mais alegre, tinha um futuro aberto à sua frente. A dignidade integral de toda e qualquer pessoa humana era respeitada. Não havia prisioneiros políticos, nenhuma censura à imprensa, nenhuma perseguição. E isso não sou eu quem digo, isso dizem todos os estrangeiros que estiveram no Chile na época. Esse exemplo encantou o mundo. Um país minúsculo como o nosso, que se transformou em um fogo luminoso, cujo principal fundamento era a pessoa humana. É claro que cometemos erros. Mas não podemos esquecer que a luta para derrubar Allende já começou antes mesmo de ele chegar ao poder, por parte do inimigo mais perigoso que pode haver, por parte da CIA. O cadáver do general Schneider é testemunha do que estou dizendo. E nós aguentamos, sob essas condições, durante três anos. Três anos.

– Tanto na direita quanto na esquerda é de bom tom caracterizar Allende como politicamente e taticamente incapaz...

– Que outro político teria habilidade suficiente e capacidade para ficar no poder durante três anos sob as referidas condições? E nós também tínhamos a grande massa do povo do nosso lado. Por isso foi declarada guerra a nós, por isso nossos camaradas foram massacrados, por isso nós fomos bombardeados, por isso nossas tropas foram transformadas em um exército de ocupação dentro do próprio país, um exército que foi obrigado a humilhar o próprio povo – a pior, a coisa mais miserável à qual se pode obrigar um soldado. Essa situação persiste. Onde existe um regime, no mundo inteiro, que em tempos de paz mantém o estado de sítio e o toque de recolher que proíbe a população de sair de casa? Os suspeitos de marxismo estão no exílio ou foram assassinados. Um milhão de chilenos vivem fora do país, dez por cento da população.

Mas eu não quero fugir da questão. Quais foram nossos maiores erros? Faltou coordenação no que diz respeito aos objetivos econômicos e políticos, e isso redundou em um isolamento político – não isolamento social, pois continuávamos com a maioria do povo do nosso lado, mas isolamento político que nos custou a maioria no congresso, nos tribunais, nas instâncias de controle, a maioria nas organizações do *establishment*. Faltou unidade para tratar dos detalhes cotidianos.

Um outro grande erro foi considerarmos nossas tropas intocáveis e como um elemento de moderação ante as tentativas de golpe que existiram desde sempre no Chile. Também nisso nós nos enganamos. E pagamos bem caro por nossos erros. Mas também agora, no exílio, não existe unidade política, conforme ela deveria imperar entre todas as forças antifascistas.

Continuam existindo pessoas que discutem se a Junta é fascista ou não. Talvez eu me engane, mas isso pouco importa. O importante para mim é que um número tão grande de forças quanto for possível, vestindo uniforme e sem uniforme, se una para aniquilar esse câncer fascista – eles nos chamavam de câncer marxista – no Chile.

– Existiu um grupo partidário da esquerda que acusa o governo da Unidade Popular de não ter armado o povo, e de que este teria sido o motivo da derrubada de Allende.

– Essa opinião também foi defendida várias vezes no exílio e eu sempre respondi: como se pode armar um povo, com que tipo de canhões, com que tipo de bazucas? Eu não consigo imaginar o presidente Allende percorrendo o país e perguntando do alto de um caminhão: camarada, que tipo de metralhadora você gostaria de ter? Você algum dia já atirou de bazuca?

– Não.
– Os camaradas acreditam que se garante tudo distribuindo pistolas e metralhadoras leves. De que adianta isso contra um exército disciplinado e treinado? Ter armas é coisa bem diferente de usar armas. E, além disso, como poderíamos distribuir armas, através dos sindicatos, dos partidos, das paróquias? E que armas? Como poderíamos armar 500 mil pessoas sem que as forças armadas ficassem sabendo? E sem que a CIA o soubesse.
– Então você acha, assim como eu, que a tentativa de Allende de armar a população teria levado a uma guerra civil no decorrer de um mês?
– Nem mesmo em um mês. Além disso não havia como fazer isso. Nós certamente teríamos preferido que as armas estivessem nas mãos de pessoas mais conscientes de suas responsabilidades e não nas mãos de irresponsáveis. Mas desejar é coisa bem diferente de executar. Nós também teríamos desejado um regime mais justo no Chile. E veja só o que aconteceu conosco.
– Que tipo de ajuda o governo Allende recebeu dos Estados socialistas, da União Soviética, da República Democrática Alemã, da Romênia, da Bulgária etc.?
– Eu não gostaria de me referir a um país não capitalista – oficialmente não capitalista – de modo especial. Eles nos ajudaram e nós lhes agradecemos. É claro que alguns nos ajudaram antes devido a nossa posição geográfica mais do que em razão de nossa posição política, pois alguns continuam apoiando Pinochet assim como se não tivessem se dado conta de que o governo Allende acabou. Mas isso é um problema deles. Peço sua permissão para insistir no seguinte ponto: o problema chileno somos nós, os chilenos, que resolveremos, caso os países estrangeiros nos permitam e não continuem com a intervenção no Chile.
– Que países capitalistas participaram da experiência chilena de um novo socialismo?
– Nosso experimento, nossa experiência entusiasmou todo mundo que se interessava por processos sociais. Muitas sugestões e tentativas que o presidente Allende botou em prática eu hoje vejo repetidas por líderes políticos como Carrillo na Espanha e Berlinguer na Itália. Quando leio alguns artigos em jornais europeus, tenho a sensação de estar ouvindo Allende. Eu repito: nós recebemos ajuda solidária de Estados socialistas. Mas quão mais solidária, quão mais fraterna foi a ajuda de Cuba. Um pequeno país. Um país em estado de guerra. Um país sitiado. Um país que foi bloqueado economicamente – eu me lembro

da impressão que nos causou quando as 40 mil toneladas de açúcar de Cuba chegaram. Isso foi ajuda real, isso foi ajuda concreta.
– Qual foi a posição da República Federativa da Alemanha em relação ao governo Allende?
– Nós tínhamos relações excelentes com todos os Estados. Nós nos dispomos a não nos intrometer em problemas para os quais não podíamos oferecer soluções. Havia pessoas que pensavam que deveríamos ter apoiado com força a causa árabe no Oriente Médio, contra Israel. É claro que de um ponto de vista ideológico nós apoiamos a questão palestina. Mas também defendemos a existência do Estado de Israel. No que diz respeito à Alemanha, tínhamos uma boa relação tanto com a Alemanha Ocidental quanto com a Alemanha Oriental.
– Carlos, você acredita que uma colaboração mais intensa entre o governo da Unidade Popular e os social-democratas da Alemanha Ocidental poderia ter evitado a derrubada de Allende?
– Como assim? Através de ajuda econômica?
– A Alemanha Ocidental era, se não me engano, a maior compradora do cobre chileno, que era adquirido através da Anaconda...
– Além disso, a Alemanha Ocidental confiscou um navio chileno carregado de cobre em Hamburgo... Pois bem, até é possível. Claro que uma ajuda mais intensiva, não apenas por parte da social-democracia, mas de todas as forças antifascistas. Mas quão maior foi o apoio dos países do campo socialista no sentido de nos ajudar. Nosso governo era socialista e nós dissemos que éramos socialistas. A maior ajuda teria de vir de países socialistas – e ela veio. Mas ela não foi suficiente. Não foi suficiente também no que diz respeito aos serviços secretos desses países. Eles não sabiam que essa terrível organização contra o Chile estava sendo organizada?
– Eles sabiam ou não sabiam?
– É o que estou perguntando. Se foram Serviços de Inteligência, somos obrigados a admitir que eles sabiam, do contrário seriam Serviços de Burrice.
– Como você explica que Nixon, no instante da aproximação entre os Estados Unidos e a União Soviética, foi capaz de ousar apoiar o golpe dos generais no Chile, sem botar toda sua política externa em risco?
– Os serviços secretos conseguiram descobrir a intervenção da CIA apenas depois do golpe militar? Por acaso já não estava claro na greve dos caminhoneiros que era a CIA que os financiava? Nós não tínhamos po-

der para impedi-la. Será que as grandes potências, que se reúnem em suas salas bem protegidas, também não negociaram sobre o caso Chile?
– O governo de Willy Brandt enfrentava grandes dificuldades, na época, para aprovar os Tratados Orientais. Ele precisava de todo e qualquer voto. Também de votos da oposição cristã-democrática. Nesse contexto, o reconhecimento diplomático apressado da República Democrática Alemã por parte do governo Allende certamente pareceu um gesto pouco amistoso ante o governo Brandt. Não teria havido uma possibilidade de o Chile reconhecer a RDA apenas mais tarde?
– É provável. Eu não sei. Você acha que teria sido mais pragmático, mais adequado para nós? Mas nosso governo também tinha seus princípios. O problema das duas Alemanhas não nos dizia respeito, diretamente. Um outro exemplo concreto: Cuba. Nós, sobretudo o presidente Allende, fomos criticados duramente por retomar, eu acho que foi no quinto dia em que estávamos no governo, as relações com Cuba. Havia muitas forças "ponderadas" que disseram: "Caramba, não ousem ir tão longe, não se precipitem." Pois bem, para nós os camaradas cubanos eram uma questão de princípio, mais do que um cálculo prático. E quando retomamos as negociações com Cuba, sentimos uma grande satisfação, sentimo-nos dignos. Essa dignidade, esse sentimento de satisfação não aparece em acordos de impostos. Um governo pode ganhar muito dinheiro, mas a posição da dignidade não pode ser expressa em dólares, nem em rublos, nem em marcos, em moeda nenhuma.
– Como a embaixada da Alemanha Ocidental se comportou em relação aos perseguidos pela Junta?
– O governo da Alemanha Ocidental mandou uma delegação à Isla Dawson. Isso foi muito importante para nós. E nos deixou surpresos. Agora sabíamos que se eles nos matassem, eles nos matariam em vão. Nossa morte, nosso assassinato, nosso desaparecimento se tornaria conhecido no mundo, e isso significa uma grande satisfação para um prisioneiro, que não tem certeza acerca de sua vida. Eu sei, além disso, que o governo da Alemanha Ocidental interviu diretamente em favor de muitos camaradas, sobretudo em favor dos camaradas do Partido Radical. Também ouvimos que os camaradas da Alemanha Oriental fizeram um trabalho muito importante no Chile para desmascarar a Junta; alguns conseguiram enganar a Junta – eles fizeram de conta que eram funcionários estatais da Alemanha Ocidental. Filmaram tudo e fizeram documentários sobre as torturas e os campos de concentração.

As duas Alemanhas nos ajudaram muito, temos uma dívida com ambas as Alemanhas, as duas foram efetivas e temos de agradecer a ambas.
– Se disse que a embaixada da República Popular da China se negou a dar asilo aos perseguidos pela Junta...
– Eu ouvi exatamente a mesma coisa. Mas não cheguei a testemunhar isso. Não conheço, no entanto, um único camarada nem uma única camarada que tenha recebido asilo político na República Popular da China. Também me parece que a República Popular da China mantém excelentes relações com o governo Pinochet. Parece que ela não percebeu que aconteceu um golpe militar. Para eles, fascistas chilenos e antifascistas chilenos são a mesma coisa...
Muitos países não querem romper com a Junta e escondem sua posição com a seguinte desculpa: nós conversamos com a Junta, estamos negociando em relação aos prisioneiros políticos... Existem outros países que continuam prestando serviços valiosos: a Suécia, a Romênia. Eles abriram suas embaixadas e salvaram a vida de milhares de camaradas. Muitos camaradas vivem na União Soviética, e a União Soviética oferece ajuda a eles. Somos gratos por isso. E isso não nos admira. O contrário é que nos deixaria admirados. Sentimos, em relação à União Soviética, muita gratidão e muito respeito.
– Quando nos vimos, na primavera de 1975, você me comunicou que Allende pretendia deixar a Moneda para morrer na rua. E você teria lhe dito: Salvador, você deve morrer na Moneda!
– Allende não queria morrer na rua, estava claro que teria se tornado impossível prosseguir com a resistência na Moneda. Combatemos por várias horas. No prédio da frente, acho que era o do Ministério das Obras Públicas, ouvimos, no andar superior, os tiros de resistência. Se existisse a possibilidade de atravessar a rua e chegar ao prédio para organizar a resistência a partir de lá, tudo bem. Mas eu achei que isso seria impossível. E também existia o perigo de o presidente ser visto como um homem que queria fugir à luta. Sua intenção não era fugir, mas sim chegar a um novo *front* de batalha. Isso era o mais importante. Mas, ao fim das contas, caso se tivesse de morrer, era melhor que se morresse em um lugar histórico como a Moneda – e aconteceu o que todo mundo sabe que aconteceu.
Esse plano seria executado conforme segue: nós teríamos saído em grupos e teríamos formado uma avenida com nossos corpos e Allende teria corrido rapidamente pelo meio dela. Isso era impossível de ser

executado, nós teríamos ficado completamente sem cobertura. Os tanques estavam na rua. Não havia possibilidade de conseguir isso.
– Como foi que morreu Olivares?
– Eu o encontrei, atingido por uma bala, já moribundo. Tirei sua máscara de gás para chamar os médicos. O presidente ouviu meus gritos, ele desceu, pois estávamos no andar térreo. O presidente me disse que Augusto não tinha possibilidades de sobreviver. Eu abracei o presidente, também ele tinha os olhos cheios de lágrimas. Para o presidente, "El Perro" era um dos colaboradores mais próximos, mais leais, mais desinteressados e mais capazes de sacrifício. Para mim, ele era como um irmão. O presidente ordenou cessar-fogo e pediu um minuto de silêncio para Augusto Olivares. Alguns instantes mais tarde as tropas ocuparam o Palácio de la Moneda.
– Você estava presente quando Allende morreu?
– Eu estava a alguns metros de distância, nas escadaria. Custa-me muito falar a respeito disso.

Allende queria ser simpático com Jäcki e Irma.
Os dois lhe eram simpáticos.
Mas e a situação revolucionária:
Que podia explodir qualquer travesseiro, fazendo as penas voarem ao alto.
Que no entanto a filha de Allende sempre podia sair da portaria com a Rússia ao telefone, ou então o State Department, Willy Brandt, Pequim, Valéry Giscard d'Estaing, Peron, o que fazia com que Allende fosse obrigado a usar sua tranquilidade preocupada para sossegar Jäcki taticamente.
E assim ele lhe mostrava copos de prata, navios, bibelôs de políticos.
Também com Allende, Jäcki era obrigado a fazer o que mais odiava – ele era obrigado – assim como com o embaixador da Alemanha Ocidental a ferir as regras da hospitalidade
E como o último dos jornalistas, deslocar sua entrevista ao centro das atenções.
Provavelmente Allende teria preferido conversar sobre Gabriela Mistral e vinhos de Bordeaux com ele
Jäcki falava dos trabalhadores.
Ele tinha lido nas universidades:
O trabalhador tem...

O trabalhador precisa...
– Marxistas apressadinhos e *sexys* quaisquer, Fils à Papa, que os deixavam estudar com Marcuse ou Ernst Bloch ou Mandell, logo juntavam suas receitazinhas sobre o que o trabalhador tinha de fazer
– O trabalhador sabe há algumas dezenas de milhares de anos do que precisa, ele vive a utopia, ele domina o submundo.
– O trabalhador precisa.
– Será que o Fils à Papa não queria talvez perguntar ao trabalhador o que ele queria?
perguntou Jäcki a Allende.
E o esperto *bon-vivant* o entendeu
Ele seria o único revolucionário capaz de entender isso.
– Nisso o senhor tem razão, ele disse.
Com um leve arquejo, Jäcki se preparou para a pergunta seguinte, o jornal Bild chileno e os *gays*.
Mas então a fatalidade ancestral realmente adentrou a porta.
A filha comunicou a seu pai algo que o deixou pálido.
Mais algumas bagatelas de instrução sobre a ilha da Páscoa.
A entrevista havia chegado ao fim.
Talvez Allende tivesse explodido
Como Nyerere
Allende havia dito na campanha eleitoral:
Duas coisas não podem dizer de mim, que sou ladrão e que sou *gay*.
Mas os estudantes socialistas que comunicaram isso a Jäcki apenas riram
E também Jäcki decidiu deixar tudo por isso, pelo menos por enquanto.
Será que ele deixava tudo por isso vezes demais?
Os trabalhadores das fábricas têxteis dão dois dias de trabalho de presente ao governo.
Deixar por isso.
A capa do jornal Bild
Será que Allende podia continuar garantindo por muito tempo um litro de leite para as crianças famintas?
E será que Allende de fato não esquecia o um oitavinho, o um dezesseis avos, o um trinta e dois avos de creme para os *gays* famintos?

A ilha da Páscoa.[5]

---

[5]. Apesar da quebra, não há novo capítulo, pelo menos não novo capítulo numerado, no original. (N. do T.)

O totalmente outro.
O outro totalmente outro.
Estes são os antípodas.
Uma paisagem de chapéus-coco.
Tudo arredondado
E jardins, em cavernas debaixo da terra.
Pilhas de mãos devoradas.
Um azul, tão violento com seu toque violeta.
Só Dürer conseguiu certa vez um azul desses em uma aquarela.
Os moais, homens das montanhas gigantescas com seus narizes compridos.
Ficam em pé como os deuses moais em longas fileiras.
A avó de Jäcki teria dito.
Quando vem uma onda de 12 metros de altura, os moais se deitam
os dedos dos pés virados para o céu, como mortos.
Jäcki puxa Irma para o alto, à beira do vulcão, onde os moais semiprontos olham da lava.
Em cima, na luz que se tornou mais fresca, ficava a oficina em que se produziu os deuses.
Cem moais dormem seu sono semipronto de cem anos.
Jäcki e Irma fizeram dois amigos entre os pescadores
Eles levam Jäcki com eles, mar adentro.
Um tubarão rompe o fio de perlon grosso no infinito negro do Oceano Pacífico. E ali está parado Jäcki, o pescador mordido.
Os pescadores puxam armadilhas de lagostas do negror intenso.
Eles oferecem lagosta a Jäcki.
Sim, amanhã.
Junto aos moais.
Eles falam do Taiti e de Valparaíso
como se falassem de distâncias da Estação Central a Blankenese.
Em Valparaíso, oh Deus, quanta coisa eles vivenciaram por lá!
Eles balançam os quadris e se cutucam mutuamente, dando risadinhas.
Aliás existem dois enfermeiros na ilha da Páscoa,
que têm algo engraçado,
Oh, lá, lá, trouxeram hábitos bem novos à ilha da Páscoa.
Os dois pescadores não parecem horrorizados por causa disso.

Amanhã, lagosta junto aos moais.
Irma terminou de fotografar a oficina dos deuses.
Tão bonita ela jamais havia sido registrada.
Uma semana inteira clicando com 2 Leicas e 2 Mamiyas
e dez objetivas.
Será uma das séries mais belas de Irma.
A Epoca as rouba em Milano
Todas as fotos desapareceram na redação.
Irma está cansada em meio ao vento do vulcão.
Anoitece, crepúsculo.
Agora lagostas.
Mas os dois pescadores ainda não mostraram nenhuma
Onde vamos comer lagosta, então.
Entre os moais
Isso ninguém fez, ainda.
Quatro lagostas para nós quatro.
E algumas fogueiras altas.
Então os moais começam a dançar em círculo em torno do vulcão
Os dois pescadores tiram as sungas.
Pegam duas lanças
Mergulham na água azul, azul.
E depois de quinze minutos aparecem com quatro lagostas violetas, que ainda estremecem
Jäcki amontou alguns galhos trazidos pelas ondas.
Os pescadores o ajudam nisso.
Do pequeno hotel-barraca alguém traz vinho branco chileno.
O fogo se ergue tanto em meio à escuridão a ponto de alcançar as figuras dos deuses.
Os moais giram os olhos, mexem os narizes.
Contorcem as bocas.
Os pescadores botam as lagostas de Irma e Jäcki para grelhar.
Eles mesmos se escondem por trás dos narizes mexidos selvagemente dos moais e abrem as lagostas com os dedos.
Jäcki faz como eles.
Lagosta crua.
Ali fora, nenhum turista havia comido até então.

E os moais trazidos de volta à vida pelo fogo.
Nossos ancestrais vivia em jangadas.
Durante meses.
Se entregavam ao sabor das ondas.
E conquistaram as outras ilhas.
Eles comiam as mãos de seus inimigos.

Era isso.
Bem breve.
Naturalmente, se ainda houvesse tempo, Jäcki também exporia em detalhes quais foram as reflexões que o levaram a se tornar socialista.
Ele entabularia discussões, aspectos históricos,
Por que o chanceler Willy Brandt dissera:
Se Salvador Allende fosse convidado a Helsinki para a reunião dos social-democratas, ele apareceria?...
Por que Allende e Brandt não puderam se encontrar.
Jäcki expressaria muito acerca da revolução armada.
Da não violência.
Gandhi voltava a aparecer.
Ele se apresentaria, como esboça cartas, escreve cartas – ao jornal Zeit, ao chanceler da república, ao presidente da república, ao ministro de Desenvolvimento.
Seriam muitas ideias honradas, que muitas pessoas jovens pensam nessa época.
E talvez nem sequer incomodasse, uma vez que todos já as conheciam, o fato de elas faltarem aqui.
Talvez fosse mais importante que Jäcki não tivesse cedido sem mais ao fato de ter comparado o litro de leite para a criança faminta com o bocadinho de creme do *gay* faminto.
E tudo ficaria nisso.

21.

Jäcki voltou do Chile. Voltou da ilha da Páscoa.
A Bahia ficara menor.
Era quase como se ele chegasse de Othmarschen de volta a Lokstedt, ao espinheiro vermelho da infância, à barraca de refrigerante,
ao leiteiro
E tudo havia encolhido.
Os carvalhos, a casa dos Quasnijak, o marmeleiro desaparecera completamente e o leiteiro vendia o leite em saquinhos.
Reconhecer um mundo. A Bahia estava bem atrás. Seus dedos eram grossos demais.
Descrever o Brasil inteiro para a revista Spiegel.
Ou até mesmo um romance, que não oferecia nem as ajudas da cientificidade, ao longo de pesquisas de campo, portanto, estatísticas, citações das mães
Um romance, que também não podia ser fragmentário,
como uma notícia de jornal
Um romance era a consciência do mundo.
Em torno e em volta.
Jäcki teve de se esforçar para pegar os fios na mão novamente
A família baiana lhe pareceu nanica.
O escritor comunista *best-seller*, com sua entrada de serviço coberta de azulejos, a parede folclórica e o *poodle*, a mulherzinha-macho coberta de rugas, que queria comer todas as mulheres do mundo, do mesmo jeito que suas obras também eram traduzidas a todas as línguas do mundo.
Hansen Bahia, o rosado, que trabalhava num entalhe contratado em homenagem ao Ano Dürer
Norma, que outra vez continuava iniciando
Havia algo ali, ao final das contas, com um rito na manhã sinistra

E ervas, que enfiavam no crânio partido dos noviços para fazer lavagem cerebral
Um homem velho e seco anotara tudo em papeizinhos,
que ele cortava para si mesmo e que se esfrangalhavam nas bordas,
Fichas de folhas em caixas de sapatos ou latas de biscoito.
Certo.
Ele comia apenas ovos
Como uma cobra-cega
E era uma eminência parda, seminu e de cabelos grossos amarelado-brancos sobre o peito
Envolvido em um pano de batique.
Não havia nisso algo de *gay*
O papa
E Sartre.
O papa só continuava fazendo aquilo por dinheiro e inclusive nem fotografava mais e também não se deixava fotografar.
Ele queria dançar.
Entrar em transe.
Ele era Directeur de Recherches
E Jäcki certa vez se indignara terrivelmente com o fato de ele trair a ciência com os transes e os transes com a ciência.
Sim, um tema tão importante da crítica científica.
Empirismo, por assim dizer.
Era possível constatá-lo em Heródoto.
O *gay* viajante. Exotismo.
Que traíra aquilo que o fizera partir, um dia.
Agora isso já ficava mais nítido.
Jäcki certa vez compreendera o exotismo
como crítica ao idealismo.
Mas era justamente o contrário
A luta era material, forma.
Jäcki inclusive pensara, certa vez, escrever um romance sobre ele.
O velho etnólogo, que se tornou completamente imóvel e agora apenas bota ênfases
Que tem um tema universal, consciência como folhas, como música.

O desenvolvimento inteiro da humanidade a partir do surgimento dos esporos, passando pelos caçadores e coletores, depois por Orfeu, até chegar a Marcel Proust.

E ele mandando tudo às favas com a maior negligência.

Só porque não compreendia a si mesmo.

Deus, como tudo isso estava longe.

E o etnólogo jovem, ágil, ávido, que se intromete com o velho e bota seu mundo em confusão

Um romance de verdade, com uma intriga

O último romance de Jäcki havia se tornado um sucesso tão bombástico na República Federativa da Alemanha.

Isso ainda era importante.

E havia ainda Corello Murango.

O jogador de futebol com a grande cabeça de travesti,

o boxeador, a vaidosa deusa Oyá

E Nanã, a Mãe da Lama[1], que prometera o banho de sangue

a Jäcki e Irma.

Jäcki não precisava nem sequer se incomodar

E havia um jardim dos deuses, uma floresta sagrada com árvores da África

E Pedro, Pedro, o batedor de folhas, Pedro de Batefolha, ao qual eles haviam roubado uma canção.

Bobajada místico-ontológica.

E Eduardo Ijexá de Ijexá e seus cem anos, que havia cantado Ijexá e convidado Irma e Jäcki para sua festa anual

E Irma planejara o seguinte, na época:

– Se é que eu não posso fotografar nas festas realmente sagradas, vou pelo menos gravar as canções.

– Isso pouco me importa.

Oh, sim, e além disso havia a bebida da iniciação

O preço do cobre

Reestruturação da dívida e bebida de iniciação.

Descrever um continente.

---

1. Uma das divindades primordiais, mais antigas, Nanã representa a anciã, a avó, e é também conhecida como a Senhora da Lama; no sincretismo ela é Nossa Senhora de Santana, a mãe de Maria e avó de Jesus. (N. do T. com a contribuição de Ayrson Heráclito)

Jäcki não se via como Atlas, que no Rio de Janeiro, no Ministério da Torta exageradamente alta, dominava um globo terrestre feito de gesso branco
Jäcki teve dificuldades em juntar os fios de novo
O Cine Pax, por exemplo
A paixão com urina
E os cangaceiros do nordeste continuavam cantando no Terreiro de Jesus
E o ouro das igrejas que se desfazia, purulento.
E Joãozinho da Gomeia, a bicha sincrética da religião, estava morto
O senhor se lembre.
Sim, já se tinha quase uma intriga
O papa Pierri, Corello, que lhe mencionara amável e sorridente o nome das ervas, Pedro com seu quarto terrível
Norma e Nanã que corriam em torno de Jäcki com seus banhos de sangue
e o governador e assim por diante
Os carros na praia, à noite
Os baitolas desnudados pelo jornal
Eles tinham alugado uma casa semipronta por um ano.
Jäcki reencontrou a grande cadeira, a mesa,
a chaise longue
Os fios elétricos saindo da parede.
Jäcki se lembrou que o carro do exército com os instrumentos de tortura seguia todas as noites de um quartel a outro.
Nina Rodrigues.
Etnologia da etnologia.

22.

E enquanto Jäcki havia estudado o preço do cobre e a reforma agrária, por ali continuaram a vida.

O papa foi demasiado amável quando Jäcki voltou a sacudir as ripas acorrentadas do portão do jardim, e Pierri enfim chegou para abrir em seu pano de batique.

O aspecto de Pierri era uma maravilha, achou Jäcki

Seus cabelos haviam crescido na África e o vento fresco da outra estrela o fizera perder algo da pequena-burguesice espreitante baiana.

Ele se mexeu, deu voltas, pegou vagens secas e sagradas, que empacotou para Jäcki, com elas era possível alcançar milagres com as mães e pais de santo.

O papa transbordava, ele botara as ênfases em mais de quinhentos bilhetes na África e se preparava para escrever um ensaio acerca da mnemotécnica dos africanos.

– Como Nursery Rimes inglesas ou francesas.

Sob o bronzeado, e o cabelo *a la* Beatles, o papa havia envelhecido, achava Jäcki. Jäcki o achou desanimado, quase um tanto obnubilado, como depois de um minúsculo acidente vascular cerebral.

Ele não queria mais dizer nada a Jäcki, foi o que Jäcki sentiu em meio aos vários relatórios.

O papa havia se recolhido.

Jäcki sentia agora pela segunda vez que deveria ir embora.

Quando Jäcki se despediu, já sabia, e não sabia por que, apenas negros conseguiam dar a alguém algo a entender sem nem mesmo fazer algo, que ele não deveria mais retornar.

O romance entre o etnólogo velho e o jovem havia terminado.

Isso era um belo recomeço na Baía de Todos os Santos,

Baía de Todas as Santas.

23.

Com o centenário Eduardo Ijexá de Ijexá, quando este se preparou para festejar sua festa anual, a coisa não correu melhor para Jäcki e Irma.
Deveria ser uma festa, Corello Murango lhes explicara,
na qual não há tambores
O centenário Eduardo invocaria, durante três dias, como uma pedra queixosa, todos os deuses
Irma e Jäcki se apresentaram, a bolsa com as duas divisões internas preparada, tudo ajeitado, era necessário apenas apertar o botão de pausa
Eles saltaram por cima do riacho verde diante da porta
Adentraram a casinha em forma de torta colonial e pintada em cores gritantes.
Na sala toda enfeitada, televisão, figuras de santos, ponte japonesa, geladeira, se encontravam todos os Ijexás da cidade
reunidos em seus ternos de domingo
apertados.
Uma senhora jovem e fornida,
vestida em seda e cabelos com permanente
rebolou em direção a Jäcki e o saudou, *pancake*,
cheia de promessas.
Depois, com venenosa doçura, voltada para Irma.
– Vocês não querem tirar alguma coisa.
– Na verdade não tenho nada para tirar.
Ao fundo, os murmúrios ficaram mais altos.
Ofereceram bebidas a Jäcki e Irma
Os Ijexás envolviam Jäcki com brusquidão.
Uma segunda senhora jovem e fornida rebolou em direção a Jäcki e o saudou, dizendo a Irma:
– Posso pegar sua bolsa, ela apenas pesa,
nós vamos deixá-la trancada ali em frente, então você poderá se sentir mais livre

– Oh, eu não teria medo, disse Irma de modo igualmente relaxado:
– Confio absolutamente.
– Mas gosto de ficar com minha bolsa.
– Óculos e tal.
As canções antigas começaram.
O centenário cantava seus ancestrais.
O catálogo de navios
As competições.
Ele gorgolejava com os discursos forçados do santo centenário.
Irma apertou o botão de pausa discretamente.
A comunidade foi para os fundos, passando pelo quarto de dormir
Nas árvores sombreadas do vidente, que ao fanfarronear havia tensionado as pálpebras sobre os globos oculares e sorria como se fosse cego.
Mais uma senhora jovem e fornida com permanente nos cabelos rebolou em direção a Irma e disse:
– Você vai entregar sua bolsa agora.
– Aqui você não pode gravar.
Isso foi bem constrangedor.
Eis que então os ritos de Jäcki e os ritos de Eduardo Ijexá de Ijexá começaram a se debater em torno dos de Jäcki e Irma
E os ritos da traição ritual, do ser pego de surpresa, da mentira nítida.
Jäcki agora tinha de se mostrar indignado.
Ele tinha de ir embora.
E Irma tinha de falar indignadamente com ele e tentar convencê-lo a ficar,
mas seguindo-o para acalmá-lo.
Jäcki não gostou de ir.
Ele tinha a sensação de que o centenário Eduardo de Ijexá cantaria pela última vez naquele ano de 1971 as suas canções milenares – se Borges não tinha razão com a história da eternidade e Ijexá já não tivesse cantado ijexá infinitas vezes pela última vez e infinitas vezes Irma e Jäcki tivessem se mostrado indignados e saído tentando se acalmar passando pelo armário de fantasias e pelo riacho verde afora.
– Mas não é assim que se sente, Jäcki tinha a sensação de que Homero estava cantando ali dentro, e ele poderia ter gravado as sílabas bem escandidas de Homero e tinha sido empurrado para fora do paraíso por um anjo bíblico com permanente no cabelo.

Jäcki e Irma não queriam roubar nada.
Jäcki perguntara a Corello se o seu instituto, se o papa não teria gravado as canções do ancião
E Corello negara.
– Então eu vou fazê-lo, explicara Jäcki:
– Com a bolsa e suas duas divisões internas e um buraco nelas
– Pois as canções dos ijexás vão morrer com Eduardo de Ijexá
– Eu não ousaria, dissera Corello com os olhos chamejantes.
– Eu também não, Jäcki:
– Mas Irma sim.
– Ela não sente nem mesmo o peso na consciência.
– Falando em Corello, disse Jäcki
– De onde será que eles sabiam.
– Talvez exista de fato algo como a vidência, disse Irma.
– Ou eles percebem em mínimos movimentos que estamos escondendo alguma coisa.
– E que havia alguma coisa com a bolsa.
– Mas eles disseram gravar.
– Vidência, portanto.
– Isso eu não acredito.
– E Corello?
– Como assim, Corello!
– Corello foi o único a quem falei disso.
– A ninguém mais?
– Ninguém.
– Eu sou cauteloso.
– Muito cauteloso.
– Corello é algo diferente. Corello é um cientista. Eu jamais pensaria que Corello fosse capaz de alcaguetar um colega.
– Corello foi iniciado e ganha seus transes como o papa.
– Sim, é justamente isso.
– Também não sei por que você tem de abrir o bico quando pretendemos fazer algo em segredo.
– Você acha que Ijexá abriria o bico.
– Corello da Cunha Murango.

O cara dá limonada para a gente, fala de uma ervinha qualquer com vontade e, depois de ter arrancado os vermes do nariz da gente, manda um garoto de programa gigantesco de seu harém na calada da noite até Ijexá.
– Imagina uma coisa dessas.
– Nós somos realmente ingênuos demais.

24.

O banho de sangue ao fim e ao cabo ficou sendo um assunto de Irma.
Jäcki se decidiu a pesquisar a bebida de iniciação abó.
O banho de sangue, se é que eles o receberiam em condições humanamente dignas, seria uma foto em preto e branco na revista Spiegel e duas, três, quatro, cinco fotos no volume estruturalista sobre a Baía de Todos os Santos.
Jäcki se decidiu a investigar a fundo a lavagem cerebral; examinar a transformação do homem, da qual no momento metade do globo falava a partir de uma minúscula franjinha química.
Pedro de Batefolha chamara a atenção dele para o fato de Jäcki poder fazer algo, ele mesmo, para que nem todo o saber acerca da transformação do cérebro permanecesse trancado em um chá de ervas na caixa de sapatos do papa.

Jäcki trabalhou como um louco.
Ele ainda tinha dois meses de tempo até a partida
Até que o dinheiro terminasse.
Será que ele conseguiria?
Será que ele saberia como as ervas transformam os homens?
Será que ele se metamorfosearia em uma árvore?

Jäcki constatou que não existia uma única bebida de iniciação chamada abó, feita de 17, ou de 21 ou até mesmo de 41 ervas diferentes, mas várias delas.
Qual era a mais importante?
Aquela para Xangô?
Havia um abó para as armas, um para o céu, para a água, um para a terra.
Para Oxalá, Logun Edé, Nanã, Omolú, para Lázaro, para são Jorge, para santa Bárbara.
Não havia fim naquilo tudo.

E então as mães de santo e os pais de santo disseram – os atrevidos pais e as irmãs,
malandros
ambos:
Nós não sabemos do que o senhor está falando.
Na manhã anterior à iniciação, nós dançamos pela floresta virgem.
O deus colhe as folhas das quais precisa.
Não nós.

Para conseguir botar alguma ordem naquilo tudo, Jäcki se decidiu de fato a fazer um herbário, conforme o papa havia lhe aconselhado à primeira visita.
Ele agora guardava o Jornal da Bahia, o Jornal do Brasil, a tora da edição de domingo do Estado de S. Paulo.
Ele pegou o trabalho de forja bem carnudo da Folha da Fortuna, dos milagres de São Joaquim, e fechou o papel molhado e balofo com sua tinta negra em torno, marcou o jornal com o nome da planta, e, quando a havia encontrado na flora da Bahia, com o nome latino.
Para comprimir, ele botava o grosso *Tráfico de Escravos* de Pierre Verger em cima, ou os dois volumes do *Candomblé Angola, As Coletividades Anormais* de Nina Rodrigues e romances de Jorge Amado e Aluísio Azevedo.
Jäcki colheu a Ipomoea *pes-caprae* na praia, sua floração era violeta, e ele a comprimiu também.
Comprimir mimosas era estúpido demais para ele.
Jäcki comprou no Mercado Modelo as plantas que o papa lhe havia mencionado
Jäcki começou a vasculhar as bodegas nos mercados da cidade, onde plantas, secas e frescas, pendiam em feixes do teto, pedaços de madeira em pacotes diante da entrada, raízes em conserva nas prateleiras, correntes, pérolas, estátuas de santos.
Muitas vezes quando vinha do Cine Pax, cansado, satisfeito, impaciente com as orgias na urina pisoteada, ele seguia correndo até o pequeno marcado na Baixa dos Sapateiros, tirava uma lista do bolso da calça e comprava mais algumas ervas para Omolú, para Xangô, para Obatalá.

A Baía de Todos os Santos se transformara para Jäcki em Baía de Todas as Santas, em uma Salvador feita de picas, de paus, de cacetes, como haviam dito no Rio, Pau Brasil; os paus batiam
ele se transformou em uma baía de todas as ervas.
Jäcki era enganado
nos mercados.
Algumas mãezinhas vendedoras de erva empacotavam um feixe qualquer para o estrangeiro, mencionando também um nome qualquer.
Jäcki conheceu um coletor de ervas que fornecia aos mercados, e começou a determinar as folhas sagradas com ele, as mesmas que pais e mães de santo mencionavam a ele, folhas que não encontrava registradas em nenhuma das publicações etnológicas, que nem Corello da Cunha Murango tinha em sua lista, que não estavam catalogadas com nomes científicos na flora da Bahia.
O coletor de ervas lhe mostrou cinco diferentes variedades para uma chamada Espada de Iansã.
Jäcki temeu não resistir e desmaiar.
Ele entendeu que não era maldade, intriga dos deuses, desprezo do branco, se uma mãe de santo, diante do nariz da qual ele segurava um feixe de ervas, conhecia um nome diferente daquele que era dado por sua concorrente, que um pai de santo não mencionava a Jäcki um novo deus para deixar o jovem etnólogo em um labirinto...
Os deuses tinham receitas contraditórias à disposição, um nome designava inumeráveis folhas, uma folha tinha inumeráveis designações, e isso não apenas na Baía de Todos os Santos, mas também no Rio, em Manaus, Recife, Aracaju e São Luís do Maranhão
As folhas do sul, as folhas do Amazonas também boiavam na mesma
Um jardim labiríntico de mercados, dialetos, tribos, tempo.
Jäcki tinha pouco tempo.
Que ele era enganado por mães de santo e comerciantes havia sido um engano.
Jäcki pensou se não deveria deixar para lá as vassouras e raízes, os feixes e folhas, as Folhas da Fortuna, os milagres de São Joaquim
e simplesmente perambular com o catador de ervas pela floresta virgem do Estado da Bahia.
Ficar à espreita de uma florescência.
Encontrar o índio negro.
Observar borboletas.

Não escrever um romance sobre o seco papa Pierri
Não escrever um artigo político para a revista Spiegel, abordando a tortura e o tráfico de armas
Nada de ensaio feito de fichas de folhas e herbários secos.
Mas sim um romance sobre índios e caubóis.
Animais selvagens, mineiros em busca de ouro, fogos de acampamento e leões.

Jäcki fez uma lista.
Uma lista sempre é útil.
Ele procurou folhas de almaço de tamanho grande em todas as papelarias da cidade
Encontrou apenas 2 X Din A$_4$ quadriculadas para contabilidade dupla ou o Pitágoras.
Não lhe restou outra escolha.
Nelas, Jäcki agora registrava todos os nomes que havia anotado em bilhetes.
Primeiro o Milagre de São Joaquim de Pedro de Batefolha, que havia desencadeado tudo
Depois as duas do papa.
E as três do papa Pierri.
Em seguida todas as outras, que ele descobrira em mercados, em templos, em livros.
Como informante mais importante, ele deixou sete linhas quadriculadas livres para Pedro de Batefolha
Ele lhe perguntaria qual era o Deus que regia aquela planta
ou para qual bebida de iniciação era usada aquela planta.
Depois, sete linhas quadriculadas para o coletor de ervas, seis linhas quadriculadas para Maria Katendé, seis linhas quadriculadas para outros informantes.
Contra a vontade, também deixou livres seis linhas quadriculadas para Corello da Cunha Murango.
Não que ele já não acreditasse mais uma folha sequer nele por causa da intriga com Eduardo Ijexá de Ijexá.
Mas ele não queria ficar devendo nada a Corello em sua pesquisa.
As ervas que ele tinha na lista, tentou comprá-las depois nos mercados – e uma vez que as porções com frequência eram grandes e ele não podia dividi-las nem dá-las de volta sem parecer ainda mais sus-

peito ou mais ridículo diante dos estandes sagrados de erva, voltava a Piatã muitas vezes carregado de pequeno sacos, ele mesmo uma moita ambulante, uma árvore ambulante, Loko, Tempo, Irokô.
Algumas das folhas eram grossas como galinha-gorda
Elas não secaram entre as camadas grossas do Jornal da Bahia, do Estado de S. Paulo, mas sim apodreceram.

A menina ficou com medo das vassouras que ramalhavam cada vez mais, voando pela casa semipronta, quando se deixava aberta uma das muitas e finas portas externas.
Sim, eles tinham uma menina.
Jäcki achava isso terrível.
Empregar uma doméstica.
Pagar.
Dar ordens de trabalho.
Corrigir.
Jäcki havia sido doméstico e trabalhador, e conseguira se entender na posição.
Mas não conseguia entender:
Elas não lavavam os copos com água suficientemente quente.
Isso ele pedia para Irma fazer
Ele conseguiria se virar sem a menina.
Mas admitiu que Irma não podia arrastar o dia inteiro seus tijolos na bolsa de fotografia, fotografando cadáveres, ritos, bairros miseráveis.
Fazer compras no supermercado Pão de Açúcar.
Comprar lampreias
E champanhe brasileira.
E depois ainda lavar a louça
E lavar a roupa de cama
E passar.
Jäcki tinha mais o que fazer com suas folhas, sua puberdade e Xangô.
Ele também não podia se responsabilizar.
Além disso eles davam – como se chamava isso? – pão e salário a uma moradora da favela.

Eles contrataram, pois, uma das muitas meninas ajeitadas que se apresentaram

E Jäcki ofereceu, para que a coisa terminasse logo, um salário horrendamente alto.
Ele pagou o que pagaria na Alemanha Ocidental.
Depois de duas vezes, ela também não apareceu mais.
Para a seguinte, ele pagou menos, mas ainda mais do que os empresários da construção ao lado com suas torneiras de ouro
Também isso não deu certo.
À terceira, ele pagou o que todos pagavam.
Mas logo aumentou bastante.
Irma e Jäcki agora tinham uma filha bocuda e queixosa de dezesseis anos, que aparecia com irmãs, primas, irmãos bem bonitinhos, amaciava os lenços até que eles cheirassem a podre
Pilhava a geladeira
E roubou três dos búzios negros da ilha da Páscoa
Jäcki pensou se isso deveria entrar em seu romance
O papa e os empregados domésticos.
Jäcki se transformou em um sacerdote do candomblé para assustar a menina
E no dia seguinte os búzios negros estavam de novo ali
E muitas outras coisas
Bolas de gude dos colares de Irma, que a menina e suas irmãs haviam retirado com habilidade.
Jäcki sabia imitar muito bem Xangô e seus trovões.
Não. Isso levaria a coisa longe demais.
Permaneceria anedótico.

A casa, que Jäcki e Irma haviam alugado na praia de Piatã
em um bairro de mansões que acabara de ser planejado,
estava destinada a ser a casa de fim de semana de um bancário.
Suas paredes eram estreitas, bem secas, ainda não havia sido pintada até o fim
Das paredes, saíam fios de várias cores.
O cheiro era de cimento fresco.
A casa começou a se transformar.
O *living*, o sofá, a entrada intermediária
se encheram de montanhas de ervas.
Só o quarto ficou livre delas,

pois Irma tinha medo de cobras, ratos e sobretudo de baratas.
Também na cozinha havia pacotes com pedaços de madeira encaixados.
O herbário se empilhava à altura de uma pessoa, para piorar metade da biblioteca.
O cheiro da construção fresca mudou.
Ela começou a cheirar a floresta virgem, a decomposição, a cerveja, a cacau e a fungo
A seca
Era o cheiro que viera ao encontro de Jäcki no primeiro dia com Professora Norma
Quando as meninas maquiadas saíram pela primeira vez da cela de iniciação.
O cheiro o acompanhara até Mãe Bebê, a Pedro de Batefolha, ao norte com Papagaio e Nanã
e agora ele o produzira, ele mesmo, ali, com seu ensaio, com seus registros de diário e os primeiros esboços para seu romance sobre a puberdade.
Jäcki conheceu Maria Katendé.
Ela vendia bolinhos de feijão em Amaralina e inclusive Corello da Cunha Murango falava dela com as sobrancelhas erguidas como sendo uma das melhores mães de santo da cidade.
Sim, ervas, ela conhece ervas.
Ela entendeu o que Jäcki queria.
Por que ele estava fazendo tudo aquilo.
Maria Katendé ficou fascinada com a lista de Jäcki.
Nomes de plantas e deuses, constata Jäcki sobre os bolinhos de feijão de Maria, não são mais para Maria, que sabe ler, poderes nublados em um escuro Cine Pax do cérebro, mas sim letras que podem ser escritas e lidas.
Sim, ela concorda em escrever para Jäcki, em um bilhete, as 21 folhas para a bebida de iniciação do deus Xangô.
É claro que não logo.
Duas folhas, duas perguntas, no máximo três, é o que se consegue em uma visita, tudo bem
Então também Maria Katendé é tomada pelo temor.
Jäcki sente que hoje não conseguirá nada.

Maria Katendé é avassalada pela fúria palrante de uma profanação alucinante, como em transe ela canta,
os segredos todos, mas não os segredos que Jäcki quer
não os 17, ou 21, ou ainda 41 segredos da bebida de iniciação para Xangô.
Ou ela tem azar.
Ao lado da panela com os bolinhos de feijão, roubaram sua maleta com o que havia ganhado.
Ela trabalha há 22 anos em Amaralina.
Ela é uma das maiores mães de santo da cidade.
Algo assim jamais acontecera até então na Bahia.
Roubar os ganhos de uma velha e santa mulher fazedora de bolinhos de feijão.
Maria precisa de cimento para seu templo.
Ela não espera que Jäcki a ajude.
Ela jamais pediria que ele pagasse pelas informações que ela daria.
Mas ela mesmo assim se alegra quando Jäcki arrasta um saco de cimento até a favela
para ela.
Onde Maria Katendé existe com seus deuses e suas filhas de santo.
Jäcki decide preparar a bebida de iniciação abó para o deus Xangô sob a orientação de Maria.

Uma pena que o papa estivesse melindrado e Jäcki não soubesse por quê.
Ele teria gostado de checar as informações do coletor de ervas
as instruções de uso de Maria com o papa.
Irma trouxera da cidade um pacote com 50 fichas para Jäcki.
Irma tinha um faro monstruoso para presentes agradáveis e espirituosos, que levavam Jäcki adiante em seu trabalho.
Ninguém dava presentes
tão inteligentes
quanto Irma.
Mas uma vez que Jäcki não estava pronto a acreditar no que havia de bem bom no ser humano, ele via no que Irma trazia
algo como ironia
– não, tão estúpida Irma não era, a ponto de precisar da ironia –

Chiste, talvez inclusive troça
Jäcki botou mãos à obra e foi abrir os jornais do herbário para registrar as folhas secas não em bilhetes como o papa Pierri, mas sim nas fichas de um ficheiro de verdade, que ele ajeitou em uma caixa de sapatos vaga.

Tudo floresce na floresta de Pedro.
Também as plantas sagradas nos latões enferrujados
diante do templo.
Pedro chega de dentro da casa.
O homem negro e suave carrega com cuidado um prato de porcelana para sopa.
O prato está cheio até as bordas de areia fina e peneirada
das cortes reais
umedecida.
Do meio dela, brotam pequenos troncos brancos da grossura de um palito de fósforo, as folhas verdes como as de mostarda se desenrolam formando um telhado sobre o prato de sopa.
O conjunto tem algo de um entalhe japonês em madeira.
O branco gritante do prato, o marfim dos troncos, areia cor de areia e o verde claro e vivo.
Pedro dá essa floresta mágica em um prato de sopa de presente a Jäcki
Seriam obis
Cola
Coca-Cola, pensa Jäcki.
Da África.
Que ele plantara ali.
Jäcki carrega o prato com a pequena floresta cautelosamente para fora da floresta virgem e através da favela, Liberdade, passando pelo papa, até a casa semipronta na praia, que se transformou em um cérebro de folhas como o cérebro de Jäcki em uma estufa de ervas, em uma caixa de sapatos com fichas.
Em suas veias corre sangue verde.

25.

– E você acha, pensou Jäcki, replicando a um parceiro imaginário, a um colega professor ou jornalista, ou mesmo a um leitor de seu romance:
– Que Corello da Cunha Murango sentiria vergonha.
– *Pas de tout.*
– E ele ainda grita com a gente.
– Berra enraivecido por aí, como se tivesse a sua frente um de seus assistentes ou algum veterinário bicha no boteco, que não ousa fodê-lo de jeito, porque tem medo de pegar uma gonorreia e passá-la ainda na mesma noite a sua mulher, mãe de seus sete filhos.
– Não que eu pudesse gritar, o que foi que você fez, seu erudito estúpido e provinciano, que jamais conseguirá se tornar Directeur de Recherches no CNRS, revolucionário limitado e covarde, a revista Spiegel com certeza não aceitaria publicar suas ideias para transformar o mundo, seu lambe-botas do governador e das empresas de exploração de petróleo americanas.
Eu não gostaria nem de saber como será o seu Pelourinho, o que você pretende fazer com os palácios renascentistas de merda que já estão caindo aos pedaços, os bordéis de papelão, as putas, os rufiões, os garotos de programa, com o Nina Rodrigues e o Pithex sagrado da Alsácia, o cortador de barrigas, nas quais botava bebês dentro.
Uma zona de pedestres e um bairro de enxaimel.
– O que foi que você fez?
– Você se esgueirou, em seus ciúmes, até Eduardo Ijexá de Ijexá e lhe soprou o truque de Irma com a bolsa de duas divisões internas e o botão de pausa.
Ou uma das damas rechonchudas de seu harém.
Que seja.
Pouco me importa.
Não sou musicólogo.
Eu tinha perguntado a você se o seu instituto estúpido já o tinha gravado ou não.

Você disse que não.
Agora o você bem direto de Jäcki brilhava, sem mais nenhum respeito, se dirigindo diretamente a Corello e sem qualquer formalidade.
Fez até mesmo uma queixa antecipada.
E só então é que me declarei pronto a gravar as canções. Que você, com suas obrigações religiosas, acordos secretos, família baiana, e sobretudo com sua preguiça jamais teria saído da posição em que se encontra para fazer algo semelhante.
E você estraga tudo para mim.
Etnólogo maricas e estúpido.
Você estraga tudo apenas por ciúmes de bicha.
Agora foi tudo para o brejo.
O ijexá de Eduardo Ijexá de Ijexá.
O centenário talvez não cante mais sua festa no ano que vem.
Foi-se.
Para toda a eternidade.
Jamais outra vez.
Jamais?
A história da eternidade e da infâmia?
Jamais, já era, seu pústula!
E tome cuidado, porque posso escrever um romance sobre você.
Tudo isso se diz de volta.
Se contém e simplesmente se escreve.
E então o sapo começa ele mesmo a berrar, o estúpido Oyá.
Os professores estrangeiros teriam roubado todas as informações.
Paternalismo.
Vaternalismo.[1]
Jean-Paul Sartre. Os condenados desta Terra.
Esse casal maldito e encantador Sartre e Beauvoir.
E além disso ainda escrevem sobre tudo que não entendem.
Como é que o papa trata os afro-americanos, ademais.
Com paternalismo.
Bastide
Diletantes.

---

1. Brincadeira com a palavra *Vater*, pai, designando talvez uma espécie de peculiar – e assaz irônico – paternalismo alemão. (N. do T.)

Todos beberrões, emburrecidos.
E ele, Corello da Cunha Murango, dizia viver em um Estado fascista
Ele precisava lutar pelo Pelourinho com o governador.
Tentava fazer o melhor que podia nisso.
E eu seria diletante.
Turista. Sartre turista. Bastide. Diletantes. Lévi-Strauss, turista, turista inconsciente.
Ele tem razão, no fundo.
Do jeito que berra ali.
Mas então eu me volto contra ele.
Berrar comigo.
O filisteu gorducho e sua distinta família baiana
Ou ele agora quereria dizer que havia sido criado na miséria.
Ele não fizera, por certo, seu vestibular colonialista em uma favela.
E por certo também não dava suas aulas idiotas sobre o incesto aos mendigos de São Francisco
Uma bicha covarde e tola, era o que ele era
Eu, sim, eu ganhei o dinheiro para a minha escola e assim por diante.
Ataque terrorista e assim por diante.
Os congelamentos de segundo grau da minha mãe.
Hagenbeck.
Cobras nas cerejas
E os edemas do irmão de Lotte Brakebusch.
Apoio a desempregados.
E nessa hora o queixo do sapo cai.
Não, diz ele.
Isso não.
Por isso é que ele não precisara passar.
Ora, mas então.
E então ele volta a sair ainda assim, a lamentação internacional dos *gays*.
Não foi aceito.
Seu namoradinho, ele tinha de dizer que era seu filho.
E, ademais, o pedaço de carne extraordinariamente redondo era simples demais para ele.
Snif, snif.

E ele causava medo, ele, Oyá, Corello da Cunha Murango.
Todos deixavam que ele berrasse com eles.
Snif, snif.
Batida.
Amizade, amizade
– Se o senhor precisar de livros, eu empresto tudo ao senhor.
– As obras de Pierri e assim por diante.
Tartufo!

26.

Naquele homem, Jäcki vivenciou a realização do sonho.
Não que ele conhecesse um truque, como Gisela Uhlen.
Que ele saísse em uma hora sombria de uma das casas surrealisticamente fin de siècle, demasiado altas, demasiado finas, demasiado brancas
Como Orfeu, como Jean Marais, Marlon Brando ou Raf Valone
Com aquele passo dos sonhos, os pés sempre tocando uma faixa invisível ao avançar, Kim Novak, um redemoinho, enquanto as costas permanecem eretas e imóveis
Tudo começou de modo bem banal.
Acho que no elevador ao lado do palácio do governador
Um homem negro, alto, forte.
Depois atravessando o Terreiro de Jesus
São Francisco em Ouro acenou ao lado.
Jäcki passou pelo Nina.
Pelas pranchas, subindo o palácio renascentista, o taverneiro vesgo tinha algo livre.
O quarto de papelão.
A vela.
À luz bruxuleante, Davi se despiu, ele se chamava José, o Baco de Michelangelo ou o Cristo de cabelos esvoaçantes e pele arrepiada nas bochechas de tanto frio.
De ônix.
Michelangelo tinha um garoto de programa na cama e dele fez o Davi de Michelangelo.
Eu também tenho um garoto de programa na cama e também farei dele o Davi de Michelangelo.
Mas eu não sou Michelangelo
E ele é negro.
E isso é muito mais maravilhoso do que uma obra de arte.

Ele é bem mais perigoso do que o Davi, pensou Jäcki
E muito mais perigoso do que um Gianni qualquer, ou um Fabrizio, que talvez dê uma pancada na cuia do velho ou nem sequer o toque.
Jäcki tentou desesperadamente pensar em um filme, citar Marlon Brando, ou pensar no Panteão, nos pequenos elefantes.
O homem negro estava deitado na cama e se mexia.
Jäcki tentou se lembrar de materiais diversos, ônix, cacau, berinjelas
De paisagens, cavernas, colinas, Nils Holgersson ou Gulliver
Também de exemplos da mitologia:
A Diana de Éfeso dos vários peitos.

Ele estava completamente ali.
E permaneceu completamente ali.
Se masturbou sobre Jäcki
Abriu suas pernas em um arranco e inclusive se deixou foder
E depois ainda continuava deitado ali.
Isso era muito perigoso.
– Maravilha, pensou Jäcki
– Realidade.
– Existência.

Jäcki tinha se acostumado a escrever sobre Lokstedt na Bahia.
Sobre as luxúrias estreitas nos pequenos jardins citadinos.
Harald Vogel não queria
E para Uwe tanto fazia.
Eberhard Draheim, coitado,
ainda não estava preparado.
– Eberhard eu precisarei representar como sendo muito bonito, pensou Jäcki.
– Bernd Münnemann contava as estocadas, enquanto o pai corria com uma lanterna pelas moitas.
– Um pássaro era acordado, eles passarinhavam demais, trepando.
– Pena que não se podem fazer trocadilhos em um livro sério.
– Sobre a barriga de Trygve, Signe se escondia debaixo do cobertor de penas.
– O aspecto disso era terrível.
– Como se fosse inchado.

– E, quando escorreguei por Gerd Walter abaixo, bêbado, mamãe me deu um tapa na frente de todo mundo.
Strindberg, Sartre, Beckett já suaves no horizonte.
Engajamento.
Pelo menos na agricultura se lambia muito bem e se dava estocadas de verdade.
No modo de plantação biologicamente dinâmico novas inibições voltaram a se apresentar.
E Jäcki jurou consigo mesmo:
Jamais, outra vez.
Amar de novo, jamais.
Puramente sexo
Quando puramente sexo.
Abraçar os mundos
Não a realização.
Do sonho.
O sonho é a realização
Pensou Jäcki, quando aquele ali estava deitado diante dele, tão belo que Jäcki era obrigado a piscar os olhos e negro, negra[1]
A realização do sonho é um pleonasmo, pensou Jäcki
Ou realização ou sonho.
Jäcki tinha se acostumado a viver entre os dois.
Entre imagens e lama.
Como peixes na arrebentação
Bi
Escrever sobre o candomblé em Otmarschen.
Sobre Irma, pensar em Mario.
Bicontinentalidade.
Uma coisa completamente.
Isso Jäcki não conseguia.
A pureza, Jäcki a achava terrível.
A pureza não existe.
As coisas não existem, elas mesmas.

---

1. As sentenças de Hubert Fichte são assim mesmas, lapsos bruscos, elipses simbólicas, que dão muito o que pensar. (N. do T.)

Elas existem apenas na claridade diferente de velas bruxuleando em cubos de papelão de palácios renascentistas destruídos.
Não são corpos que fodem. A possibilidade, o sonho, a história.
A realização é a nostalgia.
Simplesmente estar ali, isso Jäcki não conseguia.
E isso era terrível.
– Quando o inalcançável está a mão, os sonhos se rompem ao meio
– A mesa idealista de merda da nostalgia.
– A mesa da nostalgia, que jamais esvazia, porque jamais esteve cheia.
Era por isso, aliás, que Jäcki também pagava.
Para ter o sonho, o homem que ele jamais teria conseguido com amor e nostalgia.
Nas estações ferroviárias e no elevador é possível marcar um encontro com seu sonho por vinte cruzeiros.
E era essa a utopia de Jäcki
E agora ali estava deitado o Cristo de Michelangelo, feito de ônix e cacau e ejaculava
E Jäcki teve se haver com o medo.
E ele pagou, ainda que o Michelangelo nem quisesse dinheiro
Bem rápido, apenas para não ser derrubado pelo sonho como por uma estátua de pedra que desaba.
Ele pagou como o papa, bem rápido.
Como o papa Pierri.

27.

Jäcki havia alcançado de novo com Professora Norma aquele estado de suspensão entre Puxadas, banho de sangue e onomástico, que lhe atochava que eles talvez pudessem fotografar o banho de sangue do sábado.
Sexta-feira, dia X.X. aconteceria a abertura da grande obra de sua vida em Nanã, com a presença do arcebispo e do governador, conforme ela havia prometido a Irma há três meses
Com banho de sangue.
Jäcki tendia mais a Professora Norma.
– Professora Norma já passou a perna em nós uma vez com o banho de sangue.
– Quando imagino que viajamos em uma quinta-feira ao norte espinhoso e esperamos que em determinada manhã, conforme foi prometido há uma eternidade, você possa fotografar o banho de sangue.
Que ele aconteça.
Que, se ele acontecer, aconteça não no dia de ontem ou apenas em catorze dias...
Eles viajaram de ônibus a Aracaju.
– Se Nanã não fizer o banho de sangue hoje à noite, nós precisaremos voltar ainda na quarta-feira pela manhã e sem dormir, para termos uma chance de ver o banho de sangue de Professora Norma no sábado pela manhã.
– Uma droga que os banhos de sangue tivessem de se acumular desse jeito.
– E, sobretudo, não dá para confiar nas velhas Nanãs.
Em frente ao templo de Nanã, em Aracaju, haviam espalhado areia fina e peneirada.
Lâmpadas desnudas estavam acesas para iluminar o feriado.
– Eu tinha razão em confiar em Nanã, a Mãe da Lama, disse Jäcki.

Os ricos dignitários e as sílfides do culto com seus cabelos vigorosos nas pernas, das quais Jäcki tinha ficado amigo há alguns meses, fizeram de conta que não reconheceram os dois.
– Festa?
Nem ideia.
– Banho de sangue.
Não.
– Nanã.
– Quem?
– Nanã!
Jäcki ficou furioso
– Nanã!
– Ah tá, Nanã.
– Nanã está muito doente.
A quase centenária realmente não se sentia bem.
Seus olhos estavam apagados.
Ela nem se lembrava mais de sua paixão por Irma.
– Não. Ela nem sequer faria festa hoje.
Banho de sangue.
– Mas o que é isso?
– Fotografar?
– Em meu templo ninguém ainda bateu uma foto.
Os braços de Jäcki caíram.
Irma se sentou com suas Mamiyaflexs.
Nanã ruminava consigo mesma em sua *chaise longue*.
As sílfides do culto fingiam indignação ante os intrusos brancos.
Jäcki tirou um saquinho de seu jeans apertado, para o qual os dignitários aliás não paravam de olhar.
Ele botou o saquinho sobre a *chaise longue*, diante da indisposta Nanã.
Jäcki simplesmente pegou a bolsa de fotografia de Irma, abriu o fecho em um arranco e tirou de dentro dela um cubo enrolado
Com amarras decorativas, enroladas e em cores vivas e
Jäcki desatou o nó da amarra decorativa com dificuldades.
E o que apareceu foi uma caixa branca

Sobre ela estava impressa uma negra, usando panos africanos, um cesto sobre a cabeça e dentro dele tomates ou bolinhos em branco e preto.

Jäcki ergueu a tampa da caixa e tirou de dentro dela uma esfera preta – mais ou menos do tamanho dos bolinhos de batata da avó.

Ele a botou no colo de Nanã sobre a *chaise longe*

Nanã estava esgotada demais para reagir

A esfera preta exalava um leve aroma

Os dignitários e as sílfides de culto cabeludas fungaram.

Elas compreenderam:

Sabão da Costa.

Uma esfera inteira, não como ali pequenos fragmentos, a imitação produzida pela Kanitz no Brasil, que era vendida como sabão negro da costa africana para as libações da iniciação nos mercados de Aracaju – conforme Jäcki anotara na última vez – por preços horrendos.

– Sabão da Costa.

– Ora essa, expressaram os dignitários.

Jäcki abriu seu pequeno saquinho.

Ele botou duas vagens negras ressecadas sobre a cama de mãe Nanã

Uma noz alongada.

Duas nozes-de-cola violetas e frescas

Nanã começou a bater as pálpebras.

Jäcki deitou todo um jogo de búzios sobre a cama.

Grandes

Irma teve de sacrificar seu colar de Dakar.

E, por fim, Jäcki depôs um búzio negro da ilha da Páscoa, gigantesco, que parecia um caracol, sobre a cama de Nanã.

Os dignitários e ajudantes de culto se aproximaram, intimidados.

E o que é isso, perguntou Nanã de olhos fixos.

Isso é bedjeregum, pimenta africana.

– Isso é orobô.

– Isso é noz de cola.

– Fresca.

– Estes são 21 búzios para ler o futuro.

– E o búzio negro.

Não existia um búzio negro entre os requisitos sagrados da religião das pessoas africanas na costa do Brasil.
- Este é um búzio negro, disse Jäcki:
- Para.
- Para?
Jäcki poderia ter dito que era para Exu, o acompanhante dos mortos, o Hermes negro
Ou para Omolú, Obaluaê, Sakpatá Xapanã, o senhor da peste, da varíola, da sífilis e da lepra.
O filho de Nanã.
- Para Nanã, disse Jäcki.
Nanã repuxou a blusa, ajeitando-a.
- E para quem é isso tudo
- Isso eu trouxe para vocês da costa, mentiu Jäcki e não mentiu.
Pois as vagens eram da costa africana, as nozes orobô também, as nozes de cola e da costa eram também os búzios, da costa vinha também a concha brilhante e pintalgada de preto, de uma outra costa, uma costa distante e bem pequena da ilha da Páscoa.
Nanã levantou de um salto e o Sabão da Costa rolou pela sala sobre a areia fina.
Sim, eu vou fazer uma festa, ela gritou.
Sim, eu vou abrir meu templo, para o qual economizei durante a vida inteira.
Sim, eu vou abater um monte de animais
Sim, eu vou fazer um banho de sangue
E ela pode fotografar e com *flash*
Sim, sim, sim.
Ela abraçou Irma e dançou polca com ela.
Os dignitários e os ajudantes de culto agora também voltavam a reconhecer Jäcki.
Eles se reuniram em torno da *chaise longue* de Nanã e fixaram os olhos nas vagens e nos búzios.
Eles não ousavam tocá-los.
- Tudo vai começar hoje, às quatro da madrugada.
- Bem lavadinho. Limpo.
- E todo de branco, se é que posso pedir.
Jäcki e Irma foram ao hotel grande e moderno da colonial Aracaju.

Um caixote de vidro, cujos favos salientes custavam o mesmo para viajantes em negócios quanto o inacreditavelmente distinto Ouro Verde no Rio de Janeiro.
Cento e dez marcos.
Agora era meia-noite.
Jäcki deixou Irma sozinha e foi até o bar Miramar, que era indicado como *gay* no Spartacus Guide.
O Miramar era um local com banda de metal para os marinheiros, com dançarinos brilhantes e negros, como o Sahara na Reeperbahn de Hamburgo, bordel incluído com luz mágica azulada, que fazia os colarinhos brancos dos marinheiros se iluminar como se eles usassem gravatas de creme dentifrício em torno dos pescoços ávidos.
Ali Jäcki tinha de cuidar um bocado com seus olhares.
Não se tratava do Rio burguês e revolucionariamente suavizado
Aquilo era província dura
Norte.
Heróis da faca
Direito do mais forte
Caubóis
E vapores com rodas de pás.
Ali ele poderia virar a piada da cidade inteira
Ser linchado
Com uma garrafa quebrada enfiada no cu.
Uma vez que ele usava barba, um olhar ávido de Jäcki
poderia ser interpretado como tentativa de castração
E terminar com Jäcki, ele próprio, como banho de sangue.
Mas Jäcki sabia virar a cara, as meninas de seus olhos
seu saco e seu pau duro como se fossem búzios e vagens sagradas
Um marinheiro *sexy* que bolinava duas putas saltou sobre Jäcki perto da caixa de som e lhe disse:
Espere um pouco
Eu só vou dar uma metida nas duas tias e desapareceu com as putas.
Jäcki pensou se deveria se sentir ofendido e deixar o local.
Mas, depois de ter aplicado um aparelho crítico
às camadas individuais desse poema moderno,
ele decidiu ficar por perto

E, já após dez minutos, o caubói chegou, arrastou-o para trás de uma parede de papelão e sacou sua pistola
Disparou dentro de Jäcki, uma vez, e outra e depois da terceira vez se deitou de barriga e a lua apontou no céu como um sol, e Jäcki fodeu, fodeu, como se fosse sua noite de núpcias com o caubói de Aracaju.
Logo depois o caubói se mostrou satisfeito.
– Você conhece Nanã
– Sim, disse o caubói.
– Ela vai fazer um banho de sangue hoje
– Ora, mas isso não é nada de tão especial.
– É sim.
– Não é. Você sabia que Nanã na verdade já morreu há muito tempo.
– Ela é um cadáver vivo.
– Ela não é ela, e sim uma outra.
– Sua alma já foi embora há tempo.
– Por isso ela está sempre tão cansada e se tranca sempre com suas filhas espirituais.

Jäcki atravessou o mercado negro e abandonado
As travestis assoviaram para ele.
Mas ele não tinha vontade de se meter com travestis.
No saveiro, em meio à lama, os homens que tinham de prender a amarra.
Algumas famílias procuravam caranguejos à luz de velas.
Também ali estava lotado de casais que uivavam para a lua.
Um pescador seguiu Jäcki até o Duc d'Athen.
Jäcki jamais conseguira se negar a um pescador.
Os corpos cintilantes.

No hotel, Irma perguntou.
– O que quer dizer limpinho, exatamente?
Limpo, com isso Nanã quer dizer que não se pode ter relações sexuais antes – como no passado, na igreja católica, nos tempos de Tomás de Aquino, não foder três dias antes da comunhão e assim por diante.
– E o que quer dizer branco.
– Branco quer dizer branco.
Jäcki sentia uma inclinação irresistível à profanação.

Ele achava isso bem asqueroso, pois dizia consigo mesmo que com certeza não conseguira se livrar completamente da religião, que não poderia descrevê-la assim de todo, pelo menos caso sempre se mostrasse suscetível à obsessão de profaná-la, de arrastá-la à lama

Pior era que a arrastava a uma lama que não significava lama para ele, uma lama que quase tinha um cintilar sagrado, como a lama de Nanã com seus sapos e a criação

Irma e Jäcki foram se deitar, mas não dormiram

– Vem, agora vamos fazer ainda um monte de porcarias, até tudo começar

Sujos, manchados, úmidos um do outro eles chegaram ao banho de sangue da Nanã anciã e lésbica, mas de branco.

Eles tentaram conseguir pelo menos um fraque emprestado para Jäcki com os garçons do hotel, mas em Aracaju é claro que todo mundo vestia apenas preto para o jantar

Jäcki jogara um lençol branco em torno do corpo como se fosse uma toga, e prendera uma toalha de mesa debaixo das câmeras de Irma

Eles acharam que estavam parecidos com teatrinho-barulhento-de-quermesse[1] ou passeio de firma e ficaram muito envergonhados.

Mas a alta anciã olhou satisfeita para seus convidados brancos e cheios de franjas de tecido

Ela achava correto como eles haviam se esforçado em aparecer tão brancos quanto lhes era possível

Primeiro aconteceu algo terrivelmente secreto em uma minúscula cela de papelão

Algo ofegante, negro, terrinas de sopa, pedras, saco escrotal

O animal ainda estava vivo.

Patos chapinhavam.

Irma nem sequer conseguia reconhecer algo para ajustar a distância e Jäcki não conseguia a distância correta para os *flashes*.

Então eles foram conduzidos ao altar, o lugar mais sagrado, onde os doentes e noviços jaziam inconscientes sobre as camas de folhas.

Eretos no farfalhar de damascos de seda artificial estufados, engomados e cheirando a cerveja e cacau.

Ali se trata de posições em torno de terrinas de sopa e troféus no altar

---

1. No original, "Rummelrummelrögen"; só Fichte pode saber, exatamente, o que quis dizer. (N. do T.)

Os abatedores estavam dispostos, os animais para o sacrifício presos a cordas, magotes de galinhas d'angola, patos, perus se esbatiam pela casa sagrada.
Irma, também por esperteza, começa a pressionar terrivelmente no botãozinho e disparar o *flash*
E prontamente aparece também ali uma dessas mãezinhas acessórias e começa a cantar coloraturas
Mas isso não...
E sobretudo...
A pureza da crença...
Foto, foto, foto...
– Fotografe ela, Jäcki berra com Irma.
– Por quê. Eu a acho estúpida e horrorosa, além disso o vestido dela é o mais bobo de todos.
– Fotografe ela
Jäcki não conteve os nervos:
– Se trata de Adler.
– Como!
– Mas não de Freud!
– Nem estou pensando nisso.
– Fotografe ela ou vou abater você como um desses animais.
Irma tem a sensação de ter sido humilhada.
A Jäcki isso agora pouco importa.
E então eis que também Irma mostra que viu Agnes Bernauer em Leipzig certa vez, e avança solene para a mãe de santo, ajoelhando-se diante dela, e gira a teleobjetiva durante meia hora
A coloratura emudece
Agora está tudo em ordem
Nanã chega e dá o sinal, para que o Ogã da Faca,
aquele que cuida da lâmina do sacrifício, erga os patos
Um após o outro, os noviços *werden im Schumm* (Oxum),
os perturbados mentais, as que sofrem com a menstruação,
são conduzidos à mureta do altar e sobre seus crânios
as cabras, os patos, os cachorros são abatidos, sangrados
Hecatombes.
Quando a primeira gota de sangue cai sobre a mão

eles dão um grito.
Bílis, merda, ofegam
Jäcki se sente mal
Precisa vomitar
Irma se apoia, pálida, à parede dos fundos do templo
Em suas mãos a Mamiyaflex treme tanto que ela não consegue ajustar o foco.
Jäcki começa a ver com os olhos de Irma. de repente.
Ele tem quatro olhos na testa
Ele vê com as objetivas de Irma
Jäcki vomita tudo:
Bota o óculos de sol, aí não reconhecerás a cor do sangue tão bem.

Quando tudo passa, os doentes e os iniciados estão deitados como torturados outra vez em suas camas de ervas, diferentemente salpicados e listrados pelo sangue
A alta Nanã se ajoelha junto aos cadáveres degolados e arranca seus pulmões, parte seus fígados e distribui os órgãos odorosos em pratos de sopa
Irma e Jäcki se despedem e dizem muito obrigado
Jäcki assovia a sinfonia de Júpiter em meio à aurora que vem.
– Engraçado que a gente se sinta tão sereno depois de tudo
– Eu apenas sinto cansaço e estou com uma dor de cabeça terrível, diz Irma.
– Na verdade talvez você devesse ter contemplado tudo sem os óculos de sol.
– Não reconheci nada pela lente.
– Só via os cadáveres voando e que minha toalha de mesa estava ficando cada vez mais cheia
– Este foi por certo o segredo de Édipo
– Como.
– Os olhos arrancados.
– Não entendo.
– Artaud também não.
– Diga aí, ora.
– A tragédia grega.
– E daí?

- Catarse
- O que quer dizer isso
- Não sei grego.
- Alguém traduziu erradamente para mim certa vez como impulso para baixo.
- Um outro: purificação.

O rio São Francisco, que o professor de piano Professor Alcides cantara de modo tão comovente, jazia ali como chumbo
Jäcki imaginou as epopeias que sucederam naquelas águas com suas funduras e seus monstros
O rio São Francisco abraçava metade daquela terra como um seio
Todas as Ilíadas que desceram por ele, os conquistadores estupradores e pilhadores de cidades, camponeses e mineiros
Milhares de quilômetros, um rio de fome, sisal e sangue sic.
Aljavas, punhos e tacapes. Villon.
E ferro
A segunda voga de facas, machados, carabinas e ganchos
O rio São Francisco na luz violeta do anoitecer da volta cheiraria para sempre a xique-xique para Jäcki e a grous assassinados.
Professora Norma na Baía de Todos os Santos olhou bem confusa quando Jäcki e Irma nem sequer perguntaram mais pelo banho de sangue.

28.

A folha da sorte abrira a floresta de Pedro para Jäcki.
Milagre de São Joaquim.
Pedro estava ocupado em bater folhas na região sagrada do deus Tempo ou Loko ou Irokô, e Jäcki se perdeu nas veredas da floresta da iniciação.
Tudo começara com o bastãozinho florescente, e agora ele estava ali.
Estalar de insetos em volta
Na hora sinistra.
As moradias dos deuses da África estavam em decadência.
Ali, por trás do tecido de galhos todo inocente e preenchido com lama, estavam as câmaras do horror.
Ali morava o crocodilo
O elefante.
A *python*.
Pequenas cobras terríveis, que aniquilavam e devoravam suas iguais.
As árvores daquela floresta virgem haviam sido plantadas com cuidado conforme um plano divino.
As sementes haviam sido contrabandeadas nos intestinos até ali, sobre um mar de sangue em 1915, 1830, 1496
Agora elas eram altas e estalavam
Esperavam
Fixavam Jäcki.
A ponto de botões de flor irromperem da ponta de seus dedos.
As solas de seus pés ganhavam raízes firmes
Seu intestino vomitava e se precipitava ao solo como cicuta
E seus olhos cegaram como *cattleya*
Como orquídeas brancas e culpadas, que o homem de couro lhe dava de presente
Pedro havia lhe plantado uma floresta de noz-de-cola no coração

Ele havia lhe dado de presente uma floresta branca de porcelana e ela crescia, crescia, tomava posse dele.

Agora Jäcki estava parado ali e o suave batedor de folhas saltitava invisível em torno dele, uma mariposa, um grilo, uma borboleta, ele lançava arrufos transformado em *cattleya*, em torno das árvores, e esperava que Jäcki desmaiasse e a floresta de porcelana em seu coração crescesse para dentro da grande floresta, a floresta sagrada, a floresta virgem.

Ah, as folhas.

Os deuses

As fichas.

29.

Jäcki e Pedro de Batefolha não imaginaram com quem estavam se metendo.
Jäcki agora vinha com frequência.
Ele tinha o nome de todas as plantas, tinha copiado as designações latinas de suas anotações para grandes folhas de papel quadriculado e colocado junto delas as informações que colhera, com o papa, com Corello – mas a esses dois ele não queria voltar, as informações do coletor de ervas eram importantes para ele, as de Maria Katendé, mas as mais importantes estavam naquilo que Pedro dizia das diferentes ervas
Que deus rege qual folha
Jäcki não compreendera que o nome é o próprio deus.
Ele estava sentado com Pedro na varanda.
Às costas, os ambientes escuros com as fotos deterioradas dos ancestrais, dos antecessores, dos fundadores.
À sua frente, o jardim do bate-papo, os venenos sagrados florescendo em vidros de conserva, latões enferrujados, moringas de barro.
Jäcki perguntou:
Qual é o deus que rege a erva Milagre de São Joaquim.
Pedro gostaria muito de lhe fazer o favor.
Jäcki não entendeu como era difícil para Pedro responder.
Ele tossiu.
Sentiu cãibras alérgicas e teve um ataque de tosse
Seu pescoço ficou vermelho.
As veias incharam.
Às vezes, Pedro ainda conseguia apontar apenas bem rapidamente para o alto, em direção ao céu, para designar um grupo de deuses.
Assim, os dois ficavam sentados – entre o favor e a obrigação, entre o vício de fofocar e o juramento de silêncio, contenção e dissolução,
as crianças brincavam em torno deles com carrinhos de plástico

vermelhos, estragados, e as mães de santo arrastavam os pés amedrontadas e ameaçadoras em torno dos dois
sabendo que ali havia homens reunidos.
Jäcki teria apostado tudo na quinta-feira
Mas, depois de duzentas plantas, Pedro não conseguiu mais emitir um som sequer
Pediu a Jäcki que voltasse no dia seguinte.
Será que ele poderia trazer a lista de novo, o papel de almaço.
Com prazer.
Pedro sorriu de leve.
Ele entendia muito bem que o que se queria era pesquisar, saber das coisas para dar aulas.
Ora, ele também mandava seus alunos à escola e não à câmara de iniciação.
Até amanhã, portanto.

Quando Jäcki voltou no dia seguinte a Pedro de Batefolha
sentiu que Pedro não estaria ali
Ele não acreditava em uma espécie metafísica de ausência, de ilusão, de mentira, de fuga, que se transmitisse a ele sem conteúdo concreto.
Eram indícios minúsculos, criminológicos, mensuráveis.
O portão amarrado com mais firmeza do que de costume.
A porta à sala de reuniões que parecia pregada, as janelas cuidadosa e regularmente trancadas.
Ninguém recebeu Jäcki.
– Pedro acabou me traindo, ao final das contas, ele pensou.
– Também Pedro me traiu.
– Era um subterfúgio, aquele convite de volte amanhã.
– Um subterfúgio habilidoso.
– Ele sabia que eu morderia a isca, que cairia na armadilha.
As janelas da casa de moradia estavam pregadas com ripas.
Jäcki ainda não era etnólogo suficiente para não apenas não ver as pequenas franjas de folha de palmeira nas tipas, como também para lê-las.
Ele precisava ser etnólogo
Compreendeu o que havia acontecido.
A forma oca da feição suave do batedor de folhas

se abateu sobre ele.
Jäcki bateu palmas de leve
Suas palmas se transformaram, sem que ele quisesse, nas batidas de palma do ajexé, primeiro mais altas, depois diminuindo,
não como nas peças de câmara, o bater ao léu, ritmizado com gritos de bravo ou de bu.
– Freud, pensou Jäcki
– Um ato falho freudiano ao bater palmas
– Eu bato palmas para um morto.
Devagar, uma figura alta saiu da escuridão da moradia arrastando os pés.
Era o segundo homem
Que sempre ficava à espera. De olhos avermelhados
Ele vivenciara o fundador, Bernardino de Batefolha, ele vivenciara seu sucessor, durante 15 anos, e só depois viera Pedro
– O mensageiro, pensou Jäcki
Eles se cumprimentaram
O segundo homem ofereceu a cadeira de balanço a Jäcki.
– Pedro não está, disse o mensageiro.
– Foi o que pensei
– Pedro morreu, disse o segundo homem, e apontou com a cabeça, diagonalmente, para as janelas pregadas com ripas, onde Jäcki agora reconheceu com nitidez as fibras de folha de palmeira, as fibras de palmeira de Ogum, as fibras de palmeira do devorador de cães, cortador de sacos escrotais, do ferro, da faca do matador de garotos, fibras de palmeira para rechaçar os mortos das casas dos vivos.
Jäcki viu que não apenas as pálpebras do segundo homem estavam vermelhas de chorar, suas escleras estavam vermelhas, cobertas de veias sanguíneas.
Pedro já havia se transformado em inimigo, um louco que perambulava invisível em torno das casas que eram trancadas para deixá-lo do lado de fora.
– Sim, ele foi para casa ontem à noite e estava sentado sozinho, televisão. Jornal.
– E então dois começaram a brigar alto perto de sua cerca.
– Ele saiu e perguntou, eles o conhecem, por que eles brigam daquele jeito.

– Então um deles bate com um pedaço de lenha na cabeça dele, diz o mensageiro com tranquilidade.
– O crânio de Pedro é destroçado, pensou Jäcki.
– Essa cidade é uma cidade má, pensou Jäcki.
– Ela ama apenas os mortos.
– Ela foi fundada sobre o tráfico de humanos.
– Ela não pode tolerar nada que seja suave, bonito.
– Os instrumentos de tortura são levados de carro de um lado a outro nessa cidade
– O crânio de Pedro é destroçado.
– Eles o levaram às pressas para o Nina Rodrigues.
– Lá ele logo foi autopsiado.
– Mas estava tudo claro.
– Hoje pela manhã nós o enterramos.
– Até por causa do calor, disse o segundo homem, quase sorrindo
Leve. Conversão. Perdão, não se trata de uma tradução de Hölderlin e de solenes atrizes berrando esganiçadamente no Teatro Alemão Besenbinderhof.

Jäcki se sentou ao lado do prato de porcelana com o matagal de noz-de-cola
e então escreve um capítulo de seu romance *Ensaio sobre a puberdade em memória de Pedro*.
Ele pega seu diário e o bate no grosso caderno escolar de papel amarelado e coberto de linhas, abrindo-o justamente na página do carnaval.
Carnaval na Baía de Todos os Santos, a Roma negra.

'No princípio era o tom.
Aumentar. Se virar do avesso.
E isso era tudo.
Nós viemos do palácio que cheirava a farinha molhada – divisórias de ambiente com cobertores úmidos, quadrados de papelão e buracos para espiar, além da virgem Maria, um buquê de flores de plástico, uma embalagem vazia de maquiagem, um espelho, uma cadeira, a bacia das abluções cheia de água envenenada (leptospirose, peste, lepra, varíola, sífilis, lombrigas, vermes diversos, boubas), um rolo de papel higiênico cinzento, ratos e as graciosas baratas gigantescas e lama, que escorrega dos galhos que mantêm as paredes em pé.

O suor cobre nossos rostos – o negro dele, o meu branco – com pequenas semiesferas de líquido.

O sapo.

O som que o sapo volta a emitir depois de uma longa pausa.

Existe um instrumento que imita esse tom.

A duração desse som de sapo diante do parque mal-iluminado (escuro demais para slides coloridos).

'Depois de dois anos era uma casa na luz vertical do dia.

Pós-jugendstil colonial.

Degraus e degrauzinhos irracionais, pontes que levam a pavilhões isolados, nichos com camas de concreto e uma pia pequena para se lavar, despensas, geladeiras, caixotes empilhados, manchados de cinza pelo uso, feitos de madeira fina e não trabalhada, plantas sempre-verdes, figuras de pedra sentadas, cobertas de limo, e o tanque de cimento para os peixes dourados.

Um carro de entregas.

"Nina Rodrigues".

'O marceneiro conta que o médico legista bota a garrafa de cerveja na cama de concreto e bebe durante o trabalho; em meio ao trabalho, ele prende seu cigarro entre dois dedos dos pés dos mortos ou seus lábios para depois continuar fumando.

Disso eu me esqueci.

O som do sapo recebe um outro espaço.

A familiaridade, a estranheza dos homens verdes do monumento se dissolve.

O esgoto entre os palácios decadentes da cidade de Salvador ficou mais fluido e corre mais rápido. Neste ponto o medo se esvai.

'Sempre aos domingos, mas não apenas aos domingos, as meninas que trabalham nos palácios próximos chegam e se informam sobre recém-acidentados. Elas se movem mais agilmente do que os parentes e amigos, que tentam reconhecer através das vidraças espelhadas, o que acontece no interior do instituto.

A atração.

A imaginação da canção infantil.

– Ali ele serra a cabeça. Abre a barriga. Parte os joelhos ao meio. Desenrola os intestinos.

A imobilidade.
Aquilo que é mais completamente contrário ao suor nas celas de papelão dos palácios. Fixar a imobilidade. (Meus olhos não se mexem mais!) Na parte da frente há um rapaz deitado com a pele toda mijada. Algodão nas pernas. Um líquido do baixo-ventre que não voltou a ser costurado com o necessário cuidado molha a última calça de domingo. Também a mosca – que falta em poucas noções sobre mortos – não falta.

O caixão que parece uma caixa de confetes, latino-americano:

Papelão, reforços de madeira – como uma miniatura de avião; em um aeroplano de gravetos, o garoto negro começa sua viagem ao céu. "A viagem maravilhosa do Nils Holgersson preto com os esquifes selvagens". Ao lado, atrás, o trabalhador acidentado – um tapete em forma de caixão feito de íris branca.

Flores de íris sobre flores de íris, até mesmo sobre as íris meio encoberta pelas pálpebras do trabalhador acidentado.

Só as narinas, as mãos juntadas e as solas de borracha amarelas se destacam em meio às flores.

O cheiro é de mar.

'A frase:
– *L'idée de meurtre évoque souvent l'idée de mer, de marins.*
é correta. Eu a tinha errada e mais bonita na recordação:
– *L'idée de mer évoque souvent l'idée de meurtre.*
Os cadáveres cheiram a mar.

Um carro preto com a inscrição "Instituto Médico Legal Nina Rodrigues" adentra o pátio.

O motorista e o acompanhante saltam, abrem a porta de trás do carro de entrega e descarregam dois baciões de lata – dentro deles uma mulher de vestido ensanguentado, e um homem com um ferimento na cabeça, um rapaz coberto de areia.

São negros – sangue na sola branca dos pés.

Prenderam bilhetes escritos a mão com fios em seus pulsos. Um dos enlutados explica o que ele não sabe e mexe nos panos sobre os mortos, ergue-os, volta a soltá-los, ergue-os mais uma vez.

O dono da funerária aparece e carrega diante de si a tampa prateada do caixão para o trabalhador acidentado.

Um homem jovem afasta os enlutados dos baciões de lata e estica uma corrente gigantesca entre a casa principal e o carro de entregas. A tampa é pressionada sobre as flores de íris, o nariz, as mãos unidas, as solas amarelas de caucho.

A mulher começa a gritar a frase que diz:

– Oh, meu filho, agora você não vai voltar nunca mais.

Eles o carregarão por três quilômetros até o cemitério, com o caixão e as flores mortas, saltando de um lado a outro na hora do *rush*.

O impressor de livros da Mogúncia é um prenome no Brasil e se escreve – como se fosse um erro de impressão – com "m", Guttemberg, em camisa da copa do mundo, ele volta a baixar a corrente de ferro.

– Estou com vinte cinco anos. Já trabalho há oito aqui.

O homem dentro do bacião não faz mais nada contra a mosca.

Ela muda para o rapaz afogado.

O homem me olha de soslaio, por baixo.

Surge o susto muitas vezes descrito de que um cadáver olha de maneira humana para a gente.

'Os instantes dos vivos são compostos de fases de corpos vítreos desprovidos de vida.

Ele se afogou por causa de suas roupas.

A parte de trás do rapaz negro desencadeia em mim uma sensação que não pode ser traduzida – nem formulada – em adjetivos.

Outra vez a mosca.

Os cílios um tanto longos demais, cobertos de areia.

Eu sonhei no estado de semivigília que observava os cílios de um africano ao meu lado se mexendo por causa dos sonhos. Agora que isso acontece comigo na realidade, os cílios não se mexem mais.

O sangue ainda é vermelho. Ao lado, manchas que parecem gelatina.

Eu pergunto a Guttemberg, para que ele negue, se os caixotes de fruta cinzentos empilhados logo ao lado também são esquifes.

– Para embriões, ele diz.

Um homem me diz com voz agradável:

– O homem é nada.

Eu traduzo comigo mesmo, em alemão:

– *Der Mensch ist nichts.*

Agora o garoto de calças molhadas deve ser levado embora. Guttemberg volta a fixar a corrente de ferro.

Os camaradas de brincadeiras zumbem pelo pátio inteiro, apontam para a ponte, as calças molhadas, descobrem no pavilhão de geladeiras atrás de uma vidraça embaçada o cadáver de uma menina minúscula e negra usando saia de tule.
Uma mulher começa a arrancar uma a uma as pétalas de uma flor e as deposita em espaços regulares sobre o garoto no caixão.
Parafusado, carregado, levado embora.
Uma pequena é a única a chorar demais.
"O homem é nada" ergue o casaco.
– Um belo homem, é o que se diria na rua. Como um marmelo.
"O homem é nada" pega a perna do morto, dobra-a para a direita para executar a destruição das articulações.
"O homem é nada" lava suas mãos. Ele não usa sabão. Ele me dá a mão para se despedir. Gosta que o chamem de "senhor doutor". Ele tem dedos duros e contraídos diagonalmente.
"O homem é nada" faz uma mesura, como as que são ensinadas na Alemanha.
Talvez ele precise se superar para tocar uma mão viva. Para ele: um cadáver tem sangue quente.
Lá fora, Luís vem ao meu encontro.
Ele corre comigo para dentro do palácio cheirando a farinha molhada e, entre as paredes de papelão esburacadas, nós trocamos carinhos lúbricos até quase morrer.

"'O homem é nada", usando um avental de borracha, me cumprimenta, Guttemberg não está por perto.
Um outro ajudante dobra o casaco de pijama ensanguentado em torno do morto por acidente; o corpo rijo bate fazendo estardalhaço sobre o apoio de cabeça da cama de metal.
Em torno do órgão sexual do cadáver, está tudo desinfetado em vermelho. O ajudante ergue ambos os pés do morto e deixa a calça de pijama azul clara escorregar pelas pernas. Não consigo ver se o órgão sexual ainda se mexe.
Nada de compaixão.
É desse conceito que depende tudo.
Eu não posso sentir nenhuma compaixão com um morto.
A palavra "compaixão" é a melhor entre as piores.
Uma palavra de diáconos.

O cadáver não tem sensações. Com sua ausência de paixões eu não posso ter compaixões.
Não consigo imaginar que eu não sinta nada. Não: por que eu não sinto nada? E sim: eu não sinto mais nada.
Não há mais nenhuma sensação com o belo acidentado, tanto como não há da parte do ajudante e seus estardalhaços.
Eu não faço estardalhaço, essa é a diferença.
De modo que para perder determinadas reações eu apenas precisei tanto tempo quanto é necessário para transformar o homem que puxa o pijama sobre seu corpo sensível no horrível pedaço de cadáver que se sacode com violência e que se ajeita para caber no caixote com a tampa de papelão prateada.
Ao passar por mim, "O homem é nada" tira um pouco de gordura sangue-clara de uma cama de metal.
E então eu caio, por um fio de cabelo não caio, por um fio de cabelo e por um pouco de gordura das chinelas das pantufas dos sapatos.
Cabelo e sapatos que ficaram para trás são os rastros do morto. No Haiti os noviços choram depois que depositam seus sapatos sobre um monte.
(Montes de sapatos, Till Eulenspiegel, planície profunda no Norte da Alemanha.)
No Haiti, os mortos são enforcados por compaixão ainda uma vez ou se lhes enfia uma agulha através das têmporas; pois os mortos aparentes, que precisam ser envenenados com folhas, cascas de árvore, precisam deixar os túmulos de novo, e à noite trabalham para o mago que mandou enterrá-los.
A identificação com o cadáver ensanguentado não dá mais certo. Por que eu sei o que um outro sente e não sente mais? (Se eu, no presente, ensaio partir do pressuposto de que sensação consciente significa identificação.)
Minha atenção registra apenas um objeto indiferente e diferentemente indiferente, manuseado brutalmente pelo ajudante.
Isso não pode mais ser anulado?
Mas a noção de um pouco de gordura, que restaria depois da minha autópsia e de todo esse escarafunchar, para ser recolhida por dedos com vida, quase causa minha queda na inconsciência.
"O homem é nada" tem, outra vez, debaixo de sua careca, um rosto esclarecido e sensível à sua disposição, e me conduz pelos degraus abaixo

e para fora do prédio, onde podemos voltar a ver a baía com todas as peças móveis de seu palco e a tão citada claridade latina.

'Eu conto a Irma acerca do que vi.

Para me livrar disso, como nos acostumamos a dizer.

Em um processo de oculação, eu enxerto realidade no mundo com a minha narrativa; através da comunicação não ocorre uma diminuição das imagens, mas sim uma duplicação. O que acontece dentro de mim, que estou contando?

Copio um *slide* colorido sobre papel fotográfico preto e branco, surgem mudanças nos valores de claridade regulares, mas imprevisíveis para o meu olho.

Que incapacidade da minha narrativa não desperta na noção de Irma o terrível no baixo-ventre do garoto morto?

Que horror Irma tem à sua disposição, e que ela acende nos campos não ocupados entre os meus conceitos? (O leitor não pode se colocar no mesmo nível dela, a quem estou contando; a reação de Irma ainda pode influenciar minhas experiências no "Nina".)

Mas talvez ela associe a mais doce manhã de amor da Provença, a umidade ainda não completamente seca de ejaculações entre as pernas machucadas na vagina. Se livrar – adquirir consciência através do repetido espelhamento, espelhamento-esgoto.

Pontos cegos e mercúrio que se descasca – na recordação, no espaço, no tempo, na identidade, na sensação.

'Irma me acompanha – desta vez há alguns bebês sobre as camas. Eu temo que ela necessariamente tenha a sensação de que cortaram aqueles bebês de dentro dela há um mês e agora lhe exibem ainda uma vez os restos em retalhos.

Não faz sentido perguntar a ela sobre isso, pois nesse entorno, onde nossos nexos começam a se deslocar, ela talvez declarasse que minha suposição era sua própria associação.

"O homem é nada" não é médico, mas também apenas um ajudante, ajudante de ordens que bota tudo em ordem, assim como o estufado Guttemberg em sua camisa da copa do mundo.

– Não me importo com isso.

– Tenho sete filhos.

– Meu pai era maçom.

Ele nos conduz para fora e chama a atenção novamente para a beleza paisagística da baía.

'O segundo pensamento de Irma seria:
– Um pequeno ângulo amplo.
Ela me diz que "O homem é nada" espalhou os bebês mortos com muito tato.

'O príncipe carnaval ocupa os palácios e trogloditas. Mascarados de pele bem cuidada, policiais-secretos disfarçados e chagosos maquiados como desfile de pescadores em navios tradicionais chineses, juncos.

Nos cotovelos, nos joelhos, solas dos pés, os vermes tentam abrir caminho nos que ainda vivem, e se aninham na medula e no baço.

Os cabelos do povo à solta não são pintados de vermelho pelo cabeleireiro, mas sim pela falta de vitamina.

"O homem é nada" mergulhou de cheio no carnaval, diz Guttemberg. Lá fora um ônibus chega.

As ruas de paralelepípedos assentados por escravos negros não podem ser usadas pelos meios de transporte público; até mesmo os táxis sentem vergonha entre os palácios venéreos.

O ônibus estaciona diante do morgue e Guttemberg já cheirou tudo e arrasta os baciões de lata até para perto e, de cabeça baixa, eles deixam o homem decente que morreu sufocado durante a viagem e que jamais andou por aquele bairro enquanto vivo, descer as escadas. Ele tem dedos como rolhas.

Nas escadarias, o guarda datilografa a certidão de óbito.

"Instituto Nina Rodrigues. Lista dos Cadáveres."

Lista dos cadáveres.

O médico legista desliga seu Volkswagen no pátio. Com ele, o formidável homem de sessenta anos, chegam todos os homens encantados subindo as escadas, com as formidáveis ancas.

Pozzi, professor Prelle, Kahn.

Também o médico legista tem as calcificações engrossadas dos rostos de lavadores de cadáveres e dos cadáveres.

Uma camada protetora de gordura, que torna a parte protegida parecida com aquilo do que pretende protegê-la?

Ainda mais irônico no caso dele. Espaços intermediários entre gordura e expressão.

– Por que o senhor se interessa pelos mortos?

Eu penso que ele gostaria de apalpar efebos de ombros estreitos, e que apenas experimentou a mágica do amor no cheiro da decomposição ou por dinheiro vivo, pois que garoto haveria de sonhar, de livre e espontânea vontade, em passar uma noite tropical com o necropsista?
E para mim ele se transforma no contramago abrangente que em trinta anos poderia recortar minha carne e acabar com a magia cada vez mais e mais estreita do meu corpo.
Esta é a resposta à sua pergunta. Pois eu não me interesso turisticamente pelos mortos, e sim pelo desmoronamento da imagem que me constitui.
– Por que Rembrandt pintava?
O médico legista ri e permite que entremos.
À primeira vista é um museu egípcio – sala das múmias.
Mas os egípcios preparavam as múmias, para reter o encanto dos corpos por mais alguns milênios, imitavam casa e corte, e inclusive o estar vivo do dono, para possibilitar o reconhecimento, a identificação por toda a eternidade, ao passo que o médico legista seca os embriões, bebês, crânios e pedaços de braços devido ao outro reconhecimento, devido à análise, e já aprender no lavar-de-mãos-ainda-vivas – borrifos de umidade refrescantes sobre a pele cintilante, ainda respirante – seu ganha-pão na decomposição.
O médico legista pega uma pistola do bolso – como se os cadáveres pudessem preparar uma emboscada para ele!
Será que os assassinos de seu material de trabalho passam a perna nele?
As "mães" e "pais" das religiões brancas e negras se misturando, cujas vítimas chegam até sua mesa de cimento?
Um necropsista de sessenta anos que tem medo de morrer.
Talvez justamente ele?
Ele nos mostra pequenos armários de metal cheios de projéteis que foram tirados de corpos.
– Nós dispomos de pouco dinheiro para a pesquisa.
– Trabalhamos sem luvas.
– A gente se acostuma a tudo.
– Quanto tempo demora?
De quando em quando, na sala ao lado:
– Ora, jogue ele ali em cima!
– Tire as calças dele!

Os nervos do olfato reproduziriam cheiros por muito tempo; exumações ele cheiraria ainda depois de catorze dias.
Ele conhece o norte da África.
O Egito não.
Ele nos leva até a sala ao lado.
Lá jaz agora o azulado senhor Pozzi sobre a cama de metal. Atrás, uma negra nua, à qual o baixo-ventre e os pés foram envolvidos por linho grosso.
Guttemberg tem medo de que as virgens voltem a sair dos túmulos.
Algumas lavadoras de cadáveres desvirginam as meninas mortas.
Pozzi afirmava que na Guerra dos Trinta Anos nenhum cadáver chegou para baixo da terra sem ser degustado.
Será que "O homem é nada" ama seus mortos?

Um negro vivo se move em torno do cadáver violeta à imagem e semelhança do senhor Pozzi, o cadáver-congênere do homem honrado do ônibus da cidade de Salvador.

As resistências aumentam.

Eu mando minha vergonha avançar para não analisar minhas inclinações naquele entorno, a imagem ritual que o negro agora principia a suspender com o médico legista.

Nos bastidores, atrás, os esquifes barrocos de papelão, que decoram a cidade inteira lá fora, padarias, depósitos de móveis, bares, como se o homem fenecesse com mais frequência e mais urgência nessa grande praça em que os escravos eram comerciados.

Eu me recordo de um tempo em que o mundo se dissolveu, quando eu fiquei sabendo que o dono da loja de produtos coloniais morrera.

Educação. Identificação. Compaixão com o cadáver – o cadáver-congênere. Educação para uma determinada compaixão.

A mulher limpadora, que está em pé entre as camas de metal da antiga colônia de Portugal, não tem essas identificações; também não a comunidade enlutada, que olha para dentro e aguarda que seu avô, seu pai, seu tio, seu neto, seu filho, seu amigo, seu colega de trabalho, seu diretor do conselho da igreja, seu irmão da irmandade sejam cortados, dissecados, autopsiados. Outras identificações.

Tornar identificações impossíveis.

(Autopsiar o cadáver de Lamarca depois da tortura.)

Impedir o auto-reconhecimento.

Isso se chama escravizar

O médico legista começa pelos olhos.
Para nos mostrar o que é bom para a tosse? O médico legista gira e gira entre as pálpebras do homem, que parece estar deitado ali concordando amavelmente com tudo o que se faz com ele.
– Ele era cego, diz o médico legista, quando viramos a cara.
Eu me mantenho firme nessa diferença. Eu não sou cego. Pozzi não era cego.
O médico legista pega um estilete pequeno demais e corta da fossa supraclavicular, entre as clavículas abaixo, sobre o peito, o estômago, até pela cueca abaixo.
Necropsista e necropsiado parecem tanto que chega a parecer que um duplo pálido do morto estava necropsiando a si mesmo.
Sempre acreditei não ser capaz de sobreviver a esse primeiro corte, que transforma a forma inteira do corpo nas parcelas individuais de um cadáver.
Enquanto imaginava, sentia o estilete em minha pele, e que podia impedir a separação das partes ao interromper a imaginação. Na realidade, eu me separo, me secciono. Não tenho nada a ver com o cadáver. Não sou cego.
Ao datilografar, uma coisa se transforma novamente na outra e eu sinto as dores até o fígado e o baço.
O branco e o negro repuxam as camadas de gordura, dramaticamente, oficiosamente, rembrandtianamente.
O médico legista ergue um pedaço de carne.
– Infarto do miocárdio, ele diz, e mostra com a ponta do estilete uma mancha azulada.
Em mim morre uma metáfora.
Isso é uma metáfora. Quer dizer:
O coração de um trovador é de fato algo que o dono do castelo enciumado de Roussillon poderia grelhar e servir a sua mulher.
Depois que ela comeu, Ramón mostra a ela a cabeça cortada do amante que não canta mais e pergunta se ela gostou do prato. Ela responde que gostou tanto que nunca mais vai querer comer outra coisa; e se joga pela janela.
Eu não me recordo se os pulmões foram retirados.
Os intestinos não se precipitaram abaixo, mas brotaram acima.

O médico legista não corta os testículos do cego como se fossem os de um bode sacrificado ou de um fetichista de couro – talvez em consideração a Irma.

E então o cavaleiro daria as caras – com a bílis na mão.

O negro começa a tirar com uma concha o sangue da caixa torácica, executando curvas perfeitas com o braço.

O médico legista corta os rins ao meio.

Ele quer se vingar de nós, eu imagino.

O negro amistoso agora escalpela o senhor Pozzi morto.

Com um lenço, ele cobre o rosto do cadáver e conduz a faca em torno da cabeça quase careca e puxa a pele por cima das cavidades dos olhos até o nariz abaixo.

E, como se espera em uma grande apresentação de teatro de bonecos no zoológico de Hagenbeck, o terno homem agora pega um serrote da moita do meu avô e serra o crânio do senhor Pozzi.

Eu me vou e me sento ao lado de Irma.

Ficamos sentados, isolados, e não sabemos em que camada do outro o serrote se encontra no momento.

Irma fixa os olhos através da porta nas canelas trêmulas do morto. Parte a parte, cada um dos órgãos que eu encorpara em mim em semissonhos cai no corpo ritual de minha consciência sensorial, separando-se dele. Sobre aquela mesa, Lamarca será autopsiado um mês depois. Como o bandoleiro Lampião, o exército o caçou com helicópteros e tanques, e, depois de o terem descoberto, destruíram-no dedo a dedo, o membro, dente a dente, e, uma vez que não podia mais ser recosturado para imprensa, o médico legista teve de autopsiá-lo para o fotógrafo do exército, a fim de que os cortes científicos encobrissem, cortando, os cortes dos torturadores orientados por cientistas, chorando.

Perto dos trogloditas jaz o garoto de catorze anos sobre uma padiola, com cortes de culto, à direita e à esquerda na caixa torácica. Morto por trepanação do crânio, por seccionamento do órgão sexual aliás maduro? Ele foi sacrificado a Ogum.

Quando volto a entrar, o perfil do morto está partido ao meio. Ele continua com o escalpo sobre os olhos; mas por cima dele o interior está para fora – o cérebro jaz livre.

Não mais.

Irma quer tentar – após as disposições finais: retirar o cérebro, tampar o crânio, reerguer o escalpo, o dono da funerária entrou com o esquife

sobre a cabeça, costurar tudo – ela quer tentar buscar negativos na loja de fotografia.
Lá fora, Luís vem ao meu encontro.
'Devagar, tudo perde em nitidez.
Eu secciono autópsias, pavilhões, contornos, o som do sapo.
Emilia diz, durante as grandes chuvas as crianças mortas se amontoaram sobre o chão de azulejos e os pais erguiam uma a uma tentando reconhecê-las.'

Jäcki acha que ele não deve permitir que o desencorajem.
Não com a morte de Pedro.
Não com seu fracasso na Alemanha.
Jäcki só podia escrever um tipo de texto.
E era isso que ele deveria continuar fazendo
Se os críticos alemães achavam que era o caminho errado, então ele não servia para outra coisa a não ser trilhar um caminho errado.
A puberdade, porém, lhe pareceu que começava com a destruição do belo corpo negro.
E era assim de fato. Primeiro vieram os ataques terroristas, os cadáveres encolhidos pelas bombas incendiárias no porão, os montes de cadáveres nos jornais e só então as bundas intumescidas de Harald Vogel, Jürgen Kühl, Eberhard Draheim.
Com uma queixa escassa acerca do caráter passageiro, pois apenas ele dava ao desejo seu poder desesperado
Ele pensou se não deveria, justamente agora, começar o livro com uma autópsia.
Depois de seu grande fracasso.
Isso apenas espantaria ainda mais leitores.
Então ele não conseguiu mudar mais nada.

30.

Por que Jäcki ia outra vez até Corello, até aquele bairro horrível, à sombra do prédio em que Iara Iavelberg, a amante de Lamarca, havia se suicidado?
Será que era a constelação, que sempre se manifestava e agora voltava, e o levava a homens gordos, inflados, Pozzi, Pithex, e agora Corello?
Completamente estúpido, Jäcki dissera:
– Eu acho Corello interessante.
O boxeador que encarnou um deus dos rios vaidoso.
O *gay* que saltava ao rosto das pessoas, espancava todo mundo.
O professor que na Bahia pequeno-burguesa, entre as mães de santo atrasadas andava por aí com os gigantes enfunados de seu harém, de modo que até os motoristas de táxi não se lembravam dele por causa de seus olhos de bezerro, mas sim devido a suas inclinações.
Corello se metia em intrigas com generais e bolava planos para sanar o Pelourinho
Também nisso Jäcki não concordava com ele.
Jäcki achava que o Pelourinho não deveria ser sanado, e sim que se deveria declará-lo uma exposição permanente do jeito que ele era
Pagar às prostitutas, aos garotos de programa, aos fazedores de autópsias com seus serrotes na mão, aos assassinos, um salário decente como funcionários de museu – com a condição de que eles continuassem fazendo o que faziam até agora, contribuindo de modo útil à devoção de espectadores, estudantes e professores.

Jäcki pensava reconhecer em Corello da Cunha Murango a base de um modo de vida *gay*, algo que, conforme Jäcki pensava, sempre acabou sendo destruído no decorrer dos últimos 5.000 anos, já que continuam sendo feitos romances, programas de rádio, entrevistas, artigos para a Spiegel e *talk shows*.
Algo criativo, próprio.
Não apenas um reagir

que bate as asas
tentando fugir
Não apenas o carnaval de um universo, que esse modo de vida não aceitava e que não aceitava esse modo de vida.
Corello dizia, com uma risadinha suave, que Jäcki nem sequer teria confiado no armário:
– O sexo dos deuses africanos é indeterminado, assim como o sexo do anjos.
E com isso ele esboçava para Jäcki não apenas a história cultural do medo
dos assírios até Jean Cocteau e Hans Henny Jahnn
mas Corello também se precipitava, por assim dizer de modo ingênuo, era como Jäcki o via, em uma ambivalência inicial meio mucosa *a la* Gottfried Benn, ele opunha a uma imagem de mundo andrógina uma imagem de mundo hermafrodita.
Jäcki estava muito orgulhoso por ter formulado, a partir da declaração discreta de Corello da Cunha Murango, um processo mental tão complicado em seu cinema de Villon interno
Ele não chegava à clareza consigo mesmo, de que com isso deixava a camada estilística de seus romances e de sua disciplina etnológica.
Corello fofocava:
– Kubitschek teria sido *gay*.
– O criador de Utopópolis era *gay*, o arquiteto.
– Todos eram *gays*?
– Todos os pesquisadores das religiões afro-americanas eram *gays*.
Ele mesmo, Corello, Pierri, e assim por diante, todos.
– E Roger Bastide.
Corello contou como foi oferecida uma cadeira a Roger Bastide em um candomblé, e o pesquisador, antes de se sentar, passou a mão no tampo.
Um pequeno gesto.
Que foi observado com toda a exatidão
E registrada em pedra na história estranha da pesquisa da cultura afro-americana, na história da conquista do Novo Mundo pela Sorbonne.
Fofoca.
Fofoca, fofoca.
Fofoca das religiões sincréticas, fofoca dos professores universitários, fofoca das bichinhas mais claras.

– Roger Bastide, disse Corello: em francês: *Il ne l'a pas mérité*.
Roger Bastide não merecia isso.
O princípio de um orgulho *gay*.
De um *understatement gay*:
Quando alguém tinha alguém muito gordo em seu harém, disse Corello da Cunha Murango:
– *Il exagère*, em francês.
ou:
– *Un homme de goût*
– Ele exagera
ou:
– Um homem de bom gosto.
Jäcki achava esse código engraçado.
Ele não conseguira observá-lo em ninguém mais.
O que eram os hotéis baratos do papa em comparação com isso.
As vinganças estreitas e rápidas de Pierri
Mas Corello também era uma geração mais novo do que o papa.

Os *gays* sempre só podiam viver sua vida de uma ejaculação à outra, repetia Jäcki:
Desenvolver ritos que demorassem o tempo de uma vara na parede.
Do decurso da gonorreia
E para ser morto
Quem sabe na pira do sacrifício
Mas também ali eles na verdade são estrangulados antes de espernearem por demais tempo.
Jäcki via em Corello a base para algo como os trejeitos *gays* aceitos socialmente
Não recalcar, impingir.
E, além disso, por acaso ele havia sido chamado a se tornar juiz da família baiana?
Jäcki se sentia como o etnólogo dos pesquisadores afro-americanos
Corello da Cunha Murango era para ele uma joia do Ipiranga, cuja biblioteca, ataques de fúria e harém ele estudava
como correntes, transes e ajudantes de culto.
Tudo o incomodava naquele bairro de prédios altos.
O cimento

As conspirações terríveis
As escadarias internas sujas
Até a casa de Corello, a luz que outra vez não funcionava
Logo ele seria sentado na sala magra e mobiliada sem o menor gosto, diante do sapo agressivo, *gay* e sincrético.
Jäcki tocou a campainha.
Nada
Jäcki tocou a campainha.
Jäcki sabia que Corello estava em casa àquela hora
Jäcki tocou a campainha.
Jäcki achou que ouviu um suspiro vindo de dentro.
Corello se levantava.
Jäcki não tocou a campainha outra vez
Ele desceu as escadarias.
Teve uma ideia.
Foi até a janela das escadas internas do prédio
E olhou, no escuro, para a sacada de Corello, lá em cima.
Algo se destacava dela
Como uma tábua de passar roupa.
Um chafariz de Notre-Dame.
Um demônio em forma de águia
Os olhos de Jäcki se acostumaram à escuridão.
Ali em cima estava apoiado Corello, e olhava para o bloco de moradias.
Conrad Ferdinand Meyer descreveu exatamente assim a um rei que teve de recuar em um comando de sangue.
Corello mexia os maxilares.
Ele murmurava algo, inaudível, para a noite afora.
Por que será que ele não abrira.
O que Corello estendia, ali em cima, sobre a Baía de Todos os Santos
Quais eram os medos de Corello em seu quarto?

31.

O comboio dos carros da polícia militar percorria a cidade. Sobre os bancos de cada um deles, cerca de 50 policiais em uniformes bem passados com metralhadoras na mão.
Eles ocuparam o Instituto de Medicina Legal "Nina Rodrigues".
Policiais militares olham em cada uma das janelas.
Policiais militares trancam a escada onde de resto estavam parados os familiares enlutados a chorar.
Foram os cadáveres nos refrigeradores que principiaram a revolta?
Os lavadores de cadáver estão protestando?
Ou foram trazidos cadáveres cujo estado não deve ser conhecido.

Sábado, dia 18 de setembro:
A Tarde:
Lamarca morre no Estado da Bahia.
A amante do ex-capitão, Iara Iavelberg, cometeu suicídio em um apartamento na Pituba quando a polícia invadiu a moradia, há um mês. Seu cadáver ficou vários dias no morgue – "Nina Rodrigues" –, uma vez que se esperava que seu amante, o terrorista Lamarca, tentasse sequestrá-lo.
O chefe terrorista Lamarca foi aniquilado ontem.

Centenas são presos, torturados.
E, por seus depoimentos, mais centenas são presos, torturados. Pouco importa se pertencem ou não à resistência. Crianças, estudantes de primeiro e segundo grau, professores, camponeses, trabalhadores.
Dia a dia e em vários quartéis, se tortura.
Os instrumentos são transportados todos os dias de um quartel a outro.
Soldados e policiais são treinados para torturar.

No Instituto Médico Legal, João nos diz:
– Nós trabalhamos dia e noite!

É uma profissão dura. Eu não posso deixá-los fotografar. Um fotógrafo, que fotografou o cadáver de Lamarca, está na cadeia. O exército fez 300 fotografias do cadáver de Lamarca e as distribuiu à imprensa.
João pega a certidão de óbito de Lamarca.
Há impressões digitais de sangue sobre ela.
João chora. Ele lê a certidão de óbito mais uma vez em voz alta.

Jäcki não recortava mais.
Jäcki deixava um jornal após o outro de lado.
E o helicóptero circulava.
Este era o barulho da nova guerra.
Não era mais o assoviar das bombas.
O sibilar distante dos aviões de reconhecimento
O explodir do canhão antiaéreo
Da mina
Era o matraquear do helicóptero que circulava vagarosamente
Que baixaria como um Hermes da morte
Helicópteros tão grandes quanto navios
Aniquilar povoados inteiros com helicópteros.
O barulho da perseguição policial.

32.

Hansen Bahia, o entalhador atiradão, o rosado que impingia visitas ao puteiro a todas as pessoas, que havia erguido uma casinha mágica em um mato de coqueiros da Bahia, com figuras de santos e tapetes de macacos, de Haile Selassie, tudo do bom e do melhor, estava sentado, bêbado, em um restaurante em Piatã, junto ao mar
Ele brincava com as cascas de caranguejos do mar, siri mole em óleo africano, e berrou para Jäcki
Seu rosto havia se desintegrado pela idade, pela comida gorda, pelas batidas de cachaça.
Entre as partes isoladas se destacavam torrões de sentimentos
Escombros de recordações
Outra vez a rainha da Inglaterra
Outra vez Philip von Mountbatten.
– É o que eu digo: meu coração está na Inglaterra.
– E então ele acaba respondendo, direto: *And where do you sell?*
Outra vez:
– Eu sou brasileiro.
– Tenho interesse em que sejam noticiadas coisas positivas sobre o meu país.
– Pois do contrário eu poderia ter problemas.
– Pierri, aliás, é da outra faculdade.
O que Jäcki mais odeia são as expressões esmeradas.
Ele acha que ficaria melhor a Hansen dizer:
– Esse veado de merda.
– Também um desses que Hitler teria feito melhor em matar com gás.
Hansen diz:
– Eu odeio a Alemanha.
– Ainda isso.
E então, pela quarta vez, a história de como ele impediu que a polícia política prendesse alguém.

– Eu tenho a Cruz de Ferro I.
Mais uma vez as justificativas de que ele botou seu filho para fora de casa.
– Quando ele disse "velho" para mim, eu o esbofeteei do lado direito e do lado esquerdo
– E então ele me arranhou como uma mulher.
– E me mordeu na mão.
– E o senhor não o esbofeteou mais.
– Não?
– Viu só.
– Agora vem a fase das lamúrias
Com os dedos vermelhos e gordurosos no cabelo.
Lágrimas e batida.
– Eu sou um fracassado.
– É claro, depois de dez batidas qualquer um é um fracassado.
– Eu não me sinto em casa em lugar nenhum – não me sinto em casa em Blankenese e nem na família baiana.
– Mas isso nem sequer é verdade.
– Von der Höh vende seus entalhes em madeira.
– E o governador da Bahia convida o senhor para seus coquetéis
– Não fale bobagens.
– O que o senhor sabe.
– Por acaso se vive para ser vendido por Von der Höh e para que o governador da Bahia pague um *bourbon* para a gente.
Nossa geração um dia se levantou, juventude, crepúsculo da humanidade, arte africana, contra a exploração.
– Vamos buscar o orvalho da manhã, tralalá
– Eu sou um fracassado
Outra vez.
– Fracassado na escola.
– Saco de pancadas.
– Por isso é que eu queria garantir meu espaço na juventude hitlerista.
– Casa dos pais no Partido Social-democrata
– Vendedor de sorvetes em Roma
– Depois marinha.
– Lá eu também não consegui me dar bem.

– Boca queimada
– Transferido por punição.
– O senhor sabe o que eu fiz depois do ataque terrorista
– Eu fui obrigado a arrancar com as unhas, para o doutor Graefe, junto com os presos do campo de concentração, os restos dos cadáveres do porão de proteção antiaérea.
– Os cadáveres encolhidos pelas bombas incendiárias no porão.
– Essa expressão o senhor nunca ouviu.[1]
– Ouvi sim. Eu li o livro de Graefe.
– As constatações da autópsia.
– Descrevi tudo em meu último livro.
– Mas eu o fiz.
– Sim, sim, compreendo. O intelectual e o trabalhador braçal
Pois saiba o senhor que eu estava sentado lá embaixo quando as minas caíram do céu, e, em 1944, os tapetes de bombas.
Por um fio de cabelo o senhor também teria arrancado com as unhas a mim, Hansen Bahia – como um dos cadáveres encolhidos pelas bombas incendiárias no porão.
– Eu sei do que o senhor está falando.
– O que o senhor não sabe: os presos do campo de concentração ficaram felizes com o trabalho.
Pois eles ganharam aguardente. Para que não desmaiassem por causa do cheiro
– Eu cheguei à casa de doidos.
Uma enfermeira botou minha cabeça no lugar me dando um tronco
E me deixou fazer linoleogravuras
– Ah, sim.
– A senhora doutora Froboes escreveu a Himmler, dizendo que deveriam me tirar de entre os cadáveres encolhidos pelas bombas incendiárias no porão.
– Depois eu fui mandado para o *front* oriental.
– Mais tarde Hitler teve a ideia da proteção aos talentos.
– Eu desfrutei então da proteção aos talentos.
– O que queria dizer isso.

---

1. Fichte usa uma expressão poética para "Os cadáveres encolhidos pelas bombas incendiárias no porão", mencionada várias vezes: *B.-B-kellerschlumpfleichen*, que aliás demandou grandes pesquisas para ser decifrada. Ver mais no Glossário. (N. do T.)

Mas Hansen já não ouve mais a pergunta de Jäcki.
Outra vez o choramingar.
Com os dedos vermelhos do óleo africano, ele passa a mão nos cabelos.

33.

Corello da Cunha Murango, o professor da UFBA, Universidade Federal da Bahia, havia impingido, em sua raiva, o último livro do Directeur de Recherches do CNRS a Jäcki, o ensaio do papa sobre o comércio de escravos.

Era um livro grosso, com um título longo.

Flux et Reflux de la Traite de Nègres entre le Golfe de Benin et Baía de Todos os Santos.

O papa adorava títulos longos:

Notes sur le Culte des Orisa et Vodun.

Baía de Todos os Santos.

Baía de Todas as Santas.

Até mesmo seus ensaios tinham títulos longos

Será que o culto aos deuses de Abomei foi levado pela mãe do rei Ghezo a São Luís do Maranhão?

Nesse caso, o título era mais longo do que o ensaio.

Jäcki pensou:

É provável que por isso Corello da Cunha Murango esteja intrigando tanto com ele, porque não consegue dar nenhum título assim tão longo.

Os Obás de Xangô.

Todas as vírgulas estavam no lugar, todos os destaques.

Isso não era arte.

Para

As imitações de Detlev – Grünspan.

era necessário um pouco mais de coragem.

E tudo havia dado errado mesmo, de cara.

Para

Flux et Reflux de la Traite de Nègres entre le Golfe de Benin et Baía de Todos os Santos

era preciso ter uma segurança e tanto.

Ter uns belos de uns músculos

E

Le Culte des Voudun d'Abomei aurai-il-été apporté à Sain Louis de Maranhon par la mère du roi Ghézo

Isso era, claramente, a mais pura *hybris*.

O homem magro no pano de batique e com sua dança escangalhada.

– Que se permite se curvar a Sartre e sua introdução a Os malditos da Terra.

– Que louva a lepra.

– Ele deixa os belos homens negros se aproximarem dele apenas em uma escravidão mesquinha, medíocre.

Era uma leitura árida

Mais aparato do que carne.

Jäcki mastigou também o aparato para conseguir engoli-lo.

O papa havia descido ao arquivo da cidade.

Onde os velhos revolucionários, os velhos servos da tortura jaziam secos e atados, entre folhas de jornal como as plantas de um herbário.

Tinta de impressão, letras, amuletos.

Os revoltosos maometanos conheciam um alfabeto que carregavam como amuleto.

Para os analfabetos eram sons, nós, sinais e tons dos deuses, para os alfabetizados revolução, mudança, senhas secretas, que podiam ser escritas, enviadas, lidas, como Maria Katendé, que era fascinada com letras, e lhe mandou a receita do veneno de ervas para a iniciação, Jäcki a escreveu em um papel milimétrico e ela leu seus próprios sons, surpresa, de lábios trêmulos, que desenhavam então as letras no ar.

Os candomblés não tinham livros

O que Jäcki sabia disso?

– Mas os livros não são o *Agnus Dei*

– Como entre os revolucionários maometanos

– Eles sabiam escrever.

– Isso era o progresso, a transformação, a secularização, as listas de ervas de Jäcki! Serpentina e Vomitória.

O livro do papa tinha quebras horrorosas.

A nota de uma página muitas vezes se estendia, na parte de baixo, por mais três páginas.

Em razão da extensão e do espaço, capítulos inteiros foram degredados ao apêndice.

Jäcki achava:

Pacifico Licutan... fut dondamné poru "être undes plus grands et distingués d'entre eux" à recevoir 1000 coups de fouet, en un lieu à indiquer plus tard, et qui, sans être dans les rues soit cependant um lieu public.

Jozé Congo, comme il était esclave de Gaspar et, donc, supposé au courant de la conspiration, fut condamné à 600 coups de fouet.

...

Les rapports de police montrent que cette peine du fouet était infligée aux endroits suivants: Campo de Polvara, Campo Grande et Água de Meninos; la peine était donnée à raison de 50 coups par jour, ce qui nécessitait le déplacement, pendant une demi-journée, d'un greffier et de quatre fonctionnaires de la police, dont les émoluments étaient réglés par les propriétaires des esclaves.

Ces coups de fuet étaient donnés en confomité de l'article 60 du code pénal, tous les jours ouvrables où le condamné pouvait les supporter, et n'étaient normalement suspendus que si sa vie était en danger.

Dans les papiers dressés par les greffiers de service, on peut constater que Lino, esclave de José Soares de Castro, ou de la soeur Feliciana de Jesus, condamné à 800 coups de fouet, les reçut par 50 à la fois, les 10, 11, 12, 15, 16, 17 février; 3, 4, 5, 6, 10, 11, 12, 13, 14, 16 mars.

Pacifico Licutan, esclave du chirurgien Antonio Pereira de Mesquita Varela, reçut ses 1000 coups de fouet les 10,11, 13, 14, avril, 8, 9, 11, 13, 18, 19, 20, 21, 22, 23, 30 mai, 5, 6, 10, 11, 12 juin.

José, esclave de la veuve Maria de Souza, reçut ses 1000 coups de fout les mêmes jours.

José, esclave de Gex Decorsted, reçut les 800 auxquels il était condamné les mêmes jours, mais termina le 5 juin.

Sabino, esclave de Bernardo V. Ramos, moins résistant, reçut ses 60 coups de fouet les 10, 11, 13 avril, 19, 20, 21, 22, 23, 30 mai, 5, 6 et 10 juin.

Agostinho, esclave du couvent de la Merced, reçut 500 coups de fouet les mêmes jours que Pacifico, terminant sa peine le 19 mai.

Francisco, esclave au même couvent, n'ayyant pu recevoir les siens les 13 et 18, ne termina que le 19 mai.

Luis, esclave de Bernardo Monteiro, qui était le moins résistant du lot, vit suspendre l'exécution de sa peine après le 11 mai, et termina de recevoir ses 500 coups de fouet les 15, 16, 17, 19, 20, 22 juin seulement.

L'interruption des coups de fouet entre le 14 avril et le 8 mai est justifiée par une note au juge municipal Vicente d'Almeida Caetano Júnior le 2 mai, où on lui fait savoir que "le médecin ayant examiné l'état des condamnés, estime que seulement deux d'entre eux, prénommés José l ún et l'autrre, esclaves respectifs de José Marinho et de Falcão, sont en état de pouvoir continuer à subir leur sentence, tous les autres sont dans l'impossibilité de la supoorter, en raison de grandes plaies ouvertes qu'ils ont aux fesses".

Le 18 septembre 1835, une note du médecin Prudencio José de Souza Britto Cotegipe certifiait au même juge que "les nègres africains condamnés au fouet: Carlos, Belchior, Cornelio, Joaquin, Thomaz, Lino, Luiz, qui sont à la prison de la Relation, sont dans un état tel que s'ils continuent actuellement à subir lesdits coups de fouet, ils pourraient peut-être en mourir".

Ce fut le cas d'un certain Narciso, Nago, esclave de José Moreira da Silva Macieira, dit José Bixiga, qui fut pris les armes à la main à Água de Meninos et condamné à 1200 coups de fouet, qui ne résista pas au traitement infligé. Hospitalisé à la "Santa Casa da Misericórdia", le 29 janvier 1836, il y trépassa le 27 mai 1836.

1836

Platen viaja pela Itália.

Também isso era Pierre.

O grande Pierri

O inalcançável

Que fareja as feridas dos africanos na poeira dos arquivos.

Infalível.

– O que Proust significava para ele?

– E Racine?

– Isso era Tácito!

– Uma passagem assim eu jamais escrevi, pensou Jäcki sem inveja.

– O sofrimento o tocava.

– A aniquilação dos corpos.

– O desconhecido lhe escapava em bilhetes.

34.

Ali vêm de novo os carros da polícia.

Ao longo da carroceria, bancos com policiais vestidos de azul-acinzentado, com capacetes de ataque, todos em uma fileira de 50 ou algo assim.

Jäcki não os contou.

Caras gostosos.

Tecido ajustado

E os cassetetes grossos

Cassetetes de madeira amarelos, que acabaram de ser lustrados com cera

estacionam junto ao Terreiro de Jesus.

Não muito longe das diversas igrejas com o ouro aos torrões, descendo decididos, se espalham

Os cangaceiros se mandam

Os camelôs com seus pentes cuecas carretéis de linha dão o fora.

Os soldados assoviam em apitos abrindo caminho

Eles escolhem uma mulher em trapos

Dão pontapés nela

Um bolo de uniformes e cassetetes de madeira refulgindo

Gandhi Gandhi Gandhi

Quando Jäcki chega, eles já botaram a mulher coberta de sangue no carro.

Jäcki corre como um macaco atrás do carro

Ele sabe que não o alcançará

Ele corre atrás do carro que segue devagar

E os soldados riem da cara dele, abaixo

E tocam seus paus

E Jäcki continua correndo.

Entre os ônibus.

Em direção ao elevador

Elevador Lacerda.
E então o carro também já freia.
Diante do comissariado de polícia, eles param e jogam o bolo ensanguentado para baixo. Eles arrastam a mulher sangrando pelo calçamento
Puxam a mulher para dentro, ali onde sempre está exposta a lista com a programação dos candomblés para os turistas.
Centenas estão parados em torno. Todos olham o que está acontecendo. Como no Cine Pax.
Agora Jäcki pode pegar os soldados.
Ele não os toca.
Ele os alcançou
E em sua coragem gritante de bichinha, ele faz troça deles
Diz o que tem a dizer
O que todos gostariam de dizer
O que qualquer um diria
Eles soltam a mulher
Os soldados não riem mais e abrem suas bocas.
A mulher sangrenta espera ainda um pouco
Depois se esgueira ao longo do berreiro de Jäcki
passando pela lista do candomblé, para a claridade, para a liberdade.
Os soldados ainda dizem algo ameaçador
Depois se voltam para o outro lado e entram em seu escritório
Jäcki volta a si
Um homem de mais idade, de calção branco sobre as pernas gordas e sapateantes, toca em seu ombro e o empurra para fora do comissariado, através dos ônibus, pelo Terreiro de Jesus, Pelourinho abaixo.
– Mas o que é que o senhor está fazendo, diz o homem a Jäcki.
– Ela era parente do senhor.
– Não, diz Jäcki.
– Sim, por acaso o senhor conhece bem o governador.
– Não
– Pelo menos sabe jiu-jítsu
– Não.
– Sim, mas o senhor não tem medo.
– Tenho sim.

– Eu sou a favor da não violência, isso o senhor precisa saber.
– O que significa isso?
– Gandhi.
O homem não entende.
– Eu não posso fazer nada.
– Apenas posso deixar me tocar, diz Jäcki.
– E também posso estufar um pouco o peito.
– Estufar o peito eu posso, pelo menos.
– Mas jamais vou bater.
– Nós deveríamos todos estufar um pouco mais os peitos!
Então o homem o deixa parado onde está, bem rapidinho.

35.

Jäcki disse consigo mesmo:
Por que será que eu preciso me submeter a esses modos de bichinha.
Altos segredinhos afro-americanos e *understatement* francês da alta-burguesia.
Eu sou ordinário.
Eu sou a criança do porão de Lokstedt.
Por um ano estive junto com o papa, e agora eis que eu digo até a vista, como deve ser.
Ao lado dos preparativos da poção mágica, Jäcki ainda tentara descobrir com Professora Norma todos os ritos da iniciação
Quando aconteciam os sacrifícios a Exu.
Todas as manhãs bem cedo, pois, o banho com a poção da iniciação.
E beber?
Sim, beber também.
Quanto?
Um meio copo.
Todos os dias?
Sim, todos os dias.
Durante 21 dias.
Sim, durante 21 dias.
E então
Então é a vez do rito da consciência
Pois a obrigação da consciência.
Seria terrivelmente difícil conseguir registrar todas aquelas expressões técnicas em um romance.[1]
No ensaio etnológico seria possível botar aspas e simplesmente escrever, em português mesmo: "Obrigação da Consciência"

---

1. O tradutor assegura que também não é fácil registrar todas essas expressões técnicas na tradução, inclusive porque na maior parte das vezes Fichte as traduz ao alemão e, na tradução de volta ao português, é bem difícil imaginar o que ele pretende dizer. (N. do T.)

Traduzir a expressão ao alemão era impossível.
Obrigação era *Obligation, Verpflichtung, Bedankung* [agradecimento]
E encontrar uma expressão poética que expressasse
tudo isso.
Cerimônia da Consciência – *Zeremonie des Bewusstseins*
Rito da Consciência – *Ritus des Bewusstseins*
Mas o que é isso, perguntou Jäcki à Professora Norma.
A consciência é quebrada
Se quebra a consciência
Os baianos com seu português conseguem dizer consciente para a gente.
Consciência.
Uma palavra que mal seria aceita em uma leitura pública do Grupo 47 ou no Literarisches Colloquium
Ela estava completamente fora da camada estilístico-literária da República Federativa da Alemanha.
E quando Jäcki compreendeu o que Professora Norma estava dizendo
Ela também havia compreendido.
Não deixou escapar mais nada.
Ainda murmurou algo acerca de palha da costa, quer dizer, da costa africana.
Sobre ovos.
E porcelana branca.
Algumas folhas que Jäcki não conseguiu registrar com tanta rapidez.
Ela nublava seus rastros como um polvo.
Jäcki ensinou a quebra da consciência ao papa para se despedir
O papa se envolveu em uma nuvem de amabilidade.
Não havia mais como ultrapassá-la.
Tristeza, Jäcki não chegou a sentir por deixar o papa Pierri.
Tudo começou como se daria uma narrativa interessante, um belo romance, entre eles dois.
Um romance vegetariano, aliás entre o mais jovem e o mais velho dos *gays*.
Um romance herbário
E então o ancião capenga e bicontinental se fechou de repente como uma anêmona do mar.

Jäcki teria gostado tanto de ficar triste por deixar o papa Pierri.

Jäcki ficou enlutado por Pedro de Batefolha

De todos os garotos de programa, Jäcki se despediu cheio de tristeza e luto, aquilo havia sido a coisa mais importante, os membros maravilhosos e as luas que brilhavam em negro.

Do vesgo dono da biboca de encontros Jäcki também se despediu bem triste.

Do dono da casa semipronta,

Da ajudante que havia lhe roubado os búzios negros

De Professora Norma, triste

Ela olhou torta, para baixo.

Ela estava de consciência pesada, porque o havia enganado com o banho de sangue.

Jäcki foi obrigado a rir, apesar da música de despedida.

Norma não sabia que Nanã havia ajudado Jäcki e Irma

O banho de sangue estava resolvido há tempo.

E Norma não podia imaginar como foi importante para Jäcki a única frase que ela disse

Se quebra a consciência.

A amabilidade saltitante do papa não pôde ser rompida.

Nisso, ele era outra vez completamente Luís XIV elevado à potência Obá de Benim.

Eles quebram a consciência, disse Jäcki.

– Ah, mesmo.

– O senhor já ouviu isso?

– Não. Nunca.

– Faz sentido continuar investigando isso?

– Por que não.

– Na próxima vez, então.

– Nós vamos embora.

– Já?

– Adeus.

– Adeus.

– Obrigação da Consciência *ça sonne intéressant.*

Disse o papa ainda, quando pelo menos se dignou a levar Jäcki até o portão.

– Na próxima vez, pensou Jäcki.
– Ou seja, nunca.
– Jamais terei dinheiro para continuar pesquisando.
– Jamais voltarei ao Brasil.
Ele seguiu Pierri com os olhos e, com a *nonchalance* típica dos franceses,
ele capengou de volta à sua casa vazia.
E então eis que Jäcki se sentiu completamente melancólico
– Não é necessário que sejam relações violentas nas quais se fixe as nossas emoções violentas.
Os ombros encolhidos do ancião, o pano de batique, as barrigas das pernas inclinadas, com as quais ele subia as escadas *art déco* do Musée de l'Homme e fazia suas dancinhas a Xangô.
– Eu jamais voltarei a ver o papa Pierri.

36.

O ápice chegou um tanto apressado
Depois de mais dois ou três sacos de cimento para o templo branco de Maria, Jäcki conseguiu reunir a receita da bebida de iniciação para o deus Xangô, não contados alguns pontos obscuros.
Ela borbulhava em uma moringa de culto não abençoada
exalava um cheiro a armário de roupas da tia Hilde
e lançava espuma como cerveja
Pouco antes de ele deixar a Baía de Todos os Santos, Jäcki conseguiu se dominar e ir à seção botânica da Universidade Federal da Bahia, a UFBA
Talvez eles pudessem ajudá-lo no sentido de identificar as 17 plantas do deus Xangô
Botânicos são mais amistosos do que outros cientistas.
O trato com plantas faz com que eles amem os homens.
Eles se mostraram prontamente dispostos a aceitar as 21 folhas duplas do Jornal da Bahia e do Estado de S. Paulo entre as quais os preparados de Jäcki com as folhas sagradas foram secados e amassados.
– Ainda que não possamos lhe dar muita esperança
– Os sacerdotes conhecem mais plantas do que nós
– No máximo um terço da flora do Brasil, um terço da flora da Baía de Todos os Santos foi pesquisado e herbarizado.
– Mas nós faremos o que pudermos.
Jäcki se despediu.
– Aliás, plantas sagradas.
– O senhor sabia que temos o herbário de um pesquisador francês aqui
– Não.
– Nós o chamamos, brincando, de papa.
– Eu o conheço.
– Venha comigo. Eu vou lhe mostrar.

– Não sei, nós estamos meio frios um com o outro, eu não queria mergulhar nos mistérios do papa sem sua permissão.
– Besteira!
– Ele entregou seu herbário à universidade, a fim de que esteja à disposição dos estudantes e pesquisadores.
– Nós não somos um templo, mas sim uma instituição de ensino.
– O senhor é pesquisador.
– Aqui está o herbário.
– Sirva-se.

A UFBA havia substituído os jornais velhos do papa por folhas gigantescas e felpudas de papel mata-borrão, nas quais jaziam os cadáveres quebradiços das ervas.

O papa as colara com papel colante e fita *durex* e, à borda, com a letra de uma menina do interior da França, anotara os nomes, os nomes da Baía de Todos os Santos, da costa do Novo Mundo e as fórmulas da costa africana – com acentos, falsos, conforme resmungava Corello da Cunha Murango, difamando-o.

Com uma espécie de temor sagrado, Jäcki folheou o papel mata-borrão.

De repente, isso lhe pareceu estranho

Ele folheou com mais pressa

Os repositórios de semente secos começavam a se soltar, as florescências deixavam seu pólen cair.

Jäcki conhecia as 50, 100 ervas para a iniciação que jaziam atadas em feixes ali, ele conhecia os nomes científicos que ele não conseguira reunir para as suas e para a sua bebida da iniciação.

Também os grupos de letras africanas, os acentos lhe pareciam conhecidos.

O papa não os revelara a ele.

Jäcki, ele mesmo, não reunira um herbário na África e nem buscara os acentos.

Em sonhos, é que eles não haviam chegado até ele.

Corello.

Corello da Cunha Murango outra vez.

Eram os nomes, fórmulas, acentos das plantas de Corello.

Mas por que Corello, o professor da UFBA, não as depusera ali como herbário?

Eram as plantas do papa.

Corello copiara seus nomes e dados.
E os repassara a Jäcki como se fossem as fórmulas e acentos de suas próprias folhas para deixar Jäcki impressionado.
Não.
Era diferente.
Jäcki imaginava o que o papa havia insinuado à primeira visita, por certo sem saber o que dizia.
As palavras podiam mudar o efeito das plantas.
Não eram as plantas que eram a bebida de iniciação.
Eram as palavras
Isso Jäcki escreveria em seu romance.
As palavras eram o veneno.
As palavras eram a quebra da consciência
Corello da Cunha Murango havia usado os nomes,
para separar Jäcki e o papa com intrigas
E ele conseguira.
Com folhas, ele havia levado as folhas a silenciar.
O romance havia sido quebrado pelo romance.

Jäcki não tinha vontade de berrar outra vez com Corello da Cunha Murango no cineminha de seus pensamentos.
– O que foi que você fez?
– No seu vício *gay* de fazer intrigas? Você vem com suas folhas de figueira idiotas
– Copiou folhas do herbário do papa na UFBA e as apresentou como se fossem suas
– E ainda fala mal do papa e espalha que seus acentos não estão corretos.
– E dá suas folhas a mim em bilhetes, apenas para nos separar.
– Isso nem seria tão ruim, pois quem havia de cacarejar porque Jäcki e o papa Pierri não estão mais *on speaking termes*.
– Mas me distanciar da minha personagem principal.
– Colocar meu romance em perigo.
Jäcki não tinha vontade de correr até Corello e lhe fazer censuras.
O transportador de móveis precisava ser contratado.
Ele não tinha mais a menor vontade para todas as inexatidões do romance.

Bebida de iniciação, essa era uma expressão de romance.
Já abó era demais, era como Gauguin ou Senghor.
Era raro até mesmo que algo como noz moscada no purê parecesse adequado.
Mas que plantas.
Pelas quais se ficava de ponta-cabeça durante meses.
Diante disso, Marcel Reich-Ranicki apenas bocejaria.
Um livro simples, é o que seria dito.
Acentos.
Entonações.
Uma vida de etnólogo, vivida –
Talvez até duas?
Aos leitores interessavam apenas inexatidões.
Jäcki sentia nojo de saber que nas descrições de folhas de romances o conhecedor jamais poderia aprender algo – ele que mesmo nos compêndios da Sorbonne encontrava apenas nomes errados e designações incorretas.
Jäcki ansiava pela destruição precisa da consciência em sua análise
– Análise significa dissolução.
Romance é criação
Se faz de conta que se é Deus.
Onisciente, apesar das discussões sobre a posição do narrador no Grupo 47. Bobagens. Manias.
Pesquisa é dúvida
– O conceito do saber europeu, era o que ele queria escrever
E ele escondeu de si mesmo que o saber havia sido declarado poder.
Ele sabia, também ele se apresentou como conquistador com seu conceito de consciência europeia
Mas uma coisa ele conseguira, era o que Jäcki objetava a si mesmo:
Ele não havia traído.
Ele não cometera a traição dupla
Nem com Maria ou com o falecido Pedro ele se sacudira ou rapara o cabelo semiacordado na casinha terrível, rabiscando o bilhete de anotações nas mãos e tomando um banho de sangue com a caneta em punho
Ele não havia se apresentado na UFBA e no Musée de l'Homme, como o iniciado, o que viera de longe, diante do qual os donos de galeria tremiam, e que imitava os transes do "Select" no Montparnasse.

O que ele tinha, ele tinha consciente.

E estava à disposição de todos.

Nisso, ele concordava com o botânico amistoso da UFBA

Ele indicaria em um ensaio, com exatidão, os materiais que descobrira.

As coisas de Rilke, pensou Jäcki.

Ele bebeu a bebida de iniciação para o deus Xangô

E também ofereceu da bebida a Irma.

– Estamos bebendo o abó.

– Escreve Jäcki em um caderno fino sem linhas, na letra descansada da qual é capaz depois de alguns meses longe de Hamburgo – no diário, ao qual se acostumou por causa do ensaio para a revista Spiegel.

– Estamos bebendo o abó de Maria Katendé para Oxalá.

Jäcki comete um erro.

Mas isso pouco importa.

O motorista do carro de móveis que leva as antiguidades para a expedição quer fazer um desvio e passar por uma moita com Jäcki, sem problemas.

– Em mim um efeito embotador no decorrer da primeira hora.

– Depois de duas horas, leve perturbação na capacidade de concentração

– Só consigo seguir as linhas em um mapa com muita dificuldade.

– Na noite seguinte, fortes dores de cabeça.

– Pela manhã, perturbações da memória maiores do que de costume

– Troco nomes etc.

– No dia depois da bebida, a cada pouco o sentimento de que eu ainda estou na Bahia.

A letra de Jäcki muda.

É a letra de Hamburgo.

Fugidia

Em direções que se misturam

– Irma, depois de dois dedos para o alto, copo d'água de abó.

– E banho.

– Nas primeiras duas horas, nenhuma reação.

– Em seguida, fortes dores de cabeça em um dos lados.

– Como se a cabeça fosse cortada ao meio.

– Depois, pressão sobre as glândulas lacrimais.

– Vontade técnica de chorar.
– Cerca de seis horas depois, trocando movimentos.
– Irma quer coçar o nariz
– E toca a testa.
– Oito horas depois, forte sensação de frio.
– Também sinto frio.
– Quase sinto convulsões por causa dos calafrios.
– Ainda no dia seguinte, dores de cabeça e fraqueza completa.
– Na manhã seguinte, sensação de cãibras no interior do crânio, parte de trás.

– Eu digo a Irma:
Quando se imagina que as meninas bebem um copo disso todos os dias, são banhadas todos os dias com isso e sugam as coisas pelos poros, durante 21 dias ou até mesmo durante 90 dias.
– É inacreditável, o que se passa nos cinemas.
– No Marrocos, homens fazem sexo oral uns nos outros na plateia.
– No segundo andar do cinema, onde no passado acontecia o baile das bonecas e dos enxutos, todo mundo fode nos banheiros. As portas estalam.
– No Iris, com suas muitas escadas de ferro, em todos os três níveis
– Irma, 38,2 ontem.
– Hoje, 35,8
– Eu, sensações de frio também à noite.
– Sonhos longos.
Os registros de diário de Jäcki destruíram
o transe, o totalmente outro, o estranho, a transformação, o deus, o novo homem, a quebra da consciência?
Ou as folhas quebraram os registros sobre as folhas do diário?

Jäcki esboça a frase final da puberdade:

O mágico era para ele o grande encaixe na mesa do instintivo.
E isso depois de uma mesa de cimento com o cadáver dissecado de Lamarca.
O homem não é uma árvore.
Jäcki volta a viver em um mundo completamente secularizado.

37.

Será que se pode exigir isso de uma mulher?
Quando Jäcki chegava da Central do Brasil, ele ainda cheirava
a cacau ou madeira
brasileira
Pau Brasil, os homens diziam, e sacudiam seus membros, que se destacavam de seus corpos como se fossem galhos.
Jäcki podia se lavar três vezes nas bibocas de encontros
e tomar uma ducha, por trás da cerca de arame.
Nos pelos da barba ficava algo do cheiro de nata e tatu.
Daniel Caspar von Lohenstein faz com que o imperador Nero conte tudo a Octavia nos menores detalhes
Então Irma o envolvia com Balenciaga[1] e muitos outros,
os cheiros haviam aumentado muito no mundo
nos dez anos em que eles viviam juntos,
pessoas, compostas apenas de água de toalete, se intrometiam
entre carne e sangue.
Ali, bem no meio, um cheiro da idade da pedra, que Jäcki deixaria a colegas mais precisos, para que eles o descrevessem,
Irma como Vênus de Dordonha e ainda com mais uma ejaculação tigresa, égua e vaca.
Se poderia exigir isso de uma mulher?
Mal ela havia se aberto e gritava os vocábulos de uma língua bem antiga contra as paredes distintas do Ouro Verde – e Jäcki saía correndo aos banheiros públicos, saunas, cinemas.
– Uma mulher nunca está satisfeita, era o que sentia Jäcki.
– Quando a fodemos três vezes, era o que ele sentia, ela quer a quarta vez.

---

1. No original, "Balanciaga". (N. do T.)

Depois de flores, perfumes, depois de vinho e costeleta, macumba e Mozart elas querem mais, sempre adiante, mais fundo, sempre uma nova camada se abre, uma nova folha debaixo da folha, novos ritos, canções desconhecidas, outros deuses, outros acentos, chás, ervas.
Se poderia exigir isso de um *gay*?
Jäcki não sabia mais se ele era machinho ou fêmea?
Gay, o que quer dizer *gay*?
Os homossexuais declarados por certo o cadastrariam como dissidente, como reformista.
E os normais declarados!
E os bissexuais não existiam como categoria.
Tente comprar, sendo homem, na Erxleben da Waitzstrasse ou na avenida Nossa Senhora de Copacabana, um perfume feminino, Ma Griffe ou Chanel, para você mesmo.
Então qualquer moça de drogaria será capaz de usar seu borrifador como um carburador e matar você com o gás.
Poderia se viver isso?

Jäcki constatou que não dormiu com nenhum entre todos os homens que amara
Será que Irma era culpada disso.
Será que se pode falar em culpa nesse caso.
Cada um é o que é, e ele mesmo é culpado disso.
Quando foi e onde foi que algo se corroera ou se queimara dentro dele, a ponto de ele, que escrevera o livro sobre a beleza do homem, que amava tanto os homens e com tanto exagero, a ponto de querer todos, não conseguia amar o único que o amava – mas sim Irma.
E se sua bissexualidade um tanto forçada não fosse outra coisa que não uma dupla incapacidade?

38.

Aquilo com Alexis, ah, aquilo Jäcki com certeza não botaria em seu romance.
Por que falar disso?
Jäcki também não falava nada sobre o amor com Irma.
Tudo já estava dito, ora
Alexis era de ascendência macedônia
Um homem louro gigantesco.
Ele parecia um leão
E, nisso, um bocado estranho e carnavalizado.
Descrever o amor de Jäcki
Para isso ele teria de começar bem atrás
Nas profundezas da infância
E isso ele não fez uma única vez em seu novo livro
Este tratava apenas da puberdade.
Onde isso se mistura para a primeira traição, para a primeira recusa, para a impossibilidade.
E então surge disso um Jäcki e um Pierri, o papa.
Jäcki descreveria o jovem etnólogo e o velho etnólogo, o metido e o preguiçoso, o ávido e o sábio, e um pouco de Professora Norma em torno
Pedro de Batefolha, o Cine Pax
Jäcki não seria capaz de satisfazer Reinhard Baumgart e Marcel Reich-Ranicki
e Rosa von Praunheim,
em sua nostalgia pela relação a dois homossexual
decente e normal
Alexis, isso seria demais.
Toda sua atmosfera no país, em algum lugar no interior do Brasil, que vinha à Bahia uma vez por semana, visitar sua mulher, uma moça alta de uma das melhores famílias da cidade.

Ela estudava psicologia.

E então eles vão juntos ao Terreiro Viva Deus

O engenheiro e a estudante de psicologia se transformavam em dignitários ali, um era obrigado a abater animais, ela a fazer colares de pérolas

E sobretudo os dois precisavam pagar muito.

Mas isso já seria um tema.

O casal jovem ante as religiões sanguinárias.

Os rijos feixes humanos, que eram carregados como múmias para a casa de iniciação em meio ao transe.

E, aliás, a tropa de apoio toda.

Que Jäcki e Irma arrumavam no final de semana,

sair para comer, nadar, surfar

E os casais de namorados surfavam com Jäcki por tanto tempo debaixo da ducha elétrica, de quando em vez se levava um choque, até que o sabão estava completamente gasto.

Alexis se apaixonou por Jäcki

Isso será demais.

Ele o levantava ao alto

Jäcki levantava Alexis ao alto.

E Alexis dizia:

Forte como um leão.

Eles contaram sobre sacrifícios humanos.

E Jäcki, para chocar os casais normais,

contava das bibocas de encontros homossexuais

E o engenheiro e a estudante de psicologia queriam, de qualquer modo, ir com Jäcki até essas bibocas *gays*.

Quando Jäcki tocava Alexis, um ficava de pau duro

Mas Jäcki não queria deixar o homem casado confuso, a ponto de o coitado não saber mais o que fazer.

E Morni também caberia melhor.

Morni, o menino prodígio.

O cara dos batiques, vindo de Israel, que morava com papagaio e arara e manager no Pelourinho.

E falava com todo o desprezo dos baianos.

Minha carteira é minha melhor amiga aqui, Morni dissera a um garoto de programa do Pelourinho.

Morni seria ideal.
Inteligente, inteligente ao modo judeu, Jäcki sentiu pela primeira vez o baque com uma inteligência jovem, que tinha a idade da humanidade, metade de sua inteligência
E Morni era muito *sexy*.
E também era artista, ainda por cima.
Esta talvez tivesse sido a única dificuldade.
As manobras de Jäcki, solteirão de mais idade
Ao lado dos batiques dóceis de Morni, que ainda por cima vendiam bem.
Na cama, Morni não seria dócil.
Ali ele era tão brusco quanto Jäcki.
Desavergonhadamente, ele saía do ateliê e cumprimentava Jäcki com o pau duro na mão
Mas isso seria um romance sobre dois garotos judeus *gays*,
um deles tendo crescido em Israel, o outro em Lokstedt,
que se comiam sobre potinhos de cera na Baía de Todos os Santos
Isso era tão difícil de descrever.
Nada mais pareceria adequado ao lado disso, nem Irma com suas fotos
Nem Corello da Cunha Murango com suas intrigas
Apenas os dois.
E isso por acaso continuaria sendo Jäcki e o romance de Jäcki?

39.

Jäcki tinha de chegar junto.
Na revista Spiegel, ele não poderia escrever sobre as intrigas herbárias de Corello da Cunha Murango.
Sobre a quebra da consciência
Sobre Serpentina e Vomitória.
Consciência, folhas, nada disso interessava a eles.
Jäcki atuou como jornalista político.
Ele foi às passagens subterrâneas da Central do Brasil, onde centenas de desempregados das favelas da Providência e da Rocinha continuavam sacudindo seus paus pretos comparáveis a galhos da floresta-virgem na catarata da Villeroy & Boch e Françoise Sagan.
Jäcki sente vertigens à ideia de que precisa escrever um ensaio sobre o Brasil para a revista Spiegel[1].
O etnólogo sempre poderá se salvar no próximo texto.
O romancista, sobretudo o da Alemanha Ocidental, recebe pagamentos por suas dúvidas.
O jornalista tem de estar aí.
Precisa saber o que está se passando.
Quando ele escreve para a Spiegel, ele precisa ser um escritor melhor do que Max Frisch, um filósofo mais importante do que Ernst Bloch, ele conhece a política brasileira melhor do que Médici e entende mais da bomba atômica do que Abs.
O jornalista da Spiegel tem de dar conselhos, segundo os quais o mundo deve se orientar.
O jornalista da Spiegel deu conselhos aos novos homens com N maiúsculo.
Os jornalistas da Spiegel foram os novos homens.

---

[1]. O ensaio seria publicado, como se pode depreender de algumas coisas que Fichte diz e dirá nos próximos capítulos, e causaria o maior escarcéu, praticamente um incidente diplomático. (N. do T.)

Que participaram de todas as revoluções com abonos.
Que voavam a jato para todas as guerras.
Que podiam pagar a qualquer revolucionário.
E pedir que todo e qualquer sentimento fosse checado no arquivo.
Não foi Marx que mudou o mundo.
Mas Gauss.
Orgias na praia
No canavial selvagem.
Na frente da construção da Varig, no aeroporto Santos Dumont
Os índios ficam de pau em pé.
Os aviões levantam voo.
Dia de trepadas no Marrocos.
Jäcki arranja orgias nas hospedarias cheias de esguichos da estação ferroviária.
Em uma das vezes, ele levanta os garotos de programa que estão parados um ao lado do outro
Enquanto ele fode um, o amigo dele toca sua bunda.
Ele sente que não é a mão de Jäcki e se vira e diz a seu amigo:
Ora, mas o que significa isso?

Jäcki volta a subir o Morro da Providência,
Junto ao abismo rochoso, continuam existindo alguns barracos.
Três anos depois da catástrofe
Agarrados
Apesar das promessas do governador
Quando Jäcki quer entrar na favela, um garoto o revista em busca de armas.
Mas o que é isso?
Um trabalhador social?
Ou um chefe de quadrilha que teme a invasão da gangue inimiga?
Um pergunta a Jäcki se ele quer comprar bagulho.
Jäcki diz que não.
Os moradores o convidam a se aproximar.
Como no passado
Quando os barracos haviam rolado para a cratera.
Jäcki não quer se aproximar.

Ele está pensando se as favelas interessarão à revista Spiegel.
O jornal Zeit achou sua pergunta a Allende:
Como estão os trabalhadores do Chile?
ingênua.

Jäcki se acostumou a chamar, no cinema de sua cabeça, a terra abandonada com o canavial selvagem diante da construção da Varig, de jardinzinho do paraíso.
– Os mais jovens fazem, todos, as duas coisas.
– Isso mudou em três anos
Das moitas de cana-de-açúcar, agora espiam quatro solas desnudas de diferentes nuances de cor.
Como em um desenho engraçado.
Duas com os dedos dos pés virados para cima, índias.
Entre elas duas com os dedos virados para cima, cacau.
Jäcki insiste.
O grande índio se levanta e olha entre o canavial, acenando para Jäcki.
Jäcki negocia amores com um belo negro.
Ele diz:
– Não consigo mais.
– Já fiz três vezes.
– Não tem problema.
Um segundo se aproxima e diz com voz bem suave:
– Você não consegue ficar de pau duro por que sente vergonha?
O belo vira sua cabeça de lado e assente quase de modo imperceptível.
– Minha mãe contou a meu pai que eu saio com homens, diz o belo.
– Meu pai não se incomodou muito com isso.
– Não se incomode com isso, ele disse, quando eu era jovem fiz a mesma coisa.

No Museu de Arte Moderna, um carro da polícia.
Eles realmente jogam um *gay* para dentro do camburão.
Mas também o jardinzinho do paraíso não arrancaria da cadeira o senhor Wild e o senhor Augstein da revista Spiegel.

Outra vez com o redator-chefe.
Ele está, pela segunda vez, com uma pneumonia

Antes disso, caxumba.
E um de seus testículos ficou gigantesco.
– *Testis unus*, Jäcki ataca
– Villon!
– *Testis nullus*.
O redator-chefe se desvia do marxismo.
Ele acha bem bom que pessoas jovens sejam abatidas no candomblé
Ele agora acreditava, de modo bem ingênuo, em coisas mágicas.
Nos pais de santo.
– Hesse, pensa Jäcki.
– O senhor dos anéis.
– Castañeda.
– Jesus Cristo está no ar.
– Roberto Carlos, o epígono resmunguento do resmunguento Aznavour.
– Não foi por acaso que nós nos encontramos em Hamburgo.
Inserir magia no teatro.
Ele estaria horrorizado com Fidel Castro.
Desesperado com Allende.
– Por quê?
– Porque lhe aprontam dificuldades por todos os lados.
– Por todos.
– Sim. Isso você vai ver. Os americanos, os russos, os chineses. Até mesmo os alemães
A oposição no Brasil estaria completamente dispersada.
Ele não podia mais botar nada sobre Lamarca em seu jornal
Nem mesmo aquilo que o Jornal da Bahia publicou, quando conseguiu introduzir um repórter como lavador de cadáveres e este descreveu o membro cortado.
Ele não podia nem mesmo publicar que depois disso a equipe inteira do Jornal da Bahia havia sido substituída.
– A linguagem do silêncio.
– O quê?
– No teatro, a linguagem do silêncio.

Jäcki lhe explica, para incomodá-lo, o comportamento de Corello da Cunha Murango.

Ele diz que isso é típico.
Que inclusive havia uma expressão para tanto:
Deputado baiano.
Ele inclusive adquirira, depois de sua última encenação de Brecht, uma pequena propriedade nas montanhas do Rio.
E de lá ele também trouxera uma empregada com ele.
– Eu quero usar, disse ele, o povo em minhas encenações.
A empregada, uma menina ainda, era de família evangélica.
A cidade do pecado.
Desde que ela vivia no Rio, o pai não falava mais com ela.
Ele tirava o dinheiro dela e se calava, simplesmente.
Ela queria conhecer a cidade.
Ela mal consegue ler e escrever.
Era bem selvagem.
Batia os copos sobre a mesa a ponto de eles trincarem.
No campo, um coelho lhe escapou
Ela o perseguiu durante horas.
Ela se esgueirou para perto dele.
E então se precipitou de corpo inteiro sobre ele
E o pegou.
O redator-chefe conta a história com entusiasmo.
Tais reações instintivas ele deseja que a empregada as mantenha.
Ele fala muito do povo.
Ele acredita que sejam 70% de analfabetos, na realidade.
– Este é um número que posso vender para a revista Spiegel, pensa Jäcki.
– Ou será que isso é *off the record*.
– Quem foi que examinou esses números.
– Como tais números poderiam ser checados?
As crianças tentam ensinar a empregada a ler.
Elas desprezam a empregada.
Ela mal sai de casa.
Visita apenas seu irmão.
Muitas vezes tem dores de cabeça, e não tem namorado.
Quando Jäcki vai embora, o redator-chefe o beija com suavidade no pescoço, na frente de sua mulher, na frente de Irma.

– Ser *gay* vai virar moda, pensa Jäcki. Assim como o candomblé.

– Os arranha-céus do novo Rio repetem a estrutura das montanhas em torno da Baía da Guanabara, pensa Jäcki:
– Assim como o tímpano românico da Catedral de St. Lazare imita as linhas das lavouras e córregos e moitas de Autun.
O gaúcho leva Jäcki pelo quarteirão ainda fresco dos negócios no centro da cidade.
Com a chegada do crepúsculo, os prédios se esvaziam.
Ninguém na rua para flertar.
A cada cem metros, um guarda no uniforme das associações privadas de segurança e tiro.
Este tem apenas medo de Artigas e Jäcki.
Uma à direita, uma à esquerda, por baixo do deserto vertical.
E então novamente à esquerda.
Através do arco de um portão cintilante, quadrado.
Um quadrado bem embaixo, em uma garganta de vidro e aço.
E ali estão milhares de homens negros a chupar, se esfregar e foder
Quando se conhece o padrão, segurando em mãos firmes o fio invisível, se chega lá.
Jäcki vai aos adidos militares.
Ele visita personalidades candentes.
Homens dos quais se diz que são agentes.
Eles estariam bem treinados.
Jäcki compreende o que é informação de fundo.
Uma *deep background information.*
Este não é o seu mundo.
Quer dizer, ele jamais quereria escrever um romance sobre isso.
Um romance policial sim.
Um *gay* em uma redação de jornal.
Mas uma história de agentes secretos
Jamais.
Allende lhe interessou como epopeia.
Ele escreveria uma bela epopeia a Rübenach, Christian Gneuss e Peter Michel Ladiges sobre isso.
Na pontinha da América, um idealista tenta mudar o mundo.
Assim como Jäcki imaginava uma epopeia.

Vozes.

As vozes dos ministros, as vozes dos trabalhadores, dos camponeses, dos garotos de programa
Ministérios e saunas *gays*
Um escritor *gay* engajado vivencia a única epopeia possível na América do Sul.

Aqui no Rio, os adidos militares e os agentes o deixavam entediado a ponto de quase matá-lo.
Ventríloquos bancando os importantes.

– A Fundação Adenauer temia que o projeto poderia prejudicar a CDU em termos de política interna
é o que estava escrito de repente no diário de Jäcki.
– Agora vamos botar mãos à obra.
– Adido, não espião.
– Desejos dos brasileiros, ah, isso ele não iria apresentar.
– Tinha uma relação extraordinária com Von Holleben
– Submetido ao embaixador e ao mesmo tempo também ao Ministro da Defesa.
– Fascinante.
– Recomendação fundamental: nada de negócios com armas
– Em relação a armas leves, pode se pensar em um eventual desvio
– Isso eu digo ao senhor em segredo.
– Como fronteira máxima: metralhadoras
– Quer dizer então que todos os passarinhos já estão cantando isso no telhado.
– No interesse da estabilização de altos interesses do capital.
– Os franceses querem demais.
– Por exemplo Mirages e um porta-avião.
– A observação desse espaço é importante para o Mundo Livre.
Primeiro, medo.
Depois, nostalgia de morrer.
Escreve Jäcki em seu diário para a revista Spiegel.

– Limões na calha de urinar da Central do Brasil.
– Meu temor ante perversões.
– Eu mijo até encher o limão.

– Lá fora, batidas policias.
– Dois camburões, nos quais as prostitutas menores de idade do ponto de ônibus são enfiadas.
– Tanques da firma Vigorelli São Paulo foram fotografados na Bolívia.
– Negócios bancários entre o Brasil e a Alemanha.
– Por isso Abs esteve aqui
– Procedimento de porta-giratória.
– Acordo atômico
– A bomba.
– Ventríloquo, pensa Jäcki
Jäcki acha que ele não conseguirá escrever o artigo para a Spiegel sem essa conversa toda.
E por que ele escreve para a Spiegel?
– Eu sou um escritor engajado.
– Eu quero mudar alguma coisa.
– Eu quero chegar ao motivo que faz essas coisas acontecerem.
– Como.
– Como se fica sabendo realmente de alguma coisa.
Jäcki tem a impressão de que os banqueiros, os agentes, os adidos militares com seu *background* e seu *deep background* agem como atores míopes diante de móveis pintados.
Elefantes indianos sobre rodas nos correios nas peças de câmara de Rabindranath Tagore.
– Sem o dinheiro da Spiegel, nós não teríamos podido passar um ano na Baía de Todos os Santos –
– Baía de Todas as Santas, para poder estudar o banho de sangue e as ervas na cabeça.

Irma diz:
– O Brasil, você sabe o que é.
– Não.
– Um país de 30 milhões de habitantes...
– 100 milhões de habitantes, pensou Jäcki – mas não queria interrompê-la.
– que goza de créditos estrangeiros e investimentos extraordinariamente altos e isso para seu boom mantém 60 milhões,
– Ah tá, pensou Jäcki:

– 70 milhões de pretos.
– 70 milhões, corrigiu-se Irma, em uma quase-escravidão, a fim de que eles trabalhem pelo milagre brasileiro em minas, construam estradas, cultivem cacau
– E fodam bem os Ministros da Economia e os professores de Sociologia.

Artigas, o gaúcho, conta dos assassinatos de *gays*.
Eles seriam ainda piores do que as torturas na Baía de Todos os Santos
Ou os assassinatos do Esquadrão da Morte.
Flores, merda, enforcamentos, jantares de festa, inscrições pornográficas na parede, cortar a barriga até o fígado adentro.
Mario de Sá Carneiro não seria nada em comparação a isso.
E as bichinhas preparariam um veneno à base de removedor de tinta e lâmpadas moídas.
É o que um namorado prepara para o outro.
– Se você me abandonar, eu vou beber isso.
O namorado o abandona e ele bebe de fato.
Uma dissolução completa – sem morrer
Como se não se tivesse mais nenhuma capacidade de resistência.
Cabelos e dentes caem.
A pele apodrece como em um cadáver.

– A colônia de pequenos agricultores na Transamazônica se mostrou bem problemática.
– O solo da floresta virgem é bem pobre em húmus.
– As árvores vivem de seus antecedentes imediatos,
– Sem formar muito solo produtivo.
– As pessoas queimam a floresta.
– O nitrogênio se vai.
– O solo dá uma boa colheita
– A segunda colheita já é ruim.
– E então é preciso queimar uma nova floresta.

Na favela da Rocinha, não muito longe da torre de hotel de Niemeyer, não muito longe da pequena mansão na floresta virgem do criador de Utopópolis, são feitas mudanças.

Centenas de casas são arrancadas.
Em um lugar em que moram 200 mil pessoas.
As famílias ficam sentadas entre os restos em fogo.
A polícia anda por aí com a gasolina.

– Você sabe quem foi que encontrei na avenida Nossa Senhora de Copacabana, gritou Jäcki para o Ouro Verde adentro.
– Quem?
– Você tem três chances de adivinhar.
– Diz logo.
– Bastos
– Bastos?
– E como ele está.
– Não conversei com ele.
– Era mais ou menos na *happy hour*, mais ou menos entre *chien et loup*, quando fica insuportavelmente quente, no crepúsculo, e os arranha-céus suam as bichinhas para fora de seus apartamentos.
A Nossa Senhora inteira consiste, então, apenas em irmãs gordas.
Eu nem sei se ele me reconheceu.
Ele olhou para mim
E logo depois voltou a desviar os olhos.
Você sabe como é isso.
Quer dizer, você não sabe como é isso.
– Não.
– Mas algo assim acontece também entre os normais.
– Witold, quando atravessei o Boulevard St. Germain com Phil Peagler, dois dias antes de sua morte, não me viu.
– Um amigo em companhia de um negro, isso é bem embaraçoso.
– Querem poupá-lo.
– E não entendem que quando se é um tipo normal assim, e que esse gesto de poupar significa a mais terrível das torturas.
– Eu consigo imaginar isso muito bem, disse Irma.
– Sim, imaginar você certamente consegue.
– Wunderlich.
– Eu ando com Eddie, que é bem preto, por baixo das colunatas.

– Wunderlich não era apenas discreto, ele também bancava o inglês, ou seja, aquilo que um litógrafo pôde aprender de cor, como sendo inglês, para a construção naval em Hamburgo.
– O que Wunderlich fazia.
– Ele ia para o outro lado da rua.
– Poupar duplamente, disse Irma.
– Sim.
Eu *gay* e Eddie preto.
– Modos de comportamento tão sensíveis as bichinhas percebem e aprendem com os tios normais.
– Uma pena que Bastos tenha desviado os olhos.
Jäcki se lembra que ajudou Irma a fotografar
a casa de Bastos na Bahia.
Irma via a mobília à sua frente.
Jäcki lembrou dos tripés. Objetivas.
Irma dos tempos de exposição.
Do reflexo da luz sobre o cachorro de cerâmica com asas
Os retratos neoclássicos.
Pop e colonial.
Irma se lembrou do que Bastos disse entre o leite de coco e as berinjelas violetas:
– Eu sou feliz em minha casa.
– Com meu namorado.
– Esse é todo meu mundo.
– Mas eu também gostaria de morrer a qualquer hora, Bastos havia dito, quando seu namorado saiu para buscar gelo.
– Não me arrependo de nada.
– Nada me faz desejar que eu deva viver quando poderia morrer
– Nem a Bahia, perguntou Irma.
– Não. Nem a Bahia.
– E o candomblé.
– Pelo amor de Deus.
– Os belos homens?
– Não.
– A arte?
– A arte também não.

– Quando estou pintando eu gostaria de chegar logo ao fim.
– Sua casa, seu mundo, a bela casa na Baía de Todos os Santos?
– Não. Também não.

Rápido com um raio, Jäcki olhou ainda uma vez todas as casas que Irma havia fotografado no Novo Mundo, onde Jäcki segurava o raio do *flash* e sempre ajeitava o tripé.

O templo de Wanderlino com a Virgem Maria debaixo do vidro arredondado, envolta por corais brancos e ouriços do mar, Castro Maya no parque.

A doçura perversa de Paris e do império brasileiro

A casa de Hansen Bahia, todo o bom gosto da Etiópia,

Tapetes de macaco, tudo do bom e do melhor, negos[2], a rainha Vitória, Dom Pedro Segundo, a coleção maravilhosa de Hansen Bahia.

A casa de Pierri, o papa, Irma não pudera fotografar, a caverna vazia, os ovos cobertos de poeira vermelha, o caixote de ferro, a caixa de sapatos com os bilhetes de folhas.

– Sabia, disse Jäcki a Irma:

Bastos mudou muito.

Ele era uma boneca brasileira tão bonitinha.

– E agora.

– Ele secou, como se tivessem lhe dado gasolina de beber e deixado que ele passasse fome por tempo demais em uma cela de iniciação.

– Agora ele não é mais uma boneca, mas sim um dos enxutos do baile das bichinhas.

– As coisas andam rápido.

– Apenas três anos.

---

2. No original, "Negus"; Fichte provavelmente, querendo falar "nego" no plural e com afeto, em português. (N. do T.)

40.

E assim Jäcki voltou para casa como um navio mercante de barriga grossa:
Ele levava conchas negras da Ilha da Páscoa,
uma sexualidade do Chile,
A História da Eternidade na primeira edição,
uma fotografia de Lautréamont e os autos do sítio a Montevidéu,
cabeças do nordeste
cadáveres e arte elevada, as companhias anormais do Nina Rodrigues, roupas de templo.
Os duzentos rolos de filme de Irma: rostos e mãos, sangue, banhos de sangue escondidos debaixo de camadas químicas, a esperar pelo revelador e pelo banho com fixador.
Material: diários, entrevistas, programas e ensaios.
E material que ele jogou fora.
Quanto tempo ele trabalhou no projeto sobre o Filme Interior?
Esse foi jogado ao mar
Também o documentário inteiro sobre Isidore Ducasse,
Maldoror e os Horrores de la Guerra de Montevideo,
assim como transe e catalepsia na quimbanda de Arembepe.
Não se pode guardar tudo.
Contemplar a si mesmo como motivo ancestral.
Cada bilhetinho é valioso.
Mercador em caso de necessidade, diretor de museu não
Realmente mercador?
E também não pirata?
Comerciante de escravos?
Comerciante de almas?
Será que o etnólogo, será que Verger e ele tinham algo a fazer com o comércio do triângulo:
Joias venezianas a Uidá, comércio escravo à Baía de Todos os Santos

Tabaco de qualidade medíocre de volta à África?
Era essa a tradição do saber europeu, da qual Jäcki falava em seu ensaio sobre a bebida de iniciação abó?
A tradição, que ele invocava?
Este ele não jogou fora.
Com este saber ele acreditava poder mudar o mundo na revista Spiegel.

III. O RIO E A COSTA

1.

Jäcki parecia o mesmo.
No Rio, outra vez o cheiro de pântano e gazes de escapamento.
A torre de espuma do mar em Copacabana borrifava a uma altura um pouco menor.
Sim, a praia havia sido removida com gigantescos ventiladores de areia.
Em cima, o Pão de Açúcar de Cristo[1] continuava abençoando com seu gesto de cimento.
Roberto Carlos continuava cantando Jesus Cristo
Era um epígono resmunguento de Roberto Carlos que cantava Jesus Cristo, como no passado o próprio Roberto Carlos cantara Jesus Cristo na condição de epígono resmunguento do resmunguento Charles Aznavour.
A mesma velocidade.
A 130 por hora, o estereótipo do taxista volta e meia seca seu volante.
Irma e Jäcki se hospedaram outra vez no Ouro Verde
No Ouro Verde é tão fácil esquecer o Morro da Providência.
Irma gostou, outra vez, de descansar um pouco depois do voo.
Jäcki novamente queria tudo de uma vez, morder, foder, mergulhar, ir ao mar.
Até mesmo o homem do abacaxi está aí outra vez.
Um pouco de prata borrifada em seus caracóis negros.
Outra vez um vendedor de laranjada que carrega, suando, o barril de ferro sobre o fígado
E então tomar uma ducha
Na noite.
Praça Tiradentes.
O Marrocos ainda existia

---

[1]. No original: "Zuckerhut Christus". Fichte uniu os dois pontos turísticos, provavelmente por engano. (N. do T.)

O Iris.
Central do Brasil.
O Rio parecia o velho Rio de sempre.
À noite, velas eram acesas na areia.
Como se tudo tivesse de ser começado de novo.
A noite de Copacabana.
O amarelo minúsculo bruxuleando
A noção do granuloso, pedregoso.
E a estearina quente, que quase queima a gente,
quando pinga nas mãos, durante as procissões.
Descendo do orfanato à igreja luterana.
Como se Jäcki visse tudo pela primeira vez.
O sugar, como se entrementes ele não tivesse visto os homens do fogo nas alamedas haitianas.
As mulheres mahis sacudindo tochas do reino de Allada, Dakodonu, Abomei.
Havia sido na África.
As velas solitárias no negror rosa da praia de Copacabana, como se ele ainda tivesse diante de si todo o encanto.

2.

Jangadas, seguindo a corrente.
Na Ilha da Páscoa, os marujos roem as mãos.
Os ossos das mãos são jogados em montes.
Os homens trouxeram plantas consigo, que agora brotam em cavernas de lava.
Adiante.
À montanha seguinte.
Índios escondem as sementes nas selas de suas lhamas.
Para cima, à beira da neve.
Abaixo.
Na garganta dos crocodilos.
Os íbis americanos limpam os dentes dos crocodilos de Laeticia com os bicos.
Ritos.
Vitória régia.
No rio Madeira e no Amazonas.
Ali chegaram, vindas do Egito, as outras folhas.
As dos rostos queimados.
O íbis de Heródoto limpava os dentes de crocodilos sagrados por lá.
Cujas sementes foram lançadas ao alto, pelo Kilimanjaro, a Tebas, ao Delta.
Pó verde equilibrado com ouro.
Grão a grão e semente outra vez contrabandeados para baixo a Meroé e ao Níger.
Escondido nos intestinos, levado no navio do velho mundo negro ao novo, vermelho.
Em Manaus, Mãe Zulmira mistura as ervas da floresta com as folhas do mar.
Ela aprendeu tudo de Joana Papagaio e de Lobão, da sacerdotisa lésbica.

– Minha noção – isso fica claro – do encontro da botânica africana com a botânica dos incas não é muito racional.
A imagem seguinte está coberta de pó.
Madeiras que se desfazem.
Retalhos.
Agotimé.
A rainha negra escravizada.
– Eu a imagino em uma planície devastada.
Uma anciã vesga usando um vestido de criança, sujo.
O olho morto.
Uma casa de galhos.
A argila caindo em fragmentos.
No horizonte, palmeiras – mas não como expressão do supérfluo distante –, ataque de insetos, preocupação.
A santidade empoeirada.
Nenhuma figura colorida.
O guarda do templo dirige um caminhão.
Ele carrega sempre consigo a chave para o lugar mais sagrado.
Ele só voltará em 14 dias.
As bisnetas respondem em tom ofendido.
O Chapeau Claque abençoado se desfaz em uma pilha de jornais.
Uma foto:
Os negros altos com o governador branco e o bispo branco.
Matilhas de cães de costelas a vista.
Eles coçam suas feridas largas.

Eu já tô aqui![1]
Pierri estava sempre ali, como o ouriço.
Tudo sempre começa com Pierri.
Pierri se alimenta apenas de ovos – como uma cobra-cega.
– Nem sei se isso é verdade.
Cobras-cegas comem ovos?
E ouriços?

---

1. No original, "Ick bünn aal dor!", referência à fábula da lebre e do ouriço dos Irmãos Grimm. A lebre corre, corre, e o ouriço sempre diz: "Eu já tô aqui!", porque é muito esperto. Grande sacada fichteana, até autocrítica – profunda na revelação proporcionada pelo chiste –, sobre a relação entre ele e Verger. (N. do T.)

Pó de argila encobre os bilhetes da caixa e seu baú de ferro.

Em 1971, Pierri ainda podia se convencer de que vivia como aqueles cujos comportamentos religiosos ele perseguia.

Em 1981, estava claro que ele os influenciava e auferia lucros com um sacerdote que orientava.

Ele procura para mim, dentro do baú de ferro, o artigo de 1953.

Será que o culto dos deuses de Abomei foi trazido pela mãe do rei Ghezo a São Luís do Maranhão?

Ele escrevera:

Saint Louis de Maranhon.

Um longo título.

Quase mais longo do que o ensaio.

Pierri cita Hazoumé.

Ele não cita Herskovits.

Intrigas de eruditos.

Gestos.

Será que o culto dos deuses de Abomei foi trazido pela mãe do rei Ghezo a São Luís do Maranhão?

Eu sou o pinguinho de ouro.

Eu sou o sábio repleto.

Dono do *understatement* inglês.

O francês, que não quer impingir a ninguém seu amarelo do ovo.

Sua Alteza Sereníssima na idade da pedra africana.

Pierri diz:

– Eu não tenho Proust à mão.

– Eu quero lê-lo de novo e bem rapidamente.

– Mas então leia bem rápido.

– É verdade que todas as antigas sacerdotisas eram lésbicas?

– Eu nunca pesquisei o comportamento homossexual na África.

– Pena.

Se o culto dos deuses de Abomei foi trazido por Agotimé, mãe do rei Ghezo, a São Luís do Maranhão, então foi Pierri quem o reteve pela primeira vez e anunciou de modo indiscutível, ao copiar outra vez os achados de Hazoumé e Herskovits e Costa Eduardo, acrescentando uma condicional e uma lista de deuses cheia de lacunas; se não é o culto, fica claro que não foi Agotimé, Pierri foi o primeiro a reter isso de modo adequado, desmascarando com tranquilidade os antecessores, documentando suas dúvidas iniciadas através de pontos de interrogação e condicionais.

Em Cartagena das Índias, são Pedro Claver fazia o chicote estalar sobre os africanos quando eles dançavam suas danças sagradas.

Eu leio em Cartagena das Índias, em Friedman, que cita Walter Rodney: Em 1792, o rei de Bissau escreveu ao rei português e lhe pediu que devolvesse a súdita Ijala – rainha-mãe – que havia sido arrastada para o Maranhão.

Mais uma menção à rainha-mãe.

Agotimé ou a Ijala.

Ou ambas.

Ou Rodney confundiu alguma coisa.

Walter Rodney. Oxford, 1970. Clarendon Press.

Walter Rodney está morto.

O livro está esgotado.

Clarendon Press, excepcionalmente, não tem mais nenhum exemplar de leitura do livro.

Randy tenta com a Geo.

Empréstimo à distância.

Também isso não dá certo.

Ijala, a rainha-mãe de Bissau.

Rainha-mãe Agotimé.

Ambas na pequena São Luís do Maranhão.

Ou nenhuma.

Talvez apenas citações, que os africanos inventaram, para confundir comerciantes de escravos e antropólogos.

Para envolver os próximos dos escravos em mistérios.

Onde há apenas miséria.

Vazio.

A virgem Elisabete e Maria Stuart.

Ambas com o penico nas mãos.

– Eu as vejo debaixo das telhas romanas arredondadas das fábricas de rum e das outras fábricas.

Ambas sabem como se trata os escravos, as escravas e mesmo em farrapos elas jamais se movimentariam de modo precipitado.

Não se tropeça.
Ninguém se queixa.
Com desprezo, os humilhados negros altos contemplam cada um dos erros no desprezo de seus miseráveis proprietários baixinhos.
Elas continuam sendo as rainhas entre os escravos.
– O que eu tenho a ver com rainhas?!
Seguem adiante, ao barulho do chicote, em seu Estado de Farrapos, atrás do marechal da corte e do cantor da sombra pecador e negro, do cozinheiro da sombra, da varredora da sombra – com sentenças que ninguém compreende mais e que elas mesmos jamais compreenderam.
Elas se encontram.
Agotimé.
Ijala.
Uma com catarata verde, a outra bêbada.
Elas tamborilam com os cachimbos de tabaco e gostariam de jogar as pantufas na cara uma da outra.

3.

Jäcki não é mais o mesmo.
Ele escreveu o artigo para a revista Spiegel.
A entrevista com Allende foi comentada no mundo inteiro.
Ah, sim!
Jäcki foi chamado de rato no Brasil.
Jäcki quis mudar alguma coisa.
Não exatamente criar o novo homem.
Jäcki não queria um N maiúsculo.
Mas mudar ou algo assim.
Jäcki não mudara coisa alguma.
Com seus finos dedos *gays*
Allende foi assassinado.
A embaixada russa no Chile não aceitou nenhum revolucionário em fuga.
A chinesa também não.
Nyerere introduziu a pena de espancamento na Tanzânia.
Para os homossexuais, havia campos de concentração.
Era para isso que Jäcki vivera
Todos os honorários de seus romances enfiados em suas entrevistas políticas.
Em Granada, os rastafáris são obrigados a comer carne contra sua crença.
Na Nicarágua havia censura.
Reich-Ranicki não sufocara Jäcki.
Ah, não.
A carreira de Jäcki como romancista estava salva.
Jäcki escrevera um novo romance.
E inclusive recebera o Prêmio Fontane por ele
Havia *gays* que deviam seu *coming out* a ele.

Ah, sim.
As bombas sobre Jäcki e sobre o mundo de Jäcki, eles haviam escrito.
Jäcki era um autor controverso.
O que se poderia desejar mais do que isso?
Jäcki não era mais o mesmo.
Jäcki deixara todas as religiões afro-americanas para trás.
Ele deixara para trás a terapia tradicional dos doentes mentais na África
Ele dera aulas.
Esboçara uma nova etnologia
Contra Platão, Tomás de Aquino, Galileu Galilei, Hegel, Freud.
Contra o idealismo alemão, contra o existencialismo, que no fundo era a mesma coisa, contra o estruturalismo.
Jäcki fizera uma palestra na Sociedade Frobenius.
Com certeza:
Ele esculhambara com Lévi-Strauss
E dissera que considerava Rimbaud e Bataille e Leiris hipócritas, e além disso colonialistas.
É que ele não podia deixar ninguém de lado, ninguém que ele podia transformar em seu inimigo.
E Peter Hamm mandara fotocopiar seu manuscrito para o rádio e o divulgara com todos os erros de datilografia pela Alemanha Ocidental inteira.
O conceito do saber europeu – Jäcki quase se matava de tanto rir.
Jäcki defendera Homero, Safo, Hecateu, Marcial, Ateneu, Charles d'Orleans, Villon, Quevedo, von Platen, Azevedo, Colette.
Ele inclusive fora ouvido.

Jäcki não era mais o mesmo
Jäcki não estava mais sóbrio – estava era decepcionado
e muitas vezes em sua vida estivera.
Jäcki foi obrigado a dizer a si mesmo que estava no fim.
E isso não era verdade.
Ele não estava no fim, ele parecia o mesmo havia dez anos, e, mesmo com a saúde precária, parecia juvenilmente elástico;
ele vivera por nada.
Também isso era marcado

pela inexatidão.

Ele vivera em vão

Pois quando ele tentava fazer um resumo de tudo que havia sido seu ideal, sua ideia, seu propósito, então chegava sempre à tentativa de acabar com os ritos

Deixar modelo, módulos, gestos de lado, em favor de uma simplicidade clara.

O pastor,

Não, não o pastor, ovelhas é que são a coisa mais estúpida e mais decadente, aquilo que fica correndo por aí, elas nem sequer conseguiriam mais morder a grama sozinhas, sem o pastor

Camponeses, na Provença

Também os camponeses eram massificação, currais, economia de massa e estoque

Gandhi como caçador e coletor *sexy*.

Agora o absurdo era que Jäcki, que pregava a dissolução dos ritos da Casa dos Protestantes de Lokstedt, as bofetadas do Goetheanum, o cinismo do provincialismo pós-guerra na Alemanha Ocidental, se mostrava fascinado como poucos com formas, etiqueta, ritos, cerimônias.

Isso deveria ter acontecido exatamente do mesmo jeito com o papa Pierri.

Sua revolta contra o livro do partido do avô evangélico luterano e contra o livro de orações da mãe não casada e biologicamente dinâmica começou com irmã Silissa, irmã Appia, irmã Cecilia, às quais inclusive o queixo duplo era escondido com linho engomado debaixo dos véus negros.

Da Repartição de Trabalho ele fugiu para os ritos da instituição literária francesa, para as igrejas românicas, da restauração dos anos 1950 ele fugiu ao chefe superior de ataque do Leibstandarte Adolf Hitler, dos romances de rotação de Rowohlt e do Grupo 47 ele fugiu para a Professora Norma, Xangô e para a quebra da consciência.

Um pouco bombástico – ainda que reescrito 17 vezes –, ele antepusera a seu último romance:

'De repente – mas talvez preparado por um material que apenas lentamente chegou à superfície, tangido pelo movimento das águas –, descobri que todas as minhas tentativas até agora denunciavam um único movimento: reencontrar o caminho de volta a camadas antepassadas.

'Eu decidi a partir de então dividir as ações em mágicas e livres de magia
'(Embora eu tenha modificado um pouco o conceito de magia para meu uso.)
'Eu refleti se também minhas noções na puberdade não seria ritualizações, assim como a linguagem de sinais dos himenópteros, venenos de promessas e assim como a maquiagem dos noviços.'
Isso se desviava um pouco dos conceitos e dos fatos
Talvez ele tentasse chegar de ritos desgastados a ritos um pouco menos desgastados
Reconhecer axiomas, nos quais a terrível liberdade na qual ele se encontrava e na qual ele podia existir sozinho era mantida.
Fora isso que o atara a Irma.
Era essa a sua absurda tentativa da bissexualidade:
Gandhi e madame Houpflé
Por isso ele viajara até Allende
E até Pedro de Batefolha.

Socialismo?
O que 68 havia se tornado em 81?
– Dos revolucionários, quando começaram a longa marcha através das redações
Adolescente de cabelos grisalhos, que não conseguiam envelhecer,
– quando se encaixavam na cadeira de presidente,
potentados de província irresponsáveis, que abatiam trabalhadores com metralhadoras estrangeiras.
As religiões afro-americanas?
Terapia ocupacional para doutorandos desempregados.
Empregados loucos por dinheiro e travestis que exploravam seus semelhantes.
A pesquisa
Charlatanice
A liberação *gay*?
Força pela alegria. Juventude hitlerista que ao ouvir Zarah Leander fica com lágrimas nos olhos como Hermann Göring e G. G.
Sexo?
Sim.

Ainda funcionava.
– Eu não deveria me queixar.
– As estações ferroviárias.
– Fico de pau duro dez vezes por dia
– e quase sempre levo uma dentro três vezes por dia.
– Nem todos fecham a porta na sauna com os dedos dos pés antes de eu entrar.
– Pareço não decepcionar Irma.
A febrezinha de vez em quando ainda vinha.
Mas antes na forma de uma temperatura mais elevada.
– E nós comemos o que queremos.
– Podemos fazer nosso trabalho.
– O que se pode querer mais do que isso.
– Escrevi seis romances, pensou Jäcki.
Deixei todas as pesquisas para trás.
Irma bateu todas as suas fotos.
Algumas cerimônias apenas para completar tudo.
Algumas sagas:
A da rainha Agotimé vendida para a escravidão pelo filho.
E o rito secreto de Nanã Buruku.
A criação do mundo a partir da lama.
Com sapos ou rãs.
A faca de madeira, que é mais antiga do que o ferro.
Ritos da idade da pedra.
E a consciência.
Eternamente a consciência.
A Obrigação da Consciência.
A lavagem cerebral.
Serpentina e *vomitoria*.
A quimioterapia dos doentes mentais.
Um eterno Schmeil-Fitschen.
O Novo Homem.
A transformação do homem.
Capengar às cegas, como todos.
O cérebro como noz
Como caixa de folhas.

O encontro da botânica dos incas com a botânica dos africanos na Amazônia.
Modos diferentes de quebrar a consciência.
Ideias como ramificações verdes.
Sim, isso continuava fascinando Jäcki.
Escolástica.
Sistemas que enlouquecem.
Rotina podre, conforme a acusação de Jäcki ao papa.
Engalhamentos infinitos
Também uma imagem do estudo das plantas.

Irma tinha medo das grandes ondas.
– Há dez anos, aprendemos a mergulhar aqui, disse Jäcki
– E agora você arrega
Jäcki tentou tudo.
Piadas.
Rudeza.
Coação.
Convencimento.
Chantagem:
– Se você me tocar no meio das ondas, deixo você chupar meu pau.
– Está vendo, você não me ama mais.
– No passado, você corria a praia inteira atrás de mim para poder dar uma chupada no meu pau.
– Você nunca me deixou.
– Isso é verdade, na verdade não gosto muito disso.
– As crianças não tem absolutamente nenhum medo das ondas gigantes.
– Enquanto não tiverem quase se afogado.
– O medo da água não parece ter sido herdado.
– A gente o aprende.
– Sim. A gente o aprende, disse Irma.
Irma se obrigou.
O medo era mais forte.
Quando a onda chegava, as mãos dela se abriam, batendo de lado.
Jäcki não olhava.

Ele teria feito tudo por Irma, apenas para que ela perdesse o medo.
– É esse, então, o aspecto do tempo que passa.
– As mãos suaves de Irma, que se abriam e batiam de lado.

4.

Jäcki sentira medo de voltar ao Brasil.
Por causa do artigo da Spiegel.
A sobriedade de Jäcki havia matado sua curiosidade.
Mas na época ele não terminara o que tinha a fazer com Professora Norma.
Que rito era aquele com palha, ovos e porcelana branca para quebrar a consciência.
Será que o culto dos deuses de Abomei foi trazido por Agotimé, a mãe do rei Ghezo, a São Luís do Maranhão.
Como será que estava o papa?
Será que ele continuava dançando como rainha capenga com um pano em torno da cintura?
Será que ele terminara enfim seu livro sobre as ervas?
Será que o transe era um envenenamento por folhas ou por palavras?
As folhas dos incas, dos Andes, que se misturam com as folhas da costa e com as folhas da costa africana.
Jäcki não aguentava mais.
O Brasil sob o signo da libertação *gay*!
Ele decidiu ter cautela e arriscar tudo.
Os esquadrões da morte continuavam existindo.
Será que ele estava na lista negra por causa do artigo da Spiegel?
Estava claro para ele que ele nunca poderia se deixar prender em um banheiro público *gay*.
E ele também achava melhor jamais ligar para a embaixada da República Federativa da Alemanha.
Jäcki decidiu voar de Concorde com Irma.
Ali eles já foram inquiridos e averiguados pelo serviço secreto brasileiro antes mesmo do *check-in*, em Paris
Se eles deixavam Jäcki entrar no pássaro caro, por certo também no Rio não fariam nada contra ele.

Pelo menos era o que ele esperava.
- 5 de maio de 1981
- Paris.
- Vazio como em 1952.
- Por causa do debate eleitoral Miterrand-Giscard na televisão.
- Um nobre que cai por causa de alguns estilhaços de diamante do imperador Bokassa.
- Tão decadente alguém tem de ser.
- Paris.
- Ali as cores ainda fazem sentido.
- Mas os verdes alemães e a *bauhaus* começam a tomar conta de tudo também ali.
- Como sempre, a primeira ida à Sauna Penthièvre, logo na esquina do Palácio do Eliseu.
- Há vinte anos.
- Helmuth, o livreiro, a indicou a mim.
- A mulher de Proust, a mulher de Colette, a mulher de Cocteau, a eterna mulher parisiense com seu gato está morta.
- Nada mais de filosofia ante o vapor.
- Mas Aquiles ainda está ali.
- O fogo sagrado falta ao filho.
- O homem, que vende a entrada para a Sauna Penthièvre, não pode ser *gay*.
- Bains Vapeurs – essa não é uma dessas saunas *gays* emancipadas ou coisa do tipo.
- Penthièvre era a clássica sauna *gay* antes da libertação
- O filho é submisso demais.
- Em uma boa e velha sauna *gay* se é tratado de modo grosseiro, como no Cölln ou em um bom e velho restaurante inglês.
- A submissão é agressiva.
- E imediatamente:
- Aos domingos a casa agora fecha.
- O cão vagabundo
- Direitos sociais e culto dominical – isso não pode dar certo, junto.
- Fechada aos domingos.
- Com isso, a Penthièvre já era.

– Ela havia começado como uma das primeiras e bem poucas dicas quentes.
– Quando em Paris ainda havia um único bar *gay*.
– E algumas saunas árabes.
– Na Penthièvre, era possível deixar damas e cavalheiros assaz famosos do mundo inteiro tocar em seu pau.
– E então veio o *boom gay*.
– E muitos não apareceram mais, iam para a Europa Sauna, Louis le Grand, junto à ópera
– Os árabes permaneceram na Penthièvre
– E os anciãos.
– Penthièvre foi o local de encontro para anciãos que amavam árabes e para árabes que amavam anciãos.
– Jäcki ali era um garotinho e mal conseguia pegar alguém.
– Domingo, às duas da tarde, era o ponto alto.
– Nesse momento, os árabes haviam se poupado durante uma semana e comido cuscuz a valer.
– O filho fecha a Sauna Penthièvre aos domingos.
– Valery Giscard d'Estaing cai de cara no farelo de diamante.

– Concorde.
– Os gestos das aeromoças.
– Direitos iguais, orgulho e submissão.
– Stuyvesant e Versalhes.
– Seus risos.
– Elas precisam rir com classe e mesmo assim não podem rir como se fossem uma das tias ricas com os badulaques de ouro e os diamantes como ervilhas.
– Penteados gigantescos, como as condessas no copo d'água.
– Condescendentes, os passageiros se submetem.
– Vinho muito bom.
– Uma grande lata de caviar.
– Irma percebe, ao desembarcar no Rio, que os *upper ten* transformaram o Concorde em uma favela.
Sujeira.
Papel.
Cobertores.

Garrafas.
Tudo misturado.

– Deixamos o distinto pássaro de alumínio e atravessamos corredores vazios, passamos por casas de guarda vazias, em direção ao primeiro e perigoso controle.
– As cabines estão desocupadas.
– Nós seguimos adiante pelo aeroporto cintilante e moderno.
– Pegamos as malas.
– Adiante.
– É de manhã.
– É o Rio.
– Nada de controles.
– Mas é claro.
– Essa classe tem tão pouco tempo.

– O fato de eu não ter um carimbo impresso no passaporte me oferece vantagens.
– Posso dizer, em qualquer controle interno no país:
– Acabei de chegar e no aeroporto não havia nenhum policial.
– Não precisarei jamais me preocupar com uma permissão de estada.
– Também não estou no computador.
– Se é que os computadores funcionam no aeroporto vazio e cintilante.
– Há uma desvantagem.
Como poderei sair de novo?
– Eles nem sequer vão notar algo, na saída.
– Talvez inclusive seja legalmente correto.
– Passageiros do Concorde não têm o passaporte carimbado.
– Será que isso é a abertura?
– A abertura dos generais?

O Rio sem ditadura militar!
O Rio sem ditadura militar?
Feira de livros.
Jäcki adquire o livro de Nunes Pereira sobre a Casa das Minas na Praça Floriano, no Rio.
Sexta-feira à noite.
Também no Rio, trânsito lento.

Milhares de *gays* circulam em torno dos estandes de livros.
Nem um único vestindo couro.
Nunes Pereira: A Casa das Minas. Culto dos voduns jeje no Maranhão.
Também no Rio os livros agora se parecem com embalagens de utensílios para a prática de *hobbys*.
Um laranja terrível, devido aos seis gráficos de plantão dos quais três sempre sofreram um ataque de nervos.
Letras negras cheias de decoração com pontos brancos como luzes brilhantes – letras que mais parecem bastões de alcaçuz molhados.
Como se também no Rio livros fossem feitos para ser chupados e não lidos.
Assimétrica, na capa, a foto antiga e ampliada daquilo que parece um faraó careca e que segura um cachimbo de cabo alongado.
Esse faraó se chama Maria Andreza Ramos – é a velha sacerdotisa da Casa das Minas, que dirigiu o templo no nordeste do Brasil por meio século.

Escravos negros no Amazonas.

Nanã Buruku[1]

Negros do Sudão

Daomé

Ewe Nagô Fon Mahi

Feição gigantesca de um Frobenius

1900

A família germânica

1942

Matriarcado

Virgens anciãs

Osana

Seios desnudos

Transe

Banho das pedras

Comida de cachorro

Epidemias

O código civil antigo

---

1. Antes, o original já apresentou Nanã Buluku, nome que também é usado. Tentou-se unificar, de modo geral, a nomeação de deuses, orixás e outros. (N. do T.)

Tobóssis
A árvore sagrada
A linguagem secreta
Ouro velho
Tabus
Siris
Arraias
Punições
Maconha
Perseguição policial
Ferro
Influência do islã
Espiritismo
Yggdrasil
Os filhos anormais dos reis
É claro que com uma ligação incestuosa
A pantera Agassu
Consequências terríveis
O sacrífico
Na Amazônia
Junto ao rio Madeira
Ayahuasca
Em Rio Branco
Pederasta iniciação sacrifício humano franco-maçom assassinato de sacerdotisa
Escrito em 1942.
Impresso pela segunda vez em 1979.
O autor.
Desaparecido.
Morto.
Em lugar desconhecido.
A grande Rio tem dez milhões de habitantes, doze, quinze – quem os teria contado?
Nada resta de um autor a não ser uma capa alaranjada com letras de alcaçuz.

Camadas

Camadas e mais camadas, de argila, caulina, minério.
E sempre camadas de tempo.
Jäcki acha que jamais pensou de outro modo a não ser duplamente –
sempre com relação ao tempo e com relação à terra.
– Sedimentações não são possíveis sem camadas.
pensou Jäcki, e também:
– Continentes também são sempre camadas – históricas.
Na livraria do Copacabana Palace, ao lado de diversas publicações do papa sobre os deuses da África, a antiga Bahia e assim por diante, o papa Pierri parecia estar esvaziando seus caixotes de ferro, Irma encontrou seu livro de fotografias sobre as religiões afro-brasileiras.
Ele estava já bem estragado de tanto que os brasileiros o folhearam, eles queriam vê-lo, mas eram pobres demais para adquiri-lo.
Jäcki pensou:
– Irma agora viaja atrás de suas próprias fotos.
– Eu viajo atrás de minha frases.
– Eu viajo atrás de mim mesmo.
Camadas.

Manchetes. Manchetes que machucam, sobre machucados.
Médici festejou Bodas de Ouro
O antigo presidente.
O general, o chefe do serviço secreto como vovozinho.

Salário mínimo:
1971 120 cruzeiros = 100 marcos
1981 8400 cruzeiros = 230 marcos

Uma noite no Ouro Verde:
1971 120 cruzeiros
1981 8400 cruzeiros

Jornal do Brasil:
17,5% da população masculina ativa do Rio de Janeiro têm dificuldades em encontrar trabalho.
Dificuldades.

Uma bomba explode no Riocentro.
A direita joga bombas para provar que a esquerda joga bombas
A abertura do presidente Figueiredo deve ser impedida.

A abertura do general Figueiredo deve ser trancada a bombas.

O rapaz do hotel Ouro Verde sabe que François Mitterrand ganhou as eleições presidenciais francesas.

A polícia encontra bananas em Duque de Caxias.
Bananas são explosivos.
No dia 11 de maio de 1981, Bob Marley morreu de câncer no cérebro em Londres.
Famintos saqueiam a cidade de Pombal, na Paraíba. 1971. 1981.
O taxista branco da Central do Brasil diz a um colega negro:
Eu não gosto de macaco.[2]
A Central do Brasil farfalha de tantos jornais, à noite.
Desempregados juntam os jornais para vender.

Jäcki avalia a ideia de Mitterrand de acabar com o desemprego:
Investir o seguro desemprego em postos de trabalho.
Com a participação dos empregadores.
Diminuir a jornada de trabalho dos trabalhadores
10 milhões de franceses trabalham.
2 milhões estão desempregados
1/10 a mais precisa ser pago em salários com a mesma produção e os mesmos rendimentos.
A cada 2.000 marcos de salário. A cada 700 marcos de seguro desemprego
2 milhões vezes 2.000 marcos são 4 bilhões de lucro
2 milhões vezes 700 marcos são 1,4 bilhões de seguro desemprego.
Faltam 2,6 bilhões.
Dos 4 bilhões de lucro, 50% voltam para o Estado na forma de impostos, que ele não recebe de desempregados, que compram bens com uma carga de impostos menor.
Isso perfaz 2 bilhões.

---

2. Esta frase, assim como algumas outras, bem categóricas, aparece em português no original, e logo é seguida da tradução ao alemão. Fichte concede, deste modo, autenticidade original a seu relato. Seu livro, em vários momentos, e bem além da postura aberta, frontal, de portas escancaradas, seria uma ótima leitura para os que dizem que vivemos, "vivíamos", a maior crise da história do Brasil antes de Dilma Roussef ser "impixada". (N. do T.)

Mas continuam faltando 0,6 bilhões.
E em um cálculo bem otimista.

Mitterrand é amigo de Fidel Castro.
Regis Debray se torna conselheiro para o Terceiro Mundo
Na favela Lagoa Barra começam a derrubar tudo
Antes mesmo de as pessoas terem juntado seus pertences.
Sinatra vem ao Brasil.
Entrada, calculada em marcos, 1.500 marcos.
O Le Monde custa 15 marcos na banca do Ouro Verde.
Jean Fauvet:
...établir le socialisme au prix de liberté ou sacrifier la justice pour défendre la liberté.

Jornal do Brasil (25.5.81):
A irmã de Salvador Allende, que se matou no sábado, é enterrada em Havana.
No dia 12.10.1977 a filha de Allende, Beatriz, secretária e colaboradora de Allende, se matou em Havana.
Por que será que tantos parentes de Allende se matam em Havana, pensa Jäcki.
Eu a conheci.

Plebiscito a favor do aborto na Itália.
69%.
O papa perde.
Apesar do atentado.

A história de Nanã,
Jäcki foge à sua mãe.
Ele começa, no Rio de Janeiro, a história de sua mãe.
A história de Nanã

Avenida Atlântica.
No passado, casais de namorados.
Hoje, pessoas fazendo *jogging*.

A Joãozinho da Gomeia.
Eu viajo atrás de um morto.

Mãe Samba também está morta.
Mãe Ilesi.
Depois de um Ajexé para Omolú, Mãe Samba sofreu um acidente automobilístico.
Eles caíram dentro de um rio.
Ela foi levada pela correnteza.
Morreu junto com dois outros.
Um deles se segurou, ferido, durante horas, a um galho.
Ele sobreviveu.
A pequena rainha negra ainda vive.
A sucessora de Joãozinho da Gomeia tinha oito anos, na época.
Ela não era capaz de conduzir o templo.
O templo vazio de Joãozinho.
A moradia de Joãozinho.
O quarto vazio de Joãozinho.
Móveis como os do hotel Fontainebleau
Falso rococó branco.
O quarto do sacerdote *gay*, uma cripta, na qual o tempo ficou parado no ar por trás das janelas cerradas.
Onde estão os suspiros?
Onde o sêmen, a saliva, as fezes?
Ossos. Pó.
Toda a consciência quebrada.
Os deuses arrotam, acordando os mortos para a possessão.
Eu fico sabendo que Gisèle Binon-Cossard, a antropóloga, a aluna de Roger Bastide na Sorbonne, a amiga do papa Pierri, que escreveu uma tese em dois volumes sobre o templo de Joãozinho da Gomeia, que foi iniciada por Joãzinho, dirige um templo em Santa Cruz da Serra.

A caminho de Gisèle Binon-Cossard.
Ao templo de candomblé de uma intelectual francesa.
Santa Cruz, alto e fresco
O templo bem arrumado.
Quase suíço
Jardim cuidado.
Gramado.
As casinhas de santo como caramanchões.

Falta o traço de atenuação.
E falta o lixo sangrento, aquilo que Beuys e César
carregam com dificuldades para as salas de visita dos colecionadores de arte.
O templo de Gisèle é um pouco como se o ministro da cultura de um governo social-democrata francês
produzisse modelos de arcos para trabalhos de jardinagem com a serra de recortes
no Institut Français:
Monsieur Durand abre um templo de candomblé.
É sacana pensar algo assim.
Mas, por amor às formulações cintilantes, Jäcki acaba pensando o sacana.
Um negro velho e amistoso nos leva até o ônibus
Talvez Gisèle volte apenas bem tarde do Institut Français.

Outra vez a Gisèle Binon-Cossard
– Como é que você imagina Gisèle Binon-Cossard?
– Como uma mistura de tia Hilde e senhora Waage.
E exatamente assim é a sacerdotisa francesa do candomblé.
Ela se mostra assaz amena.
Uma de suas filhas espirituais está ensopada por causa da chuva.
Gisèle vai buscar uma camisa seca para ela.
Ela fala com toda a suavidade
Por trás de tia Hilde, espreita uma pessoa bem inquieta.
Olhos duros e muito claros.
Essa é a tese dela.
Ela joga os búzios todas as quartas-feiras no Sasso.
Ali nós poderíamos encontrá-la sempre.

Todos os muitos e pequenos papas Pierri, que agora vão para a África, com as pedras de deusas, comparar
os ritos e trocar ervas.
Não há modo de comportamento, não há mais nenhum modo de comportamento descrito ou publicado que, depois de algum tempo de incubação, não seja copiado em massa.
Ser *gay* vira moda.

O papa Pierri vira moda.
Quando Jäcki vai virar moda?

Em 1971, toda e qualquer festa das religiões afro-americanas no Brasil era controlada pela polícia.
Em 1981, o senhor Lody do ministério da cultura viaja a Recife e à Bahia, a Porto Alegre e a Ouro Preto e a Brasília.
Ele traz um cetro sagrado consigo, para o museu, e uma estátua, um traje e uma planta, um tambor e fitas-cassete e *video tapes*.
– Escrevi inúmeros livros sobre o candomblé.
– No momento, estou escrevendo um ensaio sobre Nanã.
Todos estão escrevendo um ensaio sobre Nanã no momento.
– Edison Carneiro morreu há dez anos.
O senhor Lody é um homem bonito.
Ele poderia ter saltado de um quadro de Rafael.
Quando o príncipe florentino fala, transforma-se em um galo no saguão da estação ferroviária.
Ele cacareja pelo Palácio do Catete, o Palácio dos tempos imperiais, onde fica o Ministério da Cultura.
Parece existir apenas um telefone no lugar.
Ele é chamado ao telefone cinco vezes.
Jäcki e o senhor Lody falam, depois das interrupções, ritualmente sobre as interrupções e não sobre os ritos.
Por fim:
– Nunes Pereira morreu há tempo.
– Não! Nunes Pereira está vivo! Ele ainda vive lá em cima, em Santa Tereza!

Subida a Santa Tereza.
Quanto mais alto, tanto mais pobre, um autor *best-seller* do estruturalismo afirmara nos anos trinta.
Quanto mais alto, tanto mais isoladas as propriedades, rampas, balaustradas renascentistas – do século XIX, heras, onças.
Descendo a encosta, a favela gigantesca, como se nada tivesse mudado no Rio em dez anos.
Não longe dali, em uma curva, a casa onde viveria Nunes Pereira, 86 anos.

De uma janela pequena, um ancião olha para fora com um botão na orelha – o aparelho de audição.

Eu toco a campainha.

O ancião lá em cima não se mexe.

Do porteiro eletrônico, sai uma voz elástica.

Eu me dou a conhecer.

É Nunes Pereira.

Ele compreende meu português.

A porta se abre, estalando.

Nunes vem ao meu encontro, no corredor.

A silhueta de um boxeador.

De roupão vermelho.

Pés empoados em branco.

Ele tem mãos *sexys* – de rugas largas, como as de um casaco.

O cabelo é branco.

Branco como a neve, é assim que se chama sua cor e a cor me parece tão desagradável quanto a expressão.

Olhos perdidos por causa da idade – não como porcelana quebrada na chuva.

Nunes é um chinês.

Um índio.

Um índio bem escuro.

Ele mistura francês com alemão.

Lê Heródoto no original.

E, uma vez que pode se exibir com isso diante dos acadêmicos brasileiros, eu posso me exibir diante dele pelo fato de também fazê-lo.

Nós bebemos uma garrafa de vinho tinto.

Hoje todas as janelas estão trancadas.

O porteiro eletrônico permanece calado.

Eu toco a campainha pela segunda vez.

Agora Nunes acaba chegando.

Seu rosto está cinzento.

Amarelo.

Ele veste um terno furta-cor.

E pega uma garrafa de vinho tinto da geladeira.

Agora, ele logo vai derreter, eu penso, e sinto vergonha da piadinha.

Nunes me mostra a carta de Pierre.
Uma carta do papa octogenário dos estudos afro-americanos ao profeta de oitenta e seis anos.
E sobre ambos paira, como estrela do mar dos estudos afro-americanos, a virginal Lydia em Miami – também ela com oitenta anos.
Pierre elogia com desdém o livro *A Casa das Minas* de Nunes.
Nunes gostaria de ser fotografado por Irma.
E é com prazer que ele me dará uma entrevista.
Ele me mostra uma escultura priápica.
– Este sou eu.
– *Grandeur nature*, eu pergunto.
– Não. Meu é menor. Mas pequenos são agressivos. Alguns nem sequer conseguem levantar um grande por causa do peso próprio. Aliás, o senhor sabia que Pierre é um pederasta passivo?
Pip!
Fofocas de etnólogos.
Gisèle sobre o papa,
Lydia sobre o papa,
Nunes sobre o papa,
o papa sobre Corello,
Corello sobre todos.
Eu olho para o chinês prateado, quase nonagenário, à minha frente, e ele segura o gigantesco pênis de madeira como uma boneca nos braços, e então faço uma contrapergunta ofensiva ao macho:
– De onde o senhor sabe isso com tanta exatidão, o senhor dormiu com o papa Pierri?
Ainda que seja ofensivo para um velho ficar em silêncio a fim de poupá-lo.
Mas Nunes já consegue reagir:
– Proust é o maior. Às vezes terrivelmente entediante. Mas ele é o maior.
Nunes ainda quer sair.
A Copacabana.
O que ele faz por lá?
O táxi nos sacode a caminho.
Quando chegamos ao centro da cidade, e eu desembarco e pretendo dizer ao taxista o destino de Nunes, este já esqueceu para onde quer ir.

Ele fala dos índios na fronteira com a Venezuela.
Eu não quero assustar Nunes.
Mostro a ele as perguntas da minha entrevista.
– Acho suas perguntas excelentes, diz Nunes. Mas eu construiria a revista de modo completamente diferente.
Eu sinto isso como uma tautologia.

– Nunes Pereira, o estudante da cultura afro-brasileira, contempla sua obra com grande atenção e admiração.
Na Alemanha, o senhor é desconhecido.
O senhor teria vontade de caracterizar sua formação em largas pinceladas?
– Suas palavras me deixam, na idade em que me encontro, vaidoso.
Estou nos oitenta.
Tenho esperança de alcançar os cem – se o mundo continuar existindo até lá.
Minha vida se passou no Maranhão, uma paisagem que ainda hoje é incluída na bacia do Amazonas, às margens do rio Bacanga[3], na Bahia de São Marcos.
Essa baía tem grande influência sobre a minha vida.
Eu me interesso pela mitologia grega e romana.
Registrei as lendas dos índios da minha terra.
Comecei minha vida com uma lenda.
Quando eu tinha alguns meses de idade, minha mãe me levou para o outro lado da baía.
Ela despertou em mim o interesse por mitos aquáticos.
Nenhuma mãe deveria levar um bebê para o outro lado da baía, a Alcântara, sem que ela esteja batizada.
Na água vive uma divindade, um homem do mar, um velho.
Ele emerge, arranca a criança batizada para seus braços e desaparece com ela nas ondas.
Minha mãe me deitou no fundo do barco, sobre a quilha, de barriga para baixo.
O deus aquático não conseguiu me ver.
A vida começa com um mito.
Eu sou mitômano, para ser honesto.

---

3. No original, "Bacánga". (N. do T.)

Uma criança que foge ao deus das águas está destinada a viajar.
Eu nasci duas vezes.
E preciso viajar.
Quando não viajo...
Faz um ano que não viajo.
Em minha biblioteca, aqui no Rio, e em minha segunda biblioteca, em Manaus, que eu confiei ao Instituto de Pesquisa, há incontáveis livros sobre as mitologias dos povos.
Meu pai é do Maranhão, como eu.
Do interior, de Pedreiras.
Meu avô era dono de uma fazenda.
Era um grande senhor de escravos.
E era pansexual.
– O que quer dizer isso? Bissexual? Ele gostava de homens e de mulheres?
– Pelo amor de Deus!
Ele se apossava de várias escravas para aumentar o número das forças de trabalho.
Todos os Pereira do Maranhão são produtos das atividades sexuais do meu avô.
Meu pai foi sapateiro.
Mas uma vez que as condições para essa profissão não eram muito favoráveis no Maranhão, ele também vendia sapatos.
Nessa época, os filhos de pais abastados sempre aprendiam também o ofício dos pais no Maranhão.
Com a idade de três anos, eu perdi meu pai.
Meu pai foi um boêmio.
Depois de sua morte, encontrei um caderno com versos e desenhos que ele escreveu e desenhou.
A família do meu pai era branca.
Eles eram descendentes de portugueses.
No fundamento da minha personalidade há um boêmio.
Eu fiquei até o quinto ano da minha vida com minha mãe, em Belém.
Ela era costureira.
E costurava para muitas famílias.
Também para os Lemos.

Antônio Lemos era o político mais influente, e foi o responsável por trazer, na época, todos os prédios grandes e modernos de Belém.
Estou falando da época da virada do século.
Por causa de sua iniciativa, todos os intelectuais do país foram a Belém.
Dona Maria Lemos era professora.
Eu fiquei amigo dos filhos deles e fui mandado pela família ao Rio, para a escola.
Primeiro em um internato em Petrópolis, depois no Ginásio de Santa Rosa, em Niterói.
Quem ensinava por lá eram os salesianos.
Eu sou um animal agradecido.
Os salesianos são grandes pedagogos.
Nós fomos todos tocados pelo gênio educador de Dom Bosco.
Com 16 ou 17 anos, eu voltei ao Pará.
Eu tinha uma tia que era casada com um presidente de tribunal.
E me inscrevi como estudante de Direito.
No sexto semestre, meu tio mandou me chamar e exigiu que eu desistisse dos estudos de Direito.
– Por quê?
– O senhor está brincando.
– Meu tio, o senhor também está brincando.
– O senhor gosta de beber.
– O senhor também bebe.
– O senhor gosta de comer e come bem.
– Meu tio, o senhor também.
– O senhor não para de correr atrás das meninas.
– Como o senhor.
– O senhor com certeza se tornará um juiz corrupto. Deixe o Direito de lado.
Eu me tornei veterinário.
O Ministério da Agricultura me mandou ao Rio Grande do Norte.
Eu trabalhei no Amazonas e em Roraima.[4]
Foi na época que eu comecei a me interessar pelos índios.
Eu viajei pela Guiana e pelo Peru.
O brilho dessas viagens é que compõe minha obra.

---

4. "Roreima", no original. (N. do T.)

– Quando o senhor esteve na Guiana?
– 1918.
– E quando o senhor se casou?
– 1918.
Eu havia me apaixonado por Dona Maria Ribeiro.
Tenho dois filhos com ela.
Tenho netos e bisnetos.
– Qual é a sua recordação mais precoce?
– Ela é bem breve.
E ela já mostra minha paixão pelo fogo.
Meus pais saíram de casa.
Eu fiquei aos cuidados de uma escrava.
Na época, ainda não havia luz elétrica na casa.
Nós tínhamos velas.
Peguei uma vela e botei fogo nos dosséis da cama.
Quando vou ao centro do Rio, hoje em dia, eu gostaria de botar fogo em todos os prédios.
– Conte-me de sua mãe.
– Ela está presente mesmo no mais mínimo dos meus gestos
O senhor não é capaz de imaginar como foi grande a influência dela sobre mim.
Ainda hoje, na condição de homem velho, eu ando de cabeça bem erguida, pois ela sempre dizia.
– Estufe o peito.
– Levante a cabeça.
– Mantenha os braços retos.
– Você não é um criminoso. Caminhe direito.
O modo dela sentar à mesa.
O modo de comer.
De cuidar das pessoas.
Ela era extraordinariamente inteligente.
Às vezes sinto a presença de minha mãe ainda hoje – quando cometo um erro.
Meu temperamento é o temperamento de um boêmio.
Às vezes eu gostaria de ser Verlaine – mas não em sua ligação pecaminosa com Rimbaud.

Eu gostaria de ir de bar em bar à noite, com rabeca e mulheres.
Um amigo me disse:
– O senhor é um grego da decadência.
– Anacreonte.
– Mulheres. Bebida. Brincadeiras.
Eu amo a poesia de Anacreonte.
Um homem do Maranhão é sempre um poeta ou um sapateiro.
Meu pai era ambas as coisas.
Eu comecei bem cedo a fazer poesias.
Jamais as publiquei.
Minha autoironia é bem desenvolvida.
Sou membro da Academia de Belas-Letras de São Luís.
Fui nomeado várias vezes para a Academia Brasileira de Letras.
Quando eles construíam o grande prédio da Academia Brasileira de Letras, eu disse:
– Quanto mais alto o prédio, tanto mais baixa a cultura.
– Sua mãe pertenceu à Casa das Minas.
– Minha mãe era de descendência portuguesa, índia e negra.
Seu cabelo era encaracolado.
Eu conheci a Casa das Minas porque minha mãe foi iniciada lá.
Quando eu nasci, ela me consagrou ao Vodun Badé africano.
Quando eu ainda era pequeno, o deus Kpoli Bodji disse: – Por que a senhora não me dá esse pequeno?
E foi assim que passei a pertencer a dois Voduns: Badé e Kpoli Bodji.
Em razão de sua posição na Casa das Minas, ela seria a sucessora da grande mãe Maria Andreza.
Mas ela morreu antes de mãe Andreza.
Ela morreu em 1918, no Amazonas, de gripe espanhola.
– No ano do casamento do senhor.
– Quando jovem, eu participava de todas as festas da Casa das Minas.
Eu ficava muito inquieto quando minha mãe caía em transe.
A cada festa.
Às vezes, até mesmo em casa.
Ela chegava à casa da minha tia.
E já estava em transe.

Minha tia a deitava de barriga sobre um lençol branco e acendia um charuto.
Os moradores da casa se ajoelhavam.
Eles botavam dois dedos na nuca da minha mãe e ela começava a fazer previsões.
Dava conselhos.
Todo mundo cantava e se queimava incenso.
– Quem foi mãe Andreza?
– Uma grande figura.
Da África, eram mandados presentes.
Bonecas.
Objetos interessantes, que desapareceram, todos, depois de sua morte.
Minha mãe quis que eu me tornasse pai de santo.
Mas ela logo descobriu meu caráter e disse:
– O senhor é pansexual.
– O senhor é um bode místico.
Eu nasci assim.
– O senhor escreve acerca de uma ligação entre a franco-maçonaria e a Casa das Minas – isso era uma tradição antiga?
– Sim.
Eu acredito que essa tradição já veio da África.
Na libertação dos escravos, no Brasil, os franco-maçons tiveram um papel muito importante.
– Mãe Andreza era da franco-maçonaria?
– Não.
Só no Haiti e na Luisiana é que existiram mulheres franco-maçons.
Eu já participava das festas dos franco-maçons quando era criança.
Mas jamais fui iniciado de verdade.
Quando voltar a Belém nos próximos tempos, vou pedir que me façam essa gentileza por lá, na loja Renascença.
– O senhor chama a si mesmo de pansexual.
Existe um retrato priápico do senhor – como era a vida sexual em São Luís em torno de 1900?
– Havia bordéis, havia uma prostituição secreta.
– A homossexualidade era tolerada?
– Com certeza.

Os homossexuais eram chamados de veado e cualira.
Que vem de cu e de lira.
– No que o senhor está trabalhando?
– Estou escrevendo um ensaio sobre a comissão de Rondon.
Ela era composta dos cientistas mais brilhantes da época – médicos, botânicos, antropólogos.
Pretendo viajar nos próximos tempos a Cuba e depois quero ir à África, para comparar os ritos da Casa das Minas com os ritos africanos.
Estou um pouco triste por viver sozinho desse jeito.
Um homem que vive sozinho é forte, segundo se diz.
Ainda assim.
Agora vou receber o telefone.
Aí poderei dar uma ligadinha à Dona Morte.
Estou inquieto.
Eu sou um nômade.
Sou tão curioso com a natureza.
A morte da minha mulher não representou muita coisa para mim.
Não tenho vergonha de confessar isso.
Eu sou boêmio.
Mas na minha idade não posso mais viver como boêmio.
Bares. Música. Vida noturna. Discussões.
Isso já era.
Assez!
Se Dona Morte for generosa, ainda conseguirei terminar esses trabalhos.
Meu nome entre os franco-maçons é Anteu.
Eu vivo na cidade.
Moro confortavelmente.
Como bem.
Em minha idade...
Eu não estou doente.
Mas se eu voltar ao Amazonas, minha força vai crescer.
Me sinto atraído ao Amazonas.
Ficar sozinho é muito triste.
O coração ainda é jovem.
O corpo não é mais.

E a gente vê as meninas.
Ficar sozinho deixa a gente forte.
Não tenho empregados.
Tenho medo de que uma faxineira, sozinha aqui comigo, pudesse me assaltar em minha idade.
Assim são as coisas, hoje em dia.
Elas me obrigariam a assinar cheques.

Irma tem as câmeras e objetivas, assim como o *flash*, escondidos na sacola de compras.
Nós avaliamos cada um dos taxistas e chamamos apenas o terceiro.
Antes de atravessar a rua em Santa Tereza e tocar a campainha na casa de Nunes, olhamos em torno para ver se ao longe não há um bando que agora conseguiria inclusive um bom dinheiro por uma Leica com um receptador.
Nunes não vem.
Nunes não está em casa.
Eu iria embora.
Além disso, é perigoso ficar por tanto tempo parado na frente de uma casa em Santa Tereza.
Irma simplesmente espera. Não me ocorreu a ideia de que Nunes pudesse estar chegando atrasado de um de seus passeios para casa.
A rua está completamente vazia.
O bonde aparece. Rapazes da favela se agarram a ele na parte externa.
O bonde para.
E vai embora de novo.
E, diante do muro, onde antes não havia ninguém, está parado Nunes.
Os cabelos brancos como neve visíveis de longe.
Ele está vestindo o terno cinza-violeta em tom furta-cor.
Ele chega, investiga a rua e beija a mão de Irma.

Jäcki encontra a antropóloga francesa e sacerdotisa do candomblé Gisèle na casa do fotógrafo francês Sasso, que vive com Wilma, uma filha espiritual de Gisèle.
– Isto seria um relatório etimológico:
– Entrevistar a mãezinha intelectual do candomblé e suas vítimas.
Wilma e Gisèle concordam.

– Em um ano, diz Jäcki.
– Quando tivermos voltado do Amazonas
– Em um ano e um dia.
– Os mortos voltarão à África.
– *Dans un jour dans un an*
– Isso é Françoise Sagan.
– Não, Racine.

Gisèle Binon-Cossard me conduz ao arbusto
Orelha de macaco
Ela explica o uso.
E onde foi que o conseguiu.
Eu lhe pergunto se ela conhece um rito da consciência.
Obrigação da Consciência.
Ela tem o olhar embaciado dos africanos.
Ela quer bancar a mãezinha afro doida à minha frente.
Então ela se lembra que eu sei algo das ervas,
conforme Lydia e conforme Pierre Verger.
A professora da Sorbonne fica de costas eretas em seu rosto sagrado.
Ela me conta o rito.
Ela me diz o nome das plantas.
E também as designações em latim.

Mãe Ilesi conta, no quarto vazio de Joãozinho, do rito de iniciação para Nanã
A criação do mundo a partir da lama.
Com rãs e sapos
As meninas são enterradas em uma vala cheia de lama
Mãe Ilesi conta da floresta.
El Monte de Lydia Cabrera.
Da floresta de bilhetes do papa Pierri na caixa de sapatos.
Hoje não existe mais floresta que preste.
Joãozinho alugava um ônibus e passava o dia com suas filhas na floresta.
Hoje não existe mais floresta que preste.
Existe sim.
Onde.

Na Bahia.
Não.
Com quem
No templo de Pedro de Batefolha.
Pedro morreu há tempo.
Há dez anos.
Como Joãozinho.
Eles morreram no mesmo ano.
Jäcki ouve as folhas farfalharem, os bilhetes estalam.

– Isso é estranho, pensa Jäcki.
– Quando não se quer mais pesquisar, começam a contar tudo para a gente.
– Quando a gente se encontra em uma viagem tão *kitsch* ao passado, ganha-se a Obrigação da Consciência, o banho de lama para Nanã, os sacrifícios de sapo e a Floresta Sagrada.
– Ao joalheiro.
Amsterdam-Sauer em frente à praia *gay*.
– Coqueteria.
– No momento em que eles constataram que se está interessado neles, eles já não se interessam mais.
– Ou será que querem apenas a segunda prova de amor.
– Como Wolli, o rufião.
– Recusar, dizer não, para na segunda tentativa poder dizer sim?
Será que Jäcki não era experiente demais, mas sim tímido demais?
– Praça Floriano, no Rio de Janeiro, à noite, como a Christopher Street no Village de Nova York.
– Mais bacana do que a Christopher Street.
– Milhares de *gays*.
– Estão parados.
– Conversam.
– Descem correndo pela Christopher Street.

Carlos.
Sua mãe não pode saber.
Por isso, nada de marcas de chupões.
– Onda da noite.

– Bodes do mar e golfinhos
Do metrô, os homens saem correndo para os banheiros da Central do Brasil.

No Cine Marrocos
O parquete inteiro treme.
Um gigante negro surdo-mudo.
Quando ele está gozando, se agarra a Jäcki
Ele dá gritos gorgolejantes, que ele mesmo não ouve.
Uma bichinha baixa, delicada, de cor clara, observou tudo.
– Ela quer falar.
– Ela quer dizer algo, diz ele sobre o surdo-mudo.
Será que o Rio era o Rio velho de sempre?

5.

Nosso tempo no Rio acabou.
Agora é ir embora.
Eu digo a Irma:
– Nossas imunidades ainda não enfraqueceram.
– Por enquanto, ainda não pegamos amebas, nem malária, nem bilharziose.
– Ainda não fomos assaltados e ainda não fomos presos.
– Se quisermos de fato estudar a troca de receitas de ervas no Amazonas – a troca entre negros e índios e a influência dos ritos da rainha Agotimé sequestrada, está mais do que na hora, vamos lá, e já!
– E, para o fim mais distante, a Rio Branco, quase na fronteira com a Bolívia e o Peru!

Voo noturno.
Todos dormem.
Só os comissários de voo grasnam sem parar.
A Vasp não fornece bebidas.
Na última vez, voamos de dia – embaixo, milhares de quilômetros de floresta.
Como pelos pubianos sobre o solo de camada fina, que se mantém justamente pelas folhas que caem da floresta virgem.
Delicado demais para ser usado como lavoura.
Quantos quilômetros de deserto já são, entrementes?
Quantos índios a menos – que morreram por ferimentos a bala e corpetes envenenados?
Quantos milhares de camponeses voaram em vão para ali e agora morrem de fome na miséria?

Pela manhã, às quatro, chegamos em Manaus.
Zona Franca.

Cada um dos números de registro das máquinas fotográficas e objetivas é anotado.

Isso dura uma hora.

Estradas asfaltadas vazias que levam para a cidade.

Iluminada regularmente.

Várias granjas de aves.

Manaus.

Porto de rio.

Fundada no dia 5 de julho de 1850.

284.000 habitantes.

Só?

O segundo número

388.000

No guia, também parece subestimado.

No prospecto turístico está 800.000.

Quem contava os moradores dos bairros miseráveis?

Manaus fica 3.400 km distante de Brasília.

De Belém, por caminho pluvial, 1.700 km.

Por estrada, são 5.200 km até Belém[1].

Até São Paulo 4.000.

Plante uma árvore no Amazonas.

Plante uma árvore no Saara.

Plante uma árvore no deserto de Neguev.

Plante uma árvore no Chile.

Uma mão estilizada, cotiledôneas estilizadas e raízes estilizadas.

Por toda a parte, as mesmas.

Um *designer*.

Uma firma de decoração.

Secretárias.

Um orçamento.

Um contratante.

Um jantar de negócios.

Plante uma árvore no Amazonas.

---

[1]. Chega a ser irônico que a distância por estrada entre Manaus e Belém seja bem maior que entre Manaus e Brasília. (N. do T.)

É o que está escrito ali.

Eu ainda me recordo da catedral.
Quando estive por aqui pela primeira vez, há dez anos, ela ficava às escuras à noite.
Nos portais, a suavidade suave dos índios.
Em uma escola ou um seminário, jazia um grande inseto.
Meio coberto de fungos no ar úmido do rio.
Ele voou rijo, em linha reta.
O que está em seu caminho, é picado.
Ele é muito venenoso.
Eu me lembro de Mãe Zulmira.
Ela me contou da bebida de iniciação para Xangô.
Das ervas que ela manda vir do Rio, da Bahia, do Recife, e das plantas que ela manda de Manaus ao Sul, com mensageiros, por navio.
O templo ficava bem longe da cidade – debaixo de árvores altas e negras, das quais pingava uma gosma.
Chegava-se por caminhos vermelhos e enlameados até Zulmira.
Era preciso passar por várias igrejas batistas.

Zulmira?
Nunca ouvi.
Candomblé?
Não existe em Manaus.
Existe umbanda.
Existe umbanda, macumba, espiritismo, mesa branca, quimbanda, pajelança, cura – talvez o candomblé tenha existido no passado.
Mas as velhas negras estão todas mortas ou foram embora.
Zulmira?
Somos mandados de um dos extremos da cidade a outro.
Espero voltar a reconhecer o grupo de árvores e a construção alongada do templo com seu telhado de zinco.
As árvores diminuíram em Manaus.
Os prédios aumentaram.
Órgãos elétricos, televisão, transistores, aparelhos de som com fitas-cassete.
As poças de água entre as favelas estão cobertas de latas de cerveja.

Poucas construções coloniais com telhas romanas arredondadas.
Nua e estuprada por um assassino – é o nome do filme.
Do outro lado, um caminho de argila.
É ali atrás, diz o rapaz vagabundeando nas proximidades. Vou levar o senhor até lá.
Não é um passeio confortável, o galpão do cinema às costas, os córregos esverdeados de fezes entre as pernas.
Os jovens desempregados carregam uma faca na cintura do jeans.
Nosso guia parece infeliz e ávido.
Ele tem olhos amarelos e um nariz comprido demais.
Vou levar o senhor com uma condição, que o senhor me pague alguma coisa.
São cem metros.
Lamentavelmente.
Mãe Zulmira?
Sim.
Foi sempre aqui?
Sim. Nós arrancamos parte do templo e derrubamos as árvores. Elas estavam altas demais.

Notícia, dia 11 de junho de 1981.
Tremendão é preso.
O comissário diz:
Ele vai ter de cuspir tudo em uma hora, do contrário.
Uma página de fotos de cadáveres.
O morgue.
Acidentes.
Assassinados.
Um bando de crianças derruba as latas de lixo entre as lojas de Duty Free e junta as sacolas plásticas.
– Eu vou anunciá-lo a Geraldo P. em Manaus, havia prometido Nunes Pereira ainda no Rio de Janeiro.
– Geraldo é um homem que sabe tudo sobre as religiões no Amazonas.
– Ele não dirá nada ao senhor.
– Está sentado, bem firme, sobre suas informações.
– Mas também é preguiçoso demais para escrever, ele mesmo, algo a respeito.

– Ele coleciona livros e recortes de jornal e fichas das mais variadas.
– Como se ele pudesse levar tudo isso consigo para a câmara junto ao muro do cemitério.
– A coisa da qual mais sentirei falta no céu são meus livros, disse Nunes Pereira.

Geraldo P. não recebeu nenhuma carta de Nunes Pereira.

Ele ainda assim se mostra pronto a me receber em sua casa no sábado à noite.

A casa de madeira de classe média, que foi construída há cinquenta anos no subúrbio da cidade, no meio da floresta virgem – e hoje é uma região quase completamente desprovida de árvores.

Eu olho em torno, quando atravesso a rua.

Geraldo P. tem um rosto convencional; poderia ser núncio ou fazer o papel do assassino de mulheres.

Embaixo, o tronco nu de um intelectual de sessenta anos.

– É o Nunes que manda o senhor?!
– Minha casa é a sua casa!
– Sim, as religiões africanas no Amazonas.
– Um punhado de gente já esteve por aqui.
– Eu guiei Métraux por aqui, e também Herskovits e Verger.
– A rainha Agotimé!
– Quem não gostaria de saber com mais exatidão a respeito!
– Oh, e as drogas dos índios nas bebidas de iniciação dos africanos – esse é um terreno muito interessante.
– Sim.
– Venha comigo.

Nós vamos para os fundos, em direção à varanda, onde vejo a família sentada em redes.

Corredores estreitos.

Livros à direita e à esquerda.

E então um escritório.

Cômodos de metal para fichas e pastas.

Pastas de escritório.

Escrivaninhas lotadas.

– Como o senhor pode ver, não se pode escrever nada sobre a cultura dos negros em Manaus sem mim.

– Isso aqui é a última publicação; acho que foi um canadense.
Ele me estende a brochura.
Em cada uma das páginas, o nome Geraldo P. está sublinhado a tinta várias vezes.
– 1500, o Amazonas é descoberto por Pinzon.
– Isso nós também já lemos em algum outro lugar.
– 1616 – os portugueses se estabelecem em Forte do Presépio, que é Belém, como o senhor sabe.
– 1637 – em torno de 1657 – que presente! Os jesuítas chegam do Maranhão e tornam os primeiros índios sedentários. Os ritos indígenas se misturam com a fé católica.
– Bonito, não é verdade? Ora, por mim.
– Isso é, supostamente, o surgimento da pajelança, que vem de pajé, o xamã.
– Quem acredita, vira santo.
– Em 1682, os primeiros escravos negros já chegam à Amazônia. Em Belém, importava-se diretamente de Bissau e Cacheu.
– O naturalista e viajante Alexandre Ferreira teria contado em Manaus, no ano de 1786, 247 escravos, 635 brancos e 5.760 índios.
– É de 1849 a primeira menção a festas acompanhadas de tambores em acampamentos de escravos negros fugidos.
– Isso é correto, sim.
– Posso mostrar ao senhor.
– Aqui, em Bales: *The Naturalist on the River Amazonas*.
– A minha é a edição londrina de 1892.
– Quatro anos mais tarde, a viagem por navio a vapor chega ao Amazonas.
– O contrabando de borracha havia começado.
– Em 1871, a borracha assume o primeiro lugar entre os produtos de exportação.
– Os coletores de caucho eram vigiados por negros do Maranhão. E foi assim que a religião dos maranhenses chegou até aqui.
– Essas são as minhas próprias pesquisas.
– Os búzios para o culto foram importados de Alagoas.
– *Boom*.
– Em 1877 aconteceu uma das maiores secas do nordeste. Milhares procuram trabalho no Amazonas.

– À época do boom da borracha, literatos trazem o kardecismo ao Amazonas.
– Em 1894 é fundada a Comunidade dos Espiritistas do Amazonas. Essa é uma informação interessante.
– É a terceira no Brasil inteiro.
– Depois da do Rio e...
– Sim, eu também não sei.
– Bahia?
– No mesmo ano é construída a ópera.
– Em 96, Manaus é a segunda cidade do Brasil a receber iluminação elétrica.
– O que isso pode ter a ver com o candomblé eu também não sei.
– 1902: docas flutuantes. Vida noturna. Jornais da moda – também não tem nada a ver com a umbanda, o peso inútil do saber, bobagem de sociólogos!
– Não há nenhuma informação mais exata sobre templos afro-brasileiros em Manaus antes de 1900.
– Aqui está: informações de Geraldo P.:
– O templo mais antigo no Morro da Liberdade foi fundado por Joana Maria da Conceição, do Maranhão, em torno de 1900.
– Sua sucessora se chama Quintina.
– Em 1943, Zulmira assume o templo.
– Sim, a Zulmira que o senhor conhece.
– Zulmira é uma das figuras mais importantes.
– O templo seguinte se chamava Alagoanas, porque o sacerdote João veio de Alagoas.
– O terceiro, esse daí, o templo Santa Bárbara, foi fundado por Maria Rita Estrela da Silva.
– Como o senhor pretende explicar o que isso significa a um parisiense ou a um norte-americano.
– Maria Estrela fundou seu templo em Seringal Mirim.
– Ela era filha de escravos.
– Foi iniciada na Casa das Minas.
– Ali, onde Nunes entrava e saía quando tinha cinco anos de idade.
– Ela ainda foi lavada por Mãe Luiza, por Zomadonu pessoalmente, se é que isso diz algo ao senhor.

– Maria Estrela trabalhou junto com Antônia Lobão, que ainda foi escrava quando criança.
– Maria fundou o templo em torno de 1911 – não em 1908. As pessoas não sabem o que falam.
– Maria Estrela morreu em 1960, com 88 anos.
– Lobão morreu em 1964, com 80 ou 90 anos, alguns afirmam que com 125 – mas como seria possível comprovar isso.
– Lobão veio do Maranhão, de Codó. Essa era, literalmente, a palavra para homossexualidade.
– Maria Rita Estrela e Lobão eram tidas como um casal lésbico.
– Não, nunca ouvi isso de Zulmira.
– Joana Papagaio assumiu o templo em seguida.
– Ela era muito hábil.
– Ela vem dos ritos indígenas.
– Reuniu em torno de si todas as filhas iniciadas do Maranhão.
– Joana Papagaio morreu em 72.
– Em 77, o templo é dissolvido, briga de família.
– Jajá, Mãe Angélica. Mãe Rosário. Efigênia, Pedro Tartarugueiro, que ainda descendia de Joana Gama, Miguelina, Norvinda, Chico Beleza, Djanira, Astrogilda.
– Isso tudo ele tem de mim.
– Aqui está escrito em inglês: Geraldo P. diz:
Novas formas de culto surgem entre 1941 e 1945 pela influência dos nordestinos.
– A umbanda é introduzida.
– Entre 1970 e 1977 chegam os assim chamados batuques.
Dois dos sacerdotes foram iniciados na Bahia.
– Em 1971 há 40 cearás[2] em Manaus, isso está escrito no jornal. Eu me pergunto se eles as contaram.
– Ceará, isso quer dizer ritos indígenas do estado do Ceará.
– O padre católico amaldiçoa os ritos afro-brasileiros – mas é claro que sim!
– Em 73 chegou um senhor da federação de umbanda do Rio.
– Estes o senhor pode esquecer.

---

2. No original, "seara". (N. do T.)

– O que o senhor poderia querer saber, nas associações, sobre a rainha africana Agotimé e sobre as ervas dos índios?
– São todos sacerdotes loucos por dinheiro, subornados por políticos locais, a fim de conseguir votos em meio ao potencial de crentes...
– Houve inclusive uma coluna no jornal Notícia.
– Com isso, um político queria ganhar um grupo de seguidores.
– Zulmira continua sendo a mais confiável.
– Ela conhece o veveu, a bebida da punição mística.
– Vivenciei algo assim com ela.
– Eles cantam abiéé, abiéé.
– E se golpeiam, possuídos, batendo o pé, para se punir, em uma pedra, até que ele sangre.
– Certa vez, uma teve de ser levada de ambulância ao hospital, porque do contrário teria perdido sangue demais.
– Ela foi costurada.
– Zulmira conhece o ganho fino.
– E o canto para o amassi.
– Agora faz anos que eu não estive mais com ela.
– O senhor veja aqui, meu caderno, essas são as minhas anotações.

O filho de Geraldo me leva de volta ao Hotel Imperial.
– Não. Meu pai não foi um pai severo. Ele foi antes maternal.
– Ele teve uma adolescência muito difícil.
– O pai dele morreu cedo.
– Foi complicado para ele subir na vida.
– Ele sempre temeu que sentíssemos falta de calor e proteção.
– Manaus, isso é bem simples.
– 750.000 habitantes.
– A metade da população ativa está desempregada.
– A metade dos habitantes mora em favelas.
– Não existe outra cidade brasileira que seja tão violenta quanto Manaus.
– Os homens chegam do interior para procurar trabalho.
– 2 mil pessoas foram demitidas da Zona Franca.

Cine Guarani.
O cinema *gay* de Manaus.

Foi o que pensei desde o princípio.
Mais para decadente.
Uma construção em madeira.
Suntuosidade falsa e coberta de fungos, dos anos da fundação.
Dentro, discreto.
As orgias suaves da província nos tempos pouco convencionais após o meio-dia – em Brunsbüttelkoog se deve dar corda ao relógio pela manhã, às seis horas, a hora do *rush*, nas barcas, diz F.
Na tela, um filme de caratê.
Barra pesada.
O final: um dos lutadores arranca o órgão sexual do outro.
Depois um documentário sobre a formação veterinária no Brasil.
Aonde o animal é gente.[3]
Sobre uma padiola gigantesca, um *pinscher* – envolvido até o pescoço em tule branco – é levado para a operação.

Newsreel.
Recortes de jornal. Jäcki à beira da cama.
Notícia, dia 16 de junho:
Esposo defende a honra de sua mulher e é esfaqueado.
Homem é mutilado por vendedores de droga.
Soldado esfaqueado no mercado.
Trocador de ônibus quis matar passageiro.
Estudante espancado por taxista.
Esposa contrata dois assassinos de aluguel para mandar matar o ex-marido.
Briga de facas.
Tiros.
Estrangulado em casa solitária.

Eu vou até Zulmira.
Sinto pouca vontade.
Ela me explicou, há dez anos, a receita para a bebida de iniciação de Xangô – e eis que agora sua árvore sagrada foi abatida e o jardim com as plantas do culto está vazio.

---

3. Em português, no original, seguido da tradução ao alemão, que explica que se quer dizer que há lugares em que animais são tratados como pessoas. (N. do T.)

Ela pediu papel bonito a mim, porque queria escrever uma carta indignada a respeito da situação da religião e mandá-la à federação, no Rio de Janeiro.

Não encontrei nenhum papel bonito em Manaus inteira.

Só no supermercado, e um pacote horrível em um invólucro de plástico.

A menina pede que eu vá à sala de espera.

– Mãe Zulmira ainda está dormindo.

Será que ela não esperava mais por mim.

Ou será um truque da sacerdotisa envelhecendo?

Eu a vejo no quarto contíguo, deitada em uma poltrona de plástico.

A menina desperta-a.

Zulmira chama:

– Já estou indo.

Ela se prepara por muito tempo.

Quando chega, tem um rosto brilhante, quase febril.

Ela alisou seus cabelos com algum produto químico e pintou os lábios.

E fica alegre com o papel.

– É exatamente o que eu imaginava.

– Vou escrever como é.

– O candomblé em Manaus está morto.

Mãe Joana está morta.

Papagaio, o senhor sabe.

O terreno foi vendido.

O templo foi derrubado.

Mãe Angélica está morta.

Seu templo, abandonando.

Eu não faço mais candomblé.

Meu marido derrubou a árvore sagrada.

Não era uma gameleira.

Talvez fosse uma cajazeira.

Eu espalhei as moringas sagradas.

E as quebrei.

O pegi está completamente vazio.

Os Voduns não me ajudaram.

Olhe para a minha perna.

Eu estou muito doente.

E as Vodunsis, minhas filhas espirituais – ah, caramba, como são preguiçosas, loucas por dinheiro, sonsas.

Se o senhor soubesse o que se passa por aqui.

Quero ir embora daqui.

Só continuar com a umbanda.

Dinheiro.

As brigas entre as diferentes federações de umbanda.

Três.

E os políticos vêm.

E dinheiro.

E a polícia.

Chantagem, inclusive.

Eu agora não quero falar.

Mas vou escrever tudo – no papel bonito que o senhor trouxe para mim.

Para as festas, só continuam chegando caboclos bêbados ao templo.

Espíritos indígenas bêbados.

Eles querem beber cachaça de copos grandes.

Pessoas, que pouco antes tiveram relações sexuais, participam das cerimônias.

Mulheres vão com mulheres pela noite afora, e homens com homens.

O senhor quer saber tudo com exatidão.

Eu vou dizer tudo ao senhor com exatidão.

São 70 templos ao todo.

Em 1968 foi fundada a federação.

15 membros hoje, quer dizer, sacerdotes, que dirigem um templo.

E depois também há o Conselho Federativo.

Ali há 26 templos.

Imagine o senhor o que foi que aconteceu no dia 10 de maio de 1975.

Houve uma briga entre Mãe Salsa e Mãe Carminha, porque Mãe Carminha pediu 30 cruzeiros pela comida da reunião.

Dessa terceira aí, da Cruzada, da terceira federação, eu nunca ouvi falar coisa alguma.

Eudócia está com 43 anos.

Depois Zulmira, eu.

Carlito em Seringal Mirim.
Carminha também vai para Belém.
Zumar vem da Bahia. Ele é um transviado, se é que o senhor entende o que eu quero dizer.
Zulmira Tucuchi no Morro da Liberdade.
Adoca.
Chiquito.
Valdeci.
Umamezai no Largo do Limão.
São estes os que ainda têm respeito com a religião.
O resto.
Quando o papa veio, eu já estava no hospital.
Ninguém entregou a ele uma petição dos templos africanos em Manaus, conforme teria sido necessário.
Impediram que ele se encontrasse com os fiéis do candomblé.
Ah, eu!
Os Voduns me deixaram.
A árvore está morta.
Eu agora só faço mais umbanda.
Nasci em 1926, em Codó.
Sou maranhense, nisso o senhor pode acreditar.
Com 14 anos fui iniciada.
Mina.
Eu sou Mina.
Sim, na Casa das Minas.
Em uma Casa da Mina.
Cabeça raspada.
Cortada.
Durante 14 dias.
Bebe-se.
Perdi a visão.
Perdi a língua.
Minha irmã foi Mãe Angélica.
Minha tia foi Quintina.
Minha avó se chama Efigênia.
Eu pertenço a Obaluaê.

Sim.
Me lembro do nome Sakpata.[4]
Meu templo se chama:
Hé hé epanda.
A casa africana de São Lázaro.
Obaluaê.
Sakpata.
De Omolú eu não me lembro.
Na umbanda quem me visita é Vovó Missa.
E Memeya.
Eu conheço o banho de Natal.
O abó também.
O amassi.
O senhor quer saber a provação para Iansã?
Ferver óleo de palmeira.
Botar as mãos dentro.
Eu fiz isso com as minhas filhas espirituais.
O senhor imagine a coisa.
Eu canto ao senhor:
Averekete.
Exu.
Mariwô, Mariwô – sei se isso é Mawu.
Ogum.
Leguingui.
Odure.
Kope Miman.

Zulmira canta.
A canção para as folhas, essa ela esqueceu.
Suas pupilas bailam de um lado a outro.
À direita e à esquerda, sem se reter. Elas não se encontram mais sobre o que está sentado diante delas para o receber e fixar sua imagem.

O taxista é um negro selvagem.

---

4. No original, Sakpatä, que também é uma das formas de Sakpata (a forma de unificação aqui adotada e também empregada por Fichte na maior parte das vezes), junto com Sakpatá. Antes, Fichte já optara inclusive por Zakpata, pelo menos uma vez. (N. do T.)

Eu quero ir ao "Crocodilo".
Ele está com vontade.
Nós procuramos um lugar tranquilo.
Cinco policiais ameaçam cinco adolescentes.
Revólveres jazem no chão.
Eles são obrigados a voltar ao rosto contra o muro e levantar as mãos.
De pistola erguida, os policiais metem as mãos em suas bundas.
O Crocodilo seria normal até à uma da madrugada.
A partir da uma é que chegavam os *gays*.

Geraldo P.:
– O senhor quer saber algo sobre as ervas do Amazonas – se as receitas dos índios influenciaram a receita dos africanos e vice-versa.
O senhor achará interessante que Laura, da Casa das Minas, em São Luís, administrou as plantas aqui no templo de Rita Estrela e mandou ervas para o templo de São Luís.
Eu acredito que na Casa das Minas tenha sido usada ayahuasca.
Mas eles não a chamavam de ayahuasca e sim de caabi ou capi.
Ayahuasca se chama Banisteriopsis caapi, Spruce, também Banisteriopsis Morton – na Bolívia e no Peru.
– Aqui a chamam de caabi, cipó, Santo Daime.
– O caabi, ou seja caá bi de caá, erva, vem do rio Abuná, e de Laeticia, Iquitos. Também Mãe Esperança[5] usou, em seu templo em Porto Velho, o senhor se recorda, a ferrovia da floresta virgem, ela usou ayahuasca para os deuses dos africanos.
– Tudo começou com Raimondo[6] Costa, um negro do Maranhão.
Nos anos 30, ele fundou, em Fortaleza do rio Abuná, um culto ayahuasca.
Ele havia trabalhado no Peru e na Bolívia como coletor de caucho e lá conheceu yagé, ayahuasca.
– Ele chamou o seu templo de: Tomadorão do Ayahuasca.
– No final dos anos 30, Raimondo Costa esteve em Manaus.
– Ele tinha uma canção sagrada que os deuses haviam lhe ditado em um êxtase de ayahuasca.
– Espere um pouco!

---

5. No original, "Esperanza". (N. do T.)
6. É essa mesma a grafia do original. (N. do T.)

Geraldo P. busca um ficheiro.
– Eles cantavam: Lopuna Manta.
– O Nunes escreve sobre uma rainha negra, que governa um povoado no Amazonas, um povoado habitado apenas por escravos fugidos – eu sei.
– Não sei se isso pode ser comprovado cientificamente.
– Agotimé!
– Agotimé talvez tenha sido uma mulher de Iena.
– Ela talvez tenha sido capturada pelo rei Agonglo das montanhas Mahi.
– Seu pai era rei e sacerdote.
– Ela pertencia a um mosteiro do deus Sakpata, temido e odiado em Daomé.
– Mais ou menos na época do terror da Revolução Francesa, o rei Agonglo casou com Agotimé em Daomé.
– Ela era a mãe ou a mãe ritual de Ghezo.
Seu filho adotivo, Adandozan, se tornou rei, expulsou seu meio-irmão Ghezo e vendeu sua mãe adotiva Agotimé ao Brasil.
– E, uma vez que ela estava triste e não era mais jovem, ela foi vendida muitas vezes.
– Quando Ghezo chegou ao poder em Daomé, ele matou todos os descendentes de Adandozan.
– Ghezo mandou procurar sua mãe e trazê-la de volta a Daomé.
– Ghezo foi abatido a tiros em uma campanha militar.
Mantiveram sua morte em segredo.
Apenas bem mais tarde ele foi declarado morto, durante uma epidemia de varíola – Sakpata o teria levado de volta para casa.
– Agotimé havia estabelecido o culto de seus ancestrais monárquicos no Brasil, em São Luís.
Agora, ela guardava o túmulo de seu filho Ghezo.
– Mas talvez ela nem sequer tenha voltado à África.
– Talvez ela vivesse escondida no Amazonas.
– Eu acho, sim, que foi Agotimé, a rainha negra vendida, que fundou a Casa das Minas há quase 200 anos em São Luís do Maranhão, ainda que isso não possa ser comprovado cientificamente de modo irrefutável.
– No passado, durante os ritos africanos aqui em Manaus, me refiro à época do meu pai, quando a Ópera foi construída, e Caruso cantou aqui

e o navio foi carregado por cima da montanha, o senhor sabe, Mick Jagger agora botou tudo no filme, os crentes todos gritavam, entre as canções, por aqui:
Ghezo! Ghezo! Ghezo!

O filho de Geraldo me leva de volta outra vez.
– Eu estudo História.
– No passado, os índios eram acossados para cima das árvores pelos brancos e depois derrubados com tiros.
– Os índios se recusam à tecnocracia.
– Eles fogem do trabalho na ferrovia e nas fábricas.
– O primeiro *boom* da borracha foi em 1877.
– Em 1912 aconteceu o colapso total.
– Durante a II Guerra Mundial os aliados foram impedidos de chegar à borracha asiática.
– Os americanos tentaram reviver a exportação da borracha do Amazonas.
– Em 1943 houve um segundo *boom*.
– 250.000 trabalhadores foram ocupados na extração da borracha.
– Em 1946 acabou tudo pela segunda vez.
– Com os generais, em 1964, chega a Zona Franca.
– Tentaram deslocar pequenos agricultores das regiões secas para a Transamazônica.
– Isso deu errado.
– A camada fina do solo da floresta mal dá duas colheitas.
– O ciclo do nitrogênio é rápido demais.
– Agora estão tentando com a indústria agrária.
– Plantações de cacau e plantações de caucho.
– Se continuar assim, não haverá mais nenhuma árvore na Amazônia.

Jäcki recorta:
Notícia, dia 17 de junho:
Uma mulher é assassinada por um assaltante em plena manhã na presença de seus filhos.
Por causa de 7.000 cruzeiros.
Nem sequer 200 marcos.
O comissário de polícia diz:

– Eu vou mandar caçá-lo.
– Não o quero vivo.
Manchete, dia 17 de junho:
– São Paulo.
Prisão.
José Antônio Borges – pena de 250 anos de prisão.
Paulo Edmundo de Sousa – pena de 700 anos de prisão.

Geraldo P. beija a mão de Irma em saudação.
– Alemanha.
– Literatura alemã.
– Os prêmios Nobel. Böll, Hesse, Mann, Hauptmann.
– Hauptmann?
– Sim: o senhor não sabia disso?
– Não acredito que seja assim.
Geraldo P. pega um volume de coletâneas literárias do Prêmio Nobel. Ele tem razão.[7]
– O Nunes, aliás, me escreveu ontem.
– Ele anunciou vocês dois.
– O senhor sabe que no princípio não quiseram aceitá-lo na Academia de Manaus.
– Quando a academia foi fundada, disseram: o Nunes é um negro. Ele vai distorcer a imagem da academia quando, depois das reuniões, descermos as escadarias do prédio.
– Como Balzac, que não foi eleito à Academie Française, porque os imortais temiam que o autor da Comédia Humana seria preso por seus credores à saída do prédio.
– No almoço de fundação, Nunes abriu as portas de bater e gritou:
– Eu sou um negro especial.
– Eu não denigro a academia por trás, mas sim por frente.
– Então eles não puderam fazer outra coisa a não ser aceitá-lo.

---

7. Na construção dos diálogos típica de Fichte, muitas vezes é necessário mostrar um bocado de atenção para saber quem está dizendo o quê. Aqui, por exemplo, o pesquisador brasileiro sabe – isso fica um pouco mais claro a seguir – que o escritor alemão Gerhart Hauptmann ganhou o Prêmio Nobel, fato que o intelectual alemão desconhece. (N. do T.)

– Quando cada um dos membros fundadores tiveram de escolher um escritor brasileiro clássico como seu patrono, Nunes escolheu o simbolista negro Cruz e Sousa.
– O correio era aberto no governo de Getúlio Vargas.
– Por fim, eles encontraram em Nunes algo que eles suspeitaram ser comunista.
– Ele recebeu uma carta de Frankfurt.
– Em alemão.
– Conheci a tradutora por acaso mais tarde, e ela me disse: jamais na minha vida li um texto tão porco. Até mesmo de flagelação se falava. A carta veio de um amante alemão de Nunes.
– Em Natal, Nunes vivia com sua namorada, que o seduziu a cheirar cocaína.
– O Nunes corria pelas ruas, uma cartola na cabeça, e gritava: eu sou o maior!
– De um dia para outro, ele decidiu se desacostumar.
– Mandou sua mulher embora.
– Foi para o mato. Viveu sozinho por lá e voltou sem o vício.
– Depois, ele ganhou dinheiro no cassino.
– Levou uma francesa para o hotel e não saiu do quarto durante 14 dias.
– Há alguns anos ele nos visitou aqui com uma menina índia.
O Nunes disse: vamos ver se ainda conseguimos despertá-lo de entre os mortos.
Ele foi para o nosso quarto com a índia.
Nós ficamos sentados aqui fora, jogando cartas.
Demorou horas.
E então Nunes gritou, lá dentro:
– Ele ressuscitou.
– Ele vive.
– Ele ressuscitou.
Eu?
Não.
Não escrevo nada.
Os lugares estão divididos.
Não quero ferir ninguém.
Os antropólogos dividiram o Brasil entre si.

Eu não queria pisar no rabo de ninguém.
Fui duas vezes diretor do presídio de Manaus.
Foi um tempo agradável.
Eu achava os ladrões tão interessantes.
No passado existiam muitos roubos e assassinatos por paixão aqui na cidade.
Assaltantes não existiam.
Nem mesmo latrocínios existiam.
Até minha aposentadoria, não vou escrever nada.
Também não dou entrevistas.
O senhor conhece a história do viajante inglês que elogiou a bela dentadura da criada negra em um jantar em São Luís?
Quando ele foi embora, a dona da casa mandou quebrar todos os dentes da criada.

Os macacos belos, tristes, ridículos nas gaiolas do hotel de luxo Tropical, no meio da floresta.
Todos nós como eles.
Eu, Fritz, Paul Wunderlich.
Só Irma nada tem de símia.

Jäcki recorta:
Crítica, dia 21 de junho:
Antenor da Rocha Guedes, o "Gato", 22 anos, tentou se matar com uma lâmina de gilete ao ser preso.
Quando foi levado ao camburão da polícia, ele começou a chorar.
O "Coelho" tentou abater um policial e teve de ser impedido de fazê-lo com a máxima dureza por parte de outros policiais.

É madrugada, em torno de meia-noite e meia.
Um rapaz nu, de dez anos, corre em frente da catedral iluminada em minha direção.
Ele carrega um naviozinho de casca de árvore na mão.
Pergunta pelo ônibus.
Será que a mãe vai xingá-lo?
Ele não sabe para onde ir.
Está doido.

O que posso fazer?
Rio Branco:
Quando a grande chuva vem, a cidade fica isolada. As estradas de acesso amolecem.
Aqui não há mais as grandes árvores da floresta virgem. A cidade parece antes uma colônia de jardinzinhos citadinos para a prática de *hobby*. Alguns prédios. Um hotel com piso nobre de madeira avermelhada do Amazonas. Poeira. *Hippies*. Borrachos até a raiz dos cabelos. A procura de ayahuasca.
Para um submundo *gay*, pequeno demais.
Rio Branco:
A cidade não aparece na Encyclopaedia Brittanica.
Capital do estado brasileiro do Acre. Fundada no dia 28 de dezembro de 1882.
Minha avó tinha seis anos de idade.
Cerca de 50.000 habitantes.
Borracha, castanha-do-pará – que aqui se chama coco-do-pará. Criação de gado, pesca nos rios Acre, Juruá, Madeira, Purus.
Representações automobilísticas: Chrysler, Ford, General Motors, Toyota, Volkswagen.

A visão de Nunes!
A visão do literato ancião Nunes Pereira:
Dez quilômetros distante de Rio Branco
Uma capela para São Francisco de Canindé
Desenhos geométricos
Flores exóticas estilizadas
Um simbolismo inquietante e fascinante
Eu comecei a me inquietar
Seus olhos saíam das órbitas
Minhas mãos foram tomadas pela inquietude carfológica – *to kárphos* quer dizer o arroz seco
Meus olhos saltaram das órbitas
Assim como os das crianças
Uma dama cuspiu pela janela
A música das entranhas da rabeca

Um dos crentes parecia ter colocado sobre o rosto a máscara de um pastor dos aymaras das terras altas dos Andes
Um tuxuana da Taria
Um xamã mongol
Eu comecei a correr
Florescências verdes salpicadas de branco
Eram três cobras enroscadas umas às outras
Sob a influência dos alcaloides do ayahuasca
Do yagé
No Hotel Chuí
Figuras de Hieronymus Bosch e Giorgio de Chirico.

Nós queremos comprar espirais para matar mosquitos. Nos mandam de um supermercado a outro. Há aparelhos complicados de metal para torrar, ressonância para acabar com os insetos mortais – velas de incenso, espirais de incenso não existem. O último supermercado, onde com certeza haveria espirais para matar mosquitos, fica a cinco quilômetros da cidade. Quando chegamos, ele já está fechado.
Eu pergunto ao taxista se ele conhece Manuel Araújo, o sacerdote do Castelo Azul.
– Ora, mas isso é muito simples!
Dez minutos depois, estamos parados diante do templo de ayahuasca – uma instalação meio monte Calvário, meio *minigolf*.
Cruz de cimento, escola, igreja de recorte barroco, casa privada angular, serraria, barracos de favela, olaria, horta de legumes.
Manuel Araújo nos recebe em seu escritório.
Ele e seus ajudantes vestem os uniformes azuis de marechais sul-americanos em uma opereta fantástica; e, para completar, usam os gorros de sacerdotes-adivinhos africanos...
Araújo é um homem de cerca de sessenta anos.
Seus muitos filhos brincam em torno de suas pernas e sobre seu colo.
A jovem índia, sua mulher, lhe leva o Livro Sagrado ao escritório.

No dia de São João a comunidade veste roupas brancas.
As sacerdotisas em ternos brancos com óculos de sol parecem auxiliares lésbicas da defesa antiaérea. No templo, diante do altar sagrado, há uma cortina cheia de aplicações – ela me lembra as bandeiras da corte de Daomé.

Rosa-cruz e peixe-espada de seda.

Em frente, uma mesa. Assentos cercados para os iluminados. À direita e à esquerda, fora do cercado, os assentos para o povo fiel.

Se eu também gostaria de provar um gole?

Yagé.

Ayahuasca.

Daime.

Santo Daime.

Amor. Luz. Fé.

Não, obrigado. Eu sou o pesquisador. Não gostaria de confundir os pontos de vista. Isso eles aceitam.

À direita da cortina, se vai para a câmara do êxtase, onde é servida a bebida sagrada, avermelhada – como se alguém tivesse dissolvido a Transamazônica em uma bebida refrescante. Cerca de cinquenta pessoas se postam em fila para beber – uma fila de homens, uma fila de mulheres. Eles secam o copo. Se sacodem. Alguns ficam com lágrimas nos olhos.

Araújo explica:

– A ayahuasca pode ficar parada por muito tempo.

– A bebida pode ficar bem velha.

– Isso serve para aumentar a concentração.

– Os bebês a bebem antes de beber o leite materno pela primeira vez.

A mulher de Araújo diz:

– Eu sempre odiei a ayahuasca, até casar com Araújo.

– Eu não queria bebê-la.

– E tive câncer no útero.

– A ayahuasca curou meu câncer no útero.

Ela está tão convencida disso que nem sequer responde mais ao meu: é mesmo!?

Araújo:

– As grávidas tomam ayahuasca até o nono mês.

– As crianças nascem então como daimistas, ayahuasqueiros.

– No nascimento, ela também é servida às que estão sentindo as dores do parto.

– Aos moribundos, ela também pode ser dada.

– Mas não adianta mais nada para eles. Eles terão de morrer, o que se pode fazer.

– Existem dois tipos de ayahuasca. Uma para os irmãos da comunidade e uma para mim.
– De vez em quando os irmãos recebem um pouco da forte.
– Os cipós ressecados nós usamos na horta como adubo.
– Eu sou franco-maçom e recebo o governador do estado aqui no templo.

Os dignitários se sentam, depois da bebida conjunta, em torno da mesa. Tremendo, a cortina se abre, como se logo aparecesse no ginásio de esportes o anjo com o lençol. O altar é descoberto. Um altar de macumba com várias figuras de santos, flores, velas.

Os homens sentam à direita na sala da igreja, as mulheres à esquerda. Trinta homens, a metade deles negros. Quarenta mulheres, poucas negras entre elas.

Canções para introduzir.

Pai nosso

Ave Maria.

Creio em Deus.

Fruto do teu corpo.

Retardatários são comandados ao fundo, para a sala de êxtase, pelos guardas. Quatro *hippies* chegam. Araújo sacode a cabeça, inflexível. Sóbrios, os *hippies* voltam a desaparecer. Então eles também não querem mais participar dos hinos.

Um iluminado vomita pela janela.

Uma velha se levanta no meio do cercado.

Ela suspira tão profundamente que eu temo que seu óculos de sol logo vá cair do nariz e se quebrar no piso da igreja.

A velha assovia pelo nariz como um pássaro da noite.

Ela comunica algo sumamente importante e urgente, em voz embotada, para a comunidade.

Sempre interrompida pelo assovio.

A cerimônia termina lá fora, junto ao pavilhão de música, com caixa de som e microfone.

Hinos recentes – paradas musicais chegaram até Rio Branco pela televisão. Os ditadores com os gorros africanos e as ajudantes da aeronáutica lésbicas dançam *rock* em círculo para a Virgem Maria, para os velhos africanos, para o peixe-espada e a sereia.

Manuel Araújo me dá uma entrevista:

– Nós somos espiritistas cristãos-apostólicos.
– Em 1940, o profeta Daniel fundou esse templo aqui e lhe deu o nome de Casa de Jesus.
– Um anjo com um livro azul apareceu a Daniel Pereira dos Santos.
– Daniel era amigo do negro Ireneu.
– Daniel tomava ayahuasca, yagé, daime, como ele o chamava, para se elevar espiritualmente.
– A ayahuasca facilita à gente se tornar médium.
– A erva abre a luz; o cipó dá força.
– A erva se chama raina, chacrone; existem sete espécies, duas delas são usadas.
– O cipó é chamado de jugubé, mariri, borracheira; existem sete espécies, três delas são usadas.
– Uma é a mais importante. O daime branco não é usado. O daime vermelho – mar – não dá para aguentar. O daime caboclo – o índio, a floresta. O daime amarelo – os índios o chamam de arara. O segredo das estrelas. O negro Ireneu o chamava de ayahuasca; Daniel o chamava de daime.
– Eu venho do Ceará. Cresci em Rio Branco. Até os 35 anos de idade, vivi uma vida selvagem. Tive muitas mulheres. Bebia. Jogava. Jogava com alguns camaradas e ganhava todo o dinheiro das pessoas nos bares.
– Eu tinha visões.
– Não aguentava mais água. Não ousava mais nadar.
– E visitei o profeta Daniel.
– Ele rezou um pai nosso comigo.
– Senti como meu ser deslizou para fora da minha existência.
– Para longe, bem longe, distante do corpo.
– Eu conseguia pensar, enquanto isso.
– Eu vi uma luz.
– Eu cheguei no invisível.
– De lá, eu vi a mim mesmo, embaixo, e vi em que estado eu vivia.
– Fogo.
– Eu me sentia queimando.
– São Francisco de Chagas chegou com um livro. Ele cantou um salmo. Ele folheava as páginas.
– O fogo se acalmou.

– Uma brisa se levantou.

– Eu trabalhei 45 dias na Casa de Jesus. Viajei além, para dentro do invisível. Todo o dia eu recebia instruções. Daniel me disse que eu deveria escolher: o caminho do prazer ou o caminho da conversão. Eu fui iniciado no invisível. São mistérios secretos.

– Em 1958, Daniel morreu. Ele se desencarnou. Morreu nos meus braços.

– Os guardiões do templo escolheram Antônio Geraldo como diretor da casa. Este é o homem do qual o Nunes Pereira fala em seu livro. Ele o conheceu quando o Nunes viajou pela Amazônia, em busca da ayahuasca.

– Antônio era um ditador. Ele era casado e tinha oito filhos. Pegou a mulher de um irmão espiritual e fez dela sua amante. Nós não dissemos nada.

– Eu tinha visões: eu queria dirigir a Casa de Jesus.

– Quando a amante de Antônio morreu, ele tomou uma moça de 18 anos como secretária.

– Minhas visões aumentaram.

– Antônio teve de ir. Ele perambulava, louco, por aí.

– Eu era, na época, colaborador do Ministério da Saúde. Herdei um grande pedaço de terra e o dividi entre meus irmãos espirituais. Dei duas parcelas também a Antônio. Uma delas ele pôde vender de novo; com a outra ele deveria construir uma casa, aproveitando o dinheiro. Quando Antônio voltou de suas perambulações, abriu seu próprio templo. Ali, na entrada da Casa de Jesus, na terra que eu lhe dei de presente, ele agora trabalha com magia negra para se matar.

– O negro Ireneu veio do Maranhão. Ele andou pelo Amazonas. Trabalhou na Bolívia e no Peru. Lá ele conheceu a ayahuasca e a trouxe para Rio Branco.

– Em 1932, Ireneu fundou seu templo. Ele foi o primeiro a usar a ayahuasca para a espiritualização por aqui. De resto, apenas os coletores de caucho é que a bebiam, aos domingos, em vez de ir ao cinema.

– Ireneu a chamava de rei ayahuasca. Era um homem estranho. Muito taciturno.

– O profeta Daniel não pôde aprender muito com ele, pois, quando Ireneu chegou, ele mal falava.

– Ireneu morreu em 1971. Seus seguidores se dividiram. Motta foi a Cinco Mil. O outro ficou em Salto Alto.

– A ayahuasca é uma erva de cura. Ela cura o intestino. O fígado. A gripe. A bexiga. As amígdalas. Inflamações. Câncer.

– Quando bebemos daime, recebemos Iemanjá e o velho africano com sua mulher e os encantados, o rei Jacareaçu, o rei jordaniano, o peixe-espada.

– Em 1962, fomos submetidos a um processo por causa de entorpecentes. E ganhamos.

– Pois nossa tarefa é – a tarefa da Casa de Jesus é – instruir os guardiões para o Juízo Final.

– Desde que eu dirijo a Casa de Jesus, abri a escola, construí o templo e nossa casa de moradia e a olaria.

No túmulo do negro Ireneu há um busto bronzeado:
Mestre Imperador / Raimundo Ireneu Serra / 15.12.1892 – 6.7.1972.
Uma estrada reta.
A argila brilha, clara, como se estivesse molhada. O carro aos solavancos. Folhas vermelhas e felpudas por causa da poeira. Zebus. Pântano. Curvas fechadas. Charneca azulada.
E ali o templo Cinco Mil.
Um torreão pintado, uma imagem do fogo, que chameja em meio à paisagem azul-esverdeada.
Ali a ayahuasca é plantada em lavouras. Hippies se alojam por toda a parte.
Curas pelo yagé.

Às quatro da madrugada ainda está escuro.
Junho no rio Madeira – não junho em Hamburgo, junto ao rio Elba.
O rapaz, que fica de guarda diante do Hotel Chuí à noite, está em pé, à entrada, e olha para o parque. Entre bancos e árvores, uma moça corre de um lado a outro. Ela fala sem parar.
– Foi um homem simpático. Ele me levou para casa. Eu trabalhei para ele. Ganhava alguma coisa de comer. Feijão e carne e pão e queijo e... Esqueci o que mais foi que eu ganhei dele. Eu sou limpinha. Me lavo com cuidado. Eu podia dormir na garagem.
Ela atravessa a rua. Ao andar, penteia os cabelos longos e brilhantes. Ela pede água ao guarda. Ele pisca para mim. Entra no hotel, devagar, e pega o copo d'água. A moça já correu outra vez para o parque e o guarda do hotel está parado ali, com o copo da água na mão.

Manuel Araújo não vem.
Batem cinco horas.
O garçom do café da manhã chega.
Ele tenta ouvir o que se passa no parque.
A moça já está contando sua história outra vez.
– Ela deveria ser presa, diz o garçom do café da manhã.
– Eu vou ligar para a polícia agora mesmo. Vou mandar levá-la embora.
Ele prepara meu café da manhã no refeitório abandonado e não deixa por menos até que eu me sente e coma.
Às seis, Araújo aparece em uma caminhonete.
Na carroceria estão os catadores de ayahuasca.
Querem que eu me sente na frente, ao lado de Araújo; eu preferiria sentar fora, na carroceria, com os outros, não com o chefe, na cabine, como se estivéssemos seguindo para os trabalhos no campo.
Nós deslizamos com a caminhonete sobre o barro vermelho alisado da Transamazônica como se fosse sobre o gelo.
Savana devorada.
Casas caquéticas de criadores de gado.
Lama em torno, esgoto de cozinha, atoleiro.
Capim intragável a grande altura em meio aos campos raspados pelos bois.
Zebus.
– Onde está pendurado o cipó?
– Aqui ainda não. Ele vai se retirando cada vez mais. Muitas vezes é preciso entrar sessenta quilômetros na floresta antes de encontrar um tronco que preste. A maior parte da ayahuasca para festas hoje em dia vem do Peru e da Bolívia.
Nós saímos da estrada principal.
– A floresta aqui se chama Capoeira. Floresta secundária. Floresta virgem, mas já derrubada uma vez, e que cresceu de novo.
Parece com Friedrichsruh ou Grunewald.
Não a parte gemente, explodindo de podre, onde os seres vivos passeiam em camadas uns sobre os outros – embaixo os vermes aristotélicos, depois os animais daninhos, e por cima pantera e leopardo, em cima, ainda, índios magros em pinguelas de casca de árvore e relva.
– Onde está o cipó?
– Não onde cresce a banana brava. Não onde cresce o bambu branco.

À beira da estrada, um carro virado, coberto de hera como um monte de compostagem.

– Assim são as coisas por aqui, diz Araújo.

– Que possibilidades de transporte são essas?! Os pequenos agricultores não recebem crédito. Quando reclamam, são mortos. O governo não garante nem mesmo os preços. E onde há uma escola para as crianças? E um supermercado para as donas de casa? A maior parte dos pequenos agricultores se mandou de volta outra vez, para os grandes projetos industriais. Lá há trabalho e dinheiro, ainda que a vida seja mais dura.

Araújo para em uma clareira.

A Capoeira foi derrubada outra vez ali; só há tocos de árvores e brotos singelos.

Os catadores de ayahuasca saltam da carroceria.

O belo José.

O jovem gângster.

O suave fortão.

O tatuado.

O rei africano de cachinhos prateados.

O velho gigante.

E Bichi.

Eles bebem daime de uma cantil peludo.

– É preciso beber daime antes de começar a procurar. Do contrário, é impossível de achá-lo. E a floresta se fecha. O senhor também quer um pouco?

Eu?

E se o cipó se incomodar, caso eu me recuse?

Eu bebo.

O gosto é de soro de leite com vermute.

Eu não sinto nada.

Cipó.

Daime.

Santo Daime.

Ayahuasca.

Yagé.

Eu não sinto nada.

Nada de florescências verdes. Nada de mar de fogo. Nada de cobras. Nada de profetas. Nada de livro azul.

Nós tropeçamos entre macegas à altura dos joelhos em direção a um telhado, um telhado exatamente acima do chão, apoiado em estacas baixas. À altura do peito, um piso de tábuas.

Uma velha índia está sentada ali.

– Podemos procurar ayahuasca em seu mato?

– Não é meu mato, diz a índia.

– É o mato do meu filho.

Ela lamenta que não queiramos ficar por mais tempo e conversar com ela.

A clareira termina em uma encosta reta. Atrás dela, outra vez a floresta, alta como uma casa, não tão alta como os arranha-céus. Gargantas, raízes.

Os homens dançam por cima delas.

Eu penso que um grou não caminha pela mata baixa, muito menos um grou com teleobjetiva – foi inteligente da parte de Irma ficar em casa. Eu também acho que mulheres nem sequer podem se meter a catar ayahuasca.

O belo José sumiu com o fortão suave na mata baixa.

Os homens desapareceram um após o outro.

Só Araújo fica ao meu lado, como que para me proteger.

E se eles tivessem decidido me abandonar ali? Talvez Manuel Araújo agora se afaste de leve de mim quando eu lhe voltar as costas e desapareça no meio dos ramos; ele me deixará nesse lugar de onde não há mais como fugir.

Por trás dos passos dos homens, a linguagem dos animais vai se erguendo aos poucos.

O pássaro-chicote[8].

As batidas do pássaro-chicote seriam a última coisa que eu ouviria quando Peter Michel Ladiges as inseriu em "Pedro Claver", a peça radiofônica com Minetti.

Batidas.

Farfalhar.

Zumbir. Como no jardim de Pedro de Batefolha, na Bahia.

---

8. No original, "Peitschenvogel"; não pode ser encontrada na fauna de nenhum país. (N. do T.)

Letras matraqueiam pelo ar verde.
Nós resvalamos abaixo, até um riacho.
Sobre espinhos, por baixo de troncos apodrecidos.
Eu perdi Araújo.
Descubro uma assembleia de besouros negros. Eles têm sinais vermelhos assustadores às costas e estão pousados no tronco, acoplados, compondo um ideograma japonês.
Agora se ouve apenas os chamados dos catadores de ayahuasca.
Ali está Araújo outra vez, e me conduz até o arbusto rainha[9].
– Esta é a segunda planta que precisamos para a bebida. Nós a temos plantada em casa. Não vou levar folhas comigo.
Ali não há mais cipós.
De volta.
Passando pela índia debaixo do telhado.
Uma rede, dois cobertores, duas panelas, três pedras para o fogo.
Bye bye!
Os outros bebem mais uma vez do cantil peludo.
Nós subimos à caminhonete.
Bichi e o tatuado se perderam.
Eles chamam: "Bichi".
José sai a procura deles. O velho gigante atrás dele.
Agora todos os quatro se foram.
Um após o outro, eles voltam a desaparecer na floresta. Eu sou o último a ficar.
E se eu agora voltar correndo também e nós todos nos perdermos?
Ali está Bichi.
Agora falta apenas José.
Também Bichi não encontrou ayahuasca.
Nós só bebemos.
Por fim, também o belo José sai capengando do mato e nós voltamos para a cidade. Entre Araújo e o velho gigante começa a se desenrolar uma briga complicada. O velho, isso eu entendo, havia sido levado junto para levar os catadores de ayahuasca a um lugar no qual o cipó cresce aos montes. Agora o velho gigante passa a mão no rosto e fala

---

9. No original, "raina". (N. do T.)

de cruzamentos e de uma cabana. Ele não consegue mais se localizar ao certo.

Lagartas mecânicas raspam a floresta virgem.

Raízes estão voltadas para cima, altas como casas. Troncos estilhaçados. Líquens arrancados. Tudo parece as bordas de uma ferida sob o microscópio.

O rei africano dá um grito.

Freios.

Nós corremos atrás do negro.

Ali.

Ali há daime. Ali há um pendurado. E dos bons. Um velho. Como um pelo de barba deteriorado. Das árvores, vinte metros abaixo.

Ou será que esse cipó cresce de baixo para cima? Será que ele se segura apenas nos troncos? Ele não os suga? Não consigo reconhecer onde ele termina, lá em cima. Não consigo perceber onde ele começa, embaixo, troncos espinhosos, musgo, tarecos encobrem o solo. Eu mesmo estou parado sobre um tronco apodrecido.

O rei africano corta o cipó com o facão.

Madeira amarela. Quatro troncos cheios de sulcos acabam formando, ao se encontrar, uma cruz.

Espumoso, o suco brota. Ele escorre como se fosse de um cano.

Os catadores de ayahuasca seguram o cipó na boca e bebem.

Sobem. Faca. Batem. Lascas. Arrancam. Galhos. Puxam. Estilhaços.

Nenhuma folha.

Uma pequena árvore – ela tem o diâmetro de uma pessoa – é simplesmente derrubada.

Para que arranque o cipó e o traga ao chão.

O cipó se distende, sacode e se livra da árvore.

O fortão suave sobe pelo tronco.

José o segue com os olhos.

Eu busco o frasco de Autan e o ofereço a José.

– Não preciso disso. Os mosquitos não me picam.

E é verdade. Seu corpo nu e moreno não tem uma mancha, nenhum inseto negro, nem um pingo de sangue.

Bem alto, acima de nós, o fortão suave balança, de quatro sobre um galho como se ele fosse uma ponta.

A faca quase teria caído no olho de Bichi.

O fortão suave deixou o facão escorregar ao subir.

O velho gigante também quer mostrar serviço. Ele se mete entre as folhas e espinhos e traz o facão de volta. Não o joga suficientemente alto. À meia altura, o facão fica pendurado entre os galhos. O que está lá em cima não consegue pegar. Os que estão embaixo sacodem em vão os troncos.

O fortão suave berra:

– As abelhas!

Cai, resvala, para ao nosso lado – sangue, galhos, folhas.

– Tem abelhas lá em cima. Não vou subir de novo. Não vamos conseguir mesmo cortar o cipó lá em cima.

Eles ficam indecisos.

Um deles puxa o cipó ora em uma, ora em outra direção.

O rei negro quer derrubar a árvore grossa à qual o cipó parece estar preso.

– Plante uma árvore no Amazonas.

– Eu acho isso um assassinato.

– Aqui uma árvore é um inimigo.

– Mas talvez a grossa fique presa lá em cima com a copa e então todo o trabalho nesse calor terá sido em vão.

– Isso nós veremos.

– E se tentássemos puxar todos juntos, primeiro?

Eles seguem meu conselho de estagiário de Lokstedt, meu conselho de estagiário de Dithmarschen.

Todos arrastam uma das pontas da ayahuasca consigo, procuram um ponto de apoio seguro, em troncos e palmeiras de espinhos, alguns chegam a ir até a estrada.

Depois de todos termos puxado juntos, o cipó nos puxa de volta elasticamente, fazendo com que voltemos de troncos e da estrada.

A ayahuasca cai.

O tatuado não saltou para longe com rapidez suficiente.

A ponta do cipó chicoteia seu braço arrancando sangue.

A ayahuasca se rompeu no último terço inferior, se tivesse caído inteira, teria nos acertado com seus laçaços e nós teríamos todos morrido.

Araújo quer contar uma história engraçada.

– Eu, certa vez, cortei um daime por cima da minha cabeça; um daime ao qual eu mesmo estava pendurado. Caí suavemente nos braços de uma árvore, era uma palmeira de espinhos.

Os catadores de ayahuasca ainda querem mais.

O fortão suave se recuperou das abelhas e sobe outra vez, para pelo menos recuperar o facão. Ele corta o resto do cipó à meia altura. Embaixo, os troncos são cortados em pedaços de cerca de dois metros e carregados para a carroceria. A caminhonete está cheia – mas não suficientemente cheia. Em Araújo acaba aparecendo o camponês que carrega sua carroça e a enche tanto e tão alto até ela virar.

Pausa para o almoço.

Mandioca cozida. Sardinhas portuguesas no óleo, em lata. Pão.

O pão bom de Rio Branco.

Um negro chega de bicicleta ao longo da estrada que atravessa a floresta.

Nos rastros enlameados das lagartas mecânicas, a roda da frente se vira.

Bichi grita ao encontro dele:

– Onde há daime por aqui.

O negro desce cambaleando da bicicleta.

– Mais adiante eu vi uma ayahuasca muito boa, não muito longe da minha casa. Eu levo vocês para lá, se quiserem. E, quando tiverem terminado o trabalho, podem beber uma xícara de café comigo – para conversar.

Araújo não confia no homem.

Mas este não desiste.

– Eu conheço o senhor. O senhor tem um castelo azul. Eu sei tudo. Estive uma vez com o senhor, junto com minha mulher.

Araújo fica em silêncio. O negro sobe em sua bicicleta. Ela se dobra debaixo dele. A sacola balança. Nós juntamos os talheres e deixamos o lugar devastado pelos catadores de ayahuasca.

A floresta virgem aparece arada em alguns lugares.

– Sei que não era muito longe daqui, diz o velho gigante.

– Perdi o senso de orientação. Na última vez, ainda não havia todas essas estradas abertas por aqui.

– Eu gostaria de levar alguns varais de roupa para casa, diz Araújo e para.

Os catadores de ayahuasca descem por todos os lados.

Eu fico com Araújo.

Quando o motor para de roncar, as rãs das árvores começam a cantar.

Um grupo de macacos passeia pelo primeiro andar e faz besteiras. Eles organizam um parlamento e jogam galhos sobre nós.

Araújo olha pelos troncos acima e puxa em cipós cheios de espinhos e grossos como polegares.

– É preciso apenas cortá-los no comprimento certo e pendurá-los entre postes, aí se consegue o melhor varal de roupa. A roupa se prende aos espinhos e não são necessários grampos. Esse cipó tem inúmeros metros de comprimento. Mas é difícil de arrancá-lo. Sobretudo não se pode olhar para cima antes de puxar. Pois do contrário não se tem chance alguma.

Cinco, seis, oito varais de roupa maravilhosos pendem da árvore da floresta virgem.

Eu não olho para o alto.

Eu puxo.

Puxo mais uma vez.

Raios. Trovões. Eu quero ir embora. Os cipós me seguram. Ao lado do meu ombro, um trambolho de mais de duzentos quilos despenca. Um parasita negro do qual brotam os varais de roupa, graciosamente coberto por orquídeas.

Elas estão em flor.

A batata da minha perna foi atingida e meu polegar não reage.

Araújo me leva até a caminhonete e borrifa ayahuasca em minhas feridas.

– Bebe um pouco.

E, em seguida, ele se põe a desenrolar seus varais de roupa.

Os outros voltam quando ouvem sobre meu polegar e sentem pena de mim.

Isso faz bem.

O cantil peludo gira em torno.

Eu continuo não sentindo nada.

Ou sim.

Nos dentes.

Como pela manhã, na última vez, depois da noite de amor.

Um pouco de febre e dificuldade em se lembrar: o que era mesmo que eu estava querendo?...

O negro já espera por nós.

Ele está parado, sozinho, na estrada vermelha, cem metros distante de sua cabana.

Ele salta diante da caminhonete para obrigar Araújo a parar.

Atrás, a mulher negra sai da cabana. Ela fica parada junto ao poste e fala em voz baixa consigo mesma. Nós mal ouvimos os sons que ela emite. Vejo apenas que ela mexe seus lábios.

– Vocês não precisam dar atenção a ela. Ela é louca. Fica falando o dia inteiro.

Araújo replica:

– É raro que passe gente por aqui e ainda mais que parem. As lagartas mecânicas não param aqui. Ela também quer ser notada, pelo menos de vez em quando.

– Eu gostaria de convidar o senhor para um café, diz o negro. Conforme prometi. Mas sabe, senhor, o que foi que aconteceu? Acabo de voltar de Rio Branco de bicicleta. Desempacotei tudo e aí noto que não tenho açúcar em casa. E agora não posso andar trinta quilômetros de volta para buscar açúcar. E café sem açúcar não tem gosto nenhum. Na próxima vez.

Eu perguntei a Araújo se poderíamos pegar Irma na volta.

Araújo não responde.

– Na volta ninguém pode embarcar, diz o rei africano.

Diante do templo, tudo é descarregado.

As crianças saltam sobre a carroceria da caminhonete.

Uma mulher velha grita:

– Pular em cima do daime!

Araújo diz:

– Você não. Mulheres não. Estranhos não. Mas os que o cataram podem subir nele.

Araújo não convida a mim e a Irma para a cozedura do dia seguinte.

Mas o rei africano não deixa por menos, até que Araújo não consegue fazer outra coisa a não ser pedir que eu venha com Irma.

Agora eu não posso recusar seu convite, afinal de contas ele é um profeta.

O belo José e o fortão suave vão embora juntos. Eles acenam para que eu vá com eles. Mas Araújo não me deixa ir; ele ainda quer discutir algo comigo.

Ali estavam, pois, as folhas dos índios.
A Amazônia como grande jardim dos corredores da floresta.
Jäcki pensa nos jardins africanos de Pedro de Batefolha.
Ali atrás, na Baía de Todos os Santos, em algum lugar nas profundezas lá abaixo do horizonte.
Baía de Todas as Santas.
Ela fica tão distante.

Porto Velho.
À noite.
As ruas bruxuleiam.
Um slide colorido tingido de vermelho.
Pilhas de lenha queimando diante das casas.
As fogueiras de São João queimam nas nuvens de poeira.
O ódio dos pobres, destruir madeira.
Um mendigo com uma ferida de lepra pintada no corpo.
Vida *gay* estreita nos canos de cimento sobre-humanos do prédio de canalização.
Porto Velho.
Porto de rio no rio Madeira.
Capital do estado de Rondônia.
Fundada em 2 de outubro de 1914.
Dois anos depois de a linha de trem ter sido inaugurada.
A ferrovia através da floresta virgem a Riberalta, na Bolívia, jamais foi concluída.
A floresta virgem desapareceu – o trem continua andando por aquele trecho.
40.000 habitantes, está escrito no guia.
150.000 habitantes, diz o taxista.
Eu sei. Eu participei do recenseamento de 1980.
Arroz. Cacau. Café. Feijão. Borracha. Madeira. Pesca, está escrito no guia.
Feijão e borracha não conseguem mais manter dois hotéis de luxo em pé hoje em dia.
Minerais, diz o taxista. Tungstênio.
O Estado desapropria os pequenos proprietários de terra.
Eu consegui vender minha parcela a tempo.
Os restaurantes por aqui já estão todos nas mãos de japoneses.

Ary tem em torno de noventa anos.
Ele não consegue suportar muito bem o amigo Nunes, que também tem quase noventa anos, e murmura as maldições de um *homme de lettres* contra o *homme de lettres*.
Ary fica sentado pela manhã, às dez, no jardim botânico de sua mansão e bebe uma garrafa de uísque.

Ary destaca o aspecto fálico em Nunes.
– Nunes jamais mencionou seus informantes a mim, diz Ary.
– Ele é bem pouco confiável na documentação.
– Meu livro!
– Sim!
– O livro de Ary!
– Não está pronto.
Será que ficará pronto?
– Conheço todos os ritos da cidade há quase um século.
– Juntei tudo.
– Herbários!
– Ele está quase pronto.
– Será uma sensação, quando ele for publicado!
Os lábios violetas já se dobram.
A palavra sufoca no muco.
O livro quase concluído.
O de Pierre, o de Gisèle, o de Geraldo, o de Nunes, o de Ary, a batata de Pedro[10].
O meu.
O mundo consiste em livros quase concluídos.

Waldelirio é tido por aqui como o chefe, como o guia espiritual dos sacerdotes afro-americanos de Porto Velho.
Ele mora em uma cabana decadente.
Precisamos passar por poças bem grandes, sobre tábuas molhadas para visitá-lo.
Waldelirio está sentado diante de um altar de umbanda sujo.
Ele segura uma garrafa de plástico na mão.
Amassi está impressa nela. O banho mágico dos velhos africanos. Uma firma em São Paulo é que a produz.
Waldelirio está inchado de gripe e espirra.
– Não chegue muito perto de mim.
– Não vá pegar a gripe, ele diz.
– Uma rainha escravizada da África, ele diz e espirra.
– Ouvi a respeito disso.

---

10. No original, "Peters Kartoffel". (N. do T.)

– Ela era chamada de Mariana por aqui.
– Era bem alta.
– Um metro e noventa e sete.
– Pesava 107 quilos.
– Morreu no Maranhão, em São José do Ribamar.
– O filho não conseguiu levá-la de volta à África.
– Ghezo.
– Sim.
– Aqui eles gritavam Ghezo no meio das cerimônias.
– Ghezo, Ghezo, Ghezo, diz Waldelirio, e espirra.
Eu não quero que ele se esforce demais.
Ele me segura.
– Ghezo aparece por aqui em um navio, como são Sebastião, que é Xapanã, Omolú.
– Outros dizem que ele é o rei Sebastião.
– Eu sei, eu, não Ary!
– Eu tenho os papéis de Mãe Esperança.
– Albertino não, Petronilha não.
– Mandei os papéis todos ao Rio, a um general.
– Era na casa dela que Esperança sempre morava, quando ficava no Rio.
– Esperança não pagava nada, quando queria viajar.
– Ela não pegava avião, isso ela não podia.
– Mas pegava o vapor.
– Ela dizia: quero ir ao Rio.
– E então deixavam que ela viajasse ao Rio.
– Ela morreu com a idade de 133 anos.
– É tudo bobagem, o que as pessoas contam.
– Albertino e Petronilha são os sucessores dela.
– Eles dividiram entre si o templo de Esperança.
– Em 1946, Albertino começou a trabalhar com Esperança.
– Ele queria comprar o templo de Esperança, imagine o senhor uma coisa dessas.
– Portanto: no dia 29 de junho de 1913 – quase exatamente há 68 anos – foi fundado o templo de Santa Bárbara aqui em Porto Velho, por Esperança Rita da Silva. A cidade nem sequer existia, ainda.

– Ela foi iniciada no Maranhão e veio com Ireneu dos Santos e Antônio dos Santos.
– E com um negro, que era chamado de Bené.
– Foi na época da construção da ferrovia.
– As mulheres, mulheres sozinhas, seguiam atrás dos trabalhadores.
– No dia 4 de dezembro de 1913 foi servido um café da manhã no templo de Santa Bárbara.
– E plantada a árvore da sabedoria, uma acácia, um simbu.
– O simbu também era, na época, o símbolo dos franco-maçons.
– No dia 29 de junho de 1928, Chica de Macaxeira desabou no templo de Esperança.
– Ela foi possuída por um Vodun.
– Chica de Macaxeira era uma mulata clara, filha de uma escrava dos Bitencourt.
– Ela havia sido criada pelos Bitencourt, em Manaus.
– Mãe Esperança não tinha filhos.
– Mas tinha 18 filhos adotivos.
– Esperança poderia ter morrido rica, mas seus filhos devoraram tudo.
– Um de seus filhos era louco.
– Ele ficou muito tempo fora.
– Esperança por fim o curou.
– Hoje ele é chofer da prefeitura.
– Então passaram a existir dois templos em Porto Velho: o de Esperança e o de Chica de Macaxeira.
– Em 1942, a quimbanda chegou a Porto Velho – uma espécie de umbanda, mas eles trabalham apenas para o mal.
– Chica Macaxeira bebia sangue.
– As pessoas ficavam horrorizadas.
– Então também Esperança começou com isso, mas em segredo, apenas para se defender.
– Esperança tinha uma surucucu em seu templo, Chica tinha uma caninana.
– Chica tentou matar Mãe Esperança duas vezes.
– Ela mandou algo de comer à velha.
– Mas Esperança disse: pode botar a comida aí no canto!
– Depois de algum tempo, Chica chegava e queria ver se a comida teve efeito.

– Ah, Chica!, dizia Esperança.
– Oh, sua comida, muito obrigada. Ainda não tive tempo de prová-la. Mas pode pegá-la.
– Chica não queria.
– Sim, pode buscá-la para mim.
– Chica tinha de ir e buscar a panela.
– Levante a tampa para mim, por favor, dizia Esperança.
– Chica não podia fazer outra coisa e tirava o guardanapo de damasco e embaixo dele já havia vermes e escorpiões e cobras e baratas a não querer mais.
– Oh, Chica, dizia Mãe Esperança.
– Mas comigo não.
– Comigo não. Eu sou uma velha africana, uma escrava. Chica, Chica. O baixinho e espirrante Waldelirio se transforma na Esperança centenária, alta, pesada, e ele brinca com seus lamentos.
– Comigo não.
– Duas vezes.
– Esperança ainda dançava com 122 anos.
– E então ela fez o que não deveria fazer.
– Ela ultrapassou a quizila.
– Comeu o que não deveria comer. Tartaruga.
– Ela teve um ataque de apoplexia.
– Perdeu sua intensa animação espiritual.
– Morreu em 1974, com 133 anos.
– Chica sobreviveu a ela quatro anos.
Eu quero ir.
Waldelirio espirra em mim e me obriga a ficar.
– Hoje em dia existem cinco terreiros importantes em Porto Velho.
– Petronilha, na rua Bolívia.
– Albertino, na Vila Tuchi.
– Depois Hilton, do Rio.
– Pedrinhas, do Rio.
– E eu.
– Eu faço umbanda, ou seja, baixo espiritismo, conforme dizem, rezo menos aos mortos, mais aos espíritos da natureza.

Eu queria tenta descobrir algo sobre as ervas, mas agora que ele faz uma pausa natural em sua fala e espirra em mim outra vez de modo exigente, aproveito para tentar escapulir.
– As plantas, diz Waldelirio.
– A ayahuasca.
– Os catadores de caucho beberam ayahuasca desde sempre, para se divertir, não por questões religiosas.
– Gabriel, que agora dirige a União Vegetal, era ajudante de Chica nos anos cinquenta.
– Mais tarde ele conheceu as ayahuascaritas de Joaquim Buraco na Orelha[11] e ali mesmo começou sua igreja, a União Vegetal.
– Eu tentei provar duas vezes.
– Mas em ambas as vezes fui punido antes mesmo de poder chegar perto.
– É perigoso.
– Se o senhor bebe ayahuasca, vai morrer de leucemia, de diabetes ou de barriga d'água.
– A bebida dá manchas brancas que parecem lepra.
– Olhe bem, para ver.
E ele espirra três vezes.

Eu digo ao taxista:
– Rua Abuna.
– Ah, o senhor quer ir para a ayahuasca, para a União Vegetal.

No templo da União Vegetal, Raimundo Carneiro Braga fala a Jäcki do destino das plantas e do surgimento de sua religião.
– Mestre Gabriel fundou este templo no ano de 1961.
– Ele esteve no seringal e trabalhou na Bolívia.
– Na época, já existiam outras casas que usavam a ayahuasca no culto.
– Dez anos mais tarde, Mestre Gabriel morreu.
– Na época, também já havia uma casa em Manaus, depois se seguiram as de São Paulo, Brasília, Bahia, Ji-Paraná[12], Campinas, Rio Branco.
– Na Amazônia nós somos livres.
– No Sul, nossos seguidores precisam proceder mais ou menos secretamente.

---

11. No original, "Joachim Loch im Ohr". (N. do T.)
12. No original, "Jilparana". (N. do T.)

– Nós somos espiritistas, mas não pertencemos à federação de espiritismo.
– Mestre Gabriel inventou o nome União Vegetal.
– O Vegetal consiste em duas plantas: mariri ou daime e chacrona.
– Chacrona com certeza não é coca.
– Nós plantamos ambas aqui ao lado do templo.
– As duas são cozidas juntas.
– Existe ainda uma segunda bebida, para ela nós precisamos de nove plantas.
– Temos culto todos os sábados.
– Contamos, em nossos hinos, a história das plantas, como elas, desde os incas, chegaram até aqui embaixo, onde estamos.
– Fora da Amazônia, os cipós são difíceis de arranjar.
– Nós os mandamos para a Bahia e para o Sul.
– Tucunacá e caupuri.
– Existe uma história sobre a origem dos cipós, como eles surgiram, como eles chegaram ao nosso planeta, há milhares de anos – mas é uma história apenas para iniciados.

Hirsio:
– A caça, os macacos recuaram, fugindo até Ji-Paraná.
Albertino em seu jardim mágico.
Um índio amável, velho e *gay*.
Ele é muito simpático com Irma.
Seu templo é um castelo de ripas.
No altar de umbanda, há também uma estátua de Buda.
Ele abana penas de papagaio na mão.
O xamã.
Cartacalola.
Antonin Artaud.
Sempre de novo Wolli Köhler.
Freddie.
H. C. Artmann.
Professor Rocha.
Quando eu pergunto a Albertino sobre uma folha, ele manda uma criada negra procurá-la.
A arte dos afro-americanos é a preservação do mistério.

Não o segredo em si.
Mas preservar os mistérios.
Albertino, o gângster.
Que queria dar um jeito de arrebanhar o templo à Mãe Esperança.
Uma mulher chega com um garoto gordo, de cerca de catorze anos.
Ela o deixa ser tratado por Albertino com as penas de papagaio.
– Eu venho de São Paulo, ela diz.
– Primeiro eu era espiritista.
– Depois rosa-cruz.
– Em seguida esotérica.
– Depois mudei para o cristianismo racional.
– Depois candomblé.
– E agora eu sigo a macumba com o senhor Albertino.

Os diferentes rostos de Petronilha:
O inchado, duro.
– Qual é o assunto?
– O que o senhor está querendo?
A sacerdotisa.
A diretora do templo.
A herdeira da famosa Mãe Esperança.
O rosto, florescente, aos sessenta anos, de uma menina de onze.
O rosto da mãe de família resmungona.
Pernas finas e elegantes.
Mãos como folhas, como as mãos de Edith Piaf, quando cantava *Non, rien de rien*, pouco antes de sua morte.
Petronilha tem um tronco vigoroso e carnudo.

– Mãe Esperança falava pouco da religião.
– De vez em quando, uma breve explicação e, quando não se cuidava, ela estava perdida para sempre.
– Ela chamava os deuses de Voduns.
– Ela dividiu seu tempo. Fazia cerimônias para os índios e para os deuses dos negros-mina.
– Sim, ela chamava Ghezo, Ghezo, Ghezo entre as canções.
– Da rainha vendida ela jamais falava.
– Cada uma das plantas tem um senhor.

– Ela cantava uma canção para cada planta.
– Para a ayahuasca, ela não cantava nunca.
– Ela usava ayahuasca apenas quando preparava os banhos para os índios.
– Mãe Esperança foi iniciada com sete anos de idade.
– Ela era prima de Mãe Andreza da Casa das Minas, em São Luís do Maranhão.
– Esperança ainda tinha a marca da escravidão gravada a ferro na perna esquerda.
– Ela foi junto com Ireneu para a solidão[13], e fez algo que nós não conhecíamos.
– Eu jamais fiquei sabendo.

Ary já está sentado outra vez com a garrafa de uísque na mata-baixa matinal diante de sua mansão.
– A Revolução de 1964 me encarregou de limpar Porto Velho, ele diz com os lábios caídos, que não conseguiam mais se fechar de todo.
– Eu limpei Porto Velho.
– Também quis mandar fechar a União Vegetal.
– Eu era o presidente da comissão de entorpecentes.
– Mas fui ameaçado.
– As pessoas ali têm bons contatos. Eles estão espalhados pelo Brasil inteiro. Em São Paulo, há inclusive um general que é membro.

– O senhor não pode imaginar como se come bem no Tucunaré[14].
Em qualquer restaurante de Porto Velho se come bem.
Até mesmo no hotel de luxo.
Bife ao alho e óleo.
Com todo o amor, os grandes pedaços de alho são ajeitados sobre a carne – como se se tratasse de pontos brancos no rosto de uma iniciada.
Mas o Tucunaré.
Peixes.
Tucunaré.
Tambaqui.

---

13. No original, depois da palavra alemã "Einsamkeit", o suposto original "Salidão". (N. do T.)
14. No original, "Tucumaré", provavelmente errado. (N. do T.)

Dourado.
Caranguejo.
Peixes de rio. Nomes de peixe dados pelos índios.
A cozinha clara dos corredores da floresta.
Água da fonte, batata, alho, tomates, ervas misturadas na sopa.
E, além disso, cachaça com limão ou vinho brasileiro puro e elegante.

Albertino:
– Mãe Esperança morreu em 1974, com 130 anos.
– Ela foi realmente iniciada no Maranhão, junto com a famosa Mãe Andreza, na Casa das Minas.
– Por Mãe Hosana ou até mesmo ainda por Mãe Luiza.
– Na Solidão.
– Esperança jamais tinha relações com homens.
– Era um grupo de mulheres sozinhas no meio dos trabalhos na ferrovia, elas dançavam para os deuses.
– Esperança jamais fez uma iniciação. Ela jamais raspou a cabeça de uma noviça.
– Ela cantava para Mawu, o deus-pai de Ewe.
– Mawu, Zomadonu, Kpoli Bodji, Azili.

Petronilha pega uma caixa enferrujada.
Ela procura Mãe Esperança no esquife.
Mexe até tirar uma bolsinha de cortiça da caixa.
Uma foto de criança.
A reprodução de um antigo retrato.
A maga malvada.
A boca infantil aberta, brutal.
Fotos coloridas.
Árvores avermelhadas, roupas azuis.
Petronilha com leque.
Torto, Albertino.
Petronilha revira e tira algumas meias de *nylon* da lata enferrujada.
É isso.
Um cartão postal.
Vinte filhas espirituais estiradas no chão e vestidas de branco – como colchões.

No maio, o esquife aberto e violeta, envolvido em papel prateado, com a mulher de cento e trinta anos dentro.
Jäcki imagina reconhecer os braços magros.
O rosto da morte está desfigurado pela imagem de Santa Bárbara.
Os últimos minutos antes da cova.
De quanto tempo precisa uma fotografia para se decompor?
Petronilha dá de presente a Jäcki o cartão postal com Esperança Rita da Silva em seu esquife, ela que nasceu quando Hölderlin ainda estava vivo.
Adiante!
Belém!
A Cidade de Nossa Senhora de Belém do Grão-Pará.
Capital do Estado do Pará.
Maior porto do Amazonas.
Nozes, juta, pimenta.
Quase um milhão de habitantes.
A população duplicou nos últimos dez anos.

Já é noite.
Nós atravessamos Belém.
Casas antigas e distintas.
Tanques de água do *fin de siècle*.
Parques.
Eu imagino Bordeaux.
Hotéis modernos – quartos como latas de sardinha, nos quais sopra um frio vento de conserva.
Junto ao rio Guamá, um hotel turístico para pessoas desprendidas.
À direita e à esquerda, fábricas, prostitutas, vendedores de drogas, ladrões de rua.
Tudo de ruim que acontece na cidade, acontece aqui.
O rio tão liso e, do outro lado, a ilha dos mortos de Böcklin.
Barcos silenciosos passam deslizando.
E milhares de mosquitos sobem das poças entre os barracos.
Eu me jogo em uma gravata e Irma força um grande pano afegão – no primeiro dia isso é razoável, pois nesse caso não se será tratado como um assaltante em um hotel turístico.
Na primeira noite, comemos no hotel.

Depois ainda passeamos um pouco ao longo do rio.
Irma sente medo.
Ela também não sabe por quê.
Nós voltamos ao hotel desprendido.
No hotel de luxo há lençóis de *nylon*.
Jäcki e Irma compram panos de lã e os lavam diariamente, pondo-os para secar na janela sobre o rio tranquilo.

Napoleão, o diretor da Faculdade de Antropologia da Universidade do Pará, é diferente de seus colegas.
Mais bucólico.
Mas um tanto dos homens sombrios e enfunados também há nele.
O Nunes lhe escreveu anunciando a chegada de Jäcki e Irma.

Noite.
Bar Woodstock *gay*, na rua à margem do rio.
Quando vou embora, o porteiro diz.
– Volte imediatamente ao hotel, senhor.
– Aqui há bandidos à noite.
– Eles vão roubar o senhor se sair a passear por aqui.
Jäcki vê grupos de adolescentes entre os barracos do mercado.
Dois se escondem em uma varanda quando a polícia passa.

Napoleão os enche de presentes. Livros, artigos, fotocópias.
– Por que o senhor faz isso?
– Por que foi o Nunes que mandou o senhor!
À noite, para a casa de Napoleão.
Apartamento da alta burguesia.
Prédio do barroco amazonense
Uma estátua de Iansã em uma espécie de estilo gótico.
E o famoso Xangô de Alagoas.
A mulher de Napoleão, uma senhora branca muito bonita e das melhores famílias – e de bunda gorda.
Napoleão informa que ele também vem das melhores famílias.
Portugueses.
Que chegaram à Amazônia em 1650.
Seu ancestral se apaixonou por uma índia.

O rei não queria conceder permissão para o casamento.
O conquistador mandou chamar o capelão, apontou o patíbulo a ele da janela e disse:
Ou você me casa ou eu mando enforcar você.

Jäcki entrevista Napoleão:
– Professor Napoleão! *To the real expert*, ao verdadeiro conhecedor, foi assim que os Leacocks o descreveram no ensaio sobre os ritos afro-americanos em Belém do Pará.
E isso é verdade.
Por que ainda não existe – além dos cem ensaios acerca de alguns detalhes da questão – a grande obra que resume tudo que se pode dizer sobre os batuques de Belém?
– Hubert, isso é um problema muito pessoal.
Quando começamos, em 1966, eu dividia o trabalho com Anaíza. Seu trabalho de doutorado sobre os batuques não se funda, portanto, apenas no seu, mas também no meu material. Eu estou no fim da minha carreira e me parece injusto que eu organize um livro antes que o trabalho de doutorado dela seja publicado.
– O livro dos Leacock se chama *Spirits of the Deep*, e com isso parte de Eduardo, que reconheceu que os seres encantados, os espíritos dos cultos semelhantes à umbanda de Belém – e também do Maranhão – se fundamentam na Encantaria, nas profundezas do mar. Isso é correto?
– Muitos desses espíritos vêm da pajelança indígena, que também se chama de cura aqui em Belém, são ritos de cura que são chamados de jurema pela sociedade umbandista; esses espíritos vivem na água, no ar, nos rios, nas profundezas.
São os espíritos e santos de um catolicismo popular; eles são chamados quando o catolicismo ortodoxo não consegue resolver os problemas do povo.
Os batuques são uma reação do povo à fome, ao desemprego, às injustiças sociais.
Nós não pretendemos exagerar, o batuque é uma religião de protesto, é uma resposta do povo em um sistema que exige adequação.
– Na última frase dos Leacock é revelado o propósito da pesquisa:
Description of... a contemporary non christian sect.
O batuque, segundo a opinião do senhor, é uma seita não cristã?

– O batuque não é uma seita. A palavra seita pressupõe o processo da absurdização. O batuque é para mim uma religião popular.
– Cristã ou não?
– Cristã e não cristã.
Cristã, sim – católica não.
A classificação altas religiões – cultos primitivos é meramente verbal. A cultura pode se fundar em transmissão oral ou escrita.
Não existem religiões de primeira, de segunda e de terceira categoria.
A religião é uma das possibilidades de expressar relações humanas.
A religião é, a religião existe, codificada em livros ou então oralmente.
Um culto possui uma força integradora, na sinagoga, na catedral, tanto quando no batuque.
– A morte do professor da Sorbonne Roger Bastide foi, segundo um boato, causada por uma de suas cartas.
O senhor lhe escreveu que talvez dois dias em Belém não sejam suficientes para o estudo do batuque.
Como um cientista brasileiro se sente diante dessa colonização etnológica do material bruto por parte de cientistas norte-americanos e europeus – por Bascom, por Levi-Strauss, por Sartre, Bastide, Verger etc.
– Eu escrevi a carta.
Bastide queria ver os caboclos farristas em Belém.
Eu trabalhei com o batuque por 15 anos e encontrei os caboclos farristas 5 ou 6 vezes.
O professor Bastide queria encontrar esses caboclos em dois dias.
Colonialismo?
Todo o etnólogo tem seu grupo. Os índios, com os quais eu trabalho, sempre me trataram como professor. Certa vez vivi quatro meses com eles e depois voltei uma segunda vez à tribo deles. Por cinco meses. Nós tínhamos uma relação muito boa. Eles me tratavam com grande humanidade. Eu tinha de abençoá-los já bem cedo pela manhã. Abençoe-me, senhor. Abençoe-me, professor. Era paternalismo. Eles me visitavam. Bebiam café em minha casa.
Então veio uma época de fome sobre o povoado. Os homens saíam à noite para caçar e pescar. Eles não traziam nada para casa. 15 dias de fome. Todas as minhas provisões foram consumidas. Eles haviam devorado todas as minhas conservas. Arroz, macarrão, feijão, tudo o que eles de resto não comiam. Eu mandei que viessem víveres de Belém, mas se passaram mais 15 dias antes de eles chegarem.

Pela manhã, um garoto indígena chegou com uma bandeja, dentro dela havia um macarrão e um peixe pequeno. Ele não os trouxe para sua família. Ele mesmo não os comera. Ele os trouxe para mim.
Dois dias depois chegaram os dias da sobra. Havia carne de caça, peixe e os víveres de Belém haviam chegado.
Eles não mais me chamaram de pai, professor. Diziam, bom dia Nanna.
Bom dia, Nannoa.
Neste dia, ele me batizou.
Desse dia em diante, eu me senti um nambé.
Eu sou um nambé.
Os nambés são o meu grupo.
– O senhor conhece a história do pesquisador que recolheu suas próprias provisões e passou a comer os gafanhotos dos índios?
– Com os nambiquara.
Eu os conheço.
Nossos colegas Levi-Strauss, Roger Bastide, Pierre Verger, Edison Carneiro se consideram senhores do grupo. São apenas eles que compreendem a tribo. Se um outro colega chama a atenção deles para determinados problemas e estes não cabem em seu modelo teórico, eles simplesmente são ignorados.
"O índio não tem razão".
"O índio mente".
"O Pai de Santo mente", pois o que ele diz não cabe no modelo teórico.
– Os estudos afro-americanos se encontram em uma nova fase.
7.000 templos na Bahia, 30.000 templos no Rio, ou 42.000 templos no Rio não podem mais ser analisados na categoria de um João do Rio ou de um Nunes Pereira.
Volumes de fotos, TV, livros infantis, propaganda, discos alimentam as investigações acerca do sincretismo afro-americano, levando-o de volta ao sincretismo puro e simples.
Também na África os bokonors lançam o colar de previsões conforme o ensaio de Maupoil, os cubanos aprendem suas canções de culto nos livros de Lydia Cabrera, Pierre Verger aconselha um sacerdote baiano na fundação de um templo e uma doutoranda de Roger Bastide abriu um templo da nação ketu no Rio de Janeiro.
Uma próxima geração de etnólogos possivelmente descreverá os enganos de um Bastide e de um Verger como ritos genuínos dos nagôs.

– A primeira fase de Nina Rodrigues produziu uma ocupação historicizante. O que mais interessava era de onde vinham os brasileiros. Então Nina Rodrigues e João do Rio caíram no mesmo erro: como mais tarde Artur Ramos, eles passaram a se ocupar quase que exclusivamente dos ritos iorubás, os ritos dos nagôs. Eles teriam tido a oportunidade de perguntar aos próprios escravos para saber de outras influências que sofreram.

A situação hoje é diferente.

A antropologia moderna no Brasil, sobretudo o grupo em torno de Ottaviani na Universidade de São Paulo, se ocupa da posição do negro em uma sociedade de classes. Estuda-se o vínculo da religião com o resto da sociedade.

Em Belém o senhor tem, de um lado, as assim chamadas religiões afro-brasileiras, e de outro lado o kardecismo, o espiritismo puro.

No meio fica a umbanda.

Descontado o espiritismo, o senhor portanto tem, em Belém: jurema, nagô, umbanda e as variantes: mina-nagô, umbanda-nagô, umbanda-mina, umbanda-moloko.

Quem participa desses cultos?

O proletariado da cidade, que mora no lugar em que fica o templo, nas regiões que ficam abaixo do nível do mar e são inundadas com frequência.

Na umbanda não misturada o senhor tem a baixa classe média, a classe média e as classes mais altas da sociedade.

Em Kardec, no espiritismo, o senhor encontrará apenas a classe média alta, o topo da sociedade.

A divisão espacial dos cultos em Belém subjaz a discriminações sociais: a sociedade espírita pode ser encontrada nos mais caros bairros de negócios, os terreiros das religiões afro-americanas nas favelas, a umbanda no meio.

Os batuques correspondem àquilo que nos Estados Unidos se chamou de a cultura da pobreza?

Talvez.

O tipo da religião é uma função das relações de propriedade.

Cada indivíduo, no entanto, frequenta a jurema, o batuque, a umbanda, na medida em que não encontra nos experimentos religiosos mais ortodoxos uma solução para suas perguntas.

A pesquisa selecionará exemplos no futuro.

Ninguém mais se ocupará do todo, mas analisará apenas partes.
Mas eu também acho que aqui, na Universidade do Pará, com poucas pessoas, conseguimos reunir todas as informações e poderemos publicar um material bem abrangente acerca das religiões na Amazônia, Anaíza, Geraldo e eu.

– O senhor admitiu que um sacerdote de Belém troca correspondências com Roger Bastide ininterruptamente, que um outro esconde as publicações de Pierre Verger no armário – como o senhor pretende impedir que seja publicada uma receita de plantas supostamente africana, que talvez reproduza apenas os erros de um Corello da Costa Murango.

– Se nós pudéssemos impedir isso com alguma certeza por aqui, não estaríamos em Belém como antropólogos, mas sim viveríamos como videntes ricos em Monte Carlo ou Las Vegas.

– Nós nos encontramos exatamente no meio da etnologia dos antropólogos.

– É a isso que chegaremos. Eu jogo os búzios aqui em Belém. Ensinei aos sacerdotes daqui a ler a verdade a partir dos búzios.

– Napoleão, seus antepassados chegaram em 1616 ao Amazonas.
Até 1888, foram trazidos para cá cerca de 50.000 escravos negros, diretamente da África ou então através de outros portos brasileiros.

A partir de 1755, sob o governo de Maria I, o Marquês de Pombal, que chamava a si mesmo de amigo dos índios, pretendia ajudar os índios ao trazer africanos.

Assim como, antes dele, Las Casas.

Essa ideologia do Marquês de Pombal, do ano de 1755, ainda se mostrava demograficamente relevante por aqui?

– Sim.

Sobretudo através do transporte de escravos por parte da Companhia Grão-Pará e Maranhão.

Na época, o que dominava era um império de merceeiros que prometiam salvar todo mundo. Eles queriam escravizar ou povoar.

Queriam salvar almas e justificavam a escravidão através disso.

É a mesma coisa que o governo brasileiro faz com os índios hoje em dia.

Desde Las Casas o índio passou a ser um ser humano – o negro era uma coisa.

– Peça da Índia.

– O índio não se adaptou ao sistema de agricultura dos portugueses. Ele era coletor, caçador, pescador. Queimava a floresta para a sua roça. Os portugueses trouxeram novas práticas e instrumentos, o índio se recusou a lidar com eles, e o negro conseguiu.
– Mãe Doca, a sacerdotisa do Maranhão, é tida como fundadora do culto do batuque em Belém. Ela chegou na última fase do *boom* da borracha – há 60, 70 anos.
O que havia antes dela em termos de ritos religiosos em Belém?
– Não temos nenhuma pesquisa sobre isso.
A única coisa é um pequeno estudo de Anaíza e meu, fundamentado em notícias de jornal.
A polícia proíbe batuques, tambores na noite, magia, fetiches, que perturbam os subúrbios tranquilos de Belém – Belém tinha, no século passado, de 30 a 40 mil moradores.
– Ritos africanos ou indígenas?
– Sempre também africanos, pois se fala em tambores.
– As informações sobre a chegada de Mãe Doca são contraditórias. Ora se lê que foi no apogeu do boom da borracha – portanto em 1890 –, ora em torno do ano de 1913, portanto na época da recessão, quando também as outras velhas africanas começaram a migrar: Mãe Joana chegou a Manaus, Mãe Esperança a Porto Velho.
– Não se sabe ao certo. Eu falei muitas vezes com ela. Ela dizia que havia sido iniciada na Casa das Minas, em São Luís do Maranhão. Raimundinha afirma que Mãe Inês foi a primeira a chegar, no último terço do século XIX. Que só depois é que Mãe Doca chegou.
– Mas ela só veio a fundar um templo em 1934?
O que ela trouxe?
– Um misto de ritos dos nagôs e dos ewes.
Elas não iniciavam nem filhas nem filhos, também não iniciavam ninguém para que se tornasse sacerdote.
Elas não raspavam nem cortavam cabelos.
Eu vi, aqui em Belém, apenas uma única vez, raspar e catular – conforme a expressão especializada.
Foi na casa da Ida Carlos – mas ela foi iniciada na Bahia e introduziu essas cerimônias trazendo-as de lá.
Aqui faz-se apenas o santé – lava-se apenas a cabeça.
– Mãe Doca teria sido iniciada no batuque...

– Batuque é, por aqui, o conceito geral para todos os cultos nos quais se toca tambor.
– Mãe Doca trouxe, pois, um misto de ritos dos ewes, dos fons e dos iorubás em 1910 a Belém.
– Sim.
– Em 1921 chega Alan Kardec, quer dizer o alto espiritismo, a Belém.
– Ele deve ter sido introduzido pela retaguarda dos empreendedores franceses e ingleses. Empreendedores que haviam chegado à época do *boom* da borracha e continuaram por aqui.

A introdução do kardecismo por aqui é bem importante; isso nunca chegou a me surpreender muito.

– O senhor descreve a introdução da umbanda nos anos 40 – Dona Maria Aguiar já não trouxe a umbanda, dez anos antes, do Rio a Belém?
– Dona Maria misturava tudo. Havia as palmas dos ritos indígenas e o tambor dos africanos. Dona Maria pode ter até participado de uma cerimônia de umbanda no Rio de Janeiro, mas tudo só começou de verdade nos anos 40, com os trabalhadores e empreendedores que vieram do Sul durante a guerra.
– Ao mesmo tempo, temos a perseguição, as batidas policiais. Destruição dos templos, saques por parte da polícia, dos quais alguns intelectuais, que se davam bem com a polícia, se aproveitaram para fazer sua coleção de objetos de culto africanos e afro-americanos.

Quando isso aconteceu?

– Sempre no Estado Novo, Getúlio Vargas, entre 1937 e 1945.
– Também no Haiti se saqueou e se queimou em torno do ano de 1943, a campanha chamada Renonce, promovida pela igreja católica.

Durante essa época da perseguição, a umbanda se espalha pela Amazônia – uma coisa tem a ver com a outra?

– Na umbanda se batia palmas, não se tocava tambor. A umbanda não importunava.

O transe não é tão profundo.

– Desde 1964, desde a revolução dos generais, sociedades umbandistas começam a ganhar influência, essa suposta liberalização é para melhorar o controle?
– Ela tem motivos ideológicos.
– A lei da república brasileira prevê liberdade de credo. De fato, os controles policiais dos templos afro-americanos acabaram apenas há quatro anos, em 1977.

As sociedades religiosas afro-brasileiras foram declaradas instituições de utilidade pública no dia 12 de agosto de 1967.
Isso não representa um progresso?
– Sim.
No princípio, existiu controle policial. Agora pode-se bater tambor, sem que tenha de ser pedida permissão para a polícia.
Eles pedem permissão na sociedade de umbanda.
– Mas no fundo parece que o tesoureiro da sociedade exerce uma tirania ininterrupta sobre os batuques de Belém.
– É claro que no Brasil tudo isso tem a ver com política.
Todos os grandes líderes políticos de Belém frequentam o batuque. Eles querem ser purificados, fazem o batuque trabalhar para eles etc. E, com o tempo, um templo trabalha para um e o outro templo para outro político.
– Menininha do Gantois, na Bahia, para Antônio Carlos Magalhães.
– Quando as eleições a governador se aproximam, é importante para o candidato ter o apoio de um culto, isso pode significar de 30 a 40 mil votos.
– Ao contrário do que acontece na difusão dos ritos mais rasos da umbanda, em Belém há 15 anos se tornou moda raspar e cortar os cabelos, e para isso se viaja ao Maranhão e à Bahia.
Como se iniciava por aqui, no passado?
– Chamava-se a isso de catimbó.
Eram conhecimentos herdados de pai para filho – cerimônias de iniciação especiais não existiam.
– Em 1965, os Leacock estimam que na federação de Belém havia 139 templos, Anaíza menciona 192, 2.600 médiuns, 10.000 fiéis.
– Hoje os números são bem maiores.
Cerca de 700 templos, nagô, jurema, umbanda, e pelo menos 20.000, se não 30.000 fiéis.
– Cerca de 40 fiéis por templo – sem contar as crianças.
Eles diziam: quase todos os sacerdotes e sacerdotisas do batuque em Belém são homossexuais.
– Os santos, os encantados têm sexualidade dupla, também é uma característica dos deuses africanos.

Tome por exemplo um Pai de Santo como Manuel da Joia. Ele recebe Dona Jarinha – com sobrancelhas falsas, maquiada, seios de espuma e peruca.
Ele poderia ir assim a uma igreja católica?
Há os ostentativos.
Há homens que dizem: sou bicha.
E lésbicas que dizem: sou tricha.
Mas há também os travados.
É difícil de quantificar. Impossível de proceder de modo estatístico.
– Por que não, no caso de se usar parâmetros razoáveis.
Quantos entre os que se declaram abertamente bichas ou trichas têm filhos?
– Todos têm filhos.
– A maior parte deles também vai com mulheres.
– Sim.
– Nesse caso, não seria melhor – e menos discriminador – falar de bissexualidade?
– Eu conheço sacerdotisas lésbicas que não são casadas e não têm filhos.
O sacerdote Pai Chico Légua foi assassinado por seu amante, e o negro, que o senhor viu na federação, mora ali porque um amante botou fogo na casa em que ele morava.
– A federação se dividiu logo depois de sua fundação, em 1964.
A divisão da Ordem cristã foi uma reação moral dos machões contra as bichas?
– Foi uma reação moral.
O tesoureiro da federação não é estimado como pessoa.
Ele representa o poder burocrático. Ele assumiu a função da polícia.
Faz listas. Os templos que até agora ainda não estão nessas listas se recusam a entrar, pois precisam pagar uma contribuição. A federação também trabalha junto com a polícia e pode declarar um templo ilegal com muita facilidade.
E, para receber a permissão especial, é preciso fazer uma prova. Transe com prova.
O tesoureiro parece a última entre as bichas, mas ele também é casado.

Mas a Ordem Paraense de Umbanda Cristã não se dividiu apenas por motivos morais – ela se localiza bem próxima do assim chamado alto espiritismo.

– Na Ordem Cristã não há homossexuais?

– Não.

– Uma pergunta delicada: a influência dos franco-maçons sobre o batuque.

– Os franco-maçons vão com frequência ao batuque – mas apenas uns poucos sacerdotes são franco-maçons.

Eu mostrei ao senhor a bela bandeira na universidade. Ela vem do terreiro do sacerdote Manuel Colaço, que morreu no ano de 1971. Ela foi confeccionada para o deus africano Olorum e apresenta um símbolo franco-maçom: um olho no sol, uma coroa de raios e chamas em torno dele.

Manuel Colaço veio do Maranhão.

– Por que os franco-maçons frequentam o batuque?

– Eles o frequentam assim como todos os outros, inclusive como os judeus crentes, por exemplo. Em Belém há japoneses que dançam no batuque. Existem sacerdotes de batuque japoneses.

– Os movimentos de liberdade do Novo Mundo estão vinculados à franco-maçonaria. Que papel ela desempenhou na libertação dos negros na Amazônia?

– Um papel muito importante.

Os grandes líderes da república eram membros da loja Grande Oriente do Brasil.

Quando foi proclamada a lei do ventre livre – que libertava os filhos de escravos – e a lei para a libertação dos que tinham dezessete anos, novas forças de trabalho precisaram ser introduzidas. A partir de 1850 começaram a vir holandeses, italianos, franceses, belgas, espanhóis, alemães, que queriam, todos, trabalho, sobretudo nas plantações de café do Sul.

A libertação dos escravos não fez bem aos negros; ela foi organizada pelos brancos em favor dos brancos.

– Os negros podiam entrar nas lojas no Pará?

– Em conversas com os antigos franco-maçons jamais ouvi algo sobre os negros.

– E depois de 1888?

– Sim.

– O senhor pôde observar as antigas provas de iniciação no batuque de Belém?
– Sim.
Jamais acreditei que se poderia caminhar sem algum dano sobre carvões em brasa. Eu examinei o pé do homem. Ele não tinha nenhuma queimadura. Ele enfiou a mão em óleo fervente e caminhou sobre brasas. Isso se faz para um Exu, o diabo, Santiriri e para o Peixinho do Mar:

Acende o fogo
Que quero dançar[15]
Peixinho, peixinho do mar.
Acende o fogo
Que o peixinho quer dançar.

– Anaíza fala da flagelação ritual durante a iniciação.
– Isso eu nunca vi.
Mas vi o tambor de peia. Os fiéis fazem uma espécie de autocrítica enquanto os tambores são tocados. O santo desce sobre os fiéis e pune.
– Pune? Como?
– Ele bate o dedão do pé contra uma pedra. Um bateu de tal modo contra a pedra que uma veia arrebentou e o sangue respingou – ele foi levado ao hospital.
– Existem ritos no cemitério?
– Aqui não. Existe o tambor de choro, sete dias depois da morte, na casa do falecido. E o tambor da alegria, 30 dias depois.
– Nada de quimbanda?
– Não. A polícia não permite. Os cemitérios ficam trancados durante a noite em Belém.
– Como se chama a mãe de santo que inventou uma lenda sobre o senhor?
– Não foi uma mãe de santo, foi um botânico da universidade.
Quando eu fui eleito para a academia, no jornal se escreveu que me tornei um imortal. Mãe Amélia quis saber o que é um imortal. E então o botânico disse que um imortal era algo parecido com o encantado do batuque.
Um encantado tem uma lenda. Ele inventou, pois, a lenda de que eu, Napoleão, ficava sempre sentado à margem do rio, na universidade, e

---

15. No original: "Que queiro dançar". (N. do T.)

Elai, meu assistente, me trazia regularmente uma Coca-Cola. Certo dia, porém, Elai trouxe a Coca-Cola e não viu o professor, mas apenas uma cobra grande que saiu deslizando pelas moitas e sumiu.

– O Nunes!, diz Napoleão.
– Um amigo nos trouxe um tapete pequeno e muito valioso da Pérsia.
– Em sua última visita, o Nunes estava completamente bêbado.
– Ele mijou em nossa casa em cima do tapete persa pequeno.
– O Nunes estava tão bêbado que simplesmente começou a mijar.
– No dia seguinte, ele chegou, depois de dormir bem e ter se barbeado com todo o cuidado, e se desculpou com minha mulher: "Minha cara senhora, a senhora deve estar pensando que sou um homem velho e senil, que não pode se aguentar muito."... "Eu não penso nada", disse minha mulher. "Eu me pergunto apenas quem é que vai limpar novamente meu pequeno e caro tapete persa!"... "Eu vou levá-lo pessoalmente comigo ao Rio e botá-lo para lavar em uma casa especializada", disse o Nunes... "Nesse caso vou perdê-lo, ainda por cima!", exclamou minha mulher. "Não, não, o tapete todo mijado ficará em Belém e a menina vai botá-lo de molho."
– Talvez este tenha sido o grande motivo: o Nunes teria gostado de levar o tapete persa pequeno e muito valioso e, mijando nele completamente bêbado, achou que poderia se aproveitar para ficar com ele.
É o que Jäcki pensa.
Na Faculdade de Antropologia, dois aparelhos de ar condicionado deixam tudo bem frio.
A câmera de Napoleão e uma objetiva jazem em um armário de vidro.
Luz vermelha contra fungos.
Em um dos quartos, Napoleão reconstruiu um templo do batuque.
Entre as paredes retas da moderna universidade, os objetos dos barracos de madeira sobre água estragada.
Napoleão tira as vestes sagradas de um armário.
Elas estão penduradas com naftalina debaixo de invólucros de plástico.
Agora, elas não envolvem mais nenhum deus alucinado – mas a ciência tranquila as envolve.
Enrolados no plástico, os diabinhos e amuletos estão exatamente no mesmo lugar do altar onde também estão no culto.
Napoleão desfralda uma bandeira da franco-maçonaria – ela foi confeccionada para o deus africano Olorum.

Napoleão joga a coberta sagrada sobre si, ela cheira a naftalina.
As franjas pendem sobre seus óculos.
Ele está em pé, como o vodu da universidade diante dos diabinhos numerados e dos venenos hermeticamente empacotados – Barão Prof. Dr. Dr. Hécate – sábado.

Napoleão mostra a Irma e Jäcki a nova universidade do parque.
Ela fica junto ao rio Guamá, e, por trás dos laboratórios e salas de aula, as moitas avançam.
Um grupo de desempregados começou a falar e falquejar os primeiros andaimes quadrados para uma palafita.
– Isso é terreno da universidade, diz Napoleão.
– Ela foi concebida para 50.000 estudantes.
– Nós precisaremos evacuar todos os favelados ali.
– Mas e se eles não forem embora livremente e não deixarem seus barracos? Por que não sabem para onde ir e por que não tem mais economias para construir um novo barraco para sua família?
– Nesse caso a polícia será chamada.
– Trata-se de um sério problema jurídico e social.
– Sim, trata-se de um sério problema jurídico e social.

Jäcki recorta sobre a quina da cama:
Muitas vezes ele se limita a rasgar a última página:
No "Liberal":
O vagabundo da cidade Lucival Alfaia Mendonça, vulgo Bangbüx, foi surpreendido em flagrante ao roubar um par de sandálias no valor de 1.600 cruzeiros – cerca de 25 marcos – no mercado de Belém.
Ele quis fugir.
Passantes o impediram.
Ele foi espancado de tal maneira que seu rosto ficou deformado.
A polícia militar impediu que ele fosse linchado e o levou para a cadeia.
"Bangbüx" teria sido conduzido ao presídio São José.

O "Liberal" é o grande jornal de Belém.
Ele pode ser comprado em toda parte, no Brasil.
Na última página estão – assim como em muitos outros jornais brasileiros – as notícias com fotos de criminosos, acidentes, autópsias.

Jogam água fervente sobre um garoto de 7 e outro de 10 anos apenas porque eles estavam fazendo barulho demais.

Sacerdotisa da macumba derrama querosene sobre um homem e bota fogo nele para expulsar o demônio de seu corpo.

Filho arranca o dedo da mãe com uma mordida porque a comida não ficou pronta a tempo.

Cabeleireiro suspeita que cliente mulher roubou sua carteira e corta seu rosto com uma navalha de barbear.

Sacerdotisa da macumba é possuída pelo espírito de um cachorro durante uma cerimônia.

Ela morde a perna de um fiel, a perna infecciona e precisa ser amputada.

Garoto de nove anos esfaqueia seu cunhado de 26 por raiva.

Guarda lésbica do cemitério esfaqueia a esposa de 52 anos de um cego.

Proprietário de navio suborna os mergulhadores depois da tragédia no Amazonas para que encontrem o menor número possível de cadáveres.

Prostituta arranca o pedaço de uma orelha de um cliente com uma mordida.

Doente de lepra esfaqueia violinista porque este se nega a cantar novamente a canção "Carimbó da vovó"[16] durante uma festa.

O irmão do violinista esfaqueia o doente de lepra de uma só perna.

Moça de 24 anos corta o rosto de moça de 18 por ciúmes com uma navalha de barbear.

Um homem, atropelado por um carro, fica deitado na rua durante dias.

Acusado joga a perna de madeira no rosto do juiz.

Garoto abre o túmulo de seu pai e quebra os dentes do morto com um pé de cabra para fazer um amuleto.

Garoto mata passante com um tiro porque este pisou em seus tênis novos.

Garotos de 13 anos em celas sem água e banheiros cheios de insetos daninhos.

Cadáver começa a feder durante o velório. O proprietário da funerária o borrifa com álcool, uma vela cai, o cadáver queima.

Newsreel.

---

16. No original, "Carimbo da vovó". (N. do T.)

Jäcki não sentia vontade de catalogar o submundo *gay* de Belém de modo etnologicamente inquestionável e acabado.

Ele temia acabar, na condição de vítima, não como um missionário entre os sacerdotes de Ogum ou entre os índios do rio Negro, sobre um altar de pedra, mas sim em uma cama coberta de ejaculações de uma biboca de encontros qualquer de Belém.

Seria melhor que isso lhe acontecesse e ele poderia encontrá-lo muito bem no Rio ou em N'Gor

Mas ali, caso desse crédito aos jornais, ele não via outra possibilidade para um *gay* estrangeiro a não ser a de ser assassinado.

Jäcki se limitou, pois, aos três cinemas indicados no Spartacus Guide, não muito distantes da casa de Napoleão.

O primeiro, da esquerda, era entediante.

No do meio acontecia muita coisa.

Muita coisa para a província.

Os banheiros estavam sempre ocupados.

No da direita havia uma atmosfera estranha.

Longos corredores até que se chegasse à sagrada calha de urinar, em cada um dos cantos havia uma travesti, mas ele não flertava, também não fazia ofertas com a mão.

Jäcki se trancou com um estudante que beijava divinamente bem, conforme Wolli chamaria a isso.

E logo uma barulheira na porta.

A polícia.

As travestis deviam ter denunciado os dois.

Jäcki abriu

Um grupo de frequentadores do cinema, policiais, travestis diante da porta.

O estudante deu um salto de garanhão e se mandou.

Jäcki o ouviu descer pelos corredores a toda velocidade.

Será que ele conseguiu fugir pelo cinema?

Jäcki se deixou prender.

Toda sufragista, ele foi conduzido através do cinema, e pela praça lotada.

Ele começou a sacanear os policiais.

Explicou que ele era o escritor vivo mais importante da Alemanha

Por que isso talvez ainda cause algum efeito entre policiais militares analfabetos,

E um dos três logo já repuxava nas calças de Jäcki, piscava, esticava o tecido sobre seu cacete grosso

e apontou com a cabeça para fora.

Jäcki falou da embaixada.

Que queria telefonar imediatamente para o embaixador da Alemanha Ocidental.

Ele sabia que tudo poderia ficar bem perigoso, caso se tornasse oficialmente conhecido que o autor da série de artigos para a revista Spiegel estava em Belém.

Ele sabia que jamais telefonaria, estando ali.

Ele sabia que, com algumas cervejas, usando todo o dinheiro que lhe restava, a maior entre as cédulas ele ainda enfiara nas meias no hotel, logo estaria livre.

Jäcki fez tudo com tranquilidade e segurança e de um modo bem *gay-liberation*.

E Jäcki se envergonhou muito por ter enfiado, em um hotel de Belém, uma cédula de maior valor, para o caso de acontecer alguma coisa, em sua meia.

Ele achou insuportável o fato de, por beijar um homem amável em um banheiro de cinema em Belém, ser simplesmente preso.

E Jäcki sentiu nojo por comprar sua liberdade com cinco cervejas.

Um dos policiais não deixou Jäcki sair.

Seguiu-o.

– Eu tenho uma bela de uma santa, disse ele.

– Eu não tenho mais dinheiro.

– Não tem importância.

– Não estou com vontade agora.

– Eu vou fazer bem bonitinho para você, aguento por muito tempo e muitas vezes, conheço um lugar seguro, disse o policial.

Jäcki pergunta a Irma se ela o deixaria caso tivesse forças para tanto.

– Como assim?

– Ir embora também tem algo a ver com carregar malas.

– Sua pergunta foi feita de modo errado.

– Ela pressupõe que ficar exige menos força.

Jäcki registra o diálogo no diário.

Ele acha a resposta de Irma muito dura e muito amável.

Entre os barracos da favela, poças d'água.
Os mosquitos procriam dentro delas.
A diarreia de Irma está durando um bocado.
Jäcki a obriga, ainda febril, a viajar imediatamente com ele a São Luís do Maranhão.
– Esse rio é tão bonito e tranquilo.
– Os barcos dos índios deslizam por ele em direção às distantes ilhas dos bem-aventurados.
– É o rio das Mortes.
– Nós temos de morrer aqui ou seguir adiante.

Aquilo deveria se tornar a história das ervas.
Os movimentos das ervas.
E acabara sendo, ainda assim, os movimentos dos homens descendo o Amazonas.
Por fim, os movimentos de dedos no papel.
Os rastros da tinta.
Letras.

6.

Quando Jäcki e Irma desembarcaram em São Luís, Irma mal conseguia ficar em pé.
O táxi os levou, passando por diferentes superfícies de água
Aquilo ali ainda era o mar?
Será que era água salgada?
Eles passaram por pontes.
Uma cidade confortável parecia esperar por eles.
Jäcki sentiu que se lembrava de Heide ou de Limoges
Casas agrupadas em torno de uma igreja
Nada de prédios.
Pouca favela.
Século dezenove.
Quando Jäcki e Irma haviam encontrado o hotel, já estava escuro demais.
Eles se decidiram, apesar da gastroenterite de Irma, por um jantar festivo de recepção, vestidos de veludo e seda, no restaurante *gourmet* da casa mais cotada da cidade.
E ele fez jus.
O calor da Amazônia havia sido expulso pelo frio
Eles estavam sentados como que em um congelador.
O gaspacho começara a fermentar.
Nenhuma faca era afiada o suficiente para cortar o filé de nome complicado.
A salada mostrava partes apodrecidas.
O *bordeaux* tinto veio gelado como se fosse *chablis*.
Irma sobreviveu.
Mas quis ir logo para a cama.
Jäcki saiu.
Jäcki aproveitou a coragem da chegada.

Ele ainda não lera nada nos jornais locais acerca de assaltos, batidas policiais, mortos em interrogatórios, carnificinas de fazendeiros, envenenamento de índios, de bandos de assassinos e assassinatos de *gays*.
A primeira casa do local ficava na parte baixa.
Ela mal incomodava o centro da cidade.
Jäcki saiu da parte moderna da cidade como de uma baixada da qual subia à pequena cidade colonial.
Bem iluminada, para turistas de São Paulo, um grande pavê colorido em uma caixa de veludo azul, um tanto branca demais, um tanto grossa demais, para o luar que cintilava timidamente e a praça antiquada, onde os moradores da pequena cidade tentam se juntar debaixo dos refletores, casais de namorados sobre bancos de pedra revestidos de azulejo, um grupo de sem-teto tomando a ducha da noite com a mangueira da limpeza municipal, ao lado de um *hippie* solitário.
Uma fonte seca, sereia, falta de água, envelopes de efervescente vazios, prostitutas.
Jäcki atravessa uma rua estreita.
Bancos, hotéis, supermercados.
Os guardas veem televisão. Estão parados diante de janelas gradeadas e seguem as imagens tremidas entre as vitrines das lojas.
Uma nova praça.
Antes uma rua que se abre, sem margens.
Vários níveis
Rampas de igrejas e mosteiros
Bares de Coca-Cola, cozinhas no meio, e em torno de tudo mais bancos.
E lojas de sapatos.
Um exibicionista ancião, que sacode em vão um membro gigantesco e negro entre os tonéis de lixo.
Mendigos, travestis dançando, criadores de gado, que vem do interior, é o que supõe Jäcki, prostitutas em roupas domingueiras, senhores gorduchos de bermudas brancas desabam lânguidos sobre os bancos.
Jäcki está suando.
Fica quente a essa hora.
Jäcki está maravilhado.
Este é o seu lugar.
Cheio de ruas que desembocam no mesmo local, diversos níveis, escombros, bancos

Leviandade e miséria
Ali ele se sente bem
Ali desemboca a rua Grande
Nas entradas das casas, guardas brigam com mendigos
Crianças, comerciantes ambulantes em torno do lugar em que eles dormem.
O cinemas ainda estão funcionando.
Da rua, pode-se se ver as fachadas do velho oeste na tela.
Calígula
Subindo a rua perpendicular, descendo em curva, senhores da classe média em Volkswagens brasileiros.
Flerte com mudança de marcha, rua de mão única, parada proibida.
A luxúria é canalizada pelas leis te trânsito.
As máquinas obrigam os *gays* à marcha ré ou a dar voltas, em torno das esquinas
E então o rapaz dos doces já poderia ter ido para o brejo.
Ou se tornar inalcançável por causa de um desvio.
Cine Passeio, é o que Jäcki lê e traduz consigo mesmo.
Cine Passeio
Sujo
Mais para moderno.
Aqui, pensa Jäcki.
É isso.
Jäcki fareja os locais de encontro.
Já de dia ele percebe tudo em um lugar, em um cinema, em um depósito de madeira, em um pavilhão de música.
O Cine Passeio atrai Jäcki.
Rapazes em farrapos sobem pelas grades das portas das saídas de emergência.
Eles veem, de fora, as sombras do filme.
E fixam os olhos no corredor escuro, na parede do cinema.
O que acontece ali.
– Hoje não quero entrar ali.
Ainda não.
A velha fonte portuguesa.
O lugar para se lavar. Paralelepípedos. Calçamento de escravos.

Dois negros estão no local, cobertos apenas por espuma de sabão.
Sem-teto, é o que pensa Jäcki
Se eu imagino, comparados com eles, os vagabundos bêbados, gordos e sujos da estação central de Hamburgo.
Jäcki passa por colunas atenienses.
– O tribunal.
– O palácio do governador, que aparece como palácio episcopal nos romances dos tempos da escravidão.
– São Luís do Maranhão.
Tudo também naquele estilo decorativo de torta e iluminado, como sobre um palco.
– A Atenas brasileira.
– Capital do governo do estado do Maranhão.
– A cidade natal de Nunes.
– Nunes como Heródoto e Sófocles e Empédocles em um só.
– E Aluísio Azevedo, é claro
– Aluísio, mas quem é Aluísio?
– Ésquilo, Eurípedes, Aristófanes?
– Não, para Aluísio não há correspondentes em Atenas.
– Menos de um milhão de habitantes
– Quando a barragem estiver pronta, assim como o porto para o projeto Carajás, serão em pouco tempo dois milhões.
– Ou três.
Os soldados da guarda balançam insinuantes com suas metralhadoras e querem ir com Jäcki para trás das moitas.

7.

Foi uma chegada bem estranha, na qual Jäcki outra vez já pensava na partida.
Eles não ficariam mais do que uma semana ali.
Irma até poderia tentar retratar as sacerdotisas anciãs da Casa das Minas.
Jäcki colocaria diante delas as receitas de plantas de índios e de africanos espalhados por aí que ele conseguira juntar na periferia, no Rio, na Bahia, em Manaus, em Rio Branco e em Porto Velho.
Dali elas vinham, de São Luís do Maranhão, da Casa das Minas, de Agotimé, a rainha mãe, da corte de Abomei, da sacerdotisa Zomadonu, que foi vendida por um filho à escravidão e comprada de volta da escravidão por seu segundo filho
E então elas poderiam confirmar para ele as plantas, o banho de iniciação, a quebra da consciência.
Ou poderiam simplesmente deixar tudo para lá.
Para Jäcki pouco importava.
Por acaso você ainda tem vontade de pesquisar as religiões afro-americanas?, Randy lhe perguntara no Cölln.
Por que, afinal de contas, ele empreendera aquela viagem?
Preencher lacunas?
Tentar concluir alguns ritos?
Algumas receitas?
Uma viagem ao passado?
Jäcki havia feito seu acerto de contas com o Brasil.
E ainda não o havia terminado.
De qualquer modo, Jäcki jamais se entregaria de novo à postura do etnólogo ajoelhado, que tentava arrancar os vermes do nariz de uma mãe de santo a berrar.
Jäcki e Irma se decidiram a começar pelos mortos

Pela supermãe do bode místico Nunes, em Madame Andreza do cachimbo.
Nunes escrevera sobre o cemitério de São Pantaleão.
Jäcki gostou do nome.
Ele tinha algo de *Hampelmann*, de marionete, pois, de paneleiro[1], que quer dizer *gay* em Portugal, pantalona
São Pantaleão, a Pantalona santa.
O cemitério era um labirinto de mármore bem pouco diferente de um de Marselha, Gênova ou Lisboa.
Mas Jäcki não tinha a intenção de escrever um tratado estruturalista acerca de cemitérios deste e do outro lado do Atlântico.
Eles perguntaram ao coveiro negro pelo túmulo de Mãe Andreza.
Ele os levou ao túmulo mais distinto do cemitério.
O coveiro aceitou a gorjeta de Jäcki
Um harmônio de mármore negro para a sacerdotisa real negra
Uma inscrição em fac-símile.
Mãe Andreza escrevia, pois
Mantiveram assim a assinatura daquela que se decompusera no além, eternizada em bronze.
Um telhadinho para proteger os visitantes do sol.
– Claro.
– Todas as suas filhas espirituais vêm da Amazônia inteira para rezar em torno do túmulo dela.
– Nunes, do Rio.
– O papa, da Bahia.
Jäcki se esforça para decifrar:
– Raimonda Moreira Luvia, 8.10.75.
– O ano do nascimento do meu avô.
– 14.2.54.
– Eu estava na França pastoreando ovelhas e congelava meus pés em Cornis.
– O ano da morte está correto.
– Luvia?
– Ela se chamava Raimonda?

---

[1]. No original, "Pandelairo", deveras estranho. (N. do T.)

Ao final de sua estada em São Luís, Jäcki ficará sabendo, na Biblioteca Municipal, em jornais que já se esfarelam, do ano de 54, e têm a idade de um ser humano, o seguinte:
No dia 14.2.54 foi enterrado o General Raimondo Moreira Luvia.
Mãe Andreza, a sacerdotisa, havia falecido na quinta-feira verde, dia 13 de abril.
O coveiro negro apenas resolvera conduzir os turistas brancos ao túmulo mais suntuoso do cemitério.
Ele os havia levado para longe do túmulo da sacerdotisa, entre anjos de gesso, flores de cera, conservas enferrujadas, latinhas, fotografias envidraçadas e cobertas de fungos.
– Ele não queria ferir o mistério em torno de Mãe Andreza, disse Jäcki:
– Ele fez a única condução ilusória possível, substituindo o real pelo semelhante.
Ele substitui exatamente a data da morte da mãe de santo pela data da morte do general.

8.

Esta era a Casa das Minas
– Sobre a qual existiam ensaios
– Que é descrita em romances.
– Será que foi a rainha Agotimé, vendida por seu filho como escrava, que fundou o templo em São Luís do Maranhão.[1]
– Ou tudo não passa de uma saga de etnólogos.
– Existe um registro dela na parede?[2]
– Será que eles conservam as sandálias bordadas, o que que há tempo já virou pó no altar sagrado?
– Será que ela deixou uma lança para trás?
– Será que ela era uma Amazona no Amazonas.
– Acóssi?
– Lepon?
– Kpoli Bodji?
– Zomfum Bedingã Boinzé
– De onde vêm os deuses?
– Da Bahia, de Pedro de Batefolha, de Abomei, onde as viúvas eram obrigadas a saltitar no túmulo, ou de ainda mais longe, das montanhas Mahi, do Timbuctu, da Etiópia, será que são deuses egípcios.
– Será que eu sou Heródoto
Pensou Jäcki no êxtase dos nomes, dos ritos, das camadas, camadas de histórias, torrentes
Diante da pequena casa burguesa da rua São Pantaleão, a área do templo ali atrás, a fachada não se diferenciava das outras fachadas
E não havia um riacho verde na rua São Pantaleão.
– Por que não existe um demônio na Casa das Minas
tudo começava outra vez no cinema interior da cabeça de Jäcki.

---

1. Relembrando, as perguntas de Hubert Fichte muitas vezes são feitas assim mesmo... (N. do T.)
2. Ou então assim. (N. do T.)

– O diabo naturalmente não é nenhum diabo, mas Exu, Legba, o torrão de terra e seu pau gigantesco
Jäcki o vira na África, em Abomei, olhar fixo e arregalado guardando a entrada das casas
No Haiti, ele era o deus dos armários.
No Rio, ele passava cavalgando ao longe
Em Miami, ele conduzia os mortos sobre os montes de escombros.
– Hermes e Hécate em um.
– Hermes é um perfume.
– Psicopompo é o nome disso.
– Pompier
– O deus dos rufiões e dos ladrões
– Hermes é uma seguradora de importações estatais.
– E o Rheinische Merkur é um jornal semanal católico.
Por que Legba não existia na Casa das Minas?
– Onde é que ficou a cobra real.
– Dan.
Cujo templo Jäcki visitou.
Em Uidá.
O escravo de Uidá.
Onde o rei de Abomei vendia seus escravos por uma bagatela aos portugueses.
Ajudá, também assim se a chamava.
– Quem são as tobóssis, as pequenas meninas, as princesas, as menores de idade, que se vestem com colares de pérolas, conforme estava escrito, um trapo vermelho na cabeça, como Hécuba, em Hamlet, na tradução de Schlegel, jovens soberanas, vítimas de desencaminhadores, negros.
– Elas são desconhecidas na África.
– Ninguém entende sua língua no Brasil
– Por que nada de ferro?
Em torno da Casa das Minas estava tudo cheio de pneus, carburadores enferrujados, juntas cardãs, chaleiras.
Jäcki viu a ferraria tomar conta da terra.
– Eles revolvem as vísceras da terra.
Eles amontoam pirâmides de escória

Lixo retirado com pás da barragem da estrada eu tenho da manhã à noite.
Os ferruginosos
O homem negro.
Eles cantam junto ao fogo
Eles cortam, cortar o ferro forjando o ferro a ferro e fogo, abatem os desconhecidos e comem seus escrotos.
– Com que se abate na Casa das Minas?
– Agotimé vem da Idade da Pedra.
– Será que o cordão umbilical de Nunes, o corredor da floresta, foi cortado com uma faca de pedra.
– Faca de pedra. Faca de madeira. Nanã e Nunes. Rãs. Sapos. Múmias de crocodilos?
Jäcki não conseguiu ficar em paz diante da Casa das Minas.
Irma ao lado dele, percebeu uma leve hesitação, antes de ele ultrapassar a soleira da porta da casa discreta, enquanto no cinema de sua cabeça, discurso entre coração e espírito, rolava todo o desenvolvimento da assim chamada humanidade
– Que drogas eles usam.
– Se as sacerdotisas precisam ser virgens
– A rainha Agotimé desvirginava suas filhas com uma faca de pedra
– Por que desde 1914 o navio das princesas não é mais praticado.
– E o que era esse navio das princesas?
– Uma violação ao templo.
– Incêndio
– Medeia?
– Ícaro?
– O culto está acabando.
– Para essas perguntas não obterei respostas, pensou Jäcki
– Eu vou ficar uma semana.
– Se as velhas mulheres tiverem vontade, elas podem comparar minhas plantas da Amazônia com as suas.
– E então nós voltaremos a dar o fora
– Ou elas também podem simplesmente deixar tudo de lado.
– Eu não quero pesquisar.
E entrou.

Por trás da fachada, as paredes pareciam se dissolver para Jäcki.
Isso foi uma impressão falsa.
Pois elas estavam muito presentes ali e em toda sua concretude.
E corredores portas muros varanda jardim
Taipa, como eles eram chamados.
O muro africano feito de galhos e lama.
Também ali pneus de borracha e, no jardim,
carcaças de automóveis, restos de ônibus.
Mas para Jäcki a construção parecia não ter nada dentro dela.
Ele não viu quartos.
Os corredores não levavam a lugar nenhum, eles apenas davam a volta em algo que parecia não existir
Jäcki não poderia jamais ter dito, naquela casa, aqui é confortável, ou então: aqui é que eu devo ficar. Ou ainda: aqui é o meu lugar.
Pareceu-lhe que ali se estava sentado sempre na corrente de ar.
Jäcki bateu palmas algumas vezes, conforme havia aprendido, e uma menina negra veio ao encontro deles.
Ela tinha cabelos brancos e encaracolados, ajeitados em tranças.
E estas se destacavam à direita e à esquerda de sua cabeça.
– Todo mundo diria que ela parece um macaco e é claro que não se pode escrever algo assim.
– Será que posso pensar isso, pensou Jäcki
– Pois para mim um macaco não significa nada de valor menor.
– Será que isso ainda é pensar, quando a gente se pergunta se pode ou não pensar algo assim.
– Macacos fazem o que fazem.
– E eles têm rostos, são velhos como a Terra.
– A maior parte dos rostos dos humanos hoje não são mais antigos do que o último programa de televisão.
– O luto nos rostos dos macacos.
– Mas luto é uma palavra que eu não preciso usar mais, desde o último Mitscherlich na lista dos *best-sellers* da revista Spiegel.
– Os olhos dos macacos.
– Em Belém, um macaquinho se masturbara na frente de Irma.
A menina anciã tinha panturrilhas perfeitas.

Seu rosto dava a Jäcki a impressão de ter crescido na floresta e saído de dentro dela
Ela era aparentada das raízes e das cascas de árvore
Jäcki desejou não ter pensado na comparação com os macacos.
– A menina anciã é uma árvore.
– Ela se move de leve, como folhas ao vento
Mas, à saudação, apareceu na anciã também algo resmunguento desastrado reumático
Ela expressou que não compreendia do que se estava falando.
E ela por certo esperava, diante dos dois estrangeiros altos e cobertos de bugigangas, inglês americano ou alemão e não se mostrou inclinada a compreender o português de Jäcki como brasileiro.
Nos olhos da menina anciã, refulgiu algo de traição aos ídolos, violação da cerimônia de iniciação, de bandeiras sagradas sujas.
E então veio uma redonda.
Mais arrastando os pés do que levantando-os.
Ela poderia vender bolinhos de feijão.
Não apenas
Assim como a menina anciã, ela tinha algo bem especial nas juntas, pele, olhar, até mesmo no penteado.
Jäcki não teria podido descrever em seu romance o que era, no fundo.
Mas ali estava aquilo
Também na redonda, na gorda
E também uma em azul-escura estava ali, suave, amuada.
– Ela bancava a bobinha diante dos que traziam a cor dos comerciantes de humanos em seus rostos.
– O que quer dizer isso, pensou Jäcki
– O filho de Agotimé era negro ou branco.
– Se os reis de Abomei não tivessem sido doidos por fuzis, os portugueses, alemães, franceses, ingleses, holandeses e hamburgueses não teriam conseguido comprar prisioneiros de guerra deles.
Era difícil até mesmo dar a mão às três senhoras.
Era assim que Jäcki imaginava a corte real inglesa.
Evita-se dar a mão
E, quando se estende a três rainhas a mão sempre pronta e aberta do alemão ocidental, eram oferecidos três ou quatro dedos hesitantes, rudes, contraídos.

Em pé, elas olharam o livro de fotografias que na África, no Haiti, em Granada havia aberto a Jäcki e Irma todo e qualquer lugar sagrado, como se fosse um passaporte de folhas.[3]
As três santas senhoras não se mostraram muito entusiasmadas.
– Nossa religião é muito fina, disse a amuada de azul, traduzindo literalmente.
Também ela banca a bobinha.
O requinte
Então não veio mais nada.
Jäcki tinha a sensação de que seria melhor se eles fossem embora logo.
E se mandar da cidade.
Que agradável.
Por mera convenção, ele perguntou se elas não tinham vontade, de conversar um pouco com ele sobre as plantas.
Mas com certeza.
– Por acaso elas deveriam ter dito não?
– Não, nunca se diz por aqui.
– Quando, então, Jäcki começará de novo.
– Sim, isso é difícil.
Pausa.
Jäcki também não diz mais nada.
– Agora as três virgens é que ficariam responsáveis por dar o próximo passo.
– Quarta-feira da semana que vem, talvez, diz em voz amuada a vestida de azul-escuro.
Seu rosto agora está completamente duro. Inapelavelmente lapidado.
Jäcki viu máscaras que eram assim.
– Em uma semana, diz Jäcki.
– Senhoras muito ocupadas e suas calças de santas, pensa Jäcki.
Ele volta a ficar em silêncio
E elas começam a falar ao mesmo tempo, apressadas.
– Há dois dias tivemos uma morte.
– Batucávamos um selim[4].

---

3. Mais tarde, no capítulo 10 da presente parte do livro, a noção será melhor explicada como sendo um passaporte de folhas rituais; e, para quem as conhece, as portas realmente se abrem. (N. do T.)
4. No original, "Zelin". (N. do T.)

– Que palavra é essa.
– O tambor das lágrimas.
– Que pena que o senhor não estava por aqui.
– Até mesmo o Dr. Maneco, do Rio, veio.
– O Nunes?
– Sim, o Dr. Maneco.
– O Nunes está em São Luís?
– Sim.
– Mas onde é que ele mora.
– No Hotel Central.
– O Nunes, no Hotel Central, em São Luís do Maranhão
– Mas ele está bem velho e enfraquecido, diz a vestida de azul como se quisesse se vingar do ancião.
– O Nunes na Atenas brasileira.
Através do jardim sagrado, passando pelas árvores dos deuses abandonadas, por carcaças de automóveis, pneus de borracha, uma seca negra e alta esvoaça
– Ela tem as panturrilhas perfeitas pelas quais as sacerdotisas da Casa das Minas pareciam ser selecionadas.
– Também as trancinhas brancas, que pendem para os lados.
– Ela tem o rosto de um ator bêbado
– E se movimenta como uma adolescente negra de dezenove anos.
Ela carrega uma garrafa de cachaça na mão, se embalando.

9.

Nunes, o bode místico, Anacreonte, o índio, Nunes, o corredor da floresta nonagenário em São Luís do Maranhão – a Atenas brasileira.
Jäcki logo correu ao Hotel Central.
O Hotel Central é a casa típica do lugar, que não é mais a primeira casa do lugar, assim como no Amazonas o *art déco* é substituído aos poucos pelo *executive style*.
Eram cinco horas da tarde e Jäcki pensou que por certo incomodaria o Nunes àquela hora.
– Se é que ele estará no hotel.
– Se não for conversa fiada.
Jäcki pergunta na recepção.
– Nunes Pereira.
– Sim. Ele está em seu quarto.
Isso soou como um conto de fadas.
Jäcki de Othmarschen, a 10 mil quilômetros de distância, Nunes de Santa Teresa, a 3.200 quilômetros de distância.
E suas linhas se cruzavam em São Luís, na Casa das Minas.
A Mina, 4.500 quilômetros distante.
Nunes me reconhece ao telefone.
Ele fala com voz assustada de quem acabou de ser desperto.
– Que hora é.
– Cinco.
– Cinco horas da manhã?
– Não. Cinco horas da tarde.
– Ainda estou dormindo.
– Estou cansado do voo.
– Da mudança de clima.
– No Rio já estava frio. Aqui a época das chuvas ainda está distante.
– Quando podemos nos ver? Às onze.
– Amanhã pela manhã?

– Não, hoje à noite
Nunes não apareceu às onze.
Jäcki volta a ligar para o quarto.
– Não fique aborrecido comigo.
– Estou completamente bêbado.
– A cidade me convidou e eu preciso visitar a todos, e eles me enchem de bebida.
– Podemos nos ver amanhã à tarde, à uma?

Nunes confundia tudo.
Às onze horas, Irma o viu sentado e esperando no terraço do Hotel Central.
À uma ele não apareceu.
Irma e Jäcki esperaram até às duas.
Quando eles queriam ir, um táxi parou na frente do hotel.
Com esforço, Nunes se levantou do banco.
Os cabelos brancos como uma chama.
Quando conseguiu vislumbrar Jäcki e Irma, ele bancou o charmoso, o conhecedor de mulheres, o veterinário, ao qual se submete todo o gado útil da bacia do Amazonas.
Ele convidou Jäcki e Irma para um drinque no bar.
Lá era desconfortável.
As cadeiras baratas do hotel, que Nunes tinha na lembrança como membro recém-eleito da Academia, como o lugar mais recomendado da cidade
– Eu preciso ficar de olho, disse Nunes:
– A cidade me convidou.
– Atenas honra o filho pródigo nonagenário.
– Eles me deram alguém para me acompanhar.
– Ele deve impedir que eu fale com as pessoas que me interessam.
– Quando se está tão velho quanto eu, se é convidado, quando não se pode mais fazer nenhuma bobagem e se consegue ir para a cama apenas com madame Morte.
– Querem que eu vá a Cuba, que eu vá à África.
– Mas eu não quero ir à África.

Jäcki se sentiu um tanto artificialmente mercador, como etnólogo na flor da idade, cara a cara com o grande leão de cabelos brancos da geração mais antiga.

Será que Nunes também esconderia, enciumado, seus endereços, sentado sobre eles como um bebê sobre seu penico.

– Onde, perguntou Jäcki:

– É o túmulo de Mãe Andreza.

Também os olhos do Nunes tremeram de modo afro-americano, se afastando do olhar de Jäcki, e indo para o teto e, dali, para a quina da mesa.

– O túmulo de Mãe Andreza?

– Eu jamais o visitei.

– Nem sequer sei onde ele fica.

– O senhor esteve na Casa das Minas.

– Sim, aquelas são raparigas especialmente pequenas.

Ele não parecia estar enciumado.

O velho homem não acumulava seus endereços, nomes de plantas e ritos, assim como o papa.

Nunes puxou dois cartões de visita do bolso de seu peito, que ele trazia debaixo da camisa, e escreveu sobre eles uma carta de recomendação – uma para uma botânica e uma para Celeste, a celestial Celeste, diretora da Casa das Minas.

E então Anacreonte, o corredor da floresta, deixou Irma e Jäcki, tropeçou pela entrada do outrora melhor lugar da cidade, adentrando-o.

No dia seguinte, ele voaria de volta ao Rio.

– Nós três somos como os lares, as divindades domésticas romanas, disse Nunes a Jäcki e Irma. Nós sempre nos vemos de novo.

10.

Jäcki não tinha a menor vontade de respeitar a combinação de voltar à Casa das Minas.

Mas ele disse a si mesmo que era pontual com todo e qualquer garoto de programa.

Como ele poderia deixar esperando aquelas senhoras velhas, negras e santas.

E além disso havia sido ele que pedira o encontro, não elas.

Segundo, ele precisava entregar o cartão de visitas de Nunes.

Resmungando em voz baixa contra a etnologia, as religiões afro-americanas, contra a pontualidade prussiana, ele seguiu pela rua São Pantaleão.

A bobinha falsa e a gorducha estavam pontualmente ali.

– Mas é claro que elas seriam pontuais. Elas descendem de rainhas.

– Como é que poderiam ser produzidos ritmos complicados de tambor se não fosse a pontualidade.

Elas pediram que Jäcki fosse a uma longa mesa, na varanda.

E elas acabaram revelando uma o nome da outra.

A gorducha se chamava Roxinha

E a vestida de azul, que bancava a bobinha, pela última vez; hoje não mais, hoje ela era a queixosa, Deni.

– A forma masculina do nome feminino Denise?

E então?

Ali estavam sentadas elas.

Jäcki mostrou seu livro sobre as religiões afro-americanas

E começou a mostrar suas folhas.

Ele ouvira que nos templos secretos no norte do Haiti, nas seitas de assassinos, os sacerdotes apareciam com folhas como passaporte

Para se identificar, eles apresentavam folhas.

Mas isso não basta.

Apresentadas as folhas, o que está se apresentando começa a cantar para mostrar que conhece as folhas

E o outro deve responder, para mostrar, de sua parte, que ele não roubou as folhas, mas também conhece as fórmulas, as canções e cada um dos refrãos.

Jäcki começa com uma folha delicada, endurecida pela secagem, que ele recebeu na África, de um homem que lutava para cuidar dos doidos. Ele era capaz de curar várias doenças mentais e sempre catava, na floresta e entre os campos, novas folhas para curar todas as doenças mentais. Jäcki correra com ele pelas colinas. O médico a colhera para ele.

A folha tremia na mão de Jäcki.

Ele temia que ela se quebrasse.

– As senhoras sabem como ela se chama, perguntou Jäcki.

– Sim, disseram ambas as mulheres santas da Casa das Minas, uma após a outra

Elas não pronunciaram o nome.

Melão de São Caetano, era como ela era chamada na Bahia.

Mas também Jäcki ficou em silêncio.

Ele folheou seu livro sobre as religiões afro-americanas e tirou de dentro dele a orelha de macaco que uma aluna de Roger Bastide havia lhe dado, o trapo de couro que é atado sobre as orelhas das noviças na África.

– Isso daí ninguém conhece por aqui.

Jäcki girou a peça pelo cabo, entre o polegar e o indicador.

– Não. Nós também não a conhecemos, disse Deni.

Por último, o milagre de São Joaquim, grosso e enrugado.

Este havia sido Pedro quem lhe dera de presente, o Batefolhas, que foi assassinado.

– Estas duas nós conhecemos, disse a gorducha.

– A terceira não conhecemos, e também não precisamos dela.

Jäcki tirou então um bilhete com o nome das plantas sagradas da Amazônia, de Mãe Papagaio, de Mãe Esperança, que morreu com 135 anos.

Quando Jäcki o desdobrou, algo como surpresa ou indignação percorreu os rostos negros das mulheres.

Elas se levantaram, ambas, como se estivessem seguindo uma ordem, e se recolheram.

E voltaram a aparecer por trás de outra porta.
A gorducha trazia um saquinho de plástico transparente, desatou seus nós com lentidão e fez as plantas deslizarem ao tampo da mesa.
Um pequeno labirinto de cabinhos, folhas e florescências.
Jäcki viu confusão nisso, impotência, rigidez, talvez também cura, dores acalmadas, alegria, mas a mistura de ervas, que pareciam ter sido juntadas sem preocupação, entulhadas no saquinho e agora apresentadas de novo, lhe pareceu que antes cheirava a desgraça, a dominação, varíola e punição.
As duas mulheres separaram as diferentes espécies de folhas umas das outras
Em seguida mostraram as mãos negras e duas brancas dentro delas, os nomes foram repetidos.
Jäcki havia conhecido os nomes corretos nos templos das filhas, na Amazônia.
Isso não era muito
Era justamente o que bastava para que ele não fosse mandado embora.
Para mostrar que ele tinha direito a algumas perguntas
E para que simplesmente não lhe calassem a boca como ao pobre educando em uma casa de órfãos.
– E ayahuasca?
– Yagé.
– Mariri.
– Santo Daime.
– As montanhas?
– Os rios?
– As pinguelas dos índios na floresta virgem
– A costa dos africanos.
– O livro azul do juízo final
– E o homem é uma árvore – a fórmula do papa Pierri?
– Sim.
– Sim, na parte de trás, ao lado da grande cozinha, crescia um pé de ayahuasca.
– Sim, quando Mãe Andreza ainda era viva, usava-se ayahuasca nos banhos e elixires.
– Depois o templo entrou em decadência.

– Eu acho que o mecânico de automóveis o derrubou, o arrancou, disse Deni

Jäcki percebe agora mesmo o luto ancestral e pétreo da sacerdotisa negra com os pneus, os carburadores, os eixos cardãs no jardim sagrado.

Jäcki soube, provou, que as velhas senhoras do culto real de Abomei usavam a folha do êxtase dos incas.

– Com isso, a minha pesquisa está terminada, e nós podemos enfim partir.

– Fotografar, aliás, Irma não fotografou muito.

11.

Quando Jäcki foi da próxima vez à Casa das Minas, não esperava mais nada de novo.
Ele conhecia o jeito das mães de santo.
Ele conhecia suas folhas
E nos seus gestos e expressões ele mudaria tão pouco quanto mudaria em suas receitas de folhas.
Embora tivessem sido elas, Deni e Roxinha, que o tivessem levado a ficar ainda um ou dois dias.
Depois das folhas, Jäcki havia entregado o cartão de visitas do Nunes para a diretora, a folhinha dura e quadrangular com uma pequena orelha de burro, como se fazia no passado.
– Nós o entregaremos, dissera Deni, o senhor pode voltar amanhã e pegar a confirmação da diretora.
Jäcki pareceu a si mesmo uma sessão de empregos ou uma assembleia policial de Paris, onde também quem mandava eram apenas mulheres.
– Agora as velhas acabaram conseguindo que eu tenha de aparecer e fique esperando por algo, pensou Jäcki
– Mas o que foi mesmo que ela disse.
– A diretora disse que o senhor deve continuar conversando com Roxinha e Deni. Que isso seria como se o senhor falasse com ela mesma.
– Nós dizemos, todos, a mesma coisa, disse Deni de cabeça inclinada para o lado e com um fino sorriso azedo.
– *Mater Caecilia.*
– Eu me chamo Celeste, disse uma mulher negra gigantesca, que havia inchado e aparecido às costas de Deni e Roxinha.
Ela movia aquela abundância toda sobre pés bem leves.
– Eu queria conhecer o senhor de qualquer jeito.
Deni levou seu olhar das traves do teto, na diagonal acima, vagarosamente para a diagonal abaixo, às panturrilhas pujantes de Celeste.
– Venha, vamos nos sentar.

E, quando eles estavam sentados, veio de trás, da cozinha secreta, um homem branco, bonito, um tanto esgotado pelo cansaço, bem alimentado, ele sorriu para Jäcki, não exatamente cumprimentando-o, mas também não cortando Jäcki, e quase errou a saída, curioso e amuado.
– Essa é a concorrência, pensou Jäcki:
– A sociologia de São Paulo.

Na próxima vez, Celeste reuniu todos em torno da grande mesa da varanda.
Para uma palestra, como ela mesma designou.
Deni, a fina, que havia desistido de bancar a bobinha santa, a com o sorriso fingido.
Roxinha, a gorducha, que sabia esconder seus segredos por trás de uma mãezice comunicante.
Segredos mortais, talvez.
Luiza, a adolescente, que, ancestral, parece se transformar retroativamente em um animal noturno, em um pé de ayahuasca.
Irma.
Celeste apresentou o sociólogo de São Paulo, o homem jovem, italiano, cansado e bem alimentado.
– Este é Sergio.
– O senhor é botânico, perguntou a concorrência à concorrência.
– Não, romancista. E o senhor.
– Antropólogo, foi a resposta resignada.
– O que o senhor quer saber, perguntou a celestial Celeste
– O que eu quero saber?
– A senhora quebra a consciência?
– A rainha de Abomei, das montanhas Mahi, fundou essa casa?
– Quem são as pequenas princesas, as meninas estrangeiras?
– Sim, por que desde a Primeira Guerra Mundial não se faz mais iniciações.
– Qual é a maldição que recai sobre o templo?
– E: as senhoras são todas virgens?
– São lésbicas?
Isso, Jäcki naturalmente não chegou a perguntar.
Jäcki aliás não queria perguntar absolutamente nada.
Desviou-se.

Ele não queria ser arrastado outra vez ao velho jogo da recusa e da insistência, do desprezo e da adulação.

Esse jogo de quatrocentos anos de idade.

Tudo ameaçava se tornar quase um bate-papo vespertino em uma varanda brasileira, pouco antes da época das chuvas

E então a traiçoeira Deni não aguentou mais.

Era isso que Jäcki conseguia com sua afetação

Ela agora tinha de dizer algo.

Mas Celeste não deixou.

Sergio tinha tirado um caderno de notas e podava perguntas.

A celestial fez, conforme ela mesma a chamou, uma palestra.

Celeste já se via como professora, como um Super-Nunes na academia da Atenas brasileira

Deni não se deixou conter mais.

Ela agora também queria revelar algo.

Celeste falava sem parar

Deni piou em uma segunda voz, juntando-a a de Celeste.

Então ela assumiu a condução.

Ela passou a falar, de uma hora para outra, mais profunda e mais vigorosamente.

Ela cantava.

Ela se esqueceu completamente de si mesma.

Algo falava de dentro dela.

Ela não conseguiria mais nem parar.

Zomfum.

Uma mulher corre pelo campo.

Zumfum[1]

Ela gritava: Zumfum.

Corre, até chegar à Casa das Minas.

Ela arrastava sua filha atrás de si.

A velha foi curada.

Com a filha, eles ficaram.

A mãe d'água com os cabelos negros de fumaça apareceu.

O homem branco e alto e de turbante branco.

---

[1]. Essa é, exatamente, a grafia apresentada por Fichte, duas linhas depois da anterior. (N. do T.)

Jäcki compreendeu.
Deni falava de si mesma
Eram seus medos, suas aparições que ela cantava.
Sua chegada à Casa das Minas
Era a cura de sua própria mãe natural e enlouquecida.

Luiza tamborilava com o punho sobre a mesa.
Ela grunhia baixinho.
As irmãs falavam demais.
Ali não se dizia nada.
Mas as perguntas de Sergio se encadeavam às perguntas de Jäcki.
Perguntas saltavam sobre as mães de santo.
O navio das princesas.
A Primeira Guerra Mundial.
A febre hispânica.
A mãe do Dr. Maneco, o Nunes, Felicidade.
A ventura
A maldição.
A falsa iniciação.
Crime.
Uma das irmãs recebeu uma princesa.
Ela não tinha o direito.
As mudas não tem direito a princesas.
Quem são as mudas.
Quando és um deus mudo.
Quem é um deus mudo.
Lissa.
Muda.
Iorubá.
Deuses alugados.
Lissa, a muda, ficou com uma princesa do navio.
Os deuses desejaram que 12 meninas fossem iniciadas
— 1914.
Não se dava atenção aos deuses, cacarejou Deni.
O que se queria era fazer favores.
Engrolar palavras sem sentido.

Queriam adular os poderosos, os ricos, os amados.
O prefeito, o governador, e sei lá mais quem.
Luiza.
Deveria ser levada para o navio das princesas.
Há setenta anos, quando ela ainda era jovem e bonita.
Aquela que agora estava sentada à mesa, na varanda decadente, e grunhia e tamborilava com seus punhos.
– Nesse caso não estaríamos aqui hoje, abandonadas, desmascaradas, sem uma única princesa, sem uma mãe, que tivesse sido iniciada de verdade
– O templo não estaria decadente, amaldiçoado.
– Mas Luiza era pobre.
– As outras teriam de ter juntado dinheiro e pagar por ela
Levaram uma rica em vez de levar a ela.
E esse foi outro crime.
O navio das princesas foi mandado embora em dezembro de 1914
Dois meses depois Mãe Quirina, que dirigia o navio, morreu.
Mãe Hosana, a chefa, morreu durante a Festa do Pagamento.
Arcângela, a mãe de Dona Flora, foi uma das primeiras que morreu.
Os deuses haviam lhe comunicado que ela deveria entrar no templo apenas pela segunda porta.
E esta é a porta na qual os mortos são carregados para fora.
Arcângela não seguiu a ordem do vodun.
Ela participou da festa.
Ela achava tudo tão bonito
Em pouco, ela estava morta.
Arcângela morreu.
Felicidade, a mãe do Dr. Maneco, o Nunes, morreu em 1918, em Manaus, de febre espanhola
Jäcki não ousa se mexer.
Ele está sentado, algemado por fios de teia de aranha à cadeira santa e decadente
Ele teme dizer a palavra errada e acabar com tudo, como as imagens na parede que se descobre em suas cores iluminadas e que acabam se desfolhando, desprotegidas, sob o novo sol.
Jäcki mal ousa girar as pupilas.

Ele olha para Irma
Também ela está sentada, encolhida sob a ladainha da morte como debaixo das palavras trovejantes de Palamèdes Charlus na biblioteca do jovem senhor que torturava os ratos.
Onde as recordações eram suspensas em grandes recipientes de aroma.
Elas falam
Elas cantam
Elas matraqueiam sem parar
E Luiza grunhe
E Sergio folheia em seu caderno de notas e começa a perguntar a torto e direito
Por isso os ritos se acabam
Por isso não há mais festas de abate
Nenhum navio novo.
Não há mais princesas.
Não há mais mães.
As velhas africanas estão se extinguindo.
Estéreis
A maldição. A catástrofe no princípio da Primeira Guerra.
Sergio pergunta e pergunta.
Em pouco, ele fala mais do que elas, chegando a deixá-las mudas de tanto perguntar
Então ele fecha seu caderno de notas
E tudo chega ao fim.
Na rua, dona Flora está sentada, bêbada, com a garrafa na mão.
Ela tenta flertar de brincadeira com o mecânico de automóveis
Sergio ainda leva Jäcki e Irma de volta ao hotel.

12.

Praia Grande.[1]
O centro antigo da cidade com palácio decadente da época colonial.
Jäcki sente que aquilo lembra o Pelourinho da Baía de Todos os Santos.
Lá não havia docas como aqui, junto ao rio.
Em uma entrada barroca de prédio, uma travesti magricela.
– Eu me chamo Celeste.
A celestial:
– Eu gostaria de falar com você.
Na noite seguinte, outra vez uma travesti na entrada barroca do prédio.
– Eu me chamo Celeste.
– Eu gostaria de falar com você.
Será que é o mesmo.
Será que é outro?
Na noite seguinte, Jäcki vê as duas
As duas Celestes magricelas.
São gêmeas.
Um pescador de rio passa por elas e diz:
As de pau.
Significando, as de madeira.
As mulheres que tem pau.
Celestes
Santas.
Baía de Todos os Santos
Baía de Todas as Santas
As de pau.
As gêmeas celestiais.
As gêmeas infernais.

---

[1]. Aqui, como em outros momentos, depois do nome português, Fichte o traduz ao alemão: "Der grosse Strand". (N. do T.)

Em São Luís há três Celestes.

13.

Sergio pergunta a Jäcki se ele não quer ficar e pesquisar com ele a Casa das Minas.
– Saiba o senhor que eu preciso escrever uma tese de doutorado sobre o assunto.
– E eu nem sequer sei escrever.
– Também não tenho ideia a respeito das religiões afro-americanas.
– Vim há 15 anos do Rio e me estabeleci em São Luís, porque a cidade me agradou.
– Uma cidadezinha adormecida.
– Fiquei amigo das senhoras da Casa das Minas.
– Devagar.
– Durante 15 anos.
– Eu era discreto. Não perguntava nada. Não queria saber de nada.
– E naturalmente eu de fato não queria saber de nada.
– Fui até elas porque as achei simpáticas, e porque o batuque era tão estranho.
– Elas começaram a confiar em mim.
– Eu fui puxado para dentro.
– Elas começaram a me contar de suas preocupações.
– Eu vi as antigas morrendo.
– E, quando então se tratava da minha tese de doutorado em Natal, sugeri a Casa das Minas.
– Eles não ficaram muito entusiasmados na universidade.
– Eles nem sequer se interessam mais por pesquisa de campo hoje em dia.
– Preferem antes temas abstratos como religião e mudança.
– O senhor entende.
– Mas então acabei conseguindo que aceitassem a Casa das Minas
– E agora estou sentado aqui, e não sei como devo começar.
– Esbocei um projeto aí

– Essa é uma oferta maravilhosa que o senhor me faz, diz Jäcki.
– É um sonho, por assim dizer.
– A coroação de uma vida de etnólogo.
– O papa Pierri, Roger Bastide, Gisèle Binon, não, eu gostaria de excluir Gisèle disso, Corello da Cunha Murango, eles lamberiam os dedos para encontrar alguém como você.
– A casa mais distinta das duas Américas.
– E amansada por 156 anos de amizade.
– Aberta.
– Pronta para receber
– Sim, disse Sergio, e tentou botar água na boca de Jäcki.
– Celeste se mostrou pronta para uma ou duas palestras, como ela as chama, por semana
– E também Deni irá me receber uma vez por semana.
– Já tenho um caderno de notas inteiro cheio de perguntas.
– Mas eu não posso.
– Eu não sei fazer entrevistas assim.
– E também sinto um pouco de vergonha.
– E, além disso, todo esse troço atávico me parece um pouco entediante.
– Não, para mim não é entediante, disse Jäcki.
– É a história da humanidade
– Mas eu não tenho vontade de me submeter ao rito por causa dos ritos.
– Eu trouxe o projeto que preparei para o senhor
Sergio não desistia.
– Análise de religiões mistas e identidade étnica.
– Sim, ali já começava tudo.
– O que quer dizer religião mista.
– Isso são fetiches de palavras.
– Isso é atavismo científico.
– Nisso, logo entraríamos em uma briga.
– Mas nem é isso que eu no fundo penso, disse Sergio.
– Eu apenas preciso escrevê-lo para o meu orientador, para assim ganhar uma bolsa.
– Religião mista, o senhor conhece alguma religião que não seja mista?
– Claro, entendo.

– Mas isso são palavras escolhidas para a universidade, isso entra por um dos meus ouvidos e sai pelo outro.
– Aqui: me parece fundamental conhecer as formas de relação entre o pesquisador e o pesquisado.
Isso deve agradar um pouco mais ao senhor.
– O que significam formas de relação.
– Relações são formas.
– Bom.
– E por que o pesquisador é uma entidade com direitos civis
E o pesquisado um objeto, e neutro, portanto.
O senhor deve se lembrar da frase de Herskovits sobre Agotimé:
E, uma vez que ela era triste e não seria jovem por muito tempo, foi vendida várias vezes.
– Eu não tenho Herskovits.
– É complicado conseguir literatura especializada no Brasil.
– Eu tenho Herskovits comigo.
– Posso emprestá-lo ao senhor.
– E o que é isso, perguntou Jäcki.
– Esse é meu requerimento para conseguir uma bolsa de pesquisa.
– Maravilha. Vejamos.
Jäcki lê e traduz.
Cronograma.
Ano de 1981.
Financiamento CNPQ 1982
Jäcki leu:
Preparação: 6 meses
Elaboração do projeto
Estudos prévios
Contatos iniciais
Debates
4 meses.
Jäcki leu:
Pesquisa de campo: 6 meses
Entrevistas
Coletar histórias de vida.
Aconselhamento participativo, traduziu Jäcki

Redação: 5 meses
Máquina de escrever
Fazer cópias
Encadernar
Introdução: 5 páginas
1º Capítulo: 15 páginas
2º Capítulo: 25 páginas
Ao todo, Jäcki leu na parte de baixo:
150 páginas.
Cálculo.
– Exatamente, disse Jäcki e devolveu a sugestão a Sergio.
Uma das folhas caiu no chão.
Material:
20 fitas K-7: 300 cruzeiros cada
20 filmes 135: 400 cada
Papel
50 cadernos
Papel heliográfico
Cópias.
Encadernação.
Revelação
Pequenos gastos com os fiéis da Casa das Minas : 20.000 cruzeiros
Sete dias de despesas: 30.000 cruzeiros
– Bem exato, disse Jäcki.

Jäcki pensou em Nunes
No bode místico, o corredor da floresta, que se esfalfara durante quase um século pela floresta virgem, chegando à Guiana, para escrever seus livrinhos, sem concessões para papel heliográfico
Jäcki pensou no papa Pierri, que só comia ovos e em suas viagens morava em bibocas com paredes de papelão
Jäcki pensou em sua viagem com Irma, no grande ato de equilíbrio entre imagem e texto, ficção, jornalismo e etnologia
Ele financiara o ensaio sobre as religiões afro-americanas com o ensaio sobre a puberdade.
Sem calcular despesas ou ajudas de custo.

Era isso, então, ele pensou, que virara a loucura *gay* que solidarizava os mundos.

Pequenos gastos com os fiéis da Casa das Minas: 20.000 cruzeiros.

Ele devolveu a Sergio também a última folha de papel.

Este a colocou de volta em sua pasta.

– O senhor pensou em tudo, disse Jäcki.

– Isso inclusive me faz lembrar o *Manuel d'Anthropologie* de Marcel Mauss.

– Oh, isso é um grande elogio, quem teria influenciado mais a etnologia do que Marcel Mauss e seu aluno Lévi-Strauss.

– A humanidade como Alsterhaus.

– O que é Alsterhaus?

– Uma loja de departamento de Hamburgo.

– E daí?

– O senhor vai participar?

Eu não quero pesquisar.

Existe apenas uma pesquisa.

Eu mesmo.

Ou: a mim mesmo.

E a vida dos companheiros.

Babanató.

Massékuto.

Asuassi, também Asuassizakoredaboi.[1]

No orfanato.

A educação severa das aulas de música no mosteiro.

Cinco minutos de ouro e brandura, quando aplicávamos os animais sobre as bandeiras negras.

O cerne da amêndoa.

O monte dos cupins.

O festival dos feridos.

Abatidos à miséria, que haviam se deliciado com o óleo do meu pai.

Meu pai arrastado pelo chão até a morte.

Seus aparelhos queimados.

As cidades, rosa.

---

1. É exatamente essa a grafia apresentada por Fichte no texto original. (N. do T.)

Aniquiladas, igualadas ao chão, como se diz.
Cinzas ao vento.
Na vala, restos de ossos.
Eu, cabeça raspada, arrastado embora.
Isso não é pesquisa.
A pesquisa desperta a noção de empilhamento, de chegada.
É a arte de não perturbar os outros ao sugar suas forças.
Eu fui vendido.
Meu filho me vendeu.
Eu comprei filhos.
O cansaço das viagens intercontinentais.
Com joias velhas se ganha os guardas.
Contar coisas simples.
Tornou-se moda concordar com tudo.
Tambores.
Bandeiras.
As secretárias se chamam colaboradoras, agora, e encobrem os soberanos do escritório.
Ficheiros de endereços.
Para cada súdito uma pedra no saco.
Uma pedra no tabuleiro.
Eu ouço tudo nas vozes.
Trata-se de gramática.
Os cadáveres são limpos e maquiados.
Meus antepassados ficaram durante dois mil anos expostos no muro cavoucado.
A morte do burro de carga em Sidi Ifni demorou dois dias. Ele jazia, sem gritar, com o diafragma latejante.
Ninguém o torturava.
Ninguém o ajudava.
Ele perturbava a entrada para a praia.
Ele gira as pupilas seguindo os que passam.

– Vou pensar, disse Jäcki a Sergio.
Jäcki pensou:
– Sergio me ofereceu pesquisar junto com ele a Casa das Minas.

Ele conhece as senhoras há 15 anos.
Elas confiam nele.
Elas lhe dizem tudo.
– Mas isso é uma maravilha, exclamou Irma.
– Sim, é a coroação de uma vida de pesquisador.
– Devo fazer isso.
– Mas é claro.
– E você.
O que você vai fotografar.
Outra vez o transe.
Outra vez o pescoço cortado do cordeiro
Não é um pouco como se você reproduzisse as suas próprias fotos
– Haverá de me ocorrer alguma coisa.
– Você precisa fazer isso.
– Eu acho que não.
– Estou sem vontade.
– Vamos ficar uma semana e depois voltamos e ficamos livres e viajamos para onde bem entendermos.
– Pense bem!

Jäcki disse a Sergio que aceitava.
No passado, eu corria atrás do banho de sangue e só o consegui com muito suor e lágrimas
Agora que eu não quero, Ilesi me conta o rito secreto para Nanã com os sapos.
Agora, depois de dez anos, eu fico sabendo de Gisèle como a consciência é quebrada.
Celeste, a gigante, me conta da ruína do templo dos reis.
E Sergio, o etnólogo jovem que conseguiu entrar na Casa das Minas, lhe oferece a velha ideia de ajudá-lo na pesquisa sobre o mais famoso templo de dois continentes.
O etnólogo contra a vontade.
Um comportamento assim como o de bichinhas velhas e gordas quando um turco gostoso corre atrás delas.
I coudn't care less.
Uma peça satírica.

Eu voltarei a Othmarschen lotado de trepanações, bebidas alucinadas, alergias sagradas.

14.

Um garoto com boné de malandro mostrou as bibocas *gays* a Jäcki.
Na Praia Grande
Onde, durante o dia, os postos comerciais funcionavam, fábricas das quais cordas e panos pendiam das janelas.
Onde, à noite, os locais de trepar penduravam lâmpadas elétricas coloridas na fachada.
Ali.
Uma espécie de palácio.
Talvez de duzentos anos de idade
Jäcki reconhece os muros
O portão das carruagens, substituído por uma pequena porta que se abre.
Ali estão as duas Celestes, as frangotas celestiais, as infernais, e mexem suas bundas secas.
Os muros de taipa.
Como na Casa das Minas.
Terra, galhos, pedras do campo.
Depois argamassa por cima.
Sem as telhas romanas no telhado, o palácio seria lavado a cada nova chuva.
A casa é pintada todos os anos.
Chuva e bolor desfolham as camadas de tinta como se a parede fosse um livro.
O saguão de entrada.
No meio, na parte de trás, uma escadaria.
Buracos nos degraus, tábuas pregadas em cima deles.
Pelos buracos se pode ver as moradias.
A segunda parte da escadaria jaz na escuridão.
Os degraus são estreitos e altos, um mais alto do que o outro

Os clientes, as prostitutas, as Celestes, os comissários de polícia sobem, rijos como se tivessem dengue[1]
As salas da parte e cima são divididas em baias por papelão, ripas, panos coloridos.
Saindo pela parte de trás, um pátio, balaustrada, entulho, vasos de flores, uma ducha que pinga.
A vizinha administra a chave.
– O senhor quer ir até Battista?
– Battista ainda está no trabalho.
– Battista chega mais tarde.
– O senhor quer esperar por Battista
– Ou logo.
– Depois o senhor devolve a chave a mim.
A vizinha, que administra a chave de Battista, cresceu em forma de gota.
Como uma Vênus da Idade da Pedra, feita de porfírio
Da cama de Battista, pode-se ver a baia dela.
Discreta, ela ganha, em marcos, quinze marcos, balançando os quadris da sacada de sua baia
Depois, fica escuro por cerca de meia hora onde ela está.
E, da cama de Battista onde estão, Jäcki e seu acompanhante não conseguem reconhecer nada que se passa na baia da administradora da chave.
Ela tem oito filhos.
Três vivem com ela no palácio.
Os menores.
Eles dormem em caixas de papelão, enquanto a mãe ganha o pão do dia a dia em cima do sofá.
Quando eles não querem dormir, são postos no corredor.
A Vênus da Idade da Pedra em forma de pingo tem um cliente firme.
Ele é funcionário e se envergonha ao encontrar Jäcki de dia diante do hotel Vila Rica.
Ele olha rapidamente para o lado
Teme ser cumprimentado como um *gay*.

---

1. Outro grande sinal da imensa atualidade de Fichte ao falar do Brasil. (N. do T.)

Do outro lado da baia horária de Battista mora uma índia com um mar noturno feito de cabelos sobre a cabeça.

Ela sabe disso e a cada pouco sacode, sedutora, suas madeixas.

Seu crânio é grande demais e seus lábios parecem ser de madeira.

Como muitas moças magras que vendem prazer ali, ela parece uma travesti.

Seu cliente firme é um índio louro, que trabalha como mecânico de automóveis.

Ele corre de cuecas entre as bichas que querem ir até Battista, e Battista afirma que ele chupou seu pau certa vez na ducha do pátio.

Quando Jäcki espia para o lugar em que ficam a prostituta e o índio louro, ele começa imediatamente a fazer um *streap-tease*.

A das madeixas lhe agarra a cueca e tira o pau do índio louro para fora e faz movimentos e logo ele está em pé, grosso como um chuchu.

– Ele está sempre pronto, diz a das madeixas, e lança um olhar de censura a Jäcki.

O índio louro começa a se lavar, ele vira as costas a Jäcki e tira sua cueca.

Do outro lado, dizem que quem aluga a baia seria um negro *gay*.

Os dois quartos da parte de trás, no corredor, estão trancados e pregados.

Além disso, Jäcki muitas vezes encontra um magro que mora na parte que dá para o pátio e não cumprimenta ninguém.

Diante da ducha, é a anãzinha que tem seu escritório.

Quem procura pela anã são sobretudo estudantes do segundo grau, que sobem as escadas com livros e cadernos.

Na parte de baixo mora uma travesti de cabelo louro-arruivado e um casal negro de zeladores.

À noite, a mulher corre, a cada meia hora, de vassoura pela casa, porque um dos clientes espiou para dentro de seu quarto de dormir pelas frestas da escadaria.

Às vezes, ela também aparece com um facão

Jäcki e ela não se cumprimentam.

Mas ele sente que ela gosta dele.

Talvez porque ele flerte com seu marido.

Jäcki sente que não precisa temer nada da parte dela.

Nas tardes de sábado, o homem monta um bar no saguão de entrada.

Ele vende, amuado, a cerveja, pois não quer ser confundido com Battista.

Na segunda ou terceira visita ao palácio da Praia Grande, Jäcki também conhece Battista.

Um homem baixo e um tanto amarelado, que anda por aí de calção apertado branco ou floreado, e estende, amuado, uma mão fina a Jäcki.

Battista não tem juventude nem idade.

Ele poderia ser tanto um sessentão conservado como um trintão que murchou precocemente.

Jäcki sabe que se poderia descobrir nele um comerciante de antiguidades, um chefe de escritório, um cabeleireiro.

Mas Jäcki descobre em Jäcki o escriba, o escriba egípcio, o dos incas, o escriba de Uruk.

Battista está parado com as frangotas celestiais lá embaixo, no canto.

Battista acena da sacada.

Battista pede ao comissário de polícia que suba

Battista segura Valter, o polonês.

Battista indica o baixinho Jorge.

Battista conhece um estudante de segundo grau louro que vem sempre ao meio-dia e quer.

Battista sempre consegue encher sua baia.

Às vezes, é preciso esperar por uma hora até que um casal distinto esteja pronto.

E, quando dois descobrem um no outro a paixão de suas vidas, eles alugam a baia de Battista para a noite inteira.

E então ele é obrigado a dormir a noite inteira em casa, com sua família.

Quando Jäcki chega por volta das oito, Battista acaba de chegar do emprego e toma sua sopa, que a vizinha em forma de pingo cozinhou para ele.

Ele oferece sopa a Jäcki.

O gosto da sopa é melhor do que o das sopas do hotel Vila Rica.

Vila Rica.

Música colonial branca.

As pessoas capengam junto às mesas como se estivessem explodindo.

Hotel: Miss Brasília.

O vapor.

A piscina decorada como bunda com um ponto no meio.
História do vapor.
Pistola de esguicho.
Esquisito (Seurat)
Irma Xangô
Amarcord de Fellini (Venezuela)
Discotecas em Nova York.
Miss Brasília 1981 São Luís do Maranhão

Os aromas do grupo de viagens de São Paulo
Três, quatro águas de colônia masculinas
E os perfumes usuais das senhoras, vindos de Paris e Nova York – algo japonês para completar.
Também aqui o preconceito: negros fedem.
Não o órgão cheiroso de Des Esseintes
Uma cacofonia de cheiros.

No *lobby* do hotel toca uma fita de música.
E a televisão com música e filme de caubói.
Além disso o rádio transistor de um cliente.
Pseudo-Debussy.
Pseudo-Piaf.
Pseudo-Bécaud.
Pseudo-Floresta Virgem.
Pseudo-Rock.
O prendedor de cabelo de Barbra Streisand caiu.
Se pelo menos fosse uma música tola.
Mas cada um dos acordes é temperado.
Esse gorgolejar.
O arrulhar.

Sergio vem até o hotel, ele mandou copiar para mim o livro de Costa Eduardo.
Ele me dá a cópia de presente.
É claro: ele joga uma migalha para ganhar um pão inteiro.
Também se trata de um presente temerário.
Mas não se pode ser amedrontado e ávido sem fazer algum esforço e sem dar generosamente um livro?

No hotel, um pequeno jantar para o governador.
Nada de alto-falantes.
Violões baixos.
Um cantor sem amplificador ao lado da piscina.

No hotel, as bocas dos viajantes em massa de São Paulo:
Bocas – como se elas se destacassem no alto de uma colina, e bem estreitas.

Na piscina.
O funcionário de Brasília.
Do Tribunal de Contas.
– Eu acabo de vir de uma viagem de serviço a Manaus. Queriam me dar duzentos hectares de presente. Estão tentando promover a indústria agrária por lá agora. Plantações de caucho. A colonização por parte de pequenos agricultores não deu certo. O Banco Do Brasil me ofereceu um milhão de cruzeiros de crédito por hectare. 10.000 dólares de crédito de desenvolvimento por hectare.

15.

Quando tento falar com Deni, Roxinha e Celeste sobre os rituais esquecidos do navio das princesas, elas são tomadas por uma espécie de abatimento de escolares.
– Nós queremos ir à África e procurar as cerimônias perdidas.
– As senhoras sabem falar ewe, fon, mahi, iorubá?
– Não. Não entendemos nem sequer mais as nossas próprias canções inteiras.
– E francês?
– Não.
– Inglês?
– Também não.
– Eu ensino francês às senhoras, se as senhoras quiserem, aí poderão viajar por exemplo ao Togo e a Benim. As senhoras me ensinam as plantas, e eu lhes ensino francês.
Celeste tem grandes planos. Ela quer estudar inglês e francês ao mesmo tempo.
Deni e Roxinha combinam as aulas comigo.
A questão será ensinar palavras, formas gramaticais – a unidade técnica mais básica – a mulheres que estão acostumadas a lidar apenas com fórmulas mágicas nos últimos anos.
Elas precisam perder o medo de aprender.

Comprei alguns textos franceses
na verdade inúteis
Roxinha repete com boa inteligência o que eu leio.
Deni copia bem rápido a minha pronúncia.
Ela tem as perturbações escolares das inteligências bem superiores – do espírito especial.
Imediatamente ela treina e decora alguns erros dos quais jamais voltará a conseguir se livrar.

Depois Celeste se junta ao grupo e, com seu lábio genial, destila falando, em cinco minutos, o conteúdo de uma hora inteira.
Deni engole tudo a força.
Roxinha simplesmente começa a silenciar diante disso.
Intocavelmente segura.

Deni não aparece para a aula de francês.
Eu acho que entre Deni e mim começou uma luta que vai durar, indecisa, em movimentos sempre semelhantes – por tanto tempo quanto eu ficar por ali.

Terça-feira, 18.8.81
Ela prefere não dizer nada.
Não aos outros
Não a Sergio e a mim.
Ela gostaria de deixar a casa sucumbir com ela.

Terça-feira, dia 25 de agosto de 1981
A primeira aula de francês a Deni, Kennedy, 56.
De fora, ainda parece uma casa de barro.
Pedras cobertas de argamassa, mas a areia da argamassa é avermelhada.
Uma porta dividida ao meio.
Arame e barbante para segurá-la.
Eu vou guardar na memória o arame e o barbante.
Recordar a sensação de ambos nos dedos.
Bato.
Vejo Deni através das frestas.
Uma negra bonita e clara chega – provavelmente a neta
Egípcia
E como ela usa o lenço na cabeça de modo refinado e clássico.
Por dentro, a casa parece grande.
Ela está completamente vazia.
Um corredor que leva para fora, a uma espécie de clareira em forma de jardim
à esquerda um espaço amplo, com reboco avermelhado, ainda não caiado.
Televisão. Cartaz de futebol e duas cadeiras capengas

A janela para a Kennedy
Poeira e barulho.
Deni me faz esperar.
E então ela chega ainda um pouco molhada no rosto e nos cabelos devido ao banho vespertino.
Aqui eu vejo com nitidez que ela alisa os cabelos,
fixa-os com prendedores. Ou será que ela faz isso apenas aqui, em sua casa, sua propriedade, para desse modo ingênuo triunfar diante do professor branco que a visita.
O belo crânio com aqueles cabelos refinados e musgosos, embolado, torturado.
Por que ela faz isso.
Ela perde em beleza e, besuntando assim terrivelmente os cabelos, apenas mostra tanto mais a diferença em relação aos cabelos dos brancos que ela considera belos e dignos de serem imitados.
Será que ela acredita que um detalhe em meio a todo um conjunto de características basta, e que o código social dos "cabelos lisos e cuidados" da casta proprietária será atendido.
Assim como a travesti sessentona e sua barba branca por fazer usa meias de *nylon* e diz: eu me chamo Evelyn?
Ou será que ela pretende, de modo refinado, antecipar o gesto de humildade para marcar com exatidão a diferença como algo desprezível?
No espaço vazio e alto, Deni já parece uma proprietária se comparada aos outros, nos barracos da cidade, à beira da água ou nas florestas
Sim, em seus gestos diante da neta, do touro *sexy* do filho, que passa de modo devoto no corredor
ela já é a classe dominante, a classe proprietária
mas deslocada com os gestos da submissão claros e os falsificados diante de mim.
Ah, o telhado detonado para dentro do qual chove.
Deni segura um barbante na mão com o qual regula a janela que dá para a rua.
Ela fala em voz baixa.
Esse truque dos afro-americanos para deixar o europeu encantado.
Quando os caminhões passam, eu não entendo palavra do que ela diz.
Eu faço Deni ler de um dos livros escolares.
Algo sobre ruas e pontes na Touraine

Não contados erros bem grosseiros, embotados e que são sempre repetidos, ela repete a minha pronúncia a ponto de atender até as oitavas mais detalhadas na escala dos sons.

Mas esse ler e reler não é uma troca livre entre iguais e com propósitos iguais.

Deni, apesar de sua arrogância, cai de tal maneira no comportamento escolar padrão, que repete também minhas traduções precárias ao brasileiro com os erros como se fossem sentenças de fé

Eu exijo muito dela.

Quando a pesquisa com Sergio começar de novo, eu quero pelo menos insinuar durante as aulas de francês, e mostrar que me compreendo como semelhante a Deni, a sacerdotisa afro-americana, e que espero dela o mesmo que ela pôde esperar de mim ao aprender francês.

Eu repito insistentemente os números até que ela esteja cansada e comece a confundir as designações não por teimosia ou desleixo, mas sim por excesso de esforço.

Ela quer.

Sim. Mais.

Eu quero aprender isso.

Por que essa vontade?

Será que tudo se devia à necessidade da crença de reencontrar os ritos em Daomé com seu francês – ou havia ainda um outro motor, um outro motivo?

Depois de três horas, ela adormece

E duas, três perguntas acerca da religião me parecem ser permitidas.

Assim que escurece, Deni fala sem parar e eu preciso terminar tudo, porque de resto ela volta a esconder completamente a diligência da aprendiz debaixo das manipulações das fiéis.

Quinta-feira, 27 de agosto de 1981

Sérgio é

Para Deni, o senhor professor.

Ele se comporta diante dela como o senhor professor

E por isso ela dá mais importância a ele do que a mim.

Ele pega a caderneta com as perguntas

Ele a interrompe de quando em vez

E, quando eu tento com todo o esforço do mundo concentrar as perguntas em um tema

Se realmente se abatia com uma faca da Idade da Pedra
Zás-trás
Sergio salta com um livrinho sobre Dona Flora e Dona Marcolina, se intrometendo
E tudo se perde
Às vezes, me parece que ela esteja jogando um jogo com nós dois.
Ele, que não sabe perguntar, ela deixa perguntar, porque não o marcou tanto quanto marcou a mim
A mim ela obriga a passar por todas as provas da iniciação

Terça-feira, dia 1º de setembro
Nas aulas de francês, Deni se comporta de modo diferente daquele que se comporta diante de Sergio
Ela é mais amável.
Às vezes, quase devota.
Mas isso está no limite do suportável.
Ela só consegue se conter outra vez quando, ao fim da lição, puxa do escuro o livro do Nunes e começa a falar sobre a ordem das canções
Todo errado
Tudo errado, ela cacareja e canta.
Canta durante horas.

Quinta-feira, 17.9.81
Deni não aparece outra vez.
A neta diz que o tio está doente.
Ela nos espera na próxima semana, terça e quinta-feira.

– Codornas com espinafre, disse Jäcki a Irma.
– Gafanhotos velhos.
– Pãezinhos secos.
– Seus pais ainda viviam sobre as árvores.
Jäcki soltou tudo que conseguiu descobrir dentro de si em termos de racismo, de rudeza, de ódio exagerado para conseguir progredir no trabalho, e Irma queria se derramar de rir por causa dele.
Ele estava sentado na mesa moderna que havia sido pensada para o café da manhã e não para as pesquisas de ritos das pedras e encheu suas fichas com anotações, uma conversa com Deni resultou em mais

ou menos 100 fichas preenchidas, em um ano seriam 5.200 fichas, e ele praguejava.
– Codornas com espinafre
E organizava as fichas na caixa de sapatos.

16.

Irma atraiu Jäcki para a praia
Eles foram com os apetrechos de banho a Calhau
Desembarcaram e um vento fresco do mar veio ao encontro deles, acariciante.
Aquilo tudo mais parecia Sylt a Jäcki, muitas dunas, infância e aventura.
Depois das casas sufocantes de São Luís e seus ritos
Dunas.
Rochas na água.
E uma lagoa.
O mar parecia gorduroso.
Ondas breves e violentas nos morros antigos de Lisboa.
Caranguejos minúsculos se aferravam à pele ao nadar.
Na praia havia vários bares.
Barracos de tábua, música de rádio transistor que superava o barulho das ondas.
E um telhado de palmeira.
De fora, parecia uma peruca descabelada
– Quando se está sentado debaixo dele, se reconhece a ordem indígena ou africana do entrelaçado.
Uma índia de cabelos alourados servia caranguejos, siris, farinha de milho, farofa e caipirinha, rum[1] com pedaços de limão, mel e gelo.
– A proprietária sou eu, diz a índia, e até mesmo suas sobrancelhas são pintadas.
– Ali está: Maria Leodes da Graça.
– As crianças também têm de trabalhar.
– A mais velha cozinha
– E a pequena, ali, é minha queridinha, ela me ajuda a servir.

---

1. Provavelmente cachaça. (N. do T.)

Uma menina loura.
De uma novela de Storm.
Ávida e obstinada.
Já agora os beberrões negros olham para a menor de idade loura.
Mas em seus movimentos havia algo que dava a impressão de que ela não ouvia seus próprios passos.
Às vezes, também ela ia se sentar a uma mesa cheia de cascas vermelhas de caranguejos e começava a chorar.
Leodes criava galinhas, porcos, gatos, cachorros e um macaquinho na praia de Calhau.
– Eu preciso de 38 cachorros. Preciso dar uma comida aos cachorros em dezembro, disse ela.
– Quando eu ainda era pequena, minha mãe ficou doente.
– Eu rezei à Virgem Maria prometendo que em 38 anos eu faria uma comida para 38 cachorros se minha mãe não morresse.
Com uma virgem de honra e um osso de honra para cada um dos cachorros.
Eu faria uma comida cara para eles e comeria junto com os cachorros, do mesmo prato
– Vinte três cachorros eu já consegui juntar.
Os cachorros de Leodes eram cachorros terríveis.
Eles cercavam os clientes e os ameaçavam.
A fim de que Irma e Jäcki não perdessem o apetite, Jäcki inventou para eles nomes de atores de cinema e de escritores.
Burt Lancaster não tinha pelos e tinha só três pernas.
Mas ele era mais rápido do que os outros e lhes arrancava os restos.
Claudia Cardinale não tinha pelos e tinha prolapso vaginal.
O corpo inteiro coberto de pústulas
Antes de conseguir engolir um bocado, ela era tomada por uma vontade de se coçar e os outros lhe arrancavam tudo.
Ela arrancava as cascas de suas feridas com as patas até que estas sangrassem.
Cinco cachorros ainda bebês e bem magros tombavam a cada pouco.
Marcel Proust – um pequinês cuidado, de caracóis sedosos, na cabeça uma ferida purulenta.
– Quantos filhos a senhora tem, perguntou Jäcki.
– 14, disse Leodes:

– Oito morreram, graças a Deus.

Houve briga porque o garçom baixinho e negro quis passar a perna em um cliente.

Um dos clientes levantou de um salto.

Um segundo interveio:

– Eu sou policial.

Um terceiro cliente tentou rosnar de modo sinistro.

A faca.

A pistola do policial.

Dois homens tiraram os casacos.

O policial quis prender a todos.

Jäcki pagou.

O garçom baixinho correu atrás de Jäcki e Irma.

– Leodes lucrou com a pancadaria e me pagou errado.

– Ela me enganou com as gorjetas.

Leodes manda erguer o telhado.

O número de moscas é terrível.

Eu digo que as crianças deveriam lavar a casa inteira.

O cachorro tem peste, sífilis, cinomose – tudo.

17.

Terça-feira, 6.11.81
Deni não está bem.
Ela foi a pé até a médica. Espera. A médica já a conhece.
E lhe deu uma receita.
Na farmácia, não quiseram vender os medicamentos.
E Deni segue, de volta à médica. Espera.
– Mas eu não posso lhe dar outra receita.
Deni vai a uma outra farmácia.
Em vão.
Por fim ela encontra uma farmácia que lhe vende os medicamentos.
Contra vermes.
– Mas que vermes? Eu tenho todos os tipos de vermes.
Hormônios por causa do climatério.
Antibióticos contra inflamação nos rins.
Vitamina B.
Deni agora sabe os números em francês.

A brincadeira da viagem à África tem uma dificuldade.
Assim como Deni – apesar da inteligência e da sensibilidade ela não consegue sair da repetição mágica de frases em francês, assim que eu falo em português, e certa vez inclusive inconsciente, e não conscientemente: mas agora Umberto[1] apenas fala como tradutor pra mim e não como leitor que só quer que eu repita.
E assim ela jamais sai do cotidiano completamente para entrar no jogo de verdade.

---

1. Referência ao próprio nome de Fichte, Hubert, conforme era pronunciado pelos brasileiros. A brincadeira com seu *alter ego*, Jäcki, e a menção disfarçada ou não ao próprio nome é aliás um dos grandes dados metaliterários da obra. (N. do T.)

Em vez de simplesmente aceitar de modo mais tranquilo o essencial ou exprimir o não essencial com mais leveza na brincadeira, ela não pega a essência do jogo, mas sim sente apenas aquilo que é formalmente paralelo ao cotidiano.
Eu banco o funcionário severo da alfândega que a interroga.
Ela o toma como verdade verdadeira!
Umberto quer me interrogar.
Deni não gosta de fazer o papel de si mesma em francês
Ela manifesta grandes resistências em ser Deni junto ao embaixador de Daomé ou na aduana ou junto ao rei de Abomei.
É indiscreto fazer um papel desses.
Minha ideia infantil de ludibriar uma afro-americana com teatro infantil a aprender francês não funciona.
Uma afro-americana não quer fazer teatro infantil, ela quer ser professora, intelectual, turista.
Os livros em francês nas livrarias são horríveis.
Eu não seria capaz de aprender em algo assim e me nego a ensinar com um material desses.
Decido-me a entrevistar Deni.
A entrevista etnológica é, como coisa completamente errada, provavelmente a única correta.
Eu mesmo preparo nossos textos em francês
Pergunto em português e traduzo minhas perguntas ao francês. Ela responde, e em seguida eu traduzo sua resposta ao francês e a escrevo.
Ela lê consigo mesma mais uma vez em francês.

A pequena casa de argila de Amélia, com suas rochas em frente, se transformou em um palácio de cimento gigantesco de dois andares
A coroação de sua vida e a coroação da habilidade de sua família.

Eu vou à tarde à Casa das Minas para saber algo de Roxinha acerca das plantas sagradas.
Ela está sentada em seu quarto, diante do altar, os pés na banheira.
Na televisão, um desenho animado infantil.
A jovem professora faz as unhas de Roxinha enquanto ela se lava e vê televisão.
Sergio não tem nenhum princípio orientador em suas perguntas.
Não acredito nem mesmo que ele registre tudo em fichas depois.

24.9.81, quinta-feira
Sergio está muito incomodado com o fato de perdermos tanto tempo.
Com Dudu, na última vez, apenas algumas informações.
Ele disse que a velha mulher, prestes a morrer, não lhe interessava.

O belo e brando Sergio:
Dudu, ah, ela precisa de muito tempo antes de enfim morrer.
Nunes – em dois anos ele estará morto.
Quando Vieira Filho estiver morto, seria bom se a universidade pudesse comprar sua biblioteca.
Só que não há dinheiro para tanto, pois o Nunes vendeu sua biblioteca.
Então é assim que Nunes faz as coisas.
Ele junta livros e em seguida os vende.
Alguns em Manaus, os outros em São Luís.

Celeste recebe a Sergio e a mim em sua casa.
Ela mora junto com uma professora, cujo lar ela também conduz como chefe do templo mais respeitado do Brasil.
Celeste quis adotar, com a professora, uma robusta menina mulata, mas a mãe se negou a entregá-la.
Agora ela adotou uma pequena índia do orfanato.
E a menina mulata é obrigada a servir a índia.
Nós estamos sentados na varanda.
Cadeiras de jardim
Fetos pendurados.
Balanço de Hollywood.
Para terminar, refrigerantes.
Celeste fala abertamente, generosa
Ela diz muita coisa, não sente vergonha.
Tenho sempre a sensação de que essa abertura toda seja mentira.
Quando ela silencia sobre algo, parece que fica de consciência pesada.
Talvez seja essa expressão de ser pego em flagrante – mostrar o amante de efebos, o sacerdote pedófilo da Bahia – que me faz suspeitar que ela esconda tanta coisa.
Mas possivelmente ela apenas traduza a mímica, que ela usa na alta sociedade de São Luís, para as nossas entrevistas.

Os olhos de Celeste se desviam, trêmulos, depois de algumas perguntas.

Eu tentei lhe explicar que não sou curioso, mas que estou trabalhando.

E peço que ela explique, quando eu pergunto algo, o que ela não pode responder.

Isso tornaria o trabalho de Sergio e o meu mais fácil;

Não precisaríamos de tantas visitas para ficar adivinhando o que ela quer dizer:

Será que ela não sabe nada.

Que não pode.

Que mente.

Celeste compreende o que estou dizendo.

Ela promete.

E cumpre.

18.

Battista às vezes sabe ser bem impertinente.
Tem boas ligações com a polícia.
Os comissários bebem com ele, lá em cima.
Ele aluga sua baia aos guardas para uma rapidinha entre dois interrogatórios.
E em troca Battista recebe as dicas antes de as batidas começarem.
Ele fala?
Existem *books* rosas?
Ele fala.

E Battista solta a língua.
Celeste um e Celeste dois prometem dinheiro aos homens e depois dizem:
– Não vamos pagar nada.
– Não temos nada.
– Na maior parte das vezes, isso dá certo
– Há algum tempo, um ficou tão furioso que as espancou.
– Ele não queria mais deixá-las sair do meu quarto.
– Ele andava de cima a baixo pelo corredor.
– Eu fui obrigado a libertar as duas Celestes.

Ou então Battista faz de conta que não vê a gente.
Mal cumprimenta.
Deixa que se fique parado sem me dar a menor atenção.
E quando chega um cliente da alta com seu garoto de programa, Battista fala durante horas com o cliente, o dinheiro pago pelo quarto na mão, antes de deixar os dois sozinhos.

Jäcki olha para a índia de madeixas suntuosas.
Ela está parada ali como uma estátua, uma faca de pão na mão.
Ela esclarece ao índio louro como ele deve segurar a faca para que não possam desarmá-lo, agarrando-lhe o punho.

O índio louro olha para o lugar em que está Jäcki e Jäcki tem a impressão de que ele preferiria fazer um *streap-tease* a aprender com sua mulher como se segura uma faca.

Esta nem sequer dá atenção a Jäcki, continua brandindo a faca de pão diante do rosto de seu gigolô e segura o cabo ora de um, ora de outro jeito.

Jäcki senta-se nos degraus da escadaria, em meio à escuridão.

Ele tira o estojo dos óculos do *jeans* e, em vez da faca de pão, o pega na mão.

Ele o agarra com a esquerda, o polegar para cima e

ele o pega com a esquerda, o polegar para cima.

Ele agarra o punho esquerdo com a direita, os dedos se abrem e o estojo dos óculos cairia no chão.

Ele agarra a faca com a esquerda, virada, o polegar para baixo.

É a mesma coisa. É a mesma posição. Preciso apenas virar a mão.

Que bobagem é essa com a faca de pão.

Ela está ensinando truques falsos a seu cafetão.

Battista está no novo bar de putaria e bebe com as outras bichinhas.

Os *gays* estão todos por aí, nos campos, grita Battista.

Hoje houve mercado de gado

E, quando isso acontece, nem um único *gay* permanece na cidade de São Luís do Maranhão

Todos se mandam para os pastores de gado, nos campos.

E Battista começa a dançar na luz estroboscópica com o gordo de Souza.

– Ah, vocês sabem, os *gays*, diz Battista.

– O baixinho Jorge, que eu deixei dormir todas as noites comigo, lá em cima.

– Não é que ele ainda por cima quer dinheiro para seus cigarros.

– Cara, eu disse a ele que não ganho mais de 20 contos por mês.

– Tenho uma família em casa.

– Você sabe o que ele faz.

– Ele ameaça me espancar.

O gordo de Souza paga uma rodada.

– Eu trabalho no Serviço Social, começa Battista outra vez.

– No passado, nós podíamos aparecer pela manhã, quando quiséssemos,
– Agora todo mundo fica de olho.
– São Luís não é mais a mesma do passado.
– Preciso estar sentado pontualmente às sete e meia na minha escrivaninha.
– Mas se tudo é tão pontual, também não fico um minuto a mais no final do expediente.
– Pode vir quem quiser.
– As coisas são assim com a pontualidade.
– Preciso pegar o ônibus à meia-noite, diz Battista, e paga uma rodada.
– Durmo todas as noites com minha mulher.
– Tenho seis filhos.
– Acordo todas as manhãs às cinco hora, depois pego o ônibus e venho até aqui, ao meu palácio municipal, e rego minhas flores e meus cactos.
– Saio sempre daqui para o Serviço Social
– Da uma às três faço uma pausa para almoçar no palácio
– Depois continuo até às seis no escritório.
– Depois é hora de tomar uma ducha no palácio, comer.
– E então eu abro meu salão.
– Preciso pegar o ônibus da meia-noite.
Jäcki quer seguir adiante.
Pela noite.
– Fique, diz Battista. Eu pago mais uma rodada.
– Dance comigo
Mas Jäcki agora paga a rodada rapidamente.
– No domingo, fiquei o dia inteiro em casa.
– Me dediquei o dia inteiro à minha família
– Mas minha mulher resmunga.
– Ela vive resmungando.
– Que eu devo voltar para casa logo depois do serviço.
– Eu não digo nada.
– Mas, como as coisas andariam com o salão do palácio se eu não agisse assim, com os seis filhos que tenho para sustentar.
– Minha mulher não precisa trabalhar.
– Então que não fique ranzinzando por aí também.

– Ela sempre foi assim.
– Sempre resmungava sobre as coisas, todas as coisas.
– Ah, eu estou tão nervoso.
– Minha filha vai fazer o vestibular.
Agora Battista acaba pagando, ainda assim, uma segunda rodada.
E Jäcki não consegue ir embora.
Mas também lhe interessa o que Battista conta.
Se ele pelo menos não precisasse botar pra dentro toda aquela cerveja.
Ela chega congelada da geladeira.
E, naquele calor todo, apenas derrete aos pingos, para que se possa servi-la sem que o copo transborde de espuma.
Battista agora dança com Jäcki
E Jäcki tem a sensação de que os rufiões e as prostitutas fornidas não estão mais achando engraçados aqueles três *gays* barulhentos na mesa do canto.
Enquanto Battista dança, ele tenta atiçar os clientes para que cheguem às prostitutas.
– Mas se minha família fica sabendo, berra Battista, como se fosse o novo sucesso do carnaval:
– Que eu estou andando com *gays* por aí, vou me separar imediatamente da minha mulher.
– De vergonha.
– Ah, sim, então é assim, pensa Jäcki:
– Também Battista é um bissexual.

19.

Sergio se mostra pronto a ajudar e não parece ter nenhum complexo de inferioridade.

Ele me pega com seu carro e nós vamos até Celeste.

Domingo, 24.1.82

Com Sergio até Raposa.

Fica-se sabendo de muitas coisas bem precisas

O macaquinho Guaximã vai à praia e pesca caranguejos usando seu rabo como isca.

Quando eles mordem, ele dá um grito terrível

Depois ele os come.

Sadomasoquismo *gay*.

Ele tem que dar o rabo para comer.[1]

Os dois sentidos da frase que mostram como ele tem de se deixar foder para conseguir foder.

Deni começou a fazer colares sagrados para mim e para Sergio.

Ela pega sacos de *nylon* cheios de bolinhas de vidro e nos mostra os colares das sacerdotisas falecidas, as camisas de pérolas despedaçadas das princesas, das tobóssis, do navio de iniciação.

Sergio e eu nos esforçamos para saber do significado individual de cada uma das pérolas.

É difícil.

Deni se contradiz.

Talvez ela tenha esquecido ou jamais tenha sabido, ou então ela apenas finge sua ignorância.

Quando vamos embora, Sergio diz:

– As velhas senhoras negras têm seus colares apenas dentro da cabeça.

– E nós temos os colares das velhas senhoras da cabeça.

---

[1]. Outra frase que aparece em português no original de Fichte. (N. do T.)

Sergio:
O falecido Luiz inchou.
Eles não conseguiram fechar o caixão.
Ele foi emparedado no cemitério.
Continuou inchando até que a sala de cadáveres explodiu. –
Swell up an burst.

Terça-feira, 10.11.81
Deni
Completamente perturbada pela morte do imperador da Festa do Divino:
Luiz.
Mal consegue fazer francês.
Ela menciona outra vez os psicofármacos.
Isso é uma pergunta indireta ou um pedido?

Quarta-feira, 18.11.81
Sergio diz, com muita suavidade, que eu chamei Celeste de Deni em minha febre.
No dia seguinte ele chama Deni de Celeste.
Autopunição, pois.
Tão ruim assim ele acha uma correção.

20.

Pedro, como Henrique VIII.
Em um caminho distante, passando por Alagados
E depois:
Hoje eu pensei que seria morto.
(Mais tarde: eu vou matar você.)

Em uma cidade pequena.
Outra vez um passeio.
Mas já na cidade pequena, as classes todas uma ao lado da outra.
A celestial Celeste
E, um pouco mais adiante, as duas Celestes infernais.

Ensaio.
Onde.
Cinema Roxy – nada.
Em torno da biblioteca, à noite.
Largo do Carmo.

Um negro completamente louro.
Como alguém de Dithmarschen.
Tira o seu na praia.
Depois em uma ruína.
(Mais tarde igual a uma bichinha)

Pedro pela segunda vez.
Ao forte.
Ele se deita no asfalto.

Um negro magro um pouco mais velho.
Muito bonito

Um tanto exibicionista.
Em uma escola.

Cine Passeio
Muita coisa acontecendo.
No banheiro.

Segunda-feira é o dia *gay*.
O garoto da praça Deodoro me leva à biboca de encontros em São Francisco.

O negro louro alto e bonito na praça.
Mas eu não quero ir com ele. João

Depois de um bom tempo, eu o vejo e vou com
ele ao estacionamento. João

Mortimer acaba com o namorado simpático,
porque ele também quer foder.
Seu pai, piauiense forte, 60 anos, rico desde sempre.
Fábrica.
Com a primeira mulher, 17 filhos. E então ela morreu de parto
Segunda mulher, 7 filhos. E então, ligação nas trompas
Ele também lê Bernardo Guimarães: A Escrava Isaura.
Assim como Irma.
Ele chora enquanto lê.
A gente chora muito, ele diz.
Ele não se acha bonito.
Eu sou ridículo.

Um cafuzo na rua Grande.
Guarda.
Tem uma chave para uma casa.
A praça Deodoro tem suas horas e zonas
Até às onze, mais ou menos, sobretudo moças e rapazes.
Mas embaixo, ao lado da biblioteca, mais à esquerda, entre os que esperam pelo ônibus, também há *gays*.

A partir das onze, poucos outros. Só *gays* à esquerda, sobre as pedras.

No cinema, um exibicionista vaidoso e sádico.
Na praia.
Quer ir ao restaurante.
Depois, em meio às dunas, para que todo mundo possa vê-lo.
Deixa que o peguem.
Depois, nunca mais.

Emanuel, 18.
Tão jovem, terrível.
Quanta paixão.
Primeiro, bem macho
Depois, se deixa pegar.
Uma bunda maravilhosa, fornida.
E o pau tão duro que mal se consegue afastá-lo da barriga
O rosto de um príncipe inca.
Um tanto suavizado pela sexualidade alucinada.

Emanuel.
Simplesmente despedido de um banco.
Quer ir à Brasília.
De ônibus.

A gonorreia do taxista.
Sua história de potência era nada mais do que uma gonorreia, que ele arrastou durante 17 anos com Tetrex.

Queda de luz.
Um sádico se deixa chupar
na praça Deodoro.

À noite, em plena rua, as coisas acontecem na praça Deodoro.
Vários.
Também o negro louro.

As travestis gritam atrás da gente na ponte.

– Viado.
Heródoto II, 64, pureza.

Carnaval
Um casal de bichinhas atrás da ruína.
De resto, apenas casais normais.

Música
Ouvidos
A vendedora grita horrorizada quando Irma pergunta se ela gosta de música.
Ela está grávida.

Taças de vinho polidas
A igreja iluminada e rude
O telhado escuro e ondeado da nave eclesial
Telhas romanas arredondadas.
Os vagabundos com seus pacotes diante da TV na rua Grande.
Nos arcos romanos, os artífices fazem as decorações de La Main no cimento.
O parquê velho e decadente da escola
Os homens se deixam todos pegar na bunda,
Por frente.

21.

O filho de Leodes tem pústulas grossas pelo corpo inteiro.
– Que eczemas são esses que você tem?
– Isso não é um eczema. Eu cortei lenha e as lascas voaram na minha pele.
Lascas!
– Nós estávamos todos doentes, grita Leodes, radiante.
– Durante três semanas.
– Sarampo.
– Bexiga.
– Catapora.
Os crânios das crianças mudaram por causa da doença.[1]
A pele se distende fina sobre eles.
Crânios selvagens, prejudicados.

Leodes recebe visita do interior do Estado.
– Minha sobrinha pulou do telhado ontem às cinco horas da manhã.
Às cinco horas da tarde ela já estava enterrada.
E eu que queria tanto festejar o meu aniversário
com transistor e radiola e todo o resto.
Debaixo dos cabelos louros, os olhos brilhantes refulgem entre lágrimas.
– Não. Hoje não vou beber batida.
O sobrinho de Leodes se despede de sua tia. Ele precisa voltar ao interior.
O filho de Leodes o leva ainda por um trecho do caminho, ao longo da praia.
Os dois com quinze anos de idade
se olham brevemente e em seguida caminham cada um em sua direção

---

1. A zika parece ser coisa antiga, ou pelo menos a microcefalia. (N. do T.)

separados, como os atores em um filme de faroeste.

Leodes está com febre.

Ela se levanta da rede com dificuldades.

– Caí do telhado

– A senhora também?

– Sim. Com a pequena no braço. Eu queria pendurar algo.

– Com a pequena?

– Eu a protegi. Não aconteceu nada com ela. Fui eu que levei o baque. Até vomitei.

– Então a senhora está com traumatismo craniano. Fique deitada onde está, por favor.

– Como posso ficar deitada. Sem mim não acontece nada por aqui. O garoto está cada vez mais preguiçoso.

22.

Eu não sei como foi que começou tudo
Uma interrupção de Sergio em uma pergunta depois da faca da Idade da Pedra ou depois da rainha;
uma informação rasa de Deni, ou uma mentira.

Mas, de qualquer modo, a minha raiva, por estar sentado de novo diante de uma guardadora de mistérios vaidosa, e ainda por cima de modo devoto, engolindo tudo, amontoando saber inútil, de trazer material a Sergio, de ajudá-lo a fazer perguntas ruins e escrever um ensaio traidor na linguagem dos médicos de confiança – na melhor das hipóteses.

E, com o fato de defender o livro do Nunes, esse produto balofo de uma classe alta, pior, de um arrivista, que nos gestos linguísticos de seus benfeitores trata da Casa das Minas, e de modo superficial, mentiroso de qualquer jeito, e sem qualquer diligência

Essa galinhola que se acha, chamada Deni, e o senhor professor

E o resultado é tudo isso que digo.

E eu digo tudo

E digo também que meu trabalho, meu estilo, não pretendem ser confundidos com isso

Eu digo com toda a nitidez

Sergio e Deni entendem exatamente o que estou querendo dizer.

Para o momento, eles se esforçam, pois, a trabalhar de modo decente, mas quanto tempo isso vai durar?

23.

Assim como Jäcki, também Irma começa a sentir que ela não pode copiar a si mesma.

No Haiti, lhe acontecera que ela se lembrasse de suas fotos diante da realidade que via.

Diante do cartaz da Bayer com mulheres passando, latas na cabeça, ela se lembrou da página dupla no livro sobre Xangô.

E ainda outra vez o banho de sangue.

E ainda outra vez cabras sacrificadas.

E ainda outra vez codornas com espinafre estufadas diante de um altar pop afro-americano. Assim não dava.

E, nesse vazio, cheio de ritos, mães de santo, mendigos, aleijados, travestis, ela começou a reencontrar a fotografia abstrata, composta.

No princípio, quando Jäcki a conheceu

E ela recortava Veneza e Paris no Wilmans Park.

Naquelas inclinações suaves.

Não mais o afã:

Este é o pote sagrado.

Esta é uma igreja que jamais foi documentada.

O rito de iniciação único.

Fotos, nas quais muitas vezes as costas incômodas de alguém apareciam fora de foco no primeiro plano e destruíam a composição.

Ou a criança eterna com os olhos tocantes e a barriga mortal que estragava tudo.

Irma não fora dura o suficiente – como o papa Pierri

para simplesmente jogar de lado a criança a sugar.

Nessa água salobra, Irma se decidiu inclusive a ouvir uma sugestão de Jäcki até o fim e não simplesmente desprezá-la já desde o princípio, ignorando-a.

Na época, ela sacaneara e ideia de Jäcki de fotografar ovos diante de uma parede branca

Por que não negros como limpadores de chaminés em um túnel escuro
E disso a revista Stern poderia fazer 10 páginas duplas em cor.
Ela começou a fotografar muros
Os mil muros de São Luís do Maranhão.
Os com azulejos coloniais de Portugal
cobertos de cartazes de propaganda eleitoral.
As construções africanas de argila e arbustos, caquéticas e pintadas em tons sempre novos e suaves
As camadas dos bolores.
Ressecadas ao meio-dia, novamente umedecidas pelo rio e pelo vento do mar ao anoitecer
Na época das chuvas, florescendo em ramificações negras
Irma tirou os muros antigos, as ruínas, as construções de toda a história de São Luís do Maranhão na forma de pequenos rolinhos da R3 e mandou tudo a Hamburgo em pacotes complicados a P. P. S. e à senhora Sterz, que era capaz de tal amabilidade quando se a convidava para comer ostras, a ponto de simplesmente esquecer o anúncio da chegada em meio à confusão toda
E Irma durante meses não soube se o trabalho de meses, se as retas compostas, as diagonais precisas e alcançadas com tanto suor, o branco do ovo e o amarelo português e a invocação rasgada contra a destruição da Amazônia haviam chegado até a instituição que revelaria tudo aquilo. Que Lionardo, o trabalhador italiano da P. P. S. faria de tudo, tentando inclusive o impossível para arrancar dos filmes, na condição de diapositivos e entre ácidos, alcaloides e sais de prata, as dobraduras, os bolores, os farrapos, as texturas dos muros de São Luís, disso Irma sabia.
Jäcki caminhava ao longo dos mesmos muros durante a noite.
O clarão prateado da lua transformava cores em gris.
Elas se confundiam com as frangotas, as celestiais, as peles negras, o reflexo dos locais de encontros amorosos ou os ressaibos gorgolejantes do cais de embarque, dos filmes exibidos no Cine Passeio que se refletiam na rua noturna, no cinema de sua cabeça, e lá se transformavam ainda uma vez em recordação e naqueles potes de aroma de Oriane[1] e naquele biscoito com chá do pequeno senhor que mandava torturar ratos.

---

1. Prenome da duquesa de Guermantes no romance monumental, citado indiretamente tantas vezes na presente obra, *Em busca do tempo perdido* de Marcel Proust. (N. do T.)

24.

Sábado, 25.9.81
Battista
Os moradores.
Os estudantes, alguns vêm todos os dias desabafar.
Ele ajuda.
Ele intermedia.
A pequena festa.
A mulher de cabelos negros me trai com a cerveja.
A loura gostosa já está ali.
O balé de Battista, quando dois querem ficar sozinhos.
E o balé que se segue.
O marido da prostituta faz um *streap-tease*.
Ela lhe mostra como se deve segurar a faca.
Provavelmente mais para se mostrar para mim com a faca.
A cama de João
Desprezo do negro por parte da puta.

A puta explica que botou o mecânico para fora depois de ele ter lhe dado 1.500 cruzeiros e a comprado por 1.500 cruzeiros.
Então ela o segue, vestida de preto, até o Largo do Carmo.
Ele parece precisar saber que pode dizer a ela que *gays* o convidam a São Francisco.

O cafetão da mulher de cabelos negros quer comigo de novo.
Supostamente, Battista alertou sua mulher.
O negro jovem e bonito.
Como uma maçã polida.
Mais tarde, Battista. Adormecendo. Bêbado.
– Hoje ninguém veio pra mim.
– Preciso ficar aqui, porque do contrário não ganho dinheiro.

O rufião bonito corre atrás de mim.
E a mulher vê tudo.
Bem perigoso.
Mas de algum jeito isso pouco me importa.
Eu lhe pago o hotel até o fim de fevereiro – preso, portanto.
Battista resmunga.

De repente, o marido da puta está ali.
Insinua que quer ser fodido.
Em São Francisco.
Alucinado.
2 vezes.
Quase se deixa foder.
Bate punheta.
Mas acaba querendo dinheiro.
Quer se encontrar novamente comigo.
Às sete eu sempre atravesso a praça.
Ele também diz para mim a oficina em que trabalha.

25.

Eu mostro a Deni as ilustrações dos volumes sobre Daomé, de Herskovits.
Ela está encantada com as ilustrações de palhoças – talvez como um bávaro se mostre encantado ao ver as ilustrações de uma cabana de esqui no Togo.
Eu deixo os volumes com ela.
Depois da aula de francês, eu começo a contar de mim a Deni.
Coisas extravagantes, exóticas.
Eu estive em um orfanato em Schrobenhausen.
Dos ataques aterradores a Hamburgo.
Tapetes de bombas.
Conto das peças de teatro como estrela infantil que eu era.
Tudo isso parece me aproximar dela, me tornar mais cotidiano.
De um Vodun assustadoramente branco – alemão, escritor; além-mar, etnólogo – eu me transformo em um ser humano normal, que caminhava por uma cidade destruída quando criança e fazia teatro.

Há algum tempo Deni havia, intencionalmente ou não, aberto o bico e se desentendido com a Dalça.
Agora eu pergunto a respeito.
Ela quase salta das tamancas quando precisa falar a respeito.
Rapidamente, conta outra coisa.
Pega o caderno sagrado às pressas.
Oferece o segredo menor para preservar o maior.

E outra vez eu conto muito sobre a minha infância.
Ela parece me aceitar mais.

Agora nós acalmamos Deni, e aos poucos se desenvolve uma colaboração amistosa entre nós.
E então as coisas ficam difíceis com Celeste.

Ela cancela encontros.
Adia compromissos.
Cancela de novo.
Também ela tem sua dose de coqueteria, seus misteriozinhos, rotina sacerdotal africana a exibir em nossa amizade.

Quinta-feira, 3 de dezembro de 1981
Converso por muito tempo com Lepon na festa de Santa Bárbara.
Espreitar:
O senhor também não é da nossa família.
O senhor também não é um filho de Acóssi.
O senhor mesmo sabe.
O senhor sabe muito bem.

Terça-feira, 8.12.81
Deni alega que nada sabe do que Lepon disse.
Ela parece não querer ouvir meu relatório.
Eu aceito.
Ela diz:
O que disse Lepon?
A frase de Lepon sobre a indignidade das mulheres, ela se limita a interpretá-la às pressas.
Isso quer dizer que não existem mais mulheres suficientes para servir às tobóssis, às princesas, às pequenas.

Dona Rita, mãe de Deni, grita com sua filha dizendo que nenhuma vela foi posta no jardim da Cajazeira.
É embaraçoso quando uma meticulosa é repreendida por ter se esquecido de fazer algo.

No Dia de Reis, Lepon se mostra de uma coqueteria divina.
Eu quero lhe perguntar se ele aceita a comida de cachorro.
Deni ou Lepon percebem exatamente que eu quero alguma coisa
e ela hesita e fica na dela.
Como F. J. Raddatz ou um redator da revista Spiegel ou um homem de couro no salão de Tom.
Mas talvez seja também apenas o sofrimento com o estado de saúde de Dona Marcolina.

Os deuses também estão distraídos por causa de Dilusinha, que voltou para casa depois de trinta anos.
Deni – ou Lepon volta o sorriso mais doce a ela.
Quando Lepon se dirige em seguida a mim, diz que os Voduns por certo desistiram de Dona Marcolina.
Ele, Lepon, estava querendo pedir a Evovodun, o mais poderoso, que retardasse a morte ainda um pouco, a fim de que a comilança dos cachorros ainda pudesse acontecer.

A criatura fabulosa Pierre Verger.
O pesquisador vira lenda.

Celeste de volta
Não tem mais nenhum conhecimento sobre antigas receitas.
O correr errado da viagem.
Ela não esteve com os apóstatas.
Spa de emagrecimento.

Celeste falou de banho e conversou sobre o medicamento
– O medicamento está sendo tomado?
– Não, diz Celeste.
Deni diz:
– Não. Nada é tomado. Nunca tomamos coisa alguma.
Eu decido usar um truque, depois de folhear os cartões sobre banhos ferventes e banhos crus
Quando estou com Celeste na próxima vez, pergunto a Celeste sobre aquela bebida que eles tomam na primeira iniciação, o remédio, se ela é fervida ou crua.
– Crua, crua. Folhas frescas amassadas.
E agora, que quebrei o mais importante dos segredos, o de que na Casa das Minas são prescritos elixires de ervas, eu o sinto como se fosse uma culpa.
É a única culpa da qual tenho consciência diante de Celeste.
Minha predisposição – isso não é culpa – no máximo, de não declará-la com mais clareza, mas Celeste com certeza adivinha minha predisposição.

Sexta-feira, 14.8.81

Celeste dá a entender que os Voduns haviam anunciado alguém que ela deveria orientar,
E talvez esse alguém seja eu.
Fui com ela a Deni.
O tio dela, muito doente.
Por isso ela não veio
Sua postura real.
Fantasia da viagem ao Togo.

26.

Terça-feira, dia 16 de fevereiro de 1982, Leodes vai organizar sua comilança dos cachorros.

Ela tomou emprestados alguns cachorros dos outros restaurantes.

Na cozinha aberta, entre porcos, gatos, galinhas, macacos, a comida da festa é preparada.

Um dos cachorros, Marcel Proust, comeu lagostas demais. Ele salta sobre a mesa e vomita.

Eu vou embora.

Preciso ir até Celeste, na Casa das Minas.

Irma fica, para fotografar.

Irma conta da comilança dos cachorros de Leodes:

Primeiro eles ficaram apenas sentados em torno, e não acontecia absolutamente nada.

Vamos começar às três! Vamos começar às três!

Eu estava com medo por causa da luz.

Por causa das fotos.

Então Leodes disse que seria necessário roubar uma criança primeiro, do contrário não daria certo.

Ela pegou algumas crianças pela mão e desapareceu.

E José ficou parado ali, olhando, e quando voltaram, eles tinham uma criança a mais.

Eu acho que eles também tinham de roubar mais um cachorro.

E em seguida começou outra vez a espera eterna.

A comida foi servida.

Os cachorros pularam para cima da mesa.

Leodes trocara de roupa.

Os cachorros comiam dos mesmos pratos que comiam Leodes e José.

Era uma confusão terrível, porque os cachorros não queriam fazer como as pessoas.

Leodes se mostrou inacreditavelmente louca para aparecer nas fotos.

Perguntava sempre se ela estava bem enquadrada.
Eu não recebi nada de comer.
Leodes trocou de roupa três vezes.
Depois eles soltaram foguetes.
Ela tirava os foguetes de José.
E dizia que sabia fazer isso melhor.
A chuva havia parado. É que chovera torrencialmente.
Quando ela acendia os foguetes, se postava sempre no meio da foto.
Um gesto tão grandioso. Ela parecia a si mesma a estátua da Liberdade.
Sim, e então tudo terminou. Eu fiquei sentada por ali. Ela me perguntou se eu queria comer alguma coisa. Camarões, siris. Eu disse, sim. Estava com uma fome terrível. E então eu tive de pagar pela minha comida.

27.

Quarta-feira, dia 20 de janeiro de 1982.
A festa de São Sebastião na Casa das Minas.
Comilança de cachorros.
Irma e eu chegamos às quatro.
As Vodunsis, as mulheres negras sagradas mantêm uma conversa religiosa de cafezinho na varanda.
Dona Deni limpa, sem cumprimentar, sem erguer os olhos, os bancos.
Dona Rita diz que ela vai tomar banho agora.
Sergio chega com uma assistente da universidade.
Às quatro, começaria a comilança de cachorros com sete cachorros.
Não há nenhum cachorro ali.
Dona Justina se embala em desespero ritual pela casa.
Um garoto negro e pequeno chega com um cachorro negro e grande à coleira.
O cachorro se precipita sobre dona Amélia.
Ele gane, e salta subindo por ela.
Se comporta como um cachorro louco.
Irma fotografa.
Grande angular.
O senhor desceu sobre dona Deni.

Lepon mana ê madoè
Madobero
Apolivè e mado beró
Abló madé mado á.

Cantando, ela anda de través pelo jardim.
O rosto contido, mas contorcido.
As bolsas dos olhos estão inchadas.
Ela está mais pálida do que de costume.
Anda ereta, sem levantar os olhos de seus passos.

Ela atravessa a varanda, o corredor.
Eu a ouço continuar cantando as canções mais sagradas.
Do outro lado, batem palmas.
O ruído é como o de crianças levando palmadas.
Agora são vários cachorros.
Joli, o cachorro de dona Justina, mija nos tapetes.
Os tapetes são estendidos na varanda.
Cobertores tecidos sobre os tapetes.
Roxinha pega fitas vermelhas para os cachorros do altar sagrado.
E um pequeno São Lázaro com furúnculos e cachorros e um candelabro.
O número de cachorros ainda não é suficiente.
Eu sugiro que atemos caudas em torno de nós e comecemos a latir.
A comida está na cozinha, preparada em 14 pratos.
Massa, farofa, arroz, uma torta de carne com ovos, carne assada.
A anciã Luiza, possuída por seu deus Apojevó, arrasta os pés em pantufas de *nylon* pelo templo.
Enedina se ajoelha diante dela, tira as pantufas de *nylon* do deus e calça nele sandálias de couro finamente decoradas.
Vestida em vermelho escarlate, com panos brancos de seda jogados sobre os ombros, os Voduns homens Alogué, Lepon, Bossukó saem do quarto de Kpoli Bodji e atravessam o jardim verde por causa da chuva que acabou de cair indo até o assento de Acóssi.
O jovem deus Jogorobossu – Enedina – manquitola de *jeans* atrás deles.
Justina diz que nós não devemos ir ao jardim agora.
Da varanda, Irma fotografa o vermelho escarlate entre o verde.
Celeste manda vir compota para que Sergio e eu a sirvamos em potinhos de plástico como sobremesa para os cachorros.
Um garoto surrupiou um pequinês das vizinhanças.
Os sete cachorros agora estão juntos uns dos outros.
Justina ata lacinhos vermelhos em torno deles.
14 pratos são arranjados sobre os tapetes.
As crianças conduzem os cachorros para dentro.
As crianças comem mais rápido do que os cachorros.
Um pequeno cachorro negro nem faz menção de comer.
Ele apenas respira apressado.

Celeste pergunta:
– O que os cachorros querem beber? Água ou refrigerante?
Justina:
– Joli gosta de guaraná.
Dois cachorros se mordem. Uivam. Para fora, às pressas.
Os Voduns cantam:
Kimbe o azoa...
Joana Pudim:
– Os Voduns agradecem.
Uma vez que pagamos a comilança dos cachorros, Sergio e eu agora temos de pegar dois pratos limpos do tapete e levá-los de volta à cozinha.
Bombinhas na rua.
Todos os cachorros são conduzidos para fora.

Lepon.
Deni consegue não me dar a refeição de Acóssi.
Maria – Alogué o faz.

Transe profundo, que não se reconhece
Maranhão
Vejo Verger com Vicente.

Celeste banca a palhaça.
Isso por certo também tem a ver com seu papel de deus Averekete.
Quando eu corto goiabada e busco pratos, recebo de repente um cotovelaço da gorda amável:
Para as outras anciãs, com os olhos voltados para mim:
– Como ele nos ajuda.
– Quem sabe, ele talvez logo lave tudo também.
E sempre de novo o mundo provinciano machista invertido, errado, perverso:
Ali a negra fala do branco
A escrava do etnólogo.
A mulher do *gay*.
A lésbica do homem.
A soberana do trabalhador.

28.

Também na zona do meretrício de São Luís do Maranhão a água é racionada.
Os proprietários de casa,
os policiais,
as travestis,
as prostitutas,
Battista e seu círculo
Celeste um
e seu irmão gêmeo Celeste dois,
o toureiro,
o vermelhão terrível,
Valter, o polaco,
a Vênus negra da idade da pedra,
a anã, estão todos parados em fila com baldes vazios nas mãos.

29.

Jäcki sabia quais as reflexões e efeitos únicos deveriam ser abstraídos de doenças para um romance.

Havia colegas que dedicaram grossos volumes a um único sofrimento, construindo até mesmo uma obra inteira sobre uma tossezinha.

E Jäcki era capaz de imaginar como também seus defeitos, infectos, poderiam ser aplicados em um romance de modo a causar impressão.

Havia ataques de malária que faziam estremecer em saguões de aeroportos africanos gelados demais, com uma glossolalia que alcançava todas aqueles tons ainda comuns aos homens altos e negros em seus bubus.

Ou a bílis havia parado de funcionar

Havia noites de cãibras infantis.

Jäcki se transformava no homenzinho desenhado por Wilhelm Busch, ao qual o ferro de passar colocado sobre a barriga causava alívio.

Jäcki tentou a ginástica aquecedora e peregrinou, entupido de analgésicos até os ouvidos, pela casa como uma urso dançarino, a noite inteira em torno das flatulências e lutando para vencer seus apertos.

Diarreias e assim por diante.

Nesses momentos, a urina restante de amigos mais idosos, aquelas dores indeterminadas na perna direita, também as constipações dos conhecidos que haviam ficado em casa, pareciam dignas de pena, mas ele nada dizia.

Só não conseguia entender Dulu, que apenas por causa de uma perna não voltara a ver sua amada Grécia.

E Heinz, o velho homem, que abria mão do sol em Kos por causa de problemas digestivos.

E, apesar dos vários males de pesquisador, Jäcki ainda se considerava feliz, privilegiado.

Que animal terrível que o pobre Darwin trouxera consigo da América do Sul

E o general Henrique Rosas, que pegou raiva, e ficou de cama durante meses, limitando-se apenas a ler.

De Livingstone não era necessário nem falar, ele que precisara ser carregado com uma perna gangrenada, aberta, debaixo da tela de proteção contra mosquitos, através da África inteira.

Mesmo assim Jäcki abriria mão, em seu romance, de todas aquelas situações belas, grotescas e tocantes

Escrever acerca de suas próprias doenças lhe parecia exatamente tão lamentável quanto mencionar seus bens, suas camisas, suas transferências mensais em dinheiro, as últimas visitas.

E da trilogia da ameba ele falaria apenas porque ela fazia parte da grande epopeia do racionamento de água na bacia do Amazonas.

No secar vagaroso da cidade de São Luís antes da época das chuvas.

Os restos dos fundos dos tanques eram bebidos.

Crianças morriam de gastroenterite nas favelas

Todo ano é assim, quando a água começa a chegar ao fim antes de a época das chuvas chegar.

O farmacêutico era tão letárgico a ponto de dar ao doente o remédio errado, que se encontrava na frente de seu nariz, para não precisar subir a um cavalete e pegar o certo.

Depois os medicamentos também acabaram

E Jäcki ficou entregue à cerveja que efervescia divertidamente dentro dele com remédios caseiros, chá e arroz etc.

E, sem parar, a cerveja efervescente

Como se ele fosse um restaurante no frescor do verão.

Jäcki começou a temer que borbulharia a ponto de desaparecer de si mesmo.

Em direção à eternidade.

Para os campos irrigados, conforme sua mãe os chamava quando ele era criança.

30.

Carnaval.
Na Casa das Minas são construídos complicados altares de frutas.
Algumas cerimônias não podem ser celebradas, porque a falecida Dona Marcolina ainda não foi homenageada.
Battista quebrou sua dentadura.
Ele a manda colar no sapateiro da esquina.
Battista tem 41 anos – sem dentadura é um ancião.
A boca se junta formando uma ruga da fome.
Battista quer dormir comigo.
Ou também a três.

Sergio conta de um lugar chamado "Berimbau", onde acontecem trocas de casais no carnaval.
Famoso no passado
Os casais vinham até do Rio.
Mas isso não vai continuar assim por muito tempo mais
São Luís está em uma transformação total e sociológica.
– Social.
– É mesmo?
– São Luís está em uma total e social
– ou então talvez sociológica
– Você acha?
– Sim, isso depende de você.
– Sim, São Luís está envolvida em uma total transformação.
– Como assim?
– O governador botou metade da ilha à disposição da Alcoa.
Aqui será construído um porto fluvial para a exploração do minério de Carajás
Estação de trem.
– Para os japoneses. Eu sei.

– Então não vai mais ser possível comer sururu num lugar x.
Battista está apaixonado por um garoto de bicicleta.
Ele está de roupão na sacada, ao lado da sacada em que a mulher em forma de gota sacode os quadris e espera
O garoto da bicicleta mandou Battista esperar.
Ele virá mais tarde.
– Você esteve com outra, grita Battista.
– Seu pau está cheio de cocô de bichas.
– Vai embora.
– Sai com as outras.
– Aí você vai ver quem vai comprar uma calça de ginástica para você.

Battista está apaixonado por outro.
Um pau grosso.
Deixa que ele durma com ele.
– Não. Esse eu não entrego.
– É meu único bofe, meu bofe para a vida inteira.
– O que quer dizer bofe.
– Baço.[1]
– E cara.
O outro e único baço para vida inteira, pensa Jäcki.
Battista está deitado com o velho na cama.

Escândalo com de Souza.
Contado ao beber a cerveja congelada do novo bar.
– Meu pai descobriu que tenho um novo namorado
– Expliquei tudo
– Bravo, exclama Battista.
– Como assim, pergunta Jäcki.
– Agora está tudo claro, diz de Souza.
– Ele me perguntou: você é bicha?
– Eu respondi com energia:
– Não.
– Você fez certo, diz Battista.

Jäcki vai embora.

---

1. Hubert Fichte diz que "bofe" quer dizer "Milz" em alemão, "Milz" que significa "baço"; bofe na verdade significa pulmão. (N. do T.)

Ele ainda quer dar uma passadinha na praça Deodoro, para ver o desfile de carnaval.
Carnaval.
Em 69 no Rio
Em 71 na Bahia.
O homem violeta na cama de cimento
Agora estamos em 82
Em São Luís do Maranhão.

Quando Jäcki quer voltar para o Palácio da Cidade, Battista vem ao seu encontro com um policial
Este é Araújo, o policial, do qual falei a você.
Ele tem o maior pau de São Luís do Maranhão.
Você ficará satisfeito.
Vão os dois ao Palácio.
Minha vizinha vai abrir minha alcova para vocês.

O policial Araújo realmente tem o maior pau de São Luís
se é que não é o maior pau em toda a Amazônia.
Jäcki e Araújo estão deitados na cama de Battista, e entre eles o grande pau preto do policial está em pé.
Ah, disse ele, às vezes eu nem tenho vontade.
Sou obrigado a fazer coisas que me causam nojo na guarda policial.
Às vezes eu choro a noite inteira.
Tanta violência por aqui.
Tanta miséria.
Não há o que fazer contra tudo isso.

Um grande amontoado de bichas lá embaixo, diante do Palácio Municipal de Battista.
Jäcki sente vergonha de passar por ali.
Celeste e Celeste.
O Polaco
De Souza.
O vermelhão horrível.
Terça-feira de carnaval.
De carro para a praia outra vez.
Ele tira dinheiro do bolso de Jäcki sem que Jäcki o perceba.

Logo ele o fará com uma faca na mão.
Battista desapareceu
Na praça Deodoro, os desfiles normais de carnaval expulsaram os *gays*.

Battista, de Souza e uma das duas Celestes infernais pretendem procurar homens em um bar.

Algumas horas mais tarde:
Battista incomoda policiais em seu pileque.
Jäcki pensou:
Isso não é bom.

Bem tarde na noite, Battista com seu ancião.
Todos usam chapéus dourados.
Eles conduzem um estudante negro e alto que tem o do tamanho do de um cavalo.[2]
Mas quando eles o querem atrair aos berros para dentro do Palácio, a dona chega com uma vara.
Ela liga a luz e todos saem correndo.

Pela manhã.
Battista.
Como se chorando.
Sozinho.
– Eu preciso de um homem.
Também ele, como nós todos, o sábio?

---

2. Fichte, que diz tudo ao pé da letra, às vezes mostra gostar de uma elipse óbvia no momento mais decisivo. (N. do T.)

31.

Quinta-feira, 31.12.81
Como Deni é dura com sua neta.
– Não, você não vai ainda.
– Agora você pode ir.
– Mostre-me o que você tem na bolsa.
Por fim, uma frase triste para Sergio e para mim.
– Eu vou às onze para a Casa das Minas acender as velas.
– Depois vou até Amélia.
– Festejar?
– Às doze eu vou para a cama.
Lá fora eu digo a Sergio que deveríamos comprar uma garrafa de champanhe para ela.
Ele diz: talvez algo mais útil.
Eu digo: não tenho a impressão de que algo útil daria prazer a ela.
Nós levamos a garrafa a Deni:
A ciência agradece à religião.
Ela parece se alegrar.

Deni
Fecha a porta na minha cara.

No meio da aula de francês, Deni chama sua neta e manda que ela busque alguma coisa.
A neta volta com uma bebida esverdeada cheia de cubos de gelo em uma tigela
Deni diz a mim:
– Ela foi preparada para o senhor.
E bebe sozinha.
Eu não entendo patavinas.

– Tudo errado!

Isso dói em meus ouvidos.

Mas que piada:

A operária de fábrica de 56 anos xinga e descabela os papas dos estudos afro-americanos.

Como se eu não quisesse ter nada a ver com as canções, cantou Deni.

Agora que Sergio e eu começamos a anotar as canções, ela só continua cantando a contragosto.

Ela quer que choremos e imploremos para só assim conceder, contra a vontade, o que queremos.

Eu digo a ela que eu poderia arranjar dinheiro na Alemanha, que Sergio e eu podemos pagar um salário decente a ela, se ela cantar junto conosco as canções, traduzi-las, explicá-las.

Os 1.500 marcos que ela precisa para a casa podem ser conseguidos bem rapidamente com um pagamento de 20 a 30 marcos por hora.

Deni diz:

Não são as minhas canções.

As canções não pertencem a mim.

São as canções dos deuses.

Eu tento convencer Deni a se posicionar contra o machismo, para assim explicar com mais exatidão a situação em que eu próprio me encontro.

Se uma mulher não conseguiria compreender muito bem uma mulher na amizade do que um homem no casamento.

Deni entendeu exatamente o que digo e, com dureza cacarejante, o que vem é:

Amizade?

Existem amizades e amizades.

Uma amizade fora da norma – não.

Entre mulheres, ela admitia apenas o amor entre mãe e filha.

Isso já é suficientemente duro.

Eu tentei, com grande esforço, pela terceira vez, registrar uma canção dos Tokhuenos[1].

---

1. Fichte, o entrevistador de Borges, parece às vezes citar à maneira do autor argentino que o deixou tão fascinado; impossível de encontrar várias de suas referências, mesmo com o mundo do google à disposição. (N. do T.)

Ela a canta outra vez contra a vontade.
Eu verifico meu manuscrito. Escrevi com exatidão o que ela canta.
Mostro o que escrevi a ela.
– Tudo errado. Tudo errado, ela cacareja.
Do mesmo jeito que ela cacarejou tudo errado, tudo errado sobre os registros do velho Nunes. A timbaleira e seu escarcéu.
Então os registros de Nunes estavam exatamente tão pouco errados como os meus, aqui.
Eu decido interromper as aulas com Deni.

Deni manda me dizer que tem algo importante a me comunicar.
Por fim, eu acabo indo.
Trata-se das canções.
Ela não pode mais cantar para os Voduns depois do carnaval.
Deni diz:
O senhor não veio mais para me dar aulas de francês
Eu nunca mais vou encontrar um professor tão paciente assim.
Eu não fico orgulhoso com as confissões dos orgulhosos.
No caso dela, tratava-se de submissão:
De paciência impaciência professor aluno
Para mim se tratava de ela aprender francês para poder se comunicar na África.
Eu sou uma pessoa extremamente impaciente.
Paciência não era nem sequer um critério para aquilo que havíamos tentado fazer juntos.
Eu não apenas fracassei em termos práticos:
Deni não aprendeu tanto francês como poderia ter aprendido se tivesse se mostrado um pouco mais diligente.
Minha ideia foi mal compreendida.

Deni.
O comportamento da virgem velha e rechaçada.
Ela critica todo mundo.
A mim, pelo menos, ela compara com Sergio, a quem sei que ela aprecia.
Eu faço uma visita a Roxinha.

Deni se esgueira para perto quando estou com a fotografia antiga na mão e pergunto pelas Mães a Roxinha.
Deni parece explodir de ciúmes.
Trata-se de arrancar o medo de aprender daquela mulher de 56 anos.

Deni fala mal do Nunes.
Jäcki fica triste com isso.
Então é assim que se é tratado pelo material de estudo.
Isso é o fim da etnologia.
Os primeiro etnólogos: Frobenius
Lévi-Strauss
Leiris
Roger Bastide, que limpa a cadeira
A pavonice com suas batidinhas no ombro
O material de estudo se vinga

32.

Leodes nos trouxe um peixe encouraçado do mercado.
Ela o prepara para nós.
– Isso é um convite.
– Não será pago.
O peixe encouraçado não tem escamas, mas lamelas, que se incrustam umas nas outras como em um peixe de enfeite prateado.
– Ele com certeza é bem velho.
– Um nicho.
– Um atavismo.
– Ele vive em lagos e nos poços dos rios.
– Tem carne alaranjada.
Seu gosto é maravilhoso.

Leodes dorme.
Carrancudo, o garoto quer preparar alguma coisa para nós.
Ele abre o congelador.
O cheiro que sobe é o de um balde de lixo.
Na cozinha, a filha de Leodes trabalha.
Está na fase final da gravidez.

Leodes bêbada.
A mãe está ali.
Ela quer presentes.
Conta de sua vida.
Se casou com 14.
Professora em Alcântara.
Quebra-quebra.
O que quer dizer isso?
Havia muitas brigas à faca por ali?
Ou ela fazia confusões demais.
Ela fala da Casa das Minas.

Ela fala de Celeste.
Tinha sido o amigo[1] de Celeste.
E em sua bebedeira, ela não percebe que eu já entendi tudo há tempo.
Ela diz amigo a cada pouco.
Amigo.
Entonando o go: go, go, go.
Amiiigoooo.
Assim como os michês que mostram ao último cliente os endereços dos clientes anteriores.
De modo que um escritor alemão em Paris sabe de repente que está trocando os carinhos do gigolô com um advogado de língua alemã vindo da Cidade do Cabo.

Leodes acena para nós da praia.
– A criança está aqui.
Debaixo do mosquiteiro, um rosto enrugado e grandes mãos que não param de se mexer.
– Quarta-feira tudo começou. Ela foi logo ao hospital. Sexta-feira ela já estava em casa de novo. A criança já pode receber e ingerir farinha de milho e leite de garrafa.
– Um menino?
– Uma menina.
– E o pai?
– O pai se foi. Para São Paulo. Procurar trabalho.
– Ele manda alguma coisa?
– Não manda nada. Ele nem sequer sabe que é pai.

Leodes descoloriu suas sobrancelhas.
Uma menina *hippie* se instalou com ela.
Amigo Amigo Amigo.

Leodes espancou seu filho:
– Com o cajado! Ele começou a mendigar com os clientes.
– Agora ele se comporta com respeito outra vez diante de sua mãe.
O garoto está fazendo um buraco na areia.
Um cachorrinho morreu.
De barriga inchada, ele jaz debaixo da mesa.

---

[1]. Em português, no original; com maiúscula: "Amigo". (N. do T.)

O bebê cheio de eczemas na casa de Leodes.
Depois das amebas, eu evito comer com Leodes.
Imagino absurdamente que meus poros inflamados e os sangramentos sob a pele vêm dos cachorros de Leodes.
Mas as bebidas nós temos de pedir, pelo menos isso.
Na batida boia uma pequena barata, um filhote de barata.
Sujeira demais prejudica a amizade.

33.

Celeste quer ajudar Jäcki.

Eu explico a Celeste que preciso de uma folha, de um passaporte, de uma identificação para os reis e sacerdotes da África se eu de fato devo sair em busca dos ritos perdidos para a Casa das Minas.
– E que passaporte que seria esse.
– Uma carta de recomendação.
– Isso é uma boa ideia. Por que o senhor não disse isso antes. Eu vou conversar com as outras.

– Como foi isso que aconteceu com o navio das tobóssis, o navio das princesas? Sabe-se algo a respeito quando se junta tudo ou a maior parte continua faltando?
– Quando nós juntamos tudo, nos falta a maior parte.

Ainda assim.
Eu não quero obrigá-las a uma confiança que elas talvez nem sequer depositem em mim.
Não quero me jogar nessa aventura dispendiosa em termos de tempo e dinheiro e procurar um templo, um rito para a Casa das Minas na África e convidar Celeste, Deni, Amélia a visitar a África sem que Celeste, Deni, Amélia me peçam encarecidamente para fazê-lo.
Eu digo a Deni:
– Como será isso na África. Como eu vou me identificar! Como eu posso contemplar a mim mesmo como autorizado pela Casa das Minas.
Deni logo inverte as relações de poder:
Oh, eu não tenho nada contra isso. O senhor pode fazer isso muito bem.
– Eu sei que posso fazer isso muito bem. Mas o que faz com que a senhora acredite que eu o farei?
Deni me olha com fixidez.

Os animais não eram sacrificados com uma faca de metal na Casa das Minas
Mas com o quê.
Com uma faca de madeira? Com uma faca de ossos
Irma acha que é com uma faca de pedra.
Será que há escondida nisso uma prova para a hipótese sempre de novo expressada com a maior leviandade:
– Os ritos para Nanã, para Sakpata ainda são oriundos da Idade da Pedra?

Celeste promete olhar no lugar mais sagrado para ver de que material é a faca usada nos sacrifícios.

34.

A suave Irma e o meio pedaço de carne no prato.
O garoto olha por cima da cerca.
Por acaso essa é a sua mãe.
É exatamente assim que funciona o ódio e o contraódio.

No restaurante de peixe de São Francisco um garoto pede se pode comer os restos de peixe dos pratos.
O garçom não deixa.

No "Carajás", um homem que dorme ao comer e não pode mais ser acordado, por mais que o sacudam.

As crianças mendigando se escoram ao longo das cercas do restaurante com terraço e pedem pelos restos dos pratos dos clientes.

O italiano do terraço.
Criminalidade:
Em Calhau, um conhecido seu foi assassinado na noite anterior.
Seu irmão teve a barriga aberta pelas Brigadas Vermelhas.

Os dois garotos mendigando em Cobrajais[1] comem:
Um deles de modo completamente embotado. Mecânico.
Ele é bonito.
Por certo tem carência de vitaminas.
O outro tremendo, como na dança de são Vito[2].

---

1. Lugar impossível de localizar, mesmo em grafia parecida; registrado exatamente assim no original, possivelmente com erro. (N. do T.)
2. Nome pelo qual a epilepsia também é conhecida. (N. do T.)

35.

Quarta-feira de cinzas.
O círculo inteiro se juntou no Palácio
Bêbado, Battista deita sua cabeça no colo do policial Araújo
Gemidos e cacarejos.
Alguém bate.
Ninguém ouve as batidas.
Batem novamente.
Quem será que está entrando
Um homem bacana?
Um homem com o mais grosso?
A rainha da noite?
A moral e os bons costumes?
Uma batida policial?
Um assalto, um assalto?
São dois garotos pequenos.
Um deles talvez tenha doze.
O outro catorze.
Mais ou menos.
O rosto de Battista fica rígido como estearina.
Pausa.
Battista se apoia ao colo do policial Araújo e se levanta.
– Oh, Deus, meus filhos.
– Ora, entrem logo de uma vez.
– E digam boa noite a todos.
– Aqui são todos conhecidos.
– Vocês não precisam ter medo.
– Eles não mordem.
– Vamos, não sejam tão tímidos.
– Vocês não vão cumprimentar seu pai?

O menor ainda não entende nada.
Ele olha para seu irmão e põe no rosto a expressão do mais velho.
O de catorze anos silencia.
Ele não se move.
Só a boca se contorce vagarosamente até chegar àquela expressão eterna do homem que se acha normal ao estar diante de uma bicha.
Battista balbucia algo consigo mesmo por muito tempo.
O garoto mais velho se volta e puxa o mais novo consigo para ir embora.
Mas eis que então as bichas se incomodam de verdade.
Elas berram mais alto do que antes.
– Seus filhos!
– A família!
– Sua mudança de vida.
Battista dá um grito.
– Eu deixei cinco quilos de carne para eles em casa, no congelador.
E sempre de novo:
– Cinco quilos de carne.
As bichas:
– Cinco quilos de carne.
– Como você não se envergonha.
– A família.
– A mulher.
– Os filhos.
– A responsabilidade.
– Cinco quilos de carne!
– Não se pode conseguir uma relação humana com cinco quilos de carne, ora.
– Vocês têm ideia do que significa arranjar cinco quilos de carne hoje em dia.

36.

E então Michael anuncia estar chegando, direto de Nova York.
Com a família.
Jane vem com ele, e a filha Danièle.
Chego dia X.X de avião às X horas em Recife.
Isso é, digamos, bem direto.
Dois grupos se apresentam:
Os dois casais e, do lado de Michael, ainda Danièle, a princesa de conto de fadas e seus onze anos.
Michael era o homem dos sonhos de Jäcki.
E Michael garantira, Jäcki jamais acreditara nisso de verdade, que jamais se apaixonara por um homem como se apaixonara por Jäcki
E Michael puxara no fecho das calças de Jäcki e lançara sobe ele o raio de seu mais desavergonhado sorriso afro-americano, sussurrando ironicamente:
May I unzip?
E Jäcki deixara que ele abrisse o zíper.
E eles se beijaram.
E uma língua doce e nada estranha de um pintor estranho, ainda que inacreditavelmente intelectualizado e politicamente engajado se enfiara de repente, volumosa, entre os dentes de Jäcki.
Jäcki não quis.
Amor, nunca mais, ele jurara consigo mesmo certa vez.
Não com esse daí, o mais intelectual entre os negros brancos de dois hemisférios, bunda como uma bola de futebol, pau grosso e preto de negro e boa conversa e Metropolitan Museum, Oyster Bar, Geoffrey Beanes, Yves St. Laurent, Chaucer, Allende.
Jäcki voou delirando para cima Michael como o Concorde com o qual chegara a Nova York.
Jäcki não queria.

Era de rir, de repente ele fazia os movimentos dos crismandos de Lokstedt.

Meios beijos, toques sedentos, fechos de calça puxados de volta a meio caminho.

Michael tinha uma filha.

Isso era demais.

Michael tinha uma mulher, isso também já era demais, demais mesmo.

E Jäcki sentiu que se deixasse acontecer uma vez, tudo se acabaria, Irma, livros, casa, contratos de rádio, Othmarschen, Jane e Danièle.

Bom, os adultos.

Mas a criança, a princesa de conto de fadas, a rainha afro-americana, a princesa do tempo de Proust, Agotimé?

E o que seria então se as pessoas, cada uma delas, despertasse na véspera de um quarto de século destruído.

Um pau maravilhoso de belos pelos encaracolados, uma bunda como uma bola de futebol, uma língua grossa e um tanto tola em comparação com as palavras que eram produzidas por ela em longas noites de Manhattan

E então.

Línguas paus bundas também podiam ser encontrados em St. Marks.

Não tão bonitos quanto os de Michael

Mas também muito bonitos

Ou em Mineshaft

E Stravinski, Yves St. Laurent, Allende eles tinham antes nas noites longas e destemidas em que perambulavam por Chinatown e pelos depósitos *gays* lá embaixo, ao longo da rua até Christopher Street.

Naturalmente Irma não deixou de vir com sua pesada bolsa com as câmeras fotográficas para o quarto de hotel da 44. Street

e Jäcki e Michael tinham o pau um do outro nas mãos.

Jäcki não acostumara Irma a isso.

No passado, ele expusera homens heterossexuais e dignos de pena a situações semelhantes

Jäcki detestava ser surpreendido.

Não por causa do pau de Michael.

O dele inclusive fazia um belo papel ao lado do outro, tanto era o tesão que Jäcki sentia por Michael

E Jäcki acreditava ter observado que os paus ficam maiores, e de todo modo parecem maiores quanto mais apaixonado se está.

Mas Jäcki detestava que existissem segredinhos que pudessem ferir a alguém outro.

E mesmo que fosse o caso apenas de o indicador de Michael ter tocado o indicador de Jäcki, ou de eles apenas se apontarem a mesma direção para ir um ao encontro do outro.

Até por que isso logo já virava o ancião *gay*, o juízo final e a criação.

Jäcki teria de escolher.

E ele não tinha sequer certeza se escolheria o sonho afro-americano tesudo e intelectual ou a Irma saxã, judia-francesa de Leipzig com a barriga suave, o sorriso de ninfa da floresta, sua teimosia de mula e suas leves torceduras ao caminhar e nas composições fotográficas.

Se ele quisesse escolher.

Pois também em Michael havia um dedão de sauna pelo meio, *gay*, com o qual ele trancou descaradamente a porta da cabine diante de um que veio em vão.

Quem sabe se esse dedão não cresceria bem rápido entre eles

Mas será que Jäcki não deveria arriscar isso?

Jäcki não queria se decidir.

Ele queria as duas coisas.

E isso era a coisa maravilhosamente utópica, única em Nova York, o momento sorridente em que a história se desenvolve

O fato de se poder deixar foder até durante a tarde em Man's Country e ver a sua frente os mais belos afro-americanos, e se entregar à noite com Irma no apartamento torto e fora de moda até quase se desfazer.

E isso chegaria ao fim com Michael.

Isso teria se tornado uma coisa só, inteira.

Casamento, sindicato dos professores, dinheiro para a economia caseira.

Duas mulheres perambulando pelas estradas elevadas

E uma princesa que não parava de chamar: *daddy, daddy.*

Oh, meu Deus.

Michael tinha um contrato com uma revista de culinária de Nova York.

Algo vanguardista.

Mondrians semicozidos.

Dos quais se comia e se ficava com fome.

Michael queria pesquisar algo sobre cozinha africana junto com Jäcki em São Luís do Maranhão.

A primeira noite não deu muito certo.

Eles foram ao melhor restaurante de São Luís.

A Varanda.

Foram os cinco.

Dois casais de intelectuais modernos e de esquerda se encontram para uma pesquisa de campo conjunta no Terceiro Mundo.

Jäcki pediu caranguejos, que vinham das imensuráveis superfícies de água da cidade, elas ainda não estavam contaminadas.

Em alguns anos, os japoneses vão despachar por aqui seus líquidos venenosos.

A cozinha estava sobrecarregada.

Os caranguejos demoraram duas horas a vir.

Jane estava com fome e fez um discurso sobre a burguesia, que ela pronunciava não como a palavra francesa, mas à americana.

E a coisa aumentou para espanto das duas famílias brasileiras, que na mesa ao lado tentavam ter uma tranquila noite de festas à brasileira, e em pouco Jäcki e Jane já estavam berrando

Ela é que era culpada. Em vez de votar em Jimmy Carter ela, e ela o confessou a Jäcki com a mão diante da boca, ela votara no candidato do Partido comunista.

Com o voto de Jane, Ronald Reagan acabara ganhando as eleições.

You are a bourgeois, gritou Jane.

I'm not a bourgeois, gritou Jäcki.

You are a damned bourgeois.

Os caranguejos chegaram.

Michael olhava para sua mulher com olhos tristes.

Danièle olhava para seu pai com olhos tristes.

Jäcki estava alegre com o fato de jamais, ou apenas bem raramente, berrar com Irma sobre a burguesia de Leipzig ou a burguesia de Lockstedt.

Jane não gostou muito do prato

Ela queria exibir uma de suas danças israelenses, e isso era bem gracioso no Central Park, pescoço contorcido, mas ali, na cadeira do restaurante de São Luís do Maranhão, acabou degringolando em uma dança *upper ten* de são Vito.

Mas os caranguejos eram frescos e cozinhados ao ponto de modo tão pouco moderno e arcaico que um inconsciente coletivo, que incutiu de modo diferente nos convivas da mesa, descendentes de Sem, Cham e Jafé[1] e de Augusto o Forte, e em pouco se tratava apenas de cascas, dedos, molhos e carne de caranguejo vermelha como glande e suave.

Michael fugiu com Jäcki e Danièle para a Casa das Minas.

Michael disse a Jäcki

Jane annoies me.

Essa era uma formulação bem contundente, achou Jäcki.

Se ele tivesse dito, rudemente

Jane loves me, teria sido o que era de fato.

A forma românica da boca de um negro de Nova York, que sabia francês, pareceu a Jäcki, além de toda brutalidade, inclusive desonesta.

Era o homem mestiço mais valioso que fazia uma declaração sobre a mulher de raça inferior.

Jäcki não tinha motivos para defender Jane.

Ela lhe enchera suficientemente o caneco com seu:

You are a bourgeois

E estragara toda a primeira noite e os caranguejos.

Parecia suficiente a Jäcki sacrificar àquela judia marginal e excêntrica um dos grandes amores de sua vida.

Era erro dela, se ela se juntava com um pedaço de carne burguês e limitado como Michael e ainda permitia que ele fizesse um filho nela.

Talvez Jäcki nem sequer se mostrasse mal-agradecido a Jane, por lhe dar oportunidade de ser arrogante, preservando assim Jäcki de ser contemplado com a mesma frase por Michael diante de um terceiro, de um quarto ou de um quinto.

Jäcki annoies me.

Michael se agarrava com firmeza a sua filha e a suas raízes.

Suas *roots.*

Sim, a Casa das Minas.

Sim, a comida africana.

---

1. Os três filhos de Adão, que deram origem a amarelos (semitas), brancos (jaféticos) e negros (hamitas), estes últimos amaldiçoados segundo a Bíblia, o que justificou a escravidão, o *apartheid* e fundamenta o racismo de certos pastores e outros ainda hoje. (N. do T.)

Celeste, a celestial gigantesca havia se preparado para uma palestra, e Danièle estava sentada à sua sombra como uma princesa devota no quadro de uma Magna Mater exagerada, que ela havia erigido.
Aqui se tratava do preparo de bolinhos de feijão, rito sagrado, negro-azedo.
Celeste levantava de um salto de quando em vez e pegava a mãozinha de pedra do cantinho mais sagrado, a mão.
Celeste arrastava o pilão de pedra para perto, os pequenos pilões para socar os feijões sagrados.
Celeste explicou os cortes, como se tirava as vísceras, quais delas eram comidas, e quais pelas sacerdotisas, quais pelos batuqueiros
Havia diferentes cozinhas para diferentes pratos
E Celeste confessou que na condição de economista de formação já havia armazenado os víveres para mais duas refeições fúnebres.
Para que elas não fossem surpreendidas sem o necessário
Também Michael fez seus bolinhos para si e marcou no livro-caixa.
Depois veio Amélia, Frederico o Grande, Otto Gebühr de cabelos brancos penteados para trás e para o alto, o rebenque de cavalaria na mão, e deu a Danièle a honorável mão.
Luzia, a conhecedora, arrastava as panturrilhas graciosas em pantufas de *nylon*, passando por todos e admirando a bela negra branca de Nova York.
Até mesmo Dona Flora havia escutado algo da princesa. Ela deixou a garrafa parada do lado de fora, atravessou a varanda, rígida demais, pois estava se esforçando para não cambalear, a cabeça real erguida para o alto e sacudida pelo soluço.
Roxinha veio, e mais uma vez fez o papel da mãezinha redonda, acariciava as bochechas de Danièle e puxava os lóbulos de suas orelhas.
Também a índia gorda Terezinha com seu wauwi se precipitava de boca terrivelmente aberta sobre Danièle, batia com as duas mãos sobre suas coxas, lançava os braços curtos para o alto e fazia caretas.
A acre Danièle estava sentada em meio às rainhas magras e às gordas e se esforçava para dar um sorriso, que ela observara muitas vezes nas revistas de moda de seu pai e nos canais 13 ou 17 de sua televisão nova-iorquina.
Sua contenção, seus poucos gestos, sua mímica habilidosa, nas quais também ainda cintilava muito do medo infantil ante aquelas festas de sacrifício terríveis e dádivas aos deuses das velhas bruxas, que se apro-

ximavam dela cortejando como as de Giotto ou Cimabue, mas também um pouco como os esfoladores e magos de Hieronymus Bosch, faziam com que Danièle de fato brilhasse como uma princesa do pequeno senhor que mandava torturar os ratos, dos fundamentos ancestrais do tempo, uma sombra de Oriane, iluminada por Palamèdes que havia ficado gagá.

Depois de alguns dias apareceram todas as dificuldades que sempre aparecem quando Jäcki vivia com um amigo.
Michael nadava pela manhã na piscina do hotel Villa Rica. Jäcki seria capaz de morder as espreguiçadeiras de plástico de tão apaixonado.
Ele viu pela primeira vez como Michael tinha um físico privilegiado.
O corpo era esguio e ainda assim tinha volutas graciosas.
Ele tinha mamilos largos e sobretudo um bigode no rosto trabalhado como uma máscara de um homem afro-americano de Nova York.
Quando Michael nadava, parecia uma foca.
Jäcki não achava nada mais estúpido do que homens tesudos nadando.
Michael era tão espirituoso que até mesmo quando se transformava em foca ao nadar, em torno de seus movimentos ainda restava algo da suavidade espirituosa da qual dispunha quando eles peregrinavam por Manhattan à noite.
Michael era o único homem que Jäcki gostava de olhar ao nadar
Jäcki jamais amava Michael tanto como quando Michael estava nadando.
Todas as dificuldades que por certo sempre apareciam quando amigos vivem juntos.
Mas a Jäcki elas atingiam com mais dureza, uma vez que ele continuava se movimentando no jardim encantado do avô, lá fora tapetes de amoras e hordas de macacos, amavelmente isolado no paraíso secundário do mundo de vovô e suas fantasias.
E um tão choroso:
I had breakfast
À pergunta:
– O que você fez hoje pela manhã.
– Tomei meu café da manhã.
Naturalmente, o que mais se queria nessa hora era se precipitar imediatamente para fora da janela do Hotel Vila Rica.
Não teria sido alto o suficiente.

E Jäcki também podia explicar para si mesmo as palavras azedas de Michael depois de uma noite insone, depois de muitos beijos grossos entre os muros históricos de São Luís do Maranhão, depois de zíperes[2] e paus duros nas mãos afro-americanas de Michael e nas meio-judias de Jäcki.

Mas Jäcki permaneceu rigoroso
Pela primeira vez ele pareceu demonstrar todos os gestos da coqueteria que ele a vida inteira odiara nos outros.
O hesitar.
O recusar.
O semi-percebido que já ia morrendo
O afastar-se.
E Jäcki se divertia com isso.
Michael estava louco de raiva
Jäcki podia se divertir com isso, ele sabia, o que Michael talvez não soubesse mais com seus beijos grossos, que não se tratava de coqueteria, mas sim de Danièle e de seus onze anos, a princesa encantada, da fêmea de grou tímida que era Irma, e por fim também de Jane, a anta estúpida com seu *You are a bourgeois*.

Se ele não fosse burguês, o que ela acreditava ter descoberto, por certo daria uma bicadinhas em seu Michael gostoso durante a noite
e zás-trás, por certo o maravilhoso e esclarecido casamento de esquerda dos dois iria para o brejo.
Burguês.

Talvez Jäcki inclusive estivesse contente em poder se recusar ao amado lembrando da existência de Danièle, a criança, de Irma e de Jane, assim ele evitava a dificuldade que Wolli, o cafetão, havia pronunciado de modo tão exato e um tanto saxão em St. Pauli.

– E então se vai com uma pessoa assim tão sensível e refinada para a cama,
que chama de suas umas mãos assim tão estreitas e maravilhosas,
como um pianista ou um dentista da moda
E então a gente se entrega
E de repente sobe o cheiro de merda.
Não, eu acho que não aguentaria isso por muito tempo.

---

2. No origina, um misterioso "Zippes", que pode ter a ver com a origem nova-iorquina de Michael e uma tentativa de chegar a zíperes. (N. do T.)

Jäcki não se importaria nem um pouco nesse caso.
Ele amava Michael da cabeça aos pés, com todos os seus cheiros e secreções corporais.
Mas como Michael reagiria?
Quando Jäcki falasse de paus grandes em Nova York
Michael havia sacaneado
Oh, um grande fetichista.
E isso parecera um bocado esclarecido a Jäcki.
Mas como o jovem afro-americano, que lidava de modo tão reto e correto com suas língua ao beijar, que entendia algo de literatura elisabetana, dos primórdios do socialismo, de Stravinski e da Nouvelle Cuisine dos Frères Trois Gros, reagiria ante os excrementos de Jäcki
Jäcki teria deixado que isso simplesmente acontecesse.
Mas estava alegre com o fato de as coisas jamais terem se tornado tão primárias com Michael, apontando sempre para o caráter adulto de ambos e para a sublimação.
Merda, pensou Jäcki
E, em sua irritação, acabou se desenrolando uma cena bem desagradável diante da Casa das Minas.
As duas famílias vaguearam pela São Luís noturna e Jäcki se incomodou com a leviandade com a qual a São Luís de Agotimé e dos ritos afro-americanos se dissolvia para o Michael vanguardista em instamática, tesouras de caranguejo, sorvete, café da manhã e piscina.
Furioso – pois também nas secas anciãs Michael encontrava concorrentes – e traiçoeiro, Jäcki permitiu que os quatro outros intelectuais perambulassem pela rua de São Pantaleão abaixo.
Ele permaneceu em pé, fazendo cara de santo, diante do discreto prédio da esquina, analisava-se bavaroises e a moda das calças de Calvin Klein, seguia-se adiante alguns passos e depois se perguntava a Irma em voz baixa, falando alemão:
– Você sabe onde estamos?
– Não tenho ideia!
– E ela quer fazer os retratos das rainhas, pensou Jäcki, mas não fez questão de continuar discutindo sua opinião, pois bem lá no fundo ele não duvidava da comoção de Irma ante os cultos.
E essa profunda compreensão entre ele e Irma ainda não havia sido mandada para o brejo pelo ataque de cólera que começava a se manifestar dentro dele.

– *Do you know where we are?* Perguntou Jäcki, com falsa alegria.
Jane, Danièle e Michael despencaram do Studio 54 de Andy Warhol, Oysterbar e fixaram os olhos na lua.
– *By the way, we passed by the*
disse Jäcki no tom de júbilo dos professores de ginástica, que ele odiava
E antes que ele tivesse terminado de falar, Michael o interrompeu com a mais clara das vozes afro-americanas. Ele catapultou Jäcki ao alto em uma velocidade de 400 anos de idade:
– *Oh, Danièle, I forgot to tell you we passed by* Casa das Minas.
E, abatido, Jäcki constatou que o artigo faltante transformava o templo de Agotimé mais uma vez em um objeto de museu para o amante.

Na noite do dia seguinte, a irritabilidade de Michael foi tão longe que ele tomou a frase de Jäcki:
– Estou com fome, como pretexto para reagir de modo assaz complexo
Mais complexo do que no café da manhã.
Michael disse:
I'll give you to eat
E isso já era pelo menos tão chocante quanto o *Pour me faire casser le pot* de Albertine que chocou tanto a Proust.
E, na verdade, isso provava que também em Proust os personagens escorregavam e se confundiam uns com os outros.
Albertine nem sempre é Albert.
Albert não poderia dizer:
Eu vou até os aviadores e deixar que me arrebentem o cu.[3]
Se ele o tivesse dito, tudo teria parecido meio bichinha e estranho
Horrível, mágico, horrendo isso pareceria apenas vindo da boca de uma moça.
Quase como se Danièle tivesse dito:
Eu vou deixar que me arrebentem o cu.
Mas isso ela diria
Caso tivesse ouvido frases que magoavam tanto como:

---

3. É engraçado que Fichte "parta do pressuposto" de que foi o autor Proust que ficou chocado com a frase de sua personagem Albertine, quando o narrador de *Em busca do tempo perdido* apenas "poderia se chamar" Marcel. Fichte também parece perceber o quanto Albertine é inspirada no motorista do autor, Alfred Agostinelli, que gostava de aviação, morreu num acidente aéreo, e Hubert chama de Albert por semelhança (relacionando-o diretamente a Albertine), e esboçar uma tese interessante que ajuda a decifrar por que Proust não fez de seu narrador um homossexual. (N. do T.)

– *I'll give you to eat*, e inclusive as repetia, caso se mostrassem deslocadas, pois ela não compreendia as palavras de seu pai, e com isso elas não teriam o menor efeito.

Michael sabia que Jäcki entendia o suficiente de afro-americanos, de gíria nova-iorquina e de bichas negras para compreender a frase e a intenção inacreditável de humilhação que havia nela.

Jäcki não sentia vontade de amenizar a ofensa infernal que havia nas palavras de Michael através de uma tradução à língua dos Guermantes ou dos Montesquiou.

Ele não queria nem mesmo decifrar filologicamente a frase diante de Michael.

Quer dizer, o fato de os brasileiros daqui dizerem "Eu como" quando querem dizer "Eu fodo".

"Ele deixa"[4] quer dizer

Er lässt.

E que a gíria afro-americana de Nova York reverte esse significado de modo desprezível e afetado – assim como os alemães, dos quais o mediterrâneo Malaparte afirma que seu sol é feminino, veem como *gay* aquele que faz isso, ou seja, aquele que come, e não aquele que é estercado e comido, pois este apenas deixa que lhe aconteça o que lhe acontece, ao contrário do que sucede em qualquer compreensão mediterrânea ou portuguesa da questão.

No alemão, Jäcki poderia esclarecer a Michael com toda a distinção ferida e a distância inalcançável, se é quando se é ativo, e aquele que suporta passivamente quase nem sequer é, uma vez que não participa do ato diretamente.

I'll give you to eat, Michael dissera.

Eu vou te dar de comer.

E uma vez que nela quase soa a fórmula dos efeminados, a declaração do macho se torna tanto mais implacável.

Eu vou te preencher todo.

E para tornar a ofensa completa, Michael acrescentou:

You wouldn't do that.

Jäcki nada respondeu.

Pois na sentença castradora: Você não seria capaz de fazê-lo, já havia outra vez um carnaval inteligente e negro

---

4. No original, "Ele deixe", que Fichte traduz ao alemão na frase seguinte. (N. do T.)

Michael admitira que foderia Jäcki como se ele fosse um frango
M'ap plumé'l, conforme se diz em haitiano, Jäcki poderia ter lhe enfiado de volta.

E, na medida em que ele, com seu
You wouldn't do that fazia de Jäcki uma empregadinha, ele cantarolava mais uma vez sua nostalgia de ser fodido por Jäcki até ter suas penas arrancadas.

Mas Michael estava mais do que pronto a se livrar de suas obrigações matrimoniais e do emaranhado de suas peregrinações incestuosas com Danièle

Jäcki queria lhe mostrar o restaurante das cobras

E Jane achou engraçado que os dois *gays* fizessem um passeio.

Danièle lançou apenas um
It's awful to eat endangered species, cheio de desprezo.

Mas quando, durante o jantar, ela não importunava com algum lenga-lenga

E também Michael não batia em retirada por motivos políticos e de visão de mundo

Irma se mostrava inquieta.

Jäcki não conseguia distinguir se ela se mostrava forte com isso ou imóvel apenas por hábito.

Não era o restaurante de cobras de Aracaju antes do banho de sangue da lésbica de noventa anos Nanã.

Centenas de sapos do tamanho de frangos.

Píton, crocodilo, tatu.

Não a cozinha dos peregrinos da floresta e bosquímanos, dos índios negros e dos escravos negros fugitivos entre as costas.

A carne de animais selvagens era proibida também no Brasil

Havia algum coelho, se é que não era um cachorro ou um gato. Um frango que declaram ser uma galinhola, servida com farofa e feijão.

Mas foi uma noite suave.

Jäcki percebeu como era fácil de seduzir o desprezador Michael, que agora parecia se entregar apenas a sua Danièle.

Um pouco da noite de São Luís, uma viagem de táxi, farofa e conversas sobre as sopas sagradas de sangue da Casa das Minas bastaram para que Michael deixasse tudo na mão, a Community School de Nova York, Jane tanto mais, e Danièle também.

Ele se transformou com Jäcki em uma marmota selvagem, em uma pobre *endangered species*, peludo, de olhos claros e nariz frio, e em suas conversas, ao ar fresco ao longo da praia, eles rolaram um ao redor do outro.

Jäcki havia bolado um ápice para a última noite.
Queria ir com ambas as famílias até Leodes, na praia de Calhau.
Beber caipirinhas e comer siris debaixo do Cruzeiro do Sul.
Jäcki pensou que o Proust sarnento, o Burt Lancaster de três pernas e a Claudia Cardinale achacada certamente agradariam a Jane.
A coisa não começou muito animadora.
Também Leodes havia apresentado à noite, debaixo do telhado de taba indígena, um rádio para seus policiais, traficantes de droga e *hippies* lésbicas.
E, no lugar da noite tropical sussurrante, Jane e Danièle e Michael ouviram os "Babys" e "Mommys"[5] que também ouviam em Nova York.
Irma e Jäcki os ouviam todas as noites no Hotel Vila Rica.
Os cachorros haviam morrido ou já estavam dormindo.
Não havia nada decente para comer.
Leodes era parcimoniosa ao servir os siris, e depois tentou passar a perna outra vez em Jäcki na hora da conta.
Danièle disse:
O Trois Gros é melhor.
Irma e Jäcki não poderiam negar.
Mas ele pensou se não era cedo demais para acostumar uma pequena princesa de culto afro-americana à Nouvelle Cuisine, antes de ter comido pulmão com Leodes, ou com Celeste, ou então com o abade Pierre.
Mas pouco importa.
Michael era um verdadeiro pai de família americano.
Danièle deveria fisgar um marido decente em sete anos e, com suas manias, todos esses Trois Gros e Geoffrey Beanes e Sacre du Printemps Chichi – ela acabaria por conseguir um ainda melhor.
– Em Nova York há milionários suficientes andando por aí.
– Milionários negros, pensou Jäcki.

---

5. "Monnys", no original. (N. do T.)

Leodes percebeu que algo estava dando errado e botou sua filha autista na roda – a princesa louro-mel[6] do norte.

Rígida, a menina se deixou mandar até a mesa pela mãe, e o intelectual afro-americano naturalmente logo compreendeu tudo. e agora queria executar uma ação de adestramento antiautoritária e suave com as duas crianças.

Em voz de veludo Flower-Power ele disse, bem maoísta, a Danièle, que cumprimentasse a menina brasileira com um aperto de mão

Mas Danièle não o fez

E Michael poderia se esforçar marxística e leninisticamente o quanto quisesse

Danièle cerrou sua mão em punho por trás das costas

E a menina do cavalo alazão manteve sua mão estendida em ângulo como uma amazona de madeira, cujas rédeas apodreceram e lhe escaparam pelos dedos

Como por instinto a pequena em risco abominou a doente.

E nenhum amor a seu pai conseguiu trazer o punho escondido nas dobras do vestidinho Dior adquirido na promoção.

Danièle tinha medo.

Danièle sentia medo dos siris, das caipirinhas, da mulher de cabelos pintados de louro, dos policiais e dessa boneca de madeira nórdica no Brasil.

Por fim, eles foram mergulhar.

Era noite.

A vergonha ficara para trás

E, uma vez que eram todos esclarecidos, as roupas simplesmente foram tiradas.

Entre os dois homens não houve nenhuma surpresa

Os calções de banho haviam desenhado também no Hotel Vila Rica as alegrias do casamento encolhidas na água.

Mas as mulheres delicadas, excêntricas e virginais se revelavam agora formidáveis Cézannes fornidos.

E Michael estava completamente pasmo.

A madura Irma lançava tetas bem desavergonhadas às ondas baixas.

---

6. No original, "haberblond", que não existe; provavelmente "haferblond". (N. do T.)

Tetas, Jäcki lamentavelmente jamais poderia escrever em um romance, pois qual entre os tenores da crítica alemã conseguiria vislumbrar que elas provinham filologicamente da palavra antiga Tittä, eram do baixo-alemão e Leibniz e a palavra de Heródoto, a palavra de Homero.
E polpas
Também Jane, de membros delgados, a pantomima grotesca
tinha uma fenda inacreditavelmente terrena
Michael e Jäcki mal poderiam ter esperado por isso
Mas Danièle, a frágil encarnação do tempo
entre Irma e Jäcki, que ainda tinham à sua disposição recordações do século passado através de seus avós, Danièle, que continuaria florescendo pelo milênio afora,
Danièle tinha ancas inquietantes e um traseiro certeiro
Só o peito tranquilizou Jäcki e também o pai, o peito ainda não podia ser confundido com o peito de um garoto no primeiro lusco-fusco do desenvolvimento, cujos mamilos inchavam em frutas vermelhas, incômodo nas horas de ginástica e inquietante.
E no peito de Danièle também resvalava de um lado a outro um sutiã infantil, cujo fabricante não podia ser distinguido.
Jane e Irma acharam que Michael e Jäcki tinham bundas bem bonitas.
E Jäcki teria dado tudo para poder abrir a cabeça das duas mulheres e ver qual a palavra que usavam no cinema de suas cabeças para sincronizar o conceito bunda
Jäcki e Michael mergulharam juntos.
Eles se afastaram de Jane, Irma e Danièle que, conforme acontece sempre com as mulheres, se sentiam ameaçadas por alguma coisa.
Os caranguejos mordiam.
Ou havia grandes sombras escuras.
A água de qualquer modo era negra demais, alta demais, barulhenta demais
Os corpos de Michael e Jäcki se desfaziam à distância, na noite prateada.
Tudo ficou bem silencioso de repente.
Cézanne se transformou em Poussin.
As mulheres e a menina borrifavam água umas nas outras
descuriosamente indiferentes
Todo mundo sabia de tudo.

Ninguém se esfalfava mais
E também não havia mais avidez que precisasse ser saciada, quando Michael e Jäcki mergulhavam juntos.
A língua de Michael tinha um gosto bem diferente na água salgada
E na água salgada eles botaram seus paus um na boca do outro.
Eles se secaram mutuamente.
A caixa de som de Leodes berrava à despedida.
Algo crepitava
Eles voltaram a São Luís
E Michael e Jäcki contariam tudo em detalhes entre abraços a Jane e Irma.
Enquanto Danièle ouvia de respiração suspensa e caracterizaria tudo como *utterly polyayered*.

Michael se foi para a Bahia.
E depois também teve de voltar a Nova York para entregar a reportagem sobre a cozinha afro-americana.
Michael tinha a intenção de comprar um computador logo após sua chegada.
– Isso é o futuro, ele disse.
– É simplesmente maravilhoso.
– Não se é mais nada sem um computador.
– Não existem mais romances, não existe mais etnologia sem computador.
– Imagine que você pode jogar tudo dentro dele, seus santos, seus ritos, sua infância, o Nunes, o papa, a Gisèle, o negro-azedo, as três Celestes.
– E então você aperta.
– Pip. Pip. Pip.
– E ali estão eles, eles aparecem, você pode pedir que se apresentem, completos, sempre que quiser.
– Isso nem sequer me adiantaria de alguma coisa.
– Minha infância, o papa, o Nunes e as três Celestes e Leodes e Battista estão dentro da minha cabeça.
– E os ritos eu preciso registrar por escrito.
– Pouco importa se o faço por um sistema de processamento de dados ou em um ficheiro com cartões.
– A Casa das Minas como programa certamente não existe.

– Nesse caso eu serei o primeiro a fazê-lo.
– Nem Agotimé como disquete.
– Com esse seu troço aí, talvez tudo se torne um pouco mais rápido.
– Pode ser. Jamais vou querer um computador.
– *Say never never.*
– Você poderia reagrupar tudo.
– Sim, com certeza, como os sandinistas com os miskitos.
– Você poderá sempre ter uma noção do todo, acessar o material quando quiser e acrescentar coisas novas.
– Eu sou a favor de despedaçar os computadores.
– Mas e o saber!
– Nós não temos falta de informação e sim excesso de informação.
– Nosso problema não é o saber, nós sabemos demais.
– Nosso problema é como poderemos viver com nossas informações.
– Eu sou a favor do esquecimento, disse Jäcki, e beijou Michael na testa à despedida.

Michael e sua família haviam pego o avião antes do romper da aurora.
Jäcki havia se deitado outra vez na cama ao lado de Irma, não para dormir, mas para pensar em Michael, que agora se jogaria ao trabalho como um doido para conseguir adquirir armazenadores de dados e centrais de acesso a informações.
Jäcki havia adormecido sem nem mesmo perceber.
Ele acordou com a cabeça no ombro de Irma.
Ela dormia.
Lá fora começava a clarear e um som tomava conta de São Luís.
Poderia ser o grito de um animal.
O grito de Leodes chamando sua filha loura
Ou Amélia, o velho Fritz, Otto Gebühr em transe, a amazona, cavalgada por um deus sanguinário.
Ou Battista, quando Araújo, o policial, enfiava nele seu gigantesco cacete brasileiro, e Jäcki o imaginou no entressonho diante de Battista como um pequeno batoque no cantinho, tremendo e gritando como o rei Eduardo II quando lhe enfiaram por trás o bastão de ferro em brasa para castigá-lo.
Até que Jäcki meio que compreendeu no entressonho que se tratava de uma mulher do mercado que tentava vender uma fruta ou um peixe.

O pequeno senhor que torturava os ratos havia caracterizado muito bem esses gritos

Janequin os havia posto em madrigais e Thomas Welkes e Jäcki já haviam percebido peixes ou frutas no entressonho certa vez pela manhã, quando as moscas nos assustavam ao picar nos tornozelos, no Haiti, entre o palácio do Nero jovem, negro e gordo e as orgias míticas no porto plúmbeo lá embaixo.

Parecia a Jäcki que toda a São Luís se esbatia levantando voo naqueles gritos ávidos, as casas se erguiam em um redemoinho e giravam, tombavam, em largas curvas abaixo, como bandos de andorinhas, também as figuras começaram a esvoaçar, Agotimé, Nunes, Mãe Andreza, as três Celestes, a celestial e as duas infernais com os traseiros secos de frangas.

Todas as sagas, a da rainha vendida pelo filho à escravidão

E, uma vez que ela era velha e triste, ela foi vendida várias vezes

Nunes, o bode místico, e Acóssi, o terrível Acóssi, Ifigênia com a cabeça presa ao penico.

Jäcki levantou de susto e não ouviu mais nenhum ruído da família que estava no quarto ao lado.

Só aqueles gritos de uma pobre mulher, que se referia a tesouras ou frutas-pão ou bacalhau.

Jäcki voltou a se deitar no ombro de Irma.

Michael fora embora.

37.

No Cine Passeio o movimento é grande.
Na parte de trás, no canto esquerdo, tudo está cheio.
À direita, por onde entra a luz do dia e as crianças olham para dentro através das grades, acompanhando o filme e os *gays*, soldados e travestis se amontoam
Na primeira fila estão gemendo.
O banheiro ao lado da tela está tão cheio que não se consegue entrar, e o banheiro da parte de cima, no mezanino, permanece lotado durante o filme inteiro.
Shining
A propaganda começou com uma onda de sangue
Uma onda de sangue que bate no saguão de um hotel.
Art déco esverdeado
E simplesmente uma onda feita de sangue, que levanta os sofás de plástico e embebe o papel de parede e cobre os candelabros
O controlador das entradas fica em pé ao lado de Jäcki
Aquele que sempre fazia de conta que ele não lhe interessava o mínimo que fosse
E ele agora se deixa beijar por Jäcki e está com o pau duro como pedra.
Enquanto isso, na tela, o pouco simpático Jack Nicholson fica correndo por aí com a faca de pão, e uma atriz ruim faz caretas e tenta fugir pela janela do banheiro.
Tudo termina em um labirinto coberto de gelo, uma atração turística em um hotel de luxo
Jack Nicholson não sai mais de lá e se transforma em um bloco de gelo
Isso naturalmente é uma grande ideia
– Como a da onda de sangue para o *trailer*.
– E ela até que acabou dando certo.
– Em termos de imagem
– O vermelho e os móveis *Executive Style* boiando no sangue.

– Mas a imagem também não permanecia por muito tempo.
– Era mais uma ideia de um diretor de cinema.
– Tirar da caixa de truques o labirinto de gelo e o homem de gelo Nicholson, isso é algo completamente vão e baldado depois de um filme que deu errado.
Quando isso acontece, podem ser chamados quantos mestres de maquiagem se quiser, as bichas ficam se chupando o pau e nem sequer olham para a tela.

Só uma coisa.
E Jäcki começou a sentir cócegas entre as costelas, às costas, depois elas subiram pela coluna vertebral acima, ao longo da nuca e da parte de trás da cabeça, as orelhas esfriaram, ele se arrepiou todo no couro cabeludo
Não conseguia ver, mas tinha a sensação de que seus cabelos estavam todos em pé
Não conseguiu mais nem continuar brincando com o controlador das entradas
O pau de Jäcki desabou.
As meninas.
As gêmeas.
As pequenas princesas.
Que estavam vestidas como as Meninas de Velásquez
Sempre que Jäcki pensava nisso, ainda na rua Grande – os cabelos de Jäcki ficavam em pé.
– Imagine só, disse Jäcki a Irma, um desses hotéis desproporcionalmente grandes, americanos ou canadenses, sempre vazios, por toda a temporada, e de repente estão ali, em pé, duas menininhas completamente iguais.
Não, isso é a coisa mais terrível que alguém poderia imaginar.
Por isso vale realmente a pena ver o filme
Talvez tudo seja construído de modo tão refinado como o assassinato cometido por Smerdíakov em Dostoiévski.
Portanto, a onda de sangue do trailer é sempre acrescentada ao conjunto do filme e, no vazio antes da golfada de vômito de Jack Nicholson, essas duas meninas piadoras.
É claro que se trata de uma duplicação.
Tudo que é duplo é terrível

Mas isso.

Duas meninas completamente iguais na fisionomia e nas vestimentas.

Um bocado de Pippi[1] e Velásquez.

Não posso nem sequer falar disso sem que meus dentes batam.

É bem mais assustador do que o trem fantasma, na verdade o trem fantasma não é nem um pouco assustador.

Eu de fato jamais consegui me assustar dentro dele.

Quer dizer, a não ser em *Blow Up*, com o parque verde.

Mas as duas princesas são muito mais assustadoras.

É o mais doido candomblé.

Sim, era Danièle, a encantadora Danièle, a incorporação do tempo do pequeno senhor que mandava torturar ratos.

Mas duplicada.

A unicidade duplicada.

Foi esse o choque terrível.

Como a rainha anciã que aparecia duas vezes nas pesquisas e contagens de Jäcki.

Duas mães de dois filhos vendidas à escravidão

Procuradas por dois outros filhos e transportadas de volta ao reino.

Duas anciãs em São Luís do Maranhão

Duas mulheres sagradas, que rangiam os dentes diante de seu Deus imperial.

Danièle duplicada.

Danièle a doce, intocada, de dedos dóceis.

Danièle, que com seu encanto ainda cintilaria no próximo milênio

Como as velhas bruxas a haviam bolinado na Casa das Minas.

Elas teriam preferido botar a pequena princesa em uma gaiola, alimentando-a bem para depois carneá-la e assá-la para Acóssi e Zomadonu.

Em Danièle voltara uma das muitas princesas que eram coquetes, e que ninguém entendia

---

[1]. No original, "Pipi", possivelmente uma referência à loirice da personagem de Astrid Lindgren (autora mencionada indiretamente em outros momentos da obra), Pipi Meia-Longa. (N. do T.)

No Cine Passeio, o horror, o susto ante as duas princesas menores de idade de Hollywood vestindo as roupas de Velásquez pareceu a Jäcki ser o choque sagrado ante as princesas sagradas, que vieram de Abomei ao templo da rua São Pantaleão, onde duas rainhas anciãs, altas, magras e negras esperavam por elas.

38.

Partindo da onda de sangue, das duas princesas, do labirinto de gelo os pensamentos de Jäcki começaram a peregrinar assim como ele mesmo peregrinou do Cine Passeio à Praça Deodoro depois ao Carmo e descendo pela rua Grande.
Os *gays* voltavam a se perder entre ruelas transversais, placas de proibido estacionar e ruas de mão única
Henrique VIII não o encontrou por um bloco de prédios e teve de recomeçar do início todo seu círculo.
Henrique VIII que temia ser assassinado.
Henrique VIII com seu quarto secreto e sanguinário.
Tálamo.
Alcova marital.
Henrique VIII em seu cavalo explosivo.
O que é que diferencia um fusca de um cavalo, afinal de contas.
Os dois eram motores de combustão
Mas a combustão em Henrique VIII e seu cavalo, assim como em Jack Nicholson e Agotimé, decorria regularmente através de enzimas, hormônios, faixas de sangue e desencadeava movimentos.
O motor de combustão do fusca brasileiro causava explosões.
E de repente Jäcki entendeu tudo na rua Grande aberta,
o trabalhador noturno jogava outra vez as pedras dos escravos no ponto sensível das tendas de aço para causar um estrondo tão alto quanto possível e assim se fazer notar na cidade, entre os guardas, que se espancavam com os sem-teto disputando os lugares para dormir às entradas dos prédios.
Que essa cidade de São Luís do Maranhão e esse estado do Maranhão podia ser mantido em movimento apenas através de explosões.
Explosões, amontoados famintos, excesso de população, famílias com dez filhos, que sibilavam em ruas entre as lojas e o local de trabalho, botavam a máquina do Estado em movimento e a queimavam. Abati-

dos a pancadas, mortos de fome, consumidores consumidos, que em pouco estariam mais próximos e ainda mais.

A imagem daquilo que acontecia ali
era o fusca
A imagem daquilo que acontecia desde o final da guerra.
Desde a virada do século.
Desde a descoberta do motor a combustão.
Explosão.
Henrique VIII enfim havia cercado Jäcki.
Jäcki e Henrique foram até a praia de Calhau
Henrique VIII contou que um casal de amantes havia sido morto ali anteontem.
Ele fodeu Jäcki sobre o capô de seu fusca.

39.

À noite, o clima muda no decorrer daquele ano.
Tudo começa com uma cabine de polícia construída em plástico na Praça Deodoro.
Polícia Militar.
No lugar da letra O uma firma de Relações Públicas havia contratado um *designer* para desenhar um coração.
Vermelho-sangue.
No jornal, as notícias da revolta na Bahia.
Na Bahia, os ônibus são movidos a álcool de cana de açúcar e óleo de palmeira.
Centenas de ônibus são demolidos por estudantes.
Como os trabalhadores chegavam ao trabalho?
Por tudo, em São Luís, agora são construídas cabines de polícia de plástico.
Ouço pela primeira vez de um ataque a um *gay* no parque, junto à rua de circunvalação.
Manifestações.
Não por causa dos *gays*.
Tiros fatais no estádio de futebol.
Agricultores são expulsos.
Ninguém ousa mais passear na escuridão pelas ruas da pequena cidadezinha.
As praças e a rua Grande ficam vazias depois das nove horas da noite.

Colagem Casa das Minas

Irma e o desenvolvimento da brutalidade no Maranhão.
No passado, ela deixava as pessoas passarem na rua.

Mas ela jamais permitia que alguém ultrapassasse.
Agora ela é a primeira a ir.
Quando o anão adulto quer dizer uma coisa, o vendedor de jornais grita:
– Crianças calam a boca.
O homem de uma perna só é perguntado:
– Onde você deixou sua perna?
O mascate branco joga o toco de seu cigarro fora, ele diz a um negro:
– Chute eles pra fora.
O taxista branco para o lavador de carros preto:
– Feio!
– Eu não sou feio. Eu sou bonito, responde o negro.

Escrever para um mundo em que a escrita já não existirá mais, nem leitores, provavelmente nem mesmo olhos.

Minhas línguas em São Luís:
Alemão.
Português.
Francês.
Grego.
Fon.
Jeje.
Kambinda.
Nagô.

Pesquisar: juntar.
Escrever: riscar.

Primeira versão, falsa. 200 páginas escritas em vão.
Reordenar as 500 fichas.
Rasgar as fichas.

Jogar paciência com rainhas.
Ficheiro com rainhas.
Entrevistas televisivas:
Ao criminoso, que esconde seu rosto entre os braços, enfiam o microfone entre as pernas.

Um criminoso do colarinho branco se esconde do repórter da televisão debaixo da escrivaninha – e é assim que todos o veem.

Regis:
Debray fala em encarnação.

Brigitte Bardot deu de comer a 1.500 cães no Natal.

O chanceler Helmut Schmidt toca com Eschenbach e Justus Frantz e a Filarmônica de Londres um concerto para piano de Mozart.

A Nicarágua quer vir ao Brasil negociar por causa de uma fábrica de álcool.

Quer dizer, combustível de cana de açúcar – para carros americanos ou russos.

O combustível, a energia que mais destrói o meio ambiente.

O México levou à Nicarágua uma fábrica de celulose para jornais mexicanos.

O embaixador francês foi assassinado em Beirute
Porque Bani-Sadr esclareceu em Paris que era necessário matar apenas cinco pessoas no Irã.

Base de Edilson
As filhas
Tecnocrata da arte culinária.
Fala sem parar
Família funcionando.
Ela e o irmão trabalham em um banco durante o dia.
Ela estuda e depois vai ao restaurante à noite.
Não há hora extra.
Às vezes, os clientes ainda chegam às duas da madrugada e querem siris.
Como diversão de domingo: o pai sai para tomar sorvete.
Ele chega e menciona, como se fosse uma coisa imensamente peculiar, que ainda deu uma volta pela cidade.
Déspota.
Dependência das filhas.
Com essa conversa, ela não consegue homem.

Elas deliram com o projeto Carajás.
Último censo: 400 mil habitantes.
Agora são mais ou menos 600 mil.
Em alguns anos serão um milhão.
A cidade com seus prédios pertencerá a uma das capitais do Brasil.
Eles nos levam para casa.
Não se pode recusar a oferta.
Um restaurante para o qual eu com certeza voltarei sempre.
Mas caro.
E um peixe não muito bom.

Alemanha.
Pesquisa sobre o armamento.
Metade da população:
Melhor vermelho do que morto.

Golpe em Gâmbia.
Provavelmente organizado por Kadafi.
O mesmo modelo de Granada.
Ausência do chefe de Estado.
Reféns.
Todos os ministros sob seu poder.
A segunda mulher, ofendida, faz um apelo no rádio.
Os senegaleses intervêm.
Na Nicarágua, a Prensa é proibida pela segunda vez em dois dias porque criticou os sandinistas.

Rio:
Garoto de 13 anos mata um trabalhador a pancadas no trem porque este não quer entregar seu casaco.
De outro homem são cortados dois dedos.

Terça-feira, 4.8.81.
Liberal de Belém:
As cabanas no terreno da universidade foram destruídas por comandos policiais.
Jornal do Brasil:

No Rio, caldo de feijão cozido seria oferecido como pó.

Cansaço de Jäcki
Ele compreende o preguiçoso Berger.

De repente, os sussurros:
Amélia está aí!
Amélia está aí!
Outra vez uma das anciãs altas, magras e negras.
De cabelos duros penteados para trás e para o alto.
Stefan George em transe.
Amélia, uma das mais idosas.
Ela descende das fundadoras.
Amélia está ali e brande o chicote de cavalgar com cabo de prata de seu deus Dossu.

Jäcki explica a nova etnologia a Sergio. Lydia Cabrera.
Sergio também começou a escrever.
Ele nem sequer se ocupa da nova maneira de descrever.
Sergio esteve em Natal.
Eles não estão interessados em pesquisa de campo por lá
Da Casa das Minas eles não têm a menor ideia.
Mas o que eles lhe dizem é completamente indiferente para ele.
Entra por um ouvido.
Sai pelo outro.
Ele explica, muito engraçado, como a mulher do governador corre para a Casa das Minas, salta de um baú a outro, para reunir donativos para o museu.

Sergio, que está mais para robusto, tem uma mulher índia bem delicada.
Depois da festa, ela faz uma observação aguda:
Nós, que pertencemos à Casa das Minas.
Por mim.

De repente, Sergio fica mudo.

Será que ele está preocupado.
Ou será que nossa empresa comum está desgastada.
Eu estou muito chateado com isso e faço de tudo para animá-lo.

Sergio tem problemas com sua mulher.
Confusão
Não quer mais ir a restaurantes.
Ela está preocupada por causa de seu emprego.
Sergio não consegue dormir à noite de vez em quando,
quando pensa em seu próprio emprego.

Jantar na casa do sociólogo F.
A sogra vê televisão.
O filho ouve rádio.
E, para honrar o visitante, colocam um disco folclórico a rodar.
Com a empregada que serve não é trocada uma única palavra.
A sobrinha do sociólogo é mongoloide.
Ela se queixa de que não consegue aguentar tudo aquilo de uma só vez:
televisão, rádio, toca-discos.

Quando, ao escrever, comparo as fichas do ficheiro
com as declarações de Celeste, vejo que ela jamais
se contraria.
O que ela disse foi sempre plausível.

40.

Jäcki, para se acalmar, escreve A História de Nanã.

41.

Eu não me chamo Prata Jardim.
Isso é errado.
Eu me chamo Jardim de Prata[1]
Não me lembro da minha primeira recordação.
Tudo.
Há tantas coisas na vida das quais eu me recordo.
Da minha pátria.
Do meu país.
Quando eu era pequena.
Deni Prata Jardim.
Nascida em 25 de julho de 1925 em Rosário, no interior do estado do Maranhão.
Meu pai se chamava Sinfrônio.
Minha mãe, Rita Prata.
Eu tinha cinco irmãos.
Quando eu era criança, os bebês recebiam apenas o leite materno ou leite de vaca.
Quando eu ia cedo para a escola, bebia leite.
Fresco.
Não havia doenças.
Os cereais eram socados frescos para o mingau.
Havia carne, que era secada ao sol.
E sal grosso.
Ele vinha das salinas.
E era socado fresco no socador todas as vezes.
As pessoas chegavam a uma idade avançada.

---

1. No original, "Garten Silber" na primeira linha, depois "Silbergarten" na terceira; mais abaixo fica claro que Fichte está brincando com o sobrenome de Deni. (N. to T.)

Minha avó tinha mais de noventa anos quando morreu.
Viajou para a cidade uma única vez.
Não queria ficar em São Luís.
– O arroz apodreceu.
– A farinha apodreceu.
– O café deixa a gente doente. Ele fica parado por muito tempo, já torrado.
Minha avó torrava o café fresco todas as semanas.
Havia um poço para a água de beber.
A vertente sempre o enchia.
Para lavar a roupa havia um lugar no rio.
As duas águas estavam rigorosamente separadas.
Com vinte anos, na cidade, eu fiquei sabendo pela primeira vez o que é isso: uma doença.
Há uma camada rosa sobre a água nos reservatórios.
Isso significa hepatite.

Eu não me lembrava de Napoleão.
Quando criança, em Rosário, eu não frequentava reuniões espíritas.
Napoleão era colega do meu pai. Ele era maquinista.
Papai era administrador.
Mamãe trabalhava no campo.
Ela saía de manhã e voltava apenas quando escurecia.
Papai trabalhava na companhia ferroviária.

Quando eu era pequena, as crianças usavam tranças.
Eu fazia as minhas, eu mesma.
Não precisava nem de uma hora para isso.
A coisa parece mais complicada com os cabelos curtos e enrolados do que na verdade é.
A gente as usava em todos os lugares.
No campo, na cidade.
Sobretudo dos cinco aos quinze.
Para ativar o crescimento do cabelo.
Não sei nem mesmo como são os penteados africanos.
Todos esses produtos para alisar o cabelo vêm da Europa.
E dos Estados Unidos, é claro.

Na cidade nós todas os usamos.
Todas, quase todas da Casa das Minas.
Também para as festas.

Eu me lembro de quando entrei na escola.
Eu ainda era bem pequena.
Quatro anos.
Nós aprendíamos apenas o alfabeto.
As primeiras letras.
Todos os dias.
E os números até dez.
O ano inteiro – dos quatro aos cinco.
No segundo ano, minha mãe ficou doente e eu tive aulas privadas.
Com Josefa.
Para não esquecer tudo de novo.
Todas as tardes.
Soletrar as sílabas.
Eu sempre tive aulas privadas.
Quando voltei a um grupo, já era uma pequena dama.
Com dez.
Já conhecia a Casa das Minas, mas ainda não vivia por lá.

Meus avós por parte de mãe eram bijagós[2] e angolas.
Eles curavam os loucos.
Ensinavam tudo o que sabiam, os meus avós.
Meus bisavós foram trazidos da África como escravos.
Em 1888, quando os escravos foram libertos, eles ficaram na fazenda, pois sempre foram tratados muito bem.
Em Boa Vista.

Na Fazenda de Barregas havia um poço no qual eles jogavam os escravos depois de terem sido chicoteados.
Eles haviam atado o mago negro e o chicotearam.
Ele nada sentiu.
Foi a senhora que sentiu as dores.
Ela adoeceu.

---

2. No original, "bixagos". (N. do T.)

E morreu.
Também o senhor ficou doente.
Em 1888, eles não libertaram os escravos.
Os escravos de Boa Vista vieram para cá e lhes disseram que os escravos haviam sido libertos.
Todos saíram correndo.
Meus bisavós guardaram em um baú as coisas que lavavam e sobre as quais rezavam.
Eles não explicaram nada a meus avós.
Absolutamente nada.
Disseram apenas que eram negros minas.
No leito de morte, minha bisavó ou meu bisavô encarregou o filho mais velho de levar as coisas embora.
Será que ele havia feito algo errado?
Ele adoeceu.
Rapidamente.
Durante meio ano, foi sempre tudo bem.
Meio ano ele teve de ficar amarrado à cadeira.
Ele berrava.

Meus avós, mais do que qualquer outra coisa, não queriam saber de nada.
Eles também tinham o segundo rosto.
Um dos meus tios era caçador.
Ele levava rolos de fumo para o espírito da floresta.
– Ele é meu amigo.
– Ele protege os animais.

Minha tia carregava Kalibo Guaipĩm.[3]
Isso seria Apojevó.
Um deus da Casa das Minas.

Um primo da minha mãe, Raimundo, foi possuído por Zomadonu.
Sem iniciação.
Raimundo[4] se enforcou em uma árvore na floresta.

---

3. É exatamente essa a grafia apresentada por Fichte no original. (N. do T.)
4. Raimondo, no original, provavelmente impreciso. (N. do T.)

Cortaram a corda.
O sangue brotou de sua boca.
– Ele está morto.
– Não, não está morto.
Ele se enforcara por alegria incontida ou por maldade.
Ele frequentava uma sacerdotisa em São Luís, que queria iniciá-lo.
Ele estava possuído por Zomadonu.
Ele carregava Zomadonu.
Zomadonu disse:
– Uma cega não pode conduzir um cego.

Mamãe sempre dizia:
– Zomfum.
– Zomfum.
E uma vez que meu pai se chamava Sinfrônio, pensava-se que ela queria chamá-lo e tinha ficado louca.
Mamãe via um homem grande à noite.
Ele era bem branco.
Nós, as crianças, também o víamos.
Minha mãe foi até um índio, que deveria curar a nós todos.
Ele já nos tinha deitado.
Lado a lado.
Em uma fila.
Então minha mãe deu um grito:
– Não.
– Não.
– Deixe disso.
– Não quero que você faça nada com meus filhos.
Quando minha mãe chegou comigo em São Luís, nós moramos com a senhora Salomé, na rua Grande, esquina com a rua do Cruzamento, na frente do número 4.400.
No apartamento eram realizadas sessões espíritas.
Minha mãe era a única a participar delas.
Com Waldemiro Reis, que na época ainda era um homem jovem, o amigo de Mãe Andreza.
Ele botou a mão sobre a cabeça dela.
As perturbações foram diminuindo.

Quando ela queria ir ao trabalho na manhã seguinte, todas as veias de seu pescoço estavam inchadas.
Minha mãe trabalhava como cozinheira na casa de uma amiga.
Mamãe também participava de outra reunião espírita, da qual um colega de trabalho havia falado a ela.
Esta era dirigida por Napoleão, que nós já conhecíamos de Rosário.
Eu ia junto.
Tinha seis ou sete anos de idade.
Napoleão dizia:
– Não posso ajudar você.
– Posso apenas tirar a mão má de cima de sua cabeça.
– Você precisa ir à Casa das Minas.
– Fique sentada aí atrás. Vou fazer tudo daqui. À distância.
O pescoço desinchou.
Mamãe foi à Casa das Minas.
Ali estavam sentadas Mãe Andreza e uma velha, Berta, que carregava o Vodun Bedigã.
Ela disse:
– Meu Vodun me profetizou que antes da morte ainda verei uma chegando, e ela carregará meu senhor Bedigã.
– Esta é ela.
Mamãe disse:
– Zomfum.
Ela contou sua história.
– A senhora conhece um que se chama Zomfum, perguntou Mãe Andreza à velha Mãe Berta.
– Acho que não.
Mãe Andreza mandou mamãe até uma amiga, que se chamava Noemi.
Noemi encheu uma garrafa com elixir de banho para ela.
Mas mamãe quebrou a garrafa contra uma pedra em uma esquina pouco antes de chegar em casa.
Nós estávamos, todas, muito infelizes.
Mamãe disse:
– Não consegui fazer de outro jeito.
Mamãe voltou para a Casa das Minas e contou tudo.
Mãe Andreza disse:

– Mas talvez não fosse isso que estivesse determinado para você.
Mãe Andreza encheu outro frasco com elixir de banho para ela.
Mamãe tomou banho com ele.
Ela se sentiu melhor.
Dormia bem.
Quando levou o frasco de volta à Casa das Minas, Mãe Andreza disse:
– Pois bem, se você precisar de alguma coisa pode vir a hora em que quiser.
Depois disso, mamãe trabalhou para um general.
Ele queria dar um terreno de presente a ela.
Aqui na região em que hoje fica a avenida Kennedy.
Ela não quis.
Ele ofereceu três diferentes terrenos a ela.
Era tudo mata.
Ela não queria um terreno assim.
Não havia luz elétrica.
As dificuldades com a água.
As filas nas vertentes e bombas não acabavam nem de dia nem de noite.
Aqui, onde eu moro agora, era o leprosário.
Quando se passava, os leprosos se agarravam às pessoas.
Eles passavam fome e queria contaminar a gente.
Na praia de Nossas Mulheres Queridas[5] havia tubarões.
Não piranhas.
Mas peixes-espadas.
E a tintureira, uma espécie de tubarão.
O sangue que vazava do matadouro para a água do rio os atraía.
– Não tomem banho na praia das Nossas Mulheres Queridas.
Mas falar era fácil.
Quantos foram os jovens que perderam uma perna.
Na casa morava uma árabe que adotara uma menina.
Havia muita briga conosco, as crianças.
A árabe não queria que mamãe corrigisse sua filha e mamãe não queria que a árabe me corrigisse.

---

5. Vastas pesquisas, nenhuma ideia. Fichte chama a Praia, no original, de "Strand von Unserer Lieben Fraue", sendo que "Fraue" ele escreve assim mesmo, sem o "n" requerido pela declinação corrente ao final. (N. do T.)

Quando minha mãe iria fazer férias, certo mês, com alguns parentes em Bequimão[6], não me deixou sozinha em casa.
Me levou até Mãe Andreza.
E assim eu entrei na Casa das Minas.

Mãe Andreza disse:
– Vai até ali do outro lado e dorme por lá.
Mãe Andreza me mandou para o quarto de Kpoli Bodji para dormir.
Eu dormia com vô Emília.
Com Conceição[7].
E com a filha de Dona Flora.
Eu achava tudo horrível na Casa das Minas.
De dia, Mãe Andreza ficava junto conosco no quarto de Kpoli Bodji.
À noite, ela dormia na sala do altar, para guardar o altar sagrado.
As velhas mães não falavam.
Elas gostavam de mim.
Eu não sei por quê.
Mãe Andreza falava na minha presença.
Ela sabia muito bem que eu sabia guardar segredo.
Quando mãe Andreza me deixava sozinha, as outras mães chegavam até mim e perguntavam:
– O que a velha contou?
– Não sei.
Eu vi uma mãe d'água negra.
Eu vi muitas mães d'água.
Elas passavam pela Casa das Minas e gritavam:
– Iiiiiiii.
Uma nuvem escura que se aproximava.
Ela parava.
Os cabelos negros.
Uma mulher baixa e preta.
– Iiiiiiii.
O branco Zomfum, que nos visitará em Rosário, veio apenas uma vez.
Ele não se virava para me ver.

---

6. No original, "Bequimá". (N. do T.)
7. Fichte escreve "Conçessão". (N. do T.)

Zomfum Bedigã Boinzé.
Ele passava caminhando pela Casa das Minas.
Eu comecei a ver um homem velho e pobre.
Não sabia que ele era meu senhor.
O senhor Lepon.
O Vodun.
Eu não sabia que eu tinha um Vodun.
As velhas mães me observavam.
A gente é observada por muito tempo.
Mãe Andreza não dizia:
– Esse é o teu senhor.
Ela dizia:
– Vai até ali...
e ali era o quarto de Kpoli Bodji
– e dorme ali.
Quando Kpoli Bodji vinha, ele brincava comigo.
Ele era muito simpático comigo.
Eu o conheci bem.
Será que eu queria suportá-lo?
Eu não entendia o que ele queria dizer com isso.
Quando criança, eu não dava bola para minhas visões.
Quando criança a gente tem o Segundo Rosto e não sabe.
Eu sempre fui católica.
Sempre me interessei por tudo que é católico.
Quando morava na Casa das Minas, eu frequentava regularmente a igreja católica.
Tinha medo todas as horas do dia.
Muito.
Fiquei.
As mães não me deixaram ir mais.
Eu não disse nada.
Eu tinha medo até mesmo de falar.
A velha perguntava.
Eu falava.
Ela não dizia nada a respeito.
Mamãe tinha bem pouca paciência.

Mamãe não explicava nada.
Mãe Andreza dizia bem pouco.
Mãe Filomena perguntava:
– O que vamos fazer com ela?
Mãe Andreza me chamava:
– Você nasceu assim.
– Vai ficar assim.
Quando eu contava meus sonhos, elas não diziam nada.
Elas falavam entre elas.
– A pequena é nervosa.
As coisas melhoraram um pouco.
Remédios.
Banhos.
Muitos banhos.
O medo cedeu.
Só com doze, treze anos é que fiquei sabendo o que era.
Mais tarde, Mãe Andreza me mandou para a escola.
Eu parei com dezesseis anos.
De 1941 a 1944, eu trabalhei em uma casa privada.
Para poder pagar o ginásio.
Mas eu arranjei as coisas de tal modo, na época, que acabei me apaixonando.
Me casei.
Logo tive um filho.
E depois um segundo.
Isso acabou com minha vida.
Cursos à noite.
Na época, mal havia cursos à noite.
A universidade era complicada.
Em 1944, ainda não havia universidade em São Luís.
Eu queria fazer uma formação Normal e me tornar professora.
Professora de português.
Eu lia o Globo e o Imparcial.
Na Casa das Minas as velhas compravam o jornal regularmente.
Aquelas que sabiam ler.
As que não sabiam ler, naturalmente não compravam jornal.

Eu trabalhava.
Pagava com meu dinheiro.
Quando eu não trabalhava, mamãe me dava o dinheiro.
A seção local era a primeira que eu lia.
Eu gostava de música.
Não saía para dançar.
Nunca.
Às vezes, quando a Casa das Minas montava um grupo de carnaval, botavam uma máscara no meu rosto.
Mas quando passávamos pela igreja de São Pantaleão, eu já a arrancara outra vez.
Eu gostava de ir ao cinema.
Mas mal tinha tempo para isso.
À tarde, eu não podia, e quando estava escuro eu não gostava de sair de casa.
Os filmes não me deixavam muito impressionada.
Eu considerava que eram mais uma brincadeira e um passatempo.
Mãe Andreza não tinha nada contra o cinema.
Ela nos deixava ir.
Desde 1944, eu não estive mais no cinema.
Com quinze ou dezesseis anos, comecei a trabalhar em uma casa privada.
Eu não morava mais na Casa das Minas.
O garoto, filho dos donos da casa, tinha uma febre terrível.
Ele fantasiava.
Corria pela casa sem parar.
Só eu conseguia acalmá-lo.
Tinha de dormir no quarto dele.
Quando ele alucinava de novo, eu dizia:
– Ou você fica quieto ou então eu vou embora.
– Não, eu vou ficar quieto.
O médico veio e diagnosticou tifo.
Eu fiquei com medo de ter pegado a doença.
Mas, uma vez que eu cuidei do menino desde o começo, meu corpo conseguiu se acostumar vagarosamente aos bacilos da doença e eu fiquei saudável.

Em 1941, minha mãe dançou na Casa das Minas.
Ela carregava o Vodun Zomfum Bedigã Boinzé.
Ela era possuída por Zomfum Bedigã Boinzé.
Zomfum Bedigã Boinzé.
Possui um cavalo.
Ele brande um chicote com uma cabeça de cavalo prateado.
Ele é altivo.
É mais atarracado e maciço do que seu irmão Dossu, por isso se torna rei.
Ele é advogado.
Protege os governantes.
O Pai Dadaó dá a coroa de herança a Dossu.
Mas este a repassou a seu irmão Bedigã.
Bedigã é altivo – Dossu afável.
Um canta o hino de louvor ao outro.
Dossu preferia sempre perambular por aí, pela rua.
Dossu preferia as festas.
No dia 21 de janeiro de 1942, à noite, na festa de São Sebastião, a festa de Acóssi, eu dancei pela primeira vez.
Jamais pensei que pudesse ser assim.
Quando acordei, já usava as vestimentas da Mina.
Não senti nada.
Não sabia de nada.
Mãe Andreza me levou à sala do altar para me separar das outras.
Tudo que pudesse perturbar deveria ser afastado e excluído.
Eu adormeci – em cima do baú de Kpoli Bodji.
Oito, nove horas.
Mãe Andreza riu:
– Você está se sentindo mal?
– Não.
– Alguma coisa dói?
– Não, meu senhor.
– Dorme com suas colegas.
Eu vi que Kpoli Bodji pegou algo de dentro do baú.
No dia seguinte, Mãe Andreza veio e me entregou meu rosário.
Ela me disse meu nome africano.

Ihapen.
O nome é secreto e não é secreto.
Meu senhor Lepon era o senhor Lepon de Mãe Conceição, que já havia morrido há tempo.
– Lepon é o irmão mais velho de Kpoli Bodji.
Mãe Andreza tinha entre oitenta e noventa anos na época.
Eu tinha dezessete.
Eu disse:
– Eu sou mais velha do que a senhora?
– Sim.
Reis.
Caboclos.
Reis índios.
Empobrecidos.
Reis bosquímanos.
De um outro país.
Argila com galhos.
Acóssi Zapata – três.
Ora manchado – ora limpo.
Acóssi é cientista.
Ninguém quer entrar isso.
Acóssi fez um contrato.
Ele precisa mostrar como um homem é destruído pela doença.
Acóssi quer a destruição do corpo.
Acóssi esperava pela ruptura.
Então a mulher fica doente.
Acóssi não tem pernas.
Seus dedos são meio roídos.
Por isso ele não pôde se tornar rei.
Azönzu se tornou rei em seu lugar.
Azönzu é como eles chamam a São Sebastião.
Meu senhor Lepon ajuda seu pai Acóssi.
Meu senhor Lepon não tem mãe.
O irmão Bossukó se transforma em uma cobra e se esconde por trás do morro de cupins.
Bossa, a irmã, procura por ele.

Meu senhor Lepon é pobre e bem preto.
Mas meu senhor Lepon fuma.
Eu não fumo.
Meu senhor Lepon não lê nada.
Eles chamam isso de escravidão.
Eu gosto dos Voduns da Casa das Minas.
Liberdade demais confunde.
Eu quero que o Vodun venha.
Eu costuro belas roupas para o meu senhor Lepon.
A gente tem medo do transe.
A partir das duas horas da tarde, as mães não comem mais nada.
A pessoa sente a aproximação do Vodun.
É preciso se dominar.
Quando o Vodun vem, os óculos precisam ser tirados.
A gente o vê em um feixe de luz diante de si.
Alguns se agarram às irmãs.
– Eu estou tão mal.
Dores de cabeça.
Tudo dói.
Choque.
Ataque do coração.
O que irá acontecer?
O que vou fazer?
A gente pensa que irá morrer.
Alguns não se dão bem com isso.
Dão muito trabalho à gente.
Se a gente pudesse impedir, afastar – eu o faria.
O transe é inato.
Quando o Vodun foi embora, a gente ainda se sente fora de si por horas.
Dormir.
Na prática, o médium é um doido.
A religião não é parte da ciência médica.

As mães da Casa das Minas deveriam ser videntes.
A vidência é um perigo.

Se uma mãe não tem um Segundo Rosto, ela pode se enganar na determinação do Vodun.
Ela não reconhece de quem se trata.
A gente acende uma vela e se concentra.
A coisa percorre o corpo da gente como um choque – é um choque diferente do choque dos transes –, e se vê o que se gostaria de ver.
Essa bênção precisa ser desenvolvida pelas mães.
Mãe Andreza e Mãe Filomena me ajudaram nisso.
Não se tem experiência, a gente mesmo, e não se consegue interpretar a história.
Todas as velhas mães botavam velas.
Às vezes vem um desconhecido e dá uma resposta.
A gente esqueceu a pergunta por vários dias.
O choque acontece.
E então a gente vê a resposta à sua frente.
Ninguém consegue se livrar da vidência.
Não se pode botar um fim no Segundo Rosto.
É uma dádiva da natureza.
Se pode apenas perturbar a vidência.
O rosto não agrada a ninguém.
Não encontrei ninguém a quem ele agradasse.
Uma vidente vê muito e fala pouco.
A gente vê coisas bonitas.
E muitas terríveis.
Um vidente perturbado fica louco.
Ele corre.
Ele berra.
Ele vai para o hospício.
Pressentimentos não são rostos.
Há épocas do ano em que tudo para.
Há épocas em que se vê muita coisa.
Sonhos acordados são piores do que sonhos durante a noite.

Pouco antes do meu casamento, eu comecei a trabalhar na fábrica.
Em fevereiro de 1944.
Com dezenove anos.

Sacos de estopa.
Era uma fábrica de sacos de estopa.
Eu trabalhei ali de fevereiro até novembro, mais exatamente até o dia dez de outubro.
Há dias em que não me recordo de nada.
Às vezes, melhora.
No dia 1º de dezembro eu me casei.
O trabalho começava às sete horas da manhã.
Ele ia até às onze e meia e depois da uma e meia até às cinco e meia.
Controlar máquinas.
Atar fios.
Parar, quando alguma coisa corria errada.
De pé.
Era pesado.
Mas eu gostava.
Eu tinha de gostar.
Era o melhor trabalho para mulheres que havia em São Luís.
Como empregada, ganhava-se 40 mil réis por mês.
Na fabrica, 10.400 réis por dia. Por 1.000 réis dava para comprar dois quilos e meio de arroz.
O quilo de carne era 5.000 réis na época.
Pela manhã, antes de ir ao trabalho – café e pão.
Leite era bem difícil. Caro.
Açúcar.
E frutas.
Isso era simples – as frutas eram baratas.
Banana, papaia, laranja.
Melancias só na época de melancias.
Naquele tempo, elas não eram vendidas por quilo como hoje, mas por unidade.
Eu acordava e me levantava às quatro da madrugada.
Às seis e meia eu saía de casa.
Às sete, a última turma entrava.
Na época, ainda não existiam relógios de ponto.
Só no meu setor havia quatrocentas máquinas.
Em cada uma das máquinas duas ou três trabalhadoras.

Para tecer.
Só mulheres.
Os homens trabalhavam apenas como mecânicos.
O barulho na fábrica era terrivelmente alto.
No começo, isso me deixava nervosa.
Depois a gente acabou se acostumando.
Se berrávamos, nós conseguíamos nos entender.
Se berrávamos no ouvido uma da outra.
Eu fiz uma espécie de estágio, primeiro.
Aprendi a botar a linha.
Corrigir erros.
Ajustar a máquina.
Quando ainda não se sabe como fazer, isso é um pouco complicado.
Eu trabalhava de segunda a sábado.
Sábado apenas até o meio-dia.
O tecido negro era terrível.
Ele era tecido com restos.
O pó.
Nós ficávamos todas encobertas por um pó branco.
Meu trabalho era encher as naves e segurar os tambores.
Cortar os nós e desfazer erros.
Havia três rolos.
Com uma mão, eu empurrava um dos rolos para a frente.
Para isso eu precisava erguer os contrapesos com a esquerda.
Com o pé direito, dois outros contrapesos.
O pé esquerdo não fazia nada.
Quando as máquinas explodiam, os pedaços de metal feriam os trabalhadores.
Acidentes assim aconteciam quase todos os dias, pois as máquinas eram muito velhas.
Os trabalhadores enfiavam as mãos entre os cilindros.
Eles perdiam metade da mão, dois dedos, três dedos.
Um homem aqui das proximidades ficou com a mão presa.
Foi bem difícil tirá-la de lá outra vez.
No posto sanitário, ele perdeu muito sangue.
Quando foi enfim operado, era tarde demais.

Ele perdeu sangue demais e acabou morrendo.
Outros tiveram mais sorte – perderam apenas o braço, a mão.
Havia um seguro.
Tudo era pago.
O INPS na época se chamava IAPI.
Alguns anos mais tarde eles se uniram no INPS.
Depois de trinta anos de trabalho, ganhava-se uma aposentadoria.
Muitos morriam antes.
Aos domingos, nós comíamos frango.
Na maior parte das vezes frango, porque era mais barato do que carne vermelha.
Durante a semana, comíamos mais peixe e feijão.
Comidas de festa?
Um frango assado.
Uma torta com glacê e um homenzinho em cima.
Farinha – farofa.
Vinho.
Refrigerante.
Eu bebo vinho.
Mas não gosto muito.
A comida do meu casamento.
Nem me lembro mais como foi.
Não houve comida.
Só bombons.
Doces.
Bolo e refrigerante.
Bebidas para refrescar.
Eu me casei.
Não pedi permissão à Casa.
Não perguntei aos Voduns.
Nem a Mãe Andreza.
Eu queria me ver livre.
Nem mesmo Mãe Andreza sabia.
Foi uma revolta.
Meu senhor Lepon disse às velhas.
– Esse rapaz não estava previsto por mim.

– Ela haverá de ver.
– Seu casamento é errado.
– Esse rapaz não vai levar uma vida decente.
– Ela devia ter perguntado.
Mais tarde, eu compreendi o que ele queria dizer com isso.
Meu marido gostava de brigar.
Ele não acreditava de verdade em nada.
Mas ele não me proibiu de seguir minha religião.
Inclusive podia ficar alguns dias ininterruptos na Casa das Minas.
– Hoje não há nada na Casa das Minas?
– Há sim.
– Você não vai para lá?
– Quero ficar em casa.
– Isso você faz porque quer.
Ele era muito trabalhador.
Ficou melhor quando adoeceu.
Eu vivia separada dele.
Não conseguia mais suportá-lo.
Meu senhor Lepon disse:
– Ela não quer ouvir?
– Ela já sabe de tudo.
– Não tenho nada a ver com esse casamento.
Meu marido me deixou.
Ele tinha um defeito no coração.
Não parava de trabalhar.
Morreu com trinta e dois anos na casa de sua mãe.
O mais velho, Ribamar, era dez anos mais velho.
Meu marido teve de trabalhar duro quando criança.
Depois se tornou mecânico.
Por último, era motorista de caminhão.
Em 1945 eu não trabalhei.
Logo engravidei.
O pequeno nasceu em julho.
Ribamar.
Eu tinha tanto leite.
Amamentei por mais de um ano.

Quase dois anos.
Em 1945, eu tive uma doença pela primeira vez.
Comecei a participar de sessões espíritas.
Não fiz pacto com os espíritos dos mortos.
Eles dizem que os mortos fazem bem.
Eu só via coisa ruim.
Não encontrava nada nisso.
Sabia que eles não podiam fazer nada comigo.
Mãe Andreza disse:
– É absurdo.
– Os Voduns não gostam disso.
Certo dia eu vi uma velha aleijada.
Ela estava morta.
Sentada ao meu lado.
Eu nunca mais fui às sessões.
Esqueci meu nome africano.
Era a doença.
As preocupações.
Uma menina na rua teve de me trazer de volta à recordação meu nome africano.
Em 1946 comecei a trabalhar na Fabril.
Também com máquinas de tecer.
Tecidos para roupas.
O mesmo trabalho duro.
Durante dezenove anos.
Na fábrica da Fabril trabalhávamos o sábado inteiro.
Em 1946 tive meu segundo filho.
Peguei três meses de férias.
Em dezembro.
No dia 30 de dezembro.
Vélber.
Mãe Andreza queria que eu voltasse com as crianças para a Casa das Minas.
– Vamos nos juntar mais.
– As crianças dormem na rede e nós, as adultas, dormimos no chão.
– As crianças devem dormir na rede.

Eu não fui.
Às vezes, eu voltava ao meio-dia para casa para dar algo de comer aos pequenos.
Às vezes, era necessário produzir mais, e eu só podia voltar para casa à noite.
Na época se comia muito fígado.
Isso ia bem rápido.
Na época, fígado era muito barato.
Hoje não mais.
Quando eu não tinha dinheiro, comprava feijão e metia um pouco de carne seca dentro.
Hoje em dia ninguém mais pode se permitir comer feijão.
Farinha de mandioca.
Arroz.
Mamãe vivia em sua casa.
Ela cuidava das crianças.
E à noite eu ia buscá-las na casa dela.
À noite, comíamos algo mais leve.
Peixe.
Fígado.
Ao meio-dia, a refeição era mais pesada:
Feijão com carne cozida.
O mercado era bem próximo.
Quando não havia fígado, eu comprava peixe fresco no mercado de peixes.
Não gosto de arroz frio.
Eu preparava tudo para que o arroz apenas precisasse ser posto sobre o fogo.
O mesmo com a carne.
Eu salgava e temperava tudo antes de sair de casa, pela manhã.
Quando os rapazes já estavam mais velhos, eles mesmos preparavam seu arroz.
Eu dizia a Ribamar:
– Você cozinha o arroz e dá a metade a seu irmão. Depois lava a louça e bota a louça de volta em seu lugar.
Fogo de carvão.

Tínhamos um pequeno fogão de ferro a carvão.
Hoje em dia, eles vendem esse óleo esquisito.
Dizem que é de soja.
Eu compro, mas não gosto.
Cresci com azeite de oliva.
Todo bairro tinha sua caixa de som.
Na fábrica não havia nenhuma.
Não poderíamos ouvir nada, por causa do barulho das máquinas.
Às vezes, eu gostava muito da música.
Domingo ela era boa.
Durante os dias da semana, as pessoas queriam descansar, e então a caixa de som começava.
Isso era horrível.
Das sete às nove, às vezes das onze às doze e das quatro da tarde às dez da noite.
Foi em 1950 que começou isso dos alto-falantes e caixas de som.
Às oito, as crianças vinham para a cama.
Eu não tinha horário fixo para ir para a cama.
Quando eu chegava da fábrica apenas às nove, ia dormir tarde.
Às vezes, só às onze.
Eu ainda botava os feijões no fogo e às vezes adormecia e o fogo se apagava sozinho.
À noite, eu lia muito.
Gostava de ler os romances.
E a Bíblia.
Se queria saber algo, eu lia a Bíblia.
A Bíblia é quem melhor nos ensina sobre os problemas do ser humano.
Eu não saía aos domingos.
Trabalho de casa.
Cozinhar. Lavar. Pendurar roupa. Passar.

Mãe Andreza estava velha e doente.
Era um ato de compaixão.
Todas deram uma coisa.
Ela mesma se mostrara compassiva.
Nunca pedira dinheiro.
Nos últimos cinco anos de sua vida, ela estava paralítica.

O médico disse que ela deveria parar de fumar cachimbo.
Mas ela não queria.
No começo, ela ainda ficava sentada na varanda.
Depois, precisava deitar.
Mas acompanhava tudo.
Sabia de tudo.
Deu muitas coisas de presente.
Queria ser agradável com todo mundo.
Depois de 1950, ela só dançou duas vezes.
Ela sabia que deveria morrer.
Alguns dias antes de sua morte, ela parou de falar.
Por último, mandou chamar Mãe Leocádia.
Quando Mãe Leocádia chegou, já não conseguia mais entender o que Mãe Andreza queria lhe dizer.
Ela morreu na quarta-feira, dia 14 de abril.
Na quinta-feira santa de 1954 ela foi enterrada.

Depois da morte de Mãe Andreza, Mãe Manoca mandou podar o pé de cajá porque as folhas caíam sobre o telhado do templo.
O chefe dos batuqueiros, Manoel, se negou a fazê-lo.
Na época, eu não vivia na Casa.
Sentia que Mãe Manoca desapareceria.
E Mãe Manoca desapareceu.
A árvore foi podada pelo marido de Dona Cortinha.
Ele jogou os galhos para baixo e lá, onde eles bateram, viu um monte de garotos saírem correndo.
Ele desceu do telhado e contou a Mãe Leocádia o que havia visto.
Mãe Leocádia botou o dedo em cima da boca.
Ele devia ficar em silêncio.
Ele adoeceu.
Em oito dias estava morto.
Manoca era muito confiável.
Manoca...
Mamãe...
Mãe Filomena...
Kpoli Bodji...
– E esse é então meu senhor Kpoli Bodji?

Era certo...
Quero dizer...
Tem a ver com a doença de mamãe...
Ela estava doente.
Eu não queria que ela trabalhasse na Casa das Minas.
Busquei...
Quero dizer...
Essa era, simplesmente, a história.
Fiquei dez anos fora.
Ia apenas aos batuques de lágrimas.
Pois os mortos...
Tive muitos danos por causa disso.
Os rostos se amontoaram.
Dois homens à noite, de casacões azuis, como guardas do porto.
Um homem lutava com um cordeiro.
Um negro gigantesco.
Dois metros de altura.
Um esqueleto passa por cima de mim.
O navio do rei São Sebastião.
Animais.
Eu olhei para o fundo das valas.
Os mortos dentro, lá embaixo.
Animais queriam me puxar para baixo da água.
Meu filho Ribamar via o que eu via.
O outro não via nada.
Eu não acabei no hospício porque minha mãe Andreza foi uma boa mãe.
Ela me ensinou tudo que eu deveria fazer quando sentia algo além do normal.

Em 1967, eu fui operada pela primeira vez.
Eu continuava trabalhando na Fabril.
Fiquei quatro dias no hospital.
Abdômen.
No segundo dia, eu me sentia muito mal.
Uma sonda entupiu.

Foi culpa da enfermeira.
O médico já havia ido para casa.
Quando ele chegou, na manhã seguinte, eu já estava quase sem respiração.
Ele tirou a sonda e o sangue esguichou.
O sangue e os pingos de sangue encheram uma bacia inteira.
No terceiro dia, eu tive de levantar e, no quarto, fui mandada para casa.
Eles não tinham lugar suficiente.
Fiquei deitada três meses em casa, gemendo.
Tomei tantos remédios que fiquei anêmica.
Meus braços e pernas estavam cheios de nódulos das várias injeções.

Quando eu havia sido anestesiada, vi um médico conhecido que botou a mão sobre a minha cabeça.
Vi uma mulher loura.
Em pé.
Com ataduras no rosto.
Não eram ataduras, mas sim faixas coloridas de estearina que haviam secado em seu rosto.
Depois da operação, a mulher loura voltou a aparecer e disse:
– Aperte aqui.
– Aperte.
– Aperte sem parar.
Mamãe dormia ao meu lado.
Ela deu um grito.
O médico veio e disse:
– Pelo amor de Deus, não aperte aí. Isso vai rebentar tudo e a senhora vai morrer.
Uma vizinha me explicou o que havia acontecido.
– A mulher loura foi mandada para matar a senhora.
– Mas um vidente chegou antes dela e botou a mão sobre sua cabeça para proteger a senhora.
– Não é verdade?
– A mulher loura tentou realizar a missão para a qual foi contratada.
Depois da minha primeira operação, eu vi um cachorro grande e negro que se deitou em cima de mim e batia na minha cabeça até que eu quase morria de tanta dor de cabeça.

Quando eu voltei para a fábrica, ele me perguntou:
– A senhora está com saúde?
– Eu respondi:
– Ainda estou bem mal.
Ele disse:
– Isso aqui não é um hospital.
Depois disso, larguei o trabalho.
Ele fez um acordo comigo.
Dividiu minha rescisão em duas vezes.
A primeira metade ele me deu, e ficou com a outra.
O diretor.
O que se pode fazer?
E nem sequer se tem dinheiro para pagar um advogado.
Eu comecei a vender frutas aqui na frente de casa.
A coisa andou bem.

Não quero mudar minha crença.
Se quero saber algo, acendo uma vela no altar sagrado e peço conselhos a meu senhor Lepon.
Ele me responde.
No sonho.
Ou então ele desce.
Antes da minha segunda operação eu queria saber se iria morrer.
Acendi uma vela.
E sonhei:
Duas mulheres passavam por uma estrada.
– Para onde você vai?
– Para o hospital.
– Você não vai morrer.
– Você será operada.
Eu queria saber o que deveria fazer com minha rescisão.
Acendi uma vela para o meu senhor Lepon.
Poucos dias depois, o terreno no Anil foi posto à venda.
E eu o comprei.
A casa aqui estava cheia de buracos.
A água da chuva vazava toda para dentro.

Eu acendi uma vela.
Alguns dias depois chega uma vizinha e pergunta se eu não queria alugá-la a uma conhecida.
– Assim como está, com buracos e cheia d'água?
A conhecida me emprestou dinheiro para deixá-la em dia.
Lepon disse:
– Ela não será vendida.
– Ela será alugada.
Quando o problema é grande, eu canto o Salmo 92.

Minha Mãe Filomena.
Minha mãe espiritual era Mãe Andreza.
Quando Mãe Andreza morreu, Mãe Filomena se tornou minha mãe espiritual.
Mãe Filomena veio daquele templo de Codó.
Ela sabia dançar e cantar kambinda.
Tudo nela era diferente, especial.
Ela era minúscula e miserável.
Mas quando carregava seu senhor Kpoli Bodji e dançava, ela era uma das mais graciosas.
Às vezes ela caía.
Quando ela caía, o senhor Kpoli Bodji dizia a ela:
– Eu não caí. Quem caiu foi uma negra velha.
Quando ela morreu, tinha quase cem anos de idade.
Ela dançou ainda jovem.
Pisou no navio das princesas com 42 anos.
Acreditava na reencarnação.
Não ia a sessões espíritas.
Mãe Filomena se casou e se mudou para o bairro das prostitutas.
Mãe Andreza a alertou:
– Nós, da família Acóssi, não devemos fazer isso.
– Lá pululam muitos micróbios: tuberculose, lepra, sífilis.
Mãe Filomena dizia:
– Se eu carrego um peso no meu saco, sei bem como me curar.
Ela vivia com seu marido e os filhos no hotel de fluxo contínuo Três Estrelas e servia em um restaurante.

Ela voltou para a Casa das Minas, coberta de pústulas da cabeça aos pés.
Mãe Andreza olhou para ela e disse:
– O que é isso?
– Agora se cure.
Mãe Filomena bebia um laxante e tomava muitos banhos.
Ela tomava Lueti[8].
Eu sonhei.
Vi três garotos na praia que tamborilavam sobre bambus com pequenas hastes.
Eles levantavam as baquetas e a onda do mar batia sobre os tambores.
Eu achava que eles estavam tamborilando zandró[9], o começo da festa.
Fui até minha Mãe Filomena:
– Mena, eu sonhei.
Contei tudo a ela.
Se eu soubesse, teria ficado quieta.
Mãe Filomena disse:
– Vou morrer.
– Os garotos tocaram o tambor das lágrimas para mim.
Ela chorou o dia inteiro.
Não chorou apenas o dia inteiro.
Em dois anos estava morta.
Mena disse:
– Vocês podem tocar os tambores para mim quando eu estiver morta; mas também podem deixar para lá. Os Voduns já tocaram os tambores das lágrimas para mim.
Nós tocamos os tambores.

Em 1971 tive fortes sangramentos que não houve jeito de estancar. Emagreci.
Uma vizinha me recomendou um chá:
Erva de São Benedito.
– Você bebe uma vez.
– E, se não parar, bebe mais uma vez.

---

8. Possivelmente alguma marca impossível de encontrar. (N. do T.)
9. "Zandro", no original. (N. do T.)

– Aí para.
– E então não beba mais.
Parou.
Em 1975, eu fui operada pela segunda vez.
De um fibroma.
Desde então sofro dos rins.

Amância não era a mais amada por Mãe Andreza.
Amância explodia de raiva quando tinha de falar comigo.
Amância bebia ocasionalmente.
Começou a beber com dez anos.
Mãe Anastácia vivia com Mãe Andreza na Casa das Minas.
Anastácia deu a pequena filha de criação Amância de presente a Andreza.
Amância, enquanto era pequena, vivia mudando da Casa das Minas com Mãe Andreza para o templo dos turcos com Mãe Anastácia.
Amância dançava na Casa das Minas.
Ela carregava Bossa.
Mãe Andreza proibiu Amância de continuar frequentando o templo dos turcos.
Amância viveu trinta anos em São Paulo.
Amância dizia:
– A Casa das Minas vai sucumbir.
Amância trouxe Benedito com sua oficina mecânica de volta à Casa das Minas.
Eu disse a Benedito:
– Vá pegar o ferro do terreno de meu senhor.
Ele deixou tudo limpo.
Depois levou tudo para lá de novo.
E assim era sempre, de um lado a outro.
Amância confundia o rosário de Mãe Andreza com o rosário de Agongone.
Amância tentava se apossar da Casa.
Mandava em todo mundo depois da morte de Mãe Leocádia.
Amância mandava uma coisa – Mãe Filomena mandava outra.
Eu não dava ouvidos a Amância.
Amância queria mandar nos Voduns e por isso foi repreendida.

Amância não preparava seu corpo para receber os Voduns.
Amância já revirava as coisas de Mãe Filomena antes mesmo de Mena estar morta.
Amância queria morar com Daku.
Amância arrombou a porta porque queria morar por lá.
Depois da missa fúnebre para Mãe Filomena, Amância arrombou o baú de Kpoli Bodji.
Ela queria cortar os colares de pérolas das princesas com a faca de cozinha.
Amância alegou que a pulseira da senhora havia sido roubada.
Amância vendeu a estátua de São Francisco.
Ela talvez fosse da época das fundadoras.
Amância cedeu um colar de pérolas das tobóssis para o museu.
Amância deu os tambores de Acóssinakaba para o museu.
Um carro preto da polícia veio buscar os tambores.
Amância permitiu que doutor Maneco entrasse no quarto sagrado.
A curiosidade era sua impureza.
Doutor Maneco e sua vida de libertino.
Amância havia se desentendido com sua deusa Bossa.
Isso teve seu motivo também no rumako falso.
Eu queria entrar na festa do modo certo.
Amância sabia como se entrava nela corretamente.
Mas fez tudo errado.
Ela queria entrar de modo errado.
Assim ela não ajudaria a ninguém mais – apenas a ela.
Seu Vodun, Bossa, chegou e disse:
– Estou cansado dessa mulher.
– Eu quase nem teria vindo.
Eu disse:
– Como?
– Exatamente o que você entendeu.
Eu vi uma velha adentrar o quarto por trás de Amância.
Alguns dias depois sonhei com essa velha.
A velha invocou todos os Voduns mortos:
– Amância não vai ficar na minha casa.

Mais tarde eu a reconheci em uma foto – a velha era a falecida Mãe Hosana.

Zuleide?
Às vezes, ela corria como doida por aí durante dias.
Ela afirma que Amância a incumbiu de abrir uma Casa das Minas no Rio de Janeiro.
Doutor Maneco fez um filme na casa de Zuleide.
Ela retorcia os animais do sacrifício como se fossem toalhas de mão.
O frango já estava morto há tempo, na verdade.
Nós ficamos todas horrorizadas quando vimos aquilo na televisão.
Há algum tempo, Zuleide ligou e disse:
– Meu senhor Kpoli Bodji está aqui comigo agora. Você quer falar com ele?
Mas meu senhor Kpoli Bodji nada disse a não ser:
– Alô.
Zuleide tem medo de aparecer na Casa das Minas.
Mas é o que ela tem de fazer.
Do contrário, tudo ficará ainda pior.
Ela plantou uma cajazeirinha sagrada em um vaso de flores.
Meu senhor Kpoli Bodji desembarcou no Rio e disse:
– Aqui nada presta.
Zuleide não sabe cantar.
Ela toca uma fita cassete durante as cerimônias.

Eu acendi uma vela para Amância, olhei para ela e vi que a resposta não era boa.
Vi Amância deitada no caixão.
Bossa veio.
Amância carregava Bossa.
Amância foi possuída por Bossa.
Sua senhora Bossa.
Bossa disse:
– Hoje venho pela última vez nessa mulher.
– Eu contribuí para isso.
Quando Amância voltou a si, perguntou:
– O que foi que ela disse?

As outras mães contaram pequenas mentiras.
– Vocês não estão dizendo a verdade.
Amância morreu provavelmente de câncer.
Amância havia mandado derrubar o banheiro que ficava atrás da cozinha de Dona Amélia.
Eu recebi um alerta.
Odeio isso.
Tenho horror disso.
Eles jamais dizem o nome da pessoa.
Eu vi a morte de Mena.
Vi a morte de Amância.
Vi a de Mariazinha.
E agora a de Luiz.
No dia 2 de novembro, eu acendo velas para os mortos.
Muitas velas.
Para Mãe Andreza.
Para Amância.
Para Mena.
Os Voduns vêm em primeiro lugar.
Só depois é que podemos chorar os mortos.

Tenho televisão há quatro anos.
Vejo muita televisão.
Ao meio-dia – Globo Repórter.
O Jornal da Tarde.
O Jornal Nacional.
E filmes.
Do fundo do mar.
Séries:
"Os jovens".
"Os imigrantes".[10]
Leio o pequeno jornal.
Às vezes, o jornal impresso não é nem mais necessário.
Tudo aparece na televisão mesmo.

---

10. No original, "Die Jungen Leute" e depois "Die Einwanderer". Impossível imaginar a que programas o original quer se referir, talvez algo da jovem-guarda, uma novela sobre imigrantes ou coisa parecida. (N. do T.)

Mas é preciso ler o jornal para saber o que acontece na cidade.

Não tenho nenhuma preferência especial.

Às vezes me dão roupas de presente e eu as aceito.

Não gosto de azul-escuro nem de vermelho, porque acho que são cores que não combinam muito com a pele escura.

Gosto muito de cheiros suaves.

Meu filho Ribamar às vezes compra perfumes e então os gasta, só ele os usa.

Mas são cheiros bem ativos.

Na maior parte das vezes eu compro Cachiman Bouquet[11].

Um alto grau de controle.

A pessoa é parte do Vodun.

Deus não é parte da pessoa.

Eu não posso me comparar a eles.

Os Voduns sabem muito mais.

Não tenho nenhuma autoridade.

Não tenho valor algum sem os Voduns.

Não sei de nada.

Não compreendo nada.

Nada me pertence.

As canções são as canções deles – não são minhas.

Não faço nada conforme eu mesma penso.

A curiosidade já era tida como impura pelos antigos.

A raiva suja.

Preta.

Não.

Luto.

Negativa.

Quem usou preto é obrigado a se limpar.

Quem usa preto é expulso da Casa.

Preto é o emblema da morte.

Nosso corpo é impuro.

O nascimento é uma sujeira só.

---

11. Exatamente assim no original; provavelmente Fichte queira se referir ao "inesquecível", inclusive no pior dos sentidos, Cashmere Bouquet. (N. do T.)

Impuro – é tudo que contamina.
O morto é impuro.
Apodrecendo.
Um depósito de bacilos.
O sangue é impuro.
O sangue do nascimento é impuro.
O sangue das regras é impuro.
O sexo é impuro.
Eu acho que a mulher é mais impura do que o homem.
A água do mar é impura.
Não se pode confiar comidas de sacrifício a ele.
O mar abriga bacilos.
Na maré alta estão os afogados.
Os tambores da praia os chamam de volta.
Talvez os deuses da água salgada um dia tomem conta da Casa.

Quem não tem nenhuma pedra da África não pode fundar uma Casa das Minas.
Agora não se consegue mais pedras da África – ou pelo menos não se consegue mais pedras boas.
Nem todas servem.
Nenhuma pedra morta serve.
Para uma Casa das Minas é preciso que seja uma pedra viva.
Do fundo do mar.
Pura.
Não infectada.
E que não esteja morta.
Nada de braço, nem de perna.
Uma pedra completa.
É preciso conhecer o senhor da pedra.
Ela não pode passar de mão em mão.
As pedras vêm do abismo, onde são limpas, vivem e crescem.
Só muito poucos homens podem manusear uma pedra viva.
Ela é conservada na Casa das Minas em um lugar onde não pode ser sujada.
As pedras foram contrabandeadas da África para cá pelas fundadoras.

A pedra é como um imã.
Ela atrai o deus.
Uma pedra nasce.

Existe a árvore e existe a terra.
O resto é destruído.
Existe o vento.
Você é terra.
Você é pó.

Os santos vivem no sol.
O sol é o fogo eterno.
Os Voduns vivem nos planetas.

As palavras das canções podem produzir tempestades sozinhas.
Não cante jamais a canção Rhuessá na rua.
Pede-se sangue.
Pessoas morrem.
Nós trocamos nosso sangue por aquele.
Nenhuma faca entra ali.
O bom se torna mau quando é contra a religião.
O mal é sempre o mal.
Na religião e lá fora também.
Eu não acredito no caldeirão.

Eu não acredito no diabo de chifres e rabo estropiado.
O tribunal será Jesus Cristo.
A história da religião é Deus, não a pessoa.
O tribunal não vale para a religião.
O tribunal vale para a pessoa.
Seus trabalhos vão se voltar contra eles mesmos.
Milhares de católicos amaldiçoados.
Milhares de protestantes amaldiçoados.
Milhares de minas amaldiçoadas.
Os Voduns serão julgados.
Existe um planeta do desespero.
É para lá que vão os homens que quebraram o pacto e andam por aí em roupas de mulher.
Lá há mais sofrimento do que existe por aqui.

O povo acredita que quando reza bastante vai para o céu.
Mas eles podem rezar muito e mesmo assim não ir para o céu.
Se o senhor é um espírito santo vai para o céu.
Se não, não.

Isso é um remédio contra vermes.
A doutora médica diz que eu tenho todos.
Isso é contra as dores da menopausa.
Isso ainda é contra inflamação nos rins.
Já estou melhor dos rins.
A circulação do sangue está mais equilibrada.
Mas aqui.
Isso repuxa um bocado na clavícula e depois irradia para o pescoço.

Meus sonhos são muito misturados.
Sonho coisas que nem mesmo eu consigo explicar.
Coisas que nunca vi.
São sonhos terríveis.
Naturalmente eu vejo as pessoas.
Eu as vejo em todas as cores.

O espírito não pode deixar o corpo.
Só durante o sono.
E na morte.
No sono, ele ainda fica atado.
Na morte, ele se livra do corpo.
Os mortos falam quando se está dormindo.
Todo sonho tem um significado.
Às vezes é o contrário.

É como se eu tivesse de dormir.
Morrer.
Do transe, eu não me lembro de nada.
Só daquilo que meu senhor Lepon quer, disso eu me lembro.
Os fiéis vêm e se dirigem com seus problemas ao meu senhor Lepon.
Os Voduns não querem que outra pessoa conheça os problemas das pessoas.
É como durante o sono.

Como se eu tivesse sonhado.
O que eu devo lembrar é como um sonho.
Às vezes, dorme-se sem sonhar.
Às vezes, sonha-se.
– Eu sou o senhor Lepon.
– Estou em toda parte em que as coisas são simples.
– Nossas mulheres se esforçam tarde demais para saber de alguma coisa. Do jeito que elas são agora, as princesas não desembarcarão mais.
– As meninas pequenas são nossas filhas.
– Não se permite que meninas pequenas fiquem na mão de mulheres irresponsáveis.
– Nossas mulheres poderiam saber de tudo.
– Elas não precisariam aprender francês para viajar a Daomé ou ao Togo.
– Nossas mulheres silenciam.
– Elas têm medo de que praguejemos quando falamos.
– Se eu morar sempre em minha mulher, eu a destruo.
– Ela me destrói.
– Por isso eu acabo indo embora de novo.

Não quero saber o que meu senhor Lepon disse.
O que foi que meu senhor Lepon disse?

Eu sou uma mulher irresponsável?
Com isso, ele quer dizer que não existem mais pessoas suficientes para cuidar das princesas quando elas desembarcarem.

Quando nós mandamos rezar uma missa, o padre perguntou, há algum tempo, se ela era para um Vodun.
Se eu digo a verdade, ele se recusa a rezar a missa.
Se eu pago a missa para o meu senhor Lepon, eu sempre direi:
Não.

Uma protestante quer me converter.
Na Bíblia estaria escrito que os Voduns são demônios.
Eu sempre li a Bíblia, desde a minha infância.
E continuo lendo-a.
Como é que Deus pode criar apenas demônios?

Os protestantes são intolerantes.
Eles dizem que recebem apenas o Espírito Santo.
São médiuns como nós, também, que somos possuídos.
Se eles recebem o Espírito Santo, são médiuns.
O que haverá de ser?
As velhas morrem ou estão doentes.
A Casa das Minas irá sucumbir.
Os Voduns dizem que a Casa das Minas não vai parar jamais.

Os dois rapazes trabalham como pedreiros na construção.
Eu fico com a filha de Ribamar aqui comigo.
Ele viveu com uma mulher.
Mas eles não se entendiam.
Ribamar trabalha com um engenheiro civil que é milionário.
Ele paga 1.000 cruzeiros ao final da semana.
Isso são cerca de 20 marcos.
Na semana passada, ele não pagou nada.
Simplesmente não havia dinheiro.

Eu queria comprar uma geladeira.
Eu a comprei.
Em 12 prestações mensais.
Por 5.000 cruzeiros – que são cerca de 100 marcos.
Em janeiro, ainda era 3.000 cruzeiros.
Na visão dos ricos, a geladeira é um luxo[12].
Para os pobres ela é uma necessidade.

Eu tento terminar essa casa aqui.
Depois quero alugá-la.
Vou me mudar para a casa da minha mãe, no interior, no Anil.
Lá é calmo.
Nada de poeira.
Nada de barulho.
Um poço.
Mas é bem longe do supermercado.

---

12. Por ocasião dos recentes programas de renda mínima, ouviam-se comentários semelhantes no Brasil – o livro mostra mais uma vez como é atual. (N. do T.)

Eu lavo e cozinho para a família, e na maior parte das vezes também lavo as roupas dos Voduns aqui, depois das festas.

Hoje em dia é melhor do que no passado.
As casas são bonitas e coloridas.
Há muita luz.
Encanamento de água.

Legba.
É Satã.
Legba não tem família.
Diz-se que é errado não termos erguido uma casa para Legba.
Mas as velhas africanas fizeram o certo, assim.
Elas apenas experimentaram desespero através de Legba.
O rei as vendeu como animais.
Legba.
Guerra.
Revolta.
Na África.
Pois eles têm Legba.
Na África, Legba fez de tudo para levá-las à escravidão.
Legba é um anjo.
Ele foi criado por seu pai assim como os outros deuses.
Legba aparece com Jesus Cristo.
Legba o ensina desde criança.
O mal veio.
Legba imperou no mundo.
Vaidade.
Ele não deu ouvidos a Deus.
Legba se transforma em um anjo.
Um cachorro.
Um gato.
Um porco.
Um vento.
Ele engana.
Ele tem muitos camaradas.
Legba quer tirar proveito de minhas dificuldades.

Muitos vêm e oferecem 100 mil cruzeiros, 150 mil cruzeiros, para que eu faça trabalhos para eles na Casa das Minas.
Se eu o fizesse...
Legba estipulou a conta.
Eu nasci sem dinheiro – eu vou morrer sem dinheiro.
Eu nasci sem casa – eu vou morrer sem casa.
Não quero o dinheiro de ninguém.
Legba é esperto.
Ele destruiria minha vida.
Há algum tempo, eu estava voltando do Supermercado Lusitana.
Faltavam-me mil cruzeiros.
Eu estava tão confusa.
Procurei durante o dia inteiro.
À noite, eu vi um homem alto e branco em pé diante da minha cama.
Com uma faca longa nas mãos.
Ele foi para a frente.
– Agora ele vai querer me roubar a televisão.
Eu me esgueirei atrás dele e espiei através de uma fresta na parede.
Ele não podia mais ser visto.
A porta da frente estava trancada por dentro.
Um espírito?
Um espírito com uma faca longa na mão?
O que significa isso?
Eu rezei a Nossa Senhora da Imaculada Conceição.
Uma vizinha me explicou tudo.
– Eu já via o homem alto e branco caminhando atrás da senhora há dias.
– Ele tentava fazer um mal à senhora, mas não conseguia se aproximar.
– Ele ajeitou tudo para que a senhora perdesse o dinheiro no Lusitana.
– Ou para que o troco lhe fosse dado de modo errado, como tantas vezes acontece.

Me tornar professora de português?
Hoje eu não conseguiria mais dar conta disso por causa da saúde.
Não consigo mais fazer um curso desses.
Precisa-se muito de professores.
E eu preciso cuidar para não ficar desequilibrada dos nervos.

Tenho minhas preocupações.
A casa.
Questões de dinheiro.

Quero ir à África.
Estou aprendendo francês.
Vou passar todas as conjugações a limpo, agora.
Vou continuar aprendendo até que saiba falar fluentemente.
Quero saber muito de Zomadonu, na África.
Ele é o senhor da Casa.
E está acima do meu senhor Acóssi.

Caras e comportamento de Deni:
A sorridente estúpida:
– Eu banco a bobinha preta que vocês esperam de mim.
A gazela irônica, o Deus.
Lepon, o aleijado cheio de varíola.
A ameaçadora de olhos angulosos.
A que estende a pausa – a pausa retórica, amaldiçoada.
Prosseguir falando no momento em que o outro acredita que não virá mais nada.
O prosseguimento punitivo da fala em meio à palavra do outro.
Queixas dos rins.
O rosto inchado.
A comerciante de frutas racional.
A pedagoga fracassada.
A entusiasta.
A intimista.
A espreitante.
Tudo canta de dentro dela.
O discurso flui de dentro dela quando já escureceu.
Suas bochechas tremem.
Ela sorri redimida.
Na diagonal, de cima, o bloco: Como que é?
– Como que é?
A envergonhada.
Ela controla as sacolas de plástico da neta.

O mundo de Deni:
Aparições de fantasmas.
Loucura.
Infecções na pele.
Punições.
Perigos mortais.
Casos de morte.
Colares de pérolas.
Proibições:
Não sair de casa
Não falar
Não olhar
Não entrar
Nada de jantar de casamento.

42.

Eu visito Celeste pela última vez.
Sergio já está no Rio.
Estou sozinho com a gigante negra.
Sua discrição.
Safo.
Assim como Safo, ela canta as canções e tange os tons com o peito e os braços para a frente.
Mas hoje eu desisto de cortar burocraticamente as canções para reconstruir o rito para Acóssi, para São Sebastião.
A faca.
Do que é feita a faca, se não é feita de metal?
Sim.
Celeste pesquisou.
Em segredo.
No altar sagrado jazem, em cima de um armário, os instrumentos do sacrifício, envolvidos em um pano, uma bandeira, a Bandeira da Matança.
Uma faca de pedra para seccionar.
É uma faca de pedra.
Uma faca de pedra.
E uma faca longa e estreita para tirar a pele.
Ela jaz assim há 20 anos no Pegi e não perde o brilho nem o fio.
A prata ficaria preta. Talvez ela seja de ouro? Ouro branco? Deve ter sido trazida da África.
E as plantas?
Ela menciona para mim as plantas usadas para o unguento da iniciação, o Sumi.
Salsa da praia – que é usada no Brasil inteiro como um narcótico forte na cela da iniciação, Oriza, uma erva contra a pressão alta, e manjericão.

Então restam apenas o altar sagrado e a rainha.
Eu pensei muito bem na sequência:
– Posso pedir para que a viagem à África seja boa?
– Sim.
– Na soleira do Pegi?
– Sim.
E eis que já me encontro no rastro da traição.
Do dúbio.
Eu não acredito nos deuses.
Como posso pedir algo a eles?
Ao fazê-lo, eu traio a mim mesmo e às altas mulheres negras, minhas amigas.
Mas eu gostaria tanto de ver como é o altar sagrado.
Como eu poderia me identificar na África, diante do rei de Abomei, sendo alguém que goza da confiança da Casa das Minas.
Uma carta de recomendação.
Uma carta de recomendação não basta.
Mesmo o colar de Dona Deni não basta.
Eu encontro o elo – da soleira ao ar proibido, os pés aqui, no permitido, mas o nariz, as mãos além, sem entrar.
– A porta precisa estar fechada se eu me ajoelho à soleira?
– Não.
– E a cortina?
– Não.
Quero dizer a segunda cortina, depois da porta?
– Não. Vou falar com minhas duas irmãs. Mas o senhor não pode falar a respeito disso. Nem mesmo com o professor.
Assim que me amarro, eu traio Sergio e o materialismo, entregando-os à uma imagem mágica de mundo.
Mas se trata ainda de uma outra coisa.
Quinze anos de trabalho.
E a vida inteira.
Todos os meus romances.
E programas.
Preços.
A saúde.

Tudo começou no Rio. Bahia. Haiti. Trinidad. Santo Domingo. Colômbia. Venezuela. Miami. Nova York. Granada.
Fiz tudo depender das milagrosas imagens negras, por causa do amor, e quantas vezes ousei não mais amar por medo de que as canções emudecessem debaixo do amor.
Algo disso tudo volta?
Existe uma troca entre uma sacerdotisa negra e um escritor branco?
Será que os gêneros que eu desprezo realmente não têm nenhum valor?
Será possível superar as cores?
Será que passou: sou um meio judeu a mais, apenas? Agotimé está livre?
Os ritos são da idade da pedra.
Eu sei.
Celeste provou para mim – eu expliquei o significado a ela – através da faca de pedra.
Para a iniciação, a consciência é quebrada com psicofármacos.
Eu sei o nome das plantas.
Eu conheço as plantas.
Amanhã, talvez, o olhar ao altar sagrado.
Só faltará a rainha.
Eu vou com Celeste até o táxi.
– Foi uma rainha de nome Agotimé que fundou o templo da Casa das Minas em São Luís do Maranhão? Ou a senhora não pode falar a respeito disso?
– Isso eu não posso dizer. Isso é segredo.
As duas coisas.
Nada.

43.

Eu gostaria de abraçar todo mundo esta noite.
Deixar as pessoas de São Luís passarem por dentro de mim.
Amanhã tudo será diferente.
O quadro coberto por um véu em Sais.
Cavaleiro Barba Azul.
Gilles de Rais.
Os 120 dias de Sodoma.
Irma tem certeza de que Amélia e Deni irão concordar.
Amélia faz o que Maria e Celeste querem.
Só Deni irá se recusar.
E, por causa disso, tudo dará errado.
Eu mal consigo dormir.
Sonho com a Casa das Minas.
Quando desperto pela manhã para ir até lá, é como se eu nem sequer tivesse deixado o templo.
Cedo, às seis.
Missa fúnebre para Dona Marcolina.
À uma parte o avião – Recife, Bahia, Rio, Dakar, Hamburgo-Fuhlsbüttel.
Na igreja de São Pantaleão, um padre holandês que mal sabe português celebra.
Os corais vêm de fitas-cassete.
O padre executa alguns passos de dança para o Yeye com o cálice na mão.
Trata-se da missa fúnebre de uma alta religião.
As sacerdotisas da Casa das Minas vieram de branco.
Nenhuma delas dá atenção a mim.
Soluçando, apoiando-se umas às outras, elas andam de volta ao templo em meio ao trânsito de pessoas se dirigindo ao trabalho.
Eu sigo atrás.

Eu tenho a impressão de estar sendo impertinente.
As irmãs da morta esperam por mim na esquina.
Elas choram.
Contam da vida de Dona Marcolina.
Na Casa das Minas, a comunidade enlutada senta-se ao longo das paredes.
Quase apenas mulheres.
Inclusive a mãe do governador.
Sou apresentado a cada uma delas e preciso expressar palavras adequadas.
A ceia fúnebre é encoberta.
Pão e café, bolinhos de arroz e calulu.
Quem começa a comer é obrigado a engolir tudo.
De pé.
Três camadas.
Dona Amélia faz cerimônia – é a diretora da Casa.
Tenho a impressão de se tratar de uma cerimônia ritual.
Ela não pode devorar com vontade a ceia dos mortos, como se fosse um pedreiro.
Para terminar, bate-se três vezes no tampo da mesa e três vezes as palmas.
Celeste puxa Amélia de lado.
Elas vão juntas para a morada do deus Dossu.
Celeste volta.
Na mão, um maço de papel e um envelope com o impresso da Casa das Minas, fundada no ano de 1847.
Da moldura da porta, ela pisca o olho para mim.
Eu a sigo hesitante até a sala do altar.
Porta fechada.
Tranca.
Cortina afastada.
Porta intermediária aberta.
Mais uma cortina para o lado.
Eu posso olhar para dentro.
Também Deni concordou.
O quarto sagrado com o altar está vazio.

As pedras se encontram debaixo da soleira de cimento, na parte de trás, junto à parede.

Em cima, alguns cântaros, algumas bacias.

Linguiças sagradas amarradas com fios a um gancho.

Estou tão excitado que mal consigo distinguir alguma coisa.

À direita, meu olhar é limitado pela aba da porta.

Não entrar.

Eu me precipito com as mãos ao chão sagrado.

Como sangue ressecado.

Ou como num galinheiro.

Sujo.

Eu olho em torno da porta.

Nenhuma inscrição. Nada de sandálias reais. Nada de lanças.

E já alguém bate à porta da sala do altar.

Tudo fechado!

Celeste abre.

Uma das irmãs da morta.

Celeste amarra sua saia.

Senta-se.

Os joelhos formidáveis da sacerdotisa.

Ela agarra a caneta.

O senhor está satisfeito, ela diz, e sorri como jamais vi uma africana sorrindo.

Só agora eu descubro que o altar sagrado foi arrumado e limpado por causa da reforma. Acondicionados em caixas de papelão, estão os objetos de devoção e paramentos, amarrados diante da porta.

E isso por certo também foi minha sorte.

O que devo escrever.

Escreva, por favor: O escritor e antropólogo...

O escritor e antropófago...

Logo!

Logo!

Ela me recomenda ao rei de Abomei.

Amélia chega e assina com o nome do deus Dossu, com seu nome de iniciação Gongeume e com o nome de cidadã de São Luís do Maranhão: Amélia Vieira Pinto.

Depois Rita Prata.
Deni.
Roxinha esqueceu seu nome de iniciação.
Amélia o reconstitui.
Luiza.
Justina – ninguém se lembra de seu nome africano.
Celeste.
Depois de pesadas e suaves, depois de carnudas e magras, depois de Luiza e seus 86 anos, Deni me abraça e me deseja sorte na viagem.
Ela se contorce um pouco nisso, como também se contorceu na primeira vez em que me deu a mão.
Que inclinação violenta e insuperável.
Como lembrança dessa mulher, com a qual eu passei, durante sete meses, pelo menos dez horas por semana, mais tempo do que com qualquer outro ser humano em minha vida toda, a não ser com Irma, resta uma omoplata dura e um tanto contorcida.

O quarto sagrado com o altar sagrado está vazio
Será que Pierri, o papa, também vivenciou isso.
E quis preencher o vazio com seus bilhetes de folhas, seus acentos e suas danças trêmulas?
E agora
Jäcki vivencia o vazio pelo menos como um escritor de romances
Quando se vivencia o vazio como Maître de Recherches e sacerdote do transe, deve ser bem desagradável, como aliás se diz no livro de piadas da Pequena Erna.

44.

Com Leodes na praia de Calhau, o bebê está muito gordo, inchado.
Como se o tivessem enchido de ar.
As rugas desapareceram.

O negro baixinho que Leodes enganou na gorjeta em nossa primeira visita passa com um tabuleiro confeccionado por ele mesmo.
Ele vende balas, cigarros e fósforos na praia
Os filhos de Leodes querem balas
Eles são mais velhos do que o vendedor

Dos cachorrinhos pequenos, nenhum mais está vivo.
Eles morreram de inflamação nas amígdalas, diz Leodes.
Só Marcel Proust ainda ofega.
Seus cachos caíram todos.
Burt Lancaster, rapado e rosado e sangrento, expulsa os invasores pulando sobre suas três pernas.

45.

Despedida de Battista.
Ele chora.

46.

Recife

A rua leve e bonita junto ao mar se transformou em um gigantesco *bunker* de turistas.

Nós estamos no Quatro Rodas, em Olinda.

Libertação *gay*

Uma ilha de pescadores que logo fazem o sinal de pedir dinheiro.

Existe uma sauna *gay* em Recife.

A cidade antiga continua como sempre. O mercado. O hotel.

Eu não encontro o sacerdote.

E também não encontro o farmacêutico.

Até mesmo o cinema continua no lugar de sempre

Cine Glória.

Mas ele parece mais baixo, mais estreito

Nenhum homem sentado no mezanino, com um tronco brasileiro que se ergue entre suas coxas e sobre o qual todas as bichas do cinema se sentam como pássaros esvoaçantes.

Sonhei demais com o Recife.

Eu sonhei até esvaziá-lo.

Um pouco de pesquisa.

O sacerdote Papai não se encontra.

Eu mostro minhas folhas às mães de santo.

Quando apresento a orelha de macaco, o sacerdote chega.

As mães de santo estão muito impressionadas.

A folha trouxe o sacerdote.

Outra vez, a quebra da consciência.

Papai menciona suas plantas para mim.

Ele utiliza algumas a mais do que os outros.

Papai fala do sacerdote Adão, que foi enterrado em um mar de violetas.

Papai é sacerdote e quer pesquisar.

Pierri é pesquisador e quer ser sacerdote.
Para piar.
Sobre manchas e pústulas quaisquer, ou sobre inchaços da barriga, Jäcki não quereria escrever.
Ainda que algo assim doa terrivelmente.
Doa em todo mundo.
E todo mundo tem algo assim.
Além disso, Marcial descreveu com precisão esses incômodos de homossexuais em seus epigramas romanos.

47.

Bahia
Itapuã[1] como sempre.
Piatã como uma colônia de turistas.
A cruz se foi.
A casa na qual um dia moramos, pequena, humilde, agora foi terminada e está até pintada.

Aos mortos.
A loja de caixões na esquina do Terreiro de Jesus já não existe mais.
No jardim do Nina Rodrigues não há mais sapos.
A porta que dá para o Instituto Médico Legal está pregada.
Os palácios renascentistas decadentes e cobertos de merda estão enfeitados.
A loja de caixões virou um restaurante universitário.
No Pelourinho, onde os escravos eram torturados, um restaurante para turistas.
É a obra de Corello.
Ele destruiu o Pelourinho ao salvá-lo.
O Instituto Médico Legal foi transferido.
As bibocas do Pelourinho não existem mais.
Quero ir ao Cine Pax e me perco, errando por uma rua.
Dois passos longe da Reserva para Turistas de Corello e já estou no inferno.
Mal se consegue sair dele.
Quase chego a sentir algo como medo.
O Cine Pax, na Baixa dos Sapateiros, não mudou.

Vou até Norma.

---

1. Fichte escreve "Itapoá". (N. do T.)

Na antiga rua, com o riacho verde, ela não mora mais.
Ela tem um templo novo no subúrbio de Salvador[2]
Eu não reconheço mais a cidade.
A irregularidade do plano agora cresceu ao gigantesco e foi fundida em cimento e socada em asfalto.
Um templo suntuoso.
O louro ainda está ali.
Norma parece exatamente a mesma de sempre.
Ela reconhece Irma imediatamente.
Para Jäcki, ela diz:
O senhor é o filho de Jäcki.
Em seu templo, figuras *pop*.
Ela sempre teve algo que se inclinava ao artístico.
Mas desprezo pela homossexualidade.
Em dez anos, ela conseguiu chegar a uma verdadeira respeitabilidade.
Normalidade.
– Posso ajudar em algo?
– Esperei dez anos por um rito.
– Qual?
– O rito da consciência.
– A Obrigação da Consciência.
– Como se quebra a consciência.
– Venha amanhã às onze, com lápis e papel.
Professora Norma mais uma vez faz tudo diferente.
Ela quebra a consciência de um jeito bem diferente.

A floresta de Pedro ao lado das empresas farmacêuticas.
Reserpina.
Serpentina e vomitória.
Ali eles produzem os comprimidos caros
E ao lado, junto ao Batefolhas, crescem os originais.

O pai de santo do templo de Bernardinho de Batefolha até hoje não foi consagrado sacerdote.
Ele administra a casa, mas não a dirige.

---

2. Aqui, Fichte escreve nos arredores da Bahia, talvez se referindo à Baía de Todos os Santos. (N. do T.)

Eu lhe falo da floresta
Dos noviços, que erram durante semanas pela floresta na África e se alimentam sem a ajuda de nada.
Eu digo que Joãozinho levou seus noviços de ônibus para a floresta, certo dia.
Ele olha para mim e diz:
Sim, é por isso que precisávamos da floresta aqui.

Na Baía de Todos os Santos, na amena Amaralina, que havia mudado tanto, Jäcki quase teria morrido.
Isso Jäcki não achou nem um pouco interessante.
Ele nem sequer o mencionaria no romance.
Não faço parte das bichas que a cada meio ano contam como foram assassinadas.
Mas, uma vez que na condição de *gay* se é assassinado tantas vezes, já basta quando apenas se menciona os assassinatos mais terríveis no decorrer do tempo, e já se vira uma bicha que não para de contar que foi assassinada.

Visitar Corello da Cunha Murango?
O papa Pierri.
Jäcki também é tímido.
Jäcki não encontra mais a rua que leva para a Liberdade.

Cansado, Jäcki tenta se lembrar da loucura, do encanto das meninas cobertas de pontos brancos da professora Norma.
O avô seccionado no Nina Rodrigues.
Os policiais e bandidos no Cine Pax.
A caça ao banho de sangue,
o pássaro, que cantava quiuit na chuva.
Jäcki imaginou como seria difícil descrever tudo isso.
Transformar, dentro de si, aquela atmosfera em palavras que talvez invocassem atmosferas completamente diferentes em outros.

48.

Rio

Jornal do Brasil
A ajuda soviética a Havana perfaz diariamente 4 milhões de dólares.
Cuba e Peru se declaram solidários aos generais argentinos no conflito das Ilhas Falkland.
O Brasil permanecerá neutro.
O Brasil manda uma grande frota ao "sul do país".
Nós vemos como ela parte do porto.
O ministro da economia Delfim Netto viaja para a Inglaterra.
Ele espera conseguir um crédito no montante de 1 bilhão de dólares.
Que ele era *gay*, Jäcki sabia.
Que se podia conseguir tanto dinheiro com isso, Jäcki não sabia.

Os taxistas ainda dirigem rapidamente e bem.
Mas já se percebe a fome na pressa.
A hostilidade já não é mais controlada.
No supermercado, Irma às vezes já não obtém mais resposta.
As crianças das favelas simplesmente arrancam o frango do prato dos comensais dos restaurantes da avenida Atlântica e saem correndo.
O engraxate diz:
Seus sapatos estão sujos
Onde?
Aqui!
E aqui!
A todos que passam eles simplesmente apontam para o couro e esfregam algo cinzento-claro, que mais parece merda de passarinho, em cima.
Os michês levam navalhas na bolsa.
Eles ameaçam cortar a cara dos clientes.

O presidente Figueiredo faz alertas contra a pornografia em um discurso.
Ele acabou de visitar Khadafi na Líbia.
Jânio Quadros se deixa fotografar com Dom Eugênio Sales.
Ele promete defender uma mudança decente de vida.
Isso ele já fez quando era presidente.
Ele proibiu o biquíni.
Que fosse pago apenas meio salário mínimo a moças menores de idade nas fábricas ele não proibiu.

Rio, 1982
O papa – o verdadeiro, não o papa Pierri – estimulou, com sua visita ao Rio de Janeiro, as batidas em banheiros públicos e saunas. Na Praça Floriano, os policiais perseguem os *gays* com *walkie-talkies*.
Jäcki é preso por um policial a paisana na passagem subterrânea da Central do Brasil.
Jäcki diz – ainda que não tenha a menor vontade – que quer falar imediatamente por telefone com o embaixador alemão.
E Jäcki imagina o que aconteceria se ele ligasse.
Vossa excelência, eu fui preso no banheiro público.
Quando os policiais percebem que não vão conseguir arrancar dinheiro daquele turista, simplesmente permitem que ele vá embora.
Jäcki pensa:
Vicissitudes de um poeta etnológico nos campos gigantescos.
Será que alguma vez aconteceu algo parecido ao papa Pierri?

O Rio não é mais o que já foi um dia.
O Marrocos está fechado.
O São Jorge fechado.
O Íris agora está completamente ocupado por travestis militantes e chauvinistas.
Eles não toleram que um estrangeiro de barba fisgue um brasileiro negro.
Famintas, as travestis mascam os cacetes grandes dos pais de família.
O Rio é agora o que ele é.
No jardinzinho do paraíso por trás do Museu de Arte Moderna, não se pode nem mais ousar fazer alguma coisa.

No Cine Rex, pela manhã, às onze horas, há um negro parado na entrada do banheiro com um garfo na mão.
Ele espera por um cliente.
Essa deve ser uma morte bonita.

Jäcki procurou pelo fotógrafo Sasso, para saber se Gisèle Binon estava no Rio.
– Ela já espera pelo senhor para a entrevista, disse o fotógrafo.
– Já esperávamos pelo senhor para a entrevista, disse Wilma.
– Meu Deus, depois de um ano, disse Jäcki.

Gisèle:
Eu não me chamo Madame Binon.
Eu me chamo Madame Cossard[1].
Há dias em que eu sou sacerdotisa, e outros nos quais ainda sou professora.
Até a aposentadoria, eu fui obrigada a dar aulas.
Acordo bem cedo e visito todas as casas dos santos, da Oriza, em meu templo, e organizo a agenda do dia de todos aqueles que vivem comigo.
Seis pessoas.
Um Ogã, um dignitário.
Ele se ocupa sobretudo da Casa dos Mortos.
Seu filho foi eleito pelos deuses aos seis anos de idade para abater os animais do sacrifício.
Depois ainda vive comigo meu filho adotivo, que também é iniciado, ele pertence ao deus das ervas.
Além disso, uma mulher de mais idade, que me ajuda nos sacrifícios.
Depois há ainda um homem velho, que se ocupa da manutenção das construções.
Eu mesma procuro as ervas das quais preciso para o culto.
A floresta é bem próxima, isso não é complicado.
Também tenho muitas ervas plantadas no jardim do templo.
Eu mesma as colho, bem cedo pela manhã.
A primeira coisa que preciso fazer é tomar banho.
Não posso falar antes de ter tomado o café da manhã.
Depois do café da manhã, as consultas às vezes já começam logo.
Quando me disponho a fazer iniciações, minha vida é organizada de modo bem mais severo.
Eu durmo com os noviços na cela de iniciação, o roncó.
Tenho uma mulher que se ocupa de cozinhar.

---

1. No original de Fichte, "Croissard". (N. do T.)

Eu digo o que deve ser cozinhado.
Nós sempre comemos arroz e feijão preto, eles são o fundamento alimentício da culinária brasileira.
Um pouco de legumes, peixe, carne e farinha de mandioca.
Os iniciados comem com a mão.
Sinto falta da cozinha francesa.
Eles não entendem que quero os bifes *saignants*.
Ah, sinto falta das confeitarias parisienses.
Não tenho tempo para a sesta.
À tarde, tudo continua do mesmo jeito como pela manhã.
Visitas.
Consultas.
Sacrifícios.
Sacrifícios para Exu.
Para Xangô.
Doentes vêm.
À noite são as obrigações rituais.
Eu leio apenas na cama.
Na verdade continuo lendo apenas coisas que têm a ver com o candomblé.
Tomo um banho de ervas de tempos em tempos, quando tenho a sensação de estar carregando demais as cargas de meus clientes sobre minhas costas.
Nunca fiz as duas coisas ao mesmo tempo.
Faço as iniciações quando é época de férias escolares.
É uma grande responsabilidade, com certeza.
Dá-se uma nova cabeça a uma pessoa.
De um modo geral, com o tempo de preparação e os 21 dias posteriores, tudo demora quase um mês e meio.
Eu faço iniciações duas vezes ao ano.
Nunca mais de três ou quatro por ano.

Eu nasci no Marrocos.
Não tenho absolutamente nenhuma lembrança do Marrocos.
Deixei o Marrocos quando tinha um ano e meio de idade.
Meu pai foi transferido ao Marrocos.
Ele casou-se com minha mãe e os dois se mudaram.

Ela havia acabado de concluir o Conservatório em Paris.
O Marrocos era para ela um país exótico.
Eles se mudaram para Manchester.
Eu fiquei com minha avó em Paris.
Depois, eles vieram buscar a mim e a meu irmão e nos levaram para Manchester.
Quando eu tinha sete anos, vivemos em Nancy.
Meu pai havia sido afastado temporariamente.
Ele era professor em Nancy.
Eu vi o filme "Uma aventura na África"[2]
Eu gostaria de vê-lo novamente.
É que esse filme me marcou tanto quanto meus pais foram marcados por ter vivido no Marrocos.
Minha avó morava na Avenue des Gobelins, nas proximidades da Place d'Italie.
Eu me sentia muito ligada a ela, e provavelmente tenha sofrido muito por causa da separação.
Eu também sentia ciúmes do meu irmão mais novo.
Nós visitávamos o Jardim de Luxemburgo.
Minha avó ia até uma *pâtisserie* e comprava tortinhas de morango.
Minha avó era uma mulher muito simples.
Ela trabalhava como costureira.
Tinha máquinas especiais para os buracos dos botões.
Ela admirava minha mãe, que tinha estado no Conservatório.
O salão era bem organizado e lá ficava o piano.
Minha mãe tocava muito bem Debussy, Ravel.
Eu tinha um certo talento musical.
Minha mãe me botou nas aulas.
Violoncelo.
Minha mãe tinha noções bem precisas de como eu deveria ser educada.
Não me lembro mais o que era, no fundo, que eu tocava.
Minha mãe queria fazer de mim uma artista.
Eu me revoltei contra isso, pois preferia tocar na rua.
Eu era uma menina muito abaixo do peso.
Ela me vestia com roupas bufantes.

---

2. Fichte menciona um filme chamado ¨Afrika ruft...". (N. do T.)

Eu queria brincar com os garotos.
Não queria ser menina.
Brinquei muito com os trenzinhos do meu irmão.
Com seu caixote de construtor, nós construímos bonecas móveis.
Inventamos aparelhos que faziam bolhas de sabão.
Jamais me conformei com o fato de ser menina.
Queria provar que sabia fazer tudo como os garotos.
Construíamos barricadas em nossa rua tranquila.
Eu saltava como soldado paraquedista com o guarda-chuva da minha mãe.
Admirava meu pai acima de qualquer medida.
Ele havia sido muito corajoso durante a guerra.
Havia aprendido inglês.
Começou a estudar latim quando já era pai de família.
Ele não era um homem citadino.
Vinha do campo.
Da Vendée.
Era muito consciencioso.
Um homem muito bom.
Em minha infância não tive devaneios, não tive doenças, nenhum ferimento mais grave, não tive medos, não tive choques.
Fiz a Primeira Comunhão.
Tive doenças de criança.
Uma ou duas vezes por mês íamos ao teatro.
Corneille era quem mais me impressionava.
E romances de aventura.
A ilha do tesouro.
De piratas.
Combates entre franceses e ingleses.
Os três mosqueteiros.
Eu não gostava de feijões verdes.
Minha mãe não permitia que eu ficasse desocupada.
Ela me ensinou a tricotar, fazer crochê e cozinhar.
Mas ela era, ainda é, muito autoritária.
Cortava minhas asas.
Jamais permitiu que eu usasse sua máquina de costura.

Minha mãe queria me obrigar a usar roupas com bufados e babados, chapeuzinhos, laços para a missa de domingo.
Ela queria fazer de mim uma pequena dama.
A arquitetura das igrejas me deixava impressionada – mas não o homem parado lá na frente.
Eu me interessava muito pela arquitetura românica e gótica.
Nossos pais viajaram conosco pela França inteira.
Vezelay.
Atravessamos a Borgonha inteira.
Estivemos na Bretanha.
Eu adorava a Bretanha.
Fui à escola na Inglaterra, com quatro anos e meio.
Depois voltamos a Paris, mais exatamente a Sceaux.
Não havia escola para meninas.
Eu fui à aula no Annex, uma escola de meninos.
Ela era bem distante de casa.
E eu sempre passava frio.
Eu gostava de inglês, pois ele me parecia simples.
Francês.
História, mais ou menos.
O professor corria demais com a matéria.
Nós fazíamos dez páginas de História por hora.
Tudo que tinha a ver com literatura me interessava.
Eu tinha horror à matemática.
O professor de matemática dizia que eu assumia um rosto de tal maneira fechado durante as aulas, que até se poderia duvidar da minha inteligência.
Eu sou canhota.
Eu me pergunto se isso não tem alguma coisa a ver.
O canhoto se projeta de modo pouco hábil no espaço.
Comecei a ler com onze anos.
Lia tudo que encontrava pela frente.
Lia à noite, escondida.
Quando minha mãe chegava, por volta de onze horas, eu desligava a lâmpada da mesinha de cabeceira.
Lia um livro todas as noites.

Ligava a luz do teto para que minha mãe encontrasse a luz da mesinha de cabeceira fria.

Lia tudo, tudo, Balzac inteiro.

O que eu mais li foram Os três mosqueteiros.

E um livro engraçado: A ideia fixa do barão Kosinus.

E: A família Fenouillard.

História da Arte me interessava muito.

Meu pai comprava para mim cartões postais com reproduções de quadros.

Já bem cedo me interessei pela cultura grega e romana.

Li muito sobre os mitos da Antiguidade clássica.

As aulas mal nos levavam até o final do século XIX.

Comecei a sentir a poesia quando passei a ler Prévert.

Isso veio na segunda fase da minha vida, depois da Resistência.

Meu pai foi liberado pelos alemães, na condição de antigo combatente.

Ele havia ficado durante um ano em um campo de prisioneiros.

1941, 1942.

Para mim foi uma época marcada pela fome e pelo frio.

Minha mãe foi muito decente.

Meu pai nos mandava *tickets* de sua prisão de guerra, que nos permitiam mandar pacotes de comida a ele.

Nós economizávamos o que mandávamos de nossas próprias rações.

Eu voltava da escola na neve, e nós não tínhamos calefação.

Foi nessa época que decidi deixar a França para sempre e viver em um país quente.

Meu pai voltou e nós começamos a fazer documentos falsos para que seus camaradas de guerra pudessem fugir.

Mandamos vir pantufas de madeira da Vendée, fazíamos um oco nelas e botávamos ampolas com bacilos de Koch dentro.

Os prisioneiros de guerra se infectavam a si mesmos e assim eram liberados como doentes do pulmão.

Nós escondemos um primo.

Meu futuro marido trabalhava em uma rede de espionagem, e também teve de se esconder em nossa casa.

Eu colaborei.

Nós cruzávamos as linhas e levávamos informações ao general Leclerc.

Nós investigávamos e descobríamos os ninhos da ss no norte de Paris.
Jamais dei um tiro, e mesmo assim me condecoraram com a Croix de Guerre.
Fiz a segunda parte dos meus exames de conclusão dos estudos secundários naquele ano terrível.
Julho de 1941.
Eu não queria me tornar professora.
Mas meu pai era prisioneiro de guerra.
Eu fiz inglês, pois tinha certeza que com isso poderia dar aulas em qualquer lugar e sempre que quisesse, caso minha mãe passasse por dificuldades.
Na verdade, eu queria estudar Biologia.
Por outro lado, eu era muito fascinada com arte folclórica.
Em 45 houve a possibilidade de trabalhar no Musée des Arts et Traditions Populaires.
Mas me faltava o certificado dos estudos clássicos.
Eu fracassei duas vezes.
Eles não me deram o emprego.
Isso me doeu bem mais do que eu deixei perceber.
A vida no subterrâneo tinha ensinado normas diferentes para a gente, outros modos de proceder.
Nós sentíamos que éramos obrigados a mudar bem rapidamente para um novo modo de vida, do contrário seríamos marginalizados e nos tornaríamos criminosos.
Até hoje me sinto solidária com todo o criminoso que é perseguido pela polícia.
Me sinto atraída por pessoas que foram excluídas pela sociedade.
Elas têm um código diferente do código das pessoas normais.
Elas são mais ousadas.
Quando se ouve *Second Bureau*, lembra-se sempre de Marlene Dietrich e de Alfred Döblin.
A realidade era diferente.
Eu precisava compilar informações que vinham da Bretanha.
Certo dia, eu dei de cara com uma barreira.
O soldado encostou a metralhadora no meu peito, mas meu aspecto era o de uma moça comum, e ele deixou que eu fosse embora.
Eu tinha os planos presos ao corpo.

Estava muito influenciada pelo existencialismo.
Lia Malraux, Sartre, Simone de Beauvoir.
Sobretudo Sartre.
Camus.
O estrangeiro.
A peste.
Prévert.
Sim.
Prévert.
E Eluard.

Agora eu preciso expandir minha vida interna.
Quando eu era menina pequena, amava um garoto que morava nas proximidades de nossa casa.
Era como um raio.
Mais tarde, fiquei sabendo que ele ficou noivo e o mundo desabou para mim.
Depois conheci outro garoto.
Mais tarde conheci um homem.
Na Resistência.
Com quarenta anos voltei a encontrar o garoto que havia se casado com outra moça.
Continuava sendo como no passado.
Eu não o esquecera.
O coração deu um salto em meu peito.
Então ele morreu de uma apoplexia.
Ele bebia muito.
Tinha ataques de fúria inacreditáveis.
Além disso era pró-alemão.
Nós tínhamos discussões terríveis.
É bem desagradável para mim ouvir alemão.
Isso me enerva.
Certo dia disse a meus filhos: vocês podem se casar se quiserem, mas não se casem com uma alemã, isso seria terrível para mim.
Muitos de meus amigos foram deportados.
Eles eram judeus.
Eu às vezes os via, quando voltavam.

Era pior voltar a vê-los.
O estado em que voltavam.
Era um pesadelo.
Essas são coisas que se esquece com dificuldade.

Em 44, nós fomos libertados.
Em 1945, eu me casei.
Engravidei imediatamente.
Meu marido era do Comité d'Afrique du Nord, e eu comecei como secretária.
Eu datilografava documentos especializados sobre o ferro na África do Norte, sobre o manganês na África do Norte, o carvão na África do Norte.
Meu marido era geólogo.
Tive meu primeiro filho, e logo depois meu segundo.
Depois dei aulas de fonética no Instituto Britânico.
Nós não tínhamos casa própria.
Vivíamos com meus pais.
Ofereceram a meu marido dirigir o sistema de ensino em Camarões.
Eu só tinha um medo, que ele não aceitasse.
Viajamos a Camarões.
Sob circunstâncias bem primitivas.
Com meus dois filhos – dois anos e meio e três anos e meio.
Nós ficávamos cara a cara com os funcionários e as mulheres dos funcionários que haviam aguentado em Camarões o tempo todo em que durou a guerra.
A hostilidade das pessoas.
Eu comecei a recusar o contato com a sociedade à qual pertencia.
Não se podia falar com pretos.
Não se podia mostrar interesse pelos pretos.
Não se podia comer com os pretos.
Os pretos se comportavam para com os brancos de modo bem semelhante.
Só passei a ter contatos quando um professor de inglês saiu e eu ocupei seu lugar.

Eu tinha empregados negros, o cozinheiro, os ajudantes de cozinha, o homem que lavava, o homem que cuidava das crianças, o homem que cuidava da casa.

Com quem mais eu conversava era com os comerciantes.

Eu não pude aprender nenhuma língua africana.

Qual?

A cada 50 quilômetros havia outra.

Eu sempre queria ir para o interior do país.

Meu marido viajava por aí.

Ele não me levava consigo.

Os meus filhos não conseguiam suportar o clima quente e úmido, e nós os mandamos de volta a meus pais.

Certo dia, meu marido foi chamado a Paris e eu aproveitei sua ausência e viajei com dois geólogos para o norte de Camarões.

Eu queria conhecer a África – eles estavam à procura de urânio para o governo francês.

Meu marido mandou que eu voltasse.

Ele precisava de sua pequena mulher consigo, em casa.

Eu viajei de carona.

Foi então que eu vi certas coisas.

Vi as vítimas dos motoristas de caminhão.

Um ano mais tarde, meu marido foi transferido ao Chade.

Ele agora tinha dois países sob seu controle, e nunca estava em casa.

Eu tinha toda a minha liberdade.

Também ele gostava de viajar, e nós decidimos não voltar para a França em nossas férias, mas sim viajar pela África.

Os preparativos demandaram um ano.

Nós compramos um Land Rover.

Eu trabalhei meio ano em uma oficina de automóveis para entender um pouco de mecânica e poder me ajudar em caso de necessidade.

Chegamos até Mombasa e constatamos: precisamos voltar.

O tempo das chuvas começou.

Era um teste de força.

Tudo muito interessante.

Nós nos interessávamos muito pelos problemas políticos dos africanos.

Éramos a favor da libertação dos africanos.

A guerra da Argélia ainda não havia começado.
Mas a Revolta dos Kikuyu no Quênia já acontecera.
Todos os europeus na África ficaram muito impressionados com ela.
Tudo começava a fermentar um pouco.
1955.
Quando voltamos, fizemos um balanço e dissemos:
Os pretos estão ficando conscientes de seu valor. Nós precisamos ir embora antes de ser expulsos.
No Chade eu queria...
Eu não tinha conhecimentos etno...
Eu via grandes coisas...
Comecei a estudar no mercado de Fort Lamy.
Ele era gigantesco.
Era preciso ser uma equipe inteira.
Descobri que a coisa mais importante no mercado de Fort Lamy eram os venenos.
Não consegui avançar.
Venenos de plantas para envenenar pessoas.
Havia maometanos que levavam garotos para Meca e voltavam com tapetes.
Os de 14 anos diziam: Não viaje. Ninguém volta mais.
Os belos rapazes eram vendidos a velhos xeiques.
Os sarra.
Pretos.
Eles não voltavam.
Mas sempre a impossibilidade de se alimentar.
A harmonia.
Os corpos dessas pessoas eram harmônicos.
E com os velhos, quando eles iam à caça, eu sentia que conheciam uma ciência diferente da nossa.
Os presságios antes da caça.
Eu os via abençoar as espingardas.
Era um mundo fechado.
Havia esse fascínio do preto.
Tudo era bonito.
A areia.

As noites de tempestade.
Tudo era distante.

Wilma:
Mês que vem faço 22.
Minha infância foi muito boa.
Com sete anos, tudo era bonito.
Meu pai gostava muito de mim.
Nós tínhamos uma casa maravilhosa.
Para mim tudo começou bem cedo.
Com oito, eu era uma garotona.
Já menstruava.
Com doze, eu era uma mulher. Já havia deixado minha virgindade para trás.
Com catorze comecei a trabalhar, e ia à escola à noite.
Nasci em Salvador.
Mas meus pais se mudaram para o Rio quando eu tinha dois anos de idade.
Não me lembro de nada de Salvador.
Na Bahia, meus pais haviam tido uma vida normal.
Aqui no Rio, eles não tinham nada.
Nós vivíamos em um quarto alugado.
Meu pai não tinha trabalho.
Ele procurou trabalho, e aos poucos tudo melhorou.
Nós alugamos uma casa inteira.
Eu nunca gostei de brincar com bonecas.
Nunca me interessei por meninas, sempre apenas pelos garotos mais velhos.
Nossa casa ficava em uma favela.
Nós tínhamos o melhor barraco de toda a favela.
Tínhamos televisão e uma geladeira, e todas as pessoas da favela vinham ver televisão na nossa casa.
Meu pai subiu na vida.
Ele começou a trabalhar no sindicato, e tudo melhorou.
Meu pai comprou uma casa gigantesca na Penha.
Nós tínhamos cachorros.
Eu tinha um papagaio e um porco.

O melhor de tudo foi quando meu pai se tornou presidente do sindicato.

Nós dávamos na vista quando saíamos.

Você sabe como os negros se vestem quando saem.

Na favela, nós tínhamos de carregar água.

Uma coisa da qual eu gostava de modo especial era que toda a segunda-feira a minha mãe tinha de ir a um lugar bem distante para lavar roupa.

Ela fazia dois bolos de roupa, um grande para ela mesma e um pequeno para mim, e com isso nós andávamos cerca de cinco quilômetros.

Aquele lugar era tão bonito, tão bonito, mas tão bonito.

Tenho tanta saudade dele.

Era como no campo.

Havia lagos e muitas pedras grandes.

E na parte de trás havia uma fazenda com gado.

Nós ficávamos o dia inteiro.

As roupas eram secadas na grama, sobre pedras.

Eu tomava banho de lago.

Na época, eu não ia à escola.

E a coisa mais estranha por lá era uma pedra que começava a gemer às seis horas da tarde.

Eu sempre ficava o tempo suficiente para ouvi-la.

É preciso dizer que se tratou sempre de uma das favelas mais perigosas do Rio, mas eu não notava nada.

As pessoas falavam de maconha e: ali atrás há um morto deitado...

Mas eu não via nada.

Eu fui ao jardim de infância da favela.

Como todos os baianos, nós gostávamos de comer.

Comíamos bem.

Comida brasileira.

Pela manhã, café com leite.

Pão.

Minha mãe nos obrigava a tomar comprimidos de vitamina.

Frutas.

Eu comia muito pão.

Eu comia um pão inteiro.

Ao meio-dia, feijão, mas sempre com carne defumada dentro, ou carne seca, ensopado, com legumes, arroz ou até mesmo ovos.

Aos domingos havia frango, e aos sábados, essa era a especialidade de minha mãe, legumes cozidos, todo o tipo de legumes.

À noite comíamos a mesma coisa.

Cheguei à favela mais ou menos com quatro anos e nos mudamos quando eu tinha sete, oito.

Brincávamos de jogos que só as crianças da favela conhecem.

As crianças da Zona Sul não sabem nada sobre eles.

Entre as crianças da favela não existe racismo.

Nós brincávamos todos juntos.

Pretos, mulatos, brancos.

Eu ainda hoje não sei distinguir pretos de brancos na rua.

As crianças da favela não aprendem essas coisas.

Eu já me interessava por sexo quando criança.

Aprendi a ler em revistinhas pornográficas.

Com sete anos.

Na favela, nós tínhamos apenas um quarto, separado por cortinas.

Eu ouvia tudo na hora em que meus pais ficavam juntos.

Eu estava ali.

Seduzi meu irmão menor.

Eu tinha oito anos.

Nós brincamos de papai e mamãe. E então chegou o momento em que dissemos: agora vamos para a cama.

Eu toquei uma para o meu irmão, masturbei meu irmão.

Isso foi uma coisa muito ruim.

No final das contas, meus pais descobriram tudo.

Eu fui espancada.

Meu irmão tinha no máximo seis anos.

Quando eu cheguei à favela, com quatro anos, havia um vizinho por ali, ele tinha uns 22 anos, ele sempre me seguia com os olhos e brincava comigo.

Eu sempre usava *shorts* bem curtos.

Os homens de mais idade me seguiam com os olhos.

Mas isso era tudo.

Nessa época, tudo era delicadeza.

Na outra casa, na casa gigantesca, quando meu pai se tornou presidente do sindicato, eu comecei a menstruar.
Com oito.
Os garotos mais velhos olhavam para mim.
Eu sempre gostei de chamar a atenção.
Minhas blusas eram tão apertadas quanto possível.
Com oito anos, eu me comportava como uma mulher de verdade, que procura por um homem.
Nossa casa tinha dois andares.
Nós vivíamos em cima, embaixo havia dois quartos alugados.
Em um dos quartos morava um casal.
E certo dia eu perfurei um buraco no piso de madeira para ver de cima como o casal fazia aquilo.
E cada dia eu via aquilo.
Eu me masturbava.
Certa manhã, quando minha mãe me penteava, eu vi um olho gigantesco na parede.
Gritei.
Eu estava em pânico.
Tive um choque.
O olho gigantesco não ia embora.
Eu não sei se havia alguém parado ali e olhava, mas eu não acredito, porque era um olho gigantesco.
Eu tive todas as doenças infantis.
Tinha ataques de fúria.
Quando alguma coisa não era como eu queria, eu ficava incontrolável.
Certo dia minha mãe me corrigiu porque eu estava brigando com minha meia-irmã. Eu fiquei com tanta raiva que chamei minha mãe de "cobra".
E então minha mãe me bateu.
Mas eu não chorei.
Eu tinha tanto ódio em mim.
Tudo começou assim:
Eu me interessava em saber como as crianças nasciam.
Nossos pais não falavam nunca a respeito disso.
Eu tinha curiosidades de saber como um casal dava o primeiro beijo.

Queria saber o que se sente, quando se beija pela primeira vez.
Essa era a minha curiosidade.
Meu primeiro beijo foi com oito.
Nem sei mais se foi o meu irmão mais novo que eu beijei.
Com meu irmão era tudo tão puro.
E bem instintivo.
Eu fazia tudo como devia ser feito, sem saber o que fazia.
Meu primeiro beijo foi com o primeiro amor da minha infância.
Eu estava apaixonada por um garoto da nossa rua.
Fiz de tudo para chamar sua atenção.
Ele veio a nossa casa.
E um dia...
Eu o beijei.
Ele queria um copo d'água e, em vez do copo d'água, eu dei um beijo nele.

Na casa nova, meu pai começou a beber.
Ele bebia muito.
Tinha problemas no sindicato.
Na época, eu também tive um acidente de carro.
Meu pai chegou do trabalho e disse: comprei um carro.
Eu corri para vê-lo.
Quando o vi, não gostei dele.
Ele era bem preto.
Um Chevrolet grande.
Começou a chover.
Quando eu estava sentada no carro e meu pai quis sair, não conseguiu botar o carro em movimento.
Alguns homens ajudaram a empurrar e nós partimos.
Acabamos batendo em um poste de iluminação.
Eu senti algo frio no estômago.
Isso é assim até hoje, quando me assusto, sinto algo frio no estômago.
Eu acho que gritei.
Eu gritei.
E minha mãe me ouviu em casa, a muitos quilômetros de distância.
Nós passamos a noite inteira no hospital.
Eu fui costurada.

Meu queixo havia quebrado.
Minhas gengivas estavam completamente estragadas.
Meu pai não se machucou nada.
O carro estava completamente estragado.
Com o tempo, meu pai foi ficando cada vez mais nervoso por causa da bebida.
Ele não batia em ninguém, mas quebrava coisas.
Nós éramos muito invejados na vizinhança.
Éramos negros e meu pai, como presidente de um sindicato, tinha uma posição importante.
Todas as pessoas nos invejavam.
Aspergiam pó na frente da nossa casa, deixavam coisas.
Mas meus pais não ficavam muito impressionados.
Nós não íamos à macumba, não íamos à igreja.
Minha mãe acreditava apenas nas almas dos mortos, e a cada segunda-feira acendia uma vela para as almas dos falecidos.
Aliás, a primeira vez em que fui a uma igreja fui logo expulsa.
Meu pai se aposentou.
Tudo havia ficado bem difícil.
E ele decidiu se mudar.
Por causa de toda aquela inveja.
Ele vendeu a casa e nós mudamos para a Pavuna.[3]
Eu tinha dez ou onze anos de idade.
Antes, na casa velha, eu desmaiava às vezes.
Crises de nervos bem estranhas.
Meu nariz sangrava.
Meu pai se preocupava muito.
Quando chegamos à Pavuna e mobiliávamos a casa, veio um redemoinho.
Ele arrancou todo o telhado da casa.
Nós perdemos muita coisa por causa do redemoinho.
Nossas coisas simplesmente foram levadas pelo vento.
Naquela casa, eu comecei a vivenciar coisas estranhas.
Nas vizinhanças vivia um rapaz do qual eu gostava muito.
Eu era completamente apaixonada por ele.

---

3. Fichte escreve "Pavona". (N. do T.)

Já era um amor de pessoas jovens e mais ou menos adultas.
Certa noite, eu senti que ele estava em meu quarto.
Eu o vi.
Falei com ele.
Quando o encontrei na manhã seguinte, ele disse: ontem à noite aconteceu uma coisa estranha comigo. Achei que morri por alguns momentos.
Eu disse: eu senti que você estava em meu quarto.
Ele disse: eu senti que meu espírito havia saído do meu corpo.
Naquela casa começaram as brigas ente papai e mamãe, e eles se separaram.
Meu pai achava que minha mãe o traía com aquele amigo.
Minha mãe vivera a vida inteira apenas para seu marido.
E meu pai começou a me odiar.
Foi em uma quarta-feira.
Dia 28 de setembro.
Naquela época, ele tinha uma banca, na qual vendia frutas.
Ele não queria ficar sem fazer nada na condição de aposentado.
Havia ido ao mercado público bem cedo para comprar mercadorias.
Quando ele voltou, estava completamente mudado, como se tivessem feito uma lavagem cerebral com ele.
Ele imaginou que naquele meio tempo minha mãe havia dormido com meu namorado, e eu apenas fazia de conta que estava apaixonada pelo rapaz para permitir que tudo aquilo acontecesse.
E eu também comecei a odiá-lo.
Eu o odiava muito.
Ele tinha 46 ou 48 anos.
Havia sido aposentado por causa dos nervos.
O sindicato era uma tarefa das mais complicadas na época.
Ele era submetido a fortes pressões.
Queria conseguir algo.
Ele vivia para o sindicato.
À noite, ele saía para jantar em lugares chiques conosco, mas na verdade vivia para o sindicato.
Certo dia, por volta das seis horas, ele saiu de casa.
Meus irmãos começaram a brigar comigo.

Eles sempre ficavam enciumados comigo.
Minha mãe achava que eu tinha culpa, e começou a me bater com um fio elétrico.
Eu não conseguia chorar.
Não sentia dor.
Então a luz se apagou certo dia, eu a desliguei.
Quando voltei a mim, não tinha mais uma única unha.
Fiquei duas horas naquele estado.
Mais tarde, me disseram que eu caí no chão, que comecei a espumar pela boca, que os cachorros vieram e começaram a me morder.
Enquanto isso, passava na rua uma mulher que era metida com umbanda.
Ela ouviu aquele barulho todo e entrou.
Ela disse a minha mãe: se a senhora continuar agindo assim com sua filha vai perdê-la, e agora mesmo.
Quando aquela mulher havia terminado de falar, o estado em que eu me encontrava passou a ela.
Eu a vi no chão, bater a sua volta, arranhando o chão com as unhas.
Arranhando.
Arranhando.
Até que seus dedos começaram a sangrar.
Tudo terminou junto de uma sacerdotisa. Ela nos levou a todos consigo a seu templo de umbanda.
Me deram um banho.
Desse dia em diante tive visões.
Sentia coisas.
Não sei se você viu o filme *O exorcista*?
O clima na minha casa era assim.
Meu pai tinha uma coisa ruim que morava dentro dele.
Um dia ele se mostrava doce e querido.
No seguinte ele era terrível.
Ele sempre comprava muita comida.
Mas o que nós preparávamos para ele, ele jogava na rua.
Ele rasgava suas roupas.
Tentou me enforcar duas vezes.
Tentou matar minha mãe várias vezes.

Eu odiava meu pai tanto que só pensava em matá-lo.
Adormecia e pensava, hoje eu preciso matá-lo, seja lá como for.
Eu pensava se não devia jogar água fervente em seu ouvido.
E ao mesmo tempo pensava: oh, se meu pai morrer.
Eu tentava me matar com a faca de cozinha, mas minha mãe chegava e eu desmaiava.
Ele se trancava em seu quarto.
Não deixava ninguém tocar suas coisas.
Seu quarto começou a feder.
Minha mãe era bem carinhosa.
Estava horrorizada com o fato de perder seu marido daquele jeito.
E eu, com meus onze anos, estava no meio de tudo aquilo.
Apontava o dedo para meu pai.
Era como uma adulta e o atacava.
Certo dia, ele nos botou para fora de casa.
Nós dormimos na rua.
Fomos à polícia.
Pela manhã, arrombamos a porta com um policial.
Ele havia juntado todos os móveis no meio da casa e amontoado todas as roupas de cama e derramado gasolina sobre elas.
Quando estávamos lá dentro com a polícia, ele voltou.
O que vocês estão fazendo aqui dentro?
Nós tentamos explicar tudo a ele.
Vocês não vão levar nada disso com vocês, porque eu vou botar fogo em tudo agora mesmo.
Até hoje eu não sei o que aconteceu comigo.
Ele pegou o feixe com as nossas coisas e jogou tudo às costas.
Eu peguei um porrete.
Eu estava cega.
Bati nele.
Queria ver um morto.
O sangue brotou.
Quanto mais sangue eu via, maior se tornava meu ódio.
Todos os outros estavam como que paralisados.
Ninguém se mexeu.
Ninguém disse uma palavra.

Eu espanquei meu pai com o porrete.
Ele não conseguiu se defender.
Começou a correr.
Eu corri atrás dele.
Ele chegou a um terreno abandonado.
Jogou o feixe de coisas no chão e um palito de fósforos em cima dele.
Tudo queimou.
Não tínhamos mais nada.
Eu tive uma crise nervosa.
Ele foi até a polícia e o delegado disse: ela agiu com toda a correção, pois o senhor tem uma família que nem sequer merece. E agora vá até a policlínica e deixe que façam uns curativos no senhor.
Mas eu, quando vi meu pai coberto de sangue na polícia, de crânio aberto – e havia sido eu que fizera tudo aquilo!

Ele foi embora.
Algum tempo depois, ele voltou para a nossa casa.
As pessoas diziam todas a minha mãe: a senhora tem de ir a um templo de umbanda, isso que aconteceu com a senhora foi macumba.
E nós acabamos indo a um templo de umbanda.
Certo dia, durante uma festa, tive uma crise de choro.
Eu não sabia porque estava chorando.
A sacerdotisa me pegou pela mão e me levou para o meio do templo.
Então eu comecei a girar.
Eu girava, girava, girava.
Batia em tudo.
Pelo amor de Deus, eu quero parar.
E aquilo não parava.
A sacerdotisa disse: Oh, mais uma filha de Oxum – Pois na umbanda dizem que quando se chora se é filha de Oxum.
Eu corri para fora.
Mas desse momento em diante essas coisas começaram a acontecer comigo em casa.
Eu queria manter meus olhos abertos, mas minhas pálpebras estavam tão pesadas.
Às vezes, eu chorava enquanto isso.
Eu via a mim mesma, como eu chorava.

Meu rosto queimava.
Eu falava com os velhos africanos.
A sacerdotisa disse: Você tem de trabalhar na umbanda. Você é uma médium. Precisa desenvolver esse talento. Tem uma Pomba Gira, ela é muito forte. É um Exu feminino.
Um diabo feminino, dizem os católicos.
Quando eu caía nesse estado, meu rosto queimava.
Eu corria para a rua e os homens corriam atrás de mim.
Eu me sentia como uma mulher gigantesca.
Então veio minha Erê[4].
Eu não entendi.
E eu de repente vi a mim mesma como criança pequena.
Eu via tudo e não entendia nada.
Ululava por aí.
Era como se uma cortina houvesse sido puxada, e eu estava de um lado e via através dela e me via do outro lado, sentada e ululando como uma criança pequena.
Eu tinha doze anos.
Minha mãe ainda não trabalhava.
Ela recebia dinheiro do meu pai.
Ela precisou reivindicar o dinheiro através do tribunal.
Apesar de tudo isso, ele amava minha mãe, e minha mãe amava meu pai.
E eu o amava também.
Minha mãe estava muito triste.
Meu pai começou a vir para casa de novo.
Eu achava que meu pai havia alugado um quarto em algum lugar.
Ele reuniu todos os filhos e perguntou se podia voltar.
Nós também podíamos mudar para outra casa, talvez aquela casa ali não fosse boa.
Ele parecia mudado, e nós permitimos que ele voltasse.
Ele não havia mudado.
Por uma semana, tudo andou bem, e de repente ele começou a fazer as mesmas coisas de antes.
Certa noite, minha mãe começou a passar roupa.

---

4. No original de Fichte, "Ere". (N. do T.)

Ela arrumou todas as nossas coisas e de repente estava bem alegre.
Achei isso engraçado.
E pensei: ou minha mãe vai matar meu pai hoje ou então ela vai embora. Eu não vou dormir.
Fiquei sentada na cama, mas então acabei adormecendo.
De repente, acordei.
Corri para o quarto dos meus pais.
A luz estava acesa.
Meu pai estava sacudindo minha mãe.
Eu perdi a voz.
Ele gritava: Júlia! Júlia!
Peguei a mão de minha mãe.
Ela estava gelada.
Tentei abrir os olhos dela.
Os olhos estavam apagados.
Tentei abrir sua boca.
Os dentes estavam cerrados.
Eu disse: O que você fez com minha mãe?
Não fiz nada com sua mãe. Vá dormir!
Eu não queria que meus irmãos acordassem e vissem aquela cena.
Eu disse a ele: se minha mãe estiver morta eu vou matar você.
Fui até o meu quarto e o tranquei.
Saltei pela janela.
Corri pela rua abaixo e bati em todas as portas.
Acordei toda a vizinhança.
Voltei para casa.
Bati.
Meu pai abriu.
Quando ele viu toda aquela gente, ficou assustado.
Meu sangue começou a correr pelas pernas.
Estava tudo cheio de sangue.
Abrimos a boca da minha mãe, mas a língua já havia se enrolado.
Um vizinho carregou minha mãe até seu carro e a levou para o hospital.
Eu disse a meu pai: Reze bastante!
Estou rezando o tempo inteiro a São Jorge.
Mas, ao mesmo tempo, eu sentia uma revolta.

Acreditava que não existia Deus nenhum, que não existia nada.
Ela teve seu estômago limpado e, depois de dois dias, voltou.
Meu pai melhorou.
Então tudo começou de novo.
E ele foi embora outra vez.
Por fim acabou voltando, pois minha mãe estava sempre tão triste.
Por fim eu também falei com meus irmãos e disse a minha mãe: ou papai vai embora e nós ficamos junto com você ou você vai embora e nós ficamos com papai.
Vocês não podem ficar juntos.
Nós imploramos que nossa mãe fosse embora.
Eu fiquei e cuidei de meus irmãos.
Minha mãe procurou trabalho como empregada doméstica.
Eu tinha 13 e os outros 10, 8 e 6 anos.
E meu pai também estava por ali.
Meus irmãos faziam o que queriam e ficavam o dia inteiro na rua. Não queriam obedecer a mim.
E meu pai me odiava, pois achava que eu sabia onde minha mãe morava.
E eu sabia, mas não queria contar a ele.
Ele me tratava tão mal.
Eu era a escrava do meu pai.
Eu tinha um pequinês pequeno.
Gostava tanto dele.
E, uma vez que meu pai não podia me matar, ele maltratava meu cachorrinho, e um dia o matou a pauladas.
Ele nos sufocava com alimentos.
A casa inteira estava cheia.
Quando eu cozinhava algo para ele, ele jogava o prato no chão.
Certo dia, a tia dele veio nos visitar.
Ela viu que eu não conseguia mais e pediu a minha mãe que voltasse.
Minha mãe voltou e eles se entenderam.
Queriam se mudar para outra casa.
Talvez fosse tudo culpa do ambiente.
Nós nos mudamos para São João do Meriti.

Ele vendeu a casa, gastou todo o dinheiro, e nós fomos obrigados a alugar uma casa.
Ele comprou todos os móveis novos.
Era um homem vaidoso.
E a casa era gigantesca.
Ele não queria que fôssemos amistosos com os vizinhos.
Nós vivíamos isolados.
Era uma casa sinistra.
Árvores escuras na frente da casa, bananeiras, mangueiras.
Certo dia eu estava sentada debaixo da mangueira e ouvi uma voz.
Não entendi o que ela dizia.
Quando olhei à minha volta, vi uma mulher alta que saía do portal e se dissolvia no nada.
Certa noite houve um redemoinho.
Todas as folhas do jardim foram levantadas e juntadas em um monte na frente da porta da entrada.
Era um furacão.
O barulho das árvores.
Janelas se partiram.
Minha mãe falou com os vizinhos sobre o redemoinho.
Redemoinho? Mas não houve nada de redemoinho. Nós ficamos sentados até bem tarde na varanda!
O redemoinho soprara apenas em torno da nossa casa.

Gisèle:
Na minha juventude não se falava de sexo.
Se falava de amor.
Uma amiga disse: Se eu soubesse que uma de minhas amigas não era mais virgem na noite de núpcias, eu jamais voltaria a dirigir uma palavra a ela.
Eu ri.
Minha mãe me explicara tudo.
Em 1943, eu fui desvirginada.
Não foi um trauma.
Não me causou muita impressão.
Praticamente esqueci como foi.
Em 44 conheci meu marido.

Em 45 nós nos casamos.
Depois tive meu primeiro filho, e em seguida o segundo.
Depois fomos para a África.
Eu gostava tanto de viajar à África porque não me entendia com minha mãe.
Minha mãe era muito possessiva.
Eu acho que apenas me casei porque esperava que desse jeito conseguiria fugir da minha família um dia.
Fugir da minha mãe.
Eu gostei de ter filhos.
Mas os dois filhos tão próximos um do outro foi um pouco rápido demais.
Minha mãe assumiu um lugar ainda maior na minha vida.
Primeiro, ela nos trazia o café na cama às sete da manhã e falava durante horas com meu marido.
Agora ela assumia meus filhos.
Quando eu estava grávida, ela disse: Estamos esperando um filho.
Ela tricotava os vestidos.
Eu não podia dar a mamadeira.
Nós fugimos para a África.
Lá eu percebi que o homem com o qual eu havia me casado não era muito simples.
Meu marido vinha da École Normale Supérieure.
Ele tinha um cérebro como um arquivo de notas.
Era extraordinário.
Mas lhe faltava apenas um minúsculo órgão:
Ele não tinha coração.
Quando voltamos da África, fomos mandados a Angoulême.
Meu marido se tornou Inspecteur de l'Académie d'Angoulême.
Nesse meio tempo, eu tive grandes problemas com minha saúde.
Estava grávida, e no quinto mês desenvolveu-se uma toxicose de gravidez.
Me explicaram que era uma alergia que se desenvolve contra o próprio filho.
Eu viajei para a França e fui operada.
A pressão do meu sangue caiu para 20.

O sistema de vasos sanguíneos já havia parado de funcionar.
Eu mal consegui sobreviver à operação.
Meu marido não estava presente.
A criança nasceu com um quilo e 50 gramas.
E emagreceu até chegar a 870 gramas.
Eu voltei para a África com meu filho.
Ele viveu nove meses.
Depois morreu.
Nós amávamos a criança.
Os dois outros adoravam o pequeno.
Quando meu filho teve sua primeira filha, ele me disse: Ela é parecida com Olivier.
Seguiu-se um período bem obscuro.
Eu percebi que tinha um demônio de marido.
Ele me traía sem parar.
Eu disse a mim mesma que isso um dia estragaria tudo.
Até então nós havíamos vivido bem pouco tempo juntos.
Ele vivia viajando por aí.
Eu viajei muito por aí.
De repente, estávamos sentados todos juntos na pequena cidade de Angoulême.
Tínhamos um cachorro.
E um gato.
Eles sentiam ciúmes um do outro.
Demorou sete meses até sermos chamados a primeira vez para a casa de um vizinho.
Havia a igreja de cúpula românica.
Mas não se vive de uma cúpula de igreja.
Depois de dois anos, pudemos mudar para o Brasil.
Meu marido se tornou Attaché Culturel.
Nós conhecemos a vida das embaixadas.
Recepções.
Coquetéis.
Eu organizava minhas recepções de modo especial.
Tinha conhecido uma série de artistas, e nós fazíamos das recepções uma espécie de show.

Meu cozinheiro era um dançarino.
A criada de quarto vinha da Bahia e era possuída pelos deuses Nanã e Oxum na cozinha.
O pessoal de Joãozinho da Gomeia me ajudava.
Meu marido estava sempre muito ocupado.
Cansado, ele não tinha vontade de sair.
Eu conheci o teatro experimental dos negros.
Certa noite fui com o cozinheiro até o subúrbio, e nós fomos a diversas macumbas.
Então.
Certo dia, quando todos dançavam...
...eu caí no chão.
Aquilo tudo era muito atraente e bastante extraordinário para mim.
Eu queria compreender de modo absoluto.
Queria compreender o que se passava na cabeça das pessoas.
Me lembro que caí e então, quando me dei conta, estava em um quarto no qual havia terrinas de sopa.
A sacerdotisa me disse que eu devia sacrificar tudo à Orixá.
Eu providenciei os sacrifícios.
Com cantos.
Bater de palmas.
Eu mesma bati palmas.
E isso foi tudo.
Então a sacerdotisa adoeceu.
Eu disse que ela viesse até minha casa, para que um médico da embaixada pudesse examiná-la.
Ela teve de ser tratada por mais tempo, e eu a mantive em minha casa, comigo.
Todo seu séquito me visitava.
Nós morávamos em Laranjeiras, em uma casa muito antiga e muito fina.
As filhas vinham em seus mais belos vestidos de tule.
Elas traziam rosas em todas as partes do corpo, e ainda algumas nos cabelos.
Não sabiam dizer um pai-nosso, e ficavam o dia inteiro andando acima e abaixo.

Os batuqueiros batucavam em minha casa.
Meu filho tinha uma paixão por papagaios na época, e os papagaios berravam o dia inteiro.
A sacerdotisa não queria mais nem pensar em voltar para casa, pois seus dignitários achavam bem agradável beber um uísque comigo de tempos em tempos.
Certo dia fui com ela até a praia do Leme.
Na praia, eu caí em transe outra vez.
Ela não conseguiu me despertar mais.
Por fim, voltei a mim, mas não queria ver ninguém.
Dirigi com uma das mãos, e escondia o rosto com a outra.
Eu continuava me sentindo mal.
O médico chegou e perguntou: Não vá me dizer que a senhora participou de uma macumba?
Sim.
Oh, a senhora não deve ir ali de novo.
Certo dia eu visitei, com a namorada de meu cozinheiro, o templo de Joãozinho da Gomeia.
Foi em uma tarde.
Joãozinho me tratou de modo muito amável.
Um certo Milton, que tem um escritório de turismo em Copacabana, me perguntou: E qual é a sua Orixá.
Eu disse: Iemanjá.
Isso eu não deveria ter dito.
Eles cantaram por tanto tempo a Iemanjá até eu cair em transe outra vez.
Blackout total.
Eu senti como fui embora.
Que eu caía.
É como se a gente desmaiasse.
Mas não é um desmaio.
Eu tinha a impressão de que me faltavam as pernas.
As duas de uma só vez.
E algo nos rins, que eu não consigo descrever.
Algo sobe pelas pernas.
E depois os rins.

Depois uma sensação de vazio no estômago.
Joãozinho me disse: mas você precisa ser iniciada.
Eu não sei. Faço parte da Embaixada Francesa. Meu marido tem um posto importante.
Em janeiro eu voltei, e Joãozinho fez um Bori.
Eu não pude ficar.
Alguém ficou por lá em meu lugar durante os três dias do Bori.
Eu fiquei uma noite, e no terceiro dia voltei para jogar as coisas ao mar.
A pomba foi abatida e sangrada sobre a minha cabeça.
Eu voltei a ficar normal.
Me sentia muito bem.
No carnaval, tudo começou de novo.
Eu sentia um vazio na cabeça.
Tinha a sensação de que algo havia se soltado.
Eu mal me sentia capaz de dirigir o carro.
Tinha ataques na cozinha.
Caía em transe em plena cozinha.
Joãozinho disse: Nós vamos iniciar você.
Mas eu não posso deixar que meus cabelos sejam cortados.
Não tem problema nenhum. Vamos cortar apenas uma tonsura em você e o resto dos cabelos você pode pentear por cima.
Meus filhos não trabalhavam na escola.
Eu dizia a mim mesma que eles talvez se tornassem pequenos brasileiros simpáticos, mas não rapazes que algum dia poderiam se adequar ao sistema francês.
E eu os mandei de volta à França, para a casa do meu irmão.
Em novembro, eu fui outra vez até Joãozinho.
Ele disse: não se preocupe, antes de o ano terminar você estará iniciada.
Impossível.
Eu fui para casa e meu marido disse: olha só, eu preciso ir à França, provavelmente eu não consiga voltar nem para o Natal.
Eu fui imediatamente até Joãozinho:
Agora ou nunca!
Um ano depois, o cozinheiro estava furioso com alguma coisa e disse a meu marido:

Ela foi iniciada.
Eu odiava a vida das embaixadas.
Eu queria saber.
Eu podia não saber nada, caso não permitisse que me iniciassem.
Eu observava.
Me tornei deus.
Disse a mim mesma que no transe uma outra faceta da própria personalidade passa a imperar.
Uma outra parte da própria personalidade, que domina tudo que é fraco na gente, algo mais duro, algo que é mais autêntico, talvez.
Isso foi em 60.
Eu tinha 37 anos.

Joãozinho da Gomeia.
Afirmam até que ele não teria sido iniciado de verdade.
Tudo começou com umas dores de cabeça.
Ele deixou o nordeste e foi para a Bahia.
Descreveu como chegou a Jubiabá[5].
Jubiabá o curou.
Depois de um mês, outra vez aquela dor de cabeça.
Ele voltou a Jubiabá.
Jubiabá o iniciou.
Sua nação, seu culto era o dos Caboclos, dos Índios.
Com um pouco de Angola.
Jubiabá até que fazia bem a coisa.
Mas não completava.
Samba teria completado a iniciação.
Samba raspou a cabeça de Joãozinho.
Samba vinha da casa de Batefolha.
Joãozinho herdou a deusa Iansã de sua mãe adotiva, quando ela morreu, em 1934.
Ela vinha de Cachoeira.
Era uma negra da tribo dos Ewe.
Afirmaram que Joãozinho seria culpado da morte de seu pai espiritual.

---

5. No original está escrito "Jubiaba". (N. do T.)

Não acredito nisso, pois Joãozinho já tinha seu próprio templo na época.
Jamais se saberá o que aconteceu.
Se ele fez isso, não o fez com uma faca, com um revólver ou com veneno.
Mas sim com um trabalho de magia.
Joãozinho tinha dois templos em Salvador.
Quando Joãozinho foi ao Rio, Samba cuidou do templo na Bahia.
Há três anos, ele foi derrubado.
Ele ainda servia apenas de locação para um filme.
O jardim do templo da Gomeia, na Bahia, hoje em dia é um campo de futebol.
O primeiro iniciado por Joãozinho se chamava Dehuanda.
Iniciar significa cortar, raspar o cabelo.
E abrir o crânio.
O couro capilar.
Uma incisão em forma de cruz.
No dia da iniciação de Dehuanda, Joãozinho fez tudo.
O sacerdote Olegário estava deitado na cama, bêbado como um gambá.
Porém mais tarde Dehuanda renegou seu pai espiritual, Joãozinho.
Ele não queria ter sido iniciado pelo homossexual Joãozinho.
Dehuanda sempre afirmava: Olegário é meu pai.
Dehuanda dormiu com uma noviça.
Ela teve um filho dele.
E morreu.
O garoto é o consciente José, filho adotivo de Joãozinho e seu herdeiro.
Joãozinho e Dehuanda eram inimigos até a faca.
Mas aqui não se rompe com as pessoas.
Todo mundo continua se visitando e se amaldiçoando.
Depois da morte de Joãozinho, os deuses parecem ter determinado que uma menina de oito anos seja sua sucessora.
Quando um sacerdote do candomblé morre, logo se prepara um Axexê.
O templo é trancado durante um ano sem que um sucessor seja determinado.
Depois de um ano é organizado um novo Axexê e se define o sucessor.
Com os búzios do sacerdote morto.

Esse jogo é organizado na frente de todos.

No chão.

Desafortunadamente, o jogo para definir o sucessor de Joãozinho foi organizado logo após seu enterro.

Eu não estava presente.

O jogo foi organizado por um certo Tião de Irajá[6].

Definiram que seria a menina pois se acreditava que sua mãe, Mãe Ilesi, e Valentim, dirigiriam o templo.

Mas eles não se entendiam.

Por fim, nem falavam mais um com o outro.

E assim por diante.

Ao final das contas reuniram todo mundo e determinaram que Dehuanda deveria dirigir o templo.

A comunidade inteira rechaçou Dehuanda.

O templo não vivia mais.

Dehuanda não estava em condições de dirigir o templo, e elegeram Jihade, que tem um templo em São Paulo.

Ele foi entronizado com grande pompa e circunstância.

Mas não consegue dar conta do templo de Gomeia.

Gomeia se acabou.

Em pouco, não existirá mais ninguém para fazer os sacrifícios.

Nada de sacudimentos.

Nada de Boris.

Nada de trabalhos.

Nada de consultas.

Nada de iniciações.

A menina, a rainha de oito anos do mais importante templo negro das duas Américas – ela é casada e tem filhos.

Mãe Samba morreu em um acidente.

Essa é uma história complicada.

Um rapaz, que vivia com sua filha...

Na Bahia.

Seu genro queria que ela vendesse o templo de Gomeia na Bahia.

Samba organizou uma cerimônia dos mortos.

---

6. No original está escrito "Tião de Iraja". (N. do T.)

Em uma sexta-feira, no sexto dia do Axexê, ela interrompeu a cerimônia e foi embora de carro para executar a venda e assegurá-la juridicamente.

Uma ponte havia sido destruída pela água alta.

O carro se precipitou no abismo.

Encontraram Mãe Samba trezentos metros mais abaixo.

O genro havia se agarrado a uma noviça.

Havia quebrado as pernas e os braços.

Ela o manteve no alto.

A mulher também estava morta.

Ela havia sido arrancada pelas águas.

Samba não deveria ter partido antes do fim do Axexê.

Joãozinho dirigia uma grande casa.

Ele se casou uma vez.

O casamento acabou em separação, em um país no qual o divórcio não existia.

A mulher era rica.

Mas eles viviam em divisão de bens.

A fama de Joãozinho era mais movimentada do que ele mesmo.

Sei apenas que, na juventude, ele teve um caso com um homem que se chamava Miranda.

Parece que houve um pacto entre os dois:

Se um morresse, o outro seria chamado.

Miranda deve ter sido um homem muito bonito.

Miranda encontrou mulheres bem rápido.

Joãozinho poderia ter encontrado homens que o amassem, com os quais ele poderia ter ficado mais tempo.

Mas ele era tão autoritário, tão absolutista.

Não permitia que eles saíssem.

Ele os trancava em casa.

Era preciso estar sempre em torno dele.

Miranda foi a paixão de sua vida.

Ele jamais o esqueceu.

Joãozinho estava louco de ciúmes e matou Miranda com uma magia.

Depois Joãozinho jamais voltou a ter um caso mais longo.

Eles duravam duas semanas, três semanas, um mês, três horas.

O nome de Miranda não devia mais ser pronunciando diante dele.
Sempre havia muitos homens em torno dele.
Eles vinham de Salvador, aos montes.
As filhas espirituais de Joãozinho falavam pouco disso.
Mas quando o rapaz saía de seu quarto pela manhã, vestindo um certo pijama de seda, nós dizíamos: Ó, já vestiu o pijama de seda.[7]
Joãozinho na verdade nunca dormia sozinho.
Ele tinha medo.
Medo do Egun, do morto.
Ele chamava as pessoas para que dormissem sobre o tapete, em seu quarto.
Mas como é que eram as coisas com os rapazes?
Ele esperava até que eles adormecessem?
Talvez essa fosse sua especialidade.
Talvez ele quisesse arranjar uma situação como a de sua puberdade, no nordeste.
É só por isso que os motéis fazem tanto sucesso no Brasil.
No dia do casamento, se vai com sua mulher ao motel porque lá se pode fazer amor sem crianças e sem avós por perto.
Joãozinho instava todo mundo a dormir em seu quarto.
Homens.
Mulheres.
Eu.
Eu jamais quis dormir em seu quarto.
Eu era estrangeira.
Me chamavam de A Embaixatriz.
O quarto das noviças era o roncó.
Eu não tinha nada a fazer em sua casa privada.
Joãozinho não era rico.
Sua casa havia se transformado em um depósito de presentes.
Não se sabia mais onde enfiar todas aquelas estátuas chinesas.
Para mim, aquilo era um museu de horrores.
Ele tinha todos os perfumes franceses com os quais alguém pode sonhar.

---

7. A última frase, após os dois pontos, assim como algumas outras já mencionadas, está em português no original. (N. do T.)

Eu abri alguns frascos – eles já haviam se tornado rançosos.
Falava-se bem pouco dele.
As pessoas tinham medo dele.
Ele tinha capacidades que impunham medo às pessoas.
Eu vivenciei coisas que me deixaram completamente confusa.
Viajei com Joãozinho a Santos, com o famoso Pai Eduardo e um rapaz.
Na época, eu tinha um Chevrolet maravilhoso, e ele gostava muito de dirigir com ele por aí.
Em Aparecida, dormimos todos em um mesmo quarto.
Pai Eduardo, o velho sacerdote, tinha cabelos bem grossos nas pernas e se arranhou a noite inteira.
Isso causava um rascar, crac, crac, crac, e eu não consegui dormir.
Em Santos, eu comecei a me entediar e quis ir à praia.
Joãozinho jogou o rapaz e Pai Eduardo ao meu pescoço.
Eu estacionei nas proximidades da praia.
Pai Eduardo foi se sentar em um banquinho debaixo dos coqueiros.
Eu entrei na água.
Mas o mar estava bem violento.
Fiquei com medo e logo saí, depois voltamos para casa.
Adentramos o quarto.
Pego meu pequeno Vanity Case e tiro as pulseiras que havia deixado ali dentro.
O rapaz se apoiava à janela.
Eu saio do quarto e pergunto: Onde está Joãozinho?
Ele não está aqui.
Volto a entrar no quarto.
Joãozinho está sentado ali.
O senhor estava aí? Onde o senhor estava?
Eu estava aqui no quarto.
Mas eu não vi o senhor.
Você entrou. Abriu a maleta. Botou as pulseiras. Eu estava aqui. Vi tudo. Estava sentado na cadeira.
Mas nós não vimos o senhor. O senhor consegue ficar invisível?
Sim.
Isso é de nascença?

Não. Eu faço uma oração especial e me torno invisível. O que é mais desagradável é que eu vejo pessoas em outros lugares e posso dizer o que estão fazendo. Hoje pela manhã vocês foram à praia. Eduardo foi se sentar em um banquinho debaixo de um coqueiro. Você entrou na água. Mas o mar estava bem violento. Você ficou com medo e logo saiu.

E assim por diante.

As pessoas da Gomeia sabiam que ele podia ficar invisível.

Jamais se falava dele, pois todo mundo sabia que ele era capaz de ver tudo.

Ele não tinha dinheiro.

Alimentava cerca de vinte pessoas.

Havia gente que o financiava.

Ele fazia trabalhos para eles, e eles eram muito generosos.

Aliás, essas pessoas estão ficando cada vez mais raras.

Para as festas, as pessoas traziam víveres e dinheiro.

Ele tinha a casa em Salvador.

Não o terreno.

E lhe deram alguns terrenos de presente.

E o templo em Caxias.

Houve um escândalo, porque Joãozinho desfilara como travesti no carnaval.

A associação de candomblé queria excluí-lo.

Houve pressões da parte de templos famosos na Bahia, da parte de Mãe Senhora e de Menininha de Gantois.

Eu acho que Joãozinho escreveu uma carta ofensiva a Mãe Menininha.

Alguns anos depois, tudo se acalmou de novo.

Menininha o chamou para cuidar do deus Índio de sua filha natural Cleuza.

Joãozinho viajou com suas filhas espirituais à Bahia.

Por fim, ele organizou um Bori no templo de Mãe Menininha do Gantois.

Depois, ele volta ao Rio.

Inicia três pessoas.

Cai duro no templo.

Tem um ataque cerebral.

Isso foi em 66.

Eu estava presente.
Afirmam que a culpa é de Menininha.
Talvez o tumor que acabou matando-o tenha se desenvolvido na época.
Organizar um Bori no templo de Menininha do Gantois foi sua apoteose.
Ele era um homem charmoso.
Irradiava simpatia.
Despertava confiança.
Tinha uma força inacreditável.
Tinha uma estrela especial.
Cantava bem.
Dançava bem.
Vinha de família bem pobre, mas conseguiu se adaptar.
Eu o convidei para um jantar francês, servido à francesa, com todas as mudanças de prato que fazem parte.
Um ano e meio depois, ele recebeu o prefeito em sua casa, e lhe deu um jantar francês, exatamente como o de minha casa.
Só as velas nos candelabros de prata é que não deviam ser acesas.
Isso teria cara de macumba.
Velas são macumba.
Por fim, eles tiraram os candelabros da mesa.
Ele inspirava respeito.
Suas filhas o seguiam à risca.
Havia sua casa e havia o templo.
Como no meu caso também.
Há momentos em que o sacerdote leva uma vida privada.
Ele se trancava e bebia com os outros.
A partir das oito horas, eles tinham sua pequena vida à parte.
Catorze dias, três semanas, era o mesmo rapaz que saía pela manhã de seu quarto com o pijama de seda.
Então acontecia alguma coisa, um drama, e o rapaz era mandado embora.
Sempre chegava o momento em que as noviças queriam ver o novo rapaz mais de perto.
Nós o fazíamos de modo bem discreto.
O rapaz começava a se insinuar para nós.

Joãozinho teve importância decisiva para as religiões afro-brasileiras.
Antes de Joãozinho chegar, o candomblé estava limitado às camadas mais baixas da sociedade.
Joãozinho introduziu o candomblé para os artistas e intelectuais.
Ele próprio era um artista.
Se apresentava em bares noturnos.
Seu templo estava sempre belamente decorado.
Ele tinha uma espécie de tribuna em seu templo, onde se sentavam as pessoas importantes, militares, prefeitos.
E depois ele os tratava com toda a pompa.
Pratos baianos, *petit fours*, doces, champanhe.
Todo mundo se encontrava na casa dele.
Os convidados se superavam nos presentes para mostrar que faziam parte daquilo.
Ele foi amigo do presidente Getúlio Vargas, que perseguia o candomblé.
O presidente Kubitschek, fundador de Brasília, mandava chamar Joãozinho ao palácio presidencial.
As grandes pessoas não vão ao templo.
Elas mandam suas sogras.
Eu acho que Joãozinho iniciou a mãe do presidente Kubitschek.
Na casa dela.
Kubitschek sabia que se falaria da visita de um mulato, de um homossexual efeminado, de um sacerdote do candomblé ao palácio presidencial.
Juscelino Kubitschek sempre fazia gestos que visavam a chegar longe.
Ele precisava de Joãozinho.
Instigava as massas negras do Brasil com isso.
Ainda haviam existido perseguições policiais até depois da guerra.
Mesmo em 1950, a polícia ainda destruía as coisas sagradas do candomblé. O candomblé Angola de Joãozinho permitia que os fiéis da umbanda reencontrassem o caminho das fontes africanas.
Havia uma série de sacerdotes que iam até ele porque precisavam de alguém que tinha uma força maior do que a deles.
O retorno à fonte não pode acontecer na África.
Os fiéis da umbanda não têm dinheiro para voltar à África.
A África não é mais a África antiga, tradicional.

Os brasileiros também são rechaçados pelos africanos.

As sacerdotisas da umbanda, que se fizeram iniciar de novo com Joãozinho da Gomeia, aos poucos transformaram sua umbanda em um candomblé.

Joãozinho não fazia o jogo dos políticos, dos militares, que preferiam uma umbanda controlada, simples, como religião popular do Brasil.

Ele não gostava da umbanda.

As pessoas do candomblé não gostam da umbanda.

Ela é superficial demais.

Joãozinho morreu como rei do candomblé.

O trânsito parou.

Ele morreu em São Paulo.

Morreu no dia 17 de março – oficialmente dia 19 de março.

Era o dia de Orogum da Gomeia.

O dia no qual o templo ficou fechado até a Páscoa.

O prefeito de São Paulo, quando viu o tumulto em torno do falecido Joãozinho, queria deixar tempo suficiente aos familiares para embalsamar o morto.

O corpo precisava ser transportado ao Rio.

Mais tarde seria necessário afastar os deuses de dentro de seu crânio.

Não se podia mais fazê-lo, pois a cabeça de Joãozinho havia sido aberta durante o embalsamamento.

Aqui eles não conseguem fazer a coisa de modo tão elegante como no passado, no Egito.

Não acredito que tenham feito ainda uma autópsia, porque ele morreu na mesa de operação.

De crânio aberto.

O que estava escrito nos jornais sobre a cerimônia dos mortos Sirrum não é verdade.

Ele morreu como rei do candomblé.

Ele por certo era um dos sacerdotes brasileiros que mais entendia dos ritos africanos.

Ele tinha uma memória que beirava o maravilhoso.

Joãozinho era um *showman*.

Suas festas eram espetáculos grandiosos.

Todo mundo ia a seu templo para ver determinados deuses dançarem.

Ele ensinava.

As pessoas do candomblé não sabem divulgar sua religião.
Ele sabia.
Ele juntava os ritos.
Para suas festas, as filhas apareciam, uma vestida de modo mais solene do que a outra.
Elas faziam de tudo para arranjar dinheiro.
Faziam programas.
Trabalhavam como domésticas.
Elas venderam o pouco que tinham.
O primeiro teatro aconteceu no roncó.
Qual era a que tinha as saias melhor engomadas?
Existem duas espécies de goma.
Uma delas é cozida, a outra usada crua, fria.
Quando o ferro passa por cima, o vestido começa a brilhar, ele fica liso como um espelho.
Isso é bem difícil, porque ele cola no ferro.
Usa-se mil coisas para que a goma não cole.
Houve, por exemplo, um desfile de vestidos de renda.
Algumas daquelas mulheres eram vendedoras.
Elas vestem trapos.
No dia da Gomeia, no dia da festa de Oxóssi e de Iansã, elas estavam vestidas de renda e em um branco que eu não vi em nenhum outro lugar.
Ele sabia que morreria.
Lamentavelmente, eu anotei tudo de modo bastante impreciso.
Quando ele teve o ataque cerebral, fizeram uma cerimônia da compaixão no templo.
Todos caíram em transe.
Não havia ninguém que ficou acordado.
Parece que foram oferecidas, para manter a vida de Joãozinho, a vida de uma série de suas filhas.
Joãozinho sobreviveu, mas nos 21 dias que se seguiram, sete iniciadas morreram.
A morte não levou Joãozinho, mas sim suas crianças.
Isso foi em 1966.
Então se manifestaram os prenúncios da morte de Joãozinho.

Um ano antes de sua morte, a deusa Iansã apareceu a sua festa apenas às quatro horas da madrugada.
A árvore de Tempo perdeu todas as suas folhas.
Havia dois ou três outros sinais que eu não anotei.
Ele não conseguiu mais terminar sua casa.

Wilma:
Certo dia, meu pai chegou com um amigo.
Eles estavam ambos bêbados.
Ele começou a brigar conosco.
Deitou-se sobre os trilhos de trem que passavam na frente da nossa casa.
Minha mãe havia se trancado conosco em casa.
Meu pai bateu.
Ele estava em pé, com uma grande pedra nas mãos diante da porta.
Minha mãe fugiu pela janela.
Eu lutei com meu pai.
Nós dormíamos sobre pedaços de papelão.
Possuíamos apenas aquilo que levávamos no corpo.
À noite tínhamos de lavar as roupas que queríamos vestir pela manhã.
Eu conheci a fome.
A fome negra.
Nós comíamos uma vez por dia.
Café e pão.
Por fim, minha mãe conseguiu pegar um sofá velho dentro de casa e alguns cobertores que usávamos para os cachorros.
Minha mãe tentou conseguir seus direitos na justiça.
Mas meu pai pôde dizer que ela havia abandonado o lar e, quando uma mulher abandona a comunidade matrimonial no Brasil, ela perde todos os seus direitos.
Ele precisava pagar apenas para nós, as crianças.
Mas isso não era suficiente.
Quando o dinheiro chegava, nós comíamos o dia inteiro, e então ele logo já se acabava de novo.
Eu precisava mendigar no ônibus quando ia para a escola.
Na escola, eu nunca tinha pão para levar comigo.
Certo dia, minha irmã ficou mal.

Ela não tinha nada no estômago e cuspia bílis.
Outro dia chegou o dobro da soma da pensão.
O banco havia se enganado.
Nós não conseguimos devolver o que havíamos recebido a mais.
Passamos bem.
Comemos e pudemos comprar um bocado de coisas importantes.
Quando minha mãe foi ao banco no dia primeiro do mês seguinte, ficou sabendo que a moça que havia preenchido o cheque fora despedida.
Acreditavam que ela havia roubado o dinheiro que faltava.
Ela havia sido demitida por nossa causa.
Nós não podíamos dizer nada.
Eu fiquei bem mal com isso.
Por fim, minha mãe voltou a encontrar emprego em uma casa, como doméstica.
Começamos a passar melhor.
E assim eu fiz quinze anos.
Ficava triste o dia inteiro.
Nós não tínhamos dinheiro para festejar meu aniversário de quinze anos.
Eu tinha um namorado que tinha um aparelho de som estéreo.
À noite, ele apareceu de repente com seu aparelho de som diante da porta, e com os discos e tudo o mais, e minhas amigas também estavam presentes e haviam feito bolo e trazido presentes.
Fizemos uma festa.
No meio dela, meu pai apareceu.
Ele estava bêbado e começou a gritar bem alto.
Meu namorado estava a primeira vez em nossa casa, e eu senti vergonha pelo fato de meu pai falar tão alto assim.
Eu disse: Fale um pouco mais baixo.
Ele me deu um tabefe que eu voei para o jardim.
Ele começou a me espancar e rasgar minhas roupas.
Eu estava nua diante dos meus amigos.
Eles não sabiam o que estava acontecendo e começaram a me defender e a bater no meu pai.
Eu não queria mais continuar vivendo.
Corri para meu quarto.

Eles atrás de mim.
Queriam que eu voltasse para o jardim.
Eu não queria.
Engoli todos os comprimidos que nós tínhamos em casa.
Me levaram ao hospital e me submeteram a uma lavagem estomacal.
Para mim, a festa havia acabado.
Foi nessa época que chegaram os santos, os espíritos, os orixás, os Erês, os velhos africanos, Oxum, com frequência cada vez maior.
Eu me via dançando por aí.
Eu via, ouvia, sentia tudo que acontecia.
Mas não compreendia porque eu me comportava como uma velha africana.
Ogum veio.
Quando ele foi embora – eu não me lembro mais.
Eu fiz de tudo para saber quando ele foi embora de novo.
Mas não consegui.
Perdi toda e qualquer noção de tempo.
Não sabia por quanto tempo eu havia ficado naquele estado.
Eu inchei.
Fui a um cardiologista.
Estive em todas as clínicas.
Eles não encontraram nada.
Minha mãe e eu fomos até um curandeiro, em Nilópolis.
Era um homem velho, que me fez um chá e prescreveu um elixir de banho.
Na manhã seguinte, eu havia desinchado completamente.
Os inchaços foram embora, mas todos os dias eu tinha uma coisa diferente.
Eu ficava nervosa por toda e qualquer coisa.
Tinha depressões.
Certa vez, não falei com ninguém durante 14 dias.
Quando alguém dirigia a palavra a mim, eu ficava furiosa.
Minha mãe ia trabalhar. Ela precisava me deixar com meus irmãos em casa.
Todos eles me tratavam como se eu tivesse ficado louca, e na verdade eu havia ficado mesmo.

Minha mãe foi comigo ao neurologista, e eu comecei a tomar remédios, calmantes fortíssimos.

Valium.

Tomava tanto remédio que ficava dopada o tempo inteiro.

Com 14 anos, eu havia me decidido a trabalhar.

Trabalhei em uma fábrica de bolsas, e à noite continuei estudando.

Em 1964 havia um salário mínimo, cerca de cem marcos, para os adultos, e um salário mínimo para os menores de idade.

Que correspondia à metade.

Era suficiente para a escola e para o ônibus.

E eu pagava meu almoço na fábrica.

Isso era descontado.

Eu começava a trabalhar às sete horas da manhã.

Tinha de sair às cinco e meia de casa.

Os ônibus estavam sempre lotados.

Na época, eu aprendi a dormir em pé – pendurada aos pegadores.

Quando eu chegava tarde demais, descontavam uma hora do meu trabalho.

Era uma fábrica bem grande.

A Kellson.

Milhares.

Máquinas.

O barulho das máquinas.

As mulheres perfuravam o couro.

Uma loucura.

Primeiro me ensinaram como fazer.

Aprendi tudo o que precisava fazer, cada um dos movimentos, na fábrica.

Aprendi bem rápido, e logo era obrigada a fazer horas extras.

Eu era a mais jovem na seção, e todas gostavam de mim.

Eu era a mascote.

Havia várias seções.

As bolsas para a exportação eram trabalhadas de modo melhor.

A seção das malas.

E a seção das bolsas mais ruins para o Brasil.

Eu trabalhava na seção das mais ruins.

Havia as assistentes de produção, e eu era uma delas no princípio.
Depois os abastecedores.
E as chefes de seção.
E os grandes diretores.
Certo dia, a chefe de seção saiu de férias e eu deveria substituí-la.
Com 15 anos.
Eu trabalhava como uma alucinada.
Era responsável por todo e qualquer erro das costureiras.
Eu tinha dez costureiras para controlar.
Os ruídos:
Chefes de seção que gritam com as costureiras, máquinas, máquinas de alta performance.
Um mundo feito de barulho.
Era uma tensão tão grande.
As pessoas não me respeitavam como chefe de seção.
Me prometeram um aumento de salário, mas os meses se passaram sem que isso acontecesse.
Certo dia, a abastecedora havia trocado todos os materiais.
Os fundos das bolsas haviam sido costurados com pedaços superiores errados.
No fim do dia, as costureiras tinham de entregar 1.200 bolsas.
Eu tinha de entregá-las bem empacotadas.
Quando retirei as 600 ao meio-dia, todas estavam costuradas erradamente.
Eu tive uma crise nervosa.
Fiquei duas horas inconsciente.
Bati à minha volta.
Eles nem sequer me mandaram para casa.
Recebi um comprimido.
Pude tomar uma ducha, e tive de continuar trabalhando.
Ao entardecer, às seis e meia, eu saía da fábrica.
Eu tomava uma ducha na fábrica e começava às sete e meia na escola.
Até às onze.
Às onze e meia, eu comia em casa.
Ao meio-dia, na fábrica, havia arroz, feijão. Todos os dias uma coisa diferente.

Com muito bicabornato.
Uma comida tão pesada.
Carne.
Havia sobremesa.
Nessa época, meu pai já ficara mais calmo.
Ele tinha comprado uma banca no mercado e trabalhava nela, também tinha um mercadinho de legumes em Nilópolis.
Eu disse na fábrica: Ou vocês me pagam um salário decente ou eu não trabalho mais.
Fiquei 14 dias em casa.
Meu chefe me prometeu um acréscimo e eu voltei.
Mas eu não ganhei acréscimo nenhum.
Depois de um mês, fui pegar meus papéis.
Procurei outro trabalho.
Eu trabalhei para uma seguradora.
Vendia apólices para a Boavista.
A porta é batida na cara da gente ou as pessoas soltam os cachorros em cima de nós.
O chefe me chamava de dona Wilma.
Dona Wilma, eu preciso falar com a senhora.
A senhora tem pernas muito bonitas.
Quando a senhora se abaixou, há pouco, eu vi seus seios.
Espere no carro por mim, por favor.
Eu pensei: Ora, não custa nada. Vamos ver no que dá.
Ele veio e disse: Wilma, você pode entrar.
Ele disse: A senhora irá comigo para um lugar mais confortável?
Não.
A coisa ainda continuou durante algum tempo.
Ele me deixou no meio da estrada para Nova Iguaçu, no dia seguinte eu fui despedida.
Tentei encontrar outro emprego.
Fábricas.
Escritórios.
Não encontrei nada.
Comecei a frequentar a umbanda regularmente.

Certo dia, quando eles cantavam para Exu por lá, minha Pomba Gira veio e eu caí em transe.

Completamente.

Não conseguia ver mais nada.

Isso foi por volta das onze horas da noite.

Quando voltei a mim, eram sete da manhã.

Pomba Gira havia trabalhado durante a noite inteira, dado consultas, distribuído conselhos.

Quando Pomba Gira foi embora, eu me senti morta de cansada.

Tinha bebido cachaça a noite inteira – Pomba Gira havia bebido cachaça a noite inteira.

Minha língua estava bem grossa, pois Pomba Gira também fumou a noite inteira.

Antes de os orixás chegarem, a gente se sente bem frio.

Começa-se a tremer.

Pelo corpo inteiro.

Eu tremia tanto que minha dentadura postiça, que eu usava desde o acidente de carro, afrouxava.

Eu não gostava desse estado.

Fazia de tudo para que ele não viesse.

Eu suplicava e implorava.

Não era um medo mortal, mas a sensação desagradável de não saber por muito tempo o que se está fazendo.

Na época, já acontecia a guerra entre as duas mulheres Oxum e Iansã pela minha cabeça.

Quando batucavam para Iansã, Oxum vinha, e quando batucavam para Oxum, era Iansã que vinha.

Minha cabeça se tornou um caos.

Eu mesma não me entendia mais.

Pomba Gira era a mais forte.

Eu ia para a rua.

Eu me sentia grande.

Achava que eu era uma maravilha de mulher.

Era admirada por todos os homens.

Os homens corriam atrás de mim.

O tempo inteiro eu ouvia um gorgolejar.

Sonhava todas as noites com ela.
Mas nunca via seu rosto.
O corpo de uma mulher escandalosa com muitas joias.
Os sonhos de Oxum eram bem complicados.
Eles precisavam ser explicados primeiro.
Eu sonhava com um prato, com uma rosa.
Mas jamais fui iniciada na umbanda.
Durante aqueles dois anos inteiros em que eu frequentei a umbanda regularmente, a sacerdotisa não deitou a mão sobre minha cabeça uma única vez.
Desde que eu visitava aquela umbanda, eu me sentia muito bem.
As pessoas chegavam e diziam: Sua velha africana me ajudou.
Seu Caboclo-Índio me anunciou uma coisa maravilhosa.
E o fato de eles me dizerem isso me fazia bem.
Por isso eu comecei a me entender a mim mesma.
Os clientes da umbanda não pagam nada – uma vela para Oxum, cachaça para a Pomba Gira, e isso é tudo.
Naquela umbanda eu conheci uma dama que morava aqui na Zona Sul, em Copacabana.
Ela vivia sozinha.
Ela gostava tanto da minha velha africana.
Ela precisava de alguém que vivesse com ela e lhe ajudasse.
Eu aceitei, com a condição de poder continuar frequentando a escola noturna.
Eu acabava de completar 17 anos.
Eu fazia a comida.
Ela me dava dinheiro para roupas.
E eu comecei a chamá-la de mãe.
Eu agora tinha amigos da Zona Sul.
Comecei a conhecer a Zona Sul.
Comecei a me tornar uma moça que vive na Zona Sul.
Parei de ser uma moça do subúrbio, da favela, da Zona Norte.
Eu me sentia mal, pois não tinha dinheiro suficiente para comprar tantas roupas quanto minhas amigas.
Eu era convidada a festas.
Mas a senhora achava que eu ainda era virgem – ela não gostava disso.

Eu queria me tornar mais independente, e decidi fazer um curso de enfermeira.
Isso durou um ano.
Então tive de fazer o estágio de enfermeira.
Eu disse que não podia mais trabalhar na casa da senhora.
A senhora não concordou com isso.
Eu me decidi a deixar a casa e fazer meu estágio.
E eu tinha todos os meus amigos.
Conhecia muitos médicos.
Ia a festas.
Frequentava bares.
Conheci um homem de 35 anos.
Muito bem situado.
Ele queria se casar comigo.
Osvaldo.
Ele era absurdamente simpático comigo.
Eu não gostava dele.
Ele me ajudava muito.
Eu disse a ele: Não gosto do senhor. Não adianta.
Eu saía com ele.
Nós fazíamos coisas juntos.
Eu sempre tinha milhares de amantes.
Ele me dava pena.
Ele me ajudava.
Comprava coisas para mim.
Era uma espécie de prostituição.
Na cama era terrível.
Eu não gostava dele.
Ele era absurdamente simpático comigo.
Quando eu dizia: Osvaldo, preciso do senhor!... Ele estava sempre pronto a me ajudar.
Eu apenas achava justo lhe dar alguma coisa por isso.
E a única coisa que eu podia lhe dar era o meu corpo.
Eu tinha um amante em São João do Meriti, que eu amava de verdade.
Mas eu sabia que jamais viveria com ele, porque tinha um nível intelectual mais baixo do que o meu.

Ele era policial.
Um que só havia feito besteira em sua vida, como todo policial.
28 anos de idade.
Ele bebe.
Mas eu gosto dele.
Ele é bom de cama.
Nós fazemos escondido.
Eu sempre era por assim dizer a moça limpinha onde eu morava.
Quando fazia alguma coisa, era bem longe.
Pois bem, quando eu não visitava minha mãe durante os finais de semana, fazia com meus amigos da Zona Sul.
Mas fazia com os outros apenas porque queria esquecer o policial, porque eu sabia que a coisa não terminaria bem com ele.
Eu gostava demais dele.
Ele era muito bonito.
Preto.
Mas bonito.
Tinha muito charme.
Era magro.
Bem magro.
Mas bom de cama.
Não importa se ele tem um pequeno ou um grande se eu me sinto bem.
Não é necessário nem mesmo fazer amor.
Ele precisa ser carinhoso.
Nunca procurei um pau grande.
Certa vez, eu estava com um que tinha um exageradamente grande e eu não fiz nada com ele e jamais quis voltar a vê-lo.
Para mim, o sexo não é uma disputa.
Não é necessário fazer três ou quatro vezes seguidas.
Uma vez e bem é melhor.
O carinho é importante.
O carinho vem antes de tudo para mim.
Eu comecei meu estágio.
O estágio ia das 7 horas da noite até às 7 horas da manhã.
Eu dormia até às 11 e depois ia para a escola.
Estagiei durante três meses sem ganhar nada.

Faltei muito às aulas.
Não dormia o suficiente e não me alimentava o suficiente.
Não gostava de pedir comida na casa da minha tia.
Já havia pedido que ela me abrigasse.
Como enfermeira, por ser mulher, eu ganhava menos do que o salário mínimo.
Comecei a ir mal na escola.
Certa vez, faltaram cinco pontos para eu passar em Física na prova final.
Eu trabalhei a noite inteira.
Rezei a meus santos.
Bebi Coca-Cola a noite inteira, porque dizem que ela não deixa dormir.
Quando a professora entrou e distribuiu as perguntas da prova, eu tive uma crise nervosa.
Bati à minha volta e perdi a consciência.
A ambulância foi chamada e eles me injetaram 10 miligramas de Valium.
Eu dormi durante dois dias.
Quando acordei, não havia sido aprovada.
Todo meu corpo doía.
Eu fui ao neurologista, e ele outra vez prescreveu calmante para mim.
Eu tomava dois comprimidos.
Um à noite, para passar a noite, e um para o dia.
O para o dia era mais forte.
Eu chegava dopada à escola.
No trabalho, eu me sentia mais dinâmica.
Eu amava meu trabalho.
A escola era uma obrigação.
Na escola, não deu para continuar.
Deixei o quarto que ocupava na casa da minha tia.
Deixei o hospital.
Trabalhei com um técnico dentário.
Lá eu ganhava um pouco mais, o salário mínimo, mais ou menos 150 marcos.
Vivia em um albergue.

No meu quarto dormiam oito meninas e eu pagava, calculados em marcos, 25 marcos por mês.

No verão, era um calor e tanto dentro do quarto.

Morei lá por quase um ano.

Na pensão, todos tinham de cozinhar para si mesmos.

Às vezes, eu comprava comidas prontas no supermercado.

Na pensão, eu fiquei amiga de uma das moças.

Ela não tinha parentes e vivia em pensões desde os dez anos de idade.

Era como se ela fosse minha filha.

Ela tinha 15.

Eu dividia a comida com ela.

Ajudava-a.

Às vezes, nós não tínhamos nada de comer.

Ah, isso eu esqueci, meu pai havia falecido.

Ataque do coração.

Meu pai morreu antes de eu ir para a Zona Sul.

Quando eu fiquei desempregada, depois de vender as apólices de seguros, trabalhei junto com meu pai no mercado e vendi bananas.

Eu gostava de fazer isso.

Meu pai já não perturbava mais.

Ele estava fraco.

Ainda era jovem.

Morreu de ataque do coração.

Morreu com 48 anos, mais ou menos.

Ele tinha bancas no mercado e eu me ocupei de uma dessas bancas.

À noite, eu ia até seu mercadinho e trocava minhas bananas por víveres para a casa.

No fim de um mercado, começam as trocas.

Todos os vendedores trocam suas mercadorias uns com os outros.

Meu pai também me dava um pouco de dinheiro para levar para casa.

Ele vivia separado de nós, em Nilópolis.

Nós já havíamos nos acostumado a viver sem ele.

Ele vivia completamente sozinho em um quarto.

Ele tinha problemas no coração.

Falta de ar.

Ficava a maior parte do tempo no hospital.

Certo dia, minha velha africana chegou até mim, em casa, e deixou uma notícia.
Meu pai precisava de mim.
Seriam os últimos dias de sua vida.
Eu não acreditei nisso.
Eu nunca acreditava no que elas diziam.
Os filhos deveriam visitá-lo.
Eu fui até seu mercadinho de legumes.
Ele estava fechado.
Os vizinhos não sabiam onde ele estava.
Sete dias depois chegou meu irmão, um de seus filhos homens, meu meio-irmão, ele teria recebido a notícia de que meu pai morrera.
Eu não senti absolutamente nada.
O mais esquisito era que eu esperava pela notícia.
Eu estivera no cabeleireiro antes disso.
Havia arrumado roupas pretas para mim na noite em que ele faleceu.
Fui até minha mãe e disse: Vamos receber uma notícia, uma notícia ruim.
Precisamos ir ao hospital para identificar o cadáver.
Ele estava deitado ali, sobre uma grande pedra.
Eu não queria me aproximar muito.
A enfermeira nos deu suas coisas, as roupas.
Minha mãe se aproximou de onde ele estava.
Eu não senti nada.
Não sei se o choque era tão grande que eu não sentia nada ou se eu simplesmente não sentia nada mesmo.
Então veio o grande nervosismo.
Os parentes precisavam ser comunicados.
Onde ele deveria ser enterrado?
Quando ele ainda estava vivo, sempre dissera que jamais o deitariam na terra.
Quando examinamos seus papéis, descobrimos que ele já havia pago sua câmara mortuária.
Ele sempre quis ser enterrado no Cemitério do Caju.

Mas, naquele final de semana – durante o final de semana sempre morre tanta gente –, eles não tinham nenhum lugar vago no Cemitério do Caju.
Mas nós mostramos o recibo a eles, que ele havia pago tudo, e assim ele foi para o Caju.
Havia poucas pessoas presentes.
E poucas flores, porque não tínhamos dinheiro.
Minha mãe chorou muito.
Todos meus irmãos choraram.
Meu irmão mais novo gostava muito dele.
Eu olhei apenas uma vez para o corpo e logo voltei a sair.
Todos diziam: Por que Wilma não chora. Ela não tem coração.
No fundo, eu achava bom que ele tivesse morrido.
Quando ele morreu, tudo melhorou.
Nós não precisávamos mais sentir medo.
Foi triste apenas quando retiramos suas coisas do quarto.
Descobrimos o quanto ele amava minha mãe.
Ele escrevera o nome de minha mãe em todos os cantos, em todas as coisas, nos livros.
Ele tinha uma foto da minha mãe guardada debaixo do travesseiro.
Comprara discos e marcara com um x as melodias que o faziam lembrar de minha mãe.
Durante aquele tempo todo.
Enquanto ele causara tantas desavenças.
Ele expressava seus sentimentos de outro modo.
Com agressividade.
Não com carinho.
Eu tinha 16, quase 17 anos, quando ele morreu.

Gisèle:
Eu sou, pois, iniciada.
Nós voltamos para a França.
Havia tensões terríveis entre nós.
Eu havia voltado a Daomé.
Agora tinha um nome africano.
Desde minha iniciação.
Eu sentia medo.

Não mencionei meu nome africano.
Encontrei os informantes de Pierre.
Ele me levou a Ketu.
Eu estive em Sakete.
Em Pobe.
Estive com os Fon em Savanlu.
Comprei um número inacreditável de coisas para levá-las ao Brasil.
Cantei uma vez para Nanã, e todas as mulheres se deitaram aos meus pés.
Eu estive em Uidá e em Lomé.
Consultei um vidente e ele me disse: Você vai voltar em dez anos.
Depois de dez anos eu voltei de fato.
O retorno à fonte foi maravilhoso.
Eu fiz sacrifícios a Xangô.
Não caí em transe.
Tenho muito medo de cair em transe na África.
Voltei ao Rio e tive de contar duzentas vezes a minha viagem à África...
Virei uma estrela.
Eu havia trazido tecidos africanos comigo.
Meu pai espiritual estava feliz.
Ele ficou com todos e, quando seu filho foi confirmado como dignitário, Joãozinho jogou os tecidos africanos na terra e seu filho dançou em cima deles.
Eu comecei a ajudar a entabular as canções.
Meu marido não conseguia mais suportar o Brasil.
Ofereceram-lhe um cargo no Quay d'Orsay.
Como Inspecteur des Bâtiments Scolaires.
Ele viajava entre Lille e Paris.
Na maior parte do tempo em que ficava em Paris, vivia com sua mãe.
Eu fiquei ainda seis meses no Brasil para vender o carro da embaixada por um preço favorável.
Vendi o Chevrolet muito bem – eles haviam jogado os búzios para mim no templo de Joãozinho.
Em Paris eu não tive transes.
Meu pai espiritual me ensinou como eu poderia chamar a mim mesma de volta quando tudo começava.

Eu adoeci.
Os ovários.
Com peritonite.
Foi um circo e tanto.
A coisa ia muito mal com meu marido.
Eu dizia comigo mesma: Se eu não encontrar bem rapidamente um emprego de professora vou ter de deixar a carreira de funcionária de lado.
Eu tinha horror disso.
E me empreguei como professora auxiliar.
Nesse contexto, sugeri a Roger Bastide, na Sorbonne, minha tese de doutorado sobre o candomblé.
Quer dizer, o candomblé de Angola no Rio de Janeiro.
Isso significa: o meu pai espiritual, Joãozinho da Gomeia.
Roger Bastide estava de acordo.
Meu marido havia dado o fora.
Ele não mandava dinheiro suficiente.
Eu pagava aluguel na casa dos meus pais, pois não queria que eles pudessem dizer que estavam me ajudando.
Eu disse a meus filhos: Estamos no ponto zero.
Vamos comer arroz, e de vez em quando salada.
O leite é barato.
E bifes de cavalo.
Eles disseram: Não tem problema. Nós gostamos muito de bife de cavalo.
O pai comprou um barco para eles.
A única coisa que eles queriam era velejar novamente para a Côte d'Azur no verão.
Nós acampamos.
Esqueci de dizer que meu marido adorava alpinismo.
Ele me arrastou por todos os picos cobertos de neve dos Alpes.
Eu não conseguia suportar aquilo.
Tenho horror do frio.
Ele dizia que isso era saudável. Nós precisávamos recuperar nossa saúde depois daqueles anos todos nos trópicos.
Escrevi minha tese sobre Joãozinho da Gomeia na Côte d'Azur.

Em 67, a universidade pagou um voo ao Rio para mim, a fim de que eu pudesse completar minhas pesquisas.

Juntei todas as minhas pedras sagradas em um saquinho, e Joãozinho as despejou em terrinas de sopa.

No Rio, eu organizei o sacrifício pelo terceiro aniversário da minha iniciação.

Um pouco tarde.

Botei tudo nas malas de novo e voltei para a Sorbonne.

Em 70, cheguei ao Rio de novo.

Vivenciei maio de 68 com um filho que estava no comitê da École des Baux Arts.

Meus alunos começaram enfim a discutir.

Era tudo fantástico.

Os outros professores bancavam os histéricos, porque acreditavam que estavam sendo questionados: eles não compreenderam que era o sistema que estava sendo questionado.

Meu outro filho saltitava diante da polícia por aí.

Em 70, eu viajei ao Rio para organizar, mais uma vez atrasada, o sacrifício pelo sétimo ano da minha iniciação.

Joãozinho deu a mim e a três outros o assim chamado Deca, que permitia que nos tornássemos sacerdotes.

Eu jamais tivera a ideia de me tornar sacerdotisa do candomblé.

Quando voltei ao Rio, queria abrigar meus deuses em uma casa que me pertencesse.

Isso era tudo.

Eu queria morrer no Rio.

No momento da morte é necessário fazer uma cerimônia que volte a libertar o deus de dentro da cabeça da gente.

Na França, ninguém poderia fazer isso.

Pouco depois de Joãozinho ter me repassado o Deca, ele morreu.

Então eu e uma de minhas irmãs espirituais tivemos a ideia vaga de abrir um templo.

Essa irmã morreu logo depois.

Sonhos me influenciam muito.
Não sonho praticamente nunca.
Quando sonho, é sempre algo importante.

Quando meu marido me deixou.
Sempre reconheço apenas posteriormente o significado do sonho.
Eu ainda não conhecia Pierre.
Na África, eu tive um sonho.
Eu vi um homem, alto, branco, e diante dele havia um homem baixo, vestido de branco.
Conheci Pierre em Paris.
Pierre quis me conhecer.
Ele estava mais para gordo, tinha uma barriga.
Certo dia, ele me mostrou fotos dele em Salvador.
Ele era o homem do meu sonho.
E o homem baixo e negro era Oxaguian.
Essa é a divindade de Pierre.
Eu acho que os pretos são mais bonitos que os brancos.
Eles são mais harmônicos.
São mais arredondados.
Tem mais graça.
Os brancos são mais angulosos.
Eu deixei Pierre intranquilo, porque ele sabia desde o princípio que eu havia sido iniciada.
Pierre diz que ele também foi iniciado, na África, como Babalaô.
Pierre por certo tinha a ideia de que eu daria de cara com Obaraim.
Esse era o rapaz que Pierre aconselhava quando abriu um templo em Salvador.
Obaraim é muito sedutor, mas não é um bom amigo.
Ele me ajudou muito, mas havia metido na cabeça que assumiria meu templo.
Ele queria fazer uma filial dele no Rio.
Ele é homossexual.
Ele tem um defeito que todos no candomblé têm: é muito amistoso, mas tem sempre algo em mente.
Percebe todas as suas fraquezas.
No dia em que você não quiser mais algo como ele quer, ele expõe tudo que você cometeu em termos de erros.
Eu falei com ele bem abertamente.

Não tenho nenhum tipo de liberdade quando falo com minhas filhas espirituais, com meus clientes.
Ele veio como amigo, e nós falamos a maior bobagem.
O que ele fazia na cama, o que eu fazia na cama.
Eu disse coisas inacreditáveis: Você pode me contar o que quiser, pode abrir apenas uma porta, uma mulher tem duas.
E mais tarde ele usou isso contra mim.
Ele deixou todo o meu grupo confuso.
Ele conhecia todos os truques do candomblé.
Pierre não estava presente.
Naquela época, Pierre estava na África.
Obaraim estava bem mal.
Seu templo havia desmoronado.
Eu havia lhe dado dinheiro para que ele pudesse consertar o telhado.
Pierre e eu éramos muito amigos.
Ele me ensinou a ler os búzios.
Ele me deu o caderno de uma certa Agripina, do Opô Afonjá, no qual estão escritas um número inacreditavelmente grande de coisas, canções, lendas.
Mãe Senhora o dera a ele.
Eu tenho a fotocópia em meu templo.
Pierre me disse que ele me dará de herança todos os seus registros sobre as plantas.
Mas não se diz que os registros não serão roubados por outros cientistas quando ele morrer, antes de eu chegar do Rio a Salvador.
No Rio, há muitos sacerdotes que sabem mais do que eu.
Em Salvador.
Mas eu estou em uma situação difícil, na condição de sacerdotisa.
Como eu poderia ir até eles e lhes perguntar por algo?
A rivalidade no candomblé é grande demais.
Eu tive um dia terrível hoje.
O senhor não é capaz de imaginar as ciumeiras em um candomblé.
Não sei, às vezes tenho a sensação de que eu deveria sair mais vezes!
Eu me encapsulo cada vez mais e perco todo o contato com o mundo exterior.
Uma amiga me disse: Você dá tudo a eles e eles não lhe dão nada.

Isso é verdade.
Até me aposentar as coisas vão ficar bem difíceis.
Às vezes, não entra muita coisa no candomblé.
Quando eu tiver minha aposentadoria do governo francês, pelo menos não terei mais preocupações financeiras.
É maravilhoso o lugar em que fica meu templo, onde eu moro.
Às vezes, eu acordo às cinco da manhã e ando pela floresta.
A gente esquece de tudo.
Árvores.
Sereno.
O ar é limpo.
Já faz um frio e tanto agora, pela manhã.
À noite, não é muito confortável.
Eu não gosto de dirigir à noite pela Baixada Fluminense.
Ela é tida como a região com os mais altos índices de criminalidade do mundo.
Santa Cruz fica na extremidade.
Ainda chega a ser subúrbio.
Depois começa o campo.
A pequena floresta por trás do meu templo serve para as execuções da polícia.
À noite, se ouvia tiros, e pela manhã se encontrava o cadáver.
A polícia faz o que quer no subúrbio.
Ela pega arroz e feijão com os comerciantes e não paga.
Tira dinheiro dos caixas dos bares e restaurantes e em troca disso os deixa em paz.
Todos os criminosos do subúrbio se encontram nos bares.
A polícia os acoberta e age com eles.
Também a mim roubaram de diversas formas.
Eu tive de entregar uma pistola, uma turmalina e dinheiro.
Eu sei quem foi.
Eu não disse nada.
E, quando ele me pediu para levar sua mãe doente ao hospital, eu o fiz.
Também paguei o enterro.
A polícia começou também comigo.
Um policial veio e queria comprar um cachorrinho.

Eu não vendi o cachorro.
Mas eu gostaria tanto de comprá-lo.
Por fim, ele se foi com ele.
Jamais pagou alguma coisa.
Entrementes, tenho uma pistola de novo.
Mas não disse isso a ninguém.
Se, portanto, um homem que não conheço vem até onde estou à noite, ou eles começam a tirar as telhas do telhado e entrar – eu atiro.

Wilma:
Meu primeiro beijo foi com 8 ou 9 anos.
Um beijo, beijo, um primeiro beijo.
Era meu namoradinho.
Era aquele prazer da infância.
Tudo muito puro e bonito.
Um beijo de criança, mas bem sério, no fundo.
Naquela casa grande, quando meu pai se tornou presidente do sindicato.
Meu pai ainda não estava estranho, na época.
Isso só começou na Pavuna.
Na Pavuna, eu tive um outro namorado.
Isso já era um amor entre pessoas jovens, que estavam ficando adultas.
Um amor antes da menstruação é coisa bem diferente.
Não se o sente tão profundamente.
É fácil.
A gente imagina como será quando vier a menstruação.
Depois disso, todas as partes sensíveis estão despertas, e se sente isso por toda parte, na nuca, nas coxas, nos seios.
Não se trata mais de fantasia, é a realidade.
Com doze, ele tirou minha inocência.
Foi bem infantil.
Nós sempre havíamos feito tudo.
Ele pegava meus seios e fazia por trás, entre as minhas pernas, e certo dia estávamos brincando em uma casa abandonada e então ele socou dentro e eu senti uma dor.
Fiquei furiosa com ele.
Você me machucou.

Nem sequer me veio a ideia de que ele poderia ter arrancado minha inocência.
Apenas com 15 anos eu o fiz bem certo, e pensei que foi só então que perdi minha inocência.
Três anos depois.
Eu inclusive havia jurado a minha mãe que ainda era virgem.
As pessoas diziam que eu era uma prostituta, e falavam com minha mãe.
Mas eu não achava isso feio ou ruim.
Nós fazíamos de tudo.
Eu o masturbava.
Ele me masturbava.
Coito anal nós não praticávamos.
Isso nunca foi o meu forte.
Oral, só raramente.
Eu estava sempre muito excitada naquela época.
Aprendi a ler com histórias eróticas, e passava horas me masturbando no banheiro.
Não gostava de me masturbar.
Eu acho que é uma coisa muito vazia.
A coisa mais bonita é sentir o calor de um outro ser humano.
Depois da masturbação, eu sempre me sentia mal.
Gosto loucamente de falar dessas coisas.
Observava meus pais mais por curiosidade, para saber como se fazia.
Meu pai era bem quadrado.
Como todo baiano, ele era muito machista.
Sexo, para ele, era jogar uma mulher na cama.
Sexo não era uma coisa bonita para ele.
Era apenas algo instintivo.
Quando minha mãe deixou a casa, ele tentava fazer essas coisas comigo.
Quando eu vivia sozinha com ele.
Eu sentia medo dele.
Quando ele havia bebido, me chamava ao quarto e botava a mão nos meus peitos.

E eu sempre encontrava uma desculpa, deixei uma coisa no fogo, para escapar.
Minha mãe sempre foi fiel a ele.
Ela vivia apenas para a família.
Ela era a empregada doméstica da nossa família.
Pela manhã, bem cedo, ela botava a pasta de dentes na escova de dentes do meu pai e polia os sapatos dele, para que ele saísse de casa bem bonito.
Outros homens devem ter parecido a ela como se fossem do sexo feminino.
O caso do meu pai até hoje é inexplicável para mim.
Será que ele tinha ciúmes de mim?
Um pai ama sua filha e de repente vê que ela sai com outro homem.
Na época eu tinha 12 anos, ele 45.
Quando meu pai começou a beber, e de repente passou a voltar do mercado completamente mudado e ciumento, talvez fosse porque ele não conseguisse mais fazer tantas vezes quanto no passado.
No passado, ele era um grande pegador.
Minha mãe sabia disso.
Nós todos sabíamos.
Quando as dificuldades começaram, ele passou a não sair mais com tanta frequência.
Também não fazia mais tantas vezes com minha mãe.
Ele se incomodava com as menores coisas.
Eu não podia olhar para minha mãe, que ele logo dizia:
Que sinais que vocês estão se fazendo.

Na pensão, eu engravidei.
Eu não sabia quem era o pai.
Quis abortar.
Fui até um médico em Caxias.
Ele fez a coisa mal.
Deixou a placenta dentro.
Eu não sabia que andava por aí com a secundina na barriga.
Durante um mês.
Sempre sentia dores.

Mas, uma vez que havia trabalhado na maternidade do hospital, eu conhecia os remédios e tomei antibióticos e algo contra os sangramentos.
Certo dia tive sangramentos muito fortes e fui levada de ambulância ao hospital.
Estava com dez mães em uma maternidade.
Todas tinham seu bebê.
Eu era a única que não tinha nenhum.
Tive de ficar internada duas semanas, porque houve complicações.
Eu só tive a sorte de serem os médicos com quem eu havia trabalhado antes.
Aqui no Rio, quando uma mulher mandou fazer aborto e chega à maternidade para a raspagem, ela é tratada de modo especialmente ruim.
Quando ela sente dores – eles não lhe dão a menor ajuda.
Quando saí do hospital, minha vida normal recomeçou.
Alguns meses mais tarde eu conheci Sasso.

Um negro era visto, nos bairros melhores, como um vagabundo.
E meu pai era um negro no cargo de um branco.
Na escola eu não percebi nada de racismo.
Não sei se ele não existia ou se eu não o percebi.
Até hoje não consigo ver brancos ou negros.
Eu vejo apenas pessoas.
Na favela, antes, a polícia já cometia execuções.
Eu ouvia apenas: Ah, um negro, um vagabundo morreu.
Minha mãe não nos deixava ir ver.
Ela não o fazia de modo grosseiro.
Ela o fazia de modo muito habilidoso, e nós, as crianças, acabamos não conhecendo os problemas da favela.
Ah, esqueci que meu pai um dia foi assaltado.
Na favela.
Ele ainda não era presidente.
Ainda era tesoureiro.
Ele foi espancado.
O rosto estava todo quebrado.
Ele tinha hematomas por todo o corpo.
Mas nossa mãe era muito sutil nessas coisas.
Não sei até hoje o que foi que aconteceu de verdade.

Ele teve de ficar de cama durante um mês.
O racismo, eu o conheci mesmo aqui na Zona Sul.
Quando morava com a senhora, o porteiro pensou primeiro que eu era a empregada, e eu era obrigada a usar a entrada de serviço.
Quando eu visitava minhas amigas, para fazer trabalhos escolares com elas, os porteiros me obrigavam a usar a entrada de serviço.
Certo dia, quando quis visitar uma amiga, o porteiro me bateu.
Nós nos espancamos.
Eu estava com uma outra amiga, e ela fez um escândalo e tanto.
O porteiro era escuro.
Ele jogou minha amiga contra a parede.
A próxima vez foi quando procurei trabalho em um banco.
Eu li o anúncio. O Banespa estava em busca de pessoal.
Eu fui, para me candidatar.
Havia 20 meninas ali. Brancas. Escuras. A única negra era eu.
Eu preenchi tudo.
Quando fui chamada para dentro, o diretor disse diante de todas as pessoas: Você preenche todos os requisitos, mas lamentavelmente não poderá trabalhar aqui. Lamentavelmente o Banespa não emprega pessoas de cor.
Eu fiquei chocada.
Jamais acreditei que isso fosse tão forte.
Pensei que isso existisse apenas em arranha-céus, entre as pessoas burras, os analfabetos.
Mas em um banco como o Banespa?
A única coisa que consegui dizer foi: O senhor já leu *São negros os deuses da África*?
Não.
Então eu vou mandá-lo de presente para o senhor, está bem?
E saí.
Eu sempre tive complexo de inferioridade.
Não gostava de entrar em butiques.
Um turista pode entrar descalço e é servido.
Uma negra pode perguntar por uma coisa 50 vezes – eles nem sequer respondem.
E nos restaurantes também não, no começo.

Percebi que todas as pessoas me olhavam e me sentia como uma formiga.

Uma moça jovem e negra que sai a restaurantes com brancos por aqui é contemplada como uma prostituta.

Continuam existindo restaurantes e festas nos quais...

Mas agora eu passo por cima disso.

O "Antiquarius". Quando entrei, todos os brancos me olharam com desprezo.

Continua sendo difícil, pois no fundo eu sou tímida.

Ir ao banheiro continua sendo um grande problema – às vezes estou muito necessitada, mas não vou, porque sei que todos vão ficar olhando para mim.

Agora eu sou capaz de entrar sozinha em restaurantes, me sentar a uma mesa e pedir uma cerveja.

Anadia havia conhecido Sasso na rua.

Ela limpou o estúdio dele.

Não sei se ela teve algo com ele.

Eu disse um dia que eu gostaria de me deixar fotografar.

Não imaginava que poderia me tornar modelo.

Ela contou a Sasso.

E, certo dia, Sasso me ligou na pensão: Sou fotógrafo e coisa e tal.

Eu achei isso estranho, mas fui.

Sempre mantinha meu cabelo alisado.

Nossa mãe dizia que devíamos alisar o cabelo.

Com uma dessas pastas.

Mas isso doía muito.

Todos faziam isso em casa mesmo.

Ela meteu em nossa cabeça que o cabelo duro e enrolado era feio.

Meu pai não fazia isso.

Só mamãe e as meninas.

Sasso me perguntou se eu já fizera fotos nuas minhas.

Eu disse: Não. E também não tenho a intenção de fazer.

Mas talvez você pudesse encontrar trabalho como modelo de nus.

Eu quase morri de vergonha.

Ali era tudo como em um museu.

O estúdio não tinha nenhuma vida.

Você pode tirar a roupa no quarto ali atrás e nós fazemos um teste.
Eu fui ao quarto, tirei a roupa, pensei um pouco, precisei de quase uma hora para tirar minha roupa.
Ah, mas você precisa raspar um pouco seus pelos pubianos.
Eu achei isso tão estranho.
Ele me deu um aparelho de barbear, e eu raspei meus pelos pubianos.
Tinha de ser.
Quando ele me fotografou, eu preferiria ter chorado.
Depois, começamos a conversar.
Eu não gostei dele.
Eu o achei feio como sei lá o quê.
Então ele contou que sabia hipnotizar.
Você não quer tentar?
Por mim.
Ele pegou uma vela, e então eu não sei se dormi ou se ele realmente me hipnotizou.
Não sei o que ele fez comigo.
Uma hora depois, ele me acordou, e disse que tudo havia corrido bem, que eu agora estava mais descontraída.
Eu achei aquilo tudo uma loucura.
Então eu lhe contei minha vida e ele me contou sua vida.
Ele me convidou para jantar na casa de um amigo.
Que comida é essa?
Ninguém está aí?
Eu fiquei desconfiada.
Estava morrendo de medo.
Os dois falavam francês, e eu não entendia uma só palavra.
Não ousava nem mesmo beber um gole da bebida.
Os dois homens começaram a fazer o jantar, e eu simplesmente liguei para uma amiga e a convidei.
E Eduard gostou de Tereza e começou a beijá-la, enquanto eu estava sentada em um sofá, com Sasso.
Os outros dois foram a um quarto, e Sasso deitou seu braço em torno de mim.
Nós fizemos e foi tão bonito e tão forte o que senti por ele.
Ele era tão carinhoso, e eu gostei dele.

Eu precisava tanto de carinho e ele me deu.
Também sexualmente foi muito bom.
Eu tive vários orgasmos.
Com os brasileiros eu sempre gozava só uma vez.
Sasso tinha problemas com sua família.
Na maior parte das vezes, ele saía com prostitutas.
Desse dia em diante, nós não nos separamos mais.
Eu comecei a ajudá-lo a organizar os negativos.
Dormia aqui.
Dormia sozinha aqui, pois na época ele ainda vivia com sua família.
Era tudo muito secreto.
Quando eles ligavam, eu tinha de dizer que era a faxineira.
E assim a coisa durou seis meses.
Eu estava sozinha na pensão.
Queria estar junto com ele, e liguei para a casa dele.
Eu estava muito nervosa.
Pouco tempo depois, a campainha tocou na pensão, e um mensageiro me trouxe um buquê de rosas bem grande.
Foi a primeira vez na vida que eu ganhei um buquê de rosas.
Peguei as rosas e corri pela pensão toda para mostrá-las às outras meninas.
No Natal, ele me ligou e disse que havia se separado de sua família.
E que eu deveria morar com ele.
Você vem logo comigo.
Eu não tive tempo nem mesmo de responder.
Ele já respondera por mim.
E assim eu passei a viver com ele.
Foi maravilhoso.
Em sociedade, era bem difícil.
Ele era 40 anos mais velho do que eu.
As pessoas na rua olhavam para mim como seu eu fosse uma prostituta com um homem mais velho.
E os filhos dele.
E a minha mãe.
Minha mãe se preocupou muito.
Mas minha mãe foi fácil de ser convencida.

Só os filhos dele é que eram difíceis.
Eu era mais nova do que eles, de outra cor, de uma classe social mais baixa e de outra nacionalidade.
Eu sabia que eu venceria, porque o amava.
Sexualmente, ele é melhor do que eu.
No começo, nós fazíamos três vezes por dia.
Era café da manhã, almoço e janta.
É claro que com o tempo isso diminui.
Com o tempo, eu passei a me interessar por outras coisas.
Eu estudava.
Conheci pessoas.
O sexo não está mais em primeiro plano para mim.
Mas para ele continua sendo a coisa mais importante.
Às vezes, eu olho para outro homem.
Mas quando imagino como ele é na cama, já não quero mais.
Eu sempre gostei muito de crianças.
Mas já aceito o fato de nós não podermos ter filhos.
Acho que meu filho sofreria com o fato de sua mãe estar na casa dos vinte e seu pai na casa dos sessenta anos.
Eu sei que não vou viver o resto da minha vida com Sasso.
Isso ainda vai continuar bem por mais uns cinco anos, mas talvez por mais um mês.
Um dia vai terminar.
Desse jeito ou de outro.
Isso me deixa muito preocupada.
Eu penso muito sobre isso.

No ano passado, eu fiquei muito deprimida de um dia para o outro.
Sentia nojo de sexo.
Era tão forte que cheguei a mudar minha posição de dormir.
Eu fechei minhas pernas.
Dormia de pernas cruzadas.
Quando ele vinha até mim, eu sentia medo, horror.
Isso me deixava furiosa.
Ele não entendia o que estava acontecendo.
Começou a me fazer perguntas.
Eu me escondia no sono.

Poderia ficar dormindo o tempo inteiro.
Por fim, eu estava tão deprimida que só pensava mais em me matar.
Nós fomos a um psiquiatra.
Mas ele não falava nada.
Eu também não falava.
Ficava horas sentada na frente dele, e não dizia nada.
Eu achava que ele deveria me perguntar.
Eu só chorava e fumava.
Fiz um raio-x do cérebro.
Mas eles não encontraram nada.
Voltaram a me dar calmantes.
O médico me disse que eu deveria fazer análise.
Primeiro, eu tive sessões individuais, e depois fiz terapia de grupo.
Mas foi um desastre.
Eu não conseguia falar.
Eu só chorava, sempre.
As coisas me subiam até a garganta.
Mas então não saíam.
E na minha cabeça tudo girava como em um moinho.
Sasso.
Meus estudos.
Minha vida.
Minha mãe.
Eu não conseguia dar um pio.
Quando os outros falavam, eu não ouvia nada.
Do outro lado Gisèle, que dizia: Você precisa se deixar iniciar.
Eu comecei a visitar Gisèle junto com Richard.
Comecei a ir à igreja.
Ficava horas.
Chorava.
Fui a muitas igrejas.
Rezava aos santos, aos orixás.
Implorava para que minha cabeça voltasse ao normal.
Eu só queria morrer.
Juntei todos os comprimidos que havia em casa e tomei um banho.
Ouvi música clássica, não, Barbra Streisand.

Queria morrer em paz.
Quando eu estava na cozinha para pegar o copo d'água, a campainha tocou.
Era um amigo de Sasso.
Ele começou a falar comigo.
Quando ele foi embora, eu não tinha mais vontade de me matar.
Falei das minhas preocupações.
Ele me contou sua vida.
Mas, no outro dia, eu estava parada aqui no muro, horas e horas, olhava para baixo e queria me jogar.
Só não tive coragem, mas vontade eu com certeza tinha.
Quando eu saía para passear, ficava falando sozinha.
Não comia mais nada.
Quando Sasso me perguntava alguma coisa, eu tinha vontade de vomitar.
Quando a comida estava na minha frente, eu só queria mais era vomitar.
Então eu me decidi a fazer a iniciação.

Senti um tremor, mas eu não queria ser possuída, não queria entrar em transe.
Se eu cair agora, Gisèle vai me iniciar!
Fui à cozinha e bebi água.
Mas o orixá queria vir.
Minha cabeça pareceu parar.
Meus olhos queriam se fechar.
Eu comecei a me sacudir.
Queria me segurar.
Até que não vi mais nada.
Quando voltei a mim, a festa já havia acabado.
Quando voltei a mim, sentia ódio de tudo, da Mãe de Santo, de Richard.
E eu disse: Não quero nunca mais botar os pés aqui.
E dois meses depois os problemas começaram.
A crise começou em fevereiro, e durou cinco meses.
Eu não conseguia mais.
Gisèle sempre dizia: Você precisa se iniciar! Se você não o fizer, as coisas só vão piorar para você.

O psicanalista disse: Se isso continuar assim, nós seremos obrigados a internar você e fazer um tratamento intensivo.
E Sasso...
Um dia, foi terrível, eu não quis, e ele ficou tão furioso.
Ele pensou que eu não o amava mais.
Ele me obrigou.
Nós fizemos duas vezes, mas foi terrível.
Eu conheci Gisèle como Mãe de Santo, seu egoísmo, a cobiça da Mãe de Santo:
Eu vou iniciar você.
Toda sacerdotisa tem isso.
Eu estava acostumada que ela me tratasse assim, daquele seu jeito amável.
Ela mandou me dizer por Dona Ana:
Pois bem, a vida boa agora vai acabar. Você precisa aceitar isso de uma vez por todas...
Eu sentia que eu já estava no meio do processo.
Não tinha mais possibilidades de escapar.
Os outros me levantavam, porque do contrário eu ficaria sentada à mesa com Gisèle: Ah, agora a madame vem, enfim.
Eu não conseguia dormir com aquela barulheira toda.
Eles se contavam histórias sujas e brigavam.
No candomblé todo mundo vive brigando: Você me roubou isso!
Onde é que ficou aquilo?
Eu fiquei duas semanas antes da minha iniciação por lá, pois eu precisava fazer sacrifícios a Iansã e a Oxum.
Por causa da guerra entre as duas.
Deixei meus cigarros sobre o travesseiro.
Na manhã seguinte, elas haviam roubado meus cigarros.
Eu virei um animal selvagem.
Eu disse: Pensei que estivesse entre pessoas civilizadas e não entre animais.
Berrei o que eu sentia, mas a Mãe de Santo pegou o caderno e o rasgou.
A Mãe de Santo disse: Se você for embora agora, tudo vai apenas piorar...
Eu pensei que Gisèle explicaria tudo à gente, eu tinha o direito de saber, pois se tratava da minha pessoa.

Nas primeiras semanas são feitos os Ebós.
De repente, tudo começou:
Wilma, agora você precisa fazer o sacudimento.
Eu jurei não falar sobre essas coisas.
Mas, na realidade, há bem pouco a falar sobre isso.
Os poucos instantes em que fiquei consciente.
É uma jura muito forte.
O sacudimento é um rito de purificação.
Se mantém todas as comidas do sacrifício junto do corpo.
Eu não via nada, pois o meu rosto estava encoberto.
Quando o sacudimento começou com os mortos, eu senti como meu braço direito ficou bem frio.
Como se alguém estivesse parado ao lado de mim.
Meu braço ficou completamente duro.
Eu não sabia que devia fazer o sacrifício a Iansã.
A Mãe de Santo me pegou pelo braço e me levou para a casa de Iansã.
Ela começou a cantar, e Iansã veio.
Mais do que isso, eu não sei.
Quando eu acordei... estava tão frio que meus ossos doíam.
Na minha frente jazia a cabeça cortada do cabrito de olhos abertos e eu estava completamente sozinha no quarto.
Meu cabelo estava empapado de sangue.
Eu sentia fome.
Então veio uma filha e trouxe para mim um mingau de farinha com um pedaço de frango.
Eu provei, estava sem sal, sem açúcar, sem nada.
Não, isso eu não posso comer.
Não consegui.
Então ela chamou a Mãe de Santo.
A Mãe de Santo chamou o Erê.
O Erê veio.
Eu fui possuída pelo Erê e o Erê comeu.
E aí vem uma espécie de cansaço.
É diferente dos outros orixás.
Antes de o Erê vir, é como se a gente corresse, corresse.
A circulação fica mais rápida.

Quando voltei a acordar, era noite.
Eu já estivera na cascata.
Eu a vi depois, nas fotos de Sasso.
Lá ninguém me disse o que se fazia.
Então chegou a Mãe de Santo e disse: Agora é a sua hora.
A Mãe de Santo trouxe uma banheira e eu tive de tomar banho mais uma vez na água, com as ervas da cerimônia.
Quando percebi que minha cabeça seria rapada, eu fiquei tão nervosa.
Tinha a sensação de que alguém iria roubar minha vida.
Eu me sentei.
Sentia medo.
Cantaram.
O orixá não queria vir.
Iansã não concordava que eu recebesse Oxum.
No banco, eu tinha a impressão de que iria morrer.
Senti meu peito como se tivessem passado de carro por cima dele.
Minha cabeça explodia.
Eu não conseguia mais falar.
Eu tremia tanto.
Gisèle com o sino de prata Adjá[8].
Eu pensei que meus braços e pés estavam caindo.
Como se eu estivesse sendo desmontada.
A Mãe de Santo chamou.
Ela pediu a todos os deuses que Oxum viesse.
Eu também comecei a pedir, queria que ela viesse de uma vez por todas, eu não aguentava mais.
Por fim, Gisèle disse a alguém: Vai até ali e cobre a Iansã dela.
Então Oxum veio.
Quando acordei, eu já estava no Roncó.
Meus cabelos haviam sido cortados.
Minha cabeça estava rapada.
Eu estava sozinha.
Botei a mão na cabeça.
Ela estava bem fria.

---

8. A grafia do original de Fichte, vale sempre lembrar, é bem peculiar; aqui, por exemplo, "Adja". (N. do T.)

E a sensação de que eu não tinha mais nada na cabeça.

Então a Mãe de Santo veio e disse que era melhor eu aguentar tudo sendo possuída pelo meu Erê.

Assim tudo seria mais fácil.

Mas eu queria ficar consciente.

Queria saber o que faziam comigo.

Mas ela disse: Não podemos fazer com você tudo o que precisa ser feito se você ficar acordada.

Eu fiquei com uma raiva tão grande ali dentro do roncó que queria estrangulá-la.

Me sentia dependente dela, pois ela tinha o sino de prata, o Adjá, com o qual chamava os orixás.

Eu odiava o ruído do Adjá – bimelim, bimelim, bimelim.

Em meus ouvidos.

Eu teria preferido dar um empurrão nela e corrido para bem longe.

Queria ficar acordada, e ela não queria que eu ficasse.

Ela grita o nome do orixá por cima da minha cabeça.

Ela sacode o Adjá.

Eu não queria ser um Erê.

Queria ficar consciente.

Fiquei 17 dias no roncó.

Não defequei durante 17 dias.

No final, eu tinha uma barriga enorme.

Xixi sim.

Ah, não.

Não sei o que é isso, quando fico uma semana com Gisèle não vou ao banheiro.

Eu tinha de lavar roupa.

Passar.

Tinha de tomar banho antes do nascer do sol.

Metem a corrente Kelê[9] na gente.

Ela fica me observando o tempo inteiro.

Eu não podia dar a mão a Sasso.

Eu disse a Sasso como era grande o nojo que eu sentia daquela mulher.

---

9. "Kele" no original. (N. do T.)

Uma semana antes de terminar, a Kelê é tirada e então, quando um estranho vem, deve-se ajoelhar diante dele e pedir uma esmola.
Eu odiava isso.
Nesse dia, orixá dá seu grito para a gente.
Cada um tem um grito especial.
Um estertor.
Com o tempo, eu passei a compreender a posição de Gisèle.
Eu era sua filha como suas outras filhas também.
Não era por mais tempo aquela pessoa com quem ela discutia, que ficava sentada à sua mesa.
Quando ela nos visita agora, eu me retiro, pois não acho certo ouvir quando minha Mãe fala com outras pessoas.
Eu a respeito, porque sei que ela fez uma coisa boa comigo.
Não gosto do candomblé.
Mas faz parte eu ter de frequentá-lo agora.
Sei que não posso mais comer na mesa dela, e também não faço isso.
Ela nem precisou me dizer.
As outras filhas também não comem.
Ela disse tudo a Sasso.
Ela sempre fala apenas através de segundos ou terceiros.
E isso não deixa indignada apenas a mim.
As filhas diziam: Gisèle não é uma Mãe, ela é uma madrasta.

Gisèle:
É difícil para mim dizer no que eu acredito.
Oxóssi.
O caçador.
Exu.
Eu acho que a ideia de um caçador que se chama Oxóssi alivia para as pessoas, que não são intelectuais, a assimilação do que é a imagem de um ser divino.
Ele representa a força de um caçador que nem sequer necessariamente é humano.
As pessoas por aqui veem coisas que eu como europeia não chego a perceber.

Elas vão para a floresta e veem o deus Ossain[10].
Isso são sonhos de vigília?
Será que nós também veríamos isso se tivéssemos a possibilidade de atravessar um espelho como Orfeu no filme de Cocteau.
O outro mundo existe.
Um dos meu clientes é um político francês, e eu escrevo para ele as coisas que os búzios mostram e mando meus conselhos do Rio a Paris.
Dá certo.
No candomblé, não existem acasos.
Quando se acredita em determinadas energias.
Para mim, existem ondas, energias, que se domina mais ou menos bem e que se domina com outros meios diferentes do cartesiano.
Pois bem...
Existem...
Dois pontos...
...que...
Existem duas possibilidades...
Existe uma energia em nós que pode ser exaltada de tal modo que as pessoas crescem para além de si mesmas.
No sistema dos africanos se diz, então: Essa é a energia do orixá, a energia do sacrifício.
Posso enumerar a você centenas de casos de pessoas que voltaram a ficar saudáveis depois de sacrifícios.
A gente dinamiza as pessoas de novo através de sacrifícios, trabalhos, plantas, lavagens, purificações. Tudo isso pode ser esclarecido pelo inconsciente, por um sistema de símbolos que atua sobre o inconsciente.
Mas como se pode atuar sobre as energias que se encontram no exterior de uma pessoa?
Mas...
No instante em que se poderia agir sobre as energias dentro de uma pessoa.
Por que não se poderia agir também sobre as energias da natureza?
O indivíduo humano não é outra coisa se não um elemento da natureza.
Esse segundo mundo a gente traz dentro da gente.

---

10. No original, "Osayin". (N. do T.)

Eu me interesso mais pela reestruturação dos humanos no inconsciente do que pela reconciliação com as energias da natureza.

Eu gosto de agir sobre pessoas, e volto a colocá-las bem firmes sobre a sela, conforme sempre digo.

Providenciar trabalho, trazer a pessoa amada de volta – isso eu não gosto de fazer.

Fico feliz quando consigo reestruturar uma pessoa e lhe devolver a dinâmica.

São os deuses que reestruturam.

Os deuses.

As energias.

Os santos católicos.

O tipo da representação no fundo não tem importância.

As energias estão aí e a gente faz uso delas para ajudar as pessoas.

A energia se situa na pessoa.

Ela dorme.

A energia está dentro e fora de nós.

Ela é parte de uma energia geral.

Tenho experiências com energias desse tipo:

Existem pessoas que não conseguem suportar um vento.

Existem outras que não podem ficar na praia.

Eu temo as punições dos deuses.

Comi papaia por duas vezes, e desmaiei.

A primeira vez na apresentação de um filme na Aliança Francesa.

Eu pensei que morreria.

Então comi papaia intencionalmente pela segunda vez, para ver.

E aconteceu a mesma coisa.

Papaia é uma das coisas interditadas pela deusa Iemanjá.

Minha casa nunca foi assaltada.

Alguns dos que trabalham para mim roubaram – mas isso é outra coisa.

Eu não fiquei brava com eles.

Até agora – toc, toc, toc!

Eu acho que ninguém vai assaltar minha casa.

As pessoas contemplam minha propriedade como território sagrado.

As pessoas têm medo das punições dos deuses.

O revólver, amigos o deram a mim, pois ficaram muito preocupados com o fato de eu dormir sozinha.

Quando meu primeiro revólver foi roubado, me deram outro de presente.

Sabem que se eu ouvisse que estavam assaltando minha casa uma noite dessas, eu não teria o menor escrúpulo de atirar pela porta.

E eu tenho necessidade disso na condição de sacerdotisa?

Não se deve tentar o diabo!

Eu sou cautelosa.

Não sou medrosa.

Um sacerdote, para ter uma clientela que lhe ajude em situações difíceis – ora, é preciso ser muito habilidoso nisso.

É preciso ser muito diplomático.

É preciso saber lidar com os pobres para que eles procurem para a gente as folhas, para que busquem a lama do rio.

É preciso ter amigos, porque as festas são muito caras.

É preciso ter pessoas que lavem as roupas, outras que as passem, que façam compras, que levem mensagens.

E existem os que patrocinam uma bandeja de *petit fours* para uma festa ou então dois barris de cerveja.

Ou então que dão seis, dez metros de tecido para a gente, ou que aceitam apadrinhar a iniciação de uma menina que não tenha, ela mesma, dinheiro.

É um mundo que funciona sobre o fundamento da divindade, mas é preciso ser muito habilidoso para que ele funcione.

Joãozinho da Gomeia jamais se aproveitou de mim.

Pelo contrário.

Quando escrevi minha tese, eu lhe mandei longas listas de perguntas da França, que ele respondeu.

Nas religiões afro-americanas se jura não falar nada.

Os antigos não falavam.

Eles morreram com o que sabiam.

Isso era uma espécie de soberba.

E ocorreu uma perda monstruosa dessa herança cultural.

E hoje ninguém mais compreende as canções.

Os africanos que chegam até aqui, na maior parte das vezes são bolsistas que estudaram na Europa.

Tudo o que eles dizem é incerto ou errado.
Eles não têm competência suficiente para compreender o antigo iorubá das canções afro-brasileiras.
Alguns deuses nem sequer existem mais na África.
Jura-se uma vez que não se vai falar.
Vai-se até os orixás e se jura, lambendo o chão.
Essa é a jura mais importante que se tem de fazer.
A punição recai sobre a gente mesmo e sobre nossos descendentes.
Doença.
Morte.
O ferro de Ogum.
O raio de Xangô.
Que o raio me mate.
As pessoas não respeitam muito essa invocação.
A religião se tornou mais e mais pública.
Existem programas de televisão.
Na minha tese, não falta muito no que diz respeito à iniciação da Angola.
Roger Bastide já disse quase tudo.
Não falta nada daquilo que era feito na Gomeia.
Faltam as ervas.
Cá entre nós, a coisa mais importante.
Agora eu faço as iniciações de Ketu.
Obaraim as ensinou a mim.
O candomblé é uma religião do poder.
Uma religião da intriga e do ódio.
Sim.
As pessoas passam o tempo todo espreitando umas às outras.
Quando elas brigam com alguém, mais tarde, tudo aparece como se saísse de um computador.
O tempo não destrói nada.
Eu esqueço com muita facilidade.
Preciso fazer um esforço gigantesco para me lembrar.
Eu não vivo no passado.
Eu sempre me projeto no futuro.
Quando eu estiver aposentada...

Quando eu viajar outra vez para a África...
Quando eu visitar meus filhos...
Os daqui não se esquecem.
Nenhum deles.
É difícil continuar sendo amiga dos fiéis que se iniciou.
O papel da gente é outro.
A gente é a figura à qual eles se referem.
Não se pode ter fraquezas.
Eles procuram um apoio, não se deve ser o namorado deles.
Na condição de iniciado, jamais alguém se torna adulto de verdade.
Fica-se preso à Mãe espiritual para sempre por uma espécie de cordão umbilical.
Muitos sacerdotes se aproveitam dos fiéis.
Exigem pagamentos altos demais.
Mas esses são os novos sacerdotes.
Não são os sacerdotes de verdade.
Não se faz lavagem cerebral nas pessoas – é preciso formá-las conforme uma imagem divina, cujas raízes elas trazem dentro de si mesmas.
Não se deve ter ilusões.
Nem sempre são necessários narcóticos fortes para o transe.
Só quando há complicações.
Em três de cada quatro casos as pessoas entram em transe sem mais nem menos.
Esse estado da Erê é bem simples.
Esqueceu-se das preocupações.
Da família.
Dos sofrimentos.
Eles fazem tudo o que a gente quer.
Eles tomam um banho frio e acham que o banho é quente.
Sabe-se o que se está fazendo, mas apenas de modo embotado.
É como se a gente tivesse tomado um sonífero.
No começo, bebe-se preparados de ervas leves, que com o tempo ficam mais pesados.
Eles chegam a um estado de atordoamento que permite que entrem em transe em determinado momento.

Durante a minha iniciação, eu não fiquei consciente.
Fui despertada duas vezes, para que pudesse escrever a meu marido.
Fiquei muito infeliz quando fui despertada.
Sofri terrivelmente por causa dos mosquitos.
No passado, eu ficava mais consciente do que hoje quando sou possuída.
No princípio, ficava sempre uma pequena consciência do que eu estava fazendo.
Eu sempre ainda conseguia me controlar um pouco.
A iniciação significava a aniquilação de todas as coisas que eu havia aprendido durante 40 anos.
Que valor têm essas coisas?
Eu não tinha outra escolha.
Não me arrependo.
A iniciação desencadeou uma segunda fase em minha existência.
Eu não me arrependo.
Eu não me arrependo.
O sistema escolar francês é um sistema da loucura.
O ápice da minha carreira seria se eu iniciasse minha amiga alemã.
Não.
Se eu iniciasse um catedrático de matemática, isso me deixaria ainda mais satisfeita.
Eu acharia maravilhoso iniciar uma alemã, uma sueca, porque elas são de um mundo completamente diferente.
Eu quase teria iniciado uma suíça que era campeã de golfe.
O sistema escolar francês é um sistema da loucura.
Eu não me sinto mais pertencente a um...
Eu não sou mais francesa.
Eu me sinto como uma apátrida.
Eu me sinto bem com africanos.
Saí um pouco do compasso.
Muito.
Diante de todos.
Sinto que...
Às vezes, não se sabe mais do que, no fundo, a gente faz parte...
O sistema francês não é válido.

E o mundo do candomblé no momento está completamente deteriorado.

O candomblé foi monopolizado por pessoas que moralmente não tem grande valor.

Se o candomblé daqui tentasse imitar o candomblé africano, onde as crianças respeitam os idosos, onde os idosos ensinam as crianças, o candomblé não seria assim tão danoso.

O discurso no candomblé é um discurso sobre a sexualidade, um discurso dos homossexuais entre si.

Esse foi um dos motivos pelos quais mandei meus filhos de volta para a França. Na França, eles estariam bem menos submetidos a esse tipo de tentação.

Eu dei todos os esclarecimentos necessários a eles.

Eles me confessaram bem mais tarde: Na época em que você nos esclareceu, nós já sabíamos de tudo há muito tempo. Nossos colegas de escola já haviam se insinuado a nós.

Foi um homossexual que me iniciou.

Um velho homossexual me ensinou a jogar e ler os búzios.

Um terceiro homossexual me ensinou a iniciação, conforme a qual eu procedo.

Entre meus filhos espirituais, muitos são homossexuais, e eles são extremamente cansativos.

Eles estão sempre superocupados.

Querem sempre superar os outros.

Eles maltratam os outros.

Eles humilham os outros.

Na verdade, eu gostaria de não iniciar mais nenhum homossexual.

O primeiro homem que eu iniciei era homossexual.

Ele está morto.

Paz para sua alma.

Ele me torturou muito.

Ele queria se apossar do meu templo.

Wilma:
Existe a possibilidade de eu comprar a aprovação no vestibular e começar a estudar medicina logo em seguida.

Mas eu não quero isso.

Não acho isso justo.
Um amigo do ministério queria me levar diretamente à universidade.
Mas eu me sentiria muito mal a cada vez que lembrasse que a entrada foi comprada.
Há tantos que tentam e são tão poucos os que conseguem na primeira vez.
Se eu não conseguir na primeira vez, vou fazer outras tentativas.
Tenho força para bem mais do que isso.
Acho que já perdi muito tempo.
Não terei problemas com os deuses.
Eu sempre falo com eles, rezo a eles.
Agradeço a eles todos os dias.
Quando entro na escola, rezo para minha mãe Oxum e para os outros deuses para que me deem a força para chegar ao fim desse ano letivo.
Dou de comer a eles.
Não estou exatamente no centro de tudo, mas também não estou por fora.
Preciso avançar nos meus estudos.
O candomblé não garante o futuro de ninguém.
Gisèle diz que os deuses do candomblé são diferentes dos da umbanda.
Para mim eles são iguais.
Para mim, os santos são uma energia.
Quando vou à igreja, rezo para alguma daquelas estátuas.
Não quero nem mesmo saber como ela se chama.
Minha fé é meu Deus.
Meu primo tinha um ano de idade quando comecei a receber a Erê.
Ele sempre dizia: Quero que essa menina vá embora. Para, Mariazinha, para.
Ele era bem pequeno.
Havia apenas começado a falar: Mariazinha me bate...
E nós não víamos ninguém.
Mas ele a via.
Ah, eu tinha esquecido completamente disso: lembro de dois assaltos na favela.
Minha mãe estava grávida e, quando chegou ao hospital para ganhar meu irmão, assaltaram nossa casa e levaram tudo.

Eu ainda era bem pequena.
Vivia na casa da minha tia.
Quando minha mãe voltou do hospital, não havia mais nada em casa.
A segunda vez foi uma briga de mulheres.
Nossa vizinha foi atacada por uma mulher com um canivete.
Ela caiu no chão.
Isso eu vi.
Cheia de sangue.
Sexta-feira eu preciso me vestir de branco.
Não posso beber álcool.
Não posso fazer amor.
Preciso manter meu corpo puro.
Sexta-feira é o dia de Oxalá.
Sábado é o dia de Oxum.
Não posso comer bananas, nem maçãs, nem pato.
É o animal de Oxum.
Não posso comer papaia.
Nem carne de porco.
Nem cabra.
Nem feijão branco.
Essas são as proibições – quizilas.
Pitanga.
Abóbora.
Peixes que não tenham escamas.
Sardinha.
Atum.
Arraia.
Não posso ir à praia três meses.
Não posso sair à noite.
Nem ir a festas.
Ao meio-dia, não posso estar na rua.
Não posso usar roupas pretas ou vermelhas.

Não consigo imaginar nenhum outro que não seja Sasso.
Há apenas um amigo de Sasso – sou louca por ele, e ele é feio como um anão de jardim.
Sasso sabe disso.

Mas nós não fazemos nada porque ele é muito amigo de Sasso.
O ódio por Sasso passou.
Meu amor por ele não mudou.
Tenho muito medo de que algum dia possa ser diferente.
Eu não queria que ele sofresse por minha causa.
Tenho medo de que possa perdê-lo algum dia.
Não sei...
Não sei se esse medo já não é o começo de tudo.
Eu não fico com ciúmes quando ele olha para outras meninas.
Sei que ele me ama tanto.
Tenho muita certeza de seu amor.
Eu preferiria...
Eu preferiria que ele encontrasse outra pessoa e me esquecesse.
Sei que ele me deixaria estudar adiante, mas se eu não o amar mais...
Eu...
Então eu sei que...
Nesse caso, eu não poderia continuar vivendo como vivo agora.
Eu acho que sou muito decente.
Diante de alguém que diz isso naturalmente, a gente fica especialmente desconfiado.
Falei bem pouco de Sasso.
Mas com ele eu descobri um novo valor da vida.
O outro lado da sociedade.
A sociedade hipócrita.
A sociedade da qual eu venho não é hipócrita.
De repente, eu fazia parte dos dois polos.
Aprendi muito nesses três anos com Sasso.
Mas Sasso também aprendeu muita coisa.
Quando eu o conheci, ele era cheio de complexos.
E eu o libertei de seus complexos.
Ele não falava palavras sujas.
Não usava calção.
Não usava mangas curtas, pois achava que tinha braços feios.
Não fazia nada sem antes ouvir o conselho de um amigo.
Ele não era senhor de si mesmo.
Todos os amigos dizem que eu o mudei.

Eu lhe dei minha simplicidade – ele me ensinou a cultura.
Eu só tenho medo que...
Medo...
Penso muito no meu futuro.
Tenho medo de voltar.
Não queria viver nunca mais em uma pensão.
E, além disso: me acostumei tanto a viver junto com um homem de mais idade.
Me acostumei ao liberalismo francês.
Quando estou em dificuldades, no fundo jamais acredito que elas venham dos deuses.
Não tenho nem mesmo certeza de que as dificuldades por causa das quais fui iniciada tinham a ver com os deuses.
Mas os orixás se adiantaram ao me ajudar.
Pela iniciação, eu me tornei mais compreensiva, mais humana, me aceito muito mais.
Quando vejo as fotos da minha iniciação, que Richard fez, fico chocada.
A foto na qual tenho meus cabelos cortados deitados sobre meu colo.
Quando eu – o Erê chupa o pescoço sangrando.
Gisèle disse: Agora você pode vê-las...
Mas eu não quero mais vê-las.

Não, meu pai não aparece em meus sonhos muitas vezes.
Ele às vezes vem como morto.
Assim, quando eu sonho com mortos.
Ele parece estar encerado e fala de um jeito estranho.
Minha tia diz que eu já sabia da morte dele antes de ela acontecer – ela disse a ele que eu fiz um trabalho na macumba para que ele morresse.
E ele me amaldiçoou.
Eu sonhava muito com ele.
Mas apenas como morto.
Cara de cera.

Gisèle:
Foi Richard que me apresentou Wilma.
Denis, o rapaz que mergulha em busca de tesouros, me apresentou Richard.

E Pierre me apresentou Denis.

Sempre tive medo de conhecer franceses, por causa dos Services Culturèlles, que não deveriam saber nada a respeito de minhas atividades proibidas.

Para começar: Wilma era bonita.

Ela vem da pequena burguesia.

Ela se sentia desconfortável no papel da mulher, da mulher ilegítima de um francês ilustrado com alto nível de vida.

Eu joguei os búzios para ela e fiz um Bori.

Ela precisava de ajuda.

Ela vinha de uma família de cor e se sentia insegura entre franceses.

Depois, ela teve uma fase depressiva.

Ela chorava.

Teve uma tentativa de suicídio.

Então eu disse a Richard: Ela precisa ser iniciada.

Ela é como uma doente que precisa ser operada.

Tenho a sensação de que ela se afastou de mim com a iniciação.

Ela acha que eu me distanciei dela.

Isso não é verdade.

Eu me ocupo bem intensamente dos problemas dela.

Não sei mais o que foi que os búzios disseram na primeira vez.

Já faz muito tempo – dois, três anos.

Eu sabia, pelos búzios, que haveria uma guerra entre duas divindades.

A revolta de Wilma começou quando eu disse: Você precisa se deixar iniciar.

Era uma punição dos deuses.

Ela não queria ser iniciada.

Tinha preconceito contra o candomblé.

Queria ficar na umbanda.

Quando então enfim entrou em transe, foi bem selvagem.

Isso já era uma punição.

Ela caiu, aos pés da divindade.

Richard disse: Faça alguma coisa por ela.

Eu disse: Não. Não quero convencê-la. Ela virá por si mesma e implorará que eu a inicie.

Depois da punição dos deuses, vem um despertar muito doloroso, cheio de dores de cabeça e assim por diante.

A gente não se encontra a si mesmo.

Primeiro Oxum veio sozinha.

Mas quanto mais nós falávamos da iniciação, tanto mais vezes Iansã se intrometia.

Então é preciso negociar com as divindades.

Com as duas.

E habitualmente uma delas recua, nesses casos.

A iniciação de Wilma me colocou diante de grandes problemas.

Eu fiz muitos sacrifícios a Iansã antes da iniciação, e Iansã não apareceu mais.

Richard enlouqueceu.

Ele estava completamente abalado.

Nós fizemos sacrifícios à Velha Africana.

E à Pomba Gira.

Demos de dar de comer ao Exu dela.

Demos de dar de comer aos ancestrais de Wilma.

Papai Egum – o morto.

Ela tinha o problema com seu pai, que aparecia muitas vezes nos sonhos dela.

Nós a preparamos para a iniciação.

A cascata.

As folhas.

Sacudimentos.

Wilma me causou algumas dificuldades.

Ela chamou o nome de seu deus.

Seu Erê veio.

Fala-se de iniciação no momento em que a cabeça é raspada.

Eu não precisei dar banhos fortes nela.

Ela não chegou a ganhar folhas selvagens.

Owagi.

Efún.

Osùn.

Ase.

Owagi é pó de índigo.

Orô.
Diante de mim jazem as folhas do Orô.
Ao lado, tenho um cesto com todas as minhas coisas, os pós e todas as quinquilharias.
E os vasos, as terrinas de sopa e as pedras de Oxum.
Ewé Aso.
Ojú Orô[11].
Olhos de gato.
Logun Edé.
Amassi.
Mata-se os animais sobre a cabeça dela e se cola as penas no sangue com firmeza.
Ela fica com elas até a noite seguinte, quando recebe seu primeiro banho com abó.
Acassá[12].
Quiabo doce.
A gente limpa o intestino.
Ela bebe desde o momento em que foi trancada no Roncó.
Galinha d'Angola.
Tartaruga.
Pomba.
Pato.
Para Wilma não teve pato.
Bagre branco[13].
Preá manso[14].
Um pequeno animal da floresta, como um preá, que se ressecou.
Bem-te-vi.
Teiú.
E um pó negro que serve para produzir o pequeno cone que se coloca sobre a incisão no couro capilar.
Aliás, também lesmas.

---

11. A grafia que apresento provavelmente seja a correta. No original, "Ojoropo". Assim como, na linha anterior, aparece "Ewe Ase", quando a opção apresentada, Ewé Aso, é uma planta medicinal cadastrada por Pierre Vergé. (N. do T.)

12. "Akassa" no original. (N. do T.)

13. No original está escrito "Bagri Branco". (N. do T.)

14. No original, "Brea manso", por isso, provavelmente, o correto seja mesmo "Prea manso". (N. do T.)

Para Wilma não foram sacrificadas lesmas.
Oxum é a única que não come lesmas.
Eu me pergunto se Joãozinho não sacrificava rãs.
Toda a roupa de cama e o Pagne, no qual ela dorme, são renovados diariamente.
Esta é uma das minhas inovações: eu não uso saias, mas sim tecidos da África.
Mingau de acassá.
Ponto.
Ela apenas come mingau de acassá sem tempero e a carne sem sal dos frangos do sacrifício.
Durante 16 dias.
Muitas vezes eu acrescento mel, pois eles não estão acostumados a comer sem sal.
Wilma e sua irmã espiritual comeram dois litros de mel durante a iniciação.
Mas isso pouco importa.
Ninguém pode fazer barulho.
O sonho.
O nome do Deus.
A pena vermelha.
Fórmulas de saudação.
Noz de cola.
Manteiga de karité.
Pinturas.
As franjas da palmeira de Ogum.
Há muita coisa a fazer.
Só toda a roupa que precisa ser lavada.
A gente tem um ovo.
Ele é quebrado.
A gente pega as penas de papagaio e as embebe na mistura e deixa a noviça lambê-las.
Abre-se a boca.
Dá-se a língua.
O papagaio é o único animal que fala.
Pomba ou pintinho.

Eu prefiro um pinto, é mais fácil.
Deixa-se que ela lamba o sangue.
Eu corto a língua.
Debaixo da língua.
A sacerdotisa tem um pequeno sino.
Ela fica com ele sempre na mão.
O Adjá.
Essa é sua insígnia mais importante.
Condiciona-se um reflexo entre Adjá e transe.
Comumente, seguem-se três meses com determinadas seções.
O Pana é organizado no dia posterior à definição do nome.
Os iniciados aprendem de novo os gestos da vida cotidiana:
Varrer.
Passar roupa.
Panelas.
Fogão.
Fazer fogo.
Preparar café.
Capinar.
Escada.
Antes eles são espancados – simbolicamente.
Com as baquetas pequenas do tambor.
Duas, três pancadas nas palmas das mãos.
Você precisa saber que sua Mãe de Santo tem o direito de te bater, e ela te bate já agora, mas também durante a iniciação você fez isso e aquilo erradamente.
E todas as antigas iniciadas vêm e fazem a mesma coisa.
Também se segura uma vela às costas delas para depois apagá-la, a fim de que o fogo jamais faça mal a elas.
E para que o barulho jamais cause mal a elas, pega-se um prato e um caracol e se bate o caracol no prato, quebrando o prato.
No Pana, o casamento também é ensinado a elas.
Pega-se crianças de três, quatro anos, bota-se um véu sobre a cabeça delas, canta-se, elas saem em viagem de lua de mel, há uma mala, e então a gente as deita e deita uma perna do rapaz sobre a perna da

moça, eles se encontram debaixo de um lençol e se diz: abracem-se! E eles saltitam debaixo do lençol e com isso tudo termina.

Não se pode mais ir às igrejas católicas depois da iniciação.

No momento, eu faço uma contribuição para a igreja de Santa Cruz, para que eles possam reformar seus muros.

Talvez então eles voltem a permitir que eu entre.

Se as noviças não me causarem dificuldades, eu as deixo nesse estado de atordoamento.

Se vejo que elas estão nervosas, que não querem comer, que o colchonete está duro demais e o lençol quente demais.

Então eu chamo a Erê.

E as boto no estado Erê.

Não explico nada a elas.

Elas não precisam saber de nada.

Não estão maduras para isso.

Aprendem com o tempo.

Não se aprende durante a iniciação.

Se é preparado para ser o cavalo dos deuses.

Ponto.

Eu não sei o que se passa na cabeça de Wilma.

Não conheço seu passado.

Não duvido de seu amor por Richard.

Mas para ela e para sua família Richard significa...

Porque Richard é um homem muito bom...

É muito desagradável para mim falar disso...

...um acesso a vantagens materiais.

Wilma quer estudar medicina.

Essa é uma faculdade bem longa.

E as coisas com Richard não vão ficar bem por tanto tempo assim.

Quando as coisas iam tão mal na Bahia, ele já começou a procurar por algo novo.

Wilma tem uma mãe.

Ela tem um lar para o qual pode voltar.

Eu sou muito agradecida a Richard.

Eu posso jogar os búzios todos os dias em sua casa.

É para lá que vai a maior parte dos clientes.

E é com isso que faço a maior parte do meu dinheiro.
Eu?
Eu precisava me submeter, caso quisesse ser aceita pelo grupo na condição de embaixatriz, que era como eles me chamavam no templo de Joãozinho.
Eu era a mais jovem.
A última.
Eu lavei.
Arranjei lenha.
Busquei água.
Rechacei todo e qualquer favorecimento.
Quando o cozinheiro me denunciou, meu marido ficou furioso.
Meus filhos acharam minha iniciação bonitinha.
Isso foi na França.
Eu queria voltar para o Brasil.
Eu esperava me tornar uma personalidade conhecida através de meu trabalho científico.
E me dedicar apenas à pesquisa.
Com a iniciação, rejeitei sobretudo o mundo que até então representava meu entorno.
Sendo outras as circunstâncias, eu talvez tivesse me tornado uma hippie que vive em lugarejos abandonados.
Eu me sentia ligada a pessoas que buscavam um outro mundo.
Queria sair do mundo limitado.
Do mundo codificado.
E agora eu me pergunto se não entrei em um mundo ainda mais estreito, ainda mais codificado.
Mas mais coerente.
Mais empolgante.
Mais rico.
Mais prazeroso.
A alegria das pessoas, apesar das grandes dificuldades.
Isso é um componente sádico.
Hum... Eh... Pois bem... Sim...
Mas, se são sádicos, eles o são de outro modo.
Claro.

Eles ficam à espreita durante anos e então destroem, com veneno, com palavras.
Essa é a regra do candomblé.
Essa é a regra do mundo africano.
Essa é a regra do mundo afro-brasileiro.
Esses são os restos de um regime de escravidão, que destruíram uma cultura.
Também houve escravidão africana.
Mas não é a mesma coisa.
Onde está, no candomblé, a grande libertação, o carinho, a generosidade?
Ora, esse é o nosso problema.
O problema de Pierre, de Bastide, de Metraux, de Lydia, o meu problema:
Nós deixamos todos o nosso país para experimentar um outro mundo, um mundo mais exuberante, mais amável, e descobrimos que ele é mais burguês do que aquele que deixamos.
Mas ele não o é do mesmo modo.
A liberdade sexual!
É muito difícil encontrar liberdade sexual no Brasil.
Sobretudo quando se assumiu um papel como o de Mãe de Santo.
É impossível...
Ou então é necessário ter seus encontros em um outro planeta.
Eu tenho um amante.
E eventualmente tenho também um segundo.
Isso é perigoso.
Sim, muito perigoso.
Se não fosse uma sacerdotisa, eu poderia fazer o que bem entendesse.
Mas assim sou vigiada por todos.
E como!
Recebi amor da parte dos negros.
Quero dizer, não na cama.
Os brasileiros são muito bons na cama.
Não, quero dizer afeto.
Mário, o batuqueiro, sente um grande afeto por mim.
Ele me admira.

E também Osvaldo.
Ele...
Ele me dá nos nervos.
É impossível com seu ciúme.
Há momentos em que tenho vontade de fechar tudo e ir embora.
Mas ele também tem uma amabilidade que não conheci em nenhum outro lugar.
Quando ele quer.
Mas eles são tão maquiavélicos.
Meu primeiro iniciado foi um homossexual, e ele me fez sofrer muito.
Ele ficou espreitando e ouvindo em toda parte durante 30 anos.
Era um bruxo.
Sabia muita coisa.
Levou muitas mulheres à loucura.
Era muito mau.
Nós tivemos muitos problemas para descobrir qual era a sua divindade.
Joguei os búzios no Rio.
O deus Logun Edé respondeu.
Na Bahia, Obaraim[15] e Pierre jogaram os búzios, sete ou oito horas, sem interrupção.
Por fim, ficou claro.
Tinha de ser Logun Edé.
O homem se entendia muito bem com Osvaldo.
Muitas vezes desconfiei que havia algo entre eles.
Ele amava os animais.
Trazia galinhas d'angola ao templo e coelhos, um faisão, um pavão.
O jardineiro tinha de se ocupar o dia inteiro com as aves.
Ele mesmo não fazia nada.
Por fim, ele trouxe um amigo.
Nós permitimos que seu amigo Fifu viesse.
Ele morava no quarto dele.
Mas Fifu também não fazia nada.
Levantava ao meio-dia, e eu trabalhava desde as cinco horas da manhã.
Fui ficando furiosa.

---

15. Aqui, repentinamente, "Obaraima" (ainda duas outras vezes com a mesma grafia), depois de várias vezes "Obaraim". (N. do T.)

Alimento esse séquito todo e eles não fazem nada.
Botei Fifu para fora.
Eu buscava água e lavava os porcos, e o homem, o primeiro que eu iniciara, levantava ao meio-dia e servia laranjada aos seus amigos.
Dei a entender a ele que ele também podia ir embora.
Ele foi.
E disse que viria para buscar suas terrinas e suas pedras, seus deuses.
Chegou com um caminhão da polícia e com policiais, que procuraram suas coisas com as armas na mão.
Eu não lhe entreguei os deuses, conforme se costuma fazer.
Eu disse: Pegue o que pertence a você. Não vou entregar nada que não seja seu...
Ele disse: Isso a senhora não pode fazer...
Desse momento em diante, ele começou a tecer intrigas contra mim – com todos os pequenos sacerdotes da vizinhança.
Quatro anos mais tarde, ele foi encontrado com quatro balas na cabeça no mercado de Ramos.
Ele jamais voltou a encontrar um lugar onde pudesse depor seus deuses.
Sua irmã os trouxe de volta ao meu templo, e, durante o Axexê, eu joguei os búzios para saber o que deveria ficar aqui e o que deveria ser mandado embora.
Eu trabalho apenas para o bem.
Quando uma mulher não quer mais viver com seu marido, eu faço de tudo para que ele vá embora.
Mas eu não o mato.
Naturalmente conheço receitas para matar alguém de modo mágico.
Sacrifica-se a Egum.
Aos Exus.
Mata-se os animais e coloca-se o nome da pessoa debaixo da carne.
Ou coisas que pertencem à pessoa.
Eu não gosto de fazer isso.
Deixo que outras pessoas o façam por mim.
Osvaldo.
Não sei se ele gosta de fazê-lo.
Mas dá certo.
Não preciso mais desse tipo de sucesso.

Minha fama estava feita quando meu primeiro iniciado, que havia se levantado contra mim, foi morto a tiros no mercado de Ramos.

Todas as pessoas que se voltam contra mim terminam mal.

Obaraim teve problemas do coração.

Ele cuspia sangue.

Meu primeiro amante morreu bem cedo de um ataque cerebral.

Ele tinha me abandonado.

Um outro também morreu.

Ele tinha me abandonado.

A gente fica sentada na frente dos búzios e expressa coisas bizarras.

Palavras que são independentes da minha vontade.

É antes um estado de vazio.

Não controlo mais meus pensamentos e falo.

O transe não é um estado consciente.

Durante a fala automática, eu estou consciente.

Desperta.

Não vejo nada.

Não sou uma vidente.

Tenho apenas sensações de seres que passam.

Há algum tempo, está acontecendo algo em meu templo.

As pessoas por lá veem algo.

Eu não vejo nada.

Mas sinto.

Duas mulheres brancas.

Vestidas de branco.

Muitas vezes tenho a sensação de que alguém está passando.

Eu me viro e não vejo nada.

As pessoas acham que são os mortos.

Acontece alguma coisa.

Algo paira por aí.

Ontem, limpei o templo inteiro com um banho de ervas poderoso.

Eu mesma procurei as folhas.

Fui até bem longe.

Até a cascata.

É preciso que sejam folhas flácidas.

Depois da purificação, a folha está completamente murcha.

Eu queria aprender o que se passa nas cabeças dessas pessoas.
Não compreendi tudo.
Mas quando estou na África, os africanos não me rechaçam.
Me disseram:
Você não é branca.
Você pensa como os pretos.
Você tem um coração preto.

Os terríveis ataques de fúria de Osvaldo.
Um dia ele quebrou tudo.
Rebentou minhas correntes sagradas e estragou o ventilador.
Com Osvaldo, as coisas agora já são assim há vinte anos.
Há algum tempo ele me ameaçou em pleno mercado, na frente de todo mundo.
Em casa, ele me jogou sobre a cama.
E me espancou com o pilão.
Eu pensei:
É isso.
Vou acordar já com o crânio amassado.
Quer dizer, não vou acordar mais.
Há vinte anos que não ouso mais ter um amante.
Mário.
Mas disso ele não sabe.
Se Osvaldo souber, ele me mata.
Nunca fazemos no templo.
Nós nos encontramos no Rio.
Ele pega o ônibus e eu vou de carro.
Fiz um pacto com ele.
É uma espécie de pacto de sangue, mas entre homem e mulher, como em Daomé.
Com Mário.
Osvaldo não quer.
Ele é esperto demais.
A mulher de Osvaldo é uma megera.
Pesa 150 quilos.
Ele praticamente vive no meu templo.
Mas me trai com minhas filhas espirituais.

Ele tem açúcar no sangue e problemas no estômago.
Não faz nada contra isso.
A união de fluidos de homem e mulher suja tudo.
É a mistura.
Homem e mulher.
Mulher e mulher – isso suja menos.

Wilma:
Não, meu pai não aparece muito em meus sonhos.
Ele aparece no sonho como morto.
Assim que eu sonho com mortos.
Ele parece encerado e fala de um jeito tão estranho.
Minha tia diz que eu já sabia da morte dele antes de ela acontecer – ela disse a ele que eu fiz um trabalho na macumba para que ele morresse.
E ele me amaldiçoou.
Eu sonhava muito com ele.
Mas apenas como morto...
Cara de cera.

Jäcki não voltou a visitar Nunes.
É claro que ele sentiu um peso na consciência.
Atrás do papa caprichoso ele havia corrido.
Mas daquele homem amável e hospitaleiro ele fugia.
O caso é que Jäcki sentiu vergonha do homem centenário.
Ele dera seu ouvido às pragas de Deni no templo da Casa das Minas.
Ele não protestara em voz alta, quando Deni declarou que as transcrições das canções estavam erradas.
Talvez algumas inclusive estivessem erradas.
Ele havia silenciado quando elas puseram sob suspeita a longa estada de Nunes no quarto sagrado.
Ele emitira sons de acordo quando elas detonaram o filme de Nunes.
Com filmes sobre ritos, Jäcki realmente não estava de acordo.
Jäcki temia seu próprio trabalho na Casa das Minas, quando ele defendia o intelectual Nunes.
Porém, o que queria dizer seu trabalho.
Ele nem sequer pretendia pesquisar.
Sergio é que o arrastara para dentro daquilo.
Pois o que sabiam as fiéis codorninhas idosas e as saracuras do banhado sobre o que significava se tornar Nunes e ser Nunes.
Ele sentia vontade de berrar contra a autossatisfação mística com que Deni acabava com Nunes.
O que ela sabia.
Nunes, o bosquímano, o maçom, o índio, o grego da decadência Anacreonte, o negro, o filho da Mãe da Casa das Minas, Anteu, convidado a Cuba.
O que Deni compreenderia, como ela poderia saber, em sua estreiteza de tambor-menor, que diante do projeto arquitetônico minoico de Nunes, do Ícaro labiríntico de Santa Teresa, três canções erradas não eram nada, por mais que elas também incomodassem a Jäcki.
As mães altas, magras, pretas olhavam de cima a baixo para Nunes, como olhavam de cima a baixo para toda a humanidade, infladas como rainhas e de um modo que poderia ser caracterizado como rude, prussiano oriental.
Mas também se pode morrer, e miseravelmente, de tanto se inflar.
E o mestiço de grau x Nunes devia parecer a si mesmo um tanto emporcalhado e traído

Com suas mãos sensuais formidáveis enrugadas e o pó branco entre os dedos ainda bonitos
o bode místico, que com 80 ainda fazia Pã se levantar e ressuscitar
Ressuscitou.
Ressuscitou.
Jäcki não teria conseguido mentir diante do ancião
Eis que Nunes realmente havia juntado os continentes e sobretudo os continentes de sua alma, não apenas o índio com o grego, o africano com o francês, Cuba e Santa Teresa, não, sobretudo, e isso Jäcki não havia conseguido, nem Gisèle havia conseguido, nem Corello da Cunha Murango e o papa Pierri ainda muito menos, ele havia conseguido juntar a fodelança e misticismo, a academia e as bocetas
É que ele não era *gay*, pensou Jäcki.
E nisso estava tudo.
Mas o que Jäcki haveria de dizer se Nunes lhe perguntasse sobre as pesquisas.
Jäcki como enviado da Casa das Minas ao Rei de Abomei.
Nunes não pareceria completamente miserável a si mesmo?
O etnólogo de maior sucesso fracassando depois de um século, expulso da casa da mãe e do templo da mãe.
Será que Jäcki deveria ter aceitado a tarefa,
a bonita corrente e a carta?
A carta?
Que etnólogo, que repórter, que escritor, que intelectual europeu teria feito isso.
E assim Jäcki não voltou a visitar o velho fauno
Ficou triste por causa disso.
Pois Nunes em pouco morreria.

Celeste mandou a Jäcki as canções para o rei de Abomei.
Jäcki sente a afeição dela pelo canto gravado na fita cassete.
Off the record, Gisèle falara do fim do papa Pierri a Jäcki.
Ele ainda não terminara seu livro sobre as ervas da África, sobre as canções, as fórmulas, a consciência das folhas, as palavras como veneno.
Ele abrira um candomblé junto com Obaraim na Bahia.
Jäcki achava que isso representava uma traição dupla.

Descrever a iniciação como escritor, depois de ter participado dela como fiel?
Eu não.
E inclusive fazer iniciações.
Outros abobados.
A consciência ritualiza.
Ela envenena.
A consciência quebra.
Mas Jäcki não se incomodava mais tão profundamente com essas traições como ainda se incomodava há 10 anos.
Ele inclusive sabia como bem rapidamente também se podia acabar na fronteira de pequenas traições
Na embriaguez da pesquisa.
Gisèle disse a Jäcki que Pierri havia lhe entregado todas as suas folhas e seus cartões com anotações,
E entregado os herbários ao Jornal do Brasil, ao Estado de S. Paulo e ao Jornal da Bahia
E, antes ainda, as caixas de sapato, os caixotes de ferro, as vagens sagradas.
– Mas ele continua lá em cima, na Liberdade, na Baía de Todos os Santos.
– E eu estou em Santa Catarina.
– Antes de saber que ele está morto.
– E antes de chegar com meu carro lá em cima, eles já o terão pilhado completamente.
– Juntado todas as folhas para si e carregado em sacos os cartões e as caixas de sapato.
– Todos esses Obarains, esses Corello da Cunha Murangos, as mães e pais de santo, onde quer que consigam chegar.
– Sim, assim são as coisas.
– Eu estava presente quando expulsaram o papa Pierri da Nigéria.
– Já se estava na ditadura militar
– Alguns soldados se aproximaram do velho homem com metralhadoras
– Pierri ainda conseguiu gritar para mim que eu não me preocupasse com nada, que eu fizesse de conta que não o conhecia e que em Paris

providenciasse para que algo acontecesse, caso ele não voltasse a aparecer.

– E então eles o levaram embora.

– Emburacado.

– Tiraram seu material de pesquisa.

– Declararam-no *persona non grata*.

– Suspeita de espionagem, é como se justifica essas coisas na maior parte das vezes.

– E o botaram para fora.

Gisèle contou isso de modo bem descontraído, quase divertido.

Não parecia estar incomodada.

E ela fez suas próprias viagens a Daomé, depois a Benim.

E contou como teria cantado, na condição de iniciada, nos templos.

Conseguido tapetes para seu pai espiritual – para Joãozinho da Gomeia.

Se o fim do papa comovia Gisèle, ela conseguia esconder essa comoção muito bem.

O que ela contou, deixou Jäcki triste.

Ele viu o ancião, que um dia havia partido de Luís xiv e Charles de Gaulle, Proust, Sartre, Lévi-Strauss, que arrastou as pedras da deusa Oyá de volta a Ibadan e ergueu um museu para o rei de Abomei.

O papa Pierri conhecia as receitas para deixar alguém louco, as receitas do abó, as transformações químicas do cérebro, serpentina e vomitória e os hinos e ladainhas e os cortes dos sacrifícios humanos entre a Baía de Todos os Santos, Baía de Todas as Santas, os palácios de mármore da África liberta e o Musée de l'Homme e do Select, Montparnasse para cá e para lá.

E de passagem chupava por dez marcos um negro resmunguento qualquer.

Papa, Directeur d'Etudes, babalaô

E dançava seu foxtrote úmido e pálido

Expulso do país da saudade.

Orplid.

Espreitado por todos os santos.

Eles ainda lhe arrancariam os ovos cobertos de pó vermelho.

Jäcki bebeu com Irma uma batida em homenagem ao papa Pierri, o agitador de ritos, que fazia suas citações debaixo de ritos, em suas caixas de sapato e seus cartões de folhas.

Irma e Jäcki fizeram as malas.
Os manuscritos como bagagem de mão.
Jamais Jäcki voltaria a deixar de lado um manuscrito, depois que a tentativa sobre a puberdade havia se perdido na Etiópia.
A Casa das Minas seguia ao lado da História de Nanã, duas vezes em papel Din A-4, na mala com a tranca numérica.
Jäcki sentia que essa despedida do Ouro Verde, do Rio, da praia de Copacabana era uma despedida da etnologia.
Na África, ele não pesquisaria mais.
Ele reconciliaria as mães de santo da Casa das Minas com o rei de Abomei, tentaria conter o mais terrível de todos os Édipos.
O filho que vende a mãe manca.
Por vingança.
O outro filho que compra de volta a mãe manca.
Cada orgulho próprio, cada questão que dizia respeito a ervas ou pérolas ou sarampo poderia botar aquela tarefa em perigo.
Treze anos de etnologia eram encerrados naquela noite.
O que viria a seguir?
Jäcki contemplou a praia de Copacabana, o rosado do crepúsculo que refulgia e cheirava suavemente a esgoto.
As primeiras velas solitárias acenavam para cima sua mensagem sugadora a Jäcki.
E mais uma vez era como se tudo ainda se encontrasse a sua frente.
A descoberta da floresta virgem brasileira na passagem subterrânea da Central do Brasil.
O Cine Íris.
Os catadores de ayahuasca.
O banho de sangue
As ervas e nozes como cérebro.
A quebra da consciência.
As viagens de ônibus, a fome e o rio São Francisco.
O que ele agora tinha nas mãos, na condição de etnólogo.
O que ele descobrira
Realmente.
Não quando ele tentava se iludir com programas e entrevistas e manchetes e bilhetes de lavanderia.
Ele sabia que a lavagem cerebral existia.

Como o homem foi modificado?
Como surgiu o novo homem?
O vermezinho de cabeça rapada, Lázaro, que tinha de lavar tudo para a professora Norma a fim de conseguir o dinheiro necessário para sua própria iniciação.
Jäcki recebera um colar, será que ele lhe dava sorte, ou será que ele, conforme o conselho conclusivo de Denis, lhe traria as manchas do deus da floresta Acóssi Sakpata? E as canções ardentes de Celeste.
Sim, as três folhas que quebravam a consciência.
Pes-caprae, Ocimum micranthum, que era bem parecida com o manjericão, e a mimosa.
Essas ele tinha realmente.
E ele sabia como elas eram usadas
E quais eram seus efeitos.
Isso era mais do que a maioria podia dizer que sabia.
O papa Pierri, aliás, já as revelara a ele há onze anos, na primeira ou na segunda visita.
Provavelmente ele na época não soubesse do que se tratava.
E ele também tinha uma carta.
Registrada por comunicantes anciãs,
na qual elas haviam lhe dado o título de escritor e antropófago, para o rei de Abomei.

Sasso fez questão de levá-los ao aeroporto pelo qual haviam passado de modo tão liso na chegada.

Eles não voaram de volta de Concorde.

Uma vez que iam de primeira classe, por causa do excesso de bagagem, conforme Jäcki se desculpava, foram conduzidos a uma sala VIP.

Uma moça amável veio até eles para resolver as formalidades de passaporte.

Jäcki comprou um colar de ônix para Irma como lembrança.

Wilma e Sasso acenaram para dentro, onde eles estavam, ainda uma vez.

A chamada para o voo soou.

Jäcki ainda não tinha recebido seu passaporte de volta.

Irma ainda não tinha recebido seu passaporte de volta.

Os passageiros da primeira classe foram até a entrada que levava para o avião.

Nós ainda não temos nossos passaportes.

Jäcki e Irma fizeram pequenas pantomimas até onde estava Wilma, lá fora.

Só teriam mais alguns minutos.

A aeromoça amável chegou com os passaportes dos dois.

– Não conseguimos encontrar a data de entrada.

– É que não havia ninguém sentado nos guichês quando entramos.

– Isso não tem problema.

– Mas nós temos vocês na lista.

– Mas quando é que vocês entraram no Brasil?

– X de maio.

– Vamos resolver isso logo.

A aeromoça voltou a levar nossos passaportes consigo.

A sala VIP estava vazia.

Apenas Sasso e Wilma olhavam através das propagandas de perfume para onde estavam Jäcki e Irma.

A aeromoça voltou.

– Não conseguimos encontrá-los no dia X de maio.

– Que voo foi esse.

– O do Concorde.

– No dia X de maio o Concorde já não voava mais.

– No dia X de maio de 1981.
– Ah tá, no dia X de maio de 1981.
A aeromoça voltou a levar os passaportes consigo.
Ela retornou.
– Os dois entraram no Brasil, chegando de Concorde, no dia X de maio de 1981
Exatamente,
Isso quer dizer que estiveram por mais de um ano no Brasil.
– Sim.
– Nós somos antropólogos.
– Escritor
– Sim, mas vocês não têm, então, uma permissão oficial de estada.
– Não.
– Nesse caso não podemos permitir que saiam.
– Nesse caso é preciso que se apresentem primeiro à polícia de imigração.
Jäcki não queria isso.
Isso significava computador.
E, nesse caso, o artigo escrito para a Spiegel seria cuspido da nuvem.
E então mais um ano sem permissão de permanência no Brasil.
Isso poderia custar bem caro a Jäcki.
Jäcki ficou bem calmo.
– Olha só, eu sou escritor.
– Aqui.
Ele tirou um livro da mala de fechadura numérica com uma foto na capa
– Isso aqui foi escrito sobre a minha obra.
De repente, também Sasso estava parado ao lado dele outra vez.
– Eu preciso pegar esse voo a Lisboa.
– Amanhã pela manhã o papa estará em Lisboa.
Sasso foi até o funcionário de grau superior que se encontrava mais próximo.
Jäcki exigiu a presença do diretor do aeroporto.
Só o vice-diretor se encontrava presente.
– Eu preciso estar amanhã pela manhã em Lisboa, gritou Jäcki.
O vice-diretor hesitou

E comparou a fotografia do livro da Texto e Crítica com o rosto de Jäcki.
– O papa espera por mim em Lisboa.
O vice-diretor devolveu o livro a Jäcki – isso Jäcki considerou completamente desnecessário e disse:
– Sim.
– Sim, isso eu não posso decidir sozinho.
– O diretor da polícia da imigração está de folga.
– O senhor precisa ir amanhã até a polícia de imigração no Rio.
O avião da TAP viajou sem Jäcki e Irma.
Jäcki sentiu medo.
Jäcki se lembrou de todos os Nina Rodrigues, de todas as torturas, de todos os banhos de sangue e todos cobravam seu tributo ao romancista.
Jäcki se censurava.
Ele deveria saber.
Ele não deveria ter voltado ao Brasil, jamais.
Agora, o computador começaria a trabalhar e o artigo da Spiegel acabaria descoberto
E ele cairia entre as portas giratórias, os adidos militares, os contratos nucleares
Quem haveria de cacarejar um pouco mais alto por um escritor *gay* em fim de carreira.
O rato, fora isso que haviam escrito depois do artigo da Spiegel.
Ele não deveria ter metido Irma nisso.
Um escritor não pode viver com uma mulher
Na tortura, ele pode ser chantageado com ela.
Jäcki tapou seus ouvidos.

Seu romance deveria ser, antes de mais nada, *understated*.
Não rolar eternamente entre mundos.
Sem constantes tempestades de ervilha.
Um pouco de *nonchalance*.
Um pouco de Charles d'Órleans, um pouco de Colette.
Mas e se agora o ruído não parava no horizonte?
Acordos nucleares? Camburões carregados de instrumentos de tortura?
Se os mundos desabavam?
Se o globo terrestre inteiro explodia.
X milhares de templos em 1971 na Bahia
X milhares de templos em 1981 na Bahia
XX milhares de templos no Rio
XX milhares em São Paulo
E o papa, Nunes, Gisèle, Sergio, Corello e Jäcki eram catapultados ao alto e sugados para baixo em uma explosão que trucidava seus membros?
Mas como é que se pode, por exemplo, expressar o fim do mundo de modo *understated*
O que se pode deixar de lado quando se trata do fim do mundo em um romance, sem que isso se torne o pato selvagem?

Sasso e Wilma encararam de modo bem elegante o fato de Irma e Jäcki terem sido impedidos de viajar.

Eles voltaram ao Ouro Verde.

E então o descalabro começou a se tornar bem perceptível.

O Ouro Verde estava lotado.

O chefe da recepção só parecia querer se lembrar de Jäcki contra a vontade.

Não havia reserva.

Algo devia estar errado.

Ele rechaçou Jäcki e Irma.

Eles acabaram indo a um hotel horrível que ficava ao lado, e que custava exatamente a mesma coisa.

Sasso se apresentaria no dia seguinte.

Jäcki e Irma não tinham escovas de dente.

Jäcki ligou para Affonso, que no dia anterior ainda havia almoçado com ele em um restaurante caro.

– Não conseguiram sair?

– A qualquer hora.

– Me ligue assim que tiveres terminado tudo.

O redator-chefe também não ajudaria em nada.

Um político iniciante ajudou.

Jäcki havia saído para comer com Sasso entre as entrevistas com Wilma.

Em um restaurante, onde as estrelas sombrias e anciãs da política brasileira, Jânio Quadros, que agora se apresentava combatendo a pornografia, engoliam seus bifes com pimenta entre as declarações mais importantes.

E então um homem jovem veio até a mesa deles.

Jäcki lhe pagou uma garrafa de vinho e se incomodou com o fato de ter de convidar o filho de uma família milionária.

Sasso é que levara Irma e Jäcki até ele.

Era época de eleição.

O rapaz distribuía canetas-tinteiro e postos de zelador.

E, cinco minutos antes do final, ele conseguiu se livrar dos mendigos e pedintes e foi com Jäcki até a polícia de imigração.

E também lá distribuiu canetas-tinteiro

e Jäcki intuiu a arte do suborno.

– Aqui não se suborna de modo tão grosseiro, disse Sasso, como na Europa.

– Aqui só se consegue e só se faz tudo quando se sabe com exatidão como e a quem subornar e qual o preço e em que moeda se deve pagar.

– Caso não se domine essa arte, isso pode ser bem fatal.

Uma pequena contribuição para a campanha eleitoral, por exemplo.

Ou uma entrevista.

Jäcki e Irma economizaram 5.000 marcos em impostos.

A senhorita da TAP se mostrou exatamente tão simpática quanto na noite anterior.

Na sala da primeira classe, Jäcki e Irma entregaram seus passaportes.

A simpática senhorita retornou com os passaportes dos passageiros da primeira classe.

Irma e Jäcki voaram para Lisboa.

49.

A Europa se encontrava às portas da primavera.
Estava fria, castanho-escura e vazia.
Jäcki olhou pela janela do Hotel Ritz ao antigo parque.
Sobre os motores de combustão da avenida da Liberdade, o cheiro era de pinheiros romanos.
Portugal estava livre.
Salazar havia morrido há tempo.
A PIDE, a polícia política que não deixava os prisioneiros dormirem até que eles enlouquecessem, a PIDE também já não existia mais.

Fora ali que tudo começara.
As massas escuras dos pescadores que se precipitavam.
O canto ao pegar os peixes.
As estátuas minoicas de Rosa Ramalho.
A descoberta da África, o caminho marítimo às Índias.
A conquista do Brasil e o pacto com o papa.
As colônias.
No comércio de escravos.
Nuno Gonçalves.
Os mouros.
Os muros.

Irma e Jäcki procuraram os pavões brancos,
o jardim do vice-rei da Índia.
Mateus Rosé havia instalado grandes tanques de vinho atrás do jardim.
O jardineiro envelhecera.
Seus filhos estudavam na politécnica.
Jäcki e Irma tomaram sopa alentejana

E o azeite de oliva quente, os grandes pedaços de alho, as sementes do coentro verde explodindo representavam para Jäcki, em um segundo – em algum lugar ele já havia lido algo parecido –, o antigo Portugal, Sesimbra, as canções do passado, a parede dos pescadores tombando, Pessoa, Camões, e Mário de Sá Carneiro, e todos os pescadores e os homens, os homens belos e cavalheirescos, diante dois quais Jäcki havia chorado de tão tocado.

Os *gays* estavam livres em Portugal.

Durante a revolução, havia existido um partido maoísta *gay*.

Jäcki procurou os antigos pontos de encontro.

O alçapão subterrâneo junto ao Rossio estava trancado.

O alçapão do Cais do Sodré havia sido removido.

Os *gays* já não brincavam mais de pega-pega com os policiais gordos de Salazar.

Ali Jäcki havia sido preso

Ele passara uma noite na cadeia de Lisboa.

Agora, gráficos usados e conselheiros ministeriais frequentavam o alçapão.

Muitas vezes os *gays* ficavam parados em três filas, uns atrás dos outros.

Jäcki reconheceu alguns pescadores envelhecidos de Sesimbra.

Onde estaria Mario, agora.

Apodrecido na África.

Ou operado e casado.

Jäcki saiu com um garoto de programa, que parecia um cavaleiro de Nuno Gonçalves.

Ele catapultou sequências medievais sobre as costas de Jäcki e lhe passou piolhos.

No terceiro andar da estação do Rossio, os funcionários de escritório mantinham sua fodinha de meio-dia junto ao alçapão.

Havia bibocas *gays* na Praça São Carlos e uma mais distinta no Chiado E saunas.

Uma camponesa, na qual durante os finais de semana os homens entravam a quatro na mesma cela

Ela já teria sido assaltada uma vez pela guerrilha da cidade.

Homens de capuz, que de pistola em punho roubavam as roupas dos clientes

E havia outra distinta, em uma rua cujo nome Jäcki só conseguiu guardar com muita dificuldade.
Lá se sobrepunham os complexos da homossexualidade cosmopolita com os complexos mais provincianos, manuelinos de Lisboa
Semigregos, semimuçulmanos, semideuses que se enganchavam na sala de descanso, se beijavam, mas de repente não queriam mais entrar na cela.
Agora eles queriam ser vistos, como eles, os mais belos, faziam tudo com os mais belos.
E as lambidas da península ibérica
Também alemães resfriados.
E americanos planejados.

Irma e Jäcki foram a Sesimbra.
Isso eles jamais deveriam ter feito
Quase vinte anos depois.
Era uma comunidade comunista.
E apartamentos comprimiam as rochas.
O mercado de peixes precisou ser transferido.
Havia um monumento ao pescador.
Jäcki jamais, jamais mesmo o descreveria.
Em Caparica, eles haviam recebido a sequência de construções *pop* bonitas e atemporais ao longo da praia
Abrigos de pescadores massacrados pela intempérie em pinturas minoicas, egípcias.
Por trás, prédios de apartamentos subiam ao alto.
E princípios de favelas
Assim, o ninho de bandoleiros havia se fendido
em doze anos de economia livre.
Policiais gordos já não atravessavam mais as moitas
e espancavam os *gays* com correntes de bicicleta.
O farfalhar e o jogo de esconder haviam se transformado em uma dança sobre ovos de amplitude internacional.
Se sob Salazar a paixão havia sido o voyeurismo, sob Soares os exibicionistas é que viraram moda.
Membros formidáveis se erguiam em meio às dunas
Nádegas voavam para o alto

E, em uma indiferença antediluviana, as meninas se entregavam entre milhares de banhistas
Alguns visitantes só aceitavam fazer se podiam ser vistos.
Havia toalhas de banho que mostravam espasmos de corpos em movimento
Uma cabeça de homem aparecia debaixo de uma delas, olhava em torno e depois se recolhia para baixo da toalha de banho outra vez.

Jäcki encontrou Artigas, o gaúcho, outra vez, o mesmo que no Rio havia lhe mostrado o ponto de encontros no bairro de negócios.

Ele havia se tornado internacional.

Havia se casado em Berlim.

E andava com círculos gentios[1] em Lisboa.

Os homens mais belos do mundo.

Gays. Livres.

Era o ápice.

Na cidade, estava escrito nos muros

Nem Marx nem Coca-Cola, transformando a sentença da conhecida propaganda de Jean Luc Godard.

Nem Marx nem Coca-Cola.

---

1. No original, "gentisch"; a associação é livre porque o original é indestrinçável. (N. do T.)

50.

Sim, no Hotel Ritz, ao lado do Parque Eduardo vii, também passou a encontrar enfim a revista Spiegel, fresca e regularmente.
E nas Variedades, quer dizer, na parte cultural do fim da revista, havia um ensaio bonitinho sobre uma nova doença – que era espalhada pelos *gays* – como sempre na Spiegel, gonorreia, os *gays*, hepatite B, os *gays*, herpes, os *gays*, assim uma aniquilação total, nada a fazer contra ela.
Gays, negros, haitianos e viciados em drogas.
Oh, nova castidade
Se ela não tivesse vindo sozinha – teria de ser inventada.
E todos aqueles redatores *gays* da Spiegel escreviam uns aos outros – por medo de penetração da parte de seus diretores – até seus dedos sangrarem.
A revista Spiegel, que no passado lhe pagara seus estudos da bissexualidade, agora queria concentrar Jäcki em seu campo de internação
Mas isso era antes a imaginação do desejo
Os *gays* morriam como moscas, vítimas de uma superepidemia.
Não era mais nem necessário o arame farpado para mantê-los confinados.
Jäcki já via a superconferência:
Anita Bryant, o papa João Paulo ii, Khadafi, Castro.
Maravilha.
Jäcki via sua bicontinentalidade cair por terra.
Todo aquele belo, engraçado e flocoso mundo de saunas, de *gays*, de bichas, de xícaras, de tias
Os cinemas cobertos de mofo
Os michês mortos de fome.
A passagem subterrânea da Central do Brasil sem os troncos brasileiros
O enlace sexual do Amazonas.
Naturalmente era tudo bobagem.
A nova doença começava na cabeça.

A nova doença era uma doença mental que assolava sobretudo redatores da Spiegel e redatores da Newsweek
O Brasil sucumbiria?
O Íris desmoronaria.
A passagem subterrânea da Central do Brasil
Celeste?
Battista?
Dona Leodes.
Professora Norma?
O Cine Pax?
As ervas, os crocodilos, os macaquinhos tristes?
O Íris morrer?
O Íris era mais antigo que a maré alta e a maré baixa.

51.

Dessa vez, Jäcki não voltou redondo e abarrotado, com velas encarnadas como um navio mercante.
Não havia tesouros pirateados a bordo.
Um colar bonito, com pérolas, da corte real em Abomei, como filho da Casa das Minas, mas este fora Deni que fizera para ele, sem que ele tivesse pedido.
Ele não lhe trouxe sorte. Se não fosse bonito e raro, ele o teria jogado fora.
Um livro juntado cansativamente, cinza após cinza, sobre a mãe e sobre as mães
Jäcki havia inventado uma nova etnologia.
Inventado junto com Lydia e com Pierri
o papa, e a papisa dos estudos negros de dois, três, quatro continentes.
Quem dá mais.
Jäcki decidiu não fazer muito escarcéu com isso.
Ele não pretendia nem mesmo publicar seus estudos sobre a Casa das Minas.
Os estudantes poderiam vir pesquisar diretamente com ele.
Jäcki chegou sobre as águas à Cidade Livre e Hanseática de Hamburgo, pelo menos contente com o fato de ter sobrevivido ao perigoso 46º ano de vida, ele havia plantado e içado velas e remava,
um submarino reformado e enferrujado.

Nota editorial

A História da Sensibilidade (*Die Geschichte der Empfindlichkeit*)
Volume VII
Explosão (*Explosion*)
Romance da Etnologia (*Roman der Ethnologie*)
22.1.1986 I, II + III
Pode ser publicado
como primeira versão
na condição de Volume VII
de *A História da Sensibilidade*

Hubert Fichte autoriza, aqui, a presente versão, escrita em sua maior parte à mão, com a observação acrescentada já no hospital, na noite de sua primeira grande cirurgia.

Cerca de três meses antes, no dia 12 de setembro de 1985, ele viajara a Lisboa para escrever o romance em Caparica. Em seu diário, ele anota no dia 16 do mesmo mês: "Plano pronto."

E em 6.10.: "1ª Parte pronta. Esboçar a 2ª."

Até 4.11. seguem-se anotações que dão conta do trabalho nos diferentes capítulos da segunda parte e sua conclusão. Entre 5 e 10.11. em todos os dias aparece registrado: "Esboçar III." Depois disso se seguem, até 21.11., registros que dizem respeito ao trabalho em capítulos individuais da terceira parte.

O grande rascunho de uma primeira versão escrita pôde ser concluído em Caparica, antes de Fichte, já acossado pelas dores, voltar a Hamburgo em 22 de novembro.

No hospital, ele corrige, na medida em que isso ainda se mostra possível, aquilo que escreveu e organizou em Portugal. Do mesmo modo, ainda redige o para ele tão importante capítulo sobre o Chile, planejado para o meio do romance. De modo completamente contrário a seus usos, ele deixa registrado o tempo atual da escritura, as necessidades do fim próximo, brilharem como um raio na narrativa daquilo que foi vivenciado há quinze anos, a fim de iluminar o apanhado geral do capítulo.

No manuscrito de Caparica, daquilo que corresponde à Parte III – "O rio e a costa" –, apenas os dezesseis primeiros capítulos são determinados e numerados como tal. O resto dessa derradeira parte do romance, cujas páginas visivelmente provêm de diferentes fases de escrita, de concepção e de elaboração, e foram ordenadas em seu conjunto e numeradas adiante com lápis, Fichte não conseguiu mais desmembrar rigorosamente em capítulos em sua última revisão. Também no plano esboçado em Caparica, do mesmo jeito estão definidos previamente apenas os primeiros dezesseis capítulos, ainda que o agrupamento posterior em temas e motivos seja levado adiante do mesmo modo exatamente especificado anteriormente – apenas sem os números dos capítulos. Em um momento posterior, Hubert Fichte acrescentou a lápis os números de capítulos que no plano inicial ainda aparecem sem eles, separando-os assim uns dos outros em unidades conteudísticas. Desse modo, foi possível, através da divisão posterior de Fichte, acrescentado ao plano inicial, deduzir a unidade de todos os capítulos subsequentes ao 16 para a edição do livro, no que aliás foi determinante aquilo que foi registrado no manuscrito autorizado.

De alguns procedimentos, e como poderia ser diferente, Hubert Fichte não conseguiu dar conta de maneira contínua nesta primeira versão.

Isso diz respeito sobretudo à pontuação. Em uma primeira transcrição do manuscrito percebemos que uma padronização eventual da pontuação ou a tentativa de aproximá-la da convenção na maior parte dos casos mais prejudicaria do que ajudaria àquilo que Fichte escreveu deste e não de outro modo – sobretudo no que diz respeito ao ritmo, ao fluxo do que é narrado, assim como ao encadeamento das ideias. O mesmo vale para a quebra de linhas, que no fundo não deixa de ser um caso especial da pontuação, e para Fichte um meio predileto de expressão, que justamente aqui, no romance ainda em statu nascendi, flui de sua mão de quando em vez de modo assaz livre. De modo que nos decidimos seguir rigorosamente as peculiaridades dessa versão e submetê-las a critérios de ordem mais geral apenas quando as coordenadas superiores do romance o exigissem, elas mesmas, ou então quando a convenção se afirma como o único caminho para compreender o que está sendo dito. Naturalmente corrigimos e acertamos tudo que assim o exigia de modo mais nítido. Também nos esforçamos em dividir internamente os capítulos em uma estrutura compreensível, que obedece à natureza do todo.

As confusões que tanto tempo demandaram na decifração, a desorientação e o desespero permanentes ante a letra estranha do manuscrito, originalmente imaginada apenas para o olho do próprio autor, o número incontável de pesquisas nos mais diferentes âmbitos das mais diferentes culturas e línguas, todos esses esforços e desvios, acabaram sendo esquecidos em seu conjunto assim que o frescor daquilo que é apresentado no manuscrito, a beleza da concepção vivaz foi aparecendo aos poucos.

Alegramo-nos em ter trasladado à clareza o manuscrito em sua completude.

Sem dúvida, sem a capacidade de decifração de Leonore Mau, partes essenciais do romance permaneceriam soterradas para sempre. Felizmente uma via de mão dupla acaba se cruzando na companheira de viagem: os traços de Fichte que a acompanham por 25 anos e sua – de Irma-Leonore – intimidade biográfica com a história contada no romance.

Aqui, e apenas porque faz parte da pós-história daquilo que foi apresentado no romance assim como devido a seu significado etnológico, eu gostaria de comunicar o seguinte episódio:

Depois da morte de seu carregador e usuário – conforme os usos da Casa das Minas –, uma corrente consagrada volta a pertencer à Casa.

Assim sendo, o caminho de volta à rua São Pantaleão estava demarcado para a guia arranjada para Hubert Fichte por Deni.

No princípio de 1990, Celeste lembrou Leonore Mau, que se encontrava do outro lado do Atlântico, disso. Leonore Mau decide assim entregar pessoalmente e em mãos a corrente à sacerdotisa.

Ela me pede que eu esteja presente na entrega – eu acabara de editar *A casa da Mina de São Luís do Maranhão* (*Das Haus der Mina von São Luís de Maranhão*).

Alguns dias antes da festa de Averekete[1], que acontece no mesmo dia da festa católica de São Benedito, o santo negro – festejada em 6 de agosto naquele ano – as damas nos receberam na varanda.

No segundo dia da visita, a mulher de Leipzig entrega a guia às bisnetas de Agotimé, que deu crédito aos mortos na Corte de Abomei. O

---

1. No original, "Avarekete", e esta parte obviamente não foi escrita por Hubert Fichte. (N. do T.)

primeiro dia se passou na cerimônia de saudação e reencontro, de apresentação e recordação, de perguntas pelo falecido.
Deni toma a corrente para si e, pedra a pedra, pérola a pérola, os mesmos dedos pelos quais foi feita tocam as marcações. De um momento a outro, ela percebe que na extremidade falta o pessoal, a pedra. A sacerdotisa pergunta por ela. A perguntada não sabe lhe dar resposta. O olhar de Deni morre. Palavras – ou será que são praguejos, gritos – se juntam em sua boca e explodem antes mesmo de alcançarem seus lábios. Ela vira o precipício repentino do rosto e se recolhe com a corrente – puxando uma perna – a seus aposentos.
Na noite da festa de Averekete – senhor de Dona Celeste –, depois das canções africanas, dos batuques e das danças na varanda, por volta das onze horas, a Vodunsi nos pede que a acompanhemos à sala do altar. Lá, na Sala Grande, Averekete-Celeste nos convida a nos sentar a seu lado no sofá. Na aliança de todas as Vodunsis, que – mergulhadas na ausência perceptível do transe – entrementes se dividiram em seus longos vestidos de bordado nos assentos que se encontram em torno como se para uma grande audiência, o Vodun nos conta como Hubert Fichte foi importante para a Casa – ele teria sido o único que seguiu a missão de constatar sua origem no Golfo de Benim –, e que ela queria botar uma imagem do falecido com a notícia do feito na Casa. Que ela pretendia revelar agora o "nome de nação"[2] – o nome africano, o nome religioso – que eles haviam dado a Umberto. Os sons pouco habituais de Dangobi ecoaram em nossos ouvidos, a adoção onomatopoética, que fazia dele, o Hermes branco – ainda que sem ser abençoado – filho do templo fundado por Agotimé.

Wuppertal, março de 1993
Ronald Kay

---

2. Aqui, por exemplo, a grafia do editor é "nôme de nacão". (N. do T.)

Glossário de peculiaridades
Alguns nomes, sobrenomes, expressões, significados

M. Backes e D. Diederichsen

ABS – Referência a Hermann Josef Abs (1901-1994), banqueiro alemão. Foi conselheiro de Konrad Adenauer e membro do conselho de vários conglomerados industriais, além de ser um conhecido mecenas. O banqueiro americano David Rockefeller dizia que Abs era um dos banqueiros mais influentes do mundo. Entre outras e várias funções, fez parte do Comitê Central dos Católicos Alemães entre 1968 e 1971, e como tal se tornou representante permanente da Cadeira Sagrada (Heiliger Stuhl) na IAEO, a Agência Internacional de Energia Atômica; daí, a referência de Hubert Fichte a seu nome.

ALEX – O primeiro amante de Fichte, um diretor de teatro. Seu nome completo era Alexander Hunzinger.

ALEXIS – Provavelmente um dos amantes de Fichte, não tão conhecido quanto outros que o autor menciona.

ALFRED WÖBKE – Colega de escola de Fichte, mencionado extensivamente por exemplo também no romance *As imitações de Detlev – Grünspan* (Detlevs Imitationen. Grünspan).

ARQUITETURA PÃO DE MEL – Referida apenas como *Gingerbread* no original. Estilo arquitetônico eminentemente decorativo que surgiu no Haiti no final do século XIX e também fez muito sucesso nos Estados Unidos.

BAIER, SENHOR – Referência a Lothar Baier (1942-2004), mencionado com seu prenome a seguir. Escritor alemão, crítico literário e tradutor. Foi do conselho de redatores e um dos fundadores da célebre Revista Texto + Crítica (TEXT + KRITIK), que publicou um de seus volumes sobre Hubert Fichte.

BARROCO DE GELSENKIRCHEN – Designação irônica, que caracteriza sobretudo armários e cômodas cheios de ornamentos, típicos das décadas de 1930 e 1950 na Alemanha. Gelsenkirchen é uma cidade antes moderna e industrial, marcada pelos trabalhadores das minas de carvão e de aço, que pretendiam se enobrecer com móveis decorativos e cheios de enfeites. A carga irônica concedida por Hubert Fichte à expressão é semelhante a de ARQUITETURA PÃO DE MEL (VER).

BERND MÜNNEMANN – Colega de aula de Fichte; perceptível pelo contexto.

CAESAR FLAISCHLEN – Referência a Cäsar Otto Hugo Flaischlen (1864-1920), conhecido lírico alemão do início do século XX, que também se expressava em dialeto suábio em suas poesias. Talvez Fichte o cite pelo encanto de Flaischlen com o naturalismo e sobretudo por seu romance autobiográfico *Jost Seyfried*, que causou sensação em 1905 por ser não exatamente um romance no sentido clássico, mas sim uma sequência aparentemente aleatória de aforismos e epigramas, escritos todos eles em prosa rítmica, procedimento que não deixa de lembrar um pouco o de Fichte.

CHRISTIAN GNEUSS – Redator de rádio na Alemanha.

CORELLO DA CUNHA MURANGO – O nome não pôde ser encontrado, nem nas variações de Corelo ou de Morango, imaginando-se que Fichte mais uma vez poderia ter grafado o nome erradamente, nos alfarrábios da ciência baiana. A partir das alongadas pesquisas, que contaram com a ajuda de Tenille Bezerra, que foi a primeira – a partir das informações dadas sobre o ficcional Corello – a destrinçar a questão, chegou-se à conclusão de que se trata de Vivaldo da Costa Lima, antropólogo respeitado e reconhecido por sua produção acadêmica voltada para o candomblé, num arco amplo que vai dos ritos à culinária. Vivaldo era ligado a Verger, e Fichte, que sempre deu nome aos bois, aqui pareceu querer disfarçar a referência. Vivaldi era um compositor italiano, Corelli também, e assim Vivaldo acabou virando Corello, por associação, da Costa virou da Cunha e a Lima teria de virar Morango, mas acabou virando Murango.

D. E. Z. – Referência a Dieter E. Zimmer, um dos redatores de *Die Zeit*.

DANIÈLE – Filha de Michael Chisolm, que protagoniza várias das cenas de *Explosão*; ela merece menção especial, junto com o pai, pelo fato de Michel Chisolm, pintor, ter tido um papel fundamental em *A cidade negra* (*Die schwarze Stadt*), outra obra de Hubert Fichte. Em uma entrevista pouco anterior à sua morte, Fichte ainda diria que pretendia fazer de Danièle uma grande personagem, coisa que já insinua no presente romance.

DIDI HAGENBECK – Filho do diretor do famoso jardim zoológico de Hamburgo, "Hagenbecks Tierpark", aliás citado no romance. Frequentava a mesma escola de Fichte e ia até ela na companhia dele.

DITHMARSCHEN – Referência a Dithmarschen, distrito alemão localizado no Estado de Schleswig-Holstein. Suas especificidades metafísicas é que são as verdadeiramente importantes para Hubert Fichte; seu povo se caracteriza, segundo a concepção de Fichte e o que se conhece de um modo geral a respeito de Dithmarschen, por um misto de lentidão e esperteza; o povo de Dithmarschen entende perfeitamente tudo, mas finge que não está entendendo nada; o "ditmarschense" é uma espécie de mineiro "come quieto" em sua versão alemã.

DOMUS – Revista de Arquitetura italiana, publicada a partir de 1928 e uma das primeiras do mundo na área.

DULU – Uma amiga de priscas eras de Fichte, citada em vários de seus romances.

EBERHARD DRAHEIM – Outro colega de escola de Fichte, conforme o contexto.

ERIC JACOBSEN – Eventualmente, um professor de literatura dinamarquês, nascido em 1932, do círculo de relações de Hubert Fichte.

ESTRELA do mar, eu te saúdo e uma rosa brotou – Referência a "Meerstern ich dich grüsse", conhecido hino da Igreja Católica (de origem latina, do século VIII, língua em que começa com as palavras "Ave maris stella") e "Es ist ein Ros entsprungen", conhecida canção natalina do século XVI. Hubert Fichte se refere ao caráter marcante de ambas as melodias que, quanto agarram alguém, não o soltam mais. Seriam, segundo uma sintomática palavra alemã, verdadeiros *Ohrwürme* (literalmente, "vermes de ouvido").

FIORI – Família com a qual Hubert Fichte se hospedou quando esteve em Montjustin, na Provença; Montjustin que aliás é mencionada algumas vezes ao longo do livro.

FÖHR – *Herr Föhr*, no original. Ex-marido de Elfriede Föhr, funcionária do Goethe Institut em Salvador.

FONTEYN – Provavelmente, referência à dançarina Margot Fonteyn (1919-1991).

G. G. – Provavelmente, referência a Gustav Gründgens, célebre ator que fez um "pacto" com o nazismo (ele foi casado com Erika Mann, filha de Thomas Mann), e cuja vida foi romanceada no livro *Mefisto*, de Klaus

Mann (também filho de Thomas Mann), na figura do grande e dúbio ator Hendrik Höfgen.

GAUSS – Provável referência a Günter Gaus (1929-2004), jornalista alemão, publicista, diplomata e político, vinculado durante muito tempo à Revista Spiegel.

GERD WALTER – Um dos amantes e companheiros de experiências homossexuais precoces de Fichte, junto com TRYGVE (VER).

GISELA UHLEN – Atriz e dançarina alemã, na verdade Gisela Friedlinde Schreck (1919-2007). Fez mais de 60 filmes e mais de cem papéis no teatro. Foi muito premiada, entre outros pelo papel de mãe em *O casamento de Maria Braun* (1979), de Rainer Werner Fassbinder.

GORDA MARGOT – Referência à "Ballade de la grosse Margot" do grande poeta francês François Villon, um dos preferidos de Hubert Fichte e citado em seu romance várias vezes.

GOULIMINE – Referência à cidade marroquina de Guelmim, no sudoeste do país, capital da província homônima. Antigamente era chamada de Goulimine. Fica 200 km ao sul de Agadir e a 30 km da costa do Oceano Atlântico.

GRIESHABER – Referência a HAP Grieshaber, um conhecido entalhador expressionista alemão, que pode ser nitidamente reconhecido como o modelo para os trabalhos de Hansen Bahia; Fichte chega a insinuar que Hansen Bahia não passa de um imitador dele.

GRUPO 47 – Gruppe 47, em alemão. Grupo de escritores alemães que se encontraram entre os anos de 1947 e 1967, convidados por Hans Werner Richter. As reuniões do grupo serviam para a leitura de textos que em seguida eram analisados pelos colegas e para incentivar autores jovens e ainda desconhecidos. Vários escritores alemães, entre eles por exemplo Günter Grass, fizeram parte do grupo, que influenciou decisivamente os rumos da literatura alemã no período posterior à segunda guerra mundial.

HAGENBECK – Ver DIDI HAGENBECK.

HARALD VOGEL – Outro dos colegas de escola de Fichte.

HEIDE – Muito provavelmente um lugar nas proximidades de Dithmarschen; e Fichte mistura com tranquilidade lugares e pessoas nos quais eventos importantes de sua vida se confundem.

HEINRICH VORMWEG – Crítico literário alemão (1928-2004), ensaísta e autor de peças radiofônicas. Descendente de uma família de trabalhadores, fez seu doutorado sobre Christoph Martin Wieland, um dos primeiros entre os grandes autores alemães.

HELD – Provável referência ao conhecido ator alemão Martin Held (1908-1992).

HELGA FEDDERSEN E INGE MEYSEL – Referência à atriz e cantora alemã e hamburguesa Helga Feddersen (1930-1990), patrimônio de sua cidade natal, e à também atriz alemã Inge Meysel (1910-2004), muito conhecida em seu país e assaz longeva, a ponto de ter marcado o século XX inteiro.

HILDE – Tia de Fichte, que aparece também em outros de seus romances.

IMITAÇÕES DE DETLEV – GRÜNSPAN – *Detlevs Imitationen Grünspan*, no original. Romance de Hubert Fichte.

IRMÃ SILISSA – Referência a uma das irmãs do Orfanato no qual Fichte passou parte de sua infância, é mencionada várias vezes também em *O orfanato*, por exemplo.

JENS – Referência a Walter Jens (1923-2013), filólogo, historiador da literatura, crítico e tradutor alemão nascido em Hamburgo. Foi presidente do PEN-Club na Alemanha, professor de Retórica na Universidade de Tübingen e presidente da Academia de Artes de Berlim.

JÜRGEN KÜHL – Mais um colega de escola de Fichte.

KAHN – Referência que permite apenas especulações bastante vagas; muito eventualmente os roteiristas alemães Edgar Kahn ou Harry Kahn.

LAMPARINA. Lamparina. O mundo inteiro é de uma escuridão ferina. – *Lapüster. Lapüster. Die ganze Welt ist düster*, no original. Conhecida canção alemã, cantada em dialeto baixo-alemão.

LIMOGES – Cidade na França.

LODY – Referência a Raul Lody, ou Raul Geovanni da Motta Lody (1952 –), antropólogo, museólogo e professor brasileiro, responsável por diversos estudos acerca das religiões afro-brasileiras, sobretudo na Bahia. É também autor do *Dicionário de Arte Sacra e Técnicas Afro-Brasileiras*, com 1416 verbetes, prefaciado por Roberto DaMatta.

LOKSTEDT – Bairro da cidade de Hamburgo. Foi nele que Hubert Fichte passou sua infância, na Alameda Beethoven (Beethovenallee); daí, o grande número de referências ao bairro no romance.

LOTTE BRAKEBUSCH – Referência a Lotte Brackebusch (1898-1978), uma conhecida atriz alemã dos anos 1950.

LÖTZ WITWE – Conhecida manufatura alemã, da Boêmia.

M. R.-R. – Referência a Marcel Reich-Ranicki (1920-2013), mencionado em vários outros momentos sem quaisquer disfarces; se em *Explosão* Fichte satiriza o "papa Pierri", Reich-Ranicki foi o "papa" da crítica alemã por várias décadas.

MAGNA MATER – Expressão latina que significa "grande mãe". Refere, na maior parte das vezes, a deusa da antiguidade Cibele, mãe dos deuses. Pode ser também uma referência neo-religiosa à grande "mãe Terra".

MARY WIGMAN – Na verdade, Karoline Sofie Marie Wiegmann (1886-1973), grande dançarina, coreógrafa e pedagoga de dança alemã. Tornou a New German Dance conhecida internacionalmente.

MINETTI – Provável referência a Bernhard Minetti (1905-1998), conhecido ator de Hamburgo, que atuou na cidade por várias vezes, pai do também ator Hans-Peter Theodor Minetti.

MITSCHERLICH – Provável referência a Alexander Mitscherlich (1908-1982), psicólogo alemão, doutor em neurologia, autor de várias obras de sucesso, que frequentaram a lista de mais vendidos da Revista Spiegel.

MÖRIKE – Referência a Eduard Mörike (1804-1875), conhecido lírico e prosador alemão, da assim chamada escola suábia; autor do grande romance *O pintor Nolte* (*Maler Nolte*).

MORNI – Assim como Alexis, outro dos amantes menos conhecidos de Hubert Fichte.

NILS HOLGERSSON – Personagem central do romance *A maravilhosa viagem de Nils Holgersson através da Suécia*, da prêmio Nobel sueca Selma Lagerlöf, publicado em dois volumes entre os anos de 1906 e 1907. Simbolicamente, conta a história de um menino que viaja pelos céus da Suécia montado num ganso, mostrando inclusive a geografia e a economia de seu país a conterrâneos e estrangeiros de modo poético.

OEVELGÖNNE – Pequeno bairro de Hamburgo, junto ao Elba, no qual ficam as antigas casas dos capitães de navio e que durante um bom tempo foi um dos lugares preferidos dos artistas da cidade; poetas como Peter Rühmkorf e pintores como Horst Janssen moraram no bairro, hoje um dos mais caros da cidade, numa evolução imobiliária que se repetiu em vários lugares do mundo.

ORPLID – Referência, aliás múltipla, à ilha fantástica e mística, endeusada por seu caráter intocável, na obra de EDUARD MÖRIKE (VER), grande escritor alemão; aparece no poema "Canção Weylas" (Gesang Weylas); é também o nome – a ironia literária dos alemães merece ser louvada – de vários clubes e praias de nudismo na Alemanha.

os CADÁVERES encolhidos pelas bombas incendiárias no porão – No original, *Die B.B.kellerschrumpfleichen*; expressão altamente poética para um fenômeno terrível; em 1943 foram lançadas várias bombas incendiárias sobre Hamburgo, que causavam mais danos pelo fogo do que pelas explosões, a ponto de mesmo os cadáveres em porões de proteção antiaérea se encolherem e mumificarem pela ação do calor.

PALETTE – O romance mais famoso de Hubert Fichte; também era o nome de um conhecido bar de Hamburgo, que inspirou o título do autor alemão, conforme fica claro em várias das passagens de *Explosão*.

PEQUENA ERNA – *Klein Erna*, no original. É a personagem principal das típicas piadas hamburguesas da Pequena Erna. A personagem foi inspirada em uma mulher chamada Erna Nissen, de existência real, que nasceu em Schleswig-Holstein no início do século xx. A primeira piada que surgiu, quando a menina ainda era jovem, dizia respeito ao batismo de um navio: quando a menina deveria batizar um barco com o nome de "Pequena Erna", a garrafa de champanhe não se quebrou. Todas as piadas da "Pequena Erna" são contadas em baixo alemão e a escritora Vera Möller (1911-1998) chegou a coletar em livro várias de seus chistes.

PETER M. – Ver PETER MICHAEL LADIGES.

PETER MICHAEL LADIGES – Escritor, jornalista e redator de rádio que trabalhou muito com Fichte e inclusive também escreveu textos etnológicos; em seu *Livro de leituras* (Mein Lesebuch) canônico, Fichte chegou a imprimir um texto inédito de Ladiges.

PIPI – Fichte se refere tanto às infantas do quadro *As meninas* de Velázquez quanto a Pippi Langstrumpf, heroína de Astrid Lindgren, mencionada em outros momentos do romance.

POZZI – É uma referência ao grande escritor alemão Hans Henny Jahnn (1894-1959), também citado pelo nome em outros momentos do livro. Hans Henny Jahnn já era libertário na representação da sexualidade e da violência por isso – apesar do tom muitas vezes irônico – aparece como uma espécie de mestre de Hubert Fichte.

PRELLE – Ver PROFESSOR PRELLE.

PROFESSOR PRELLE – Personagem que também aparece no romance *As imitações de Detlev – Grünspan* (Detlevs Imitationen Grünspan), onde é citado com um texto sobre as circunstâncias de morte das vítimas de bombas.

PRINCIPEZINHO DO RENASCIMENTO DE REIMAR – No original, *Reimar Renaissancefürstchen*, personagem de vários romances de Fichte, inclusive do clássico *Die Palette* e de *Detlevs Imitationen – Grünspan*.

RADDATZ – Referência a Fritz Raddatz (1931-2015), escritor, ensaísta, crítico literário e biógrafo alemão. Um dos críticos literários mais importantes de seu país, de posições sempre à esquerda, em parte aliás ironizadas por Hubert Fichte.

ROWOHLT – Em determinado momento, Fichte provavelmente se refira a Heinrich-Maria Ledig-Rowohlt, grande editor, e pai do também editor e tradutor Harry Rowohlt, dono da editora de mesmo nome; em outro, com certeza se refere à editora como um todo.

RÜBENACH – Referência a Bernhard Rübenach, redator do canal de rádio Südwestfunk, SWF, para o qual Fichte preparou uma versão de seu programa sobre o Chile.

RUDI – Referência a Rudi Dutschke (1940-1979), sociólogo marxista alemão e ativista político; foi talvez o maior líder estudantil da década de 1960 na Alemanha Ocidental; sofreu um atentado a bala em abril de 1968, que lhe causou enormes danos cerebrais, que o levaram à morte 11 anos depois.

SAHARA – Referência ao conhecido bar Sahara, na Reeperbahn de Hamburgo, um lugar importante na biografia de Fichte e que aparece inclusive em outras de suas obras.

SALÃO DE TOM (HOMEM DE COURO) – No original, *ein Ledermann in Toms Saloon*; o Homem de Couro é um personagem de Fichte, que aparece inclusive em outras de suas obras, como *Ensaio sobre a puberdade* (*Versuch über die Pubertät*); inspirado na figura real de Hans Eppendorfer.

SCHMEIL-FITSCHEN – Um dos mais conhecidos compêndios alemães para determinar nomes e características das plantas. Foi publicado pela primeira vez em 1903 e traz o nome de seus criadores Otto Schmeil e Jost Fitschen.

SCHÖNER WOHNEN – Traduzindo o nome da conhecida revista, teríamos "Morar Melhor".

SENHOR LODY – Ver LODY.

SENHOR WILD – Ver WILD.

SENHORA WAAGE – Uma das recordações de infância de Fichte, eventualmente uma professora, difícil de decifrar.

SIDI IFNI – Cidade na costa atlântica sudoeste do Marrocos, 180 km ao sul de Agadir; capital da província de mesmo nome, foi também capital do antigo território espanhol de Ifni.

SIGNE – É a filha de Hans Henny Jahnn (ver POZZI) e portanto irmão de seu filho adotivo TRYGVE (VER), ou Yngve Trede, como era seu nome na realidade.

SOUFFLESE INCIPIENTE – Referência à mãe de Fichte, que era *soufflese* em Hamburgo e desde o princípio deixou o autor nas proximidades criativas do teatro.

STORM – Referência a Theodor Storm (1817-1888), lírico e escritor alemão já traduzido no Brasil. Marcado pelas referências geográficas do norte alemão, foi um grande autor do realismo do país com sua prosa e seus versos.

TIA HILDE – Ver HILDE.

TOUPEIRA – *Maulwurf*, no original; citado sempre junto a WOLLI (VER) e ao Principezinho do Renascimento de Raimar; referência a uma figura do círculo do bordel de Wolli, em St. Pauli, Hamburgo.

TRYGVE – Filho adotivo de Hans Henny Jahnn, com quem Fichte teve um caso e que hoje é compositor; seu nome real é Yngve Jan Trede.

UMBERTO – Nome brasileiro de Hubert Fichte, devido, certamente, inclusive à dificuldade de os brasileiros de um modo geral pronunciarem o "h" inicial aspirado.

UWE – Outro colega de escola de Hubert Fichte.

VAGABUNDOS que burlavam a norma – Simplesmente *Gammler*, no original, expressão muito usada no princípio e em meados da década de 1960; tratava-se de uma definição pejorativa para jovens que se desviavam de um comportamento normal (em dado momento, eles se caracterizavam pelos cabelos longos e por vestir *jeans* e *parkas*).

VATERNALISMO – Brincadeira com *Vater* (pai, em alemão) e o conhecido substantivo paternalismo; ou seja, um paternalismo tipicamente alemão.

VORMWEG, SENHOR – Referência a Heinrich Vormweg, mencionado com seu prenome a seguir. Ver HEINRICH VORMWEG.

WIELAND – Referência a Wieland Adolf Gottfried Wagner, ou simplesmente Wieland Wagner (1917-1966), diretor de ópera e cenógrafo alemão.

WIESENGRUND INTEIRO – Referência, assaz irônica, a Theodor *Wiesengrund* Adorno, o conhecido filósofo da Escola de Frankfurt.

WILD – Referência a Dieter Wild (1931-), que a partir de 1965 foi diretor da redação internacional da revista *Spiegel*.

WOLLI – Referência a Wolli Indienfahrer (traduzindo teríamos Wolli Viajante das Índias), cujo nome real é Wolfgang Köhler, dono de bordel no bairro boêmio de St. Pauli, em Hamburgo. Fichte chegou a dedicar um livro a ele, *Wolli Indienfahrer*.

WOLLI E A TOUPEIRA E O PRINCIPEZINHO DO RENASCIMENTO DE REIMAR – Ver todos os conceitos individualmente.

COLEÇÃO HEDRA

1. *Iracema*, Alencar
2. *Don Juan*, Molière
3. *Contos indianos*, Mallarmé
4. *Auto da barca do Inferno*, Gil Vicente
5. *Poemas completos de Alberto Caeiro*, Pessoa
6. *Triunfos*, Petrarca
7. *A cidade e as serras*, Eça
8. *O retrato de Dorian Gray*, Wilde
9. *A história trágica do Doutor Fausto*, Marlowe
10. *Os sofrimentos do jovem Werther*, Goethe
11. *Dos novos sistemas na arte*, Maliévitch
12. *Mensagem*, Pessoa
13. *Metamorfoses*, Ovídio
14. *Micromegas e outros contos*, Voltaire
15. *O sobrinho de Rameau*, Diderot
16. *Carta sobre a tolerância*, Locke
17. *Discursos ímpios*, Sade
18. *O príncipe*, Maquiavel
19. *Dao De Jing*, Lao Zi
20. *O fim do ciúme e outros contos*, Proust
21. *Pequenos poemas em prosa*, Baudelaire
22. *Fé e saber*, Hegel
23. *Joana d'Arc*, Michelet
24. *Livro dos mandamentos: 248 preceitos positivos*, Maimônides
25. *O indivíduo, a sociedade e o Estado, e outros ensaios*, Emma Goldman
26. *Eu acuso!*, Zola | *O processo do capitão Dreyfus*, Rui Barbosa
27. *Apologia de Galileu*, Campanella
28. *Sobre verdade e mentira*, Nietzsche
29. *O princípio anarquista e outros ensaios*, Kropotkin
30. *Os sovietes traídos pelos bolcheviques*, Rocker
31. *Poemas*, Byron
32. *Sonetos*, Shakespeare
33. *A vida é sonho*, Calderón
34. *Escritos revolucionários*, Malatesta
35. *Sagas*, Strindberg
36. *O mundo ou tratado da luz*, Descartes
37. *O Ateneu*, Raul Pompeia
38. *Fábula de Polifemo e Galateia e outros poemas*, Góngora
39. *A vênus das peles*, Sacher-Masoch
40. *Escritos sobre arte*, Baudelaire
41. *Cântico dos cânticos*, [Salomão]
42. *Americanismo e fordismo*, Gramsci
43. *O princípio do Estado e outros ensaios*, Bakunin
44. *O gato preto e outros contos*, Poe
45. *História da província Santa Cruz*, Gandavo
46. *Balada dos enforcados e outros poemas*, Villon
47. *Sátiras, fábulas, aforismos e profecias*, Da Vinci
48. *O cego e outros contos*, D.H. Lawrence
49. *Rashômon e outros contos*, Akutagawa
50. *História da anarquia (vol. 1)*, Max Nettlau
51. *Imitação de Cristo*, Tomás de Kempis
52. *O casamento do Céu e do Inferno*, Blake
53. *Cartas a favor da escravidão*, Alencar
54. *Utopia Brasil*, Darcy Ribeiro
55. *Flossie, a Vênus de quinze anos*, [Swinburne]

56. *Teleny, ou o reverso da medalha*, [Wilde et al.]
57. *A filosofia na era trágica dos gregos*, Nietzsche
58. *No coração das trevas*, Conrad
59. *Viagem sentimental*, Sterne
60. *Arcana Cœlestia e Apocalipsis revelata*, Swedenborg
61. *Saga dos Volsungos*, Anônimo do séc. XIII
62. *Um anarquista e outros contos*, Conrad
63. *A monadologia e outros textos*, Leibniz
64. *Cultura estética e liberdade*, Schiller
65. *A pele do lobo e outras peças*, Artur Azevedo
66. *Poesia basca: das origens à Guerra Civil*
67. *Poesia catalã: das origens à Guerra Civil*
68. *Poesia espanhola: das origens à Guerra Civil*
69. *Poesia galega: das origens à Guerra Civil*
70. *O chamado de Cthulhu e outros contos*, H.P. Lovecraft
71. *O pequeno Zacarias, chamado Cinábrio*, E.T.A. Hoffmann
72. *Tratados da terra e gente do Brasil*, Fernão Cardim
73. *Entre camponeses*, Malatesta
74. *O Rabi de Bacherach*, Heine
75. *Bom Crioulo*, Adolfo Caminha
76. *Um gato indiscreto e outros contos*, Saki
77. *Viagem em volta do meu quarto*, Xavier de Maistre
78. *Hawthorne e seus musgos*, Melville
79. *A metamorfose*, Kafka
80. *Ode ao Vento Oeste e outros poemas*, Shelley
81. *Oração aos moços*, Rui Barbosa
82. *Feitiço de amor e outros contos*, Ludwig Tieck
83. *O corno de si próprio e outros contos*, Sade
84. *Investigação sobre o entendimento humano*, Hume
85. *Sobre os sonhos e outros diálogos*, Borges | Osvaldo Ferrari
86. *Sobre a filosofia e outros diálogos*, Borges | Osvaldo Ferrari
87. *Sobre a amizade e outros diálogos*, Borges | Osvaldo Ferrari
88. *A voz dos botequins e outros poemas*, Verlaine
89. *Gente de Hemsö*, Strindberg
90. *Senhorita Júlia e outras peças*, Strindberg
91. *Correspondência*, Goethe | Schiller
92. *Índice das coisas mais notáveis*, Vieira
93. *Tratado descritivo do Brasil em 1587*, Gabriel Soares de Sousa
94. *Poemas da cabana montanhesa*, Saigyō
95. *Autobiografia de uma pulga*, [Stanislas de Rhodes]
96. *A volta do parafuso*, Henry James
97. *Ode sobre a melancolia e outros poemas*, Keats
98. *Teatro de êxtase*, Pessoa
99. *Carmilla — A vampira de Karnstein*, Sheridan Le Fanu
100. *Pensamento político de Maquiavel*, Fichte
101. *Inferno*, Strindberg
102. *Contos clássicos de vampiro*, Byron, Stoker e outros
103. *O primeiro Hamlet*, Shakespeare
104. *Noites egípcias e outros contos*, Púchkin
105. *A carteira de meu tio*, Macedo
106. *O deserto*, Silva Alvarenga
107. *Jerusalém*, Blake
108. *As bacantes*, Eurípides
109. *Emília Galotti*, Lessing
110. *Contos húngaros*, Kosztolányi, Karinthy, Csáth e Krúdy
111. *A sombra de Innsmouth*, H.P. Lovecraft
112. *Viagem aos Estados Unidos*, Tocqueville

113. *Émile e Sophie ou os solitários*, Rousseau
114. *Manifesto comunista*, Marx e Engels
115. *A fábrica de robôs*, Karel Tchápek
116. *Sobre a filosofia e seu método — Parerga e paralipomena (v. II, t. I)*, Schopenhauer
117. *O novo Epicuro: as delícias do sexo*, Edward Sellon
118. *Revolução e liberdade: cartas de 1845 a 1875*, Bakunin
119. *Sobre a liberdade*, Mill
120. *A velha Izerguil e outros contos*, Górki
121. *Pequeno-burgueses*, Górki
122. *Um sussurro nas trevas*, H.P. Lovecraft
123. *Primeiro livro dos Amores*, Ovídio
124. *Educação e sociologia*, Durkheim
125. *Elixir do pajé — poemas de humor, sátira e escatologia*, Bernardo Guimarães
126. *A nostálgica e outros contos*, Papadiamántis
127. *Lisístrata*, Aristófanes
128. *A cruzada das crianças/ Vidas imaginárias*, Marcel Schwob
129. *O livro de Monelle*, Marcel Schwob
130. *A última folha e outros contos*, O. Henry
131. *Romanceiro cigano*, Lorca
132. *Sobre o riso e a loucura*, [Hipócrates]
133. *Hino a Afrodite e outros poemas*, Safo de Lesbos
134. *Anarquia pela educação*, Élisée Reclus
135. *Ernestine ou o nascimento do amor*, Stendhal
136. *A cor que caiu do espaço*, H.P. Lovecraft
137. *Odisseia*, Homero
138. *O estranho caso do Dr. Jekyll e Mr. Hyde*, Stevenson
139. *História da anarquia (vol. 2)*, Max Nettlau
140. *Eu*, Augusto dos Anjos
141. *Farsa de Inês Pereira*, Gil Vicente
142. *Sobre a ética — Parerga e paralipomena (v. II, t. II)*, Schopenhauer
143. *Contos de amor, de loucura e de morte*, Horacio Quiroga
144. *Memórias do subsolo*, Dostoiévski
145. *A arte da guerra*, Maquiavel
146. *O cortiço*, Aluísio Azevedo
147. *Elogio da loucura*, Erasmo de Rotterdam
148. *Oliver Twist*, Dickens
149. *O ladrão honesto e outros contos*, Dostoiévski
150. *O que eu vi, o que nós veremos*, Santos-Dumont

«SÉRIE LARGEPOST»

1. *Dao De Jing*, Lao Zi
2. *Cadernos: Esperança do mundo*, Albert Camus
3. *Cadernos: A desmedida na medida*, Albert Camus
4. *Cadernos: A guerra começou...*, Albert Camus
5. *Escritos sobre literatura*, Sigmund Freud
6. *O destino do erudito*, Fichte
7. *Diários de Adão e Eva*, Mark Twain
8. *Diário de um escritor (1873)*, Dostoiévski

«SÉRIE SEXO»

1. *Tudo que eu pensei mas não falei na noite passada*, Anna P.

2. *A vênus das peles*, Sacher-Masoch
3. *O outro lado da moeda*, Oscar Wilde
4. *Poesia Vaginal*, Glauco Mattoso
5. *perversão: a forma erótica do ódio*, oscar wilde
6. *A vênus de quinze anos*, [Swinburne]

COLEÇÃO «QUE HORAS SÃO?»

1. *Lulismo, carisma pop e cultura anticrítica*, Tales Ab'Sáber
2. *Crédito à morte*, Anselm Jappe
3. *Universidade, cidade e cidadania*, Franklin Leopoldo e Silva
4. *O quarto poder: uma outra história*, Paulo Henrique Amorim
5. *Dilma Rousseff e o ódio político*, Tales Ab'Sáber
6. *Descobrindo o Islã no Brasil*, Karla Lima

Adverte-se aos curiosos que se imprimiu este livro em nossas oficinas, em 1 de novembro de 2017, em tipologia Libertine, com diversos sofwares livres, entre eles, LualaTeX, git & ruby.
(v. 1033417)